瀚锦文绣

文脉中国 小说库

wenmaizhongguo xiaoshuoku

微尘世间

俞詠 著

中国文联出版社

图书在版编目（CIP）数据

微尘世间 / 俞詠著 . -- 北京：中国文联出版社，
2016.5（2023.3 重印）

ISBN 978 - 7 - 5190 - 1594 - 7

Ⅰ.①微… Ⅱ.①俞… Ⅲ.①长篇小说—中国—当代

Ⅳ.①I247.5

中国版本图书馆 CIP 数据核字（2016）第 123648 号

著　者	俞　詠
责任编辑	曹艺凡
责任校对	赵海霞
装帧设计	中联华文

出版发行　中国文联出版社有限公司
地　　址　北京市朝阳区农展馆南里 10 号　　　　邮编　100125
电　　话　010 - 85923025（发行部）　　　85923091（总编室）
经　　销　全国新华书店等
印　　刷　三河市华东印刷有限公司

开　　本　710 毫米×1000 毫米　　1/16
印　　张　23
字　　数　342 千字
版　　次　2023 年 3 月第 1 版第 2 次印刷
定　　价　89.00 元

无尽微尘世间里，人生总入大梦中
——《微尘世间》序

读着《微尘世间》，娓娓道来的故事让人的思绪穿越时空，回到那个斑驳阑珊的二十世纪二三十年代。用十年时间来酝酿一个故事，已足以让故事成为生命的一部分。

故事离现代都市并不算远，世间的亲情、爱情和友情，罗家人的悲欢离情，人的善念与恶念，那段特殊的时期，以及江南的风土人情，贯穿于作者笔下的万千世界。江南小镇的丝线商人，立志振兴家族，在那个动荡不安的年代，不自觉地卷入了命运的旋涡。投身革命的长子文嘉，折射大时代的变迁。罗家老宅最终没能抵御时代的洪流，不得不卖掉。看似无力反抗的结局，但始终能读出小人物的努力、奋斗和希望。不仅仅是男性，女性更是在琐碎而纷杂的生存境遇和婚姻遭际中，仍然保持中国女性特有的温和、宽厚和温暖。婚姻是一个长久的许诺，它的故事要用一生来讲完。

人的一生忙忙碌碌，学习，工作，为人父母，然后老去，听起来仿佛一切都已注定。辛苦奋斗的一生，其实不过一粒微尘，轻得仿佛随时都会消失，我们何尝不是在这个微尘世间里挣扎的小人物！这样一想似乎有些不甘心。其实在这个世界里，最大的意义在于"传承"。繁衍后代，教育子女，赡养父母，为自己的理想而努力。闭上眼睛，想想你的父母曾令你无忧无虑成长，你的良师益友给你启发和快乐，你拥有良伴在侧，你的孩子让你的人生体验更加完整。这些细小而温暖的片段，是你的付出，也是你的所得。

我们活在这微尘世间，体会着它的混沌和纷杂，却也因为某一片刻体会到的那些温情和美好，而甘心情愿地忍受着它所给予的磨砺和伤痛。我们都是微茫的存在，但至少能够做到勤勤恳恳，踏踏实实，无愧于心。我们从懵懂，学会圆融，从纯白，学会世故，但内心深处，终究会记得所有的妥协是为了追求更好的人生。

这世间每个人都将在时光更替中消逝，谁也不是永恒，你所拥有的，不过当下的自己。不去寻找恶缘，不要失却良机，随时觉醒，时时行善，不计较过去，不算计未来，全然地投入到每一个"当下"，人的一生自当从容喜悦。

当今世界，科技神速发展，我们每天接受的信息鱼贯而入，让人应接不暇，我们的生存和生活压力越来越大，每每发现生活不尽如意的时候，人总会有莫名的躁动。当我们想不出有效的办法去摆脱这种困境的时候，或许《微尘世间》中的瑞云说给她女儿的那些话能给我们带来启发"世事难酬，但人活在这世上，只要干好两件事，便会有舒坦的人生，福报万千了。一是谋生要正当，二是做事要多为别人着想，切不要以自我为中心，要知世上万物，平等如一。大凡世人，只知攫取，不知舍出，一切恶果便从中而生。世人若换个方式生活，人人能舍，便会人人有所得了，世间便太平美好，这世界便是极乐净土了。"我想，这应该是《微尘世间》带给我们的最美好的祝愿。

前　言

　　大约在十年前，我便有了写这部小说的冲动，不因别的，只因心中有许多故事想说出来给人家听，但终因衣食住行诸事繁忙，直至六年前才开始动笔。人生如戏，戏似人生，芸芸众生游戏人生，造就了我们这个多彩缤纷的世界，这个世界舞台的主角是我们自己。

　　书中的故事发生在二十世纪二三十年代，地点主要在丰城（这是一个虚构的地名，书中说它离宁波八十几里）、宁波和福州，讲的是普通老百姓的生活，以罗元龙一家为中心发生的有关事业、婚姻、家庭等方面的故事。

　　罗元龙是江南小镇丰城开丝线店的小商人，兄弟三人居住在祖宗留下的大宅，二弟仲麟是丰城的中医，三弟叔鹤在宁波谋生。元龙忠厚能干，振兴罗家是他的梦想，因妻子不会生育，他过继了二弟的长子文嘉为子，文嘉从杭州会计学堂毕业后考取了浙江邮政，被派往临安任职。他早就投身孙中山革命，一九一七年七月，孙中山南下广州，发动和领导反对北洋军阀的战争。是年年底，时任临安邮局财务科长的罗文嘉带走了邮局的大笔钱，去广州参加孙中山的军政府工作，次年文嘉在广州遇难。元龙卖田借款去偿还文嘉的债务，为早日还清借款，元龙不得不在五十七岁时离乡别土，去福建宁德他的妹夫阮明达当县长的任上干税务科长的事，六年后他才返回家乡，罗家祖上留给元龙兄弟三人的老宅不得不卖掉，元龙一家祖孙三代七人搬至阮明达的堂兄阮明荣家的阮家大杂院居住。文嘉的妻子淑媛协助婆婆辛勤治家，她贤惠能干、乐于助人、自强不息，以自己的言行潜移默化地教育着四个子女，在公婆谢世之后，她独自撑起罗家，为帮助两个儿子实现他们的梦想，在家庭经济入不敷出的状况下，她带着小女儿回娘家李庄务农，最终成就了两个儿子的愿望。

婚姻无疑是人生第一大事，它关系到人的一生幸福，说到婚姻便离不开爱情，本书写了好几个这方面的故事。阮明达的女儿瑞云和仲麟的三子文炳青梅竹马，从小相知，彼此相悦、暗恋，但因家庭背景相差较大，两人只能隔水相望，演绎了一段凄美的爱情故事，瑞云是文炳的一生挂牵。叔鹤的大女儿文英最幸运，她嫁与对她一见钟情、执着追求的江定浩，他们的婚姻很美满。淑媛娘家的侄媳心秋颇有文才，但她走不出她自己的幻想，最终只能葬身于那个时代畸形的婚姻之中。仲麟的小儿子文鼎为守对已故妻子的三年之约，仍孤身一人，他与秋霞的结合是有情人终成眷属的又一例证。落魄师爷丁品雄和他青楼出身的妻子月玲之间终生不相忘的悠悠恋情令人称道。

世间离不开友情，真正的友情和真正的爱情一样是纯洁的。贾道新对丁师爷的侠义之情足以令人称奇赞叹。文炳、瑞云和文英是亲戚，更是朋友，三人彼此理解，互相帮助，没有私念。来自大山深处的阿会和阿才的故事更为动人，他俩虽不是亲兄弟，却上演着一出比亲兄弟还亲的戏。

孩子的成长、教育问题在书中也有所写。淑媛的小儿子霖生小时候好玩，不爱读书，但他手巧。他能成才，一方面是他的天赋和大自然的陶冶，另一方面离不开他母亲潜移默化的教育。

本书写有一些反面事例。叔鹤原是海关的工作人员，因受贿而被开除。阮家大杂院中的方志鹏原也是个读书之人，但最后落得走投无路，卖子卖妻，流浪他乡。瑞云的丈夫程万里当着大官，但他作风极端败坏。大杂院后门斜对门住着的洪斗成是个十足的流氓，他开赌庄、烟馆，强占民女，包养女人，作恶多端。

本书名为《微尘世间》，微尘谓小，"大即是小，小即是大"，微尘世界即是大千世界，我们观看这微尘世间所发生的事，窥小见大，或许还是有点意义的。

目 录

第一章　柳烟河畔的罗家

丰城依山傍水，是个典型的江南水乡型的县城，城内河道纵横，暖江从丰城的北面缓缓流过，自西往东注入东海，丰城就在暖江下游的近海处。

丰城南门的旧城墙见证了丰城岁月的沧桑。

（一）

丰城的西门是热闹的街市，各种贸易都在这里繁忙地进行，其中有一家店号为"久盛丝线店"的，经营着各种各样的丝线及丝线制品，店主五十多岁，姓罗，名宏业，号元龙。元龙为人忠厚诚实，人缘极好，他早起晚归，勤奋经营店业，丝线店遐迩闻名，丰城及其附近各县的丝线和丝线制品大都出自这家丝线店。虽然丝线利润微薄，但因元龙精心打理，他又在北门开了一家分店，元龙自己长驻西门，雇了三个技工专打丝线，把北门的分店交给一远房表侄名叫德彪的打理。

元龙之妻杨氏，为人极随和，元龙和杨氏夫妻恩爱，但年近不惑而无一男半女，杨氏让元龙纳妾，元龙不同意。元龙的二弟多子多女，长子文嘉十三岁时过继于元龙，元龙为他请了西席，是县城里最有名望的吴老夫子。文嘉天资聪明，又有严师栽培，十六岁便中了秀才，吴老夫子认定文嘉日后必成大器，罗家对文嘉寄予厚望。

原来，罗家的祖上在仕途上曾飞黄腾达过，第十三世祖在明朝曾官至文渊阁大学士，文嘉得中秀才的时候，元龙备了厚礼，带文嘉进祠堂向祖宗们磕头报喜。在昔日的文渊阁大学士牌位之前，元龙和文嘉都恭恭敬敬地行了大礼，报了喜讯。文嘉少年气盛，踌躇满志，决心挑起振兴罗家的重任。元龙看着文嘉行礼，仿佛看到了罗家又一位达官贵人。但没想到过了两年，清朝科举制度废除，于是罗家寄希望于文嘉而再度崛起的美梦便一荡无遗。

一九〇六年，罗文嘉考取了杭州会计学堂，两年后，他从会计学堂毕业，那年他二十二岁，次年春天，他考取了浙江邮政，被派往临安任职。那时，他已有一个男孩，他的妻子姓李，名淑媛，大他一岁，是他同窗好友李云钦之妹，李家是丰城北岸农村李庄的大地主，据说他家的田地有上千亩，淑媛陪嫁的嫁妆中就有良田十五亩。后来，淑媛又为罗家添了一女一男，喜得元龙和杨氏夫妇俩整日眉开眼笑。

丰城有条河，河水从南门外的护城河流入，横穿市中大街继续向北流过一段路后拐了个大弯，然后向东流去。河的一边是依河而建的房子，另一边是石条铺成的路，路旁河边种着杨柳，市中大街南边这段路，更是杨柳如烟，这段河因这如烟的杨柳而得名，叫柳烟河，这条街叫柳烟街。罗元龙的家在柳烟街的一条小弄内，这是一座坐北朝南的两进住宅，前后两院各有一幢七间正房。前院这幢是平房，由元龙一家居住，西边三间厢房，用作书房和老长工袁伯的住房，东边靠墙一块菊圃，院子西角一棵大桑树。东边有一角门通后院，后院这幢是两层的楼房，东西两边各有厢房。后院由元龙的二弟和三弟居住，元龙的二弟名鑫业，号仲麟，住东首；三弟名振业，号叔鹤，住西边。叔鹤在宁波浙海关任职，全家都住在宁波，西边这几间房子现都空着。

罗家这座宅院已有上百年的历史，为元龙的曾祖父所建。元龙双亲早逝，长兄当父，他二十一岁便担起了治养家庭的重担，那时，他已与杨氏成婚，二弟仲麟十四岁，三弟叔鹤十一岁。仲麟和叔鹤都读书，但在学业上均无建树，与功名无缘。后来仲麟拜了老中医孙世鲁为师，学成之后，在东门开了间中医药堂，养育了四子二女。叔鹤考取了宁波浙海关师爷，家中有二子二女。

（二）

民国五年（1916年）农历十二月二十日，吃过早饭，元龙去西门店中转了转，就早早回家来了，几天前元龙向长盛米行出售了一千多斤稻谷，约好今天上午米行派伙计来他家送钱。丰城有田地人家的谷子都是通过米行销售的，元龙在丰城虽算不上财主，但家中也有几十亩田地，加上罗家祠族中几亩由他家享受的田租，一年便有一万好几千斤的谷子，都是通过长盛米行销售的。

丰城罗家祠族中有祖先留下的十几亩田地，其中五亩地专门用来奖励祠族中的读书有成之士。文嘉中秀才的时候，族长带了几个族人敲锣打鼓地把这五亩地的田契副本送到元龙家，由元龙家享用田租谷子。那以后，再没有人考出比秀才更高的"学位"，因此，族中这五亩田的田租仍由元龙领取。科举制度废除后，元龙曾向族长提出把这五亩地归还到族中众用，但族长说，这是祖宗留下的规则，为的是激励后生们用功读书，这五亩地不能作为众用。事实上，元龙领取五年这田租谷子后，从第六年开始便都把这谷子的钱送给了族中特别困难的几户人家，每年都是这个时候元龙亲自送去的。

每年农历十二月二十四日中午，丰城罗家祠堂中要办祠堂酒，办祠堂酒的钱出自罗家祠堂的田租谷子。祠族中只有男丁能吃这祠堂酒，除了吃饭喝酒，男丁们还能分到两对年糕。今年这祠堂酒轮到元龙兄弟三人这一房操办，前天族长让元龙去提谷子，元龙把这谷子也卖给了"长盛米行"，今天米行的伙计会把这钱一并送来。十时光景"长盛米行"的伙计送钱来了，见了元龙道："这几天店中进出的银圆多，生意忙，掺假的银圆也多了起来，老先生你可要仔细看过。"

元龙解开一包银圆，用手轻轻一抹，十个大洋便一个紧挨一个齐刷刷地一字排列在桌上，元龙对着银圆扫过一眼，把十个大洋揽起放在右手，快速将大洋一个接一个丢放在桌上，"咚、咚、咚、咚……"十个响声过后，元龙又揽起桌上的这十个大洋放在右手，重复了一遍上述的动作，随后把这十个银圆重新拿那纸包了，放到右边。元龙又解开一包银圆，用手轻轻一抹，这回他从银圆上一眼扫过的时候，用左手捡起一个银圆搁在左边，然后揽起桌上的九个大洋，"咚、咚、咚、咚……"地听了声响。当元龙拿过第六包大洋听完第一遍声响后，把其中的第七个银圆拿了出来，重新丢放听了一次，然后用左手拿这银圆搁在左边。检查完了所有银圆，元龙拿起搁在左边的两个大洋对那伙计道："你再看看，这两个大洋是否会有毛病。"伙计知道元龙是丰城有名的能看银圆的好手，笑道："老先生检查过的大洋，哪会有错？"元龙道："那也不一定，你还是再看一遍吧。"伙计把大洋拿过去仔细看了一番，笑道："罗老先生真是丰城能认大洋的高手，看你那干净利落的检查手法，谁个见了不佩服！"元龙笑道："这雕虫小技，看过几回大洋的人，谁不会？在你这行家面前，我是献丑了。"

元龙让袁伯去联系了几个厨师，说好酒席的事由厨师们包办，然后袁伯又去联系了年糕的事，约好二十四日上午十时前店家把年糕直接送到罗家祠堂。

二十四日上午吃过早饭，元龙和袁伯就去罗家祠堂张罗琐事，茂生也跟着去帮忙。过了八点，淑媛带着玉如和霖生也来了，淑媛和玉如是来帮忙的，霖生是来吃酒的，淑媛让玉如管着霖生，别让他乱跑。

早一日元龙就找人帮忙摆好了圆桌和凳子，共十一桌。祠堂后院被用作临时灶房，炉灶上摆了几只大铁锅，厨师早已到达，已开始工作了。过了九时，年糕送到了，不多久，祠族中就有人提着篮子或袋子来领年糕，于是，茂生翻开名册，报出各家男丁的数目，由淑媛把年糕分了。

陆陆续续地男丁们都来了，祠堂里人声鼎沸，男人们高声地说着话，大家都为自己的男丁身份而高兴。一个十二三岁的女孩在祠堂门外徘徊了十来分钟，她鼓起勇气，跨进了祠堂高高的门槛，走向酒桌，望着一个空着的座位，她就要坐下去。"我是罗亦尘的女儿，爹没了，我家没有男孩，只有我和我的姐姐。"女孩道。男丁们群起而攻之，女孩大声哭了起来。元龙听见女孩的哭声，赶紧走了过去，了解女孩的事后，元龙给她拿了几对年糕，带她走出祠堂。女孩拿着年糕，哭着回家去了。

女孩的哭声去了不久，西厢那边有人大声吵架，有人喊："别打了，都打出血来了！"元龙急急赶往西厢，见新街罗金发的入赘女婿，诨号叫"白眼榛"的，满脸是血，被人从后推着从人群中走出来。白眼榛和东门的罗永林为争上座吵架，两人都说自己是那桌上辈分最高的人，应坐最上位，罗永林便说白眼榛是入赘的女婿，只能是半子，因此那桌的上座该他罗永林坐。两人为此吵了起来，罗永林拿凳子打白眼榛的头，白眼榛的额头被打出血来，鲜血从额上流了下来，白眼榛拿手将血把整个脸抹了一通，于是他便满脸是血了。元龙拿自己的手巾按住白眼榛冒着血的额头，叫人去祖宗香炉拿来些灰烬，用淑媛递过来的布包了他的额头。白眼榛还想再与罗永林打架，被元龙劝了，元龙带他到自己一家人坐的桌子，让白眼榛坐了上位，这场风波才得以平息。

中午十一点，罗家宗祠的祠堂酒按时开宴了。

（三）

次日，仲麟的三子文炳从上海回家过年。年底文炳还只有十八岁，他读过几年私塾，十三岁就进布店当学徒，今年正月他的大姐夫张百川带他去上海，跟着学做棉纱、绸缎、布匹捐客的生意。文炳虽然读书不多，但人挺机灵，且长得风度翩翩，善于交际，一年下来，生意学得有点门了。

文炳提着皮箱踏入家门。袁伯、周妈和淑媛正在中堂忙着搬放淑媛娘家送来的过年礼物，霖生眼快，喊道："三叔回来了！"大家抬头望去，只见文炳穿着崭新的庄蓝色长衫，戴着圆形细金丝边的眼镜，头发修理得整整齐齐，脚上的皮鞋擦得锃亮。袁伯笑道："三少爷这身打扮，若在大街上遇到，怕是认不得了。"文炳笑着向大家一一问了好。

霖生早已跑去叫了杨氏来，杨氏因怜文炳的母亲早逝，且文炳是文嘉的亲弟弟，她把文炳和他的弟弟文鼎都当作自己的儿子看待，而文炳兄弟俩对杨氏也特别眷恋，视她如母。文炳的母亲去世已经六年，他的父亲至今未有续弦。见到杨氏，文炳赶紧上前鞠躬请安。他打开皮箱，拿出一个小包道："这是侄儿托人从朝鲜买的人参，孝敬大伯、大妈的。"然后他拿出一个洋铁皮做的玩具马，对霖生道："这是给你的，上了发条马就会跑了。"他一边说着，一边教霖生如何上发条、如何玩马。接着，文炳拿出两大包糕点，对淑媛道："大嫂尝尝西洋糕点吧。"文炳给茂生的是一支毛笔和一枚徽墨，给玉如的是一块浅桃色的花布料。淑媛道："让三叔破费钱了，谢谢三叔呢。"文炳问："怎么不见玉如侄女？"杨氏道："昨天她五姨婆来，带她去她家玩了。"

周妈从厨房端了点心出来，文炳吃过点心，便出门去见他爹，拿房门的钥匙。杨氏望着文炳的背影道："文炳什么时候也近视了？"淑媛笑道："他哪里是近视？他是装斯文。文嘉来家过年的时候给我讲起过，现在时髦的人假斯文，流行戴平光眼镜呢。"杨氏问："什么是平光眼镜？"淑媛道："就是那种不是近视也不是远视的眼镜。文炳没有近视，他这样的年龄也不会有远视的，他戴的一定是平光眼镜了。"杨氏笑道："文炳眼镜一戴，确实更斯文更好看了。"

晚上，杨氏和淑媛烧了一桌菜，叫了仲麟、文炳和文鼎一块来吃。席散后，大家各自归房歇息，文炳和弟弟居住一室，兄弟俩一年没在一起，要说的话很多，文鼎问他哥这次路过宁波见到瑞云表姐没有，文炳说见过她了。瑞云是他们宁波姑母的女儿，文鼎知道他哥极喜欢她，文鼎道："我看瑞云表姐也是喜欢你的，你们俩倒不如各自把话说明白了，你叫爹跟姚家退了婚，去向姑父提亲。"文炳叹道："瑞云是官家的女儿，她爹不会让她嫁给一位白丁的，再说咱爹哪会舍得丢掉姚家的那些田地？他把姚家的田地看得比我重要呢！你说有什么办法？除非我劝瑞云和我私奔，这我想过，但不知瑞云肯不肯，另外我又没有钱，能私奔到哪里去？"

文鼎也深知他爹的心思，他想不出办法去安慰他哥，只好道："爹也难哪，自从娘和二哥去世后，咱们的爹不知老了多少，你看他至今没有再娶，还不是为了咱俩？"文炳无话可说，只能唉声叹气。不多久，文鼎打起了呼噜，而文炳辗转反侧，直至后半夜才入睡。

过了三天，文嘉也回家来了，邮局事务繁忙，每年文嘉总是在除夕前一两天才能到家。文嘉自从去了临安，他与淑媛每年只在过年的这几天相聚，有时他出差路过丰城，也总是来去匆匆。文嘉本想接淑媛和三个孩子到临安去住，但考虑到父母都年过半百，且要打理两间丝线店和几十亩田地，更重要的是文嘉不想让两位老人感到孤单，因此淑媛仍然留在丰城。其实，淑媛也不愿离开丰城，因为文嘉的父母视她如女儿，家中的事情无论大小都与她商量。淑媛很贤惠，虽然不识字，但能把大大小小的事情都处理得十分得体，家中有了淑媛，元龙就能安安心心地在店里打理了。

文嘉到家的第一件事便是写春联，过年了，家中的每对木柱都要换上新联。袁伯与茂生前两天就把木柱上的旧对联揭了下去，元龙早已买好了红纸，只等着文嘉来写新对联了。

茂生把他爹写春联的一套用具拿了出来，把它们摆放在西轩中堂的方桌上。文嘉拿纸刀把红纸裁了，裁出不同大小的联纸，家中每副对联的长度他心中都有数。茂生为他爹磨好了墨，文嘉搓搓手，便凝神动手写对联了。玉如和霖生站在一边静静地看着，在这个场合霖生不敢妄动。

淑媛提着手炉走进门来，见文嘉全神贯注写字的样子，便不敢作声。文嘉写好一副对联，茂生和袁伯把它抬放在中堂北边书房的地上晾着。文嘉抬头见淑媛提着手炉站在旁边，便放下手中的笔。"先暖暖手吧，"淑媛说着把手炉塞到文嘉的手中，文嘉接过手炉，淑媛转身便要走，文嘉道：

"别走，你看会儿我写字吧。"淑媛笑道："你忙吧，我又看不懂，家中还有那么一大堆事要干，我哪有工夫看你写字？"

文嘉一连写了六副对联才停笔，他为前院写了四对，为后院写了两对，行书、隶书和楷书各两副。这时淑媛提了一小桶她刚做好的糨糊进来了，她放下桶子即要走，文嘉抓住她的手臂笑道："这回你先别走，看我为你写副对联，贴在厨房的门上，你便天天可看了，这对联中有四个字你是认得的。"说着文嘉已提了笔，没多工夫一副对联就写好了。淑媛见了字，哈哈笑道："真的认得四个字，这两个是'太平'，这个是'家'，这个是'福'。"大家听了都大笑起来。

文嘉写好了春联，洗了手，便带霖生出外会友。文嘉回来的时候，对联的墨迹已干，他和袁伯、茂生一起把春联贴了。正堂门柱上的对联是"爆竹振声辞旧岁，红梅破雪迎新春"，门上方的横额为"万物生辉"；正堂内贴了两副对联，一副是"庆大地回春莺歌燕舞，盼丰年盛世国泰民安"，另一副是"春意随人同奋发，群英带露竞芳菲"西轩书房的门联是"放眼观世界，挥笔写人生"。文嘉、袁伯和茂生把前院的春联先贴了，又给后院仲麟住的楼房贴了两副对联，最后把"平安便是家庭福，勤俭原为建业基"的对联贴在灶房的门上。

元龙提着两对大红灯笼回家来，前院后院都挂起了红灯笼，过年的味儿更足了。

文嘉似乎很忙，他常去会友，年内这样，年外也是这样，有一天还跑到启水县城去会他的朋友。文嘉去会友，有时也带霖生去，这时，霖生感到特别高兴。

过了春节，初六日，文嘉就离家去临安了，现在他在临安邮政局任财务科长，财务科事务冗杂，他得早点开始打理。离家之前文嘉又嘱咐淑媛，记住过几天去女子学堂给玉如报名读书，淑媛让他放心，说她早已记住了，不会忘记的。

初九文炳回上海，路过宁波，约了小叔的女儿文英去看望瑞云，三人在瑞云房中嗑瓜子聊天，文英道："三哥给我们聊聊上海的见闻吧，我和表姐都要听呢。"文炳道："上海的见闻多着呢，要聊得好几天。单说好玩的地方吧，古迹呢最有名的是城隍庙，但上海是洋人的天下，外滩的洋房很气派，黄浦江上尽是洋轮。你要买东西就该上南京路，那里的东西应有尽有。到了晚上，整个上海都在灯光之中，到处闪烁着霓虹灯，那真是好看呢。"文英问："什么是霓虹灯？"文炳哈哈笑道："叫我怎么跟你说呢，你自己去上海看看吧。"瑞云道："表弟欺负人了，你知道我们去不了上海，偏说这话。"文炳忙道："表姐你这话错了，我哪敢欺负你们？现在你们去不了上海，但说不准将来哪一天是能去的，上海离宁波不远，坐一天海轮也就到了，哪会去不了呢？"文英道："托你的口福吧。"

瑞云问："上海的女孩都干些什么事呢？"文炳道："大多还待在家里，但也有走出家门的，没文化的都在洋人办的工厂里做工，有知识的女孩在学堂里教书，在医院里当护士，有的还到外国学洋学呢。不说上海的女孩了，说说你们自己吧，你们今年有什么打算？"文英道："我们有什么打算？宁波的女孩子不就是待在家里吗？"文炳道："文英还小，你家里事情又多，待在家里也没闲着。可表姐就不一样，你呆在家里太闲了对身体没好处，你还是出去走走好。"瑞云道："去年年底我大哥的一个朋友要我今年去女子学堂接几节课，我还没想好去不去。"文炳极力怂恿道："这正是个机会呢，表姐就答应人家吧。"

瑞云听从了文炳的劝告，几天后给他哥的朋友回了话，决定元宵过后去接宁波女子学堂的几节国文课。

（四）

元宵将近，元龙丝线店里的生意又忙了起来，十四傍晚，过了六时元龙才打烊回家。杨氏和淑媛早让袁伯带了灯笼去接。

此刻玉如和霖生正站在正房中堂的门槛上等着爷爷回来，元龙进入院子的大门，姐弟俩拍手喊道："爷爷回来了！"元龙进了中堂的门，脱下皮袍，穿上杨氏递过来的棉袄，早有周妈移过脚炉，元龙便在脚炉旁的红木雕花靠椅上坐下，玉如将手炉放在他的手中，霖生依在他的怀里。元龙道："茂生还在书房用功？让他过来说说话吧。"正说着，茂生已走进中堂，元龙拉过茂生的手道："别老待在书房，出来走走，也陪你娘和奶奶聊聊天吧。"茂生道："过了元宵我要上中学了，我想趁学堂还没开学多读些书，多练点字。下午曙秋过来约我去子西家下棋，玩了好些时间，刚才我才开始练字呢。"

杨氏告诉元龙："下午杨家二弟派人传话来，说他今年难得在家过元宵，所以请了戏班子来家唱戏，让我们明天上午到他家一起听戏，说是已定下轿子，到时候会来接我们。他还让你明天晚上替他带大家出去看花灯。"元龙道："难为舅老爷记挂着我们，不过依我看来，他这戏还是免了唱好，以免人家说闲话。"杨氏道："我也这样想，不过他既然来请，我也不好推辞。"元龙道："也是，我们明天都去吧。"杨氏道："二弟是爱热闹的人，还说让孩子们在他家多玩上几天呢。"霖生听了，喜得手舞足蹈。

这时，淑媛从厨房里出来叫大家去吃晚饭，她问元龙道："爹，你和袁伯喝酒吗？"元龙道："你把袁伯和我的饭端到这里来吧，天气冷，我想和袁伯喝杯酒。"淑媛按元龙说的去办，让周妈摆了菜，自己烫了壶酒端了过来。

吃过晚饭，茂生又进书房练字去了，淑媛帮霖生漱洗后，带玉如和霖生进书房去看茂生练字。淑媛一边为茂生磨墨一边问："你这学的是柳公权的字帖吧？你爹常说柳公权的字体是最该学的，所以我只记得这一本字帖。"茂生笑道："爹说娘极聪明，果然不错，娘若读过书，定是满腹经纶的。"淑媛笑道："娘就是再聪明，哪能比得过你爹？你看这墙上挂的这些字轴，全是你爹写的，我虽不识得字，可也知道每张字体都不一样，以前你爹给我说过这些字体，只是我记不得。"茂生道："爹对书法有研究，他的行书写得很好看，只是我年幼，说不出行家的话，爹最喜欢的是隶书，他对篆字也很感兴趣。"

玉如站在一旁静静地听着，她比茂生小四岁，识字不多，对书法更是一无所知。霖生听得没趣，拖了张椅子爬上爬下乱拉书橱的门，闹得茂生不耐烦，淑媛只得把玉如和霖生都带回自己的卧房。淑媛让玉如找出绣花的图样，教玉如怎样把花描在布上，然后教她如何绣花。周妈等元龙和袁伯喝完酒，收拾好后，进淑媛的卧房来，见霖生打困，赶紧抱了他上床去睡。这时杨氏走过来带玉如去睡觉，元龙见书房的灯亮着，知茂生还在用功，就踱了过去喊他去睡。

元宵节上午，九时光景两顶轿子来了，杨氏带玉如坐了一顶轿子，淑媛和霖生坐了另一顶，元龙和茂生随轿而行。到达杨府，淑媛掀起轿帘一角，见大门口站着个全副武装的警察。

院子里站了大片人，杨氏的几个姐妹和她们家里的人都已到达。杨氏有姐妹六人和两个弟弟，六姐妹领先，两个弟弟压后，杨氏排第二。大弟杨森，号雨亭，在浙江铁路局任职，初九就上职去了。二弟杨堃，号云鹏，现任浙江省警察厅厅长。杨堃四十过外，显得有些发福，他是光绪甲辰科进士，那时他在翰林院供职，民国之后他来浙江任了现职。杨堃因岳父仙逝，今年春节过了许久还没上任去，杨堃的岳父去年年底去世，灵柩要在家里停放三七二十一天，十八日才出殡，他的岳父又是他的恩师，所以杨堃告假留下来送殡。

杨家姐弟们相见都问了好，淑媛带三个孩子给长辈们行礼请安。厅堂里大家坐着喝茶嗑瓜子聊天，戏班子下午才来，因此年轻的、年幼的都各自找自己喜欢的人说话玩耍。过了会儿，杨堃来请大家去东厢房打牌，淑媛不大会打牌，只站在杨氏的身后观看。元龙不喜打牌，与几个也不喜打牌的连襟聊着话，大家平时都忙着，难得有闲聚在一起，今日聚在一起，便有许多话要说。

中饭过后不久戏班子就来了，杨堃请的戏子是誉满浙东来自宁波的"春蕾京昆剧社"的名角，杨堃让戏班子进了西院。院子里早已摆下桌子、椅子和长凳，今天的戏在西院书房前的院子里唱，书房的中堂临时成了化妆室。京昆剧社的这些名角们知是警察厅长请唱的戏，自然不敢怠慢，虽然没有戏台，也没多少布景，但个个都抖擞精神，拿出十足的劲儿，很快地妆就化好了，于是锣子锵锵鼓子咚咚地响了起来。杨堃让下人把大门关了，撤了岗哨，让警卫和大家一起入西院坐下，下人进来摆好茶点，这时胡琴吱吱地不紧不慢拉了起来，戏就开始唱了。

杨堃是檀板金樽场里的行家，他早已点下了戏，是《长生殿》中的《定情》、《西厢记》中的《拷红》、《牡丹亭》中的《游园》、《桃花扇》中的《却奁》，他原来点的还有《燕子笺》中的片段，但唱行云的旦角今天喉咙肿疼、声音也嘶哑了，因此换了《红鬃烈马》中的《大登殿》。

最先出场的是《定情》中的杨玉环和唐明皇，只见杨玉环轻移莲步，长舒水袖，慢慢旋转着身体，小启朱唇娇声唱道："追游宴赏，幸从今得侍君王。瑶阶小立，春生天语，香萦仙仗，玉露冷沾裳。还凝望，重重金殿宿鸳鸯。"杨玉环娇态万方，看得唐明皇如痴如醉。平时，坐在杨府的这些人中也有常去戏院看戏的，那都是远远地望着，如今这些名角儿就在他们的眼前，直把他们看得眼花缭乱。杨玉环方唱罢，红娘就登台了。只听得崔老夫人一声令下，红娘被带了上来，老夫人让红娘跪下，问了些话，便要打红娘，红娘道："夫人休闪了手，且息怒停嗔，听红娘说。"

看戏的人一边听戏，一边吃着果点喝着茶，一边议论，杨森的媳妇道："这老夫人也真是的，既已许下诺言，怎么又反悔呢？"六姨婆道："虽说已许下诺言，但莺莺小姐也不该自己送货上门呐！"

《拷红》过后便是《游园》。那杜丽娘深锁闺房，不知房外的一切，就连她自家有一后花园也不知晓，时值春暖花开，天真烂漫的小婢春香偶然探得这一花园，便引逗小姐去后花园踏春。主婢俩款款行来，只见画廊金粉，池馆苍苔，杜鹃啼红春山，牡丹含苞亭畔。这美景却对着这衰败、死气沉沉的院落，杜丽娘感慨无限地唱道："原来姹紫嫣红开遍，似这般都付与断井颓垣。良辰美景奈何天，赏心乐事谁家院！朝飞暮卷，云霞翠轩，雨丝风片，烟波画船，锦屏人忒看的这韶光贱。"唱杜丽娘的旦角声音极其婉转柔美，且扮相出众，赢得众人阵阵喝彩。在众人的喝彩声中《却奁》开唱了，当李香君唱到"脱裙衫，穷不妨；布荆人，名自香"时，大家都为李香君鼓掌。最后一场折子戏便是《大登殿》了。

良辰易过，杨府的戏从太阳当空一直唱到太阳偏西，之时，名角们都出来谢幕。杨堃本欲留名角们吃晚饭，只得作罢，他送每个角儿一把带有玉坠的杭州丝绸折扇，班子出了门。

看过戏罢，杨府的客人大多回家了，留在杨府看花灯并过夜的，除了与大太太极要好的六姨婆外，就是几个小孩子了。元龙叫了轿子，让杨氏和淑媛先回家，茂生也不愿留下来看灯，明天学堂要开学，他跟了杨氏和淑媛回家了。玉如和霖生跟着六姨婆留了下来看灯，他们俩还要在杨府过夜，再玩上一天。

吃过晚饭，天还亮着，杨家的下人们把挂在院子西边走廊的花灯拿到新街口早几天前就定下的看台上挂了起来，元龙因杨堃的委托，带了杨府一大帮人去观灯。丰城的元宵节很热闹，沿街挂满了各色各样的灯，游人熙熙攘攘。元龙带着大家在市中大街和新街转了转，看了会儿沿街挂着的花灯，然后带大家登上新街口的看台。这新街口是市中大街和新街的交叉处，丰城的花灯社火主要集中在这两条街上，从看台上能看得见两条街上的花灯。杨森和杨堃的两个儿媳坐在一起，她们坐定后拉了玉如和五姨婆的孙女佩芬坐在身旁说话，得知佩芬九岁、玉如八岁时，杨堃的儿媳问她们上学了没有。原来，丰城从前年开始就开办了女子学堂。佩芬道：“我上学已一年了，玉如还没上学呢。”说罢，她探身去问玉如：“今年你娘让你上学堂吗？”玉如道：“我爹催着呢，我爷爷已去学堂给我报过名了。”佩芬拍手笑道：“我又多了一个伴了。”

大家说着话儿，天也慢慢暗了下来，丰城的元宵灯会游乐活动开始了，鞭炮噼噼啪啪地响了起来，烟花呼呼直上夜空。从新街的北面先来了花灯队伍，一条白色的长龙在几十个舞手的调停下摇头摆尾游来，长龙之后是一列水族动物灯，领头的自然是“鲤鱼跳龙门”了。动物灯过后便是高跷队伍，十个人踩着高跷，分别扮作文昌、财神、书生、商人、农夫、高官、员外、媒婆、童子和村姑，各人手中提着一只宫灯，宫灯上写着与其身份相应的四个大字，比如扮文昌的人所提的灯写的是“魁星高照”，那扮作书生的提的便是“独占鳌头”了。北门来的这支花灯队伍到了十字路口左拐向东去了。

没过多久，西面响起了鞭炮声，市中大街的西边来了花灯队伍。走在前头的是“狮子戏珠”队，银白色的大球珠灯犹如一颗大明珠，戏弄挑逗着一只大红狮子前来衔珠，四只小狮子在队伍中窜来窜去，一只小狮子竟跑到大狮子的背上摇头摆尾，赢得众人喝彩。狮子灯队过后是花仙灯队，牡丹仙子带领着众花仙飘然而来，花仙灯队过后是提着灯笼的“八仙过海”

船队，为了逗取众人开心，八仙各显神通。西门来的这只花灯队伍到达十字路口右拐朝南去了。

烟花伴着悦耳的鸟鸣声从东边一路过来，东门的花灯队伍以"百鸟朝凤"的鸟灯队开始。当南门的花灯队伍到达时，已近九时，元龙催大家回家，可大家正在兴头上，都不愿回去。

看完各路来的花灯，已是九时半了，回家路经高桥，见桥上河边站了不少人，近处河面上停着一只彩船，彩船四周挂满了红灯笼，灯光照出河面上一小片热闹，丝竹笙歌之声回荡在夜空中。那是有钱且闲的公子哥儿和商贾们租了花船，请了戏班里的小旦在这里作乐，杨府这一帮人少不得也驻足观听了一会儿。

回到杨府，吃过夜宵，杨堃还想留元龙多坐会儿，元龙说自己真的累得不行，于是别过大家回家了。

（五）

到了女子学堂开学这一天，淑媛给玉如穿上一套新做的桃红色碎花布棉袄和棉裤，给她背上绣有红梅的浅黄色缎书包，她给玉如梳了一条长辫子，扎上红丝线，给她头上插了朵红绒花，玉如高兴得跳来蹦去。元龙送玉如上学，临走时，淑媛让玉如带上一包用红纸包的礼物，嘱咐她交给先生。

女子学堂离玉如的家不远，走出柳烟街，往东走不了多少路就到了。学堂设在王家祠堂，女子学堂只有三个年级三个班，每个班级都只有十几个女孩。校长是王氏家族的一位媳妇，是一位极和气的中年太太，学堂里开设国文、算术、唱歌、图画、女红五门功课，教员自然全是女性。

元龙领着玉如走进校门，见校长站在一边，便带玉如向校长鞠躬问好。那天元龙来这里给玉如报名时已认识了校长，校长笑着对元龙道："你孙女真漂亮，真可爱！"她指着院子右边的一个教室，低下身来对玉如道："先生在教室等着你呢，快去吧。"玉如笑着向校长和元龙摆了摆手，转身向教室跑去。

玉如的教室里，教师桌旁坐着一位很年轻的先生，她笑着问了玉如的名字和年龄，望着玉如白嫩的小手和白里透红的小脸道："多好听的名字！真是一个玉似的姑娘。"玉如向先生鞠了躬，先生道："我姓严，喊我严先生吧，我教你们国文。"玉如把带来的礼物交给先生道："这是我娘叫我带给先生的。"严先生笑道："回家时记得对你娘说我谢谢她！"玉如道："谢谢严先生！"严先生指着第二排的一个空座位道："你个子不高，就坐来仪旁边这个位置吧。"玉如谢过先生，在先生所指的座位上坐下，同桌的小姑娘问："你叫罗玉如，八岁，是吧？我叫金来仪，九岁了。你认得字？刚才我看见你在先生那边写字。"玉如道："没认得几个字呢，刚才先生让我写名字，我也就只会写这几个字罢了。"

严先生见一时没新生来报到，闲着没事，就踱过来站在来仪身旁问她："你小名叫阿凤吧？"来仪诧异道："先生怎么知道我在家叫的名字？"严先生道："怎么你家人没给你说起'有凤来仪'的故事？"来仪道："我在家叫阿凤，这回要来读书了，邻家的一位老先生给我起了'来仪'这个名字，但他没给我讲这个名字的意思呢。"严先生道："那我来给你讲讲吧。传说秦穆公的女儿弄玉笙吹得很好，她的夫君萧史箫吹得很好，萧史教弄玉吹箫，曲名为《来凤》。一日，夫妻俩于月下吹箫，引来了许多凤凰，这就是'有凤来仪'的故事。你叫阿凤，所以老先生给你取名为来仪。"这时，班上又有新生到了，严先生忙着去接应。

来仪对玉如道："原来我的名字还有这么个好听的故事，严先生故事讲得真好，我真喜欢她。"玉如道："我也喜欢她。"没多久，新生都到齐了，一共十七位。严先生让大家排了个直队，带大家到供着孔子牌位的那个房间去礼拜孔圣人，严先生教孩子们在孔夫子的牌位前毕恭毕敬地鞠了三个躬。

回到教室，玉如见先生的桌子上摆着九只红礼包，严先生把这些礼包一一拆开，把礼包里的东西分给大家吃，教室里顿时雀跃了起来。吃罢糖果糕饼，严先生道："吃了糕饼糖果，大家就是一家人了，都是亲姐妹，今后几年里都要相亲相爱、互帮互学，大家说好吗？"女孩子们咻咻地笑着："我们是一家人了！"接着，严先生开始上国文，教女孩子们认字、写字。

在这里，玉如开始了她的启蒙学习，她对女子学堂里的一切感到新鲜，她很喜欢这个学堂。她们的算术先生是圆脸、矮个子、三十多岁的郑女士；严先生除了教她们国文外，还教她们唱歌；教她们图画的是长得很漂亮的校长的媳妇林小姐；一位五十来岁的奶奶教她们女红，所有这些先生都是那么和蔼可亲。来仪成了玉如的好朋友，她俩无话不谈，一起上学，一起回家。

第二章 叔鹤宁波受贿；淑媛李庄探亲

（一）

三月里的一天，上午十时多，两位警察进了宁波浙海关的大门，直奔书记科。书记室中，叔鹤和其他两位同行都已办完手头的公事，大家端着茶壶，边喝茶边聊天。突然门被推开，两位警察出现在门口，那高个子警察问："哪位是罗振业先生？警察局有请罗先生。"叔鹤的心顿时猛烈地跳动起来，他慌忙站了起来道："本人即是，请问有什么事？"那警察道："我们只是办公差，别的就不知道了，你去了警察局自然就明白一切了。"叔鹤见警察找他，知事情有些不妙，便道："请你们等一下，待我稍稍整理一下桌上的纸张文字就跟你们走。"

叔鹤的两位下属见事有蹊跷，都不敢作声，默默地望着警察把叔鹤带走。

叔鹤跟着两位警察走出海关大门，没走几步，那高个子警察便从衣袋里拿出手铐，把叔鹤的双手铐了。叔鹤顿时吓白了脸道"怎么这般不客气？"警察道："别废话！刚才算是给足你的面子了。"

此时，叔鹤心里明白那事到底还是发了。

高个子警察把叔鹤带入警察局的审问室，让他在长桌前的凳子上坐下。一会儿之后，一位皮肤黝黑的中年警察走了进来，在长桌后面的椅子上坐定，拉长了声音问："你就是罗振业？"叔鹤答："是。"中年警察道："你的案子发了，有人告你受贿，且数额不小。去年十月一艘发自日本长崎的'天庆号'走私货轮，满载着布匹、香烟和洋酒等物，在近宁波港的海面上交货时，被你们海关缉私人员发现，货物被扣留，货主被拘禁。其中一位货主是丰城人，他家人找上了你，为他说情，情是说成了，你收受了他巨额利钱。你身为海关人员，知法犯法，这罪可不轻啊！你认罪吗？"

叔鹤的脑子嗡嗡作响，他不知道警察是否真正掌握了他具体受贿的事，幸好刚才在路上惊慌之中他还能做了些答话的准备，于是叔鹤假装很冤屈地道："你叫我怎样认罪呢？那货主是我的亲戚，他从上海进了布匹、香烟和洋酒等物，要把船开到宁波码头卸货，哪知运气不好，在将近宁波的海面上他正好赶上我们海关缉私科的人在追赶走私船，人家以为他这船也是走私的，就一起被扣了。后来他家人叫我出面去缉私科把事情说说明白，他没有走私，所以不久他就被放了，货也拿回了——就这么回事。"

听了叔鹤的这番辩白，中年警察高声斥道："放屁！你以为我们没有证据吗？告诉你，我们有证据证人！甘某并不是你的亲戚，你们原来并不认识，甘某的家人是经过好些人的关系才找上你的门的，其中就不会有人说漏嘴吗？说说看，你到底收了甘某多少好处？"

这时叔鹤明白那件事他是赖不了了，他的额头渗出了大颗大颗的汗珠。

去年十月，那甘姓货主的家人由叔鹤的好友成敬禹带至叔鹤家，求叔鹤帮他说情，释放货主，取回走私货物。甘姓货主的家人当场拿出一根金条，并说事成之后还会有谢。其实，那姓甘的并非丰城人，只是他的妻子是丰城毗邻的清平县里的人，夫妻俩都不是土生土长的宁波人，因此他们在宁波没有多少人认识。如今出了这事，家人到处寻找门路，希望平静解决此事，放出货主，拿回货物。后来甘姓货主的家人听人说丰城的罗叔鹤在海关当差，经人介绍找上了叔鹤的好友成敬禹，那成敬禹自然是得了甘家好处的，便带甘某家人直接见叔鹤，送上金条，请叔鹤帮忙。叔鹤在海关只是一个文书，仅处理海关的文书往来和起草普通的文书，他哪有这种直接为人帮忙办理甘某这等事的本领？叔鹤本想立即回绝甘某家人的要求，但他不想让朋友说他没本事，且那金条也太有诱惑力。最后叔鹤道："让我想想，不知有否什么办法，但这金条你还是先拿回去，如有了办法我就让成兄告诉你。"当然，甘某的家人没把金条拿回去，他把金条留在叔鹤处，回家等候叔鹤的回音。

叔鹤知道，其实甘某这类事并不是没有办法办成功的，以前他曾不止一次听人说过走私货经某人之手被归还的事，于是叔鹤就有了找此人试试看的想法。此人便是缉私科科长唐正臣，宁波海关署长的舅子。当叔鹤找到唐正臣，说自己一亲戚的货船被缉私科扣押、人被拘留，说其实那些货物并不是走私货，请唐科长重新核查一下的时候，唐正臣一口拒绝了。叔鹤不死心，第二天又去找他，这回唐正臣松了点口，答应叔鹤，说他自己明天去核查一下，叔鹤见机便说，最好让这位亲戚的家人自己过来向他做解释，情况会说得清楚明白些，唐正臣同意了。叔鹤知道这事已有了一些眉目，当天晚上便带甘姓货主的家人至唐正臣家当面商议。唐正臣很客气，教甘某的家人次日去海关缉私科给甘某送些衣服及生活用品。到此，叔鹤知道此事已办妥，便知趣而退，先回家了。没过几天甘家的事就解决好了，事后，甘姓货主亲自登门感谢叔鹤，给叔鹤送来了一根金条。

叔鹤在海关任职多年，眼见得身旁许多人升了职，但他自己却仍是一个科员。耿耿于怀之余，叔鹤知道这并不是因为他的才能不及别人，只是因为他"朝中无人"。有了这次与唐正臣正面接触的经历，叔鹤便主动靠近唐正臣，他给唐正臣送去一根金条，托唐正臣在他署长姐夫前美言他几句，帮他提职，几个月后，叔鹤果然提了职，升任书记科科长了。

叔鹤被正式拘捕，关入了牢房。那天下午，警察就来他家中翻箱倒柜搜寻他受贿的证据了，吓得文英的弟妹哇哇大哭。警察们没有找到他们所想要的金条，盘问了文英的母亲和文英也没有结果，便丢下一句"我们还是要来的"的话走了。文英的母亲陈氏哪里见过这种场面，直吓得瑟瑟发抖，警察去了她回过神来，眼泪簌簌而下道："你爹要是有个三长两短，叫我们怎么办！"文英哭道："娘先别说这种不吉利的话，我们得想办法打听到爹的消息才是。"陈氏道："我们有什么本事打听你爹的消息？你爹的朋友都是些猪朋狗友，只会引人干坏事，就只有去阮府找你胜恺表哥商量了。"文英抹去眼泪道："我这就去。"

文英匆匆来到阮家，瑞云已从学校回来，胜恺尚未下班。文英见瑞云的丫头乐儿在旁，不好说话，便拉瑞云至后花园。文英尚未开口，双泪滚滚而下，瑞云忙问文英出什么事了，文英见问，越发哭得厉害，呜咽了好久说不出话来。瑞云急；道："平时见你口齿还伶俐，怎么这会子不会说话了！"文英哭道："你们得救救我爹，他完了，我们怎么活呀！"听了这没头没脑的话，瑞云急问："你爹怎么啦？得什么病了不是？你好好说给我听，我们才能救他。"文英把下午警察来她家翻箱倒柜搜寻的事告诉给瑞云，瑞云听后也慌张了起来："听你说来，小舅一定是做了什么犯法的事了，否则警察怎么会来你家这般肆无忌惮！"文英靠近瑞云的耳朵道："警察说他们是奉上司之命来搜什么金条的，你知道我妈是个不晓事的人，到了这关头她更没主意了，我弟弟又小，我只有求胜恺表哥帮忙了。"瑞云听了，知这事有麻烦，便安慰文英道："你先别急，等你大表哥回来再做商量，他会帮你的。"

文英在阮家等到胜恺回家，把事情说给胜恺听，胜恺道："警察局中我有一位朋友，明天我去打听准了，小舅究竟是犯什么事，咱们再商量着办吧。"

第二天胜恺打听到了他小舅父所犯的事，说来竟是一贿赂案，他小舅从中得了两根金条。那甘姓货主的家人曾找过好几位人求帮忙才寻到叔鹤，大概是那些人中的一位得的好处不多，因而从中发难，叔鹤的事才发露了。胜恺把打听得的消息告诉了文英的母亲，文英的母亲流着泪道："那天你小舅的那个狗友带了那个人来我家，你小舅把房门关了，三人在里头排什么鬼阵，我就想一定不是什么好事。他们说他得了两根金条，可我连一根也没见着，也不知他把金条藏在什么地方了。要是明天警察再来，叫我怎么办？"胜恺道："你照实讲就是了，让警察带小舅自己回家来找吧。我想这事麻烦很大，金条是一定得拿出来的，另外，若不疏通关节，说不准会是什么个结果，因此只得请大舅母的弟弟警察厅厅长从中帮忙了。我明天就去丰城一趟，让大舅父马上去杭州商量，此事不容耽搁。"

（二）

元龙听完胜恺的讲述大吃一惊道："我知道老三做事不稳重，可没想到他会做出这种昧良心的事。没有办法，只好去杭州找杨堃帮忙了。"次日元龙便赶去杭州见杨堃。

元龙找到杨堃，把叔鹤所犯的事如实告诉给他，杨堃听了，火冒三丈：

"叔鹤真是个大笨蛋，小人，白白让他读了那许多年的书，这种事他怎么能干得出来？两根金条就让他馋得如此慌张，他还能干得了什么大事？我平日里常交代你们在家本本分分地待着，别生什么是非让我操心，你们就是不听。今天叔鹤惹出这样的大麻烦，我若不给你们动脑筋，你们不是说我没人情味，就是说我没本事；我若是给你们动脑筋，这里头不知要做多少动作，也不知宁波那边的人买账不买账。"元龙从未见过杨堃发这么大的火，但他知道杨堃的难处。杨堃发过火后道："这事得容我慢慢想来再答复你怎么办，你先在我这里住下，我得想出个万全的办法，既要让宁波警察局那边说得过去，又不至于让叔鹤吃很多苦。"

两天后杨堃派他的亲信副官邹维是以检查督促下级办案的名义来到宁波。邹维是的突然到来令宁波警察局长慌了神，海关受贿案仅只查到罗叔鹤为止，这对不知情且不懂法的平民百姓是可以敷衍过去的，但邹维是这一关如何过得去？除唐正臣外，与这次海关受贿案有关的一干人都在押。成敬禹经不住警察的威吓，承认了是他带甘姓货主的家人去叔鹤家的，并说当时叔鹤得了那家人一根金条。甘姓货主先是百般否认，只说叔鹤是他妻子的亲戚，帮他办事，后经成敬禹当面对质，又遭警察拷打，只得认了，并说出了事后又送叔鹤一根金条的事。这样一来，叔鹤只得承认自己得了两根金条，但叔鹤没有把唐正臣也受了贿赂的事讲出来，原因很简单：一来叔鹤没亲眼见到唐正臣收受了多少金条，二来是唐正臣帮他做了书记科科长的，虽然唐正臣收了他的一根金条，但如果自己揭发他，便见得自己是一等小人了。

尽管叔鹤没有揭发唐正臣也受贿，但明眼人一看便明白，如果缉私科这一关没过，甘姓货主和他的货物怎么能从海关出来？因此，如今省厅派邹维是来督察，这宁波警察局局长如何不惊慌？思来想去，局长想不出应付的办法。要是让唐正臣也牵连进去，可唐正臣的姐夫是海关署长，不说平日他们两人利益关系甚密，仅说这一次唐正臣也是送过他金条的，把唐正臣牵连进去，不就是揭自己的底？

局长正想不出办法，忽见他派去陪邹维是查看档案材料的黑脸刑审科科长慌慌张张地来找他，说这罗振业的亲大哥正是省厅厅长杨堃的亲姐夫，俩人关系极好。局长初听得这消息，吓得一身冷汗，忙问这消息从何而来。原来，邹维是在海关受贿案材料中看到罗叔鹤的材料时，很随便地对这位陪他看材料的刑审科科长道："姓罗的人怎么这么多？一个月前杨堃厅长的二姐夫来杭州办事，厅长为之摆酒接风，叫了我去相陪。他二姐夫也姓罗，叫罗元龙，是丰城人。厅长说他这二姐夫很能干，说他老家中的事常烦二姐夫操心。"刑审科科长听了，吃惊不小，心想："宁波这一带姓罗的人本来就不很多，丰城地方又小，这罗振业怕就是厅长二姐夫家的亲人呢。"他这样想着，便借口出去方便，让下属悄悄找了叔鹤，探得罗元龙正是叔鹤的亲大哥。

邹维是故意放出罗元龙这个信息之后，见刑审科科长坐不住了，便知杨堃的办法已开始生效，他稳坐着，继续把这受贿案的材料看到底。看完材料，邹维是暗自想道："这样算来唐正臣所受的金条至少也有三条了，但不知这警察局长得了唐正臣多少好处。这些我且不理会，只要罗振业出了这警察局，我便好交差了。"

邹维是正想着，只见局长笑盈盈地从外面进来道："刚才刑审科长已向罗振业问明，那罗元龙正是他的亲大哥，邹长官你说这事怎么办好？"邹维是故作惊奇道："怎么这般凑巧，偏偏是亲兄弟！这事真的不好办了，你说呢？"邹维是以守为攻，矜持了半晌道："我一时想不出好办法，你若有什么办法，就先说出来，我们商量着办吧。"警察局长把椅子挪到邹维是的身边，轻声道："既然罗振业是杨厅长的亲戚，我们怎么能抓他？"邹维是道："不抓他怎么说得过去？他这事怕要坐好几年牢吧？"警察局长道："按常例是这样，但这罗振业是得例外的了。"邹维是问："这海关受贿案已搞得沸沸扬扬了，若不抓罗振业，庶民那头怎么交代？"警察局长道："这好办，我们就说罗振业本应判坐五年牢的，现因他身体患有重病，由他家人保释回家治病。没收那两根金条，罚款五百银圆，再把他在海关的职开除掉。这样的结果百姓那头是可以说得过去的。"邹维是故意想了好一阵子道："也就只能这么办了，只是此案这样一办却便宜了唐正臣，他倒是条真正的大鱼！"警察局长听了，脸上时白时红的，厚着脸皮道："还求邹长官体谅我们这些下属地方官呢，做地方上的事难哪！哪个不是靠互相照顾着过的呢，这个唐正臣的姐夫就是这里的海关署长。若是我们早知罗振业是杨厅长的亲戚，事情就会办得简单了，也不至于让他吃这么大的亏。"叔鹤交代了金条所藏之处，警察去他家取走了金条，没有两条，只有一条，叔鹤解释说是他自己用掉了一条，出去之后再想办法给补上。

邹维是离开宁波的第三天，叔鹤以身患重病的事由被元龙和胜恺保释回家，他从监狱出来，见元龙和胜恺在门口等候着他，他上前抱住元龙，泪如雨下，呜呜大哭了起来。元龙道："你先别哭，一家人都在等着你，咱们赶快回家吧。"

叔鹤回到家里，一家人相见不免又是一番悲伤，大家见叔鹤如此落魄，知他在里边受了不少苦。叔鹤转身跪倒在元龙跟前道："多亏大哥相救，弟弟一辈子忘不了大哥的恩情。"元龙一把拉起叔鹤道："别说我的恩情了，若不是有杨家这门亲戚，大哥本事再大也救不了你。我只希望你今后好好干本分的事，正正经经地过自己的日子，不要再给祖宗牌位添黑就是了。"叔鹤道："大哥说的我都记住了，杨家二舅那里你千万替我道声谢吧。"元龙道："我会的。这几天你在里头吃了不少苦，好好养几天吧。"

陈氏告诉叔鹤："几天前海关里那个叫唐正臣的缉私科科长来过咱们家，送来了一根金条，我怎么也不要，但那姓唐的坚持把金条留了下来，说是你用得着它。你说奇怪不奇怪？"陈氏从衣柜里拿出金条，递给了叔鹤。叔鹤看着金条，眼泪夺眶而出，切齿道："都是这金条惹的祸！我受了这般的耻辱，他倒好，连一根皮毛也没动着，我做他的替死鬼了！"叔鹤越想越气，又切齿道："这个受贿案只查到我为止，有关的人都牵连上了，唯有唐正臣逍遥自在。唐正臣得了那么多金条，警察局却不追究，你说这其中不是又在受贿是什么？"陈氏赶紧拿手捂住叔鹤的嘴道："冤家，你还不怕事多！人家有本事干那种事，你与他比什么！好好想想怎样去筹罚款的钱要紧。"叔鹤听了，垂头丧气道："你还不嫌我这几天在那鬼地方待得难受？我一出来你就拿罚款逼我。让我安心几天，养养身体再说吧。"

叔鹤这次真的是赔了夫人又折兵，金条没得到反而赔了五百银圆，最要命的是不但丢尽了面子还丢了饭碗。这五百银圆的罚款和金条都要在下个月底前交清，如今金条是有了，但这五百银圆到哪里去找？以前叔鹤在海关只是个科员，薪金不高，家中人口又多，积蓄自然少。叔鹤想来想去毫无办法，元龙道："搬回丰城老家住吧，你把这三间典来的小房子转典了先把罚金交清，回丰城再想办法。"

叔鹤想了两天，但想不出其他更好的办法，也就只有元龙所提的这个办法了。当初他以两百块银圆典借了这小院落，居住了五年，两年前他以三百银圆续典这小院五年，如今房子的典金又加了，三年也可典个三百银圆，再凑合些钱先把五百银圆的罚金缴清，生计的事回老家再做安排。文英的母亲无计可想，其实也确实没什么别的办法可施。

四月下旬，房子转典了，罚金缴清了，叔鹤带着一家妻小回到丰城，住入祖宗留下的罗家老宅后院。居住还算宽敞，只是叔鹤一时找不到事儿可赚钱，生活开始捉襟见肘，虽然以前有点积蓄，奈何这次遭障碍神倒引，罚了款，所剩无几，几个星期过后，夫妻俩便开始为柴米油盐发愁。元龙知道叔鹤的困境，嘱咐杨氏和淑媛照应着点，杨氏见陈氏会做针线活，便让元龙把店里的一些针线活交陈氏去做，每逢有针线活可做，文英都帮着她娘一起做。

（三）

端午节的前一天，淑媛和周妈忙着打点做粽子，粽子煮熟了，淑媛让玉如和霖生姐弟俩抬了一大篮粽子给叔鹤家送去。陈氏收了粽子，文英把自己做的几个绣花荷包和端午节小礼品给了玉如姐弟俩作回礼。

按淑媛娘家的惯例，逢年过节，娘家会给每位出嫁了的女儿送来一份不菲的礼物，这是淑媛的父亲在世时立下的规则。淑媛的几个姐妹都嫁在暖江的北岸，回娘家很方便，唯有淑媛嫁在暖江的南边，回娘家须得先过暖江，暖江又阔，摆渡过江极不方便。如今父母都已亡故，于是淑媛说，哥嫂们给她的这份礼物就免了吧，可她的姐妹们都说，如果淑媛的这份礼物免了，她们的礼物也不能收了，她们又不是吃哥嫂的，这都是父亲留下的东西，哥嫂们送一点礼物给她们也是应该拿的。

这年端午节，娘家派了长工苏伯送来礼物。淑媛问起娘家的情况，苏伯告诉她说，别的人都安好，唯有淑媛的叔叔前段时间病了，淑媛的几个姐妹都曾回娘家看望过他，如今她叔叔的病已大愈，不碍事了。淑媛听苏伯这么一说，觉得自己应该去看望一下叔叔，元龙和杨氏也都说她该回娘家去看看。

淑媛嫁入罗家后，因交通不便，她很少回娘家。第一次回娘家是在茂生六岁的时候，她带着茂生去娘家，哥哥给了茂生一头小牛崽，现在那牛还寄养在哥哥处，听说那牛已经能耕地了。次年淑媛的大侄儿结婚，她去喝喜酒，那是她第二次回娘家。想起这个侄儿，淑媛心里无限悲伤，这侄儿是她大哥的长子，十八岁就结了婚，娶的是离李庄不远的一个村中一位有名望的乡绅闺女。侄儿长得修长而清秀，天资聪明，拉得一手好琴，那时正在跟一位极有名气的老中医学医，可年纪轻轻的却得了肺病，吃了多少名贵的药总是不见好。她大哥希望那早就订过婚约的乡绅女儿嫁过来冲喜，乡绅家也愿意，于是那年过了七月新媳妇就过门来了。那姑娘十九岁，模样儿百里挑一的，还认得字，样子极斯文，本来是极好的一对，但命运却与他们作对。新媳妇过门之后，她侄儿的病开始几天里似乎有所好转，但过后却是每况愈下，病情日重一日，不到四个月就一命呜呼了。那时淑媛刚生了霖生，还在月里，没能见这侄儿最后一面。后来听人说，那媳妇哭得死去活来，好几次要爬入丈夫的棺木殉葬，被人拉回。

自那至今淑媛一直没回娘家，如今霖生五岁，玉如八岁，他们姐弟俩都还没去过舅父家。淑媛想，该带他们俩回娘家见见亲戚了。于是过了端午节，淑媛便带着玉如和霖生一起回娘家走亲。往日里玉如常听母亲谈起舅父家的一些情况，玉如只见过两位舅父和大舅父家的一位表哥，但从未见过舅母和其他几位表兄弟和表姐妹，还有那位大表嫂，玉如极想去舅父家看看，这次她总算如愿了。

初八日清早，元龙办足了礼物让袁伯陪淑媛娘儿三人过江。渡过暖江，袁伯雇了只篷船让淑媛娘儿三人坐了下来，交代好了船夫一番话，小船便离岸了。船桨经船夫之手吱吱咿咿地拨弄着河水，小船沿着弯弯曲曲的河道缓缓而行。小船行了一个多时辰，将近午时，前面两岸出现了三五成群的小屋，屋顶升起缕缕炊烟，淑媛对两个孩子道："舅父的家就在前面了。"

小船在石板筑成的水埠靠了岸，一个女人在水埠洗衣服，淑媛见了那女人高声叫道："孙大娘洗衣服哪！"那女人抬头见是淑媛，笑道："三姑娘来走亲吗？多年没见你回娘家了，大家都想着你呢。"淑媛笑道："孙大娘还是这么硬朗，一点没变呢。"淑媛一边说着，一边让玉如和霖生向孙大娘问了好。淑媛对孙大娘道："虎儿长大了吧，大家都好吗？待会儿大娘带虎儿到我哥哥家坐会儿吧。"孙大娘应声道："会的，会的。"

船夫帮淑媛和两个孩子上了岸。眼前是一长溜青砖高墙，沿着高墙走不多远，便见一对有点褪色的朱红大门，门上方横书"紫气东来"四个大字，门两旁的对联是"祥云遍闾里，瑞霭满庭院"。淑媛带两个孩子进了大门，在宽大的庭院中停住了脚。前面七间正房，右边是一堵带有一圆洞门的青砖墙，淑媛道："这边是大舅父的房子，那边北院的房子是二舅父的。"正说着，只见一位穿着浅蓝色洋布上衣，黑白色碎花洋布裤子，圆脸儿，比淑媛年轻的女人从对面上房快步走出来，女人边走边笑声朗朗地道："三姑娘快进房！先前妞儿们还都在大门口张望着等候你们呢，才刚去后门了。"

眼前这个女人淑媛从未见过面，但她知道这就是他大哥的后妻。淑媛对玉如和霖生道："这是大舅母，快行礼。"玉如和霖生向大舅母行过见面礼，淑媛与她嫂子也彼此问了好，嫂子带他们进中堂坐了。中堂的桌上早已摆了许多招待客人的糕糖瓜果，大舅母给玉如和霖生抓了大把麦芽糖和花生。淑媛问："大哥不在家吗？"嫂子道："他在后门田边看后生们捉螃蟹呢，妞儿们也都在那边，你们坐着，我去叫他们来。"

大舅父手抱一小男孩从后边走了进来，他的身后跟着两个小女孩，大家彼此见过面，行了礼。淑媛的大哥名安钦，那两个女孩是他的前妻所生，安钦的前妻生了三男三女之后，在生第七胎时得了产后病，生下一女婴后没几天就亡故了，那女婴不久也没了。安钦的前妻亡故不久，就有好多人来给他说媒，安钦看中了一位年轻的寡妇，模样周全，虽然家境贫穷，但无有子女牵累，便娶了来填房，安钦抱着的男孩便是这后妻所生。

没过多久，从北院走过来一娇小玲珑的女人，手里牵着个小女孩，她的年龄与淑媛不相上下。玉如心想此女人一定是二舅母了，她悄悄地问淑媛，淑媛点头道正是。二舅母和淑媛打过招呼，不等玉如和霖生向她行礼，早已拉起玉如和霖生的手道："是玉如和霖生吧！城里的孩子就不一样，细皮嫩肉的，多斯文！叫人看了就喜欢。"淑媛问："二哥在家吗？"安钦道："云钦忙着呢，乡长让他管村里的事，如今他是这里远近有名的人物了。"淑媛道："村里的事难管，让我说，辞掉这个忙差事倒省心些，家里让他操心的事就够多的了。"二舅母道："我也这么说，我劝他别操这份心，省些心多管教自家的孩子是正事。但他说村里的事总得有人来管，既然村里人和乡长都信得过他，这事他先干几年再说。今天一大早村南刘家来找他，让云钦去调和婆媳俩吵架的事，他一去到现在还没回来呢。"

此时从后面传来几个女人的说话声，一个年轻的媳妇随着安钦的后妻和两位梳着长辫子的姑娘进门来了。玉如抬头见那媳妇，高挑的身材，白白的皮肤，穿着紫色滚花边的细洋布衣裤，手中拿着白色丝绸手绢，瓜子形的脸上没施任何脂粉，细长的眼睛，小鼻子，樱桃小口，脑后梳着一个松松的发髻。玉如知道这就是她母亲常提起的大表嫂。大表嫂见了淑媛，低头深深行礼道："侄媳来晚了，请三姑妈原谅我的失礼！"淑媛忙起身拉住她的手道："一家人何必这么客气，要说失礼的话，是我失礼，好几年没来娘家看你们了。"大表嫂在淑媛的身旁坐了下来，她不大会说话，打过礼节性的招呼后，只是望着玉如和霖生笑。玉如望着大表嫂那苍白的脸庞，觉得她的笑里有一份淡淡的悲哀。

那两位姑娘是玉如的表姐，年龄大些的是大舅父家的，年龄小些的是二舅父家的。从大家的谈话中玉如得知大舅父家的表姐已十七岁，这几年一直陪着大表嫂过日子，明年未婚夫家要娶她过门去，她过夫家去后，陪大表嫂的事得由二舅父家的表姐来接。二舅父家的表姐今年十五岁。玉如想，二舅父家的表姐出嫁了谁来陪大表嫂呢？

这时，淑媛的二哥云钦赤着脚、提着布鞋回家来了，他说从村南刘家出来后顺便去地里转了转，所以回来晚了。云钦的身后跟着安钦的二小子，他扛着锄头，光着脚，见了淑媛，咧嘴憨笑了几下，叫了声"三姑妈"，便进后院去了。这孩子生来是种田的命，小时安钦送他上族中的私塾读书，他总是逃学，背着家人自找乐趣，跟着穷人家的孩子乱跑，或去河边钓小鱼、网小虾，或到田间捉泥鳅、抓螃蟹，或上滩涂逮石蟹、捕跳鱼。稍大时，安钦曾送他去城里读书，寄住在淑媛处，但呆不了多久，他借口回家过中秋节，便再也没回城里读书了。他既不肯读书，安钦只得让他跟长工们一起去种田，他倒觉得逍遥自在，其乐融融。如今他十六岁，已是长工们的好帮手了。

吃过中饭，霖生嚷着要去看舅舅给茂生的黄牛，淑媛道："你忘了咱们来这儿是干什么的吗？叔公家还没去呢！"

（四）

下午孙大娘带了孙子虎儿来看淑媛，送了些鸡蛋来，说是给淑媛娘儿三人作点心。这是李庄人的习惯，无论哪家来了客人，附近的邻居都会送来鸡蛋、面条之类的东西。不一会送点心的邻居陆续来了许多，淑媛也把从城里带来的礼物一份份送给她们。淑媛多年没回娘家，今天来了，大家彼此说了许多话。

玉如和霖生跟着表哥和表姐去看那黄牛，表哥牵出黄牛去不远处的山坡吃草，霖生也跟着去了，玉如则跟着两位表姐去大表嫂的房中玩。

大表嫂名心秋，心秋的房子在这后院的北首正房，这里很幽静，只有她和她从娘家带来的老妈居住。安钦怕她冷清，便让大女儿陪着她住。这后院房子的后面还有一个院落，北边的两间轩房由女佣居住。玉如想，幸好女佣们住在大表嫂的后面，否则大表嫂太孤单了。

玉如跟着两位表姐来到心秋的房中，心秋正捧着《二十四孝》观看。二表姐笑道："大嫂又在看《二十四孝》了，这《二十四孝》和《古今列女传》两本，书皮都快给你磨破了，怎么就看不厌呢？"心秋抬头笑道："哪能看得厌？怕是要陪我入土呢！"大表姐皱了皱眉头道："嫂子又说这种傻话了，好嫂子，我求你以后别再说这些话了吧！"房中的老妈子也在一旁插嘴道："我每每劝我家姑娘，别把心思都用在这些无用的书上，整天在房里坐着，心闷着呢。"心秋看了看玉如，回头对老妈子笑道："阿妈你啰唆什么呢？城里的姑娘来了，也不去泡杯茶来！"说着，她起身去开了橱子，拿碟子盛了些果子给玉如，一边煞是正经地道："姑娘不读书，哪能知道这些书的好处呢？这两本书都是教我们怎样做人的。人在世，最要紧的是个孝字，如晋时的王祥，事继母有孝行，后来中秀才，累官大司农，封万岁亭侯，晋武帝嗣位时，封他为太保，晋爵为公。自古忠孝原为一体，行孝道者忠于国，所以得大成就了。"大表姐道："你这些话该说给男人们听，女人又不做官。"心秋道："姑娘别糊涂！女人虽不做官，孝字亦是头等重要，要孝悌、贤明、贞慎、节义。如前汉鲍宣之妻桓少君，娘家极富，她出嫁时父母给她装送的嫁妆甚丰，鲍宣不高兴，对少君说：'你家富，我家穷，你家的嫁妆这么丰盛，我不敢要。'少君道：'我父亲是看中你的人品好，才把我嫁给你，你如果不喜欢这些嫁妆，我就听你的，不要它们了。'于是少君把身上华丽的服饰连同陪嫁的女佣及嫁妆都留在了娘家，穿起布衣短衫，与鲍宣一起坐辘辘车到他家，拜见过婆婆，便干起家务事，提水煮饭，样样都干，行持妇道，乡邦称赞，后来鲍宣官至司隶校尉。你们想想看，倘若少君少贤明，带了那些嫁妆和佣人到夫家，不行妇道，不敬婆婆，哪里会有鲍宣后来的成就呢？"

两位姑娘见嫂子说起孝子贤女来如此津津有味，知道她又犯痴了，便不再与她争辩。心秋这番话，玉如虽然听得不大明白，但觉得她讲的故事很好听，她希望心秋继续讲下去。心秋见她的两位姑娘对她所说的话都没兴趣，也就不说了。

霖生满头大汗地从外面跑了进来，他无比兴奋，手舞足蹈地对淑媛道："我会骑牛了，刚才表哥让我骑着牛回来，真好玩！"淑媛道："怪不得你身上一股臊臭，你这身衣服赶快脱了，我给你换套干净的衣裳，等会儿大家要吃晚饭了。"

晚上，淑媛的两位嫂子都争着要淑媛娘儿三人到自己的家中过夜，淑媛道："我们白天在大哥家打扰了这么多久了，晚上就上二哥家打扰去吧。"

云钦的妻子叫吟平，比淑媛大两岁，淑媛未嫁时与吟平相处甚好，两人无话不谈。今天回娘家来，淑媛问起大哥的后妻，吟平道："人还算勤快，只是年龄轻了些，出身又低微，不免小气，嘴又有点馋。后娘总是难做，她刚来不久，有一天下午烧了几条河鳗，要自个儿吃的，放在锅里还没吃掉，凑巧两位侄儿回家来了，她便不敢吃。后来被侄儿们发现了，两个人就捉弄她，往锅里放了几把柴灰，还写了张字条放在锅盖上，那纸条上说：'河鳗好吃，柴灰难咽'。那天晚上她把这事告诉了安钦，把那字条给安钦看了，安钦便拿棍子追着要打侄儿，两个侄儿逃到我房中，我和云钦千劝万劝，总算没让他打着孩子。你说人是不是无情，就为了新娶的后妻要吃那河鳗，说要把儿子打死抛进河中喂鱼去。你别看安钦平日里和和气气的，发起脾气来可了得，看了真叫人害怕。"淑媛叹道："大侄儿已没了，大哥怎么就不心疼二侄儿、三侄儿呢？"吟平道："话也得说回来，侄儿也太胡闹，后娘也是娘，也该敬重她。"淑媛道："子不教，父之过。大哥平日里对孩子们缺管教，二侄儿不肯读书，他也不管，惯着他，由他的性来，他这样管教孩子，只怕将来会有更麻烦的事呢。"吟平道："你说的是，对孩子的管教很要紧，云钦对孩子管得还算严，孩子们也乖，我省心。"淑媛道："我看大哥家里大侄儿媳妇倒是好人样，可惜是个苦人儿命。"吟平道："是这样，要我说，她年纪轻轻的，倒是找个像样的人家嫁了的好，但她偏是死心眼，守着这空房干什么呢？"淑媛问："有人来给她说媒了吗？"吟平道："这倒没有，不过她父亲有这个意思，曾经给她谈起改嫁的事，她却是一口回绝了。"

这时云钦走进房来，见玉如和霖生未脱鞋子随便歪在床上睡着了，便给他们脱了鞋子，云钦一边给他们盖被子，一边嘟囔："虽说端午已过，但天气还不暖和，这样随便睡了，只怕会着凉呢。"云钦回过头来对吟平道："你怎么会有这么多的话要跟三妹说呢，也不想想现在会是什么时辰了？"吟平笑道："什么时辰了？不至于是半夜了吧。"云钦道："十一点都过了，你不困，难道三妹也不困？"淑媛惊道："怎么就十一点了呢！二哥这么一说，我倒真的觉得困了。"于是云钦夫妇俩别过淑媛回房去。

（五）

第二天吃过早饭，长工们见田里一时无事可干，便要下滩涂去捉跳鱼和螃蜞。霖生要安钦的儿子带他一起去滩涂，淑媛不放心他去，安钦道："你不放心，就让我带他去吧。"玉如也想跟他们去，淑媛道："女孩儿家有女孩儿的事情，跟男孩儿们闹不到一块。滩涂怎么个样子连我都不知道呢，你就跟我去看看表姐和舅母她们在干什么事吧。"

淑媛带玉如至云钦家的后院，两个表姐都在后轩机房纺纱，两人一边说笑，一边右手摇着纺车的轮子，卷成小卷子的棉花在她们的左手里变成了细长的棉纱。玉如问淑媛："娘会纺纱吗？"淑媛笑道："乡下的姑娘哪个不会呢？我们纺过的棉花怕是能堆成小山了。"淑媛说着，便在一纺车旁坐下，摇起轮子，试着纺起线来。大表姐见了道："三姑妈还记得怎样纺纱？"淑媛道："十几年没摸纺车，手也生疏了，纺得不好，糟蹋棉花了。"说着，她停了纺车，抬头见织布机上已有一些织好的白布，她便在织布机前坐下。梭子在淑媛的手里来回飞舞，二表姐道："三姑妈织布的本事比我们还好呢，姑妈以前一定是个极好的纺织娘。"淑媛笑道："大概那时还不错吧。"这时吟平走了进来，笑道："她是这里出名好的纺织高手，布织得又快又好，我们哪个能比得过她？"淑媛停了机道："现在不行了，甘拜下风，不然又要糟蹋棉纱了。"

玉如问淑媛道："这些白布织起来什么用呢？"淑媛道："做衣裳、做被单都要用白布，白色的布可以染成黑色、蓝色、红色、紫色等等颜色，还可以染出白底蓝花、白底红花和蓝底白花、红底白花的布来，色也都是在自己家里染的。以前没有洋布，我们四季都穿自己织的布做成的衣服。"吟平插嘴道："外甥女你在我们这里再多住上几天，我这匹布下来，你就会见到我们用红花和蓼蓝染色了。"玉如道："怪不得咱家的蚊帐是白底蓝花的呢，是娘从这里带去的吧？"淑媛道："正是，不过蚊帐不是棉花纺的线做的，那是用苎麻捻的线做的，夏天的布用苎麻或蚕丝织成，做成的衣服穿起来比较凉快，而冬天的被单要用双线织成，又厚又牢固。"玉如听了，很觉新奇。

淑媛起身道："我在这里只管说闲话，打扰你们的正经事了，你们忙吧，我想去看看大媳妇在房里干什么呢。"二表姐道："她说要给姐姐做些绣品，现在大概在绣花吧。"

淑媛带玉如来安钦家的后院，果见心秋在窗下绣花。心秋见淑媛娘儿俩进房来，便赶紧让坐，一边往里面的房间叫道："阿妈，三姑妈来了，快泡茶来吧。"淑媛道："媳妇别忙，先让我看看你绣的是什么东西。"心秋微笑道："我绣得不像样，姑妈别见笑。"淑媛俯身看着浅黄色的长缎子，见上面已绣了好些绿叶和几朵红牡丹。淑媛道："媳妇真是好手艺，这缎子是要做什么的呢？"心秋道："是要做帐额送大妹子的，姑妈你说合适不合适？"淑媛道："你这帐额浅黄的颜色就很好，无论什么颜色的木床都能相配，再加上有这绿叶和红牡丹，便更显富贵了。"心秋笑道：

"姑妈与我想到一处了。"

这时老妈子沏好了茶，还带了一小篮的杨梅和黄瓜过来，心秋笑道："阿妈比我想得周到呢。"说着，她从篮子里挑了些杨梅和几只黄瓜，拿果盘装了，递给淑媛和玉如道："乡下没什么好东西吃，只是东西新鲜些，眼下也就只有这黄瓜和杨梅新鲜，这黄瓜倒也罢了，只是这后山的杨梅总不如别处的好吃。"淑媛道："新鲜就好，城里尝不到这种新鲜的滋味，我常对孩子们说，要尝新鲜就到乡下舅父家去吧。"心秋道："表妹下个月再来这儿，那时瓜果又多又新鲜。"

淑媛见心秋为她娘儿俩忙碌，便道："你只管绣你的花，我在一旁瞧着。"心秋道："我绣花的时间多着呢，姑妈难得来我这里，我岂有不陪姑妈说话的理？"老妈子道："我家小姐与三姑妈有缘，有说有笑的，与我老妈子却是无缘，常说我啰唆。她整天待在房里，不是看书就是做针线，我说都是这些书害的，也不想想，老在家里待着会弄坏身体的，三姑妈你帮我劝劝她吧。"心秋笑道："阿妈越发糊涂了，尽说糊涂话，想必是见三姑妈与我好，你心里不爽吧。"淑媛笑道："阿妈一点都不糊涂，她说得有理呢。媳妇在这里待腻了，就回娘家住几天解解闷吧，你娘家离这又不是很远。"老妈子道："我也是这个意思，可姑娘不听，前几年还好，一年里也有好几次回娘家，可今年不知为什么，她连娘家也不愿回了。"心秋道："阿妈你乱说什么呢，我怎么没回娘家？正月里我不是去了吗？"老妈子道："今年来你就只有正月回娘家拜年去过一次，前阵子端午节老爷打发人来要接你回家看龙舟，你不是也回绝了吗？"心秋道："我在这里看龙舟不是也一样吗？都是同一条河里的龙舟，我们在这河的下游，他们在河的上游，他偏要打发人来接我到他那里去看，你说有什么道理呢？"老妈子道："老爷想念姑娘，所以让人来接姑娘过去住几天。"

心秋听了，沉默了片刻，忽然她涨红了脸，提高了声音："罢了，罢了！当初是他们送我进这火坑的，如今他们又要送我再进别的火坑吗？"老妈子不曾想心秋会在淑媛面前说出这样的话来，她知道心秋是真的恼了，便赶紧赔笑道："阿妈多嘴了，姑娘别生气。三姑妈不会见笑我倚老卖老，乱说话吧。"心秋的话令淑媛震惊，她只好陪着老妈笑道："阿妈真的说多话了，你老人家忙别的去吧，我要陪媳妇说说话呢。"

淑媛望着心秋，见心秋的眼角流下几滴泪水，她知道心秋心里的苦痛，但她能说什么呢？心秋沉默了许久，忽然拿出手帕擦去眼泪，起身在绣花架子前坐下，一声不响地绣起花来。

玉如见这情景，心里发慌，她一动不动地坐在桌旁。淑媛和心秋都不说话，房子里静极了，除了心秋手中的针线扎过缎子发出的声音外，没有别的一点声音，这样的情景持续了好一阵子。

玉如回头见桌上摆着好些书，便伸手捡了一本过来，她知道这就是心秋昨天捧着看的《二十四孝》。玉如轻轻地翻了几页，见里面画着图画，但上面的字却是大多认不得。心秋听见玉如翻书的声音，便停了针线，抬头向玉如道："表妹认字了吗？"玉如摇了摇头道："没认得多少字，这书封面上的几个字还算认得。"淑媛道："她今年正月才开始上学，到现在不过几个月，哪能认得多少字？"心秋道："表妹是有造化的，小小年纪就能上学堂读书。"淑媛道："前年城里办起了女子学堂，她爹常写信来让我送她去读书。她对读书很觉有味，见了书总想翻，学堂里的先生都说她聪明，我看她是像她爹的。"心秋道："姑父是见世面的人，眼光远，表妹好好念书，将来会有好运的。"淑媛道："她爹说现在西洋的女子已有很多出来做事，和男的一样赚钱养家，不再待在家里只干家务事了，他还说现在上海的女子出来做事的也多起来了。依我看，女儿家认些字是需要的，出不出去做事并不要紧。"心秋道："姑母说得极是，我也是这么想呢。"

淑媛见心秋恢复了常态，便道："我想出去走走，媳妇能陪陪我吗？"心秋想了会儿道："我还是待在家里再绣几张叶子吧，不陪姑妈了。"淑媛知道她不想出去，便辞别了心秋，带玉如离开后院，往别处走了。

下午，霖生跟着大舅父和长工们从滩涂回来的时候又是满脸兴奋、激动无比，他的头发、衣服和鞋子沾满了泥巴，腰间和大多数长工一样系了一只小竹篓，进了大门便高声叫道："娘！姐姐！快来看我篓子里的大蟛蜞！"淑媛正在安钦的房中和嫂子闲聊，玉如坐在一旁，听到霖生喊，大家都从房中出来了。霖生又是蹦又是跳，炫耀着竹篓里的蟛蜞。安钦帮霖生解下竹篓，大家往竹篓里望去，果然一只硕大的蟛蜞，用泥土裹着，不得动弹。淑媛道:"这蝤蛑大概有半斤重吧。"安钦道:"岂止半斤,怕有一斤来重吧,这么大的蝤蛑真的不多见,霖生运气好,第一次下滩涂就有这么大的一只蝤蛑犒赏他。"霖生听舅父这么一说,更加得意。下滩涂的收获甚丰,除了大大小小的蝤蛑外,还有不少跳鱼、石蟹和多种贝壳类的东西。

淑媛在娘家待了两天,要回城了。这是霖生和玉如第一次来舅父家,照例,两位舅父送给霖生一头小牛崽,送给玉如一只小羊,淑媛让这两只小动物又都留在娘家寄养。望着那只脖子上系着红绸的小牛,霖生无比高兴。

第三天,云钦亲自送淑媛娘儿三人回城。淑媛放心不下的唯有心秋,临行时,心秋亦来送行,淑媛拉着心秋的手道:"在家闷了,就来城里玩几天散散心吧。"心秋摇头道:"这里很好,别的地方我都不想去。"停了片刻,心秋道:"姑妈和表妹若有空,能再来这儿走走吗?"淑媛道:"我们会再来的,你保重吧!"心秋眼睛微红,点了点头。

载着霖生的欢乐、玉如的留恋和淑媛的伤感,小船慢慢地离开了李庄。望着渐渐远去的李庄,玉如轻声问淑媛道:"为什么大表嫂总是待在房中,不愿出外面走动走动呢?"淑媛道:"你太小,还不懂这些深奥的事情,你长大了,自然会明白的。以后你如果有空,多去乡下陪陪她吧。"玉如点头答应了。

(六)

叔鹤回丰城已一个多月,但没能找到养家的职业。除了文墨,叔鹤无有其他之长,丰城又小,本来就没有多少事让文人可干,如今他又犯了事,心中有碍,不愿出外,只在家中待着。陈氏和文英虽然接了些针线活做,但工钱细微,根本无法养这六口之家。祖上留给叔鹤的田地早已在他去宁波之前被他卖掉,那时他还想把这分给他的旧宅也卖掉,幸好元龙坚决不同意,否则他现在连家都无处安了。他的大儿子文澜在宁波本来已读中学,叔鹤出事后,文澜只得辍学,跟叔鹤回丰城,由叔鹤在家教他读古文。叔鹤家的生活过得很艰难,虽然元龙时有接济他,但对这六口之家来说,究竟还是杯水车薪。

这天叔鹤家连煮中饭的米都不够，陈氏摘下自己耳朵上的一对金耳环，叫叔鹤去当铺当点钱买米。叔鹤哪有脸去干这事，陈氏只得叫文英去干。文英出了家门，思量自己从没进过当铺，怕被当铺里的人骗了，少给她钱，于是她先去找文鼎。她想，文鼎在钱庄干事，钱庄和当铺一定是有来往的，他肯定能帮得上忙。文鼎的钱庄在丰城的南门，这是文鼎前几天就告诉过她的，文英到了南门，向人打听得这钱庄的处所，找到文鼎，告诉他找当铺当耳环的事。文鼎听了，惊道："怎么小叔就穷到这般地步了呢？你先别去当铺，把这耳环收起来先放着，我这里有两块银圆，你先拿去用掉。"文英推来推去不想拿文鼎的钱，文鼎道："当铺不是你们女孩子去的地方，以后你要当东西，就告诉我一声，我会替你去当的。今天你先拿这钱去买些米什么的，以后的事等过了今天再说吧。"文英听文鼎这么说，便不再推辞，红着眼睛，拿了文鼎给的钱，说了声"谢谢"，转身走了。

就这样，叔鹤靠元龙和仲麟两家的接济挨着又过了些日子。这天又到了断炊的日子，陈氏拿了那对耳环，又褪下手腕上的那只玉镯，让文英找文鼎去当铺当掉这些东西。这回，文鼎无钱可给文英，只得帮文英去当铺把这些东西当掉。

暑假到了，茂生也跟着叔鹤学古文，他的几个也喜欢学古文的同学闻此事，便凑了些钱，也来学习。于是叔鹤便有打算在家办个私塾的念头，但一时无有着落。叔鹤家的生活仍然过得很艰难，只能节衣缩食地过日子。

夏日白天长，杨氏怕元龙店中的师傅肚子饿，每天下午都准备好点心让袁伯给他们送去，因此，家中的大小也就有了夏天吃午点的习惯。这天下午与往常一样，淑媛和周妈准备好绿豆粥让袁伯送到店里去，然后淑媛盛了三大碗的绿豆粥让周妈送给叔鹤家，最后淑媛为家中每人盛了一小碗的粥，放在桌子上凉着。干好了这些事，厨房里暂时无事可做，淑媛和周妈便进卧房张罗别的事去了。大热天大家都不喜欢吃热的，过了好一会儿，粥凉了，大家才出来吃午点。淑媛对孩子们道："锅里还有粥剩着呢，谁还要就自己去盛吧。"玉如翘起嘴巴嘟嚷道："谁要呢，天天吃甜的，都吃厌了。"周妈见大家吃了一小碗粥就都不再吃了，便起身收拾饭锅去，她掀开锅盖，却见锅里空空的，哪里有粥的影子？周妈不声张，她重新盖了锅，先去收拾桌上的饭碗，等到杨氏带玉如和霖生进卧房去了，周妈才凑近淑媛轻声告诉她这事。淑媛一听，便明白是怎么回事了："明天午点多准备些，给那边孩子们多送些去，大人们罢了，孩子们肚子饿，哪能挨得过去！"淑媛来到杨氏的房中，见玉如和霖生都在，便想了个事儿把他们支开。

淑媛悄悄地把粥的事告诉杨氏，淑媛道："我想给小叔那边送些米去，仔细想想，若是现在就送去反而不好，只怕他们误会，以为我是故意捉弄他们。"杨氏道："等晚上你爹回来再商量吧，现在不急。"淑媛问杨氏道："怎么小叔他一出事，就会穷到这地步？"杨氏道："原先我们分家的时候，他分得的东西没比我们少，但他不会经理家业，先是他的前妻生病，花了不少钱，后来他搬宁波去，把剩下的田产都变卖了，在宁波那边典了房，这房钱现在又给他糟蹋了，怎么不会穷？那时他还想把这房子也卖了，幸亏你爹说什么也不让他卖，现在他还算有个地方栖身。那时为这事，他生你爹的气，好几年都不回丰城来，二叔和你爹一个意思，那时他跟二叔也不大来往。"停了会儿，杨氏又道："你爹的这两个兄弟都没才，当初让他们读书，花了不少钱，希望他们得个功名来，但没一个有结果。你二叔还好些，人老实，后来学医，学得还好，你小叔就差了。"淑媛道："我见他斯斯文文的，他能考上宁波海关的师爷，应是不会差的了。"杨氏笑道："那是他当初运气好，你猜猜看他的绰号叫什么？"淑媛摇头笑道："我哪能猜得准？"杨氏笑道："你真的是猜不着的，叫'炮溜'呢！"淑媛扑哧笑道："好个古怪的绰号！"杨氏合掌笑道："阿弥陀佛，现在揭他的老底，罪过罪过。"原来仲麟和叔鹤兄弟俩，当初也曾考过几次秀才，但都没考上。每次他们去县学考试，都是元龙亲自送去，考完后元龙又亲自去接他们回来。叔鹤害怕考试，每次进考场的礼炮一响，他就溜之大吉，每次元龙只能接回仲麟，所以，叔鹤在家中便有了这"炮溜"的雅号。淑媛听了笑道："小叔那时年纪小，害怕考试也是有的。"杨氏道："叔鹤做事就不稳重，所以如今会出事。"

淑媛道："有件事，我一直纳闷，想问问娘，又觉得不大妥当。"杨氏道："什么事？你只管问。"淑媛道："小婶她人生得倒好看，只是说话的口音怎么这般难听，我想她是附近什么地方的山里人吧，小叔怎么会找到那里去娶亲呢？"杨氏道："说起这事儿，也并不是什么好听的事，所以我说他不稳重，这也是一件事。当初你小叔先娶了徐氏姑娘，那个小婶生了孩子不久就病了，家中无人照顾大人和孩子，你小叔想叫个妈子。有人带了现在的这个小婶来，那时她还很年轻，人也长得好看，她是西边远处的山里人，是和家中的丈夫不和才出来做妈子的。听说那男人很凶，灌了黄汤就打她，她跑回娘家，她嫂子又不接纳她，她只好到城里做妈子。她做事勤快，把叔鹤一家子照顾得舒舒服服的，房子清理得干干净净，还会做针线活。哪知道叔鹤对她动了心，把她勾引了去，前妻一死，叔鹤马上娶了她。"淑媛问道："那山里男人就没来纠缠？"杨氏道："当然来了，后来是叔鹤请人从中调停，给了那男人钱，让那男人写了休书。"

淑媛听了道："怪不得我觉得小婶总是躲躲闪闪的，见了我只是微笑一下，不大说话。不过我看她人还好，说话轻声慢语的，干活勤快，吃得苦。"杨氏道："那都是叔鹤不好，一个那样处境的山里女人，怎禁得住城里大男人的纠缠，现在是苦了她了。"淑媛道："她家文英像她娘，长得好看，脾气也好，干活又勤快。"杨氏道："文英比她娘强多了，人聪明，又识得字，将来不知哪家有福气的娶她。"

晚上元龙回到家，杨氏便把叔鹤家的事说给元龙听，元龙道："明天让袁伯给他送袋米去，另外店里有些针线活你叫文英去拿吧。"

几天后的一个上午，周妈在后院的石阶上劈木柴，劈好一大堆木柴后她便进厨房料理琐事去了，留下玉如和霖生一趟趟地搬木柴。这次玉如从厨房里出来觉得木柴似乎少了些，但她不很确定，当她再次出来拿木柴时，见留在台阶上的木柴一条也没了。玉如不知这是怎么回事，吓得跑回去告诉周妈。周妈忙道："你别嚷嚷，没了就没了。"玉如觉得奇怪，便跑进卧房去告诉淑媛。霖生一听，早已跑出厨房去看个究竟，大声嚷道："木柴真得一条也没了！"周妈听见霖生大声叫嚷，赶紧跑出去捂了他的嘴把他拉回厨房。

霖生这大声一嚷，明明白白地传到了正在西轩做针线活的文英和她母亲的耳里，文英停了针线对陈氏道："一定是二弟把柴拿进咱们家厨房去了。"陈氏道："这个冤家真不争气，上次偷了粥，这次又去偷柴。人家这样接济我们，他还去偷她家的东西，叫我怎有脸去见她们！"文英道："咱们这样过日子也不是办法，爹得有个活儿干，真的不行，就让我去摆个烟摊赚点钱吧。"陈氏急道："女孩家怎能干这事，这事要干也要叫你爹和你大弟去干。"文英道："爹哪会肯去干这事？"陈氏道："真到了那地步，他总得要干的，都是他自己不争气，害了自己不算，还让孩子们遭殃。"陈氏说着，泪珠簌簌而下，文英也在一旁流泪。末了，文英擦去眼泪道："大伯店里的针线活总是有限，我想过了，我们自己做些人家用得着的手工制品，如枕头，小孩的肚兜，小孩的虎头帽、虎头鞋，女人的绣花额饰、绣花鞋等，放在大伯的店里卖或在大街上摆个摊我自己去卖。"陈氏道："放在大伯的店里卖倒可以，你在大街上摆摊可使不得！大姑娘家不能这样抛头露面、低声下气地做生意！"文英道："也不知大伯肯不肯让我们这样干。"陈氏道："让你爹说去吧，只是不知这些东西有没有生意。"文英道："若在宁波，这些东西是有生意的，在丰城就说不准了。"

玉如跑进淑媛的卧室，告诉她木柴的事，此时，周妈也拉着霖生过来了。淑媛听了，有意遮掩道："三公家缺柴烧，是我让他家的小叔来拿些柴去的。"霖生道："三公家没柴，他们为什么不去买呢？刚才我还听见有人在街上叫卖柴呢。"淑媛道："他没钱，前天你不是见袁阿公给他家送米吗？你也得帮他们才是。"玉如道："三公家的人这么多，我们怎么帮得了？"淑媛道："我们尽力去帮吧，总有办法的。"

叔鹤的私塾没有办成，元龙在他西门丝线店的附近租了间店面，让叔鹤开了间旧货店，文英的心愿也了却了，她和她娘做的手工制品就放在叔鹤的店里出售。从此，叔鹤家的生活稳定了起来。

第三章　文嘉返家度中秋；文炳婚娶姚姑娘

（一）

中秋节前几天，文嘉突然回家来了。

这是一九一七年，它为中国现代史写下了不寻常的一页。一九一七年夏天，孙中山偕廖仲恺等人由上海乘"海琛号"军舰抵达广州，电邀国会议员赴粤，共谋推翻段祺瑞北洋政府。国会在广州召开了非常会议，选举孙中山为海陆军大元帅，建立了中华民国政府，兴师讨伐段祺瑞，揭开了"护法战争"的序幕。当时，孙中山军政府的费用依靠华侨的捐款，处境十分艰难，南方各地便有革命志士自行筹款，支援孙中山的南方军政府。文嘉早已是孙中山革命党人中的一员，几年来，他假邮局传递之方便，为革命党人传送消息。这次他是受浙江同人的委托，来联系宁波及其附近各县的革命党人筹款一事的。

推开院子的大门，文嘉心中充满了回家的喜悦。离开家乡出外谋生整整十年了，十年来文嘉从没在家中度过一个中秋节，这次他决定在家过了中秋节再回临安。

院子里静悄悄的，文嘉叫了声"袁伯"，但没有袁伯的答应声，他知道袁伯忙碌杂事去了。文嘉大步走向上房，在中堂他停住了脚，放下行李，他朝东边正房喊了声："娘，儿子回来了！"没有杨氏的回应声，文嘉知道母亲在睡午觉。这时西边的房门开了，周妈探出身来，见是文嘉，惊喜道："是大少爷回来了！"

淑媛站在桌旁，只是微笑，望着文嘉道："妈在睡午觉，霖生闹着要吃糖儿，袁伯带他去买糖了。"

文嘉张开双臂，拥抱了妻子。淑媛轻声问："怎么不先写个信来？"文嘉道："出差的日期临时才定下，思量着如果寄信给你们，未必在我到家之前信会到达，倒不如不写信就回家来，给你们一个意外的喜悦。今年中秋我在家过，满意了吗？"淑媛闪着泪花抬头问："真的吗？和我们一起过中秋节？"文嘉微笑道："真的，要在家住七天！"淑媛推开文嘉的双臂道："咱们去看看娘醒了没有，告诉她这个好消息。"

见到文嘉，杨氏格外高兴，她问："你这次是特意回家，还是人家让你出来办事顺便回家来的呢？无论如何你这次应该在家过中秋节吧？"文嘉道："是来丰城及附近各地办事顺便回家来的，可在家住七天，要在家过中秋的。"

霖生和袁伯回来了，文嘉向袁伯拱手问好，袁伯惊喜道："大少爷回家怎么没事先写个信来？"文嘉道："突然让我出差，来不及给家里写信呢。"

霖生忽见文嘉，很是惊讶，呆住了一时说不出话来。淑媛笑道："不认得爹了？"霖生回过神来，向文嘉扑了过去，文嘉抱起霖生转了三圈，霖生咯咯地笑着，把一枚棒糖放入文嘉的嘴里："爹，吃糖！"说着又拿手摸文嘉的脸道："爹的胡茬很长呢，快快剃了吧！"说着，呼地溜下文嘉的怀抱，跑进房，打开抽屉，拿出文嘉的剃须刀，送到文嘉的手中道："爹快剃了胡茬，让我亲亲爹的脸。"周妈给文嘉端来了洗脸水，文嘉洗了脸，剃了胡须，于是霖生便爬上文嘉的怀抱，双手搂住文嘉的脖子，把小脸贴在文嘉的脸上，嘻嘻地笑着。

玉如和茂生陆续从学堂回来了，见到文嘉，都惊喜不已。不多久，元龙也回家来了，一家人团聚在中堂。见文嘉比正月里瘦了些，元龙道："你瘦了，出家在外一切都得自己料理，你得好好照顾自己的身体，饮食起居，不该省的切莫省。"文嘉笑道："最近我忙了些，所以也就瘦了点，不过儿子的身体挺好的，饮食起居，我会自当留心。"

文嘉想起在宁波听胜恺所说的事，便道："昨晚在阮家过夜，听胜恺表弟说小叔的事，小叔怎么会笨到这地步，这岂不是自己断送了前程吗？"元龙道："幸亏你二舅父从中帮忙，不然他要吃大官司。前些时候他一家生活过得很艰难，近来才好些。"元龙将叔鹤一家回丰城后的情况告诉了文嘉，文嘉唏嘘不已。

晚上，文嘉拜见了生父仲麟，又看望了小叔，叔鹤面露尴尬之色，文嘉便不多问。

（二）

次日天还暗着文嘉就起床了，他要去启水县城。启水在暖江的上游，丰城的西北，离丰城不远，四十多里路。文嘉事先已相约了启水附近几个县的同人在彼处见面。吃过饭，文嘉到暖江码头坐了去启水县城的小船，小船只能容纳十来个人，等到暖江涨潮了船家便开船，船夫摇着双橹，潮水推着小船向上游颠簸行进。正月里文嘉去过启水县城，他脑海里留有启水县城那条唯一的长长的热闹街市。

小船到达启水县城，文嘉的好友吴子敏已等候在码头。子敏的家在县城的北门，他父亲是做木材生意的，到了他家，子敏带文嘉上了后楼。约好的几位同仁都已聚在这后楼的一间卧室，见到文嘉都围了上来，打听南方的最新消息。文嘉笑道："大家别急，让我喝口茶润润口，再讲给你们听。"喝过茶，文嘉道："孙总统说通了海军程璧光总长南下广东护法，现在璧光总长已率第一舰队赴粤。有了海军方面的支持，这护法可大展宏图了，故饷项一事特为重要，吾辈同人当尽力筹之。"

大家听说程璧光已率舰队南下，个个情绪激昂，都道有了海军的支持，护法便有希望了。吴子敏道："文嘉下午得赶船回家，大家赶紧谈正事吧。"于是各位同人都将自己筹款的情况说了，并说定何时把筹款以何种方式送至何处，有的说待筹好了款自己亲自送至临安，也有已筹好款的，说某日将送至丰城文嘉处，让文嘉带去临安。

第二天下午，学堂一放学玉如便急忙跑回家，文嘉答应玉如下午她放学回来后教她学《弟子规》里的一些生字。文嘉问玉如："你们学堂里学《弟子规》，你可知道为什么要学《弟子规》吗？"玉如道："先生说无论什么东西都有个规矩，比如说一本书吧，得用白的纸配黑的字，字看起来就很清楚，若是蓝色的纸配上黑的字，字就显得不分明了。书本不能太大也不能太小，太大了不好拿，太小了一本书印不了几个字，又不雅观。

又比如一支毛笔吧，笔杆太长或太短都不行，都不好握，笔尖要细要直，不然字就不好写，另外笔毫的中上部要大才能留得住墨水。做人也得有规矩，不然就乱套了，不但妨碍人家，自己也活得累。《弟子规》告诉我们做人的规矩，所以我们要学呢。"

这时，家里养的那只猫正好从旁门跑入，在房中乱窜，然后突然跳上窗边的桌子，跳出窗口。霖生见状便问道："你说什么东西都有规矩，这猫有什么规矩呢？它为什么要从窗口跑出去而不是从门里走出去呢？"问得大家都大笑起来，文嘉笑道："猫是畜生，它岂能懂规矩？"

晚上，茂生拿了中午写的大字要文嘉指点，文嘉道："你的字这几个月有进步了，比起正月里，现在你下笔的力度强了许多。"茂生道："教我们国文的宋先生不只是书教得好，字也写得很好，他能写多种字体的字。他要我们先按字帖练字，每天要交两张大字，他每天收去看过后，又找我们个个指点，因此我们班上的同学个个写字都有进步。"

文嘉问："近来你们国文学些什么呢？"茂生道："这几天在学《左传》的《郑伯克段于鄢》。"文嘉道："《左传》的文章有些难，你们读懂了吗？"茂生道："国文所学的内容都是宋先生自己选的，宋先生逐字逐句讲解得很详细，我们能懂。"文嘉道："我问你两件事，就知道你是真懂了没有。第一件，开始的时候郑庄公的母亲武姜为他的弟弟段请京地，为什么庄公答应了？第二件，武姜宠段，庄公曾发誓'不及黄泉，无相见也'，他想至死不见他的母亲，为什么后来有掘地道与她相见的结局呢？"茂生道："郑庄公是伪君子，很阴险，开始他放纵弟弟段的野心，为的是后来有灭他的理由，所以他母亲为他的弟弟请京地，庄公答应了。庄公恨自己的母亲偏心于弟弟，发誓至死不与其母相见，后来他怕人说他不孝，才听颖考叔的话，'阙地及泉，隧而相见'。"文嘉道："可不可以作如下理解：先是庄公的母亲武姜为段请制地，庄公因制是险要之地而不允，后其母又为段请京地，庄公碍于母亲的情面只得应允。但段实有野心，得了京，便操兵练武，不断扩张地盘，欲取代庄公。姜氏不喜欢庄公，她喜欢段，为段做内应，欲夺庄公的政权。庄公处于这种状况，当然要出击攻段。尽管庄公恨母亲武姜，但他毕竟还须考虑孝道。颖考叔知庄公内心的矛盾，为庄公解难，为他设计了'黄泉相见'

的办法，故有母子和好的结局。"茂生道："关于这种理解，宋先生曾在课堂上让我们作过讨论。单就庄公克段于鄢一事而言，此理解可成立，但就庄公一生的为人而言，此种理解不能成立。虽然段也实有野心，但纵观郑庄公的一生，他确实是伪君子，是很阴险的人，所以开始他放纵其弟叔段的野心，确实是为了日后有灭叔段的理由。"文嘉道："看来你是真的懂了，凡事得三思，看人得全面。宋先生的教法不错，他在课堂上让你们讨论，他一定给你们提供了有关郑庄公的其他材料了。"茂生道："宋先生每教一课新书，他总会给我们一些课外阅读的材料，课上向我们提出问题让我们讨论，所以我们很喜欢宋先生的课。"文嘉道："《左传》的文章写得具体生动，你最好能把它们背诵下来。"茂生道："宋先生严格得很呢，我们每篇文章都是要背诵的。"文嘉点头称赞道："真是难为宋先生了，他这样认真教你们读书练字，你们切不要辜负了他的苦心才是。"茂生道："爹的话我记下了。"

随后的几天里，文嘉去了丰城北边和东南边的几个县城。孙中山南下组织护法，革命党人无比振奋，热情极高，都说筹款一事义不容辞。过后的几天里，便有各县志士同人陆续来文嘉家，送来所筹的银圆、银票，也有送来金银首饰之类的，但终因人数少，所筹的款目不多。

（三）

中秋节这天，元龙、杨氏和淑媛忙着张罗晚上设宴赏月，元龙特地请了一位厨师来烧菜。傍晚，中堂摆下了两张八仙桌，元龙请两位弟弟全家来前院一起赏月，叔鹤的妻子陈氏原本不想来，淑媛去请了好几次，陈氏便不好推辞，只得来了。元龙夫妇让仲麟、叔鹤夫妇、袁伯及文嘉和他们共坐一桌，另一桌由文鼎和文英带着文澜等三个弟妹及茂生等三个侄儿侄女坐了，淑媛和周妈帮着请来的厨师烧火、上菜。

吃完了菜，月亮也上来了，于是大家把八仙桌移至院子里，分享满院子的清辉。孩子们抬头望着月亮，吃着月饼和水果，重听杨氏讲嫦娥奔月的故事。

听见蟋蟀起劲的叫声，霖生和叔鹤的小儿子文博便下了凳子，蹑手蹑脚地循声找去，探得那蟋蟀藏在东边菊圃的石头缝中，霖生便回头找他爹帮忙。文鼎听了，进屋去找了只空瓶子，又端了一盏油灯出来，几个人一起捉蟋蟀去。

　　叔鹤一家搬去宁波时，元龙四十刚出头，自那以后兄弟三人就没有坐在一起度过一个中秋节，今年中秋节在一起过，元龙将奔花甲。大家叹息岁月流年，心中都有无限的感慨，元龙取出陈年的绍兴酒，兄弟三人喝酒忆旧。仲麟忆起了童年的快乐和无知，问叔鹤道："你还记得咱们小时候的淘气吗？"叔鹤道："当然记得，那时候从书院放学出来，我们哪有直接回家的？夏天常去南屏山爬城墙，上山捉小虫玩。"仲麟道："那一次我爬上树逮了一只飞虫，却被那飞虫咬住了手指，痛得我从树上掉了下来，跌断了腿。你去叫来大哥，大哥背我去郎中家接好腿，回到家中娘见了吓白了脸。"叔鹤道："那年夏天咱俩去河边抓小虾，我脚下一滑，掉下水去了，是你下水把我拉上来的。"元龙道："奇怪，这事怎么我就没记忆呢？"仲麟道："西门那河不深，河边水浅，也就拉上来了。夏天太阳猛，一会儿衣服就干了，所以没惊动你。"袁伯插嘴道："二爷和三爷小时候淘气得紧，你们大哥为你俩操足了心。"叔鹤道："大哥对我们的好我都记得，我记得那时咱家这棵桑树夏天结了桑葚的时候，大哥就拿长竹竿给我们打桑葚，他自己一颗也不吃，都是我和二哥分了的。"仲麟道："大哥为我们操了不少心，而我们却没能给大哥争下面子，心里惭愧啊！"元龙道："咱们爹娘去世早，大哥照顾弟弟是应该的。你们都快五十岁的人了，别再说什么惭愧了，我只望你们能把自己的家照顾好就够了。"

　　文嘉和文鼎帮孩子们逮了两只大蟋蟀，放在瓶子里，霖生特别高兴，擎着瓶子跑过来给元龙瞧。元龙看着瓶中的蟋蟀对文嘉道："你先歇息去吧，明日一大早你得赶船，我们再坐一会也就散了。"文嘉道："我还是陪大家再多坐会吧，难得今年中秋节有这么多人团聚在一起。"于是大家又都坐了下来，有的猜谜，有的讲故事，院子里又热闹了起来。不多久，天空出现了乌云，起了微风，圆月在乌云中穿越，赏月的人觉得有点寒意。杨氏道："大家都睡觉去吧，孩子们打盹了，天也凉了。"于是大家散了，各自带了孩子回房去。

　　文嘉抱起霖生，霖生困极，伏在文嘉的肩上就睡着了。文嘉将霖生抱进房，放下床，拿湿毛巾擦了他的脸和手，给他盖了条被单，然后把蚊帐放了下来。这时，茂生已漱洗完毕，进房来向他爹道晚安，文嘉又嘱咐了他几句，无非是认真读书，帮长辈照看好弟妹之类的话，茂生一一答应了，然后回隔壁房中睡觉去。

文嘉漱洗过后回到卧房，这时淑媛同周妈和袁伯还在打扫清理宴后的中堂和厨房。文嘉点了支烟抽着，在房中踱起步来，他在衣柜前停下脚，开了衣柜的门，拿出淑媛的首饰盒，打开首饰盒，望着里面的首饰。那是罗家送给淑媛的定亲礼物和淑媛家的陪嫁首饰，淑媛不喜打扮，这些首饰她平时不戴，结婚至今，只有去亲戚家喝喜酒时她戴过几次。文嘉从中拿起那支缀有五彩玉的金凤步摇，望了良久。这支金凤步摇是他们结婚时罗家特地为淑媛定制的，结婚那天淑媛戴着这支金凤步摇走进罗家的大门，晚上卸装时是他为她卸下这支金凤步摇，第二天早上是他给她的发髻插上这支金凤步摇，然后两人手牵着手，去东边父母房中请新媳妇入门的第一次安。

他和淑媛的结合来得很简单，简单得让人觉得不平常。淑媛李家与文嘉的恩师吴老夫子沾有远亲，文嘉中秀才的那年，淑媛的哥哥云钦进城来跟着吴老夫子在文嘉家读书，文嘉和云钦便成了同窗好友。云钦的父母为淑媛选择亲事的时候，云钦希望与文嘉结亲，他看中文嘉的天资，也看中罗家的为人，但云钦知道那只是他的希望，他不知道文嘉的想法。云钦想了一个办法去试探文嘉，于是有一天，云钦拿了写着淑媛生辰八字的红庚帖，要文嘉陪他去找个媒婆为他妹妹做媒。文嘉听了笑道："你妹妹几岁？不会生得很丑吧？"云钦笑道："比你大一岁，又不为你说媒，你管她丑不丑？她与我很像，你说丑吗？"文嘉笑道："真的与你很像吗？那算是长得不错了。"云钦道："我这妹妹生得很福相，谁见了她都是这么说，她脾气很好，和我的妻子很合得来。"文嘉道："那么就找人把我和她的生辰合一下，看看是否合适，若合适，你就把你这妹妹说给我了吧。"文嘉说罢，从衣襟的口袋里拿出自己的生辰八字红庚帖。云钦笑道："把自己的生辰八字红庚帖带在身边的人，我看就只有你了。我说我的妹妹好，你就信吗？"文嘉道："我爹娘很开明，说媳妇是娶给我的，要我喜欢才好。前几次那些人来说媒，我都不喜欢，不是家庭不合我的意，便是姑娘看起来不顺眼。你家和你，我都是信得过的，你说你妹妹好，我就信你。"于是文嘉和云钦当即出门一起去找了位合婚先生。次日那合婚的先生便来罗家，说这婚姻很合适，没几天，文嘉和淑嫒的亲就定了。

文嘉把盒子里的首饰全部拿了出来，把金凤步摇放回首饰盒，他从长衫的衣襟里拿出一张纸条，那纸上的字是他下午写好的，他把纸上的字重新看了一遍，把纸条放入首饰盒，盖好盖子，把盒放回原处，然后他拿起那些首饰，把它们放入他明日带去临安的皮箱。

次日天还黑着文嘉和淑嫒就起床了，不多久，元龙和杨氏也起来了，昨日已说好由袁伯送文嘉至轮船码头，临行时元龙又嘱咐了文嘉一番要好好照顾自己的话。文嘉望着淑嫒道："爹娘都拜托你照顾了，谢谢你！"淑嫒点了点头。这时茂生从他的睡房里跑了出来道："我也要送爹到码头。"文嘉抚摸着茂生的头道："你在家陪着爷爷、奶奶和你娘吧，爹有袁阿公送就够了。"但茂生坚持要跟袁伯一起送文嘉去码头，淑嫒道："让他去吧，让他替我送送你。"

（四）

十月中旬，文炳从上海回家。前年年底文炳由他爹做主与姚家大姑娘订了婚，这次回来，他是要和这姚大姑娘结婚的。文炳不愿意这门婚事，他早已有心上的人，他的心上人是他宁波姑母家的女儿瑞云。仲麟为他择婚的时候文炳曾剧烈反抗过，他哭过，他闹过，他曾骂走媒婆，他好几天不吃饭，但一切都没用，他不能向他爹说明白他喜欢瑞云。就是说了也没用，因为瑞云是官家的女儿，她的父亲阮明达是福建宁德的知县。

去年十月后姚家就一直遣媒人来，要仲麟把婚期定下，但文炳不愿意结婚，仲麟只得拖着。姚家大姑娘比文炳大两岁，二十一了，确实已到了应出嫁的年龄，且他家的二姑娘也已十八岁，因姚家无儿子，决定二姑娘入赘女婿，婚期定在今年十二月，因此大姑娘的婚期不能再拖了，最迟要在十月。尽管文炳不愿意，仲麟自作主张硬是把婚期定下了，定在十月下旬。仲麟让大女婿张百川帮着说服文炳，帮着置办婚事所需要的物品，最后文炳只得屈服。张百川让文炳和他一起去选购送给新娘的绸缎衣料，文炳记得他的弟弟文鼎说那姚家姑娘似瑞云，便挑了金黄色和淡紫色的几种缎衣料，因文炳曾送瑞云这几种颜色的绸缎，瑞云说很喜欢。

十月中旬，张百川带着岳父要他置办的婚事用品和文炳回到了丰城。文炳昏昏沉沉的，任凭大家忙着，他自己却躺在床上似睡非睡。到了结婚的前一天，罗家从前院到后院挂起了红灯笼，贴满了红对联。下午，从新娘家搬来的嫁妆摆满了前、后两院，媒婆双手捧过放有田契的崭新的红漆木盘，小心翼翼地摆在仲麟家中堂的八仙桌上，仲麟呵呵笑着，从长衫衣襟里拿出早已准备好的红包，递给媒婆，媒婆亦是呵呵地笑着道："恭喜罗二老爷了！"

结婚这日，大家都起了个大早，忙着梳妆打扮起来。良辰选在未时，届时暖江正涨潮，红日还当空。吃过早饭，专门租赁结婚礼服的店主送来了新郎和伴郎的礼服，元龙和仲麟便催促文炳穿戴打扮起来。文炳经杨氏、淑媛等人的劝导，今天的心情比前几天稍好些，都说姻缘是前世所定，思量自己大概前世没和瑞云定下姻缘，因此今世就只能和这姚家大姑娘成亲了。淑媛和文英在一旁帮着文炳穿戴整齐，拿镜子给文炳瞧过，文英又帮文炳佩戴好胸前的红绸花、戴好新郎帽，最后，文炳接过文英递过来的崭新的细金边平光眼镜戴上。玉如在一旁见了，拍手道："三叔真好看！"

打扮好新郎，淑媛便忙着帮伴郎文鼎打扮起来，文鼎取笑道："别把我打扮得太好，否则人家分不清谁是新郎谁是伴郎了。"文炳道："最好人家把你当作新郎与那姑娘配了。"

到了巳时，礼炮响过之后，迎亲的队伍便吹吹打打地出发了，骑着高头大马的新郎和伴郎走在前头，然后是提着各色各样送给新娘家迎亲礼物的女人。从柳烟街罗家到北门珍宝坊姚家，沿路站了许多观看的人群，路不远，没多工夫迎亲队就到了新娘家。按丰城的惯例，新郎一家来迎亲须在新娘家吃中午的喜宴。将近未时，新娘盖着红盖头，由两位伴娘扶着拜别双亲，坐进花轿。待新娘坐定，媒婆钻进了另一顶小轿。此刻，文炳最想知道的是新娘的容貌，他见两位伴娘生得还好，心想伴娘必定是新娘的至亲，既然伴娘的模样不错，新娘的容貌也定是不错的了。起轿前新娘的父亲走至新娘的轿边又叮咛了几句，这时礼炮响起，唢呐声、锣鼓声闹成一团，轿子要起了。新娘没有同胞兄弟，便由堂房弟弟扶了轿子的把手起轿。

罗家大门口燃起了火堆，这是丰城的风俗，表往后日子红火之意。新郎下马跨过火堆，轿夫将新娘的轿子从火堆上方抬过，其余的人也都过了火堆。鞭炮的"嘭啪"声响个不停，大门内外站满了观看婚礼的邻居，大家高声嬉笑，很是热闹。轿子在前院停了下来，媒婆掀开帘子走出来，这时，早早等候在院子里的文英和张百川十三岁的大女儿上前打开轿帘，一起扶了新娘出来，两人搀扶着新娘慢慢穿过角门进入后院。后院站了很多人，大多是罗家的人及亲戚，也有看热闹的邻居。大家拥簇着新人进入中堂，媒婆扶着新娘与新郎一起拜过天地、拜过高堂，新郎和新娘对拜过之后，新娘由媒婆和文英搀扶着和新郎一起进了洞房。文英和媒婆帮新娘在床沿坐定，便退出了洞房，媒婆伸手关了洞房的门，大家都嘻嘻闹闹地到前院喝喜酒去了，后院寂静了下来。

今天胜恺带了忠儿来喝喜酒，胜恺原让瑞云同来，但瑞云不肯，说有大哥和忠儿去就够了。

（五）

文炳在洞房中听得大家去前院喝酒了，便想去揭新娘的红盖头，但一时觉得有点难为情，迟疑了好久，终于鼓起勇气，上前站到新娘的右侧，揭了新娘的盖头。文炳不敢仔细看新娘，他觉得那样新娘会觉得他太粗鲁，无教养，于是文炳退回原处，坐到窗下的椅子上。新娘不敢抬头看文炳，紧张得涨红了脸，双手只是不停地绕弄着手中的手帕。

文炳从下而上打量着新娘，新娘穿着红缎绣花鞋子，红缎绣花裙子，红色锦缎上衣。再往上看，文炳觉得有点不对头，便走近新娘看个明白。文炳大吃一惊！他爹不是说他亲自看过姚家大姑娘，说姑娘长得不错吗？文鼎不是说姚家姑娘的模样似瑞云吗？但眼前的这个新娘哪有瑞云模样的半点影子？文炳的心隐隐作痛，他被爹骗了，爹被媒婆骗了，文鼎被无知骗了，罗家被姚家骗了！

文炳本想立刻闹起来，仔细想想，这也不关这姑娘的事，便忍下气来，一声不响地坐回原处。洞房里静悄悄的，新娘还是低着头，文炳极没趣，昏昏沉沉地靠在椅子旁的桌子上，把头深深地埋在双臂中。过了好一会儿，文炳站起身来，开了洞房的门，走了出去。他本想上楼去哭一场，但他知道等会儿大家喝完酒，便会来闹洞房，那时如果大家不见他在洞房，便会到处找他，如果知道他躲在楼上哭，那太难堪了。

文炳真想逃走，逃到瑞云身边，诉说自己的不幸，告诉她自己原本爱的是她。可是文炳知道他现在是脱不了身的，于是他便往前院走去。大家见新郎官出来，知道他已看过新娘，便问他新娘的模样，文炳只是苦笑而不搭理。文炳强露笑容，给亲友们敬酒，他喝了不少酒，把自己灌了个大醉。

文炳醒来的时候天已大亮，他觉得头很重、很晕、很疼，脸很烫，口很苦。恍惚之中他记起了昨日的婚礼，他抬了下头，见自己躺在崭新粉金的婚床上，身上盖着红缎被子，他不记得自己是如何躺到这床上来的。床前梳妆台旁有一女子坐着梳头，他知道那是他昨日迎过来的新人，他瞥了那女子一眼，见那女子穿着金黄色的缎上衣。文炳不想回忆昨日的婚礼，于是他重新闭上他的眼睛。新娘见文炳久久不起床，便走至床前，见文炳面颊异红，心中吓了一跳，也顾不得新婚媳妇身份的忌讳，自己拉开门走了出去见仲麟。过了会儿，仲麟走进房来，新娘跟在后头。文炳闭着双眼，两颊赤红，仲麟伸手摸文炳的前额，很觉烫手，他知文炳病了，仲麟知道文炳的病是心病起的因。刚才仲麟一见新媳妇，顿时呆了，媒人是让他亲眼看过那姚家姑娘的，那姑娘长得不错，长条形的脸儿，樱桃小口，并不是这位大脸方口的媳妇，仲麟知道他是被媒婆骗了。此时此地仲麟不便发作，他忍了，只对新媳妇说文炳病了，自己要去东门药店给文炳找些药来，便走了。

仲麟来到前院，把媒人骗他的事告诉给元龙夫妇，仲麟极激动，想马上去找媒婆理论。元龙和杨氏听了，吃惊不小，元龙道："媒婆是要找的，不过你现在正在气头上，讲话未免有偏差。你也要检点一下自己，不是你太看重她家许诺的二十八亩田地，也不会有今天的事。"原来，当初为文炳订婚的时候，元龙曾反对过姚家这门亲事，原因是据说姚家的祖上原是个屠夫，每天都是天不亮就出去到人家家中杀猪的，那天他照例天不亮出家门，走进一条弄堂，忽见一户人家的二楼窗口缓缓放下一条绳来，那绳的下端拴了个袋子，姚家的这位祖上待那绳子落地，便赶紧悄然上去拿走了那袋子。后来姚家便发迹了，所以大家都说姚家是劫了人家的横财起家的。

仲麟忿忿地道："姚家不应这样骗我！"杨氏道："话也不能这么说，毕竟那是二十八亩良田，若不是他们疼爱女儿，哪能随便送人？"元龙道："你先去给炳儿找些药来是正事，这姚家的事等你回来再作商量吧。"

仲麟去店里给文炳找了药回来，杨氏把药交周妈煎了，周妈把药端进文炳的新房，见了新媳妇的模样，心中着实吓了一跳。文炳只是闭着眼，哪肯喝药？周妈没办法，只得去前院找杨氏，她见仲麟正和元龙夫妇说着话，便去淑媛房中坐了。淑媛又有身孕了，这几天因文炳娶亲的事她勉强撑着，今天便觉得有点累，吃过早饭，杨氏让她回房好好躺着休息，此刻她一点也不知文炳的麻烦事。听周妈说完文炳的事，淑媛便起身和周妈一起去见杨氏，这时，元龙已陪仲麟出门了。

杨氏带着周妈和淑媛走进后院文炳的新房，新媳妇迎了上来。这媳妇大脸方口，左侧眼角边一大块发亮的伤疤让她左眼似乎有点走样。杨氏坐在文炳的床边，替文炳心疼，她轻轻地唤着文炳："炳儿，听大妈的话，把这药喝了吧！"文炳只是闭着双眼，一动不动地躺着，眼角冒出了泪珠。杨氏回头对淑媛和周妈道："你们先带新媳妇吃早饭去吧，我会喂文炳喝药的。"

淑媛带了新媳妇去前院自己的房中，等着周妈送早餐来，这时新媳妇哭了："我知道他是看不上我，是和我怄气的，谁叫他爹看中我家的二十八亩田地呢！"淑媛知道现在是生米已煮成熟饭，便劝道："三婶别这么说，到底都是一家人哪！这几天三叔累了，过几天他的身体就会好起来的。"

文炳新房中，杨氏劝着文炳喝药。文炳听大家都走了，只有杨氏一人在房中，便睁开双眼哭着对杨氏道："你看见她那模样了吧，我送她的这些衣服，挂在树头也会有人看的，穿在她身上，有谁要看呢！"杨氏叹道："这都是命！炳儿，先把这药喝了，不要对不起自己的身体，听大妈的话。"杨氏拿手帕擦文炳的眼泪，哄他喝药，哄了大半天。但文炳只是哭，不肯喝药。

这时文英走了进来。刚才文英听周妈说文炳病了不肯喝药的事，文英是个聪明人，稍加打听，便知文炳的心病，她很为文炳不平。文英进了房门道："大妈，这药凉了，让我端去暖了喂三哥喝吧。"说着，便端了那药出去，没多功夫，文英暖好了药回来。文英道："三哥怎么这么不晓事理，让大妈陪你费精神！"杨氏知道文英有话要跟文炳说，或许她能说服文炳喝药，便对文英道："陪你三哥说说话吧，我有点累了，回去歇会儿再来看他。"

文英送杨氏出了房门，坐在文炳的床边道："三哥，你想把自己弄成个什么样子？"文炳原以为文英会说些同情安慰的话，如今听文英这么一说，便觉文英不近人情。文炳张开哭肿了的双眼道："你别以为自己的婚事就很顺心，到时候和我一样，看你怎么办！"文英道："那就看我的命了，要是我的命生就这样，我也就认了。哭什么？赶紧把这药喝了，打起精神，明天还要去她家拜亲的。"文炳着急道："你放什么屁！谁去拜亲！"文英道："你不去拜亲，叫二伯怎么办？"文炳道："这婚事是他定的，我早就说过不要的，既然他把事情办成这样，拜亲的事就叫他自己办吧。"文英冷笑道："枉你做了回男人！"文炳道："做男人又怎么样？"文英道："男人得有大丈夫的样子，该你自己做的事就自己去做，哪能推给别人？"文炳道："事情都到了这个地步，我能怎么做？"文英道："你又不笨，怎么就想不出办法呢！"文英说着话，扶起文炳的头，拿那药喂文炳喝了。

元龙和仲麟走出家门，元龙道："媒婆那边你先不要去了，一则你在气头上说不好话，二来那媒婆这个时候肯定是躲了。我先去店里打理一下，回头去那媒婆家看看。"仲麟只好应道："你忙你的去吧，我也要去药店了。"于是兄弟俩分手各自去店了。

仲麟口里虽然应着，但心里气愤不过，开了药店的门，见一时无人问津，便又关了门，转道往那媒婆家走去。果不出元龙所料，那媒婆躲了，家门上了锁。仲麟不死心，在附近转了几圈，回来看媒婆的家，门上还是挂着锁。仲麟只得回东门药店去，这时来了几个看病抓药的人，他忙了好一阵子，看看日当正午，中午是无人看病的，仲麟便关了门，又去找那媒婆。媒婆家的门仍锁着，仲麟又气又急，但又无可奈何。晚上回家他又去了一次，媒婆还是没回来，门还是锁着。

这天就这样过去了，仲麟无精打采地回到家。这时元龙已回来，见了仲麟，元龙道："媒婆一家都躲了，过几天再找吧。也不过只是出出气，倒是文炳的身体要紧，本来明天他和那新媳妇要回她娘家的，现在看起来明天是办不成了，后天无论如何得办了。"仲麟垂头丧气，一声不响地往后院去了。

（六）

听了文英的话，文炳仔细想了半天，终于打定好主意怎么过第四天这一关。他曾经想偷偷地逃走，但细细一想，这样会给他父亲带来极大的麻烦，尽管他恨他的爹给他找了这样一门亲事，但他毕竟是他父亲，他不能只顾自己逃走，留下烂摊子让他爹怎么去收拾？

文炳在床上躺了两天。第四天他起床了，洗了脸，吃了早饭。补充了能量，他的头晕好些了，他坐在镜子前，他瞧见自己瘦多了。"今天这一关一定要过得好，"他心里想道，"过了这一关，天地就是我自己的了。"他这样想着，便有了些精神，他给自己的脸搽了些从上海带来的上好面油，拿梳子仔细地梳理了头发，又上了点油，戴上那天婚礼上才开用的细金边眼镜，然后穿上那崭新的庄青色哔叽长衫，他把皮鞋擦得油光发亮，站起身，在镜子前稍远处打量着自己，他很满意自己的这一身打扮。

新娘坐的轿子来了，新娘上了轿，仲麟雇人提着礼物跟在轿子后头，文炳大步走在轿子的前面。新娘的堂弟和几位表兄弟早等在门口，见新娘的轿子和新郎到来，便放起了鞭炮迎接。新娘下了轿，与文炳一起步入中堂。文炳抬头望去，见新娘的父母在上位坐着，便彬彬有礼地上前拜见。新娘的父母让女儿和女婿在右边的椅子上坐下，于是大家开始认真地打量起新郎来。新郎衣着得体，高档入时；他瘦了，更显得清秀斯文；他谈笑风生，风度翩翩——好一个风流倜傥的新郎！大姑娘好福气，配了这样一个如意郎君，令躲在暗处观望的女孩们羡慕不已。

新娘猜不透文炳的葫芦里要卖的是什么药，今天他的行为与前几天判若两人。但愿他就此回心转意，好好地过他们俩的日子！文炳把戏演得很好，他天生的风度和口才给姚家的眷属们留下极好的印象，喜得新娘的父亲从怀里掏出自己心爱的镀金怀表，送给了文炳。

媒婆在外躲了四天，听说文炳和新娘已一起去新娘的娘家拜过双亲，新娘的父母对新郎非常满意，得了这样一位乘龙快婿，夫妻俩好高兴，于是媒婆偷偷地回家了。仲麟见文炳把回新娘娘家拜亲的事办得妥当，以为文炳已回心转意，也就不再去追究媒婆的事了。

文炳躲在二楼他往日住的房间里，他不想见任何人。在丰城这几天，他简直是做了一场噩梦，来时昏昏沉沉的，现在他已是十二分地清醒。此刻文炳最思念的是瑞云，他很想见瑞云，但他知道他现在是见不到瑞云的。倘若叔鹤一家现在仍住在宁波，他可以让文英做信使，约瑞云相见，但现在没有谁能为他做这信使了！

文炳的脑海里满是瑞云的影子，他知道，瑞云没来丰城喝他的喜酒，是她心里难受，她是在躲避他。一直以来，他对瑞云的爱慕，瑞云是一清二楚的，从他俩儿时开始的友情中，从瑞云长大后羞涩的眼神里，文炳知道瑞云也是爱着他的。"不知道瑞云这几天怎么样了，她对我一定很失望，"文炳想道，"我得向她解释我的婚事，向她表白我的心。"文炳决定给瑞云写一封长信，倾吐自己对她的真情。他打开抽屉，拿出瑞云第一次见到他时送给他的砚台，文炳思绪万千，他有太多的话要对瑞云说，但他不知道该从何处说起，想了许久，他只给瑞云写了一封短信。文炳一边哭着，一边写道：

瑞云表姐如晤

表弟此次回丰城，未能与表姐晤面，甚感惆怅。我之婚事，表姐当略有所闻。父母之命，媒妁之言，终使爱慕之人隔水相望，命乎？痛哉！

我对表姐之爱慕，起自儿时，至今已十年，爱慕之意与岁月俱增。忆我们小时青梅竹马，情谊甚笃，随后渐次长大，我始觉此乃爱恋之情，别人无法取代。纵然我爹为我选的是天仙，我心仍属意表姐，此生不复更改。倘若姑母在世，我的心意或许尚有说处，但如今除表姐之外能与谁诉？

我明日即要离家回沪，今后很长一段时间不会复返丰城，但宁波这边是定会来的。

寥寥数语，以表心迹。表姐珍重！专此 即颂

安祺

表弟文炳惭愧手书

十月二十八日

文炳将信交给文鼎，他千叮咛万嘱咐，要文鼎务必亲自将信交给瑞云。这几天，文鼎想起那次与他哥一起去偷看姚大姑娘的事，心里特别内疚，对文炳深感歉意，如今文炳让他给瑞云送信，文鼎认为这是给了他一个赎过的机会。文鼎道："哥放心，我定会亲自把你的信交到瑞云表姐的手中，以后哥有什么事要我帮忙，我都会尽力的。"

第六天，文炳把姚大姑娘的父亲给他的镀金怀表留在抽屉里，带着儿时瑞云送他的那只砚台，离开了丰城。

没过几天，文鼎把那信送到了瑞云的手里。

瑞云静静地望着文鼎，苍白的脸上带着倦意，慢慢问道："他好吗？"文鼎道："他不好！他病了几天，他一直哭着，几天不肯吃饭，人瘦了许多。原本他就没打算娶那姚家姑娘，而且……"文鼎本想说"那姑娘很丑"，话到了嘴边临时改了："他心里只有表姐。"瑞云勉强笑道："是吗？"文鼎见瑞云只是拿着信坐着，不说话，也不看信，便道："你慢慢看信吧，我先走了，表姐有什么话要说的，等会儿我再来听吧。"瑞云淡淡笑道："我没有什么要紧的话要说，不烦你了。"

瑞云把信放在桌上，她不想开启信封。那天胜恺从丰城回来的时候说起文炳的婚礼，说女方的嫁妆很丰盛，又说文炳从洞房里出来敬酒的时候很有些反常，喝了很多酒，醉得一塌糊涂，是大家把他抬进洞房的，胜恺猜测那新娘一定生得不好看。

瑞云和衣躺在床上，她的脑子有点发晕，瑞云不想听到文炳的消息，可现在文炳却给她写信来了。于是她又想起了文炳，瑞云一想到文炳，便觉心头跳得厉害，她翻身起了床，去桌边拿起文炳的信，撕开了信封。文炳的信勾起了瑞云的心事，瑞云哭了，她哭得很伤心。

第四章　自小相知——瑞云和文炳

（一）

　　瑞云之母是元龙的胞妹、仲麟的胞姐，她十九岁时嫁与阮家独子阮明达。阮家在丰城是大户人家，与罗家世交，罗元龙和阮明达又是换过帖的拜把兄弟，因此阮家和罗家的关系非同一般。阮明达三十多岁得中举人，瑞云出生时正值阮明达在家摆喜宴请客，宴后明达得知夫人生了个女孩，喜道："此女带来祥瑞之气，就叫瑞云吧。"因此，瑞云深得全家人疼爱。几个月后，阮明达被起用派往桐庐任知县，此后他相继在浙江、福建等地做知县。起初几年，阮明达都带妻子和女儿上任，把儿子胜恺留在丰城陪着父母，后来明达因母去世，胜恺又在宁波一家银行任职，遂卖了丰城的老宅，搬至离丰城八十几里、交通方便的宁波居住。此后，明达就让妻子带女儿瑞云回宁波陪伴他父亲，自己独自上任去，民国最初几年阮明达在福鼎任知县，现在他任宁德知县。

　　瑞云之母共生了五个孩子，但只养大了一男一女，儿子胜恺长瑞云九岁，已有二子。瑞云的母亲去世至今已四年，她在世时瑞云还小，未关注瑞云的姻缘之事，阮明达又长年在外，因此瑞云的婚姻至今未定。

　　文炳第一次见到瑞云是在胜恺结婚的时候，那年他十一岁。那天，元龙带着文炳和文鼎去宁波赴阮家的婚宴，明达带他们到自己的卧房，由夫人陪着说话。兄妹相见，自有说不完的话，见冷落了两个侄儿，夫人让女佣林妈带他们俩去后花园玩。文炳早听他父亲说起姑父家的后花园，说花园很好，花木很多，还有亭子、假山、荷花池、小溪。

兄弟俩进了花园，见花儿盛开，蝴蝶飞舞，两人便去追蝴蝶，蝴蝶飞到哪儿，他们就追到哪儿，现在蝴蝶飞到竹林去了，他们便追向竹林。突然，从竹林里钻出两个人来，他们前面站着两个极漂亮的女孩，一个穿着浅绿色的缎衣裤，一个穿着银红色的缎衣裤，两人头上一样梳着贴耳的发髻，发髻的周围插满了花，一个十来岁，一个七八岁。年龄大点的女孩问："你俩是谁？怎么会到我家花园来呢？"文炳听女孩说"我家花园"，便知她是瑞云了。文炳道："你是瑞云表姐吧？"女孩笑道："我知道你俩是谁了，是文炳、文鼎表弟。昨天我听娘说了，说你们俩今天会来我家的。"文炳笑道："我早听爹说过姑妈家有个和我同岁，只大几个月的表姐，今天终得相识了。"瑞云笑道："常听我娘说丰城舅父家有甲、乙、丙、丁四个表兄弟和娴、静两个表姐，今天见了你们，表兄弟算是见齐了。"说着，瑞云拉过身旁的小女孩道："她是文英，你们不认识，是吧？"文炳道："是小叔家的文英妹妹？听说过，但没见过。"瑞云笑道："真奇怪，自家人都不认得。"文炳也笑道："若是今天我们不来，还不知我们什么时候能相识呢！"文炳问文英："怎么不见你爹在这儿呢？"文英道："他和表哥一起接新娘去了。"

文炳望着花园道："这花园真美，引来这么多美丽的蝴蝶，我真想逮几只来玩，可就是逮不住。"文英道："表姐最能逮蝴蝶了，你就请她给你逮几只吧。"正说着，几只蝴蝶从旁飞过，停在不远处的月季花丛中，瑞云蹑手蹑脚地往那花丛走去，不一会便逮了一只回来。文鼎道："表姐真有本事，这么快就逮住一只了。"瑞云笑道："我能玩的地方就只有这花园，所以练就了这个本领。"文炳问瑞云："刚才你们俩玩什么呢？"瑞云道："玩捉迷藏呢，只是人太少了，玩得没味，现在添了你们两个，玩起来才有意思呢。"

那天下午四个孩子一直玩在一起，玩得很开心。

第二天清早，元龙要回丰城去，来客厅向瑞云的母亲道别。客厅的桌上放着一大堆东西，那是瑞云的母亲给元龙他们的礼物，其中有一方砚台、一只布做的长颈鹿和一只玻璃做的青蛙。瑞云的母亲指着那三件东西对文炳兄弟俩道："这是瑞云给你们俩的，长颈鹿和青蛙是给文鼎的，砚台给文炳。昨天夜里她就把这三样东西找出来了，说今天早上她要是醒得迟了，叫我一定记得把这三件东西让你们俩带回家去。"元龙道："外甥女何不留着它们自用？"瑞云的母亲道："这些玩意儿她多着呢，宝砚斋的砚台她就有好几块，她爹每次回来总给她带这些东西。"

文炳和文鼎谢过姑妈，并请姑妈转告谢谢瑞云。

文炳和瑞云第二次见面是在次年杨氏的生日，元龙夫妇俩做五十大寿的时候，那天瑞云的母亲带了瑞云来丰城拜寿，同船来的还有文炳的小叔父叔鹤和他六岁的儿子文澜。杨氏的生日是在菊黄蟹肥的秋天，院子里菊花怒放，浮金凝玉，姹紫嫣红，清香扑鼻。瑞云惊叫道："这是什么花？真好！"叔鹤告诉她说那是菊花，陶渊明东篱种的就是这种花，瑞云便对她母亲说，回家后让她家的花园也种上些菊花吧。

文炳兄弟俩放学回来见了瑞云，彼此都很高兴，兄弟俩带瑞云去他们俩的房里，去看他们平时收集的好玩的东西。文鼎对瑞云道："三哥给你买了一样东西，你一定喜欢。"文炳拿了两个盒子出来，说其中一个让瑞云带给文英。瑞云打开盒子一看，见里边是几个泥塑的小人，都穿着戏服，泥人旁边放着一对小铜钵和一只小鼓，瑞云喜欢得拍起手来。文鼎道："这是三哥在庙会寻了好久才买下的，他知道你会喜欢的。"瑞云道："明天你们带我去庙会玩吧。"文炳笑道："哪有天天庙会的呢？上次庙会是在端午节的时候。"

杨氏的寿宴安排在第二天中午，这天文炳兄弟俩是早已向先生告过假的，上午兄弟俩带了瑞云去丰城的街上走走，瑞云第一次来丰城，觉得什么都新鲜好玩，那一次，瑞云在丰城住了三天。

（二）

此后文炳和瑞云一直没有见面，直至两年以后的那个冬天。

这期间文炳的家中发生了两件极不幸的事，先是文炳的二哥文溢因与他当铺中的学徒及隔壁钉店里的伙计赌吃烧饼而白白送了命，后来本来就体弱多病的母亲因悲伤亦不幸病逝。

那年冬天瑞云的母亲突然生起病来，医生说她得的是肾脏病，给她开了药方，让她先吃三帖试试，并嘱咐她饭菜吃淡的，别吃食盐。胜恺一边派人去抓药，一边让人带信去丰城请二舅父仲麟来。仲麟得知消息，第二天即坐了火轮赶至宁波，他见姐姐这个样子，问了病情，也说她是得了肾脏病。仲麟给她诊了脉，看了先前医生开的药方，问道："姐姐已吃了这药方上的两帖药了，觉得如何？"站在一旁的胜恺替他母亲答了："没见她好转。"仲麟道："我看这药方用药轻和了点，我给你另开一药方，主要是先要利水、消肿、退热。"仲麟开了药方，递给胜恺道："先试三帖吧，另外你再每天买一斤新鲜的白茅根，加水四大碗煎汤，分七八次让你母亲温服。"

胜恺拿了药方去药堂抓药，没多久拿着药回来道："白茅根没有新鲜的，只好买了干的。"仲麟拆开一药包，仔细查看药材，见白术欠肥白，便道："明天我回丰城，让文炳给你送好的白术和新鲜的白茅根来，今天就先把这药煎了喝吧。"

仲麟回到丰城，找出了上好的白术，又跑了好几个菜市场，买来几斤新鲜的白茅根，让文炳次日搭早轮送给瑞云的母亲。

这几天瑞云的母亲吃了仲麟开的药，身体好些了。文炳惦记着瑞云，不见她在旁，便问："瑞云表姐好吗？"林妈道："这几天小姐一直在这里陪着太太，今天太太觉得好些，吃过中饭打发小姐去歇息了。"瑞云的母亲道："你去看看她，陪她说说话吧。这几天难为她一直在这里陪着我，前几天我的样子怕是吓着她了。"瑞云原是和她娘同住一室的，如今她娘病了，她就搬到西楼去了，由嫂子房里的李嫂陪着住。

瑞云和文炳两年多没见面了，今日见了，都觉得对方似乎长成大人了。文炳笑道："表姐差不多长成大姑娘了。"瑞云哈哈大笑了起来道："表弟你不也差不多长成大男人了吗？"两个人你看着我、我看着你，傻笑了好一阵子，然后瑞云转喜为悲道："见过我娘了吧，前几天真把我吓死了——她要是走了，我怎么办？"文炳忙安慰道："不会的！姑母吉人自有天相，你看她现在不是好多了吗？"瑞云道："真的，前几天我真是害怕。"瑞云说着，眼睛都湿润了。文炳道："表姐别怕，有我呢！我会护着你的！"瑞云破涕为笑："你有多大？你能护得了我？"文炳笑道："你不是说我差不多长成大男人了吗？"于是两人又都乐了。

瑞云问："表弟在书院里读什么书呢？"文炳道："我离开书院一年多了，现在一家布店学做生意。我爹说现在读书没啥用，皇帝都倒了，我大哥才高八斗也只考个邮局会计，还是让我早些学点做生意的本领好些。"瑞云道："舅父说得也有道理。"文炳问瑞云："表姐还跟小叔读书吗？"瑞云道："我这哪是在读书啊？有一搭没一搭的，先前还好些，一个月也能学四五次，这些日子娘病了，读书的事也就搁下了。我爷爷老是说'女子无才便是德'，说我何必费心思读什么书呢，可娘说女孩儿能认几个字总是好事，再说小舅反正在教文英读书，我去了文英也有个伴，倒好些。"文炳道："女孩本也该读点书，等姑妈的病好些了，你就继续跟小叔读书。"瑞云叹道："不知我有否这个命。"说着，她的眼圈又红了，文炳赶紧拿好听的话去安慰她。

仲麟每隔三四天来看瑞云的母亲，细心斟酌、修改药方，他担心宁波药店里药材的质量，所以他总是自己亲自配好药，让文炳送至阮府。在仲麟的精心调理下，瑞云母亲的病一天好似一天。文炳每次来阮府，总会给瑞云带来她所喜欢的东西，或玩的，或吃的，当然，他也给胜恺刚满周岁的儿子忠儿带东西，此外，他还会逗他们开心，因此，阮府上下的人都喜欢文炳。

胜恺没将母亲生病的事禀告父亲，一来是因为他知道父亲确实很忙，二来是因为她母亲的病恢复得很快。到了农历十二月，瑞云的母亲能下床了。

腊月二十六日，阮明达从宁德任上回家过年，这时他才得知夫人生病的事。明达是个对家庭十分负责任的人，本来，"父母在，子不得远游"，明达深知此理。但现在毕竟已是公元一九一二年，为了自己的前程，也为了更好地养家，阮明达只得离乡别土去外地赴任，如果不是因为老父孤单一人在家，他是不会让夫人携女儿回宁波的，他知道妻子是在替他行孝道。这一回妻子病了，胜恺自作主张而不告诉他，致使他一点也不知情，因此他将胜恺着实责怪了一番。明达从内心觉得对不起妻子，现在妻子病体初愈，明达对她更加体贴入微。往年阮明达春节过后六天即上任去，而今年过了元宵他还告假在家陪夫人，眼看夫人恢复得很好，养得白白胖胖的，直到农历十八日，在夫人的一再催促下，他才离家赴任去。

瑞云的母亲恢复了健康，瑞云又继续去她小舅父家和文英一起读书了。

但好景不长，将近端午节的时候，瑞云母亲的病复发了，而且来势更凶。这回胜恺再不敢擅自作主张了，他赶紧禀告父亲，并立即差人去请二舅父来。仲麟赶来一看，知姐姐这次的病非上次所比，他不敢独自开药方，他请来了他的好友，宁波城里的名医管岳铭一起商量用药，他也不敢离开，而在阮府一直呆着陪他姐姐。

那边阮明达接到夫人疾病复发的告急信，心如火燎，几天之内匆匆了结急需处理的公务，即告假返乡。阮明达回到宁波家中，顾不得和迎上来的方伯说话，直奔夫人的卧房，这时胜恺的妻子素月、瑞云和林妈都在夫人的房里。阮明达见夫人病得奄奄一息，闭着双眼，脸色苍白，全身浮肿，又见仲麟在一旁陪着，他知夫人这回病得不轻。瑞云见爹回来了，像是见到了救星，叫道："娘，爹回来了！"瑞云的母亲听了，慢慢睁开浮肿的眼睛。阮明达来到妻子的床边，轻声道："夫人，明达回来了！"瑞云的母亲挣扎着想抬起身子，但力不从心。明达扶起她的头，放在自己的臂膀上，把嘴凑在她耳旁："别害怕，有我在，你会好起来的！"他将她的头慢慢放回床上道："我还没见过父亲老太爷呢，我先去给他请个安就回来。"夫人吃力地点了点头。

明达向仲麟点头，仲麟紧跟在阮明达之后出了卧房，仲麟道："这几天我一直在这里，看来姐姐的情况不妙，这些药下去一点也不见效，这种病就怕复发，姐姐这一回怕是挺不过去，你得有个准备。"明达听了，悲从心来，掉下眼泪道："我本想再过几年早点退了任，回家好好伴她过晚年，没想到她还不到五十岁就……"明达抹去眼泪，去后院向他父亲请安去了。

这天夜里阮明达让其他所有的人都回房歇息，他自己一个人坐在夫人的身旁陪着她。接下来的几天明达都是这样衣不解带地陪着妻子。瑞云母亲的病情越来越严重，虽然管岳铭又约了另外两位名医来，但大家都束手无策。

明达回家的第六天夫人就仙逝了，元龙得知噩耗，连夜雇了小船赶至宁波。叔鹤早已到来，元龙见明达痛不欲生，无法料理妹妹的后事，只得和外甥及两位弟弟商量。幸好前几天明达听了仲麟的话，暗地里已让方伯开始操办，因此省去了许多麻烦事。考虑到明达是个有公务的人，元龙征求了他的意见，决定三日后出殡，三日之中请了法幢寺的几个和尚在家中念经超度亡灵。

瑞云母亲出殡的前一天，丰城罗家的两个侄儿都来宁波见了姑母的遗容。文炳见瑞云哭得死去活来，他想起去年十一月姑母刚生病时他第一次送药来阮府，瑞云对他所说的那些话和那种悲伤的样子，想起了那时自己对瑞云许下的诺言，那时虽是无意之中说的，如今她母亲真的走了，这个诺言现在是要兑现的了。

（三）

安葬了夫人之后，明达在家料理了几天家务，但宁德那边的公事催得紧，他只得匆匆又上任去了。明达上任前给瑞云买了一个十二岁的小丫鬟，取名乐儿。瑞云自从母亲去世，心中悲伤，人瘦了许多，虽有乐儿陪伴，但乐儿年龄毕竟太小，不会劝导瑞云。林妈见了，心中悲痛，常拿话语劝她，但瑞云仍然悲伤，开心不起来，林妈知道瑞云和文炳常有话说，便托人告诉文炳，让他得空时来宁波开导瑞云。文炳因店中事忙，且前段时间因瑞云母亲的事常请假，所以一时脱不了身，直至将近中秋，店里让他去宁波办事，他才得机会去看瑞云。

文炳到达宁波，为店里办好差事，便来阮府。林妈见了他道："表少爷快去劝劝小姐吧！小姐天天待在房里，不是躺在床上装睡，就是望着天空独自伤心，她这个样子会生出病来的。"文炳道："你先带我去向老太爷请个安，回头我再去看表姐。"于是林妈先带文炳上楼见阮老太爷。文炳向老太爷请了安，把伯父和父亲叫带的礼物交给老太爷，然后跟了林妈去见瑞云。

这时，瑞云坐在窗下，望着窗外，又在独自伤心，小丫头乐儿坐在一旁编扇坠。听见林妈叫，瑞云回过头来，见了文炳，勉强笑道："谢谢表弟来看我。"文炳道："早想来看表姐，只是店里一直忙着，不得空闲，还望表姐原谅呢。"文炳见瑞云一身素装：月白色黑边的布上衣，黑色布裤，辫子上下都扎了白头绳。脸蛋瘦了一圈，不见了原先丰满红润的圆脸，但见微凹的大眼、微凸的颧骨和憔悴的面容。文炳本想说"表姐怎么瘦成这个样子"，但话语到口却咽了回去，他怕瑞云又伤心。文炳呆呆地看着瑞云这副可怜兮兮的样子，说不出话来，瑞云亦是呆呆地望着文炳，一言不发。

林妈给文炳沏了茶来，见瑞云和文炳都呆呆地不说话，文炳仍站着，林妈道："表少爷坐下来说话吧。"说罢，她向乐儿招了招手："你帮我去打几条丝线络子吧。"乐儿见瑞云和文炳都呆呆地不说话，自己坐在旁边也没趣，见林妈叫她出去帮忙，她正巴不得呢，即刻跟着林妈走了。

文炳先开了口："表姐不要再糟蹋自己了！看你这个样子，姑妈在天有灵，会不放心的。走的已经走了，活的还要活，我和你一样，娘走了，二哥走了，但我照样还要活呀。"文炳这样劝着瑞云，不觉自己先哽咽了，呜呜地哭了起来，瑞云也呜呜地哭了。哭声传到东楼，胜恺的妻子让李嫂过去看看。李嫂走进瑞云的房门，见文炳和瑞云都泪流满面，便道："表少爷怎么这么糊涂，原指望你来逗小姐开心的，怎么自己倒先哭起来了呢？"文炳忙掏手巾擦去眼泪对瑞云道："表弟该死，让表姐又伤心了。我们都别哭了，想些开心的事说说做做吧。"文炳问瑞云："文英这几个月都没过来看你？"瑞云道："她来看过我好几回了，只是我自己伤心，打不起精神来。"文炳道："今天我们去她家，给她一个惊喜，怎么样？"李嫂道："很好，带小姐出去透透风，去去晦气吧！"瑞云想了好一阵子道："我们去看文英妹妹？也好。"她起身去箱子里找了套灰绿色的丝绸衣裤，到东边嫂子房里换衣服去了。

瑞云在嫂子房里洗了脸，重梳了头发，换了衣服，显得略有了些精神。瑞云不愿走大街，便带文炳走弯弯曲曲的小巷。瑞云道："表弟以前没去过小舅家吗？"文炳道："至今从未去过，也不知小婶是怎个样子。"瑞云道："都是自家人，怎么还这般生疏呢？"文炳道："我也这么想呢，听说这个小婶是后娶的，其他的我就不知道了。"瑞云说的"生疏"两个字提醒了文炳，他驻足道："这是我第一次去小叔家，该带礼物的。"瑞云道："真的！如果早些时候想到这事，把你给我的那大包东西带上就好了。"文炳道："那是我给你买的，怎能随便送给别人呢！我们走大街吧，这礼物是一定要带去的。"于是两人改走大街买礼物去了。

文英的家在西门，是个三间小屋的小院落。大门闭着，瑞云拍了门，不一会就有一个六七岁的小女孩来开了门，旁边还站着一个三四岁光景的小男孩。女孩见了瑞云便向房里喊道："姐姐，表姐来了！"小男孩看着文炳道："你是谁啊？我怎么以前没见过你呢？"瑞云道："他是你丰城的三哥，快叫三哥吧！"

文英从房间里出来，见了文炳，拍手笑道："怎么三哥也来了？"文英的母亲陈氏听见孩子们的话，急忙整理了几下自己的衣服，也从房里出来了："是三侄儿吗？快进房里坐吧！"文炳忙上前几步，向陈氏问了好，陈氏让文炳和瑞云坐下，自己便去厨房烧水泡茶。

文英把两个弟妹拉在身前，对文炳道："二妹叫文鸾，二弟叫文博，大弟你是知道的，叫文澜，现在上学堂读书去了。"文炳看看文英，又看看她的两个弟妹道："你和你娘像极了，二妹像小叔，二弟和你娘也有几分像，大弟呢，像小叔，我说得对吗？"文英笑道："你说得极是，大家都这么说呢。"文炳问："妹妹在家做什么呢？小叔教你们读书吗？"瑞云插嘴道："文英跟她娘学做针黹呢，她手巧着，已能帮她娘做针线活了。"文英不好意思地低下了头，红着脸道："没办法呀，家中这么多人，要饭吃，要衣穿，要书读的，我们一家大小的衣着都是我娘自己做的，有时她忙不过来，我只好帮着点。"

文英抬起头，对着瑞云笑道："我的命哪有你好？你是官家小姐的命，整天闲着，还弄个丫头陪着玩呢。"瑞云笑道："死丫头，倒开起我的玩笑来了，看我怎样治你！"瑞云一边说着，一边下了椅子，笑着做了姿势，意欲搔文英的胳肢窝。文英忙起身逃至文炳坐的椅子后面，笑道："三哥救救我！"文炳张开双臂一拦，瑞云撞入了文炳的怀中，被文炳紧紧抓住。文炳笑道："表姐，饶了文英这一次吧。"瑞云在文炳的手里挣扎着，笑着冲文英道："好呀，这回兄妹俩合计起来计算我，下回表弟不在，我再好好治你。"

这时陈氏正端了茶过来，见文英躲在文炳的椅子后面笑，而文炳笑着抓着瑞云的手不放，便道："文英怎么这么不懂事，你三哥是稀客，别把他吓着了，下次不敢再来。"文炳放了瑞云，瑞云笑道："小舅妈，文英怂恿文炳欺负我呢。"文英咯咯笑道："好表姐，我下次不敢了。"陈氏笑道："你们先喝茶吧，我出去买些果点就回来。"文炳连忙道："不用了，我们稍稍坐会儿就走，林妈说表姐在家闷得慌，我劝她出来走走，找文英妹妹说话，寻找开心呢。"瑞云道："正是呢，舅妈你别忙，坐下来和我们说会儿话吧。"陈氏道："表姐是该出来走走，什么时候觉得有兴致了，来这里让你小舅教你们读书吧。"瑞云道："我正为这事而来呢，什么时候小舅得空了，告诉我一声，我就来。"

文炳见太阳偏西，便辞别了文英一家，和瑞云走大街回阮府。

瑞云道："小舅妈生得还好看，但她那别扭的宁波话，让人听了真是难受。"文炳道："她讲的哪是宁波话？我在店里听多了，她一开口，我就知道她是丰城西边远处的山里人。"瑞云道："原来如此，怎么小舅会娶一个山里人家的女儿？"文炳道："这我就不清楚了。"

吃过晚饭，大家坐着闲聊了一会，便各自回房了。瑞云回房之前，文炳又嘱咐她要善待自己，要早些去文英家继续读书，说是只有经常出去走走，心情才会开朗起来。瑞云听了文炳的话，不久又去文英家继续读书了。

文炳心里挂念着瑞云，只是不得空闲去看她，每逢父亲或伯父去宁波，文炳总会托他们捎点玩意给瑞云和忠儿。而瑞云呢，每次舅父捎来文炳的东西，她总会说："谢谢表弟记着我，让他得空时来我家玩吧。"有时，她也会拿些她自己做的香袋、香球之类的东西交舅父带给文炳和文鼎。

（四）

次年端午节临近，元龙想起往年瑞云母亲在世时，作为罗家的大哥，他和妹妹总是互送端午节的礼物，今年端午虽然两家还会有礼物往来，但妹妹永不能再见了。元龙想到这，觉得凄凉。杨氏道："何不接瑞云来丰城过端午节看龙舟呢？"元龙道："你说的正合我意，明天让袁伯送东西去时，接瑞云来吧。"杨氏道："还是你自己走一趟好，不然她爷爷不会让她来的。"文炳听说要接瑞云来过端午节，喜得睡不好觉，思量着怎样让瑞云玩得高兴。

元龙亲自到阮府送去端午节的礼物，带回了瑞云和乐儿。瑞云无比高兴，乐儿更是乐得像出了笼的小鸟。下午，文炳店里很忙，他从布店回到家的时候瑞云早已来了。瑞云穿着湖绿色的绸缎衣裙，坐着和杨氏说话，见了文炳，瑞云笑道："表弟真是大忙人，现在才回来，也不来接我。"她一边说着，一边站起身来。瑞云这一笑、这一站，竟把文炳看得呆了，原来瑞云已长成这么一个亭亭玉立的漂亮大姑娘了！不知怎的，文炳的脸上突然热得红辣辣的。这时文鼎也回来了，他见瑞云已到，忙问她好道："表姐一向可好？三哥一直叨念你呢。"文炳道："你不是也一直叨念着表姐吗？"大家都笑了起来。

端午节这天，天才蒙蒙亮，就听到龙舟的锣鼓声了。柳烟河是丰城竞舟最热闹的地方之一。这天文炳兄弟俩照例是放假的，吃过早饭，元龙和杨氏带着孙儿女和瑞云、文炳等几人去看斗龙舟。柳烟河畔已站了好多人，河中龙舟穿梭往来，锣鼓声、吆喝声闹成一片。袁伯早在河畔摆下几张长凳，元龙一拨人坐了。没多久，一条蓝色的龙舟在喧闹的锣鼓声和吆喝声中箭似地冲了过来，后面紧跟着黄龙舟和红龙舟，各条龙舟上的水手都鼓足了劲，你追我赶，龙舟拖着长长的白浪，直冲北边高桥而去。

乐儿不经意中转过脸，见瑞云身上有许多棉花似的东西，奇道："小姐身上怎么会有棉花呢？哟！连头上都有呢！"文炳兄弟俩笑道："这哪是棉花，是柳树上掉下来的柳絮！"瑞云抬头，见空中到处飞舞着柳絮，笑道："我从来没见过柳絮，只读过谢道韫说下雪的情景，'未若柳絮因风起'，今天有幸，连因风起的柳絮都见到了，怪不得这河叫柳烟河！我们沿河走走看看吧，才不枉我这次来舅父家过端午节呢。"元龙听了，对文炳道："你们兄弟俩带她们走走吧，好好照顾着她俩！"

文炳等四人沿柳烟河往北慢慢而行，一路上时有龙舟击鼓吆喝而过，微风过处，柳絮纷飞，直扑行人面颊。瑞云和乐儿不停地用手去抓，那柳絮轻飘飘的，时起时落，不好抓住，逗得瑞云和乐儿开怀大笑。瑞云走得热了，挽起衣袖，露出两只雪白的手腕，左手腕上戴着一串红玛瑙珠子手链，这是两个月前清明节瑞云来丰城扫墓时文炳送她的。文炳见了，动了心，直想捏瑞云的手，但碍于情理，只得作罢，于是他快走几步，与瑞云走成了并肩。

穿过市中大街，四人继续沿河而行，瑞云问："这河通往何处？"文炳道："通向你从宁波坐船来的那条大河，这里河面狭窄，水又浅，火轮开不进来，只能在东门那边停船，不然可直接到达我家门口了。"

文炳与瑞云在前头聊得开心，跟在瑞云后面的乐儿也已和文鼎熟悉起来而聊开话了。

四人边走边聊，不觉已过了东门方向的闹市，眼前的民房少了，开始见到了农田。瑞云还要往前走，文炳道："我们还是回家吧，大伯一定在担心我们了。下午我带你们去登山、走城墙，站高处看丰城，岂不更开心？"

吃过中饭，文炳说要带瑞云去逛南屏山，杨氏听了忙摇手道："罢了，罢了，你这猴儿出的什么馊主意！瑞云可是官家小姐呢，岂能跟你们两个野马似的乱跑？爬山哪是女孩家干的事？"文炳道："那我们去江边看暖江，可以吗？"元龙道："这倒可以，站远点看，别爬到堤岸上去。"文炳点头答应。

四人沿柳烟河穿过市中大街再走一段路，过一小桥，进仓后街，过吉祥胡同，前面便是沿江的路，路的对面是一道石头垒成的堤岸，堤岸外面便是暖江了。此时正值潮平，江面很宽，异常静寂，微风吹起细细的波浪，太阳照得江面一片金色。江边停着几只空渔船，时有水鸥掠过江面，叼起小鱼飞向远方。乐儿生在乡下，只见过河，从未见过江，她兴奋不已，拍着手喊："这江真美！"瑞云道："江是不错，但海更美。记得那年娘带我回宁波，是坐海船回来的，大海望不到边，天空异常高朗开阔，海水有绿色的，有蓝色的，越深处，海水越蓝，那真是好看呢。"文炳听得入迷道："听你这么一说，大海我是得见见的了。"

文鼎望着暖江的对岸问："三哥，听说大嫂的娘家在江那边，真的吗？"文炳道："是的，渡过这江，还要坐小船，她娘家还远着呢。"瑞云问："怎么过江呢？"文炳用手指着江面道："你看见那只小船了吗？就是那种小船摆渡人们过江的。"

四人在堤岸边观看了好一阵子，江水开始退潮了，潮水反涌着，无力地拍打着堤岸。文炳道："我们回家吧。"瑞云心里忘不了文炳说的南屏山，便道："你带我们去看看南屏山吧！"文炳道："大伯和大妈不让我带你去逛山，真的，爬山容易扭伤脚，而且你又从未爬过山呢。"文鼎道："我们偷偷地去南屏山，你扶着表姐走，是不会扭了脚的。"文炳听说，沉思道："也是的，只要我们四个人都没出什么事，大伯他们怎么知道我们下午去过南屏山玩呢？"于是四人离了江边，抄近路去南屏山。

远远望去，南屏山一片葱茏，及至近处，始见南屏山由两座小山峦构成，两山之间是一段不长的城墙，南屏山不高，一条石路直达山顶。四人沿山路拾级而上，文炳问瑞云要不要他扶着走，瑞云道："不用了，上山不难走，下山再说吧。"四人站在山顶，丰城内外尽收眼底。向城内望，远处可见暖江东去，近处可见柳烟河。向城外望，南屏山脚有许多民房，不远处是一条大河，文炳说那是护城河，护城河的那边，是大片农田。再往远处望，是连绵的大山，文炳说大山那边很好玩，有一泻而下的瀑布，有水清见底的小溪，溪中可见各种各样的小鱼，过溪要走碇步石，溪水从碇步石间潺潺流过。说得瑞云直想立刻飞往大山那边，目睹为快。

四人沿着山脊慢慢而行，向旧城墙走去。这旧城墙用岩石垒成，墙体还行，但顶部的齿状大多残缺，不过文炳说这城墙还很结实，他们常从城墙的墙脚踩着石头缝隙登上城墙玩。瑞云和乐儿过城墙有些害怕，于是文炳牵着瑞云的手，文鼎牵着乐儿的手，四人慢慢过了城墙。东山峦近山顶处，绿树掩映之中出现了一道黄土剥落的围墙，文炳说那是一座寺庙，历史很悠久了，瑞云说既是寺庙，就得进去朝拜。四人绕道来到寺庙的正门，见墙体写着"南无阿弥陀佛"六个大字，山门正上方大书"慈善寺"三字，门两边的对联是"慈悲乃仁者根本""善行是万福源泉"。

进了寺院，瑞云见到佛菩萨的塑像都恭敬礼拜。站在庭院中，瑞云见迎面大殿檐下正中匾额上横书"大雄宝殿"四个大字，两边对联书的是"自性清净不生不灭具足一切法""诸法性空无常无我万法因缘生"。瑞云心想："门口对联的意思还好懂，这大殿的对联却难解了。"正想着，庭院的左边走来一位慈眉善眼的老和尚，手提念珠，口中念念有词。老和尚见了四个孩子，知是来游玩的，便双手合十，一声"阿弥陀佛"。瑞云的母亲去世时，家中请过几个和尚念经超度母亲的亡灵，瑞云见过和尚，懂得一点规则，便也双手合十应声道："阿弥陀佛。"进了大雄宝殿，瑞云跪在蒲团上恭恭敬敬地拜了三下，双手合十沉默了一番。文炳知她是在心中作祈祷，于是他学着瑞云的样子，在瑞云旁边的蒲团上跪下，拜了三拜之后双手合十，但他想不出该祈祷什么。

下山的路有点难走，瑞云让文炳扶着她走，文炳问瑞云："你刚才在佛前许什么愿呢？"瑞云道："我祈求佛菩萨保佑我爹健康长寿，保佑我家平安吉祥，你向佛菩萨祈求什么呢？"文炳想了想，将头凑在瑞云的耳旁，轻声道："我向佛菩萨祈求愿得表姐为妻。"瑞云听后红起了脸，停了脚，双手推开文炳，作色道："你若真是这样说的，可别扶我走了。"说着，竟自独个儿下山去。文炳见瑞云生气，急忙三步并作两步赶了上去，拉住瑞云的手道："我哪里敢这样，我只是想逗表姐开心的。"文炳向瑞云千道歉，万道歉，求瑞云别生他的气。瑞云道："你有什么别的玩笑不好开的呢？偏开这种令人恶心的玩笑！"文炳道："以后我不敢了，求表姐还是让我扶着你走吧！这下山的路不好走，你若真的扭伤了脚，大伯那里我怎么交代？"瑞云见文炳说得语真情切，便软了心，仍让文炳扶着她下山。

看见文炳和瑞云这番情景，在后头稍远处走着的文鼎和乐儿都一头的雾水，不知他俩是怎么回事。

吃过晚饭，文炳想和瑞云说话，但瑞云漱洗之后就带乐儿回杨氏房中歇息去了。文炳见瑞云不理他，只得也回自己的房去。一进房门，文鼎便问："下午下山时你和表姐说什么了？看表姐的样子很不高兴呢。"文炳搪塞道："没说什么，只是开个玩笑罢了，哪里知道她为什么不高兴呢？"

文鼎突然笑道："表姐这样的可人儿生起气来的样子也极可爱，真真难得这样的可人还有这样一个标致的丫头陪着。"文炳道："你说表姐和乐儿比起来，哪位更漂亮？"文鼎道："两位都是绝顶的美人，乐儿有点像杨家二舅公家的媳妇，也有两个酒窝，只是二舅公家的媳妇是鹅蛋形的脸，乐儿是瓜子脸。"文炳听了不觉大笑道："你看得这样仔细，怕是恋上乐儿了，是不是？路上两个人叽叽咕咕地说些什么呢？"文鼎听后发起急来："是你恋上表姐了，还说我呢！"

文鼎的话让文炳心动，但在弟弟面前文炳又不好意思把自己的心思说出来。

次日是丰城西门"大圣殿"的庙会日，按惯例，庙会中除商贩麇集做各种买卖外，还有演戏。文炳和文鼎的店里都开业了，不能陪瑞云去玩。

大圣殿近元龙西门的丝线店，元龙让淑媛陪瑞云去逛庙会，说中午她们俩在店里用餐，中途玩累了还可以在店里歇息，这样可以在庙会玩上一天。

上午，文炳出门时对瑞云道："下午我会早点从布店出来去庙会陪你玩的。"瑞云道："谁稀罕你陪我玩呢？有大表嫂陪着就够了！"文炳知她还在为昨天的事生他的气，忙赔着笑道："下午大嫂陪累了，正好我去接她的班。"杨氏不知情，笑道："文炳会逗人呢，让他去接你们吧。"于是瑞云便一笑了之。

上午淑媛带瑞云和乐儿逛了集市，瑞云给侄子忠儿找了几件玩具，淑媛按杨氏的吩咐，给瑞云买了一只玉手镯。中午她们在元龙的店里吃中饭，饭菜是袁伯从家里送来的。中饭过后元龙道："下午大圣殿内外都有演戏，殿内看戏有座位，我已给你们订好，袁伯会带你们去的。殿外看戏得站着，戏看累了，你们就回店来歇息吧。"于是袁伯带瑞云、淑媛和乐儿先进殿内看戏。大圣殿内有固定的戏台，常有戏班子来演戏。瑞云在座位上坐定，抬头看戏台，见那戏台不大，两边有对联，上联是"金榜题名空富贵"，下联是"洞房花烛假风流"。瑞云想，这对联真贴题，把演戏的事说绝了。

这时锣鼓响了起来，戏开演了。锣鼓声中一位小丑先出场打诨，小丑两手各拿一竹枝，两条竹枝另一端垂下的细绳缚在一条道具蛇的头和尾上，小丑忽上忽下、忽左忽右、忽前忽后地玩起这条蛇来。小丑玩了会儿蛇，开口诙谐地念起白来："歌舞升平日，小丑登台时；殿外唱散曲，殿内演正本；正本未开演，俺小丑们先来一段——"台下的小孩们呵呵笑着和他合白："实不亲，玩蛇！"

瑞云的母亲在世时曾向瑞云提起丰城丑角演的插科打诨戏《实不亲·玩蛇》，说小丑们蛇玩得极好，白念得特诙谐，小孩子们特喜欢这戏，因此今天小丑一上来，瑞云就知道是这出戏了。那小丑念完开头白后，便招呼他的同伙们上台来，于是从台后两边涌上来七位玩蛇的小丑，每位小丑玩蛇的样子各不相同，只见整座戏台蛇飞蛇舞，台下看戏的人时时喝彩。先是两位扮作夫妻的小丑一边玩着蛇一边念着白，只听得那男的念道："都说妻子亲，妻子实不亲。夫妻乃是同林鸟，大难来时各自飞。夫在世时说恩爱，夫死妻随他人去——妻子无情。"他念完白，便用手指向那扮作女人的小丑，并做出诙谐的讨厌那女人的样子。那女人马上以牙还牙："都说丈夫亲，丈夫实不亲。贫穷之时糟糠妻，不离不弃助夫行。丈夫发迹妻老去，另寻新欢忘旧情——丈夫无情。"一位扮作老人的小丑伛偻着身子边玩蛇边念白："都说儿孙亲，儿孙实不亲。痴心父母世上多，积钱敛财为儿孙。盼子成龙殷情切，孝子顺孙几多见？——儿孙无情。"随后一位年轻的小丑玩蛇出来念起白来："都说兄弟亲，兄弟实不亲。兄弟私心绝亲情，争分家产断往来。君不闻三国曹丕和曹植，箕豆同根相煎急！——兄弟无情。"接着出来了两位扮作婆媳的小丑，诉说婆媳之间的怨恨，彼此埋怨对方不亲。最后出来的是两个扮作妯娌的小丑，相互谩骂，指责对方的无情。待她俩念完白后，锣鼓起时八位小丑又五花八门地玩起蛇来，锣鼓息时小丑们齐声念白："世事纷纭凭众说，是是非非难辨认。小丑《玩蛇－实不亲》，留作闲人饭后谈。且听锣鼓又响起，请君仔细看正本——《貂蝉与吕布》，自古说到今。大家看戏去啰，呵呵。"

瑞云以前曾看过《貂蝉与吕布》这戏，是她哥和嫂子带她一起去看的，那时她还小，不大懂剧中的内容，只记得那时这戏的名称叫《凤仪亭》。最近她看过《三国演义》，知道貂蝉是为她自己的国家去离间吕布和董卓的，因此她视貂蝉为女中豪杰。

戏快结束的时候文炳来了，等在大殿的门口，戏散场了，文炳见淑媛她们出来，便迎了上去道："刚才我从那边戏台过来，那边在演《孙悟空大闹天宫》，大嫂和表姐过去看看吧。"没等淑媛回答，瑞云先道："孙猴子的戏吵死人了，我不要看。"文炳忙赔笑道："右边那个戏台在演木偶戏《劈山救母》，你们要不要看呢？"乐儿好奇地问："什么是木偶戏呢？"淑媛道："咱们过去看看，你就知道了。"于是淑媛三人随文炳去看木偶戏。戏台前已挤了一大群人，文炳等四人只得站在稍远处看。戏台上木偶腾空驾雾，在天空中大打出手，文炳说那是沉香和他的舅父二郎神在斗法，二郎神打不过外甥，待会儿沉香会劈开那座山救出他的母亲华山娘娘的。文炳说得没错，只见二郎神大败而退，沉香挥刀劈去，那座山便裂开了，火光冲天而起，华山娘娘从火光中跑出，沉香跪倒在娘娘脚下，母子抱头痛哭。这木偶戏，瑞云只是听说过但从未看过，她觉得好奇，乐儿更是看得呆了。

看罢木偶戏，文炳又带淑媛她们去别处转转。一处空地上一男子在耍猴，旁边围了一大圈人，大家被那猴子有趣的表演逗得大笑。淑媛见猴子演得卖力，便向盘中扔去几个铜钱，瑞云见了，也丢去铜钱。那猴子高兴地跑到淑媛和瑞云身边，行起大礼来，吓得瑞云赶快后退，围观的人们哄堂大笑。文炳赶紧往前一站，挡住猴子，然后带瑞云三人离去。

淑媛道："我们回家吧，玩了一天，真有点累了。"于是四人便回丝线店向元龙告别回家去。路上文炳问乐儿今天玩得开心不开心，乐儿闪着酒窝道："开心极了，这样的庙会我从没见过呢。"文炳道："你跟着小姐，此后的见识会更多的。"文炳转身对瑞云道："那猴子没吓着表姐吧？"瑞云笑道："没吓着，那猴子挺会逗人的。"

瑞云这次来丰城，备受元龙一家的关爱，她舍不得离在丰城。在离开丰城的前一天晚上，瑞云回到杨氏的房中就哭了，杨氏劝慰道："好孩子，回家后我会让文炳兄弟去看你的，你觉得寂寞，就再来丰城住吧。"这时文炳走进杨氏的房来，他原想和瑞云说几句送别的话，见瑞云在哭，便退了出去。杨氏见了，轻声对瑞云道："文炳有话要对你说呢，快擦擦眼泪吧。"杨氏走出房门，对站在窗下的文炳道："你进去安慰安慰她吧。"

瑞云坐在桌旁用手绢擦眼泪，文炳站在一旁劝道："表姐保重身子要紧，明天要回宁波了，可别让你府上的人说你这次在丰城瘦了回去才好呢，不然你爷爷不会让你再来丰城玩的。"瑞云转过头来道："谁说我瘦了回去？你见我瘦了吗？"文炳笑道："没瘦，只是不高兴，还生我的气吗？"瑞云道："哪有这么多的气要生？只是我心里难受——我又没个亲姐妹可叙叙心的，虽有个哥哥，可年龄相差太大，不好谈心。"文炳道："表姐如认为我还可以的话，你就把我看作你的亲弟弟吧，我定会为表姐分担忧愁的！"瑞云点点头道："但愿如此吧！"文炳从怀里拿出一对玉耳坠道："表姐常想着文炳吧！有空我会去陪表姐消遣的。"

瑞云回宁波后，想起在丰城过的那些热闹的日子，惆怅之情油然而生。这天瑞云心中烦闷，吃过早饭，独自去花园解闷。仲夏的花园，绿意浓郁，树叶散发着水汽，让人觉得闷热。瑞云已有两个来月没来花园了，记得上次来时，园中桃花盛开，好不热闹，而现在已见不到桃花了，只有假山旁的几棵荼蘼开着黄白色的花朵，在微风中摇曳。瑞云在桃树旁停了下来，设法寻找桃花的影子，但她始终找不到，"开到荼蘼花事了"，她知道那些桃花都已辗作尘土了。瑞云这样想着，悲从中来，心想自己犹如那三月的桃花，虽然众人赞赏，但过了那三月，便辗作尘土，无人关爱了——母亲死了，父亲又远在福建，哥哥和嫂子待她极为客气，反而显得有点生疏。

这时她想起了文炳，不禁抬头往竹林望去，她想起了他们俩从第一次见面到现在一路走过来的情景，想起那天他们在南屏山下山时文炳对她所开的玩笑，她想起了文炳那双火辣的眼睛，瑞云不觉脸上发起热来—文炳长大了，长得很潇洒。瑞云这样想着文炳，重又生起了惆怅之情。

瑞云的嫂子又怀上了身孕，终日不出房门，因此瑞云倍感寂寞。有时瑞云也去文英家散散心，或与文英戏谑，或跟小舅学点古文。昨天瑞云去看望嫂子，见她桌上放着几本书，那是胜恺借来给妻子消遣的小说。嫂子道："你哥说我闲得无聊，借了这几本书让我消磨时间。这本《镜花缘》蛮好看的，是讲唐敖和林之洋的经历见闻，其中有好几个不凡的女子，你拿去看吧。"有了小说作陪伴，瑞云不那么寂寞了。

（五）

文炳十七岁的那年夏天，天气出奇地热，热得让人烦躁。但让文炳烦躁的不是这出奇的热，而是他父亲开始替他抉择婚姻了。每隔几天总会有说媒的人上门来，或递来写有女方生辰八字的庚帖，或拿走他父亲为他写好生辰八字的帖子。但文炳心中的妻子应该是瑞云，他不要他父亲为他择婚。

七月下旬的一天，下午近五点钟了，火辣辣的太阳仍挂在空中。淑媛和周妈在卧房里忙着，透过敞开的窗户，她俩望见柳媒婆风风火火地走进大门，穿过角门，进后院去了，淑媛知道，这是仲麟约她来的。柳媒婆送来了一位姑娘的庚帖，说是西门胡家的。事有凑巧，这天文炳店里的东家因见天气异常闷热便早些让伙计们打烊回家，因此柳媒婆没说上几句话，文炳就跨进房门来了。文炳见桌上摆着庚帖，知道是给他做媒来的，他一把抓过桌上的庚帖，便要撕掉，站在一旁的仲麟忙把庚帖夺了过去。文炳见没撕着庚帖，便发起火来，冲着柳媒婆大声叫嚷道："老婆子你听着，我不要你给我做媒，你给我走！"仲麟一个巴掌扇了过去，总算给柳媒婆下了台阶。柳媒婆冷笑道："哟，三少爷，你发的火可真大呀！我每天走东家串西家的，丰城里头哪个不识我柳老婆子？哪家见了我不笑脸相迎眉开眼笑？今天老婆子算是开了眼界了！"仲麟忙赔笑道："小孩子的话你别当真。"可文炳正在气头上，他老子的巴掌没能让他息气，却是火上加油，他越发大声地说出难听的话来："你这个不安好心眼的三姑六婆，谁家的门让你进了谁家就晦气！"仲麟见文炳更加发疯，便抓起放在高案上的灰尘掸子朝文炳扔了过去，文炳一侧身躲过了掸子。仲麟见没打中他，便从墙角拿了扫帚直奔文炳而来，文炳赶紧从屋里逃了出去。

淑媛听见后院吵闹，便让周妈去看看，她自己抱起霖生往杨氏房中过来。这时文炳已从后院逃至前院，径直往杨氏的房里钻，周妈见了，知道是文炳闯了祸。

仲麟气得脸色发白，上气不接下气，口中连声骂着"畜生！"周妈劝道："二老爷先消消气，回头再慢慢开导三少爷吧。三少爷不是不知理的人，他会回心转意的。"周妈见柳媒婆红着脸，一脸的怒气，便道："我替三少爷向你老人家赔个不是，原谅他年少气盛，说话无分寸吧。"柳媒婆得了个没趣，她知难而退，摇着手道："罢了！罢了！你家的媒我不做了。"周妈回到前院，走进杨氏的房来，见文炳满脸的泪水和着汗水，便转身去厨房端了一盆冷水来，递去浸过冷水的毛巾，让文炳擦擦脸。文炳哭道："我知道大妈是最疼我的，求你跟我爹说去，现在别给我说媒，我不想定亲。"杨氏道："我尽量去说说看吧。但你也该体谅你爹，他不容易啊！这些年来又当爹又当娘的，他这是为了谁呢？"

柳媒婆被文炳骂走了，但说媒的仍然络绎不绝。到了秋天，经算命先生合婚，说是有两家的女孩都很好，一个是东门的宋家，一个是北门的姚家，仲麟让媒人带他偷偷看了那两家的姑娘。

其实，杨氏对文炳的心思已有觉察，去年五月瑞云在丰城过端午节的那几天里，杨氏就看出来了。但杨氏觉得，虽然文炳和瑞云在年龄和外貌上都很相配，但毕竟瑞云是官家小姐，在身份上两人相距大。因此这些天来杨氏一直劝说文炳听他爹的话，杨氏道："别再为难你爹了，你爹说已见到过那两家的女孩，相貌都还不错，你就顺了你爹吧。"

仲麟权衡利弊，为文炳选了北门的姚家。女孩是姚家的长女，姚家在城外有一百多亩田地，姚家只有两个女孩，没有儿子，姚家已开口，长女出嫁，陪嫁二十八亩良田。显然，仲麟是看中了这二十八亩良田，因此，不管文炳如何不愿意，甚至以好几天不吃饭来反抗这婚事，仲麟还是把这婚姻定下来了，并决定年底就给文炳订婚。

文炳没办法阻止他父亲为他定下这门亲事，文鼎道："看来你这门亲事一定得定了，你何不去看看这女孩长得怎么个样子？"这话提醒了文炳，真的，虽然他爹说那女孩长得不错，但也要自己亲眼看过才放心，但愿那女孩长得像瑞云这个样子。文炳求杨氏替他打听得姚家的住处，兄弟俩约定第二天下午先去看看姚家周边的情形。姚家在北门珍宝坊尽头的一个巷弄内，是一座朝东的院子，房子的西边和南边都是邻家的房子，北边墙外是一荒芜的菜园子，菜园子的其他三面是矮围墙，要看姚家，就只能在这菜园里了。这年的冬天很冷湿，文炳知道，要看到姚家的姑娘，须在晴天，只有在晴天，姑娘们才会出房到院子里活动。

大约过了十来天，天终于放晴了。太阳出来后约一个时辰，文炳和文鼎各自找了借口从店里出来，兄弟两人在北门大街口会齐去姚家。兄弟俩翻过矮围墙，进入菜园子。姚家的围墙比文炳高得多，菜园里又没有可以用来垫高的东西，文炳让文鼎踩在他的肩上看姚家院子里的情况，文鼎见院子里没人，就下来了，兄弟俩只得在墙脚下静候院子里的动静。过了许久，姚家院子里传来开房门的声音，听得一个女孩道："太阳老高了，大家快出来踢毽子、晒太阳吧！"接着便听得好几个女孩的嬉声。文炳心里纳闷道："说是这姚家只有两个女孩，怎么会有这么多的姑娘嬉笑？"文鼎听得女孩的声音，便叫他哥踩在他的肩膀上，但文炳太重，文鼎一时站不起来，文炳只好和弟弟换个位置，让弟弟踩在他的肩上去看。文鼎稍稍抬头往院子里望，见有四个女孩在踢毽子，他不知道哪个姑娘是要和文炳订婚的，而且远远望去，姑娘们的脸也看得不大清楚。站在底下的文炳等得不耐烦，拍拍文鼎的脚，让他下来，轻声对弟弟道："你忍着点，让我上去看看。"文鼎只好咬紧牙关让他哥踩在他的肩上，慢慢站起来送文炳上去。但文炳确实太重，文鼎太小，文炳的头刚在墙头一闪，文鼎实在支持不住，脚下一软，"哎哟"一声便倒在地上，文炳亦被摔在地上了。

院子里的女孩先是见有人在墙头一闪，便听见有人叫"哎哟"，在墙外菜园里重重摔下的声音。女孩们知有人来偷看她们，四人立即跑入房里，关了房门。

文炳没看到姚家姑娘，心里懊恼，但也没办法，他只能问文鼎，而文鼎也没能将姚家的姑娘看得清楚，为了安慰他哥，文鼎便按想象胡乱说去，他知道文炳喜欢瑞云，便说那姚家女孩像瑞云。文炳听了，心里也就放心了。年底，文炳和姚家姑娘订了婚。

（六）

过了年，仲麟让大女婿张百川带文炳去上海，跟着他学做生意。丰城没有直接去上海的轮船，他们得先至宁波，然后再坐海轮去上海。

文炳已八个月没见到瑞云了，这八个月的时间对文炳来说是最不愉快的一段时间，虽然他答应过瑞云会常去看她，还让瑞云常想着他，但是这八个月里他一次也没去看过她，而且现在他已是别人的未婚夫，他觉得不好意思去见瑞云，但他又极想见到瑞云。瑞云根本不知道文炳这八个月里所发生的事情，她不知道文炳为什么这么久不来看她，莫非文炳病了？想到这里，瑞云心里有些担忧。

当文炳突然微笑着出现在瑞云眼前的时候，瑞云惊讶得说不出话来。发了好一阵子呆，瑞云掉下几滴眼泪道："你怎么这么久不来看我？"文炳想不到瑞云会是这个样子，原来瑞云对他也是如此的深情！文炳惊讶得一时说不出话来，两人呆呆地对望了半晌。文炳情不自禁地去拉瑞云的手，瑞云急忙躲开道："别动手动脚，让人看见，多不雅！"文炳红了脸道："我是一时情急，请表姐原谅。"瑞云道："下回不准你这样！"文炳笑道："下次再不敢了。"

文炳把自己要跟姐夫去上海的事告诉了瑞云："我是来向表姐辞行的，你还记得你给我们说过大海很美的事吗？打你说过那话之后我就一直想见到大海，明天我就要见到大海的美丽了。到了上海，我会给你写信来的。"

　　到了上海的第三天，文炳就给瑞云写了信，信写好之后，文炳考虑再三，他觉得直接把信寄到瑞云家中不大妥当，于是，他便把信寄给文英，托文英把信送给瑞云。信中文炳嘱咐瑞云要善待自己，保重自己的身体，切莫再陷入悲伤之中，并说如果他回丰城，定当第一时间去看她。但文炳的信中只字没提自己已订婚的事情，他不好意思告诉瑞云他已跟别的姑娘订了婚。

　　文炳在上海跟着他的大姐夫张百川学做生意，掮客们的生意大多在茶馆、咖啡馆这些休闲场所做成，有时也在餐馆做，有时甚至在妓院做。文炳年纪小，张百川只带他去茶馆、咖啡馆和餐馆，他决不会带文炳去妓院。逢上张百川去妓院谈生意的时候，文炳就独自待在租住的房里冥想或在房附近走走，文炳没钱，就只能这样。这时，文炳就会想起瑞云来，有时他也会想起他的未婚妻姚家大姑娘，但在他的脑海里姚家女孩的样子就如瑞云，因此他想起的总只有瑞云。他这样想着瑞云，便想回宁波一次。正月在宁波的时候，他曾听瑞云说起过她的祖父八月要做八十大寿，届时她的父亲会来宁波。因此文炳便写信给他的爹，说八月让他回宁波给阮家的老太爷拜寿去。

　　文炳带着父亲托付张百川在上海办好的寿礼来阮府，当日，元龙也办了厚礼过来了。明达已于先几天到达，他的新夫人怀有七个月的身孕，行动不便不能来。明达去年秋天在宁德任上再婚，去年年底他曾带新夫人回宁波过年。他的续弦是宁德谭员外家的老闺女，三十多岁，白白嫩嫩的，看起来还很年轻，且一脸和气，大家都很喜欢她。

　　人生七十古来稀，阮老太爷八十大寿，是稀中之稀了，且阮明达又当了数年的知县，算得上是达官贵人，因此拜寿的人来了不少，丰城阮家族里的几家都来了人，再加上丰城、宁波及附近各地与阮明达有关系的人，还有胜恺的同僚，总共摆了十来桌酒席。来了这么多拜寿的客人，阮家上下忙得不可开交，瑞云陪着她的嫂子接待女客，文炳无法去见她和她说话。

　　阮府热闹非凡，喝酒划拳，从午时直闹至申时。文炳所坐的酒桌与瑞云的酒桌相隔不远，文炳常拿眼睛瞅瑞云，瑞云知道文炳在看她，但假装没看见，只和她身旁的女眷应酬说话。送走客人，收拾好饭桌，打扫好庭院，阮家的下人们又忙着准备晚餐去了。元龙和文炳要在阮家过夜，这时文炳见瑞云得闲在院子里陪胜恺的两个儿子玩，便走了过来。瑞云见文炳过来，调侃道："表弟给我送喜糖来吗？"

原来，正月里文炳去上海后仲麟送喜糖来阮府，瑞云便知道了文炳已订婚的事，当时瑞云发呆了，她不敢相信自己的耳朵——文炳对她曾是那样的深情，但后来瑞云想通了，婚姻之事总是父母说了算，文炳是这样，她也会是这样。

文炳听瑞云这么一说，心头掠过一阵悲伤，他想向瑞云解释他是如何订婚的，但这不是几句话能说清楚的，且有孩子们在场，文炳更不便解释，他只好苦笑了一下离开了。文炳想，他无论如何得向瑞云解释此事，于是，吃过晚饭，文炳就往瑞云的房中过来。乐儿去帮忙干杂事了，只有瑞云一人在房中。天渐渐暗了下来，瑞云的房中已点起了灯，一天的应酬让瑞云感到很累，此时瑞云掩了房门，和衣躺在床上闭目休息。文炳轻轻地敲了瑞云的房门："能让我进去说话吗？"瑞云听见文炳的声音，应道："房门开着呢，进来吧。"她一边说着一边下了床。瑞云见文炳站在房门口不进来，便取笑道："几个月不见，表弟愈发斯文有教养了，快进来吧。"文炳忧伤地道："表姐别这样挖苦我，我心里不好受，我是来向表姐说我订婚的事的，希望得到表姐的谅解。"瑞云冷笑道："奇了，你订婚关我屁事！怎么和我扯在一起了？"文炳滴下眼泪道："我知道自己对不起表姐，但我没办法，我也曾经反抗过，我闹过，我哭过，我曾好几天不吃饭，我还曾骂走媒婆，但一切都没用。我不能向我爹说明白我喜欢表姐，就是说了也没用。大家都劝我，连最疼我的大妈也是劝我，你说我怎么办！原想请表姐可怜我，看来表姐也是不能原谅我了！"文炳这一哭、这一表白，把瑞云原本已经平静、已经坦然下来的心又搅乱了，瑞云心软，她向文炳递去自己用的手帕："别哭了，擦擦眼泪吧，让人看见，多不好！"

文炳和瑞云说话这会儿，阮家老寿星正由方伯扶着，打着灯笼，四处寻找文炳。方伯道："刚才还看见表少爷在前面走廊站着，怎么一下子就找不到他了呢？"两人见前院厅堂有灯亮着，便往厅堂找去。厅堂里没有文炳，只有明达和元龙两人坐着说话，见阮老太爷打着灯笼前来，两人赶紧迎了上去，扶老太爷上坐。明达道："爹有什么吩咐，让下人传个话来让儿子进去听爹吩咐就是了，怎能让爹亲自来找儿子呢？况且天都黑了。"方伯道："我也这么说，可老太爷找的是文炳表少爷，老太爷说要亲自谢谢表少爷给他送来礼物，特别是想问问那个松松软软的堆了松柏的蛋糕是哪儿买的。老太爷怕表少爷明天一大早要回丰城去，碰不上他，所以让我打灯笼陪他去找。"元龙和明达听了都笑了，元龙笑道："下辈们给老太爷拜寿送礼是应该的，文炳闲不住脚的，怕是出外办事去了，老太爷别再找了，我明儿把老太爷的话说给他听就是了。"阮明达也笑道："明儿让文炳从上海回来时多带几个那样的蛋糕来，今天天晚了，儿子陪爹先回去歇息吧。"于是元龙和明达扶了阮老太爷，方伯在前头打着灯笼送老太爷回房。

（七）

十一月中旬，阮明达在宁德接到老太爷病重的家书，便匆匆结了公事返回宁波。这回，阮明达真的忙得焦头烂额——夫人谭氏几天前刚刚临盆，产了一位公子。明达到家的时候，老太爷已归西，老太爷是寿终正寝，那天起床的时候，他突然觉得脚下无力，慢慢地跌倒在地，方伯扶他上了床，老太爷就没能再下床来。明达在老太爷的灵前痛哭流涕，斥责自己的不孝，没能亲自侍候老父于床前。老太爷的灵柩在家停了七天，明达在天童寺请高僧为老太爷的亡灵做了水陆道场。办好了老太爷的丧事，十二月上旬，明达便又匆匆忙忙回宁德去了。

回到宁德，明达见谭氏母子俩都平安，挂念的心总算放了下来。但让明达最挂心的是瑞云，过了年瑞云十九岁了，可是她的婚姻至今未有着落。他想为瑞云在官场找一位有地位的乘龙快婿，他自己一直在找，他也托付好友们为他物色，但至今未能如愿，明达虽然心里着急，但也无可奈何。

这一年明达没在宁波家中过年，老太爷又刚去世，宁波阮家的年过得冷冷清清。瑞云又穿起了素色的衣服，冬天去不了花园，她除了陪两个侄儿玩耍外，就都在自己的房中看书。老太爷去世后，阮家的杂事活更少了，不需要这么多的佣人。瑞云曾向她爹提出让乐儿回家，但她父亲不同意，说那样她太孤单，他不放心。林妈年龄大了，她丰城家里的儿子曾好几次来阮家要接她回家，明达同意了。林妈在阮家待的时间已很长，她是看着瑞云出生，看着瑞云长大的，瑞云对她很依恋，因此林妈要回家的时候，瑞云抱着林妈大哭，林妈也哭，哭得大家都掉了眼泪。林妈再三嘱咐乐儿好好照看小姐，乐儿点头答应了。

年底，文炳回到宁波，提着蛋糕往阮府来，到了阮府，见大门紧关着，拍了好久，方伯才过来开门。方伯把阮家发生的事告诉了文炳，文炳愣了半晌，问道："瑞云表姐还好吗？"方伯道："我也说不准，你自己去看看她吧。"

前院厅堂的正中悬挂着老太爷的遗像，文炳把蛋糕放在遗像前的方桌上，向老太爷的遗像拜了三拜，然后退出厅堂，与方伯一起往后院去了。后院也是冷冷清清，一片寂静，不见人影。文炳道："怎么这般冷清？"方伯道："今天少奶奶带孩子们回娘家去了，晚些时候才能回来。"方伯抬头朝西楼叫："乐儿，把门开开，文炳表少爷看小姐来了。"乐儿跑出门来，倚着栏杆往下望，果见文炳站在庭院中，乐儿叫道："表少爷快上楼，小姐正闲得打盹呢。"

文炳进了瑞云的卧房，见瑞云一身素妆，脂粉不施，无精打采的样子。瑞云问："拜过我爷爷了吗？"文炳道："拜过了，怎么走得这么快？四个月前还是那么有精神的，还嘱咐我给他带蛋糕呢！我已把蛋糕摆在他面前了。"瑞云红着眼圈道："天有不测风云，世上的事总是无常，哪有定数呢！"文炳道："表姐年纪轻轻的，何必说如此伤感的话。"瑞云叹道："不是我伤感，世事就是这样的呀。"文炳劝道："反正大家都是如此，何必杞人忧天呢？"瑞云道："你说的也是，暂且作乐吧。此间乐，不思蜀，表弟有什么玩乐的主意？"文炳道："玩乐的主意倒是有的，不知表姐喜欢玩闹的还是玩静的？"瑞云问："闹的怎么玩？静的怎么玩？"文炳道："闹的我们就玩划拳，输的人拿钱出来，等会儿我们拿这钱去买东西吃。玩静的呢，我教你下围棋。"瑞云问："什么是围棋？我没看过呢。"文炳把带来的袋子提了提道："这就是，我给带来了。"

文炳打开袋子，拿出一张棋盘纸和一小袋棋子，吩咐乐儿去拿两只碗来。文炳把棋盘纸展开放在桌上，把黑、白棋子分别放在两个碗子里。瑞云问："这是西洋玩意吗？"文炳笑道："这可是我们自己祖先的玩意呢，'尧造围棋，丹朱善之'，你看现在的棋盘纵横各十九道，但唐朝以前流行棋局纵横各是十七道的。"文炳说着，自己执了黑子，慢慢地教瑞云执白子对弈。瑞云原是心静的人，且极有悟性，正适合学围棋，文炳教得很耐心，不多久瑞云就对下围棋的规则有了点了解。乐儿给文炳和瑞云沏了茶，站在一旁观看文炳教瑞云下棋，她看了好久没看懂，心里想着李嫂嘱咐她洗菜的事，便对文炳和瑞云道："小姐和表少爷慢慢下棋吧，我先得下楼洗菜去。"

文炳边教瑞云下围棋边道："表姐待在家里太无聊，我看你还是出外透透气好。"瑞云道："表弟说的是，待在家里太闲，反而闷得慌。"文炳道："我在上海，有时闲了，也是闷得慌，每逢这样子，我就会想起表姐来，想着想着，也就不闷了。"瑞云道："不害臊！是想你的姚家姑娘吧。"文炳急道："你为什么老提那姚家的？我对她没印象，求你别提她！你知道的，我心里只想着你。"瑞云忙道："你别说了，仔细让人听见！"文炳道："让人听见又怎么样？我们从小一起过来的，青梅竹马，两小无猜，本来是最合适的一对。"瑞云急得涨红了脸，把棋盘一推，站起身道："不跟你说了，你越说越狂了。"文炳见瑞云真的急了，便又是道歉，又请求原谅的，让瑞云软下心来。文炳让瑞云坐下，两人继续下棋。

太阳偏西的时候，瑞云的嫂子带着李嫂和两个孩子从娘家回来了，忠儿听说文炳在瑞云房里，便飞也似地朝后院跑，他知道文炳会给他带来好玩的东西。文炳把万花筒放到他手中，教他如何玩，喜得忠儿抱着万花筒在瑞云房中的地板上打滚，然后跑回自己的房中向弟弟吉儿炫耀去了，文炳赶紧拿了一包巧克力给吉儿送去。

吃过晚饭，忠儿缠着文炳玩，文炳见瑞云独自往前院散步去了，便抱起忠儿也往前院去。瑞云见了他道："你明天就回丰城吗？"文炳道："表姐有什么吩咐？"瑞云欲说又止，忽然转身走了。文炳紧跟了上来道："表姐听文炳一句话，别老是闷闷不乐的，找些开心的事做做想想，时间会过得快些的。表姐放心，我会来看你的。"

第五章　文嘉去哪儿了？

（一）

文炳这次回丰城结婚，本来已是自己认命，决定与姚大姑娘过一辈子，但现在事情走到这一地步，他决定永远离开姚大姑娘，他的心中重新燃起了对瑞云的渴望。

十一月下旬，乐儿的叔叔来阮府，他是要接乐儿回家的。乐儿的叔叔带了许多家乡的土货来，他向胜恺恭恭敬敬地鞠了个躬道："谢谢少爷和小姐几年来对我侄女的照顾，如今我侄女的年龄也不小了，几个月前有人来说媒，我看那人家还好，是她母亲娘家那边的亲戚，离我家又近，就住在我们村的边上，那孩子也很好，人老实，很本份，比我侄女大三岁。我看很合适的，因此就答应了这门亲事。前几天他家传过话来，过了年，二月里就要接我侄女入他家的门。我今天过来是求少爷和小姐开个恩，让我把侄女接回家。"

胜恺虽然脑子里没有这种准备，但他记得那年契约上确实是写过这事。如果乐儿的叔叔要接她回去，阮家是要让她回去的，而且他父亲上次离家返宁德时也曾特别提起过这件事。胜恺道："果真当初的契约上是这么写的，但我也得禀明家父才是，毕竟那契约是家父与你订的，我没经手这事。"乐儿的叔叔笑道："我这次来也是这个意思，先给少爷送个风声，待你家老爷回过信来，我再来领人，这事总不能让少爷为难才是。"胜恺道："这一去一来的信，至少也得十来天，你下个月初七八再来吧。"说罢，胜恺要让方伯去叫乐儿来与她叔叔见面。乐儿的叔叔道："孩子我暂不见了，以免生烦恼，少爷为我转告她就得了。"

乐儿的叔叔走后，胜恺让李嫂告诉乐儿她叔叔来接她回去的事。乐儿听了大哭了起来："当初他们嫌我多一张嘴吃饭，把我送到这儿来，他们赚了钱，如今见我长大了，他们又可以赚钱了。"李嫂道："你别这么说，女孩大了总得嫁人，过了年你也十七岁了，总不能老留在这里，小姐也要出阁的。"乐儿道："待小姐出了阁，我就走，这会儿要我回去，我是死也不去的。"瑞云听了，急得红起了脸道："好好的，你们说话把我牵连进去干吗？"说罢，便走出了房。

李嫂对乐儿道："你别太傻，当初契约上就是这么写的，回去是迟早的事，我只是传少爷的话，他写信禀过老爷之后，下个月初你叔叔再来领你回去。"乐儿止住了泪道："我也知道会有分手的一天，但不知道会来得这么快。小姐的婚事还未定夺，我反而早早定了，以后谁来照顾小姐呢？"说罢又哭了。李嫂道："你这丫头倒记情，你走了小姐总会有人照顾的，如今她也长大了，能照顾自己了，你放心吧。"

十二月初九，乐儿的叔叔来了，乐儿与瑞云抱头大哭，瑞云把自己先前穿过的衣服整理了一大包袱，然后摘下耳朵上的金耳环，又找了一枚金戒指，一并送给乐儿作纪念，主婢二人哭着互道珍重，乐儿哭着一走一回头向大家告了别，然后跟着她的叔叔回家去了。

乐儿走了，房间里少了乐儿的笑声，突然冷清了许多。瑞云把房门关了，躺在床上哭着，手帕一块一块沾满了眼泪。乐儿有归宿了，李嫂说得对，女人就是这样，总得嫁人。想到这里，瑞云感到有点空虚，"我的归宿会在何处？"她感到彷徨。瑞云不由自主地又想起了文炳，想起了文炳在信里对她说的话，于是她起身从衣橱抽屉里拿出那封信又仔细看了一遍，然后小心翼翼地把信放回原处。

（二）

年快到了，元龙全家等着文嘉回来，周妈已打扫好房子，袁伯帮元龙办足了过年货。每年文嘉总是在农历二十八或二十九日才回来，邮局里财务科是最忙的，文嘉总是最迟一个离开邮局，最早一个回局。这年到了二十九日文嘉还未回来，大家的心里焦虑得紧，到了三十日晚文嘉还是没回来,大家心里都发了慌,文嘉一定出事了!是交通事故还是遇上坏人了?有什么地方可打听得文嘉的消息呢?丰城邮局早几天就已关门,大家都回家过年了,丰城又没有报社,无处可打听消息。元龙一家在极度恐慌中过了年。

新年初一,元龙带着茂生去杨氏的娘家拜年,主要还是想请杨家的人打听消息。去年九月,杨老太爷去世了,老太爷去世后杨堃把丰城自己这一房的家眷接去杭城住了,今年杨家只有杨森一家在丰城过年。元龙心想,杨森在铁路局干事,或许通过他能打听得一些消息。杨森是去年年底二十七日回家来的,听了元龙的话,杨森很是吃惊,但铁路没造到丰城,要打听消息,得去宁波。杨森说,他们明日即去宁波走一趟,看看能否打听得消息。翌日元龙和杨森去了宁波,铁路局中的熟人告诉他们说近几日没有铁路方面交通事故的消息,《宁波日报》也没刊登什么坏消息。

文嘉究竟去哪儿了?

初六日,丰城邮局开门了,一大早,元龙就去邮局的熟人那里打听有否临安邮局的什么消息,邮局里的人说没有消息。初八日过了晌午,元龙正在家中,忽然一人进了罗家的门,那人一进门便叫:"罗大爷在家吗?"元龙听院子里有人叫,赶紧走了出来。他认得那人是丰城警察局的守门人秦三海,秦三海上前凑近元龙说了几句话,元龙便慌慌张张地跟了他出去。路上元龙问了秦三海一些话,秦三海也说不出什么名堂来,只说局长找他有话说,到了局长那里自然一切都明白了。

秦三海把元龙领到警察局长的办公室,局长是本地人,与元龙原也相识。局长一脸严肃地对元龙道:"你的儿子罗文嘉出事了,他拿了临安邮局大笔钱逃到广州去了,临安那边的邮局和警察局都来了人。"元龙的脸唰地一下子白了:"怎么会有这事!"局长道:"他把钱拿到广州孙中山那边去了,总共两千银圆。他是年底二十九日离开那边邮局的,大家都以为他回家了,据说往年他都是初六就返回局里来的。今年到了初七大家都返局了,等着他开保险箱好办事,到了下午他还是没来,大家以为他生病了或家中有事一时回不来,局长便去银行,原想先拿些钱出来作局中临时使用的,银行一查账,才知道罗文嘉于去年年底二十八日前陆陆续续已取走了大笔钱款。在罗文嘉办公室的抽屉里,大家找到了一纸笺,看了纸上的字才知他是拿了邮局的钱到广州孙中山那里去了。那边邮局没法子，只好来找你，没有这笔钱，临安邮局过不下去，邮局报了案，那边警察局派了一名警察陪同那邮局的人来丰城，原想与我们这边警察局一起办案抓你的，我把你与省警察厅杨厅长之间的亲戚关系告诉他们，于是我们商量，把事情告诉你，让你把钱凑齐交了差就算完事。"

元龙听了，半晌说不出别的话来，口里只是一个劲地重复道："怎么会是这样！怎么会是这样！"局长道："事情就是这样，来办案的两个人在等着你回话。"局长说罢，那两人从隔壁房间出来了，把文嘉写的字条递给元龙，那是一张借款条，纸上的字确是文嘉的笔迹。元龙回过神来，老泪横流道："你们叫我一时到哪里去拿这么多的钱？"

元龙跌跌撞撞地走出警察局长的办公室，秦三海已按局长的吩咐等在门口，扶了元龙走出警察局，局长是怕元龙出事，不好向上头交差。秦三海扶着元龙慢慢向家走去，一路上元龙一言不发，寒风吹在他的脸上，他的脑子渐渐清醒过来，他是罗家的顶梁柱，他不能垮，得想办法渡过这难关！

到家了，元龙谢过秦三海，跨进了家门。元龙在中堂坐下，将文嘉的事讲了，大家听了，十分惊慌。杨氏抹着泪道："我以为文嘉很懂事，他要到外地谋事，我就放心让他去了，哪知道他会去做这种让人担惊受怕的事呢？"元龙道："现在最要紧的是怎样先把钱凑齐还掉临安那边的钱，不还钱，那两个人是不会罢休的。"淑媛流泪道："把我陪嫁的那十几亩田先卖掉吧，我再去我哥哥那里借些钱来。"说着她急忙起身去卧房拿田契。淑媛拿了田契，想起了自己还有不少陪嫁的首饰，卖掉还值些钱，她把首饰盒找了出来，打开盒子，见里面只有那支金凤步摇和一张纸条，淑媛大惊失色，喊叫了起来："我的首饰去哪儿了？"

大家快步进入淑媛的卧室，茂生拿过淑媛手里的纸条，念道：

淑媛吾妻
是我借走了你的首饰，护法成功之日，当倍置之。
　　　　　　　　　　　　　　　　夫文嘉　民国六年中秋

淑媛哭道："怪不得他中秋突然来丰城，原来是来拿这些首饰的。"元龙道："你先把田契收好，无论如何也不能卖你的那些田，我会想办法的。"

晚上，仲麟和叔鹤得知消息也都过来了，见元龙他们个个苦着脸，愁肠百结，一言不发，仲麟和叔鹤便不多问。仲麟想起他的四个儿子，除了小儿子文鼎年龄尚小不知他以后怎样，其他三个都不本分，让他操足了心。文炳离开丰城至今没给家中来过一封信，今年连过年竟也不回来了，看来文炳是打定主意了的。如今文嘉又出了这么大的事，虽然文嘉是过房给了元龙的，但到底原是他的大儿子。想到这里，仲麟叹道："儿女有什么用？只是我们的累赘罢了，俗话说得好：'儿女是债。'不知我们前世欠了他们什么债，今世个个竟都是冤亲债主，是讨债来的！原以为文嘉明事理、懂孝道，现在看起来他与文炳也差不了多少。"元龙道："话虽这么说，但毕竟是自家的孩子，文嘉二十九日那天没回来，我就心慌，也不知他现在的情形如何。"元龙说罢，仰头叹了口气，落下几滴泪来。

这一夜，元龙一家都没睡好，杨氏嘱咐周妈带了霖生和玉如先睡觉去，在袁伯的再三劝说下，直到过了午夜茂生才跟了袁伯去睡。此时夜深人静，元龙夫妇和淑媛聚在东房开始商量筹钱的事。元龙道："这两千银圆无论如何在近几日是筹不成的，明日先凑一部分给他们送去，其余的过了明日再商量吧，想必他们会同意的。"杨氏道："也只能这么办了，明日把店里的、家中的钱先都拿出来，我到杨家再借些钱来，凑合着先还一部分再说吧。"淑媛道："过了明日我就去乡下借钱，把这债还清，以后的事才好商量。"

谯楼敲起了五更鼓，元龙道："天快亮了，大家都回房去躺一躺吧，即使睡不着也好养养神。"

上午，元龙将店中周转的钱尽数拿了出来，淑媛清点了家中的积蓄，杨氏去娘家又借了些钱，连同仲麟送来的一百银圆，凑了五百银圆，元龙把这钱交给临安来的两个人。几天后，元龙卖掉了城外二十亩良田，淑媛从李庄两位哥哥处借了一千银圆，凑足了款，还清了钱。

元龙一家在极度担忧中又挨过了几日，但还是没有文嘉的消息。

昨夜元龙做了个噩梦，梦见文嘉独自坐了一只小船在大海上漂泊，后来小船终于靠了岸。文嘉上岸后，两个蒙面大盗要抢他的皮箱，文嘉竭力护住皮箱，头上挨了几棍，血流如注，倒在地上。元龙惊醒后不敢把他梦中之状告诉杨氏，天明后，他让袁伯备了酒菜，进祠堂祈求祖先保佑文嘉平安。

（三）

尽管张百川磨破了嘴皮，但终究未能说服文炳回丰城过年，无可奈何，张百川只得独自返回丰城。仲麟骂张百川无能，张百川倒是好脾气，笑着脸忍着。姚家姑娘听说文炳不回来过年，知道文炳是决不回心转意的了。姚大姑娘虽然生得难看，却也是她父母的掌上明珠，她哪能受得了这等委屈，便大哭大闹了起来，回娘家叫来了父亲与罗家理论，仲麟没法，只好赔着老脸与姚家周旋。

同行朋友都回家过年了，文炳独自一人在上海百无聊赖。前几天他还可以进酒馆消磨时光，但大年三十晚上可没消磨时光的地方了，文炳知道这一点，早一天就买了些吃的，又买了几瓶酒贮着。大年三十那天晚上，房东见文炳独自一人待在他家出租房中过年，便来敲门，叫文炳过他家喝杯除夕酒，文炳婉谢了，他怕别人问他为什么不回家过年。过了会儿，房东又来敲门，这回他给文炳送来了一盘炒年糕，文炳谢过房东将炒年糕收了。天空纷纷扬扬地下起了大雪，文炳关了房门，他吃着房东送来的年糕，剥些花生和着冷酒下肚。房间里很冷，除夕之夜独自一人在外过，文炳感到有家不得归的凄凉。他想起了丰城，想起了死去的娘和二哥文溢，想起了愚蠢的爹，想起了自己的婚事，他悲哀了起来，呜呜地哭了。

文炳带着酒意哭了些时间，昏昏沉沉之中，他来到了瑞云家的花园，花园中桃花盛开，忽见瑞云从桃林那边探出身来，微笑着向他招手，还是初见面时的那个瑞云，穿着浅绿色的缎衣裤，贴耳梳着一对发髻。文炳奔到瑞云的身边，瑞云让他摘几朵桃花插在她的发髻上，瑞云的脸和桃花一样红，她灿烂地笑着。

街上断断续续地响起了鞭炮声，人们吃完了除夕酒开始放鞭炮了。文炳从迷迷糊糊的睡梦中醒了过来，见自己坐在桌旁，桌上乱七八糟地放着杯盘和吃剩的东西，还有花生壳。他懒得去看桌上的东西，他不想去收拾它们。他想起了睡梦中的情景，"人不长大多好，"文炳想道，"长大了便有了一切的烦恼，今夜瑞云她会梦见我吗？"

张百川回到上海，带来了丰城罗家的消息。

"幸好两代媳妇娘家都有钱，平时大伯待人又真情，大家都信得过他，换成别的人，真是没办法。"张百川道，"但这借来的钱总得要还，一亩上好的田也只能卖到三十银圆，大伯就是把城外的那些田地都卖掉，还凑不成两千银圆，丝线店的利很薄，家中人口又多，文嘉媳妇又要给罗家多添口嘴了，真是难为大伯了！"

听了姐夫带来的消息，文炳惊道："怎么会这样！"百川道："看来文嘉是个干大事的人，是个人物，罗家又要出大人物了。"文炳气得涨红了脸道："什么狗屁大人物？有本事拿自己的钱去！"文炳想起大伯和大妈平时对他的好，道："我爹多少总有点钱的，他也该为大伯分点忧愁吧。"百川道："爹已给大伯送钱去了，只是他也没许多钱，解不了大伯多少难处。"

文炳收拾好东西，次日坐海轮回家。虽然他决定今后很长一段时间不再回丰城，但如今大伯家中出了这么大的事，无论如何他该去看看。文炳把两年来在上海学做生意所积蓄的钱全都拿了出来，数一数还不到八十银圆，他向张百川借了些钱，凑足了一百银圆，他要把这点钱带给元龙。无论如何要让大伯收下这些钱，多这点钱也总好些，他想。文炳回丰城的另一个原因是：他很思念瑞云。自去年正月他与文英在瑞云家与她一别，至今他没再见到瑞云，上次他让弟弟送去那封表白的信，也没有瑞云的任何消息。瑞云是他心中的恋人，如果今世有缘，他还是要娶瑞云的。

文炳回到丰城，说服元龙夫妇收下了他的这点心意，然后他安慰他们说文嘉很快就会回来的。因为孙中山受民众的支持，文嘉在孙中山身边是安全的；因为孙中山是大元帅，大元帅的身边会有很多人保护。

文炳的回家给了仲麟很大的安慰，无论文炳能在家待上几天，都能表明文炳不是不要家的人，他想文炳终究会回心转意的。

文炳在丰城住了两天，便离开了丰城去见瑞云。

文炳敲响了阮府的大门。方伯开了门，见是文炳，笑道："表少爷好久没来，小少爷们都念着你呢！"文炳笑道："真的吗？那以后我得经常来才是。"文炳问方伯："大家都好吗？"方伯道："大家都好，只是近来奶奶的娘病了，病得不轻，奶奶每天都过去陪她。今天李嫂带小少爷们也过去了，烧晚饭的时候才能回来。"文炳问："瑞云表姐在家吗？"方伯道："在家，她今天下午没去学校，这会儿大概在房里看书吧。"文炳道："我先去表姐的房里坐会儿，孩子们回来了，你就来叫我。"

方伯说得对，此刻瑞云正在房里看沈复的《浮生六记》。沈复和陈芸夫妇的感情真挚深厚让瑞云叹慕，"人生得一知己足矣！陈芸何幸，得如此相契之夫婿，情趣相投，夫唱妇随，陪伴终生，虽贫穷不达，然情之专一，令人钦羡。"沈复一生潦倒，后期生活更是坎坷，看到伤心处，瑞云为之倾泪。

瑞云正在流泪，忽听有人敲门，她赶紧拿起手帕擦去眼泪，她不敢马上开门，她的眼睛会让她很尴尬。门外的人又敲了门，瑞云问："谁在敲门？""是我，文炳！"听见是文炳，瑞云吓了一跳，她不曾想到文炳会在这个时候出现，她不想与文炳见面，文炳已结婚，他的那封信写得太大胆，这让瑞云感到不安，"他已是娶了妻的人，我不能与他走得太近。"瑞云这样想着。

文炳见瑞云没答应，也不开门，便又敲门："表姐，我是文炳，开开门吧！"瑞云只得开了房门，她望了文炳一眼，轻声道："怎么会是你！"文炳微笑着，他望见了瑞云发红的眼睛。他进了房，见桌上的书打开着，便顺手取来，他看了书名，这书他以前没看过，于是他便在书的打开处看了一页。"原来她是为书中的人流泪，她真是个多情的人。"文炳想。

文炳道："表姐少看这种让人伤感的书吧！"瑞云道："我喜欢这书，它的文字很好。"文炳道："只是读到伤心处，你会掉眼泪—这书太伤感，令人伤神。"

瑞云不语。停了片刻，文炳道："你大概还不知道我大哥的事吧，我已去丰城看望过大伯一家了，他们很无奈。"瑞云惊问："大表哥怎么了？"文炳把文嘉的事向瑞云讲了一番，瑞云惊道："想不到大表哥竟是孙中山的部下，毕竟干这事是危险的，让人担忧。"文炳道："是的，若不是大哥有事，我不会去丰城。我是敬大伯大妈的为人，才去丰城的。"

文炳仔细打量着瑞云，整整一年没见到瑞云了，瑞云比前似乎胖了点，她更美了，这是成熟的年轻女子的美，它让文炳心动。

文炳抵挡不住瑞云美的诱惑，他向瑞云走过去，拉起瑞云的手，轻声道："瑞云，我说过的，我爱你，我们私奔吧！"瑞云缩回了手，转身躲到椅子后面，她颤抖着声音道："文炳，你别这样吓我，我不会跟你私奔的，那是你的一厢情愿，我没有这个想法。你把你的信拿回去，好好和姚姑娘过日子吧。"

瑞云向放着文炳那封信的柜子走去。

这时，院子里响起了忠儿和吉儿欢乐的叫喊声，李嫂带着胜恺的两个儿子找文炳来了。

文炳正视着瑞云，固执地道："那信你先放着，我们不私奔，我会和丰城的那位离婚的，然后让花轿来接你，你等着我吧！"文炳说罢，飞快地离开了瑞云的房间。

（四）

二十四日邮差送来了文嘉的信，元龙颤抖着手展开信纸念给杨氏和淑媛：

不孝男文嘉跪拜

父母亲大人万福金安

　　男去岁底赴穗，事前未禀告双亲大人，实为不孝。思临安邮局一事，必令双亲惊恐，男深感负罪。然男追随孙中山先生已多年，以振兴我中华为己任。今男在穗得以侍伴孙大元帅左右，为大元帅分担忧愁，实为荣幸之事，务请双亲大人体谅男之苦心。

　　男在穗一切安好，请双亲大人宽心。

　　淑媛处不再另告，孙男女处劳烦双亲大人费神严教。谨禀。

男文嘉跪书
民国七年正月初十

读罢文嘉来信，三人满面泪痕，近一个月的担忧暂且得以缓解。

叔鹤回丰城十个多月了，他的旧货店没多大起色。前几天他去宁波，他的那些狐朋狗友怂恿他回宁波住，叔鹤心里明白，像他这种犯有前科的人，无法再进宁波的大雅之堂了，但成敬禹道："回宁波来开个什么小店的，总比你待在丰城开旧货店强。"叔鹤考虑再三，觉得成敬禹的话有几分道理，丰城这个小地方，确实不好赚钱，他与陈氏商量，决定回宁波去，开个文房四宝小店，叔鹤决定把丰城这旧屋卖掉用作本钱。陈氏道："你大哥不会同意的，你打消这个念头吧。"叔鹤道："在丰城这几个月，我们老让大哥帮忙操心，这旧货店的房租还是他付的。如今大哥家出了事，他自己的家事还烦恼不过来，哪有余力再操心我们的事？原该我们帮助他的，但我们没有能力，这样呆在丰城还不如回宁波去，我想大哥这次会同意的。"

元龙确实没有能力再去管叔鹤家的事，让他待在丰城也确实没有前途，但元龙不同意叔鹤卖房子的事。元龙道："你一定要回宁波去，我也不反对，只是这祖上留下的房子我还不愿卖掉，你要用钱，文炳送来的一百银圆我还未用掉，你先拿去用吧。人心难测，你回宁波去切不可再与那些不长进的人来往。开个小店，勤俭过日子，能养家糊口，一家人平平安安就好。"叔鹤惭愧道："大哥放心，有了上次的教训，吃一堑长一智，我断不敢再干蠢事了。"

三月底，叔鹤用元龙给的钱在宁波东街觅了间临街的两层楼小房租下，一家六口搬回了宁波，做起了出售纸砚笔墨的小本生意。叔鹤写得一手好字，有时他也将自己写的字和朋友作的画放在店里出售。陈氏和文英仍做些针线活，也放在店里出售，贴补家用。

四月初，文嘉的好友吴子敏带来了文嘉的信，吴子敏于去年十月先文嘉去了广州，这次他回启水是奔父丧。子敏说他们在广州一切都好，并与元龙说好，他回广州时来丰城带去元龙给文嘉的信。文嘉的信是三月下旬写的，元龙将信念与杨氏和淑媛：

不孝男文嘉跪请
父母亲大人万福金安

来函已收，诸事咸悉。

男在穗一切均好，今托挚友吴子敏送上书信一封，以报平安。子敏系启水县城人，曾与男同负笈杭城，志同道合，意在复兴中华。

临安邮局借款一事累及父母，男诚惶诚恐。父母之恩山高水长，巍巍绵绵，男铭记在心，来日再报。

叹我河山，风雨飘摇，清廷懦弱，外寇肆虐，今又有内贼复辟窃国，生灵涂炭，民不聊生。国安则民安，国兴则家兴。男在此百废待兴之时，追随孙先生，作此安国兴邦之举，男心无悔无愧。双亲大人见信如见男，切勿为男担忧。

淑媛将又添丁，又得劳双亲大人费神了。如产子，可取名民生，如产女，冰如一名拟可用。此乃男之拙见，一切尚需双亲大人定夺。

谨禀。

男文嘉跪书

民国七年三月廿六日

文嘉的来信使罗家又欢乐了许多，元龙给文嘉写了回信，茂生也给他爹写了信，向他爹汇报学业情况，淑媛给丈夫赶做了一双鞋子和一件衣服，一并交子敏带给文嘉。

现在罗家想得最多的是如何还债的事。

五月中旬，淑媛产下一女，元龙夫妇按文嘉的意思给孙女取名冰如。又添了一孙女，元龙夫妇自然高兴，玉如有了妹妹，兴奋无比，最高兴的是霖生，"我不再是老小了，有人叫我哥哥了"，霖生笑着喊道。

第六章　天上掉下来的姻缘——文英和江定浩

（一）

趁着早晨的清凉，江定浩独自漫步在宁波的大街小巷。几天来，他以这样的方式领略宁波的风光，认识了宁波许多地方。江定浩，南洋大学三年级学生，上海交通银行行长江之涛之子，此次他来宁波，是趁着暑假陪他母亲来看望他的姑母和姑父的。他的姑父是宁波人，夫妻俩上个月底从美国回宁波来探亲。江定浩的母亲和这位姑母原是闺中密友，后来又有了这层姑嫂的关系，彼此多年没见面，姑母邀定浩和他的母亲来宁波聚聚。江定浩从未来过宁波，他也想认识宁波。

夏日苦长，虽然是清晨，太阳老早已挂在空中。江定浩从大街拐进了小巷，幽长的小巷凉风丝丝，古老的院落庭门半开，比起上海的高楼大厦、喧闹繁华，宁波的小巷幽静儒雅，另有风韵。

江定浩慢悠悠地走着，忽见空巷的那边尽头走进一位身材苗条的女子。慢慢走得近了，江定浩看清她穿着白底浅茄色碎花细洋布上衣，下着浅茄色洋布裤子，女子手中拿着几本书。女子走得更近了，江定浩看清了她的脸庞。好一个漂亮的女子！瞧上去十七八岁的样子，一张红扑扑的鼓鼓的脸，粉嫩粉嫩的。江定浩被那女子的文雅丽色看得呆了，他见过上海许多漂亮的年轻女子，都不及眼前这位女子靓丽。江定浩靠墙停住了脚步，侧着身，那女子稍低着头，从他身旁走过。江定浩从后望着那女子，女子梳着一条齐腰的长辫子，走到小巷尽头向右拐弯不见了。江定浩快步奔向那巷口，朝右望去，见女子就在前头街上不远处，江定浩从后面跟着那女子。

女子不快不慢地走着，不多久拐进了一条小巷，江定浩不好意思马上也拐进那弄堂，他怕那女子发觉他在后面跟着她，那样便显得他太猖狂了。江定浩站在巷口，见那女子走了一段路后向左拐进了另一弄堂。

过了会儿，江定浩按那女子的路线走过去，发现那是一条有多处拐弯的巷弄，尽头是一堵高墙，近旁的大门紧闭着。江定浩不知道那女子是否进了这座大院，但他觉得那女子与这大院不相配——这大院中的女儿一定是穿绸着缎的，那女子也不可能是这座大院中的丫头——她那斯文的样子，一点也不像个丫头。她拿着书，她一定是识字的，江定浩想。

定浩觉得自己不便在此处久逗留，便转身走出这条多拐弯的弄堂，他在巷口附近徘徊了多时，希望再见到那女子，他等了好久，但不见那女子出来。这时太阳已升得很高，天气很热，虽然他戴着凉帽，摇着扇子，汗水还是渗透了他的绸长衫，他只得很不情愿地离开那弄堂口，回到姑母家。

（二）

定浩初来宁波，他的姑父嘱咐侄儿薛了然好好照顾他。几天来，了然带定浩去游逛宁波的公园，去天一阁领略书藏，去三江口观赏三江交汇处的江景，去郡庙看古老的殿宇建筑和碑刻。前几天，江定浩游玩的兴致极浓，但自从前天见了那靓丽的女子，他对这样的游玩毫无兴趣，他只是在大街小巷里找，希望再见到那女子。

江定浩躺在床上胡思乱想，忽见薛了然和他的妻子胡毓秀踏进门来。了然拉起定浩道："大白天躺在床上太糟蹋时光了，快起来，我们带你去个好玩的地方。"毓秀笑道："这个地方包你满意，要景致有景致，要美人有美人。"

定浩一听"美人"两字，顿时与那美丽的女子联想在一起，便来了精神道："什么好地方？有景致又有美人的，不会骗我吧！"了然道："是个私家花园，花院不大，倒还精致，山水亭池、花草树木都不缺，最难得的，会有美人相陪，你表嫂说的一点不错。"

定浩跟着了然夫妇东拐西弯来到的地方，正是他这几天朝思暮想的那个美丽少女所进的多拐弯弄堂，定浩大喜。在这弄堂的尽处胡毓秀叫了门，开门的人与毓秀熟识。毓秀问：“你家小姐在家吗？”开门的人道：“小姐在花园看书，胡先生你自己去花园找她吧。”

定浩抬头看着前面的楼房，心中祈祷道：“但愿那美人是这庭院里的人物！”

毓秀夫妇带着定浩进入花园，三人转过竹林，最先映入眼帘的是一池生机勃勃的荷花。不远处有一假山，假山旁有一小亭，亭旁一小溪，两个女子背对着花园入口，坐在水边。

毓秀高声道：“瑞云，你只管自己享福，也不叫我一声。”毓秀与瑞云是同一女子学堂的教员，平时与瑞云很投缘，她的丈夫了然是胜恺的同学，瑞云去女子学堂教书，就是因这胡毓秀。

瑞云和文英正赤脚伸在水中取凉，听见有人叫，瑞云回过头，见胡毓秀等三人进花园来，便从水中收回双脚，取了鞋要穿鞋子。毓秀道：“瑞云你就别动了，我们是来你家花园玩的，大家都赤脚下水取凉，岂不更好玩！”毓秀说罢，先走过去脱了鞋袜，在瑞云身旁坐下。文英见有生人来，便低头不响。

江定浩朝水边两位女子望去，见两人都穿着丝绸衣服，一样地把发髻高高地梳在头顶，定浩大感失望，他低头跟在了然的后头来到溪边。了然脱了鞋袜，坐在妻子旁边，江定浩也把鞋袜脱了，在了然旁边坐了下来。小溪里的水很清，时有一群群火红的田鱼游来游去。其实这小溪只是一条稍阔的水沟，它通向园子中央的荷花池。江定浩朝那叫瑞云的女子望去，她穿着湖绿色的纺绸衣裤，定浩不敢多望，他只觉得瑞云很漂亮。过了会儿，江定浩抬头偷偷地朝瑞云边上的女子望去。这女子穿着鹅黄色的纺绸衣服，低着头看水中的田鱼。江定浩突觉眼前一亮，这粉嫩鼓鼓的脸不就是他这几天来一直寻找希望再见到的美人的脸吗？踏破铁鞋无觅处，得来全不费功夫！江定浩呆呆地望着那女子，只觉得心头怦怦地跳。

瑞云开口对毓秀道：“你们一拨子来，怎么不先让人来说一声，你看我们这个样子多狼狈！”毓秀笑道：“在自家的花园，有什么狼狈可言。‘所谓伊人，在水一方’，你们为这花园更添一景致了。”瑞云被毓秀说红了脸道：“胡先生真会开玩笑，今天来了客人，哪能这么随便？”了然道：

"也没什么稀客，这位是我婶婶的侄儿江定浩，从上海来的，是头一回来宁波，叔叔让我带着他玩，宁波好玩的地方他都玩过了，我想起你家花园很幽雅，今天就带他过来了。"

瑞云问了然："薛大哥今天怎么得空？"了然笑道："我哪比得你大哥忙碌？他是大银行里的科长，我呢，一个小报的记者，随时可以出来的。"毓秀对瑞云笑道："今天我们怎么这般有福气，得两个美人相伴一起玩！"瑞云笑道："胡先生开我的玩笑也罢了，还搭上我的表妹，真让我不好说话了。"毓秀仔细看着文英笑道："原来是你的表妹，我常说，瑞云是宁波第一美女，如今看起来，你这表妹的美貌也不会输给你瑞云呢。啊呀呀，宁波有多少美女，你家竟占了两位！"了然听了大笑道："今天开眼界了吧，我听胜恺说，他舅父家尽出美女美男子。"毓秀好奇地问瑞云："真的吗？"瑞云笑道："你看我这表妹，她叫文英，是我小舅父家的，你看她便知道了。"

文英前天送书来还给瑞云，瑞云留她在家陪她住几天，这几天宁波出奇地热，文英和她的娘都停了针线活。刚才文英看见生人进园来已很觉尴尬，而现在瑞云偏顺着客人的话把她推至众目睽睽之中，文英的脸顿时红到耳根，她把头转向里边，头更低了。毓秀看见文英尴尬的样子，便换了话题，问瑞云道："这小溪中的水真好，是哪里来的呢？"了然道："你真是个蠢才，这园子外面不是有条河吗？这水自然是从外面的那条河引入的。问渠哪得清如许？为有源头活水来，所以这水就好了。"瑞云道："薛大哥真是聪明人，这水正是从园子后墙外的河水引进来的。"毓秀道："这水太凉，浸久了怕会受凉呢，我们还是去亭子里坐坐吧。"于是大家都重新穿好了鞋袜，一行人上了亭子。

亭中的石桌上放着两本书，那是瑞云和文英刚才在看的。毓秀拿过书来，江定浩也凑了过去，见是晋朝干宝的《搜神记》和明朝唐汝询撰的《唐诗解》。毓秀道："《搜神记》和《搜神后记》两书以前我都看过，但记不得那《搜神后记》是何人所作的了。"定浩道："都说是陶渊明著的，也不知是否。"了然道："相传是这么说的，不过有人质疑，说是陶潜卒于刘宋元嘉四年（公元427年），而《搜神后记》中记有元嘉十四年（公元437年）和十六年（公元439年）的事，所以其伪是不待辨的了，但不知此说对否。"瑞云道："不管它是谁写的了，我只看故事，谁写都一样。"说得大家都笑了。

了然拿过《唐诗解》道："瑞云喜欢唐诗？这本《唐诗解》的封皮都差不多被你磨破了。"瑞云笑道："我喜欢看故事书，这本《唐诗解》的封皮哪是我磨破的呢？是文英磨破的。"毓秀道："看不出你这表妹年纪轻轻的，却对唐诗这般爱好。"文英红着脸道："我表姐是笑话我呢，你们别听她胡诌，这本《唐诗解》也不知被多少人翻过，她偏说是被我磨破。"瑞云笑道："不是我乱说，她对诗词真是情有独钟，尤其是词曲，她说词曲读起来特别有味。"毓秀道："我家里有《白香词谱笺》一书，集各词调代表作百首而成，文英表妹如有兴趣，可到我家取去。"文英喜道："谢谢先生了，过几天我与表姐同去你家借阅。"定浩听了，暗自生喜。

离了小亭，五人转向假山后，山后树木葱葱，浓荫郁郁。了然指着那些桃树对瑞云道："你家花园三月应是很热闹的。"瑞云点头道："薛大哥说对了，三月桃花开不倦，是我家花园的一大景致。"定浩站在一棵树下，问道："这是桂花树吧？"瑞云笑道："正是。"毓秀道："定浩表弟怎么一看就知是桂花树呢？"定浩笑道："我家附近就有许多桂花树，看多了，便记住桂花树的样子了，你若是问我其余的是什么树，除了那边的那几棵芭蕉和夹竹桃，别的我便不晓得了。"了然笑道："那就请瑞云给我们讲讲吧。"瑞云见说，便走在前头，带大家去看其他的树木。瑞云指着一棵高丈余、长着倒卵形大叶的树木道："这是木兰，四月开花。"了然道："木兰有多种异名，杜兰、林兰、木莲等名，俗名紫玉兰。"瑞云道："是了，它开紫色约三寸长的大花，形如玉兰。"了然见园东北隅有一高树，便问瑞云："那棵高大的是什么树？"瑞云道："是皂荚树，现在已有皂荚生成了。"说着，瑞云便带大家朝东北角走去。

毓秀和文英走在后头，定浩有意接近文英，便跟在她们的后面走。毓秀见夹竹桃旁有几棵六七尺高、细小叶子的树木，便停了脚步问文英道："这是什么树？我从来不曾见过。"文英道："这叫天竹，亦名南天竹。"定浩紧问道："这树有否花开？"文英道："开花的，开白色小花。"定浩续问道："花好看吗？"文英道："虽不见得怎么好看，但还可以。"定浩接问："今年这树还开花吗？"文英道："四月已开过花，今年不再开了。"定浩又问："这树冬天落叶吗？"文英道："不落叶，终年常绿。"

这时瑞云和了然已走至皂荚树下，见毓秀等人还站在那边说话，瑞云便向他们招手。站在皂荚树下，众人抬头往上望，见树上结了许多皂角。毓秀道："大自然对人类真是特别眷恋，连这洗濯衣服的东西都给我们准备好了，真该谢谢大自然的恩德！"

了然环顾四周道："一年四季，春夏秋三季的花都有了，只是缺了冬天的花。"瑞云用手一指道："薛大哥看那边两棵树，到时候你就踏雪来此看红梅吧。"

看过假山后的树木，五人经假山的小山路转向山前。前山有多处丛生的灌木，定浩问："这也是什么花吗？"瑞云道："是杜鹃花。"定浩道："春来杜鹃映山红，这山一定很美了。"毓秀笑道："定浩表弟明年四月再来这儿吧，我和你表哥奉陪你再看美景。"定浩哈哈笑道："那真好，若有可能，定当再来。"五人行至山脚，见有几株茎上带刺的灌木，定浩道："这些是蔷薇吧。"瑞云道："那几株是蔷薇，这几丛是荼蘼。"定浩笑道："出丑了，我只知蔷薇的样子，不仔细看，以为都一样，仔细看来，却有区别，这荼蘼从根处丛生，与蔷薇不一样，可惜现在不开花，也不知它开怎么样的花。"瑞云道："上个月荼蘼的花还开着，黄白色，蛮好看的。"

游览完了阮家花园，毓秀对了然笑道："今儿回去你有文章可写了，明天就见报，连题名我都给你想好了，就叫《游阮园》，怎么样？"了然道："这文章是一定得写的，也算是对瑞云和这位表妹陪我们游览一个上午的答谢吧，但这文章只能我们几个人自己看，而不能发表，否则大家知道有这样好的私家花园，都会设法来观览的，那样不就殃及瑞云了吗？"大家都说了然说得极是。

三人别过瑞云和文英，出了阮府，了然问定浩："这花园不错吧？"定浩道："确实不错，纵然说不上是大家闺秀，称小家碧玉，绰绰有余。"毓秀笑道："我没说大话吧，不但这花园美，今天你又认识了我们宁波的两位美女，没冤枉你来阮府这一趟吧？"定浩笑道："想不到宁波竟有如此美景——美景配佳人，真真地想不到。"

到了家，回至房中，毓秀对了然道："我看瑞云与定浩是极好的一对，门当户对的，美女与才郎，我想撮合他们，你看如何？"了然笑道："好倒是好，但听胜恺说，他父亲一直想在政界为瑞云找个如意郎君，不知现在找到了没有，明天我先去问问胜恺。"毓秀道："官场有什么好？依我看是找个有真才实学的人好。"了然道："我也这样想，定浩学电机工程，将来是大有前途的。"歇了会儿，毓秀道："瑞云说她那表妹是她小舅父家的，她的小舅父不就是去年轰动宁波的海关贿赂案中的那位罗什么业吗？听说是搬回丰城去了的。"了然道："几个月前又搬回宁波来了，如今在东门开了个文具店。瑞云的这个表妹真真是个美人儿，秀色可餐，恐怕连瑞云都要逊点色了呢。"毓秀道："两人各有千秋，瑞云显大家闺秀之气，她那表妹这一点不如她。"了然道："到底瑞云出身官宦人家，她表妹家境清苦，能有这样的气质也极不凡的了，且她又认得字，瑞云说她对诗词独有钟情，说不定还是个才女呢，将来若是嫁个好人家，自然会有高贵之气的。"毓秀点头道："这就要看她的运气了，愿她如此吧。"

次日傍晚，了然回家告诉毓秀道："你这个冰人是做不成了，胜恺说他父亲已经为瑞云找到当官的郎君了，九月里就要订婚。胜恺问我怎么突然想起专程来问瑞云的事，我便把那天我们带定浩表弟去他家花园游玩的事告诉了他，我说我看瑞云与这表弟才貌、家庭都极相配，所以想与瑞云作伐。胜恺听了，说真是可惜，后来他说他的这位表妹尚待字闺中，他见我不再说话，便也不说什么了。"毓秀听了，极觉扫兴："怎么这般凑巧，我一直想给瑞云作伐，只是没个合适的人儿，如今有了合适的人儿，她却偏就已经有人了呢？这事瑞云对我一句没提，不知她已经知道否。"了然道："就算她现在还不知道，过不久她也就会知道了。瑞云不小了，该有个归宿了。"

（三）

江定浩回到他居住的房中，心情大好，想不到今天竟得重见心中的美人，且接近了美人，对美人有了不少的了解。"原来她真的识得字，还爱好诗词，她肯定是个才女。"江定浩想着上午在阮府花园里的情景，"她说会来这里取书的，这不会只是一句应酬的话吧，无论怎样，我得在这里等着她。"定浩好几天都不外出，只待在他姑父家等着文英来拿书。几天来，他一直拿着这本《白香词谱笺》。

这日是个阴天，吃过早饭，定浩的姑父、姑母和他的母亲说要出外散步去，问定浩是否也出外走走。定浩道："宁波的大街小巷我都逛遍了，公园也都去过，这会儿我只想把这本《白香词谱笺》早点读完，多背几首在心。"他母亲道："这几天你怎么特别用功起来，天天捧着这本书不放？"定浩笑而不答，只是低着头看书。

定浩心里挂记着文英，他想是否文英食言了，怎么过去好几天了还是不见她来呢。正想着，忽听见毓秀在喊他："定浩表弟，快下楼来，把那本《白香词谱笺》带下来，瑞云和文英拿书来了。"

定浩快步下了楼。

前厅中，毓秀已为瑞云和文英泡了茶，今天文英和瑞云都梳了条大辫子，文英身穿那天江定浩在路上第一次见到她时穿的那套浅茄色的镶边衣服，瑞云穿了套浅蓝色纺绸衣裙。

定浩走至廊下，听见瑞云道："前几天太热，我们都不敢出门，今天稍觉凉快，文英一早就逼我来拿书了。"定浩慢下脚步，整理了一下衣领，这时听见文英道："天上乌云乱飞，看来要刮台风了，我们今天不来拿书，恐怕要等好几天才能来呢。"

定浩笑盈盈地跨进门来，彬彬有礼地向瑞云和文英打了招呼，他把书递给毓秀道："谢谢表嫂了，若不读这《白香词谱笺》，真不知道词牌竟有如此之多。"定浩在瑞云和文英对面的椅子上坐了下来，毓秀问道："怎么样？有味吧？"定浩笑道："读后满口余香，回味无穷，词曲之美，更甚于诗。"毓秀笑道："你真可做文英的知音了。"瑞云听了哈哈笑了起来："恭喜你们俩，彼此找到知音了。"文英和定浩都极不好意思起来，定浩只是傻傻地笑着，一言不发。文英被说得脸红，她翘起了嘴，对瑞云道："都是你，今天你笑够了吧！"瑞云停了笑道："笑够了，不笑了，说正经事儿呢，胡先生，有什么好书也赏我一本看吧。"毓秀道："书是有的，只是不知道你要看哪一种？"瑞云道："我看书只为了消遣，有什么好看的小说吗？"毓秀道："我这里有一本《西太后演义》，还是了然的一个上海朋友设法从上海会文堂书局购买得的，你一定喜欢。"瑞云道：

"西太后的事，坊间多有传说，这演义一定极好看的，你拿来给我吧。"毓秀道："别忙，再坐会儿也不迟。"瑞云道："不坐了，你看这天气，真的要刮台风了。"于是毓秀起身去拿来《西太后演义》，瑞云拿了书，和文英一起辞别了毓秀和定浩。

毓秀和定浩送瑞云和文英至院子大门口，定浩呆呆地望着文英的背影消失在小巷尽头。望着定浩若有所失的样子，毓秀猜出了定浩的心思，"他一定是对其中一位女子感兴趣了，"毓秀想当然这女子是瑞云，"但可惜瑞云已名花有主了。"毓秀正为定浩深感遗憾，忽见定浩转过身来问她："表嫂你以前不认识文英吗？瑞云说她是她三舅父家的表妹，她三舅父是干什么的？她家住哪儿？你能帮我打听一下吗？"毓秀恍然大悟，原来定浩钟情的是文英！毓秀迟疑了好一阵子，终于道："我以前从未见过这女孩，也不曾听瑞云提起过她这位表妹，但对于她家中的情况却略知一二。"毓秀告诉了定浩关于文英父亲的事，"听说他父亲最近在东门开了间文具店，大概她家就住在东门了。"毓秀的话使定浩吃惊："这样好的一个女子，怎么偏会生在这么一个家庭！"

定浩躺在床上，细想着毓秀对他说的关于文英父亲的事，他深为文英不平。

（四）

连续刮了两天的台风，暴风裹着骤雨，大街小巷满是积水，街上不见了人影，家家关紧了门窗。定浩躲在房内，透过窗户，时见空中有折断的树枝和卷起的瓦砾碎片飞过。忽然院子里"砰"的一声巨响，是院子正中的那盆放得最高的茶花被狂风刮落，花盆倒地破裂的声音。定浩挂记着文英："不知她家居住的房子经得住这台风的狂吹滥打否？"傍晚时分，远处隐隐地传来了雷声，女佣范嫂道："雷响了，台风要停了。"果然，夜里狂风渐渐静了下来。

第三天早晨起来，空中虽然时有乌云飞过，但雨早已停止，路面上的积水也退得差不多了。午后，定浩出了庭院大门，他要往东门去找文英的家，既然文英的父亲在东门开文具店，他总会在那里见到她的，定浩这样想着，加快了脚步。定浩到了东门，见那里开有两家文具店，便向路人打听哪家是罗家开的，路人告诉他，店门口挂有"代笔"招牌的便是罗家开的文具店。定浩找到了文英父亲的文具店，见店中只有一位四十多岁的男人坐着，手中捧着一本线装书在看，那人斯斯文文的样子，定浩想他定是文英的父亲了。

定浩不好意思进店，只从店前慢慢地走过，走了一段路后他又折转回来，在店铺对面稍远处慢慢地走着，仔细打量着这间店铺。这是间半新不旧的小店铺，上有一层不高的阁楼，阁楼的窗闭着，看来这房子在台风中没受损，这让定浩放了心。店铺有后门，半开着，里头暗暗的，看来那是房间而不是院子了。定浩盼着文英从后面的房间突然走出来，他在店前来回走了好几趟，但文英始终没出现。店中的叔鹤只是低头看自己的书，根本不知有人在他店前来回走了这多次。定浩觉得不好意思再这样走来走去，即便店主没看见他，近处的人也会发现他的行为而起疑心的，于是定浩只得离开这条街道，回他姑父家。

定浩一个下午不在家，毓秀知道他是去东门找文英了，现见定浩毫无兴头地回来，毓秀知道他一定是没见到文英，便不去问他。

次日上午，定浩又去东门。叔鹤刚刚开了店门，正在用鸡毛掸子掸文具上的灰尘，这是他每日店门开后必干的第一件事。叔鹤见一青年站在他店前，但他并不去招呼他，几个月来的经验让他明白，不是所有站在他店前的人都会进店来光顾他的生意的。

定浩跨进店来，背着手观看挂着的几幅字画。叔鹤见定浩衣着讲究，斯文儒雅，便知他是受过教育的公子哥儿，于是叔鹤招呼道："公子哥对这些字画感兴趣吗？"定浩笑道："随便看看，这轴上的诗和字都是老板你自己所作吗？"叔鹤笑道："公子哥怎么一猜就准？"定浩笑道："我见你店门口的行书'代笔'两字和这挂轴上的字体同出一人之手，又见你这桌上放着这《文心雕龙》和《诗韵全璧》，便知老板你诗词和书法的功底了。"叔鹤道："我哪有什么功底？只算是爱好罢了。我听公子哥的口音，你大概是上海人吧？"定浩道："老板耳听八方，竟能听得出我的口音来，晚辈正是从上海来的，在姑父家度暑假。"叔鹤听定浩说是来宁波度暑假的，便确认他是大学生了。

定浩在叔鹤的小店中慢慢转了一圈，他觉得应该买点什么，他把目光落在一个用来装水的小紫砂壶上。这是一只很小但极精致的紫砂壶，壶身上刻有兰花，定浩见这紫砂壶可爱，便问了价钱，买下了这水壶。叔鹤道："公子哥何不把这砚也一并买了？这砚和壶原是一对儿呢！你瞧这壶身这边的字儿。"这时定浩才仔细观看起这只紫砂壶来，原来这水壶的另一边刻有"砚壶情深"四字，定浩见了，心中大喜，这"砚壶情深"四字意味着好彩头。

定浩付了钱，叔鹤拿纸把这对砚壶包好，定浩拿了，揣在怀中。定浩望着店中那扇后门，这门今天一直关着，定浩不知文英在这屋里何处，他真希望那扇门开了，走出文英来。定浩在叔鹤的店中又待了好会儿，几乎把店中的每件东西都看了一番。临走时，叔鹤道："公子哥有空再来我店里走走吧，我这店里常有新款的文房四宝。"定浩点头道："我会来的。"

定浩回到姑父的家，把砚和壶摆放在桌上，坐在一旁沉思。在宁波与文英邂逅相遇，定浩一见钟情，独自相思，但他没有机会向文英表达自己对她的情意。暑假已过了大半，很快就要回上海了，定浩为此甚感烦恼。他想向毓秀求助，但仔细一想，又觉不妥，毓秀本人与文英原本不相识，毓秀要和文英联系，只能通过瑞云，这样子的联系太让人难堪，另一方面，也不知文英有什么想法，倘若文英觉得他太猖狂，无廉耻，那他就彻底完了。定浩这样想着，又拿起这砚和紫砂壶，仔细端详着。

（五）

第三天下午，定浩又去叔鹤的文具店。叔鹤正忙着记账，见定浩来，他很高兴，以为定浩对他店里的文房四宝感兴趣。叔鹤笑道："今天我新进了些货，搁在那边还没整理出来，公子哥若不嫌肮脏，你自己去那边看看，有什么合适的，找几件去，带回上海送人也好，总算是在宁波买的货，人家得了，说你心里记得他们，他们会高兴的。"定浩巴不得有这样的机会，好让他在店中多待上一些时间，只要有多一些的时间待在这店里，那就会有多一点的机会见到文英。

定浩打开包装，小小心翼翼地拿出一件件文具，把它们摆在叔鹤指定的地方。叔鹤盛赞定浩细心能干，并顺便打听起他的底细来。叔鹤问道：

"公子哥在哪所高等学府深造？"定浩道："晚辈在上海南洋大学，学电机工程。"叔鹤停了记账道："那可是了不起的大学，南洋大学的前身是南洋公学，民国才改称南洋大学的。公子哥学电机工程，了不起，了不起！将来前程无量！"定浩笑道："老板过誉了。"叔鹤低头继续记账，过了会儿，他又抬头问："你家老爷在何处供职？"定浩不想说出他父亲的身份，他不想炫耀自己的家庭，迟疑了片刻，定浩道："家严在上海交通银行任职。"叔鹤道："交通银行？好银行，好银行！是国家银行，吃官饭。"说到"吃官饭"三字，叔鹤心里有所感触，心中懊恼，便不说话了，低头只管做账。

这时，后面的那扇门"吱"的一声突然开了，文英端着一个小竹筐从里边走了出来。定浩一直盯着后边这扇门，突见文英出来，喜得他不知所措。文英忽见定浩在她家的店里，还为他的父亲整理新到的货物，惊得她一下子停住了脚。定浩正要和文英打招呼，只见文英急急向他摇手，又用手指指她的父亲，定浩会意，便不作声。文英把小竹筐放在叔鹤身边的柜台上道："爹，你怎么会让客人去整理这些肮脏的玩意呢。"叔鹤道："这位公子哥对我店里的文房四宝感兴趣，想买些文具带回家去送人。"定浩点头笑道："是这样，这些玩意也不怎么肮脏，即便弄脏了衣服也不要紧，反正这衣服天天是要洗的。"文英不再说话，她从店中拿了两条长凳，摆在店门口柜台前，叔鹤把白天不用的店门板往长凳上铺好，文英便把竹筐里的东西一件件拿出来放在门板上，仔细地摆好。定浩往前走几步观看，原来文英摆的是一些手工针线制品。文英摆好了针线制品，拿了空竹筐，也不看定浩一眼，转身便往里走。定浩目送着文英，文英跨过了后门，忽然她转过身来，向定浩莞尔一笑。定浩回之一笑，向文英摆了摆手，文英亦向定浩摆了摆手，慢慢地把门关了。

定浩站在文英摆好的针线制品前，问叔鹤道："你这店中也出售针线制品吗？"叔鹤道："是的，我这店中的针线活都是我这女儿和她娘做的，这条街上的人都喜欢她母女俩做的针线制品。这个夏天天气太热，她娘身体又不好，针线活都停了，前几天刮台风，天气凉快了点，我女儿才又做了些。别看我这女儿年纪轻，她眼好手巧，做的针线活比她娘还精致，又新款。"定浩指着针线制品问："这些全是你女儿一个人做的？"叔鹤道：

"正是。"定浩拿了个香囊扇坠挂在自己的扇子上，叔鹤道："好看，很相配！我看公子哥选几件针线制品带回上海，比那文具更好些。虽说你娘不缺绣花丝绸手帕，挑几条带回给她，她准会夸你孝顺，想得周到。还有这些玩具，这只公鸡看起来活脱脱的，这对小白兔真可爱，公子哥带回去自己摆书房或送人都好，人人见了人人喜欢。亲戚中有小孩吗？夏天小孩最需要小肚兜了，带几条回去送他们，大家都会称赞你能为别人着想。"定浩正选不下买什么好，听了叔鹤的话，便按叔鹤的话买了那只公鸡、那对小白兔和三条丝绸手帕。

定浩把三条绣花丝绸手帕分送给他母亲、姑母和毓秀，把那只布公鸡送给了然和毓秀的儿子，自己留下那对小白兔。他母亲、姑母和毓秀都说这手帕做得极精细，花绣得极好，荷叶边儿做得极雅致，色又配得好。姑母问定浩这丝绸手帕是在哪家店里买的，说自己回美国去的时候想多买几条带去送人，定浩笑道："到时候我带你去，那店里的针线制品种类很多，你自己挑去。"

毓秀见定浩今天高兴，又买了东西送人，便知他定是见到了文英。她私下问定浩："今天如此高兴，定是见到文英了吧？"定浩笑道："见到了。"毓秀笑道："真是工夫不负有心人，跑了三天，终于见到了，谈得高兴吧？"定浩道："一句话都没说呢。"毓秀奇道："见到人了，怎么没说一句话呢？"定浩道："在她家店里，她父亲一直在，怎好说话？"毓秀问："你没向文英暗暗地表示？"定浩甜甜地回忆道："后来她对我笑了，我也对她笑了。"定浩把下午在文英家的文具店里见到文英的事从头至尾都告诉了毓秀，毓秀笑道："总算有戏了，文英真的不错，紧紧追吧，追成了可别忘了感谢我和你表哥。"定浩笑道："戏还刚刚开始呢，望表嫂替我想办法从中促成。"毓秀郑重其事地道："你妈这边你先自己说去，你妈这边若是说通了，文英那边包在我和了然的身上。"

（六）

定浩双手捧着文英做的小白兔沉思，"明天就跟妈说去，有一个女孩，聪明，美丽，稳重，有文化，喜欢诗词，又勤劳耐苦，做得一手好针线，我喜欢她。"定浩这样想着，笑了。

次日，吃过早饭，定浩坐在他母亲身边，陪着他母亲和他姑父、姑母聊天，大家说了会儿闲话，便各自回房了。

定浩跟着他母亲进房来，他母亲问："要不要我给你泡杯茶？"定浩道："儿子自己来泡吧，不劳娘动手了。"定浩先给他母亲送去一杯茶，然后给自己也泡了茶。定浩边泡茶边道："昨天儿子送娘的手帕，娘还中意吧？"他母亲笑道："很中意，昨天人多，娘没夸你，今天给你补上。我儿子孝顺，凡事想得周到，是娘的好儿子。"定浩呵呵笑道："儿子来正是要讨娘夸奖呢！还有一件正经的事要告诉娘，儿子在这里喜欢上一位姑娘了。"定浩的母亲惊道："在上海人家给你说过那么多的女孩，你总是嫌这嫌那的，怎么在宁波只住这么几天就喜欢上一个女孩了？"定浩笑道："娘，你是没见过这姑娘，见到了，你也会喜欢她的。她确实是一个好女孩，表嫂也这么说呢。"他母亲道："表嫂也认识她？她是谁家的大家闺秀？"定浩道："虽不是大家闺秀，但她确是一个好女孩，聪明，漂亮，稳重，读过书，爱好诗词，最难得的是她能吃苦耐劳，会做一手好针线，我想她将来定是个贤妻良母——这不正是娘所想要的媳妇吗？"他母亲笑道："你对她怎么会这么了解？"于是定浩便把他如何与文英相遇，对她一见钟情，接下来几天如何一直寻找她的事，一五一十都告诉了他母亲。他母亲道："这样说起来这丝绸手帕的针线出自这姑娘之手了。"定浩道："正是。"他母亲道："听你说来这姑娘是不错，明天我去问问毓秀，她既然与这姑娘的表姐是朋友，她定知道这姑娘家的情况的，待我了解清楚了再说吧。只要这姑娘好，她家庭还像样，穷点倒没什么。"

午后，定浩的母亲把定浩在这里喜欢上一位姑娘的事说给定浩的姑母听了，姑母连声称奇道："那好啊，你娶宁波媳妇，我嫁宁波郎君，我们更加亲近了。"定浩的母亲道："只是我对这姑娘一点都不了解，虽然定浩说这姑娘很好，但我总得亲自了解她的情况才是。"姑母道："当然要自己了解才能放心，定浩对你说过她是哪家的女孩吗？"定浩的母亲道："听定浩说你家毓秀与这女孩的表姐是朋友，毓秀知道这女孩的情况，我们一起去问问她，看她怎么说吧。"

说起文英，毓秀道："这姑娘确实不错。"毓秀说了自己对文英的了解和看法，定浩的母亲道："你说了这姑娘的许多好处，但你还没告诉我们她家里的情况呢。"毓秀道："我正要说呢，我对这姑娘的注意还有另一层原因，那就是她的父亲。他的父亲是个斯文人，原本是宁波海关的一个文书，去年四月宁波海关出了件受贿的事，牵连了很多人，她父亲是这事件中的主要人物，为这件事她父亲被停职了，还罚了款。那段时间她家生活很艰难，现在她父亲在东门开了间文具店。联想起定浩昨天所说的针线制品的事，这姑娘一定是十分懂事的。"姑母问："姑娘大概几岁光景？"毓秀道："瑞云今年二十，这姑娘十八九岁吧。"姑母道："真难为这位姑娘了，年纪轻轻的就负担起养家的责任，我看这姑娘挺好的。至于她父亲的事，这跟她没关系，只是她家里穷了点，这也没关系，江家不缺钱。"

定浩的母亲听了，心中十分纠结，良久道："不知定浩是否知道这姑娘父亲的事？"毓秀道："他知道的，那天这姑娘来我这儿拿书，走后定浩就向我打听她的事，我当时就把姑娘父亲的事告诉给他了。"定浩的母亲问："定浩听后有什么话说吗？"毓秀道："有，他说这样好的女孩偏生在这样的家庭，他真为她难过，为她抱不平。"

姑母对定浩的母亲道："看来你的宝贝儿子对这姑娘是极喜欢的了，说不定受苦受难中长大的孩子会更好些，会懂得珍惜生活。"定浩的母亲道："定浩说这姑娘很好，但我总得自己亲自见一见。另外，这姑娘父亲的事令我心里打结。"姑母道："既然侄儿喜欢这姑娘，她父亲的事先搁下，我和嫂子先见见这姑娘是正经的事，这得烦毓秀作安排了。"毓秀道："这事今晚我和了然先商量好，再作安排吧。"

晚上，毓秀把白天的事告诉了她丈夫，了然道："姊姊和定浩的母亲要见文英，这不难，明天你去瑞云家，就说我们上回带定浩去她家玩，打扰了她和文英整个上午，为了表示感谢，我们俩做东，请她和文英一起来看出戏。"毓秀道："如果瑞云推辞不肯来呢？"了然道："那就说是姊姊做的东吧，瑞云是大家闺秀，见得世面，她与我们这么熟悉，是姊姊作东，她便不好推辞，她不会不来的，既然她会来，她一定能让文英也来，明天就看你的本事了。"毓秀道："明天我去试试看，你说我要不要把定浩和他母亲也同来看戏的事告诉她？"了然道："不用了，既然是婶婶做东，这事你不说瑞云也猜得到。"

翌日，毓秀来瑞云家，把了然婶婶做东的心意带给了瑞云。瑞云道："了然的婶婶怎么这般客气，此种小事，何足挂齿。既然是婶婶作东，请我们看戏，我便不好推辞了，你回家见到婶婶，就说我们谢谢她了。"毓秀见瑞云答应去看戏，心里十分高兴，毓秀道："你的谢意我会转告的，只是文英那边得麻烦你去告诉她一声了。"

瑞云把答应了然婶婶请她们俩看戏的事告诉给文英，文英道："他们是去你家花园游玩，人家谢你，请你去看戏，你答应你自己的事就是了，怎么连我的事也给答应了？"瑞云道："若是不把你的事也答应了，难道要我一个人去吗？要是胡先生夫妻俩做东请我们看戏，我们不去也罢了，可这是他们的婶婶做东，我若推辞，便显得宁波女子见不得世面似的，所以我就答应了。"文英道："你知道晚上我爹娘是不让我外出的。"瑞云道："让我跟舅父说去，他会同意的。"文英道："你跟我爹说的时候，不要说是胡先生的婶婶请我们看的戏。"瑞云道："为什么？"于是文英便把前天江定浩来她家店里买东西，凑巧碰到她的事告诉了瑞云，文英道："你若是说了薛大哥的婶婶请我们看戏的原因，说不定我爹就会想起前天来我家店里买东西的那个人的，这样反而不好。"瑞云笑道："我懂了，我会对舅父说，这几天大戏院来了上海的戏班子，我想去看戏，白天太热，晚上去看，让你作陪，这么说总可以了吧。"文英点了点头。

到了看戏那天的傍晚，毓秀亲自来阮府接瑞云和文英，这是她们事先就说好了的。瑞云知道，了然的婶婶为定浩来她家花园游玩的事做东，了然夫妇作陪，除了请她俩，必定还有定浩和他的母亲。在这一大帮上海人面前，可不能失宁波人的脸。"在这样的场合，要打扮得入时点，衣着不能太随便，"瑞云这样想。因此，瑞云让文英早几个小时来她家，她有时新的衣服和首饰，两人的身材又相似，瑞云让文英自己来挑选适合她穿的衣服。

现在，瑞云和文英都打扮好了，等着毓秀来接。

毓秀来了，仔细瞧着文英和瑞云，笑道："好漂亮！好时髦！我们出发吧。"

（七）

看罢戏回来，定浩的姑母直夸瑞云和文英相貌美丽，举止稳重，言语得体："那瑞云真不愧是大家闺秀，老练大方。相比之下，文英更加漂亮，只是太拘束。"定浩的姑父道："她与我们当中的人原本都不熟悉，拘束是自然的事。"毓秀笑着问定浩的母亲："宁波的美女和上海的美女相比，还可匹敌吧？定浩表弟真有眼力，一眼便瞄上了宁波的美女。"定浩张嘴嘻嘻地笑着，他的母亲笑道："若是早知道浩儿是来宁波追女孩的，我就不带他来这儿了——这姑娘外表不错，只是对她了解甚少。"了然道："你们要了解这姑娘，我明天就去问她的表哥胜恺，他和我是同学，且是朋友，他会说实话的。"

第二天中午了然专程去找胜恺了解文英的事。胜恺笑道："我上次不是向你提及我这位表妹吗？我见你不作声，我也不好再说了。说真的，我这表妹不错，不是因她是我的亲戚我夸她，实是因她的行事。前段时间她住在丰城，我大舅父对她大加赞赏，说她懂事能干，帮了家不少忙。而且她还识得字，她一直跟她父亲读书，读了好些书，她的文字功底不比我妹妹差，而且她又长得美……"了然道："够了，有你这些话，我可以回去交差了。"胜恺道："你真的要与她说媒？"了然笑道："哪是我想与她说媒？是我婶婶的那个侄儿钟情上你的这位表妹了。"胜恺诧异道："怎么回事？我被你搞糊涂了，几天前你还跟我说要给我妹妹作伐，怎么今天却说人家已看上我表妹了呢？"了然把定浩暗恋文英以及定浩的母亲和姑母都已见过文英的事一一都说给胜恺听了，胜恺道："这样看起来，到现在为止我这表妹其实是一点也不知情的了。"了然道："正是，不但你表妹不知情，你妹妹瑞云也是一点也不知情。这事你先得为我们保密，不要向瑞云提只字半句，毓秀和我婶婶都说文英很好，只是定浩母亲这一关尚未通过。"胜恺道："婚姻这事要缘分，他们俩若有缘分，这事就会成功，你们慢慢了解吧。"

听完了然传来的胜恺对文英的介绍和评价，姑母对定浩的母亲道："这姑娘很好，你就接受浩儿的选择吧。"定浩的母亲道："这事我哪能自己单独决定？我得和你哥商量。"姑母道："这事得与我哥商量，这是情理中的事，我极赞成。只是不知这姑娘父亲的事还令你心中打结否？"定浩的母亲犹豫道："这个结还未完全解呢。"姑母笑道："这就奇了，你家要娶的是这姑娘，又不是她的父亲，她父亲与你有什么关系？美国人论婚嫁，只是男女双方两人自己的事，与双方的父母搭不上关系，只要两人自己喜欢就可以了。不干涉子女的婚姻，父母倒是省心些。如果我哥也有你这个想法，就让我跟他说去吧。"了然的叔叔道："婚姻大事应该慎重，不过了然这位朋友的话值得听，这女孩可能不是一般的女孩。"定浩的母亲点头道："我也是这么想的，待我回去与他爹商量好了再说吧。"姑母道："你今晚就给我哥写信，明天一早就发，宁波离上海不远，快信两天准能到，你让他快些回信来，就说浩儿整日独自相思，等着听他的意思，好做决定。"定浩的母亲道："你急什么？明天写也不会太迟。"姑母道："过几天我们就要回美国了，我想早点听听我哥的意思，你今晚就给我哥写信吧，别忘了把我的看法也写进去让我哥参考。"

当晚，定浩的母亲在她小姑子的催促下给她丈夫写了信，没几天，她的丈夫江之涛便回了信来。江之涛说儿子长大了，婚姻大事也该定了，既然儿子喜欢上了这宁波姑娘，并且大家也都说这姑娘本人很不错，那就随顺儿子的意思定了这婚姻吧。至于她父亲那事，已是过去了的，人有时会犯糊涂，干这种蠢事，也不奇怪，总算他家也是个文人的家庭，只要这姑娘贤惠就好。

收到江之涛的来信，定浩的母亲才算吃了定心丸，姑母笑道："我哥还真明理，浩儿不用单相思了，明天就让了然和毓秀说媒去。"

（八）

了然邀胜恺做媒，胜恺笑道："婚姻的事也真是奇妙，怎么会凭空跑出你这个上海表弟来，要我去给他做媒？这种一见钟情的事只在小说中看到，怎么如今就发生在我们身边！只是不知你表弟的父母那一边都通过了否，若有一人通不过，此事还是空的。"了然把江定浩的父亲已来信表示同意的事对胜恺讲了一遍。胜恺愈发称奇道："这真是奇中之奇的事了，怎么这么快就一切事都办妥了？这个媒我做定了，晚上我就跑小舅父家说去。"了然道："你去你舅父家，先不要说我表弟与你表妹先前就已认识的事。"胜恺笑道："放心，我会把话说得很顺理的。"

　　胜恺来给文英作伐，叔鹤又惊又喜，叔鹤道："我正为文英的婚姻犯愁，不是我把自己的女儿说得太好，她真是个好姑娘，知书达理，心地好，给她找个好女婿才对得起她。但我家这个样子，我怕委屈了她。你先说给我听听，是哪户人家的孩子？"胜恺道："男孩是上海人，他是我一位朋友的亲戚，还在读大学，家境很好。我这个朋友原是想给瑞云做媒的，偏是上个月父亲已把瑞云许给福建那边的一位警察局长了，下个月要订婚，年底就要出嫁。"叔鹤道："外甥女找到佳婿了？我正说呢，姐夫一定是要找最上等的女婿，不然，外甥女这般出众，怎么还没个定着。真是大喜了！贺喜！贺喜！"胜恺道："谢谢小舅！我想，这位朋友既然要给瑞云说媒，那男方一定是不错的了，于是我便向这朋友提起表妹来，把表妹的情况给这位朋友说了。原以为只是随便说说，没想到我这朋友倒是个热心肠的人，没几天他就回音来了，说是他那亲戚家说，好女子难得，让我把这媒说说看，所以我今晚就来了。"叔鹤喜道："他那边是你朋友的亲戚，我这边是你的表妹，这事我就托给你了。"叔鹤起身去拿了张红纸，拿笔仔细写了文英的生辰，交给胜恺。胜恺笑道："小舅放心，不日就会有佳音回来。"

　　当文英的母亲把胜恺来做媒的事告诉给文英的时候，文英觉得很奇怪，母亲告诉她那男孩是大学生，上海人，家境很好。"怎么会突然冒出一个上海大学生来，听起来很有点像江定浩，难道就是他吗？"想起江定浩，文英的脸就发烫了。

　　胜恺把写有文英生辰的红庚帖送到了然家，第三天便有合婚的算命先生来叔鹤家，带来写着江定浩生辰的红纸庚帖，合婚先生呵呵笑道："恭喜罗老板，再也没有比这更合适的一对生辰了，天长地久！天长地久！"

　　真是天上掉下来的姻缘！

　　叔鹤打开红庚帖，只见上面写着：

　　上海江定浩　吉时　戊戌年九月初九日辰时　大吉

　　叔鹤从抽屉里捡了块银圆，用红纸包好，打发合婚先生走了，然后到后房楼梯口高声招呼文英的母亲下楼来，让她把庚帖送给女儿看。

　　文英一看帖子上写着的正是"江定浩"三个字，便一切都明白了。泪水从文英的眼里夺眶而出，串成了线珠，她此时才知道江定浩对她的相思之苦。

胜恺玉成了定浩与文英的婚事，确切地说，是了然、毓秀、瑞云和胜恺四人玉成了定浩与文英的婚事，订婚这日，定浩的母亲让这四人为她给文英送去订婚礼物：刚从金店买的订婚金戒、金手镯、金耳环和从定浩母亲手臂上褪下来的江家祖传玉镯。定浩的母亲对胜恺和瑞云道："作客宁波，订婚礼物菲薄，委屈文英了，待明年结婚时再补吧。"定浩的母亲请文英的父母晚上在酒店用餐，这可为难了文英的母亲，她说什么也不肯去，最后大家决定由文英的大弟文澜陪他的父亲去与定浩的母亲、姑母、姑父会面。文澜今年十四岁，一家人搬回宁波后，他在宁波的一所中学堂继续读书了。

令叔鹤想不到的是，这江定浩竟是前几天老往他店里跑的那位青年公子，"怎么是你？"叔鹤惊奇道，大家都大笑起来。"还不快叫岳父！"了然和胜恺同声笑道。定浩呵呵笑着，向叔鹤恭恭敬敬地双手作拜道："让岳父大人受惊了！"

叔鹤到底是个见过世面的人，又有了一年多做生意和顾客打交道的经验，今天在酒店还算应酬得体，给大家留下了好印象。定浩的母亲告诉叔鹤，说是明天她和儿子要回上海了，明年将择日迎娶文英。席间叔鹤得知定浩的父亲是上海交通银行的行长，这令叔鹤异常吃惊，他深为女儿的幸运而高兴。

定浩回到上海，第一件事就是给文英写信报平安，诉说自己对她的思念。没几天，定浩就见到了文英的第一封来信，娟秀的笔迹，优雅的文句，就如文英其人一样秀丽优美。"真是个美丽的才女，秀逸出众"，定浩这样评价自己的未婚妻。

八月中旬，叔鹤笑呵呵地来丰城，送来了文英订婚的喜糖，还带来了瑞云也要订婚并即将出嫁的消息，叔鹤对杨氏说瑞云的婚姻是她父亲选定的，她的未婚夫是福建宁德人，现任福州警察局局长。瑞云婚姻已定，杨氏便放心了。

听罢叔鹤眉飞色舞的娓娓叙述，杨氏笑道："我早就说文英聪明能干，又漂亮，又认得字，将来会有个有福气的人娶她，果然是应着我的话了。"

第七章　瑞云远嫁

（一）

瑞云坐在房中西窗下的桌旁，桌上摆满了她父亲让人从宁德带来的订婚礼物，比起文英的订婚礼物，她的礼物丰盛多了。瑞云对这些礼物不太在意，她的眼光从礼物上淡淡掠过，停在那张放大了的照片上，从上午至现在，这张照片她已看过好几次了。

瑞云伸出她那嫩白的手，又拿起了这张照片。照片中的他身着警官服装，一张略带微笑的脸，有着几分英俊，他叫程万里。瑞云仔细望着这张脸，几次想从这张笑脸中找到其他更多的东西，但她都失败了，她什么也没找到。渐渐地，照片上的这张脸模糊了起来，变成了一张书卷气的笑脸，那是江定浩，文英的未婚夫，真情执着，正是瑞云所希望找到的。瑞云放下照片，闭起了双眼，文炳风流倜傥的笑脸出现在她的脑海中。自正月一别，至今毫无文炳的消息，文炳说会让花轿来接她的，这只是一句戏话，瑞云知道文炳不可能娶她，尽管他们俩自小相知。瑞云张开眼睛，再一次拿起程万里的照片，瞧了许久，还是瞧不出个名堂来，她放下照片，深深地叹了口气。

瑞云的未婚夫程万里是福建宁德人，现任福州警察局局长，年二十九，正如他的名字所示，人人说他前途无量。程万里曾结过一次婚，他的前妻自结婚以来身体一直不好，没有生育，去年年底去世了。阮明达正在为瑞云寻找政界的佳婿，经同僚介绍，阮明达觉得程万里很不错，便把瑞云许给了他。九月下旬程万里下了聘礼，十一月便要婚娶瑞云了。

阮府忙碌了起来。胜恺去信张百川和文炳，让他们替他为瑞云置办部分嫁妆。

文炳突然听得瑞云即将出嫁的消息，顿时傻了神，"我对她说过让她等着我，我会让花轿去接她的，怎么只这几个月她就要出嫁，而不等我呢？"泪水从文炳的脸上直泻而下，文炳深深地爱着瑞云，而现在一切都没希望了。"老天为什么要这样安排我们，既然把我们安排得这么亲近，为什么又不成全我们？"文炳失眠了。

张百川不知文炳的心思，只是一个劲地催促文炳帮他一起去办嫁妆。文炳心中悲伤，又不好对张百川说，先是推说时间还早着，让张百川迟些天再去办。到了十月底，无可奈何，文炳只好跟着张百川去办瑞云的嫁妆。嫁妆的项目都是胜恺列好了的，置办起来并不难，没几天就办好了。最后，文炳为瑞云买了嫩黄色和湖绿色的两种单色绸缎衣料，他知道瑞云最喜欢这两种颜色的衣料，这是文炳送给瑞云的出嫁礼物。

张百川让文炳把置办好的嫁妆送至阮府，其实，即使张百川不说，文炳也会提出让自己去送的。

瑞云的婚期已近，嫁妆都摆放在前院的厅堂里，知县家出嫁女儿，自然嫁妆丰盛，只是宁波和宁德路途相去遥远，搬运不大方便，所以部分嫁妆由阮明达在宁德置办。

文炳这次来阮府，可想而知，他的心情异常糟糕，他本想责备瑞云，为什么不等他而管自出嫁了，后来细细想去，觉得自己的想法太无理，太自私了。瑞云凭什么要等他呢？倘若瑞云也愿意等他，那他什么时候能让花轿去接瑞云？这是连他自己也说不准的事。

胜恺的妻子素月细细看过文炳带来的每件嫁妆，笑道："上海的货物真的就是好，当初你大表哥要去上海置办小妹的嫁妆，我还开他的玩笑，说他一定是嫌我那些宁波的嫁妆不好。现在看了这些上海货，真是心里服了你大表哥的眼光了。谢谢表弟为我们奔忙，省却了我们好多心思呢。"文炳笑道："大表嫂中意就好。"素月道："晚上你大表哥回来还有事要与你商量呢，你现在先去西楼看瑞云吧，她对嫁妆的事好像不感兴趣，女孩子要远嫁，心里不大舒服，你去陪她说说话吧。"

文炳到了后院，抬头往西楼望去，见瑞云的房门开着，便径自上了楼。

瑞云不在房中，于是文炳倚在瑞云卧房前的栏杆等着。后院静悄悄的，文炳等了好些时候，还不见瑞云回来，心想瑞云定是去花园了，于是他下了楼，往花园找去。文炳找遍了花园，仍然没有瑞云的影子，他只得又折回前院。素月笑道："你俩今天怎么啦？你前脚刚走，瑞云就来了，而现在，瑞云刚走，你又来了。瑞云回房了，你去西楼吧。"文炳听说，便转身又去后院。瑞云的房门仍然开着，文炳知道瑞云在等他。

瑞云朝文炳点点头，淡淡地微笑，轻声道："你来了已好些时候了吗？"文炳点了点头。瑞云道："我去哄吉儿睡午觉了，这几天他非要我哄他不可，现在他睡着了我才离开，去前院转了一下，听嫂子说你到西楼这儿了。"文炳道："我以为你去花园了，到花园去找你，又不见你。"

听文炳说及花园，瑞云有许多感触，但她只是"哦"了一下，点了下头。文炳本有许多话要对瑞云说，如今他见到瑞云的淡定，却一时说不出话来。磨了些时间，瑞云道："谢谢你为我忙着！你知道我的婚期了吗？就在这个月的二十二日。"瑞云拉开抽屉，拿出程万里的那张放大照片，递给文炳道："这就是我爹为我选的未婚夫，他叫程万里。"文炳双眼望着瑞云，慢慢地从她的手里接过照片。他的头顿时晕转了起来，他闭上眼睛，定了会儿神，理智让他睁开眼睛，他看了一下程万里的照片道："不错，真是遂了姑父的愿了，我祝贺你！"瑞云低头不语，又是几分钟的沉默。

瑞云站起身，走到衣橱旁，开了橱门，从衣橱的抽屉里拿出一个放首饰的盒子，她把盒子放在桌子上，慢慢地打开盒子。这是一个带有屉子的盒子，文炳见屉子里放着的全是他儿时送给她的玩意。瑞云拿起一对耳坠道："这耳坠我平时常戴着，现在还给你做纪念吧！"然后她拿去了屉子。文炳见盒子底部端端正正地摆着一封信，他知道这是他写给瑞云的那封表白心意的信。瑞云轻声道："这封信你撕了吧。"

文炳的心空虚到了极点，他接过信，看都不看它一眼，按瑞云的要求，将信连同信封一下一下慢慢地撕掉，撕得粉碎，两行眼泪从他眼里夺眶而出。

文炳抹去脸上的泪水，直视着瑞云道："是我们前生没在三生石上结好姻缘，瑞云，今说定了，下世你嫁给我。"文炳固执地看着瑞云点了头，然后拿起那对耳坠，放入衣袋，走了。

（二）

文炳帮胜恺盘点嫁妆，胜恺是按他父亲的要求给瑞云置办这些嫁妆的，并选好了吉日，十六日动身送瑞云去宁德。瑞云没有贴身丫鬟，她的陪嫁丫鬟已由他的父亲在宁德买好。

瑞云去宁德的前两天，元龙来阮府，给瑞云送来了他和仲麟的礼物，元龙帮胜恺夫妇又检查了一番嫁妆。

文炳主动提出与胜恺一道送瑞云去宁德出嫁。

十六日清早，瑞云再次哭着拜别了母亲和祖宗们的灵位，别过两个舅父、嫂子和侄儿，最后她与文英抱头痛哭了一番。在大家的催促下，一行三人出了阮府，轿夫把他们及嫁妆送上了开往宁德的海船。

从宁波去宁德需坐两天的海船，海船到达镇海，然后进入东海往宁德开去。海船在东海上颠簸，瑞云忆起了母亲带她坐海船的情景，虽然那时还小，但海上的景象至今她还有所记忆。如今，海上的景象依旧，而母亲是再也回不来了。当十八日早晨的太阳从海面跃出的时候，海船驶进了三都澳。阮明达派下属在三都澳礁头渡口接送瑞云一行人至宁德。

宁德府内，明达和瑞云的后母谭氏带着家中的女佣们，正聚在厅堂中等候着瑞云。瑞云的轿子刚一落地，便有老妈子和明达为瑞云买的丫鬟上前打开轿帘，扶瑞云出轿。瑞云的丫头十三岁，是宁德近处的乡里人，明达给她取了个吉祥的名字，叫晋喜。晋喜圆圆的脸，生得颇有几分姿色，人又机灵，年纪虽小，却很谙世事，手脚勤快，笑口常开，颇得明达夫妇喜欢。

二十二日，天尚未大亮的时候程家的轿子就来了，迎亲队在知县府内热闹了一番之后，抬着新娘的轿子，带着新娘丰盛的嫁妆，浩浩荡荡地返回程家。

胜恺和文炳紧跟在新娘轿子后面，送瑞云至程家。

程万里身穿新郎礼服，胸佩大红花，喜气洋洋地等候在程家大院的中堂。新娘的轿子一到，程万里亲自至轿前，扶了盖着红头巾的瑞云的手，和伴娘一道，接瑞云从轿子里出来，在中堂行过婚礼，进入洞房。待伴娘退出洞房，关上房门后，程万里揭了瑞云的红盖头。程万里早在瑞云的照片中见过瑞云，知道瑞云生得漂亮，如今眼前这位经过浓妆的瑞云，更比照片中鲜艳三分。程万里心里好是喜欢，他将脸凑过去，停在瑞云的腮边。

庭院里的喜宴已经开始，程万里从洞房出来，满面春风，至各酒桌前敬酒。同僚们早听说瑞云的美貌，现见程万里如此春风得意，足见瑞云貌美不虚。大家向程万里道喜祝贺，程万里愈发得意地大笑。

程万里来到胜恺和文炳的酒桌前，胜恺举杯向妹夫道喜，程万里便正式认识了胜恺。胜恺把文炳介绍给程万里，文炳彬彬有礼地向程万里祝贺，举杯一饮而尽。程万里见文炳穿着入时，年轻潇洒，风度翩翩，说着一口纯正的上海话，不知怎的，他对瑞云的这位表弟生起了一种特殊的感觉。

第二天，程万里和瑞云回明达府中拜见瑞云的父亲和后母，明达设宴款待乘龙快婿。席间，瑞云没多说话，只是静静地陪着丈夫见家人。文炳望着瑞云，心里难受，说了几句得体的应酬话后，便不说话。程万里少年得志，言语间未免有点趾高气扬，胜恺最听不惯这种话，也就没多少话可说了。酒桌上只有阮明达和程万里是知音，翁婿俩说了些话，气氛远不如昨天热闹了。

瑞云嫁出去了，文炳带着无限的惆怅，回到了上海。

（三）

程万里的家在县城的东南，离阮明达的县府不远，他的父亲已逝，家中长辈只有母亲在堂。程家是宁德的大户人家，程万里原有一兄一姐，姐姐嫁在思明，他的兄长英年早逝，留下寡嫂，带着侄儿居住在程宅东边的厢房院内。程万里和瑞云的洞房位于西边正宅，他的母亲则住在东边正宅。院子很大，人很少，宅中显得空荡荡的，如今添了瑞云和晋喜，热闹多了。

程家娶了知县的千金做媳妇，婆婆自然高兴，程万里得了这样年轻美貌的续夫人，纵有野马之心，也得到了收敛。几天来，他一直陪在瑞云身边，调笑取乐。程万里的婚假原有半个月，但到了十二月初，福州那边便来了信，说警察局中有许多事情年内要局长去处理。程万里只得与瑞云作别，说好半个月后回家过年，年后再带瑞云去福州任上。

程万里去了福州，新房中没了取笑的声音。瑞云周围的人说的都是福建话，虽然小时候她在福建住过一段时间，那时她也能说点福建话，但多年不用，现在几乎忘记了。她偶然也能听懂一点他们的话，但根本无法与他们交流。程万里不在家，瑞云没个人儿说话，极感冷清。

这天，只有瑞云一人陪着婆婆吃早饭，大家解释了好一阵子，瑞云才知道嫂嫂身体不舒服，早餐送去东轩了，侄儿也不来这边吃了。用过早餐，瑞云带着晋喜往东轩院去看望寡嫂。这是一个带有三间小屋的院子，院子不大，收拾得清清爽爽，虽然是隆冬，墙角的几株芭蕉仍给小院带来几分绿意。侄儿在屋檐下看两只小猫追逐，见瑞云进院子来便喊："娘，婶婶来了！"寡嫂房中的老妈子走了出来，把瑞云和晋喜引进卧房。寡嫂见瑞云来看她，探起身来欲下床，瑞云赶紧上前劝住她，笑道："嫂嫂只管躺着，嫂嫂身子有小恙，我原该来陪嫂嫂说说话儿的，若嫂子生分，我们便不该来了。"寡嫂虽然听不懂瑞云的宁波话，但见瑞云拿手按她，不让她下床，便知瑞云的意思了。寡嫂道："婶婶这样说，我便只管躺着了。昨天晚上觉得有点头疼，早早就睡下了，原以为睡了一夜就会好的，哪知早上起来，更觉得头重，懒懒的，婆婆那边也没去请安，真不好意思。"说着，她连打了好几个喷嚏。瑞云虽然听不懂寡嫂的话，见她打喷嚏，便道："这几天有点冷，你定是受凉。让陈伯去请个大夫，开帖药吧。"瑞云做了个切脉和喝药的手势。寡嫂懂了，便道："没事儿，大夫已来过，也说是受凉，这会儿陈伯已抓药去了。"侄儿一直倚在他母亲床边，瑞云拉起他的小手，微笑着问："几岁了？上学了没有？"侄儿听不懂瑞云的话，只是笑着。

陈伯抓药回来了，老妈子接过药，走出房门煎药去了，这时，瑞云才抬头打量起寡嫂的卧房。梳妆台的一边摆放着一张男人的照片，瑞云初见了，心中着实吓了一跳，嫂子知道瑞云的心思，笑道："那是你侄儿的爹，与你的万里很像，对吗？"瑞云虽没听懂她的话，但她突然明白过来了。瑞云笑道："怪不得侄儿与万里很有几分像，原来侄儿像他爹。兄弟俩真像，只是万里的脸更圆些。"寡嫂不语，似乎有点悲伤，瑞云见状，便也不言语了。这时，老妈子煎好了药，端了进来道："大奶奶把这药趁热喝了吧，出出汗，便好了。"瑞云待寡嫂喝了药，再说了几句安慰的话，便退出房门，离了东厢房回自己的新房。

这一天瑞云的脑子里老是浮现这位寡嫂秀气的脸，这是一张几乎没什么缺点的脸，白白的肤色，诱人的眼睛，笔直的鼻梁，樱桃小口，恰似一位古代美人，瑞云开始同情起这位寡嫂来。

语言交流的障碍使得瑞云感到从未有过的孤独，瑞云觉得应尽快学会福建话，于是她决定跟晋喜学，有儿时的基础，几天下来，瑞云也能说几句福建话了。

二十四日，程万里回家过年来了，小别胜新婚，程万里对年轻的妻子显得无限的温情。农历十二月二十四日是民间传说中灶神上天的日子，程万里自离家去外地谋生后，一直没在家过这个传统的日子。晚上，程家在厨房的灶台上摆满了糖果糕饼，拜祭灶神。祭过灶神，侄儿缠着程万里玩，程万里抱起侄儿，呵呵笑着，拿满脸的胡茬戳他的小脸，逗得侄儿哈哈笑着，左右躲着程万里的脸。瑞云被眼前叔侄的亲情所感动，她朝站在身旁的寡嫂望了一眼，寡嫂抿着嘴微笑，瑞云发觉寡嫂的眼角藏着泪花。

回至房中，瑞云直冲程万里笑，程万里道："今天高兴吧，笑得这么灿烂！"瑞云笑道："侄儿和你真像，活脱脱的一对父子。"程万里忽然停住了笑，过了会儿，开玩笑似地道："那你明天就收他当你的儿子，让他叫你娘吧。"瑞云笑道："这不是让我夺了嫂嫂的爱吗？嫂嫂岂能答应？"程万里把嘴凑近瑞云的耳朵，轻声道："那你赶紧给我生个儿子吧，当自己儿子的娘。"

除夕那夜，程家聚在中堂饮酒、划拳，放鞭炮，直乐到下半夜。程万里海量，寡嫂也喝了许多酒，瑞云不会喝酒，但在大家尽情相劝下，程万里怂恿她喝了一小杯。回房后，瑞云直喊胸口难受，后来她吐了。

大年初一，程万里让晋喜提着他从福州带来的西洋葡萄酒和东洋人参，和瑞云一起回她娘家拜新年，接下来的几天便是亲戚朋友们的互来互往，几天的春节休假就这样忙忙碌碌地过去了。

（四）

明天程万里就要带瑞云去任上了，吃过午饭，陪母亲说了会儿话后，瑞云和程万里回至房中。房中堆放着瑞云和晋喜整理好要带往福州去的箱笼包袱，瑞云把这些家当一件一件看过后，又开了橱子的门看了会儿，她是怕有什么东西漏了带。程万里点了支烟抽着，坐在一旁的椅子上想着什么。过了会儿，他起身对瑞云道："我去东轩向嫂子和侄儿道个别，你就别去了，过会儿我就回来。"瑞云道："我还是和你一起去吧。"程万里道："不用了，你忙着，别忘了什么东西没带，到时候没得用，我去去就回来。"

瑞云继续查看着家当，过了半个多小时，家当都检查好了，瑞云也累了，见丈夫还未回来，瑞云便掀起南窗帘的一角，朝东轩院门望去。院门还闭着，"道别的话怎么会这么多？还说就回来呢！"瑞云想道。她等着程万里回来，便坐在窗边一直望着东轩院子的门。终于见到院门开了，程万里独自走了出来，随手又关了门。瑞云放下窗帘，脱了鞋子，和衣躺在床上，闭上眼睛，休息去了。

程万里进了房，见瑞云和衣躺着，便掀开被子，给瑞云盖了。瑞云道："我没睡着呢，只是犯困。怎么这么久才回来？让我一个人待在房中，好冷清。"瑞云有点撒娇。程万里道："从东轩出来后，去母亲那边又坐了会儿，所以回来就晚了。"瑞云愕然："明明看见他从东轩出来就回房了，怎么说是去母亲那边回来晚了呢？他为什么要撒谎？"

程万里带新夫人去上任，家中派了黄嫂跟随他们去，到了福州任上，住在警察局大院内后边的一个院子里。人地生疏，瑞云感到孤单，幸好她是个生性心静的人，与书为友，消度时光。现在瑞云学会了许多福建话，当程万里带她出去散心时，她能用不大娴熟的福州话与别人交流了。

黄嫂是个爱整洁的人，手脚麻利，把院子清理得干干净净，客厅打扫得更勤，窗明几净，让人舒心。程万里爱好摆设，墙上挂了字画，厅堂的正中是一幅钟鼎文大挂轴，两边配着一对山水画。钟鼎文挂轴前的高几上摆的是一对七彩花瓶，高几前面桌子两边的地上摆了一对景泰蓝大花瓶。黄嫂一有空，就拿个掸子，把高几、桌子、花瓶、字画掸个遍。

这天早饭后，黄嫂开了客厅的门，正在掸桌子，一只花猫窜了进来，在厅堂中乱跑乱跳。黄嫂用手中的掸子去赶猫，花猫跳得更高，蹿到高几上去，躲到一只花瓶后不走。黄嫂找了条竹竿，朝花猫赶去，猫被赶走了，花瓶也被打翻了。黄嫂扶起花瓶，只见花瓶的瓶口已掉了一小块，黄嫂顿觉闯了祸，她惊叫了起来。听到黄嫂在客厅里的惊叫声，瑞云和晋喜都过来了。黄嫂拿着缺了一角的花瓶，愁眉苦脸地道："闯祸了，我不知道那花猫竟是我的死对头，这花瓶打破了，叫我怎么办？二少爷会生气的！"瑞云把打破的花瓶拿过来看了看道："你别发慌，我去拿钱给你，你到外头卖花瓶的店里看看，和这一样的买一只，就完事了。"说着，瑞云回房拿了钱出来。黄嫂拿了钱，带着这只破了的花瓶外出了，她走遍了福州专卖花瓶的店，但找不到与这只破花瓶一样的花瓶。黄嫂回到家来，吓呆了："等会儿二少爷就回家来了，这叫我怎么办？"瑞云想了想，对黄嫂和晋喜道："他回来时你们都别开口，我会说这花瓶是我打破的，这事不就过去了吗？"

晚上程万里回至房中，瑞云道："客厅里的一只七彩花瓶被我打破一个角。"程万里惊问："怎么破的？"瑞云道："我见那花瓶可爱，拿过来看了看，哪知瓶口这样脆，一下子就缺了个口。"程万里有点生气："这么大的人了，怎么还这样不小心！"瑞云见程万里没了往日的温情，便道："不就是一只花瓶吗？干吗说话这么凶！"程万里道："可见你们女人都是井底之蛙，你哪里知道这只花瓶的价值？告诉你吧，这是乾隆年间景德窑烧制的花瓶。"瑞云见程万里的嗓门大了，便觉自己受了委屈，红着眼圈道："干吗气势汹汹的？一只乾隆年间的花瓶就比人值钱？"万里见瑞云委屈的样子楚楚动人，走过来抱着她哄道："算了，算了，别生气了，明天我去局里再拿对花瓶来。"瑞云道："不用了，一只花瓶也能摆出个风景来的。"

到福州后瑞云才开始给文英写信，不久文英回信来了，得知她十二月上旬结婚。文英说希望在她出嫁前，能在宁波与瑞云聚个面，因为以后聚面的可能性会更小了。于是瑞云便思量以什么理由说服程万里让她回宁波一趟。一日，瑞云接到父亲的来信，阮明达在信中说，祖父去世满三年了，今年清明他要回宁波去扫祖父的墓。瑞云便对程万里说，她想跟父亲一起回宁波去扫墓，程万里答应了瑞云的要求。

（五）

当贵妇打扮的瑞云站在叔鹤的店前时，叔鹤惊讶得张嘴说不出话来。瑞云笑道："小舅不认识瑞云了吗？"叔鹤快步从店里出来，笑道："真的是我外甥女瑞云呢！这么贵气的打扮让人真的认不出你了，快进屋吧，文英一直念着你呢。"叔鹤说罢，当街朝着楼上喊："文英，快下来，瑞云来了！"小楼上的文英听到了叔鹤的喊声，打开临街的窗户往下望去，见瑞云仰头正向她招手。文英高兴地拍手道："快上楼吧！"瑞云道："我不上楼了，你下来吧。"

文英急忙下了楼，把瑞云拉进店内，拉着瑞云的手又是跳，又是笑，文英道："怎么事先不写个信来，让人好想你！"瑞云笑道："想让你惊喜一番呀！再说，我也不知道这么快我就能回宁波来，要不是我爹今年清明定要回宁波，我想我一时是回不来的。"叔鹤道："你们上楼慢慢说吧。"瑞云道："不啦，我这就走了，明天一早我们要去丰城扫墓，这会儿我真的累得很。我来是让你们惊喜的，等我从丰城回来我们再好好聊吧。"文英道："那好吧，我送你回家，路上我们还可以多说些话。"

这时，瑞云才想起一直站在店门口的晋喜，瑞云道："你看，我们只管高兴，竟忘了把晋喜介绍给你认识了。"文英道："都是我忘情，我把她当乐儿了。"文英走过去拉起晋喜的手，笑道："晋喜！好吉祥的名字！"晋喜听懂了文英的意思，她知道文英在夸她的名字，她笑着向文英鞠了个躬道："表小姐好！"文英笑道："你不怪我粗心吧？"瑞云把文英的话说给晋喜听，晋喜笑道："我家小姐一直念着表小姐呢，看到你俩这般高兴，我也是高兴不过来，哪会怪表小姐你呢？"瑞云把晋喜的话翻译给文英。文英见这丫头生得漂亮，说话又伶俐，对瑞云笑道："你怎么这么有福气，先前一个乐儿，如今一个晋喜，都是这般漂亮，这般讨人喜欢。"

第二天，阮明达带胜恺和瑞云来丰城，与以往一样住在堂房兄弟明荣处。一连几天旅途的辛苦，明达觉得很累，他让胜恺和瑞云带上他从福建带来的土特产，让他们俩带着他的问候去看望罗家亲戚。

元龙不在家，与叔鹤一样，杨氏见到瑞云也是十分惊讶，她仔细端详了瑞云，让瑞云坐在自己的身旁，抚摸着瑞云的手问："在福建一切都习惯吗？丈夫家中的人多吗？大家对你好吗？丈夫的家离你爹的府上远吗？"瑞云一一作了回答，最后瑞云告诉杨氏，丈夫的家离父亲府上不远，但她现在的住处却离父亲的府上很远。杨氏被她搞糊涂了，既然家不远，怎么住处又很远呢？瑞云笑着解释道，丈夫的老家和父亲的家都在宁德，她现在是跟着丈夫住在他的福州任上。杨氏笑道："只听说你爹在福建上任，把你嫁在福建，怎么又冒出什么宁德和福州来了？"胜恺笑道："福建大着呢，像宁德和福州这样的地方也不知有多少个。"

淑媛端了点心过来，瑞云吃着点心问："霖生也上学了吗？"淑媛道："算是上学了，只是读书懒得很，又贪玩，跟茂生和玉如差远了。"

从罗家出来，瑞云对胜恺道："一年不见，大舅母老了许多。"胜恺道："看她和大表嫂都有心事似的，不知是怎么回事。"瑞云道："我也这么想，可别有什么麻烦事就好。"胜恺道："不知大表哥在广州怎么样，我刚才想到了但不敢问，我们上大舅店里去，看舅舅有什么话说。"

元龙不在店中，伙计说他带客商去北门店看货了，不知什么时候能回来。胜恺和瑞云不知道元龙的北门店在什么地方，他们请伙计转告元龙他们到丰城来的消息。胜恺和瑞云离开店不久，元龙就回来了，听了伙计的话，元龙马上往小东门明荣家去见明达。

自去年八月底文嘉来了第四封信后，至现在一直没有他的来信，原以为年底会有文嘉的信来，可左等右等，就是不见他的来信。上个月元龙去启水县城寻找吴子敏的家人，看看吴子敏是否有信来家。元龙不知道吴子敏家确切的地址，只知道他家是开木板行的，启水县城只有一条长街，元龙很快就找到了吴子敏的家。子敏的家人告诉元龙，去年十月子敏来过信后至今也是没有信来。于是元龙又是等着，可心里哪能踏实？日子就这么一天天挨过，元龙一家又处于忧愁之中。

明达听了元龙的话道："广东的形势很不稳定，你还是亲自去看一下，若能劝说得文嘉回来更好。"元龙道："这些天我也一直这样想，可家中的事哪能离得开我？"阮明达道："让文炳去吧，这几年他在上海闯荡，见过世面。我看他办事机灵，说话也得体，年轻人办事比我们有精力。"元龙道"也只能这么办了。"明达道："你今天就写封信，让我明天带到宁波去寄快信，让文炳马上回来，趁我这几天还在宁波，一起商量好，让他早点动身。"

文炳很快接到了元龙的信，他知道家中这事紧迫，且想不到瑞云也在宁波，于是第二天就坐火车回宁波来。

（六）

方伯告诉文炳，阮明达外出会友了，瑞云和她的丫头在花园散步。这几天早饭后瑞云都会和晋喜来花园散步。从儿时开始，瑞云的大多时间是在这花园度过的，春天，她在花丛中扑蝴蝶，在草丛中捉蜻蜓；夏天，她在小溪旁取凉，在树下听蝉声；秋天，在满园的桂花清香中，她坐在赏月亭的栏杆上读古文、看小说；冬天，她会踏着雪来观赏梅花，剪几枝红梅带回房。这花园给瑞云带来无限的回忆。

瑞云走向竹林，扶起一株将要倒地的小竹。这片小竹林是她和文炳最初相识的地方，几年来文炳给她带来过欢乐和安慰，也给她带来过烦恼。对面假山上的杜鹃花还未开放，去年夏天薛了然夫妇带江定浩来游玩，她和文英相陪，在这假山上江定浩说，若有可能，他今年还会来这儿游玩，今年夏天江定浩是肯定会来与文英相聚的，而她却是无法在这儿陪他们了。山边的小溪让江定浩认识了文英，促成了他们的婚姻，江定浩和文英都幸运，他俩能在婚姻约定之前相识、相知。溪边小亭是母亲带他们赏月的地方，母亲在世时，每年中秋，总会带他们在小亭中设饼赏月。假山后的桃树开花了，开得很灿烂，瑞云伸手抚摸着枝上的桃花。这时，她忽然听见文炳在喊她的名字，文炳的声音她太熟悉了。

瑞云侧身望去，见文炳已喘着气站在她的不远处。瑞云抿着嘴笑道："这么快你就回来了！"文炳道："大伯在信中说你也来宁波了，我就赶快回来了。"瑞云道："但愿大表哥在广州一切都好，你见到他时切要替我向他问声好。"文炳道："一定。你在宁波还会呆多久？"瑞云道："也不过五六天就要走了，爹岂能有时间多呆？"文炳道："那我先在宁波陪你呆两天，再去丰城。以后我们见面的机会恐怕不会多了。"瑞云听文炳这么说，更觉伤感。

文炳朝晋喜点点头，算是打了招呼，晋喜笑着，向文炳问了好。晋喜在宁德见过文炳，文炳的风度给她留下很深的印象。

瑞云和文炳在前面并行，晋喜在后头跟着。

文炳问瑞云："你在福建好吗？"瑞云点点头道："我现在跟他住在闽侯了。"

　　文炳和瑞云默默地走着，彼此没说话。一阵风吹过，一张树叶落在瑞云的发髻上，文炳看见了，伸手为她拿走了树叶，两人相对一笑。文炳在上海时很想再见到瑞云，如今瑞云就在他身边，可他却是没更多的话了。两人默默地走完了半个园子，来到竹林时，瑞云想起了文鼎，瑞云道："这次去丰城，又没见着文鼎表弟，他好吗？"文炳道："他长大了，去年已订婚。"瑞云道："好久没见到他了，不知他长大了是怎么个样子。"文炳笑道："你在宁波多待几天吧，我陪你去见他。"瑞云叹了口气摇摇头道："嫁人了，没这种自由了。"

　　出了花园，瑞云道："我们去看文英吧，以后你两人在上海会有很多的见面机会，而我就没有这些机会了。"文炳道："我也这么想，听说文英的未婚夫很好，是吗？"瑞云道："以后你见了他，你自然明白。"瑞云转身对晋喜道："麻烦你到李嫂那边拿只熨斗来，把我放在里间床上的那些衣服熨熨平，再挂在橱子里，这几天我要穿的。再麻烦你告诉我嫂嫂，说我们现在去见表小姐了。"晋喜笑着应声道："好的，小姐，我这就去。"说着，晋喜向文炳笑了笑，表示告别。

　　文炳笑着问瑞云："你的福建话怎么学得这么快？"瑞云道："不快学会福州话，不能与人交流，还不闷死！"

　　文英见到文炳，又是一番惊喜："三哥也来宁波了！"

　　三位童年时就开始为友的表、堂兄妹，为了生计，为了婚姻，各奔东西，今天暂时相聚在一起了。婚姻上的不称心使原本健谈、爱开玩笑的文炳变得沉默。瑞云的内心总觉得对文炳有歉意，现在又远嫁福建，前途未卜，瑞云有点伤感。三人之中只有文英的心情是轻松的，她尽拣他们之间往日快乐的事儿叙述，瑞云和文炳回忆快乐的往事，逗文炳说笑。最后，大家说到文嘉，都为文嘉的平安担忧。

　　叔鹤和陈氏留文炳和瑞云吃中饭，文炳接受了，瑞云也只得留了下来。

　　文炳本想在宁波再呆一天，但听了阮明达关于文嘉之事的讲述，心里也担忧了起来，于是他决定次日上午就回丰城。

　　文炳回到丰城，和元龙商量南下找文嘉的事，元龙道："前天我又去了启水，吴子敏的家人也担忧得紧，我们已经说好了，子敏的侄儿和你一起去广州。"文炳问："他侄儿多大了？"元龙道："十八了，我已见到他，身强力壮的，一路上有人做伴商量，我们也放心些。"文炳道："这更好，那我们尽早动身。"杨氏道："挑个黄道吉日吧。"于是元龙出门找择吉日的先生去了。

动身的日子选在大后天，从宁波出发坐海轮去广州。元龙送文炳和吴子敏的侄儿先一日到达宁波，住在阮明达处。元龙和明达又商量了一番，又对文炳和子敏的侄儿交代了一番话。

文炳得知姑父和瑞云也要在近两天内返福建，便去向瑞云道别。

瑞云的房门开着，但房中无人，文炳进门拿了张椅子，坐在房门口等着瑞云。没过多久，瑞云和晋喜从对面东楼嫂子的房中出来了，瑞云见文炳等在她的房门口，便快步回西楼来。

"明天我就动身去广州，你回福建时我不能送你了。"文炳道。瑞云显得有点担心，叮咛道："你一个人去这么远的地方，路上处处要小心，千万别大意！"文炳道："大哥那个朋友的侄儿和我一道去，哥那朋友也是差不多半年没有信来家了。"瑞云道："有人做伴一起去广州，我们也放心些，祝你们一路平安，顺利找到大表哥他们。"文炳望着瑞云，深情地道："我也祝你平安，一切顺心！"

文炳走了，瑞云突然感到一阵难受，她扶着椅子，慢慢地坐了下来，闭上眼睛，定了定神。

第八章　元龙宁德谋生；瑞云福州产女

（一）

　　文炳带着文嘉的第四封家书，与吴子敏的侄儿一起踏上了南下广州找文嘉和子敏的路。他们到达广州，经市民指点，找到了孙中山军政府所在地。文炳拿出文嘉的信，递给守卫大门的士兵，他告诉他们，他来寻找他的哥哥罗文嘉，子敏的侄儿也这样做了。守卫大门的两个士兵耳语了一番，然后其中一位士兵领文炳和子敏的侄儿进了军政府的大门，转弯抹角地走了些路。路上文炳问了士兵一些话，但这士兵一言不发，只管走路。士兵带文炳他们两人进了一空室，让他们在里头等候，然后士兵走了。过了会儿，士兵又走了回来，把子敏的侄儿叫走了，让文炳在室里继续等着。再过了些时间，进来了另一士兵，士兵带文炳来到一室门口，推开房门，让文炳进去，然后随手把门关了。室中窗边桌旁坐着一人，双手捧着额头，头低着。良久，那人抬起头来，痛苦地望着文炳，两行泪水从面颊直泻而下。文炳一下子呆住了，只觉得脑门轰轰作响，整个房间似乎在转。猛地，那人从座位上站了起来，快走几步，忽然一下子跪在文炳面前，痛哭流涕。文炳也跪了下来，那人紧紧抱住文炳，整个身体都在颤抖，呜呜哭道："我没有照顾好你哥，我对不起你们！"

　　此人正是文嘉的挚友吴子敏。子敏抱着文炳痛哭了一阵子，站起身，用颤抖的手扶文炳坐在椅子上。子敏开了公文柜子的门，拿出一张公文纸，递给文柄。公文中说罗文嘉于民国七年（1918年）九月十七日遭暗杀遇难。文炳捧着公文哭道："这叫我怎么向我大伯大妈交代啊！"子敏流着泪道：

"去年十月后我也不敢给家中寄信，我怕你们会猜出文嘉的不幸消息，但我知道你们迟早会找到广州来的。"

子敏向文炳讲述了文嘉遇难的经过：

广东的政局非常复杂，孙中山抵达广州后，国会议员在广州召开了非常会议，组建了军政府，选孙中山为海陆军大元帅。军政府成立后，桂系军阀不合作，军政府的势力不能开展。桂系派往广东的代理督军对孙中山的军政府取敌对态度，驱逐孙中山编练的新军，逮捕、杀害新军的士兵，甚至暗杀新军中教练士兵的军官，南下护法的海军总长程璧光亦遭人暗杀身亡。那天下午，文嘉的好友、新军营长曾保山在军政府开完会回新军驻地，文嘉送了他一段路。两人行至僻静处，一颗子弹飞了过来，击中文嘉，文嘉"啊"的一声立即倒地，再也没有起来。曾保山本能地趴倒在地，急速翻滚了几下身子，躲到稍为隐蔽的地方，拔出枪，静观周围动静。这声枪响后，再也没有声音了，看来刺客只有一人，已遁逃了。曾保山大喊"快来救人"，这时住在周围的市民才围过来，有人拿了一块门板，把文嘉放在门板上，和曾保山一起把文嘉抬至附近的医院。子弹正中文嘉的心脏，文嘉早已没了气，医院是无能为力了。曾保山咬牙道："子弹是冲着我来的，文嘉为我而死，这个仇我一定要报！"可凶手已逃之夭夭，至今未能缉获。

听完子敏的叙述，文炳哭道："我哥身后埋在何处？"子敏道："就在这大院的后门外。"

在军政府后门外的一个僻静处，文炳见到了文嘉的墓，一个土堆，土堆前立了一石碑，石碑上写着："罗文嘉之墓"。

文炳扑倒在土堆上，嘶声喊道："大哥，文炳看你来了！"

文炳决定带文嘉的尸骨回家，子敏做不了主，他向内务部请示，内务部同意了文炳的要求。

子敏带文炳到内务部领取文嘉的遗物：一只皮箱，一只竹箱。竹箱内放着文嘉遇难时的血衣，文炳见了，又是一场痛哭。皮箱里放着文嘉平时穿的衣服和日用物品，皮箱盖内的袋子里文炳发现了文嘉写给父母的一封未发出的信，只有信，没有信封，信是去年五月十六日写的，全文如下：

不孝男文嘉恭请

父母亲大人万福金安

　　男在穗一切均好。前接家书，得悉淑媛产一女，取名冰如，母女平安，男甚欢喜。一切赖父母亲大人鼎力支持，男始得以在穗安心效力，男铭记双亲恩德。

　　抵穗以来，男一直效力于财政部门，深感孙先生军政府财政之困难，财金匮乏，男当为大元帅分忧。男拟将先前向临安邮局借得交军政府暂用的款项捐送军政府，不再思其归还。

　　男深知家计艰难，父亲经营辛苦，但见国事艰难更甚于家计，故男有此念，今特示请父母亲大人意下。谨禀。

男文嘉跪书
民国七年五月十六日

　　文嘉的信让文炳想起了去年正月里大伯一家为文嘉的安全而担心，为文嘉这笔借款而焦心的情景。

　　子敏看了文嘉这封未发出的家书道："文嘉虽有捐款之心，但怕父母为难，所以始终未把这封信发出。文嘉对孙先生的忠心耿耿，吾叹不如。临安的借款你可以向内务部拿回来的，还有抚恤金。"

　　文炳道："我哥生前有这个愿望，我们该替他圆了这个心愿才是。只是这笔钱数目不小，我一个人决定不了，当初我大伯是借了好几家的钱才把临安邮局的借款还掉的，不知道这两千块银圆我大伯什么时候才能向借家还清。我回去跟我大伯商量商量，如果商量好我们要这钱的话，我们给你写信来。"

　　财政次长和内务次长一起接见了文炳，说是代表军政府对文嘉的遇难表示哀悼，对文炳表示慰问，请文炳节哀，并请文炳转达军政府对文嘉父母、夫人和子女们的慰问。两位次长都回忆了文嘉对革命的忠心耿耿，对工作的热情踏实，对同志的谦恭友爱，对朋友的真诚仗义。最后，内务次长给了文炳抚恤金，说这是军政府对文嘉的哀悼，要文炳一定带走。

　　军政府派了几位士兵帮文炳挖开文嘉的墓，文炳哭着取出文嘉的尸骨，用麻布一层一层包好，放在皮箱里，然后文炳把文嘉遇难时的血衣连同竹箱放入墓中，士兵们用泥土重新盖好坟墓，整理好土堆。文炳把皮箱放在墓前，跪在地上朝土堆和皮箱拜了三拜，起身拿起皮箱，轻声道："大哥，文炳带你回家，家里人都在等着你，我们走吧！"

曾保山赶了过来与文嘉的遗骨告别，他抱着文炳大哭了一场，他抚摸着皮箱哭道："文嘉兄弟，你的仇至今未报，保山对不起你！保山会替你报这个仇的，你放心回家吧！"曾保山、吴子敏与十几个军政府官员一起送文炳上了船，海轮缓缓地离开了广州码头，向宁波方向驶去。

（二）

文炳带着文嘉的尸骨回到丰城，他把皮箱暂时放在罗家祠堂祖宗的牌位桌下，然后他在一家客栈洗了个澡。文炳不敢马上去见元龙，他先去东门找他的爹。

仲麟的周围坐着好几个来看病的人，他正忙着给病人问诊切脉，当他看完最后一位病人，抬头往门外望去的时候，见文炳疲惫不堪、无精打采地坐在店门的一旁。仲麟把文炳拉进店问："见到你大哥了吗？"文炳流出了眼泪道："我把他带回来了，放在祠堂里。"仲麟一下子明白了文炳的意思，他扶着椅子坐了下去，脸变得煞白。过了会儿，仲麟道："你大伯知道了吗？"文炳道："我不敢去见他。"仲麟无力地坐在椅子上，老泪横流。文炳道："我想不出怎样告诉大伯这个消息，我怕他受不了。"仲麟道："他一直担心着，都说在孙中山身边会安全的，这件事怎么会发生呢？"

文炳把文嘉遇难的经过向仲麟说了，仲麟叹道："这像是命中注定似的，偏偏这一枪会打到他身上，还正中心脏。"

父子俩一时想不出办法怎样告诉元龙这个噩耗，想了好久，最后仲麟道："你现在就去祠堂，我把你大伯也叫到祠堂去，这是没有办法的事，我们总得把这个结果告诉他。"仲麟编了个事由把元龙从店里叫了出来，快到祠堂了，仲麟道："文炳回来了。"元龙惊问："他在哪里？他为何不来见我？"说了这话，元龙似乎感觉到不幸已经发生。仲麟道："我正要带你去见他，他在祠堂里等着你。"顿时，元龙的脸变得蜡纸一样黄，两腿哆嗦着迈不开步，元龙问："文嘉怎么啦？他出事了吗？"仲麟一把抱住元龙道："哥，你别乱了阵脚，全家靠你支撑着，你再有个三长两短，你家全毁了，家中还有那么多的老少啊！"

仲麟扶着元龙走进罗家祠堂。

文炳满面泪水，拿过皮箱，哽咽着："我把大哥带回来了。"

元龙蹲下身来，抚摸着皮箱，轻声道："你回来了！回来就好！我这颗悬着的心也就放下了！"突然，元龙大口大口地喘气，倒在地上。仲麟急忙用手掐住元龙人中穴，文炳揉着元龙的胸口，哭道："大伯，你醒过来！大伯，你醒过来！你不醒过来，叫我怎么办！"

元龙醒过来了，眼泪如开了闸的河水，从他的眼眶里直泻出来。仲麟抱着元龙，元龙摇着头，嘴里有气无力地念着："想不到会是这个结果，想不到会是这个结果，想不到啊！我是白白疼了他一辈子，白白操了他一辈子的心。当初我不让他去杭州读书就好，让他呆在家中接祖宗这个店，也能平平稳稳地过一辈子。是我害了他，是我害了他！"元龙用无力的拳头击打着自己的胸口。文炳按住元龙的拳头道："这怎能怪你？是大哥执着'三民主义'。"仲麟道："先不说这些了，想想怎样把这不幸的事告诉家中老少，怎样料理文嘉的后事要紧。"元龙坐起身，抹着眼泪道："他娘这边倒是好开导些，只是媳妇那边该怎样向她启口？我怕要了她的命。"仲麟道："这事迟早要向她们婆媳俩交代的，文嘉的后事得尽早料理，总不能让这皮箱一直搁在这里。再说，孩子们一直念着他们的爹，我们不能瞒着他们把这后事办掉。"元龙无奈地道："我们先散了吧，晚上我把这灾难先告诉他娘。"

仲麟扶着元龙走至柳烟街，送元龙拐进罗宅的弄堂就住脚了，他不把元龙送到家，是怕引大家生疑。杨氏见元龙脸色苍白，关切地问："你今天怎么啦？"元龙道："没什么，只是感到有点累，躺躺就会好的。"元龙躺在床上，寻思着怎样向杨氏开口。晚饭元龙吃不下，陪大家勉强吃了几口，强打精神问了茂生、霖生和玉如几句话，便回房去了。

玉如长大些了，她很懂事，如今母亲又为他们添了个小妹妹，玉如便在母亲的床前安了张小床，夜里帮母亲照料小妹妹，现在东房只有元龙夫妇俩住着。

杨氏帮周妈收拾好厨房中的事回房来，见元龙又躺在床上，知他身体不舒服。杨氏走到床边，伸过手去摸元龙的额头，元龙一把抓住她的手，轻声道："你躺到我身边，我要告诉你一件事，可别声张。"杨氏见元龙神色紧张，便赶快脱了鞋，躺倒在床上。元龙抱住杨氏道："这件事你听了别害怕，更别声张。文炳回来了，我们一直担心的事终究发生了。"杨氏正要"哇"的一声出口，元龙赶紧护住她的嘴道："我求你先别大声，让媳妇安静地过这一夜。我挺过来了，你也一定要挺过来，这个家需要我们，仲麟说的是，我们若有三长两短，这个家就会全垮的。"杨氏躺在元龙的怀里哭着，但她不敢大声。其实，下午杨氏见元龙神色异常，就有了几分不祥的感觉。

"这几天我的眼皮老是跳，我就怕文嘉出事，果然应了，"杨氏哭道，"我们是白白养了他了，这一年更是为他担惊受怕，操碎了心。"元龙泣道："是我们前世欠了他的债，他讨完了债便不管我们，只管自己走了。"老夫老妻抱头偷偷哭着，却不敢声张。杨氏哭道："明天我们怎么向媳妇报这灾难？她听了会死去的。"元龙道："正为这个，所以我回家不敢声张。"元龙夫妇这一夜哪能合眼？半夜里起来，两人在黑暗中相拥，互相安慰，直到天亮。

仲麟也是一夜没睡，他听着前院的动静。前院一夜平静，仲麟等到东方发白，起床出了屋，先在后院踱了会儿步，然后慢慢走到前院去。

当元龙把这个不幸的消息告诉淑媛时，淑媛眼前一黑，扑倒在地，一时昏死了过去。淑媛觉得自己在黑暗中行走，突然前面出现了一点光亮，这光亮一下子扩展了开来，眼前一片光明。淑媛看见前面不远处站着一个男人，高高的个子，穿着蓝灰色的长衫，清秀的脸上戴着眼镜，正微笑着向她招手。那是文嘉，淑媛高兴地喊着文嘉的名字，朝他跑过去。文嘉站在那里，张开双臂等着她。可是淑媛跑啊，跑啊，就是靠不近文嘉，文嘉离她还是那样的距离。淑媛跑累了，蹲在地上哭道："文嘉，你为什么要这样，让我远远地看着你，而不让我靠近你呢？"文嘉道："你别哭，我就来了。"文嘉朝淑媛走过来了，他越走越快，从淑媛的身边一闪而过，消失了。淑媛哭喊道："文嘉，你在哪儿？你怎么不理我！"

淑媛正哭得伤心，突然听见一片哭喊的声音，是元龙和杨氏在哭喊着她："媳妇，你醒醒，这个家不能没有你！"是周妈在哭喊着她："大奶奶，你快快醒过来啊，你听见孩子们哭喊的声音了吗？"是茂生，霖生和玉如的哭喊声："娘！你醒过来，快醒过来呀，爹已没了，我们不能再没有你啊！"

淑媛慢慢睁开了眼睛。仲麟掐着淑媛人中穴的手拿开了，"没关系了，她醒过来了！"仲麟轻声道。

淑媛望着围在她周围的人，大哭道："文嘉他不要我们，他只管自己走了！"

（三）

文炳和文鼎把皮箱搬回了家。元龙和杨氏放声大哭，淑媛抱着皮箱哭得死去活来，三个孩子围着皮箱和淑媛哭喊，十个月大的冰如被吓得大声哭叫，往抱着她的周妈怀里乱钻。

罗家院子哭声震天，惊动了邻里街坊，邻居们赶了过来，得知文嘉的噩耗，个个摇头叹息，为之流泪。大家忙着安慰元龙一家，男人们帮着罗家搭灵堂，女人们买来了麻布和白布，忙着裁剪，缝制孝服。

罗家院子里搭起了灵堂。

文嘉遇难的消息很快传遍了丰城，先有文嘉丰城的同窗、朋友前来吊唁，接着有丰城附近的文嘉朋友和同窗来吊唁，灵堂里挂满了挽联。

叔鹤和胜恺得知文嘉的噩耗，从宁波赶了过来。大家商量了出殡的事宜，让择日先生选下出殡的日子。

到了文嘉出殡的这一天，淑媛和四个孩子穿着麻布孝服，周妈抱着冰如，文炳和文鼎穿着白布衣，跪在棺木前。仵作将皮箱打开，把文嘉的遗骨移至棺木中摆好，木匠封了棺木。鞭炮响起要起棺木的时候，一直跪伏在地上的淑媛发疯似地爬向棺木，死死拉住起棺用的绳子，她已经哭得没有声音了。三个孩子也一起拉住绳子，哭喊着。邻居们上来劝说淑媛，让她别耽误了起棺的时辰，文炳和文鼎劝说茂生带弟妹放了绳子，最后淑媛硬是被邻居拉开，棺木按时起了。

文嘉的遗骨被埋在罗家祖宗的墓地中。

茂生捧着文嘉的灵牌，和弟弟霖生及两位叔叔一起走进祠堂，把灵牌安放在罗家祠堂中。

罗家院子一片死寂。

元龙用抚恤金办了文嘉的后事，接下去的事便是全家的生计，逝者已逝，生者还得生活。文嘉的那笔借款如何处理？看了文嘉的遗书，元龙的想法与文炳一样，元龙道："既然文嘉生前早有这个愿望，再困难也要让文嘉了却这个心愿，否则他在那边也不安心。"

可两千银圆不是一笔小数目的钱，元龙一家的家用来源是他的两间丝线店和城外的田产，两间丝线店带来的利润只够一家七口再加上袁伯和周妈的平时开销，全家的米粮都靠城外田地的出租所得。为付文嘉的借款，元龙已卖掉了二十亩良田，剩下来的这三十多亩的田是不能再卖的了，否则，全家的口粮无着处了。而杨氏娘家和淑媛娘家一千五百银圆的借款至今分文未还，元龙为此忧愁。罗家陷入了生计困难的局面。

文炳给阮明达写了信，告诉他广州之行的结果，并告诉他元龙一家的困境。不久，明达给元龙来了信，说宁德税务科长一职现正空缺，如果元龙能放下手头的丝线店来宁德，他可以给他提供这一个赚钱的职务，让他赚些钱早些把借款还掉。

元龙与杨氏商量，元龙道："你和媳妇两处娘家的借款总是要还的，以前还期望文嘉去还，现在只能靠我们自己了。明达是个稳当的人，我想也就只有他说的这一条路了，等我赚了钱把借款还掉，我就回来。"杨氏道："明达是个稳当的人，你和他在一起我是放心的，只是你年岁太大，都奔六十的人了，还要出远门赚钱，太辛苦你了。"杨氏说着，流下了眼泪，元龙知杨氏是心疼他。歇了会儿，杨氏续道："再说这两间店怎么办？若把它们卖了，岂不断了今后全家的开销？把它们关了太可惜，等你回来再开张，怕是没有现在这样的生意了。"元龙道："这事我想过，我想让德彪暂时接手这两间店，这样，我回来时，生意也就不会断了。只是这样做，辛苦了你和媳妇，家中一切都得你俩操劳了。"杨氏抹着眼泪道："这倒没什么，媳妇贤惠，也能干，不怕劳苦，茂生和玉如都懂事，只有霖生顽皮点，今年他上了学也懂事些了，再说还有袁伯和周妈帮忙。"

过了些天，杨氏对元龙道："这几天我和媳妇都想过了，若是把城外的那几十亩地全卖掉，也不够还媳妇娘家的借款，看起来就只有明达所说的这条路了。"元龙道："我也这么想，那些田是不能再卖的，我若去了明达那里，你们只能靠这几十亩田来生活了。"

自从得知文嘉不幸的消息那日起，淑媛就脱去了颜色鲜明的衣服，穿起了素色的布衣，她摘了耳朵上的金耳环，褪了手腕上的银手镯，代替她发髻上的玉簪子，是一条木制的荆钗，用在白头绳扎的后脑勺发髻旁，她插了一朵白绒花。玉如也脱掉了红花布衣服，穿上了她母亲为她做的蓝底碎白花的衣服，她辫子上的红头绳换成了白头绳。

茂生和霖生又都上学去了，玉如对她的母亲道："娘，我不上学了，留在家里帮你和奶奶干家事吧。"淑媛从抽屉里拿出几枚铜板，放在玉如的手中道："好孩子，上学去吧，把这些钱带给先生交学费，家中的事娘和周妈会干的。"

学堂里的学费一年分四期交，上半年安排在正月和三月，下半年在八月和十月。这个三月里罗家出了这么大的事，玉如好几天没上学，这期的学费也搁下了。

玉如把钱放回她母亲的手中道："娘，我不上学了，也省了几个铜板。"淑媛忍不住流下了眼泪道："玉如，你一定要上学去，是你爹要你去的，你一定得去。"淑媛拿出一个蓝布书包，这是她昨天晚上赶做成的。她把玉如黄缎书包里的书本笔墨拿出来，放入蓝布书包，再把那几个铜板也放到蓝书包里去，她把书包背在玉如的肩上道："去吧，把钱交给先生。"

玉如又来上学了，先生很高兴，看见玉如的辫子上扎着白头绳，先生的鼻子发酸了。玉如把学费交给先生，先生道："校长说这期不收你的学费，你带回去吧。"

中午玉如回到家，把未缴的学费交给淑媛，淑媛道："先生很辛苦，我们的学费是无论如何要交的，你下午再带回学校去，一定要交了这学费，不然，娘心里难受。这学费交得太迟，对不起先生了。"

下午玉如又把学费带回给先生，玉如哭了："先生，你把这学费收了吧，我娘说学费已是交得太迟，对不起先生了，先生要是不收，我娘心里会难受的。"先生的眼睛湿润了，她收下了玉如的学费，点头道："你这一家真是难得！"

德彪与元龙订了契约，在元龙去福建的这一段时间里代替元龙打理两间丝线店。德彪四十开外，是元龙的远房表侄，原住在丰城管辖的一个山区，元龙把他带出大山，在自己的丝线店里当学徒。德彪吃苦耐劳，聪明好学，三年师成，不仅学得一身好手艺，还成了一名出色的经营好手。元龙留他在店里当他的副手，打理北门的分店。德彪在丰城落了脚，娶了妻，生了三个女儿后终于得了一子，取名增旺，但此后他终不得再生一子。德彪感激元龙的恩德，尽心尽力，把北门分店打理得有声有色。如今元龙家出了如此不幸的事，元龙请他代为打理两间丝线店，德彪自然一口答应。

元龙安排好了家中的一切，在家过了端午节，他进祠堂拜别了祖先的灵位，祈求祖先护佑他全家平安，护佑他在闽一切顺利。为了还文嘉遗留下来的借款，元龙离别了丰城，去福建宁德阮明达的任上，干起了税务科长的事务，这年元龙已五十七岁。

元龙到达宁德即给家中写来了信，说他自己一路顺风，已平安到达明达的任上，他说接下来他首先要学习熟悉税务科的事务，他说他在那边一切都好，有明达在他身边，家中的人不要为他担心。信中元龙说瑞云从丰城回宁德后不久就怀孕了，她的丈夫很高兴，对她照顾有加。瑞云嫁得好，现在又怀孕了，杨氏就放心了。

（四）

程万里让中医为瑞云调理身体，安胎养身。开头几个月里，瑞云呕吐得很厉害，程万里叮咛瑞云卧床休息，他自己则是每天公事完毕立即回家陪瑞云谈笑。瑞云为程万里的悉心照顾所感动，对他正月离宁德之前的东轩之行重新作了思考，瑞云觉得可能是她自己太小心眼了，她想："他大概是怕我啰唆而临时作了假托之词。"

五月里的一个傍晚，程万里让警察局里的杂工来告诉瑞云，说他晚上有应酬，不来陪瑞云吃晚饭了，叫瑞云早点把晚饭吃了，早点休息。这是瑞云到福建以来程万里第一次晚上外出应酬。

吃过晚饭，瑞云拿了本小说，在灯下看书，等着丈夫回来。看看时钟的指针将近指向十点，瑞云累了，便上床睡去。瑞云心里挂记着丈夫，迷迷糊糊睡了会儿便醒了，她伸手一摸，被窝那边空空的，丈夫还没回来。瑞云点亮了灯，看看时钟已过十一点。"怎么这么晚了还不回来？"瑞云睡不着觉，她躺在床上静听房门的动静，真希望此时房门就打开。窗外野猫发出婴儿哭声般的叫声，瑞云感到害怕。又过了许久，程万里回来了，瑞云起身朝时钟望去，知道已过了午夜。

程万里皱了皱眉头道："怎么还没睡？"瑞云道："早睡过一觉了，

外面猫叫得慌，怕死我了。"程万里脱了外衣，就想上床。瑞云闻得程万里一脸酒气，直想吐，她勉强忍住吐道："你先去漱漱口，再喝点我那暖壶里的茶。满脸的酒气，我受不了。"程万里只得先去刷了牙回来。瑞云道："怎么到这么晚才回来？叫人好等。"程万里道："是省厅厅长来，怎能不好好应酬？以后有应酬，我尽量早点回来便是。"瑞云道："还有以后呢！厅长总不会常来吧，下不为例。"

此后的一个月里，程万里晚上没有外出，只待在家里陪着瑞云，瑞云以为他真的是"下不为例"了。

又过了几天的一个傍晚，程万里让黄嫂转告瑞云，说他晚上有应酬，不回来吃晚饭了，这次，程万里回来得倒是不迟。此后，程万里经常是晚上有应酬，回来都在十一点钟左右，瑞云很生气，说了他好几回，程万里都是软言回应，这使得瑞云生不下气去。这样过了一段时间，瑞云便也习惯了程万里的夜出应酬。

八月初的一个晚上，程万里外出应酬，直到下半夜才回来。次日早上程万里起得太晚，匆匆忙忙吃了早饭去上班，一时忘了带走桌上的公文包。平时，程万里也有忘带公文包的时候，瑞云会拉开公文包看看。这次瑞云也把公文包拉了开来，这让瑞云发现了程万里的一个秘密，在公文包的一个信封里，瑞云看见了四张浓妆艳抹的四位年轻妖艳女子的照片，在其中一张照片的背面歪歪扭扭写着几个字："程局长惠存你的小亲亲"。

瑞云吓了一跳。

瑞云知道程万里很快就会回来拿公文包，她赶紧把这几张照片放回信封中，把公文皮包整理好放在原处。瑞云支持不住自己的身体，鞋也没脱，反身倒在床上。

程万里急促的皮鞋声响起，他回来拿了公文包，来不及看瑞云一眼，就匆匆忙忙地走了。

瑞云哭了："原来他是个眠花宿柳的男人！"

阮明达因公事来福州，程万里十分热情地接待了岳父。就在明达私下对瑞云夸奖程万里热情、能干的时候，瑞云哭着告诉她父亲程万里的事。明达听了先是大吃一惊，接着安慰瑞云道："年轻的官员偷腥吃荤是常有的事，你就忍着点，只要他对你好，你就睁一只眼闭一只眼吧，切不要声张。"明达告诉瑞云，程万里仕途无量，省警察厅老厅长即将告老还乡，程万里是新厅长候选人之一，胜出的可能性很大。"别坏了他的大事，再说，你若是声张，也无济于事，只能坏了夫妻的感情，对你没有好处。"明达道。瑞云只好忍着。

程万里心中有鬼，他不知道瑞云是否已看过他公文包里的艳女照片，他收敛了好一段时间，夜不外出。见瑞云没事儿一样，他以为瑞云不知道他的艳事，便又夜出会艳女去了。

中秋节将要到了，程万里的母亲带着孙子来福州团聚，也是来看望瑞云的，寡嫂也来了，她们这次在福州住了两个多月。寡嫂的到来使瑞云又想起了正月里的那件事，现在她又重新思考那事了，它让瑞云百思不得其解。

一天下午，瑞云午睡后觉得心烦，见晋喜还睡着，便独自一人来院子中散步。瑞云行至婆婆她们三人的居住处，从高窗里飘出了婆婆的声音："万里叫我们过两天就回宁德，他给我们买好船票了。"瑞云没听程万里提过此事，她觉得奇怪，便停住脚靠在墙边听着。寡嫂提高了声音道："我偏偏再住几天，他能赶我们走吗！"婆婆道："你说话轻声点，仔细让人听见。"寡嫂道："听见就听见吧，好让人知道他是个什么货色。当初是他引诱我，生下了这个孩子，这在宁德家中谁人不知？前几年他对我还好，今年娶了新欢就忘了我这个旧爱了。"

瑞云听了差一点晕过去，她怕被房里的人看见，只好扶着墙慢慢走回自己的房中。晋喜见瑞云脸色苍白，问瑞云发生什么事了，瑞云道："刚才发闷，想去散会步，突然觉得头晕，就回来了。你把那暖壶拿来给我，让我喝几口暖茶吧。"晋喜扶瑞云坐在床沿，瑞云喝了茶，让晋喜服侍她躺下。晋喜问："要不要我去告诉老太太一声？"瑞云道："不用，我没事，躺会儿就会好的。"过了会儿，晋喜见瑞云没有声响，又问道："小姐好些了吗？"瑞云道："好些了，我没事的，你去吧。"

瑞云独自躺在房中，想着刚才在院子里听到的婆媳之间的对话，觉得不可思议。"原来他侄儿就是他的亲生儿子！怪不得他们这样像，这样亲热，"瑞云想道，"不知他还会有什么别的丑事。"想到程万里，瑞云感到恶心，"我怎么办？等会儿他就会回来，还要我对他笑脸相迎吗？恐怕我做不到了。"

瑞云的耳边又响起了她父亲的声音："你忍着点，不要声张。再说，你若声张，也无济于事，只能坏了夫妻的感情，对你自己没好处。"瑞云知道，她和程万里之间只剩下一层薄薄的面纱了，这面纱只要一揭，夫妻的关系就完了。若是这样，她肚子里的孩子怎么办？瑞云抚摸着自己隆起的肚子，眼泪从眼角流了下来。现在，瑞云只想她婆媳二人早点离开福州，好让她静静地思考怎样过今后的日子。

程万里回来了，见瑞云闭着眼睛躺在床上，他俯下身来轻声问："身体不舒服吗？"他的声音还是那样温柔。瑞云忍不住"哦，哦"地呕了几声，程万里伸手揉着瑞云的胸口道："怎么又想呕吐了？"瑞云起身道："没事，吃晚饭去吧。"

两天后，婆婆真的带着媳妇和孙子回宁德去了。

"当初是他引诱我，生下了这个孩子，这在宁德家中谁人不知？"瑞云一直想着寡嫂的话。"这是怎么回事？黄嫂一定是知道的。"瑞云这样想着，便找黄嫂问个明白。瑞云问黄嫂："你来程家多久了？"黄嫂道："很久了，大少爷结婚时我来的。"瑞云道："我问你一件事，你是知道的。"瑞云把自己听到的婆媳之间的对话说给了黄嫂听。黄嫂听了，很觉为难，虽然这件事在宁德老家中是公开的秘密，可面对程家新来的媳妇却应该永远守口如瓶的。但与瑞云相处几个月来，瑞云的宽厚让黄嫂感动，她向瑞云讲述了程家这个公开的秘密：

寡嫂是程万里的表姐，是他母亲的亲侄女，她比程万里大一岁，程万里的哥哥比程万里大两岁，程万里的姐姐比程万里大四岁，四个人年龄相差不大，小时候常聚在一起玩。表姐生得漂亮可爱，长大了两个男孩对她都有意，程万里的哥哥斯文，而程万里有点野，表姐更喜欢哥哥，程万里的母亲向表姐家提亲，表姐便嫁给了哥哥。"若不是大少爷后来出了意外，现在的情况就不是这样了。"黄嫂道，"程家那时开着宁德最大的米行，做贩米的生意，从外省贩来大米，卖给本地的米商，因为福建山多田少，百姓的米粮得靠外省供给。程万里的哥哥接了祖宗的业，管理米行。每年夏秋两季是米行最忙的日子，从外省贩得的大米都先堆在仓库，大麻袋大麻袋地叠着，叠得很高。那年秋天，大少爷结婚后没多久的一天，他在仓库监看运进来的大米，工人们正忙着用滑轮提升装着米粮的大麻袋，一个站在麻袋堆顶处接麻袋的工人不小心，一时没接好袋子，连人带麻袋从丈二三的高处掉落下来，正好落在大少爷的头顶。一麻袋的米足足两百斤重，大少爷立即倒地，不省人事，后经郎中调理，命算是保住了，但落得瘫痪。"

"我知道了，"瑞云道，"后来弟弟勾引了哥哥的妻子，两人生下了孩子。"黄嫂点了点头。"生下孩子的时候，他哥哥还在吗？"瑞云问。黄嫂道："还在，他哥哥经不住这样蒙羞的事，后来不久就去世了。""婆婆当时怎么个态度？"瑞云问，"既然这样，让嫂嫂嫁给弟弟不就完事了吗？"黄嫂道："若是这样就好了，但二少爷当时也已娶了亲。"瑞云道："那他妻子不被活活气死？"黄嫂道："二少爷的那个妻子是个病人，结婚后一直病着，没有生养，因此对二少爷的这事也不加多管。老太太因为一边是侄女加媳妇，一边是儿子，只好忍气吞声，尽力遮盖。但这样的事对外尚能遮盖，对内怎能遮盖得了？宁德老家中的人个个都知道这事，只是不去外面宣扬罢了。"

听了黄嫂的叙述，瑞云感叹人生的无常，她为程万里哥哥和嫂子的不幸而悲伤，为程万里的疯狂而愤怒，也为自己的前途而担忧。

十二月，瑞云产下一女。痛苦的分娩之后，瑞云望着女儿，流下了初为人母的喜悦的眼泪。黄嫂把女婴抱出来给等在房门外的程万里看，程万里亲了亲女儿，让黄嫂抱回房。十二月，在宁波家中的花园里，正是梅花绽放的时候，瑞云怀念故乡园中的梅花。"这辈子恐怕是再也见不到那些梅花了，除非是在睡梦里。"瑞云这样想着，便给女儿取名为梦梅。

（五）

江定浩已从上海南洋大学毕业，毕业前夕，早有几家很有实力的电机制造公司找上门来，定浩选择了办在南市的江南电机制造有限公司。

十一月，江家给文英送来了丰盛的结婚礼物。叔鹤尽自己的能力给文英办了嫁妆，叔鹤道："委屈你了文英，家中只能给你办这点嫁妆了。"文英道："这很够了，生活岂能光靠父母？定浩说了，虽然他家富有，以后我们俩的生活要靠我们自己来经营创造。他想的和我一样，我们会把我们的生活打理好的。"

文英的婚期在十二月上旬。江家是虔诚的基督教徒，江之涛早年在美国留学，信奉了基督教，所以他的妻子和儿子也都信基督教，江家按基督教徒的习俗办了这场婚礼。当文英穿着洁白的礼服，挽着父亲的手臂出现在教堂婚礼场时，美丽的新娘赢得全场阵阵赞赏声。叔鹤把文英交给了定浩，祝福他俩婚姻幸福美满。例行的婚礼程序结束后，江家在百老汇大酒店招待亲戚朋友喝喜酒，大家对新娘的美貌又大加一番赞赏。

叔鹤和文炳与江之涛夫妇同席，叔鹤言语得体文雅，这是江之涛意想不到的。文炳穿着西装来参加文英的婚礼，他的彬彬有礼，他的风度，他的健谈，给江家留下了极好的印象。

婚宴结束后，新郎和新娘驱车驶进了江家的大门。这是一座带有一幢西式三层楼房的院子，江家的几个女佣在院子里迎接了新娘和新郎，洞房设在二楼，大家拥簇着新娘和新郎进入洞房。

文英坐在梳妆台前卸妆，定浩搂着文英的肩膀，戏道："仕宦当作执金吾，娶妻当得罗文英！"文英咯咯笑道："我看你一辈子当不成执金吾，只能当个电机匠。我无阴皇后之才，只能当个贤妻良母了。"定浩笑道："阴丽华也只是个贤妻良母罢了，今日定浩得了个贤妻良母型的妻子，吾心足矣！"

文英给瑞云写了信，告诉瑞云她和江定浩已结婚，信中字里行间无不显露她和江定浩夫妻融洽的甜蜜之情。

张百川回家来过年，但文炳仍然执意不回家，自从与姚大姑娘结婚后，文炳就没有一个冬天回丰城过年，这是他当初打定的主意，虽然这些年他也回过丰城几次，但那都是他有非回丰城不可的事。

仲麟问起文炳，张百川笑道："文炳交了好运了，上个月恒丰布厂的东家和他的二姨太认了他作干儿子，文炳要发迹了。"仲麟问："怎么回事？他认了干爹了？"百川便把文炳如何认识恒丰布厂的二姨太，二姨太和丈夫如何收文炳当干儿子的事说给了仲麟听。

八月里，张百川一位相处多年的好友做生日，邀请百川去他家赴他的生日酒宴，百川带了文炳同去，他的这位朋友和他的太太各自邀请了自己最好的朋友来喝酒。席间本有十人，但其中一位朋友因有要事未来赴会，在席只有九人，四位太太和五位先生。宴后主人安排大家打麻将，太太们一桌，先生们一桌，多了一位先生，男主人见文炳年轻，且能说会道，讨人喜欢，便让他做护花使者，照应太太们。文炳也乐于这差事，因从刚才席间的谈话中，他得知那位最珠光宝气的太太的丈夫正是赫赫有名的恒丰布厂的东家，文炳正想结交这样的老板，于是他对这位太太也特别留神，有意接近。

这太太是恒丰布厂老板的二姨太，四十刚出头，半老徐娘，见文炳年轻潇洒，风度翩翩，善于言辞，二姨太对文炳很有几分好感。二姨太得知文炳做棉布和绸缎掮客的生意，又见文炳对她这般殷勤，便知道文炳的心思。打了几圈麻将之后，二姨太对文炳道："你若对棉布生意感兴趣，不妨去向我家老头子问问看，看他能否帮得上你的忙。前段时间我听他说，布厂里出了一批次货，是布匹中少了一条经线。少了一条经线，其实也没什么，但客商借此要低价，我家老头子不给。若你对这货有兴趣，你明天去找他，看看这货是否还贮着，若未卖出去，你去找个客户，我帮你说个合理的价。"文炳听了，知道这二姨太愿意帮他的忙，文炳连声道谢，说自己明天就去找她家老板。二姨太给了文炳联系的方式和自己的电话，就走了。

原来，这恒丰布厂东家梅荀卿的二姨太是梅家的内管家，是个有凤姐之才的女人，还识得字，人漂亮且会交际，举止高雅，落落大方，深得梅老板的宠爱，梅老板若有应酬，总是带着二姨太。二姨太不但是家中的内管家，且能为梅老板出谋划策，简直是梅老板事业上的左右手。当晚二姨太与梅老板讲了白天与文炳所说的事，梅老板便答应了。

次日，文炳按二姨太说的去找梅老板，这批次货还在仓库，梅老板让布厂的大管家带文炳看了货。正如二姨太所说的，除了少了一条经线外，货还是挺好的。过了几天，文炳联系好了客户，把这批次货出手了。

经过几年的磨炼，文炳深知生意场的规则，且他也不是一个吝啬的人，为了感谢二姨太的照顾，他给二姨太送去了不菲的礼物，去讨二姨太的喜欢，如此一来一往，又生出了更多的生意，因此文炳与恒丰布厂的来往频繁了起来。当然，文炳也会讨梅老板的喜欢，梅老板对文炳的风度、交际和口才也颇为喜欢。二姨太只有一个女儿，她收了文炳为干儿子，于是梅老板就成了文炳的干爹。

恒丰布厂不只是生产布匹，也生产被单和毛巾，梅老板不只是开布厂，还开绸缎庄。布匹和绸缎，正是文炳所做的生意。"文炳拜了这样一对干爹娘，生意肯定会发了。"张百川道。

第九章　罗元龙卖宅搬家；程万里勾搭晋喜

（一）

这几天丰城很冷，天下着大雪，雪花落在院子里，积了厚厚一层白雪，屋檐和院子角落里的那棵桑树都挂起了冰凌。孩子们都已放寒假，茂生和霖生一边在院子里堆雪人，一边等着爷爷回来，玉如在房中照看妹妹，她不时抬头往院子里张望。

元龙和挑夫走进院子，茂生和霖生高兴地喊着"爷爷"，朝元龙奔了过去，茂生扶着元龙，霖生拉着元龙的手，祖孙三人一起走进中堂。玉如见了跑去厨房喊："奶奶，娘，爷爷回来了！"

玉如双手扶着妹妹从卧房里走出来，元龙抱起冰如，逗道："还记得爷爷吗？"小孙女半年多没见到爷爷，冰如对元龙陌生了。元龙问："这孩子长大多了，会走路了吗？"玉如道："还不很会走。"杨氏从厨房里出来，见元龙抱着冰如，忙把她接了过去道："爷爷累了，快让爷爷坐下来歇歇。"

淑媛端着脸盆走了进来"爹，你先擦擦脸洗洗手，取点暖吧。"不一会儿，周妈提着手炉和脚炉也过来了。元龙问："袁伯呢？"杨氏道："这几个月他身体不好，他侄儿接他回家了。"元龙道："袁伯老了，他在咱们家辛苦了一辈子，以前从来没生什么病，连小病也没有的，明天我得看看他去。"茂生道："我也去看他。"霖生道："我也去。"元龙道："好吧，我们都去。"

元龙告诉杨氏，瑞云当娘了，生了个女孩，明达夫妇让人给她送去了丰厚的礼物。杨氏道："我们也该给她送些礼物才是。"元龙道："我给她送了三个银圆，东西由她自己买吧。"

吃过晚饭，茂生把成绩单拿给元龙看，玉如也把自己的成绩单拿来了。元龙见玉如的成绩单各栏中都是"优"，茂生除了体操一栏是"中"外，其余各栏也都是"优"，元龙笑道："玉如夺魁了，茂生的体操还要加强一下才好，身体很要紧，要多做些锻炼。"看过茂生和玉如的成绩单，元龙道："霖生呢？霖生的成绩单怎么不让爷爷看？"霖生躲在杨氏身边，他本不想把成绩单拿出来，他的成绩不好。杨氏拉了拉霖生的衣服道："快去拿过来给爷爷看过，丑婆娘总得见公婆！"霖生只得去把自己的成绩单拿了过来。元龙看过道："怎么都是'可'，只有算术和体操是'中'。"霖生道："我也有个'优'呢，你没看见，手工是'优'。本来体操也是'优'的，只是我有时不按先生说的去做，先生说我纪律不好，只给我'中'了。"听了霖生的话，大家都笑了。淑媛叹道："霖生，你什么时候能不让我们操心就好了。"

次日，元龙带着两个孙子去看望了袁伯。回来后元龙对杨氏道："看来袁伯真是老了，恐怕再也来不了咱们家了，他侄儿的意思是不让袁伯再劳累了，若真的这样，我们要多送点钱给他的。"杨氏问："他有多大年岁了？"元龙道："七十多了，我爷爷时他来的，他是看着我长大的，至今他有时还叫我大少爷。"

德彪带着他的儿子增旺来看元龙，德彪提着一对大公鸡，增旺提着一对大黄鱼。增旺今年十三岁，已考上中学，和茂生同一个学堂，这是丰城唯一的中学堂。增旺生得白白净净的，德彪说他读书很用功，成绩也好。增旺很懂规矩，他向元龙问过好，坐在椅子上静静地听着元龙和他爹说话。元龙问了德彪店里的情况，德彪道："托表叔的福，今年店里一切都好。"德彪亦问了元龙在宁德那边的情况，坐了会儿，德彪起身告辞："表叔好好休息，侄儿正月里再来给表叔和表姊拜新年。"增旺亦很有礼貌地向元龙道了别，然后牵着他父亲的手，父子俩又说又笑地走了。

过年了，罗家前后院都换上了新对联，屋檐下挂起了红灯笼。除夕之夜，红灯笼中点起了灯，杨氏找出家中所有的锡灯台，每个房间都点起了红蜡烛。厨房里摆下了一桌酒菜，元龙请来仲麟和他们一起吃年夜饭。

姚大姑娘回娘家去了，文炳没回来，她觉得在罗家过年没意思。文鼎已订婚，未婚妻是南门一家南货店老板的女儿。有了文炳婚事的教训，仲麟这一回再也不敢粗心了，他让文鼎亲自看过那姑娘，文鼎中意，才定了这门亲事。未婚妻家对文鼎很满意，常让文鼎去他们家吃饭，今天下午文鼎早早就去他未婚妻家了，因此，后院只有仲麟一人在家。

仲麟不大会喝酒，少了袁伯，元龙没了喝酒的伙伴，这桌年夜饭很快就吃完了。

吃完了年夜饭，淑媛和周妈收拾盘碗，杨氏照料冰如，元龙带着孙子孙女和仲麟一道在前院放鞭炮。鞭炮响起，火花照亮了整个院子。茂生习惯地朝西轩望了望，忽见西轩书房内似乎有人站在桌前，高高的个子，茂生急急奔向西轩。霖生见哥哥往西轩跑，也跟着往西跑去。元龙见茂生行动异常，忙跟着也向西轩跑。茂生打开西轩中堂的门，中堂里只有一对差不多燃尽的红蜡烛发出微弱的光亮，茂生急忙往书房找去，书房中除了一对点着的红蜡烛就只有书了，哪有什么人？茂生道："刚才我看见爹站在书房桌旁，高高的个子，穿着长衫！"霖生听了，大声喊道："爹！你在哪里？快出来呀，爹！"元龙赶紧抱住茂生和霖生，用手揉揉茂生的脸，说道："别乱说！没的事！你眼睛看花了。"玉如听了，急忙往仲麟的怀里靠，仲麟紧紧抱住玉如道："别怕，孩子！没事。"

淑媛、杨氏和周妈听见前院的叫声，都急忙赶了过来，仲麟把刚才发生的事告诉了她们，杨氏道："他是不放心，来看我们的。"淑媛听了，大声道："文嘉，你走吧！别吓了孩子们。"

这时，丰城到处响起了鞭炮声，天空暂时充满了光亮。

元龙带大家回到正房，因为害怕，也为了彼此安慰，众人都聚在淑媛的房中，没有人说话，大家都静静地坐着。这个除夕夜过得太冷清，太无奈了。

仲麟一个人在院子里放鞭炮，元龙把西轩的蜡烛灭了，关上门，用锁锁了，然后与仲麟一起把刚才没放完的鞭炮都放了。

仲麟道："这院子看来该卖了。"元龙不响。仲麟又道："这院子太冷清，家中平时只有女人和孩子，阳气不盛。"元龙叹了声气道："祖宗的家业要败在我手中了！"

元龙把仲霖的话说给杨氏，杨氏道："这院子卖了也好，叔鹤是主张卖掉的，仲麟这几年家境变化很大，小儿子若是结了婚，他也该考虑自己的事了。周妈听人说，乡下有个财主的女儿守寡多年了，这几年财主有病，都是仲麟给看的，财主有意将女儿嫁给仲麟。"元龙道："有这事？怎么仲麟没向我透露一声。"杨氏道："时间还早，文鼎未结婚，他是不会续弦的。我想仲麟也是想把这房子卖掉的，他是在探你的口气。"元龙叹气道："这院子该卖了，只是我不甘心，祖宗的家业竟在我手中败了！"杨氏道："这又不是你的错，祖宗知道你的心，你对罗家这样尽心尽力，祖宗不会责怪你的。这院子卖了后，买个小点的房子，好省些钱早点把债还掉。"元龙道："我想过了，先不买房子，典个房子住吧，典个居住人家多点的院子，热闹些，独门独户的房子太冷清，买房子的事等我从宁德回来再说吧。"杨氏道："你想的是，就这么办吧。"

（二）

正月初五，元龙去向袁伯拜年，给他送去了二十银圆。袁伯的病已好，只是身体还虚弱。袁伯道："我本以为只是小病，回家住几天就会好的，那知这一躺就是好几个月，看来回不了大少爷的家了。"袁伯说着，哽咽了。元龙道："你在我家劳累了一辈子，也该歇歇了。你先养息着，等你身体全好，好结实了，再来我家看看。"

回家的路上元龙碰上了明达的堂兄明荣，明达的爹和明荣的爹是亲兄弟，明达一家来丰城，总住明荣的家。明荣问元龙："明达福建家中这一年来都好吧？瑞云怀孕了吗？"元龙道："都好，瑞云已生下孩子了，是个女儿，明达很是欢喜，说他自己家中都是男孩子，正缺女孩儿。"明荣笑道："明达喜欢女孩，让他夫人给他生个女孩吧。"元龙道："明达说他不再要孩子了，谭氏怀第二胎的时候，他们原想得个女孩的，但上天没遂他的愿。"明荣问："你在福建一切还顺心吧？"元龙道："有明达帮忙，一切还算顺心，只是心里常想着这边家中，家中院子里都是女人和孩子，哪能让我不挂心？一直帮着我家干活的袁伯如今又病了，他老了，回不来我家了。这几天我家中正商量着要把院子卖了，去典个热闹些的院子居住，好让我在福建那边放心些。"明荣道："你真有这个打算？"元龙道："真有。"明荣笑道："你卖房子我帮不了你忙，你若要典房，我家大院子里还有半幢房子空着好几个月了，就来我家院子里住吧，只是院子里住的人多，有点杂。"元龙道："人多才热闹，等我卖了房子，我就去找你，有你们亲戚住在旁边，我在明达那边就放心了。"

正月里忙过了头八天，元龙让仲麟去找买卖房子的牙人，仲麟叫了牙人来看过房子，牙人道："你这房子算是不错，可能会卖到两千银圆，只是能买得起你这房子的人，应是个大财主。"仲麟叫遍了丰城做房屋买卖的牙人来看房子，牙人们的意见不相上下，最后也都说是现在一时找不到人买这院子。这样又过了半个月，忽然有一天，一位牙郎带了人来看房子，来客是丰城农村的一个大地主，他对罗家院子很满意，很快谈妥以一千九百银圆买走了这院子。

元龙卖了房子，便来找明荣，典下了他家前院东首那空着的半幢房子。明荣家的这院子也是一座两进的大院，院子坐北朝南，比罗家院子更大，前后两个院落里各有七间双层楼房，前院大门左右两边都有三间平房，前院还有西轩房，后院东西两边也都有轩房，东边轩房处开有后大门。明荣一家住在前院西墙外一个有三间双层楼房的小院中，原来的西墙开有一个圆洞门，他这小院便是大院的西小院，后来因大院的阮家子弟大多在外地谋事，留在丰城的人少，大院中的房子陆续出典和出租了，明荣嫌大院子嘈杂，便闭了圆洞门，另开了朝南的大门，改成了现在独门独户的小院，在原来的圆洞门处又盖了三间轩房。明荣的弟弟带着家眷在南京谋生，明荣的三个儿子中有两个也在外地做事，近几年这两个儿子陆续来把自己的家眷接走了，现在阮家只有明荣夫妇和他们的大儿子立夫一家还留在丰城居住，守着这大院子。

二月中旬，元龙一家搬进了阮家大院，仲麟在东门药店附近租了房子，也搬走了。元龙三兄弟最后一次在罗家院子聚了会，三人抱在一起痛哭流涕，各人手执一杯酒，把酒洒在前院的地上，拜别了祖宗创建的院子。

天未亮，阮家大院中的人们就开始了一天的生活。

杨氏住惯了寂静的院子，除非是特殊的时候，一般她都会在天亮以后起床。如今搬进了这大院，天不亮就被院子里的声音吵醒了，怕翻来覆去吵醒元龙，杨氏悄悄下了床。天还冷着，杨氏披了件棉袄，走至窗前，借着如水的月光，往前面院子里望去。

大门东边的房中已有灯光，主人是做糕饼生意的，昨天搬进家来的时候杨氏就观察到了，大桶小桶的米粉都摆在屋檐下，还有劈好的木柴。房门开了，一个女人出来抱走一些堆放在屋檐下的柴草，房门关了。

从后院走来了一个男人，提着两只大水桶，往前院东边墙下的水井打水，他打好水，两手提起水桶走了回去。杨氏想，这男人力气真大。

西面边间也有灯光，男人姓麻，是帮轿店抬轿子的。昨天元龙一家搬来的时候，麻家女人就来帮忙了，她告诉杨氏她家有四个孩子，三男一女，大儿子十三岁，替一家糕饼店磨米粉，二儿子十一岁，去年跟了宁波来的一个戏班子学做戏，演小花脸，三小子八岁，家中没钱供他读书，人太小做不得事，只能在家内家外乱跑自找乐趣，女儿只有三岁，鼻下挂着两行鼻涕，紧跟在她母亲的身后。麻家女人还告诉杨氏，她家大儿子名叫家福，二儿子叫永福，三儿子叫福弟，女儿叫福妹。杨氏一下子就把她家孩子的名字全记住了，笑道：“你一家都是福，福气得很哪。”

现在麻家男人从西边间出来了，大概今天有早生意，他出了大院子的大门，转身把门关上。

东边的天空现出了鱼肚白，天渐渐亮了。

这时西轩的房门开了，一个女人抱了几条木柴，在她房前的石阶上劈起柴来，一会儿劈好柴，女人抱了柴进去，把房门关了。过了会儿，打了两大桶水的大力气男人又从后院出来了，这次，他肩上挎了一个沉沉的大竹篮。根据经验，杨氏知道他篮子里装的是海鲜，这是叫卖海鲜的没有多少本钱的小贩，这种小贩一天所赚的钱只够他一家人一天的生活。小鱼贩开了院子的大门，出去了，大门又关了。

杨氏还想看下去，但觉得身上有点冷，于是脱了棉袄又上床躺下。这时元龙已睡醒，握着杨氏冰凉的手道：“你把被子裹紧点，多躺会儿暖暖身，我先起床了。”

吃过早饭，孩子们都上学去了。杨氏、淑媛和周妈在厨房里做汤圆，煮熟了，淑媛和周妈给院子里的每户人家送去了汤圆，结识了院子里的住户。原来这大院子里共住有十户人家，前院五户，后院也五户，真是个大杂院！

二月底，还不到清明节，元龙去祖宗的墓地扫了墓，便启程回宁德去。启程前，元龙又去看了一回袁伯，将搬家之事告诉了袁伯。袁伯道："看来也只有这么办了，我在少爷家待了这么久，我知道大少爷为人厚道，不到没办法的时候，大少爷是不会这样做的。只是我老了，一点也帮不了大少爷的忙，我心里难受。"说着，袁伯流下了眼泪。元龙安慰了袁伯一番，又向他的侄儿交代了一番好好照顾袁伯的话。

（三）

瑞云坐月子，程万里搬至客房居住。那几天很冷，程万里觉得手有点僵，他想起了皮手套，便要到瑞云的房中去拿，这时正好晋喜从旁经过，他便让晋喜替他取去。

晋喜给程万里送来了皮手套，程万里道："怎么去了这么久才送来？"晋喜本想立即回去，见程万里问话，便止住脚笑道："刚才小小姐一直哭着，妈子对她没办法，让我帮着哄，这会儿小小姐睡着了，我才去找手套，送来晚了，局长可别怪我哦。"晋喜总是笑得那样甜，这让程万里有点心动。程万里早已觉察到晋喜的姿色和笑脸，大概因为一是刚娶了漂亮的续夫人，二是身边的女色太多，故一时没引起他对晋喜的感觉。今天他感到有些寂寞，便对晋喜多看了几眼。程万里问她："你也是宁德人吧？"晋喜笑道："是的，我来了这么久了，怎么局长还不知道我是哪里人？"程万里见晋喜说话不拘束，便又问她："你今年几岁了？"晋喜是生性巴结向上的人，瑞云性情淡泊，对下人宽厚，晋喜无须巴结瑞云，程万里每天上班、下班，来去匆匆，对晋喜并不多看几眼，她根本无法巴结，今见程万里向她问话，这样可以巴结的好机会，晋喜岂能放过？她故意反问道："局长猜猜看，看你能不能猜着。"程万里道："你让我猜，我就猜猜看，猜不准，可别说我没本事，我猜你十五岁了。"晋喜笑道："局长猜得真准，过几天我就十五了。"程万里想留住晋喜再说话，但怕晋喜出来时间太长，引瑞云生疑，便道："你回去吧，太太会有事要你干的。"晋喜正想着程万里多问些话，忽见他打发她走，只好笑着道了别。

过了几天，中饭后，程万里站在房门口剪指甲。晋喜吃过中饭，从厨房回瑞云房中，经过程万里的房门，见程万里站在门口，晋喜向他笑了笑。程万里对晋喜道："我口渴了，你把我桌上的紫砂茶壶拿去，煮壶热茶给我送来。"晋喜甜甜地笑道："你等着，我就去。"

晋喜拿了紫砂茶壶，去厨房烧开了水。她把紫砂茶壶洗了又洗，里里外外洗个干净，用烧开的水烫过，往里头放了些西湖龙井茶，泡了一壶热茶，用托盘端了过来。她见程万里坐在茶几旁，便把托盘放在茶几上，拿起茶壶递给程万里。程万里一手接过晋喜递来的茶壶，一手牵了她的手，对着她只是笑。晋喜羞红了脸，慢慢从程万里的大手中抽回自己的手，转身走出程万里的房门。晋喜的心怦怦跳个不停，她想是不是局长喜欢上她了。

瑞云坐满了月子，程万里为瑞云叫了何妈，专门打理卧房里的事，帮瑞云带孩子。近两个来月程万里不在瑞云的房中，瑞云觉得很清心，她决定不再去想那些烦心的事。即使天天想着，也没用，倒不如睁一只眼，闭一只眼吧。｜"嫁鸡随鸡，嫁犬随犬，女人就是这样。"瑞云想道。

程万里搬回来住了，有何妈常在房中，程万里不好对瑞云多献温情，瑞云省却了好多心思。

这是程万里的一个休息日，他吃过中饭，在书房里看了会儿书。

瑞云哄女儿入睡后，自己也睡着了，何妈趁孩子睡了，拿了孩子的尿布和脏衣服，关了瑞云的房门，要到后院井边去洗尿布。何妈吩咐在外面房间休息的晋喜，叫她留心听里间瑞云母女俩的动静，若孩子醒来哭了，让她立即去抱。外面的房间是何妈的卧室，晋喜向来是跟黄嫂睡在一起的，如今瑞云有了孩子，要晋喜帮忙，于是晋喜在何妈的房中放了张躺椅，中午待在何妈的房中休息。

程万里瞅准何妈去后院洗衣服的时候回到房中，晋喜这时尚未睡着，听见程万里的皮鞋声，她假装入睡。程万里见晋喜侧身睡在躺椅上，右手放在左腮边，左手手心朝上放在躺椅的边上。"好一幅美人春睡图！"程万里的心在翻腾，他不知晋喜是否已睡着，他从衣袋中拿出一枚银圆，放在晋喜的左手心。晋喜合拢了左手，微笑着，但不睁眼，程万里知道晋喜未睡着，便用手来捏她的脸。晋喜怕程万里再骚扰她—这里可不是个适合

调戏的好地方，她睁开眼，笑着用手指了指里间。程万里静静地笑着点点头走了，轻轻地推开里间的门，进卧室去了

文英托上海的一家民信局给瑞云送来了一个大包裹，里面是婴儿的衣服、帽子、鞋子、肚兜和玩具，还有两大铁罐的金鸡牌饼干，文英在包裹里附了一封信，信中文英写道：

表姐台鉴

今托万隆信局给你送去我们给小外甥女儿的礼物，这些婴儿的衣服、鞋、帽和肚兜均出自我自己之手，不知大小合适否？我婆婆说，小毛头长得快，让我把尺寸做大点。这两听饼干是三哥给的，我曾与三哥戏言，小外甥女儿定会说"表姨给的礼物比表舅给的有用多了，这两听饼干我明年才能嚼呢"。三哥道："那就先让表姐嚼了吧，明年我再给小女孩送几听去。"

小外甥女儿像谁呢？像你还是像表姐夫？真想亲自去见见你的女儿，只恨上海与闽侯相隔太远，不能如愿。

妹一切均好，只是定浩忙了些，他让我问你好，三哥亦向你问好。即颂

安祺！

表妹文英 谨启

看着文英和文炳给她女儿的礼物，看着信，瑞云的眼睛湿了，从文英轻松快乐的言语中，瑞云知道文英过得很幸福。

程万里进门见桌子上摆着一大堆东西，问："哪里来的这大堆东西？"瑞云道："是上海的文英表妹托民信局的人送来的。"看过桌上的每样东西，看了文英的信。程万里道："想不到你这个表妹还有如此好的女红手艺。"瑞云道："她是跟她娘学的，她小时候家境不大好。"程万里沉思了片刻问："你们表兄妹三人的感情很好吧？"瑞云不加思索道："我们小时候一起长大，常在一起玩，自然感情好。"

程万里走至床前，弯下身来，用手拨弄着女儿的脸，朝瑞云道："真

的，这孩子像谁呢？像你还是像我？"瑞云急忙道："你快别动她，我费了好大力气才把她哄入睡。小孩子才三个月，一天一个样，哪里知道她像谁？"

从正月开始，胜出省厅厅长的事到了关键的时刻，程万里更忙碌了。一切需要打点的地方，程万里早已想到，而且想得很周到，他出手大方，言语得体，赢得了方方面面的支持，他终于如愿以偿，在老厅长退任后，当上了省警察厅厅长。程万里在城中心区找了幢洋房，安置了家眷。这是一幢二层楼的洋房，有一个很大的庭院，种了许多花，还有一些树。这房子很气派，程万里雇了一个杂工管看门房和花木。更气派的是程万里本人，他身边多了一位卫兵，还添了顶轿子和两位轿夫。程万里的应酬更多了，他频频出入酒店和舞厅，直至深夜才回家。先是程万里自己请客，后来便是他的那些拍马溜须的下属们不断地请他喝酒吃饭。开始，程万里邀瑞云陪他一起去应酬，但瑞云总是推托，说女儿离不开她的身，几次推托下来，程万里便不再邀瑞云了。

（四）

四月袁伯走了，淑媛带了茂生去吊唁，出殡那天，茂生和袁伯的侄儿一起把袁伯送上了山。

淑媛想在院子里自家前面的东墙下围块小园子，种些蔬菜，她把自己的想法一说，孩子们都喜欢。围园子得有石头和泥土，茂生道："后门外不远处有块空地，里边就有许多断砖头和泥土，明天下午放学后我和玉如先去那里捡些砖来。"次日下午放学，茂生和玉如拿了只从老宅带过来的畚箕去那空地捡砖头，霖生也跟了去，三个孩子来回走了好几趟，捡来了一大堆砖头。第二天，淑媛拿砖头垒了个小园子。下午孩子们放学后，淑媛带了锄头和畚箕，同茂生一起去挖了泥土来填园子。淑媛带着三个孩子干了三天，小园子开辟成了。

淑媛去菜场买了些瓜苗和豆苗，在小园子里种上了丝瓜、南瓜和扁豆。过了几天，福弟的娘给淑媛搞了几丛小苎麻，淑媛把它们种在墙边。每天放了学，茂生就去打水，给瓜苗、豆苗和苎麻浇水，苗子长得很快，一个月后就开始长蔓了。淑媛用稻草搓了些绳子，找了些竹竿，为丝瓜和扁豆搭了架子，让它们爬蔓儿。

暑假到了，前院西轩章家秉仁的爹回家来了，章先生年近四十，剪着过耳垂的头发，留着八字胡子，他在丰城西边一个山区的小学教书。章先生的高祖在外地做过知县，那时章家家境不错，但到了他父亲，已是家道败落，章先生虽也是读书之人，但究竟未读出个名堂来，只能在山区当个教书先生。章家有三个孩子，秉仁有两个妹妹，他的爹一年赚不了多少钱，全靠他娘一年四季换着法子做小工赚钱贴补家用。秉仁的娘手巧，她除了能干大院子里的女人所能干的一切小工活外，夏天她还会做蚊香，冬天会做迎花，那是一种用各色手工纸做的、供神祭祖用的花，她还会搓蜡烛芯，剪纸花，贴金银纸箔做金银纸。秉仁的爹也不懒惰，夏天，蚊香的生意很好，他会帮着妻子做蚊香，冬天放寒假的时候，他会和他的妻子一起做迎花。秉仁的爹喜欢抽烟，他嘴里老是衔着根烟筒，他一边做着工，一边抽着旱烟。

秉仁九岁，比霖生大两岁。他爹望子成龙心切，秉仁五岁时，他爹就送他上学，但秉仁不像他爹娘那么勤奋，他只管自己在外头东奔西跑地玩着，家中整日不见他，只是到了吃饭的时候他才会回来。也不知秉仁的这种懒惰本性是哪里来的，他的爹娘管教他，他都当作耳边风，口里虽然应着，但他"我行我素"，还是那么干着。在学校里秉仁不好好读书，常逃学，他留过两年的级，现在在读初小三年，比霖生高一个年级，但看他这个读书的样子，他还会留级。

轿夫麻家的三小子福弟来告诉霖生，说他家的母猪生了五只小仔，霖生便跟着福弟去看小猪仔。福弟家的猪棚搭在阮家大院后墙外的空地上，每天福弟的娘两次提着木桶去邻居家挨家挨户地取泔水，福弟的爹从郊外河边拔来猪草，连同福弟从菜市地上捡来的人家丢弃的菜叶，剁碎了拌进泔水去，再加上一些煮烂的番薯丝，福弟的娘把这些发着臭气的东西用手仔细地捏了好几回，拌均匀，然后提着木桶去喂猪。福弟家养了两头母猪，福弟的娘把这两头母猪看成她的宝贝似的，每天三次，她自己还空着肚子，便先给母猪送去吃的。除此，她还两次站在栏边，"呐，呐"地呼唤着她的宝贝们，这时，母猪便会走过来，福弟的娘拿手搔着母猪的背，母猪便在木栏边慢慢地躺下，享受着主人的抚爱。母猪也不忘对主人的回报，这次，这头已生产过两胎的母猪给她家带来了五只小仔，乐得福弟的娘合不拢嘴来。

天气炎热，午后，大院子里的女人们为了取点凉意，都聚在前院大屋中堂通道干着各种活儿，秉仁的母亲做着蚊香，福弟的娘切着猪草和菜叶，杨氏和住在楼上的朱家老婆子各自拿了些苎麻捻麻线，淑媛和其他几个女人们围在一起织渔网。女人们一边干着活，一边东家长西家短地说着别家的事，女人们只要凑在一起，就有说不完的新闻旧事。

秉仁的娘道："今天清早我开了房门，见后院方家的媳妇穿了件冬天的棉衣到前院来打水，她家现在怎么会穷到这个地步，连做件夏天穿的衣服都不能？"

小鱼贩蔡家与方家一墙之隔，鱼贩的妻子道："这个夏天我每次经过她家窗前，总见她在家光着背干活，真是难为这媳妇了。"

鱼贩的妻子这么一说，让淑媛想起了十几天之前的一件事。淑媛家的厨房在后院的大门口东轩，正对着方家住的西轩，那天淑媛在厨房，偶然抬头向西望去，见一个光着背的女人在房里站着，淑媛心想，方家女人换衣服怎么不把窗关了呢。后来她也把这件事给忘了，现在鱼贩的妻子这么一讲，淑媛才知道方家媳妇是没夏天的衣穿。

淑媛正想着，又听得住在后院东边楼下的缪家木匠妻子道："方家败落得这样快，都因她这无用的儿子，你们别看他戴着副近视眼镜，样子斯斯文文的，其实一点本事也没有。"福弟的娘道："听人说他读过中学的，去年他还教着书呢。"朱家老婆子道："我听一个亲戚说他是中学毕了业的，本来在城北小学教书，听说后来是骗了一个女学生的金戒指，学校不让他教书了。"杨氏问："怎么会骗了女学生的金戒指？"朱家老婆子道："那女学生戴了金戒指上学，他骗她说，'你这金戒指的样子真好看，我想给我妻子打一只金戒指，你能不能把你的金戒指借我作个样子？'女学生便把自己的金戒指借给了他，她哪知道她的金戒指会被他骗走呢？"福弟的娘道："听人说方家也是有田地的。"朱家老婆子道："前几年方家还有十几亩田，如今快给她这儿子糟蹋光了。"鱼贩的妻子叹道："最苦的是她的媳妇了，年纪轻轻的，不知道这个苦要到什么时候才会有个尽头。"

到了煮晚饭的时候，女人们都散了，淑媛对杨氏道："我想找几件衣服给方家媳妇，又觉得不方便送去，"杨氏道："我替你送去吧，我去找方家老娘，不找她媳妇。"淑媛找了三件颜色鲜艳半新不旧的短袖衣服，杨氏知道这些颜色鲜艳的衣服，淑媛是不会再穿的了。

杨氏站在自家屋檐下等着，见方家老娘从里间出来站在窗口往东望来，杨氏向她招了招手，老娘便走出房门向杨氏走来。杨氏带老娘进了房，把衣服递给她道："这衣服是我媳妇的，她不要穿了，送给你媳妇，不知大小合适否。"方家老娘道："管它合适不合适，能遮身体就行。我家这个短命的儿子，说是要做什么生意，我早就对他说，他不是做生意的料，他就是不信，后来亏了，也不知听了哪个畜生的话，说是赌赢了会翻身，他便去赌，开头赢了一两回，后来输了好几回，把家糟蹋成这个样子，连他媳妇好一点的衣服都叫他拿去当了。前些天我女儿给他媳妇送了几件衣服来，他见那几件衣服还蛮好的，便也拿去当了。现在家中只剩五亩地了，这五亩地我是死死不让他再卖了，我说，我今后吃的用的全靠这五亩地了。阿婆你说，他连自己都顾不上，还能顾得上我吗？我女儿和女婿叫我搬到他们家去住，我想好了，我剩下的这些日子只能靠女儿了。过几天，我就要搬去女儿家住了。"杨氏道："你家媳妇怎么这样好性子，都不见他俩吵架呢。"方家老娘道："媳妇是心里没个准儿的人，一切顺着他，所以也就不吵了。我说了他几次，他哪里能听我的话，倒说我老娘没本事，所以家中不发。"

方家老娘拿着衣服走了，杨氏望着她的背影，只是摇头叹息。

过了几天，方家老娘的女儿来接老娘去她家居住。老娘的儿子志鹏要老娘给他留三亩地，老娘道："祖宗留的田地全被你糟蹋了，现在就剩我娘家陪嫁的这五亩田了，你还要三亩，你叫我以后怎么生活？"志鹏道："老娘你不想想看，你把这五亩田地全带走了，叫我和你的两个孙子怎么活？"老娘道："孙子是你的儿子，养活他们是你的责任，你不养我倒也罢了，怎么养你儿子的事也要赖在我的头上？"志鹏道："不是我要把养我儿子的事赖在你的头上，我只是要你暂时帮我一个忙，把这三亩田先借给我用一下，帮我渡过这个难关，日后我翻身了，我会双倍还给你的。"老娘道："得了，得了，你若翻身，我也看不见了，到时候只要在我和你爹的坟前烧炷高香就行。"志鹏道："这三亩地老娘你到底借不借？"老娘想了想道："给你两亩，再多一亩是不给了。"志鹏知他娘心软，便执意道："三亩，少一亩不行，否则这个年我和你的孙子都活不到。"

老娘的女儿见弟弟和母亲拌嘴吵个不停，便对她娘道："娘，就给他三亩算了，你收拾好了东西，咱们快点走吧。"老娘没法，只好答应了她儿子的要求，让她女儿拿了她已收拾好的几个包袱，自己也拿了一个，跟着她女儿走了。

（五）

梦梅八个月大了，长得十分可爱，她长得越来越像瑞云，梦梅给瑞云带来了快乐，让瑞云暂时忘却了那些不愉快的事。

七月的福州天气异常炎热，但梦梅偏偏受了凉，身体发烧，请了中医，吃了药，一时不见好转。梦梅日夜哭个不停，瑞云和何妈只得轮流抱着她睡觉，闹得程万里夜里睡不好觉，瑞云让程万里搬去一楼的客房睡几天。

这时，程万里想起了晋喜，于是他让晋喜去清理他的客房。这几个月来，程万里忙碌得顾不上与晋喜调笑，如今厅长一职已着落，他又想起了晋喜。

晋喜打扫清理好了客房，她把几桌门窗擦得干干净净，把床铺整理得整整齐齐。程万里回至家中，看过客房，故意当着瑞云的面，朝晋喜道："窗户还没擦干净呢，房里灰尘气味很浓，多拿点熏香去把房间熏一熏。"晋喜只得又提了桶水去擦窗户。

程万里来至客房，见晋喜站在桌子上擦窗，笑道："站稳了，小心别跌下桌来！"晋喜噘起嘴道："窗户擦得这么干净了，还让我重擦，厅长真是不把晋喜当人看了。"程万里转身关了房门，上前抱晋喜下了桌子，嘻嘻笑道："我不让你来重新擦窗，你哪得机会亲近我？"说着，便抱晋喜坐在自己的大腿上。

自从那次程万里把一块银圆放在她的手心上与她调笑之后，晋喜心里一直想着程万里，但程万里此后一直无所表示，晋喜有些灰心。今天晋喜已坐在程万里的大腿上，但她倒有些害怕了，她红着脸道："厅长别这样，太太若是知道了，我怎么办？"程万里笑道："我若娶你为妾，你还怕吗？"

晋喜哪里企望程万里会有这样的话说，果真程万里会娶她为妾吗？她知道这只是程万里一时兴来所说的话罢了。

程万里与晋喜调笑了一阵子道："明天这个时候你再来，我会有好东西给你。"

接下来的几天里，晋喜按照程万里的安排，准时来客房与程万里相会，程万里给了晋喜许多女人喜欢的饰品，还有银圆。当然，晋喜是不敢把饰品佩戴在身上的，她把饰品连同银圆用布包好，放在自己的衣箱底。

梦梅身体痊愈，程万里回到了二楼卧室。

瑞云坐在床边，与女儿嬉戏，梦梅张嘴笑着，咿呀咿呀地叫着，在床上乱爬。程万里见到女儿，伸手要去抱她。梦梅十多天没见到程万里，似乎生疏了许多，小女孩一时领悟不过来，呆住不笑了，踌躇了片刻，她突然想起来了，便张开双臂，让程万里抱了过去。程万里亲着女儿的脸，用胡茬去逗她，哪知小女孩一下子大声哭了起来。瑞云闷声闷气地道："她这样娇嫩的脸，哪里经受得住你这满脸的胡茬！"

程万里把女儿递给瑞云，他发现女儿和瑞云极像，这使他想起了他宁德的侄儿——他亲生的儿子，他的儿子像极了他，和他总是那样的亲昵，当他用胡茬逗他时，他会东藏西躲地咯咯发笑。而眼前这个女儿，一点也不像他，对他一点也不亲昵，只会大哭。

程万里点了支烟，慢慢地抽着，望着瑞云和女儿亲昵地嬉戏。梦梅对瑞云的亲热和对他的忽视让程万里感到没趣，程万里皱了皱眉头，退出了房间。

程万里抽着烟，在院子里踱着步，他又想起了梦梅，大家都说梦梅只像瑞云，一点也不像他，这使程万里很不舒心。瑞云刚才对他闷声闷气的话语让他觉察到瑞云对他的态度变了样子，现在的瑞云再不是初婚时那个温顺的瑞云了，程万里记不起瑞云是什么时候开始变的，她为什么要变成这样，程万里百思不得其解。

程万里的脑子里冒出文炳的样子来，这个风度翩翩、彬彬有礼的瑞云的表弟，让他第一次见到他时，他就有不放心的感觉。他为什么要送瑞云来宁德？难道他们之间也有割不断的瓜葛吗？程万里想起了文英在给瑞云寄来包裹的信中说的话："三哥道：'那就先让表姐嚼了吧，明年我再给小女孩送几听去。'"文炳的话多么温暖。"我们小时候一起长大，常在一起玩，自然感情好。"那天瑞云的表白很显真情。程万里这样想着，便想起去年三月瑞云去宁波的事。"我得去问问晋喜，她这个表弟那时有没有来宁波？"

客房中，晋喜躺在程万里的怀里，听见程万里如此发问，晋喜道："你说的是那个文炳表少爷吗？太太到达宁波没几天他就来了，是他家中有急事他大伯要他回来的。后来听太太说表少爷的大哥在南边好久没给家中寄信来，家中要让表少爷到南边去找他，我觉得好像是表少爷的大哥在南边出了事似的。"程万里问："表少爷陪太太玩吗？"晋喜道："表少爷到来时，我和太太正在花园里散步。"程万里忙问："他们俩见面的时候很高兴吗？他们说了很多话吗？"晋喜笑道："厅长问得真奇怪，他们见面总是很高兴的吧，不过两人没有多说话，只是并肩走着。"晋喜慢慢忆起了当时的情景，令晋喜记忆最深的是文炳替瑞云拿去落在她头上的树叶，两人相对一笑的事。程万里听了，心中便有了更多的疑问，他对晋喜道："你慢慢地想吧，把当时的情景仔细说给我听。"

晋喜觉得奇怪，为什么程万里对一年多前瑞云的那次宁波之行突然感兴趣起来，难道他最近发现太太和那位表少爷有什么关系吗？这些，晋喜是不敢多问的，但她对程万里的发问都作了回答，晋喜告诉程万里那天他们从花园里出来后，瑞云和文炳两人去了文英家，而没让她同去，她又回忆起了文炳去广州之前来向瑞云告别的情景。

自从搬入这幢洋房，程万里的行动更加自由了，他与晋喜的约会也越来越多。终于有一日，趁何妈抱梦梅下楼去玩不在房中的时候，程万里向瑞云提出了要纳晋喜为妾。瑞云心里毫无这种准备，在瑞云的眼里，晋喜还只是个小姑娘，她想不到程万里这么早就会把主意打到晋喜的身上。程万里这样一提，瑞云便知道他已勾引上晋喜了。

瑞云不搭话，继续看自己的书，程万里道："我跟你说正经的话呢，你先把书放下吧。"瑞云冷笑道："你这是什么意思？你是要我表态呢，还是来通知我？你若是只来通知我的，你只管按你自己的意思去做，大可不必来问我；你若是要我表态，我告诉你，现在已没有几个女人会喜欢自己的丈夫纳妾了。"程万里不耐烦地挥挥手道："不用多说了，我知道你的意思！"他边说着边退出了房间。

晋喜不再来伺候瑞云了，瑞云也半句不提，何妈觉得奇怪，便去问黄嫂。黄嫂靠近何妈的耳朵道："晋喜攀上高枝了，没多久我们得叫她姨太太了。"何妈惊异道："晋喜的本事可飞天了，看不出，我还当她只是个小姑娘呢。太太这样好的一个女子，不但人长得美，脾气又好，知书达理，这样的太太哪里去找？依我说，有太太这样好的一个夫人就够了，厅长还要娶晋喜这样的乡下姑娘干什么？"黄嫂道："正是呢！也不知道男人们是怎样想的。我真为太太难过，这几天我看她饭都吃不好，常常口里含着饭吞不下去。我想上楼去看她，又觉得不方便，我托你多照看着她点。"

过了半个来月，程万里让黄嫂来告知瑞云，说已择下吉日，三天后要娶晋喜，新房设在二楼还是一楼，由瑞云定。瑞云对黄嫂道："他要娶妾他就娶吧，可别烦我，让他把卧房设在一楼，我眼不见心不烦。日子还长得很，我不知道他这种人一辈子还要娶几个女人！"黄嫂道："我也是这样想，但太太你得听我黄嫂一句话，你别太难过，你自己的身体要紧。"瑞云道："我算是看透他了，我难过也是白搭，今后与他少见面为好，只求我的女儿平平安安地长大，我就满足了。"

到了娶晋喜的这天，程万里嘱咐黄嫂和何妈办了一桌酒席，在厨房中摆下，让黄嫂上楼来请瑞云下去助喜。不一会黄嫂独自一人下楼来回告程万里："太太身体不舒服，不下来吃酒了，她说大家只管多喝几杯酒吧。"

那天瑞云不下楼来喝喜酒，程万里感到很没面子。几天来，瑞云都没和程万里见面，连吃饭的时候瑞云也避开他，这让程万里很不舒心。"她认为我这一辈子只能守着她一个女人吗？想得美！我得去教训教训她。在家从父，出嫁从夫，这个道理她应该明白！"程万里这样想着，上楼来了。

程万里在靠椅上坐着抽烟，瑞云见程万里来了，管自拿了本书，坐到窗边去看。程万里讽刺道："你以为自己是才女吗？天天拿着本书看。"瑞云道："我不看书，你要我干什么？"程万里道："我来问你，那天喝酒，你为什么不来？我娶晋喜，你不高兴吧！"见瑞云不语，程万里继续道："别以为我只能娶你一个女人，如今体面的男人哪个不是三妻四妾的？

你不来喝喜酒，只说明你是个妒妇罢了！"瑞云忍不住讥讽道："那我得感激你了，你娶妾，说明你是个体面的男人，连我也增光了。你勾引女人的本领真大，连我陪嫁的小丫头都勾引去了，我还蒙在鼓里，我真佩服你了！"程万里想不到瑞云会用这样的话来奚落他这样一位堂堂的警察厅厅长，但程万里毕竟是风月场上的老手，瑞云哪里是他的对手。他故意上前搂住瑞云的脖子，嬉皮笑脸地道："这回你佩服我了吧！我会让知县漂亮的千金做我的续弦，还会让她陪嫁的小丫头做我的妾。明年四月，晋喜像你一样，要当娘了。"

程万里的无耻表现刺痛了瑞云的心，瑞云再也按捺不住心中的委屈和愤怒，她用力推开程万里的手臂道："无耻！你这个专打女人主意的好色之徒，你以为我不知你的底细吗？"程万里万万料不到瑞云会有如此一说，他不知道瑞云究竟掌握了他多少的底细，于是他假装不在乎地笑道："你讲给我听听，我有哪些底细？"瑞云冷笑道："你自己做的恶事，还要我挑明吗？你晚上出去，有多少'小亲亲'围着你转？"程万里现出怒色道："你偷看了我的公文包？单凭这点，我就可治你的罪！既然你知道了，我就告诉你吧，官场上的男人个个都是逢场作戏、玩女人的好手，我也不例外。"瑞云斥道："你勾引你的嫂子，也是逢场作戏吗？"程万里想不到瑞云对他的底细如此了解，他和他嫂子的关系是他的一个心病。程万里厚颜无耻地强辩道："我爱我的表姐，就像你的表弟爱你一样。"瑞云愤怒地讥讽道："你爱你的表姐，为什么她说是你勾引她生下了你们的儿子？你爱你的表姐，为什么你不娶她做你的续弦？"程万里冷笑道："谁见得你们表姐弟之间的关系就那么干净？不错，侄儿是我的亲儿子，但不知你这个女儿是否是我的亲女儿，说不准是个杂种也未可知！去年清明你不是回宁波去和你的表弟幽会了吗？"瑞云怒不可遏，大声斥道："世上没有比你更无耻的人了！你自己干坏事，还以为别人也都会像你一样干那种无耻的坏事，你是以小人之心度君子之腹的小人，我看不起你！你用这样肮脏的话侮辱你亲生的女儿，你还是人吗？"

何妈抱着梦梅上楼来，听见程万里和瑞云放大了音量在吵架，何妈不敢进房，便又抱着梦梅下楼去了。

程万里哪里受得住瑞云对他如此揭底、讽刺和怒斥，他上前给瑞云一记耳光，然后悻悻地离开了卧房。

瑞云呜呜地哭了，一年多来憋在她心中的痛苦今天得到了释放，她与程万里之间的这层面纱终于揭了，这意味着她与程万里之间的夫妻关系完结了。瑞云知道这层面纱迟早终究要揭的，但她想不到会揭得这么早，这么迅速，这么无余。她不知道程万里是如何把晋喜勾引去的，晋喜还是个小姑娘，怎么几个月后就当娘了呢？最令瑞云气愤的是程万里竟怀疑她和文炳的关系，难道是晋喜对程万里说了什么她自己臆想出来的坏话吗？面纱揭了，今后她怎么办？瑞云的心里阵阵空虚。

"今后怎么办？去宁德告诉爹吗？不对！现在程万里已是省警察厅厅长了，爹的官职比他小，他不会把爹放在眼里的，只会惹爹生气罢了。嫁出去的女儿，泼出去的水，爹的家是不能回了。我只能留在这里！看他对我怎么样？"瑞云想道。

程万里怒气冲冲地下了楼，何妈正抱着梦梅在前面的院子里玩，程万里从旁走过，看也不看梦梅一眼，钻入轿子，轿夫抬起轿子，出了门，轿后跟着他的卫兵。

"别以为自己有副好面孔，认得一些字，我就会天天捧着你，跟着你转。本厅长也是个风流的男人，会勾引女人，找女人作乐，你能对我怎么样？"程万里在心里说道，"别以为自己是知县的女儿，就在我的面前摆威风了，即便是你那知县父亲，现在也要让我三分，何况是你！你若想当厅长太太，就得乖乖地任着我的性子。""别以为我会将就你，对我这样大不敬，我会想出办法治你的。"程万里把烟蒂狠狠地往轿子的底板上一掷，又狠狠地用脚将它踩灭。

程万里不知道他的嫂子为什么会把他们俩的事告诉给瑞云，是因为嫉妒吗？或许不是嫂子告诉她的，那能是谁呢？这里除了黄嫂谁也不知他的这件事，难道是黄嫂告诉她的？量黄嫂是不敢这么做的，但又会是谁呢？程万里想不出个所以然来。

第十章 方志鹏卖儿；阮明达探女

（一）

一天清早，淑媛去打水，正好碰上方家媳妇也在井边，那媳妇腼腆地朝淑媛笑了笑，提起水桶，一声不响地走了。淑媛朝着她的背后望去，天凉了，大家都穿长袖的秋衣了，但方家媳妇仍穿着一个多月前她送给她的短袖夏衣，那衣服大小还算合她身，只是短了点。淑媛心想："她一定是没秋衣穿，这女人真可怜。"

淑媛回至房中，拿了几件她这几年没再穿过的秋衣和一件棉袄，趁着清早人少，给方家媳妇送了去。方家媳妇正在洗脸，淑媛把衣服放在凳子上道："这几件衣服我不穿了，搁着可惜，你穿了吧。"这回方家媳妇说话了，她说了声"谢谢你了！"清瘦的脸上流下了两行眼泪，她转过身去擦眼泪，淑媛走了。

志鹏用两根手指将眼镜往上推了推，对他的妻子道："人牙子回我的信了，说有两户人家都没有生养，要男孩，一户是附近山区的财主，一户是南边丽水县城里做木材生意的富商。我想丽水的富商是城里人，条件更好些，你说怎么样？"女人泪流满面道："你说哪个好，就选哪家吧。只是这孩子太小，还吃着奶，我不忍心把他送出去。"志鹏道："不把他送出去，我们怎么办？"女人道："我思量着还是把老大送掉，老大四岁了，他会照顾自己了。"志鹏道："正因为大的懂事了，我才想好把小的送掉，小的还只十一个月，他长大了不知道有我这个无用的爹，丽水那边的人有钱，他在那边会快乐的。"女人不响了，只是抽泣。

过了几天，人牙子带了三个陌生人，一个女人，两个男人，来看小男孩。方家小男孩很可爱，陌生人很喜欢，当即下了三个银圆作定金。志鹏仔细看过银圆，收了，人牙子让他写了张收条，交给陌生人。

第二天大清早，天还没亮，志鹏开了后院的门，在门口等着来接小男孩的人。过了片刻，那人牙子伴着一顶轿子来了，轿子落了地，里面走出昨天来过的一个男人—丽水富商家的管家接小男孩来了。管家让人牙子把轿子里的两只袋子拿出来，两人跟着志鹏进了门。

志鹏的妻子低着头，在哭泣，她已给襁褓中睡着的男孩喂过她给的最后一次奶。志鹏从哭泣着的妻子怀里抱过男孩，让管家看过，管家认准了是昨天他们看过的那个男孩。人牙子把小男孩接去抱了，回头看了看方家女人。

管家把十七个银圆放在桌子上，志鹏把银圆一个个看过，收了，然后把他昨晚写好的卖儿契约给了管家。人牙子把两只袋子打开，一只袋子里装的是两条大黄鱼，另一只袋里是两只大猪蹄。管家笑道："我家主人给你们送这两样礼物，今早刚买，顶新鲜的。今后你我两家各自过日子，谁也不管谁，你放心，我家主人会让孩子读书的。"管家抱着熟睡着的小男孩走了。

过了好几天，大杂院里的人们发现方家的小儿子不见了，女人们便聚在一起议论。福弟的娘道："真奇怪，那小孩突然不见了。还有奇怪的事呢，前几天我去他家收泔水，一连几天见那泔水中都有好些肉骨头和鱼骨头，我当时想是他家男人赚钱了。"小鱼贩的妻子道："你这么一说便是了，那天中午煮饭的时候我就闻见很浓的肉香和鱼香，这样说起来这香味竟来自她家。"木匠的妻子道："方家男人哪有去赚钱？每天上午很晚了我都见他还站在家门前石阶上刷牙，该不是他把他的小儿子给卖了吧？"淑媛道：

"他家没钱，这小孩怕真是被卖了。"木匠的妻子道："明天我去方家老娘的女儿家问问看，我知道她家住处的。"

次日木匠的妻子去了方家老娘的女儿家，回来后告诉大家："那孩子真是被卖了，卖给丽水县城里一个做木材生意的富商了。老娘哭得很伤心，说她这没心肝的儿子怎还有心思去吃那丽水人送的猪脚和黄鱼，那是吃他自己儿子的肉。我叫老娘帮衬着他儿子点，老娘说，她哪有办法帮他，她就是能帮得了他今天，也帮不了他明天。老娘说，她与她女儿和女婿商量好了，其他的人他们是顾不上了，唯有这剩下的孙子，她要把他带走，不然这个孙子不知什么时候也会被她这个不成器的儿子卖掉的。"

过了一天，方家老娘来把她的孙子领走了。

一天清早淑媛进厨房，见志鹏的妻子站在厨房门口等着她，淑媛把门开了，让她进了厨房。"有什么事吗？"淑媛问。那女人难为情地道："我也想到你们那里干点活，不知大家喜欢不喜欢我。"淑媛笑道："你早该出来和我们一起干的，大家怎么会不喜欢你！今天你就来吧，等一会我们会在前面的院子里绣十字花。"那女人道："谢谢你了，今天我就去，只是我绣得不好，十字花我没绣过几回。"淑媛道："没关系的，绣上几天就会熟练了。"女人点了点头走了。

志鹏的妻子不得不加入女人们手工赚钱的行列，但她的手工活做得很慢，赚不了多少钱。

（二）

梦梅的周岁生日将要到来。阮明达和谭氏早已打点好了送给外孙女的生日礼物：吃的，穿的，玩的，还封了两大包银圆。在梦梅周岁生日的前几天，阮明达让佣人给瑞云送了过去。

下午程万里回家，见楼下客厅中摆放着大堆东西，桌上放着两包银圆和一份礼单。程万里看过礼单，知是瑞云娘家送给梦梅的生日礼物。程万里皱了皱眉头，他正在和瑞云闹不和，他正想方设法治瑞云，这个时候他不打算为梦梅办周岁生日宴。程万里让黄嫂和何妈把礼物连同礼单拿上楼去，黄嫂见程万里到现在还不提为梦梅办周岁生日宴的事，便知道程万里不会为他的女儿庆贺周岁生日了。自从瑞云和程万里撕破了脸，程万里就再也没来过瑞云的卧室，只有在吃晚饭的时候两人有时会在餐桌上同时出现，但谁也不管谁。这时，瑞云只会与晋喜说几句应酬的话。瑞云知道，现在程万里正恨着她，也恨着梦梅，他是不会为梦梅办生日宴的，想到这里，瑞云伤心地哭了。

到了梦梅周岁生日这一天，瑞云让何妈和黄嫂帮忙，在自己的卧房中摆了小小一桌酒席，为女儿过周岁生日。黄嫂送给梦梅一枚吉祥挂件，说这挂件是她几天前特意为梦梅去观音庵烧香，向庵堂里的当家师父求得的。"孩子的身上带着它，会平安的。"黄嫂道。瑞云问："这是什么吉祥物？"黄嫂道："听那师父说，里头装了什么咒，但究竟是什么咒，我太笨，没记住。"

"求上天保佑我的女儿平安长大！"瑞云望着黄嫂把吉祥物挂在梦梅的脖子上，心里虔诚地祈祷着，两颊挂满了泪水。

瑞云决定亲自到观音庵去烧香，为女儿祈求平安。黄嫂帮瑞云定了轿子，陪着瑞云去了观音庵。观音庵靠近城的西郊，离瑞云家不算远，庵堂不大，周围长满了翠竹，庵中十分清静，一位老尼带着一位小徒弟在此修行。

瑞云的轿子停在院子的一边，小徒弟见有香客到来，从里面走了出来，把瑞云和黄嫂引入正殿，拿了三支香让瑞云点好，插在香炉中。瑞云恭恭敬敬地跪在蒲团上，双手合十，她抬头向上望去，见佛龛上方书着"无缘大悲"四个大字，两边的对联是"千眼观世界""一心度众生"，观音菩萨端庄地坐在前方，朝着她微笑。瑞云含泪向菩萨拜了三拜，默默地向菩萨诉说自己的不幸，祈求菩萨保佑她女儿平安长大。

这时，庙中的老尼出来了，她见瑞云穿戴不俗，知女香客必是有身份的太太。瑞云向观音菩萨诉说祈祷完毕，又向菩萨恭恭敬敬地拜了三下，然后起身。她见老尼站在一边，便对她躬身一拜。

老尼带瑞云和黄嫂进自己的寮房，请瑞云和黄嫂坐下不一会儿，小徒弟给瑞云和黄嫂送来了热茶。老尼还记得黄嫂几天前曾来过她的庵堂，她冲黄嫂笑了笑，转身向瑞云笑道："太太万福！贵府离老尼这小庙远吗？"瑞云道："还好，不算很远。"瑞云从手提包里拿出用红纸包着的几个银圆，放在身旁的桌子上，对老尼道："一点香火钱，不成敬意！"老尼笑道："多谢了。"

这时黄嫂道："几天前我来这里烧香，师父你给了我一个吉祥挂件，师父还记得吧？"老尼笑道："记得，记得，施主说是为你家小姐求的，对吗？"黄嫂指着瑞云道："正是呢，她便是我家的女主人，她想知道那是件什么吉祥物。师父你是给我说过的，那吉祥物里装了什么咒的，可我没记住。"老尼笑道："那可是件宝贝吉祥物，里面装的是'楞严'大咒，戴在孩子的身上，保佑孩子平安吉祥。十月里金鸡山地藏寺开'楞严'法会，请了远近百来个尼众念《楞严经》，老尼也在所请之列，因此有幸得了几枚'楞严大咒'宝物。太太你得了这样一枚宝物，也是有幸之人哪。"瑞云道："谢谢师父了，今天我来这里，怕又要麻烦师父你呢，昨天是我的小女周岁生日，师父有什么别的吉祥宝物，再赐我一件吧。"老尼想了想，起身去开了橱子的门，拉出抽屉，从中拿出一枚玉挂件，递给瑞云道："这是枚玉如意，送给你家小姐，作她生日纪念吧。"瑞云谢过老尼，收了玉如意，又道："师父每日里念什么经呢？有什么经书，送我一本，我也想抽空念念经。"

老尼从橱子里拿了一本发黄的经书道："平日里我常念《观世音菩萨普门品》《心经》和《大悲咒》，都在这本经书里了。《观世音菩萨普门品》的字多些，《大悲咒》是梵文的音，初学的人不大好念，但读久了也会背得的。《心经》只有两百多个字，很好念，你先念《心经》，念熟会背了，再念《大悲咒》，然后再念《观世音菩萨普门品》。"

瑞云翻开《心经》，慢慢地念了一遍，有一两个不认得的字，向老师父请教了，记在心里。瑞云道："经文里的字都认得了，只是里边好像是有什么意思的，我却一点都不懂，师父能给我说说吗？"老尼笑道："我也只会念念而已，里头的意思也不是很懂，这'观自在菩萨'就是'观音菩萨'，我的师父跟我说，《心经》说的是'空性'。我们原本都没读过书，因此我对我的徒儿也只能传授这么一点。太太你是读书之人，认得字，你读多了，或许会懂的。"瑞云笑道："谢谢师父了，回去我会好好读的。"

瑞云临走时，老尼送给她一尊白瓷观音像。

瑞云把白瓷观音摆在二楼大厅的玻璃柜内，找出自己陪嫁的锡炉，摆在玻璃柜前。她每天早早起床，在锡炉里燃起三支香，恭恭敬敬地跪地向观音菩萨拜三拜，祈求女儿平安长大。她每天读《心经》，她想读懂《心经》的意思，但她读了许多天，就是读不懂。她把《心经》背了下来，然后去念《大悲咒》。咒中的许多字她不认得，好在老师父已在旁边写下了近音的字注明其读音，瑞云读了好几天，总算会念了，但其中的意思是一点也不懂。念了多天，她终于会背《大悲咒》了，于是她开始念起了《观世音菩萨普门品》，这回瑞云终于读懂了一点经文的意思，她知道经中佛给世人讲述了念观世音菩萨名号的种种好处，仅此一点瑞云读懂了，但经文的很多内容她还是不懂。尽管不懂经中的意思，瑞云还是每天念着，她真想有人给她讲讲经文的意思。她让黄嫂再去了一趟"观音庵"，请老师父给她找个会解释经文的师父。老尼说东郊"双溪庵"的尼师会讲一些经，而最会讲经的是鼓山"涌泉寺"的老和尚和怡山"西禅寺"的老和尚。瑞云听了，决定过几天去见"双溪庵"的女师父。

"双溪庵"的女师父听了瑞云的要求，笑道："难得施主有这番心愿，给施主讲经，宣讲佛法，是我们出家人的本分，只是我学识浅薄，未能深入经藏，智慧不够，只怕讲得不大明了，得请施主谅解。"瑞云道："愿听师父教诲。"

从"双溪庵"回来后，瑞云的心情好多了，虽然那女师父讲的瑞云大多不明白，但她的心里像是有了寄托。女师父告诉她，佛经很难懂，要想理解，得多读、多听经，多思考，因此瑞云决定过几天再去请那师父给她讲经。

瑞云不再只待在二楼的卧室里，她开始抱梦梅下楼玩了，她慢慢地原谅了晋喜，她知道那主要是程万里的贪恋女色。

（三）

又是一年过去了，元龙从宁德回来，大院子里家家都在准备过年。杨氏和淑媛正忙着准备晚上的年夜饭，玉如也在一旁帮忙，茂生不在家，淑媛让他上街买东西去了。

上个月，周妈的第二个儿子结婚，大儿子把她叫回家了。周妈是在淑媛生霖生的时候来罗家的，前年她大儿子结婚，家中把她接了回去，那时，罗家正遭大难，冰如和霖生还小，需要人照顾，周妈放不下这一家子的人和事，办完了大儿子的喜事，她便回来了。这次她二儿子娶媳妇，周妈回去，她不再回罗家了，一来周妈家中确实需要她，二来罗家的孩子都长大了许多，茂生和玉如能帮家里干事了，霖生和冰如不需要她照顾了，再者，周妈心里想，现在罗家正缺钱，多了她罗家便多了一份开支。周妈陪伴着罗家走了八年多，现在她回家了，再也不回来了，罗家大小都觉得丢了什么似的，心里难受。

杨氏问阮明达和瑞云的情况，元龙道："明达一家都好，只是瑞云不大有信来，来信也只寥寥几句，报个平安。前几天她的女儿周岁，明达让佣人送去礼物，只带回来她的一封短信，信中瑞云只说礼物如数收到了，谢谢爹和婶娘的关爱。佣人说，瑞云的丈夫他没见着，瑞云瘦了许多，说瑞云的女儿很好，模样极像瑞云。听佣人说瑞云很瘦，明达有点不放心，我叫他去福州看一下，他说等正月里放假，他会去看瑞云的。"

新年初一下午，淑媛带着三个孩子到西墙外明荣家拜年。这一年里霖生常来明荣家，明荣的一个孙子和霖生在同一个小学读书，比霖生高一个年级，两人常在一起玩，今天两人一见面，霖生就跟着那男孩出去玩了。玉如来明荣家也好几次了，有几次是她娘让她来的，还有几次是她找阮家的小姑娘玩的。茂生只来过阮家一次，是他奶奶让他找明荣问事的，茂生忙于读书，接下去的这个学期他要读高二了，他去年以第二名的成绩考上丰城中学高中部，他的两个好友，子西考了第一名，曙秋考了第五名。

次日上午，明荣带着他的小孙子来回拜，明荣问了一些明达任上的事，元龙道："明达这个人蛮好，不会干那种欺压百姓的事，他为百姓干了几件好事。今年三、四月里宁德的雨水出奇的多，连着几天大雨滂沱，冲坍了乡间几座桥梁，农户地里的庄稼也遭了殃，事后明达带我们去看灾情，回来后县衙拨款修建了桥梁，又给那些受灾的农户免了税，宁德的百姓都称赞明达。"明荣道："地方官就得这样体恤百姓的苦疾才是，明达这样干，功德无量呢。"明荣又问福建的时政情况，元龙道："福建是军阀得势，军阀不但执军权，政界亦多有渗透，瑞云的丈夫就是军阀出身，如今当上福建省警察厅厅长了。"明荣道："明达算是找到乘龙快婿了，他这个女婿几岁？还不到三十吧，怎么就任这么高的职了呢？"元龙道："他三十刚出头，所以我说福建是军阀得势。"明荣摇着头道："我对军阀没有好感，这些军阀只会乱事，打来打去的，百姓遭殃。"元龙道："不过宁德还好，地方还平静，没有军阀的军队驻扎。"

明荣和元龙谈得投机，一个下午很快就过去了。

正月初这几天霖生特别高兴，前几天下了大雪，他和院子里的男孩们打雪仗、堆雪人，虽然天寒地冻，他却是一身热气。这几天天放晴了，地上的雪水干了，霖生邀了轿夫麻家的三小子福弟上街玩去。在所有与霖生年龄相仿的孩子中，霖生最喜欢福弟。

新年的大街上有各色各样好玩好吃的东西，霖生和福弟见了人多的地方，就往里挤。一群孩子围了一圈，霖生和福弟上前一看，原来是有人在做棉花糖现卖，霖生问福弟要不要吃棉花糖，福弟点了点头，霖生便往口袋里掏出一个铜钱，买回了一大把棉花糖，分了一半给福弟，福弟吃着棉花糖，美美地道："真好吃！"

吃完了棉花糖，霖生见路旁地摊上摆了许多小泥人，他蹲下身来，津津有味地把小泥人看个遍，问福弟哪个最好看，福弟只是搔着头，说不出个名堂来，霖生便自己拿主意挑了一个，付了钱，起身走了，边走边又看了好几回，然后小心翼翼地把它装入口袋。霖生很喜欢泥人，在属于他自己的那只小木箱里，有各种各样的小泥人，有些是买的，有些是他自己捏的，总共已有十来个，每天他都会把那些小泥人拿出来看一遍。"那箱子差不多装满了，我得向娘再讨一只箱来。"霖生想道。

前面又有一大帮人围着，霖生赶紧跑过去，见是做糖人的，霖生回头向还在路上走着的福弟招了招手，便自己先挤进人群。"做糖人的真有本事，"霖生想，"这点糖怎么在他手里一下子就变成了这么多，这么好看的东西。"霖生望着插在一边已做好的糖人、糖龙、糖凤凰、糖鸡、糖鸭，还有糖的花儿，心想："什么时候我也能有这样的本事就好了。"

两个孩子在街上转了大半天，见路边空地上有玩刀枪的、有耍猴子的，也都停下脚来看一会。

晚上，霖生把小泥人一个个拿出来，仔细地看着，然后挑出他最得意的几个，要玉如给这几个小泥人做衣裳。玉如道："我没空，你看不见我整天忙着，谁会像你这样有闲？"霖生央求道："好姐姐，你少看点小说，腾出点工夫替我做几件吧，我求你了！"玉如笑道："你也有求我的时候？你只要答应我一件事，我就给你做。"霖生道："什么事？"玉如道："你答应我今后好好读书。"霖生道："我只当是什么事，原来是这个。好，好，我答应你，今后我好好读书，每门功课都考及格。"

几天后，玉如做好了小泥人的衣服，又帮霖生给泥人穿好了衣服，霖生笑道："穿上衣服，泥人精神多了，谢谢你，姐姐！"

（四）

阮明达放心不下瑞云，趁着新年的假期，他去福州看望女儿。

程万里想不到他的岳父会在这个时候到来，当警卫兵递上明达的名帖时，程万里的第一感觉是瑞云把她父亲叫过来了。程万里思量了一番，交代晋喜没有他的传唤不要出来，他自己便匆匆忙忙地出来迎接明达。程万里满脸堆笑，让轿夫把轿子抬进院子，扶明达出了轿子，向明达躬身行礼道："岳父到来，怎么不早告诉小婿一声？小婿有失远迎了。"阮明达见女婿如此彬彬有礼，悬着的心便放下了。明达笑道："这几天休息，突然想起要见见外孙女儿，所以来不及写信给你们就过来了，瑞云和孩子都好吧？""很好，很好。"程万里笑道。"这院子不错。"明达住脚仔细打量起住宅来。"是的，是的，去年搬过来时，本想请岳父来住几天，但知岳父大人公务繁忙，也就没让人去请。岳父这次来，务必在这里多住上几天。"程万里见明达这般光景，知他并不是瑞云请来的，便愈发虚伪地胡乱应酬起来。程万里心中想着怎样把晋喜的事搪塞过去，否则若阮明达不见晋喜在场，在瑞云面前问起来他不好交代，因此最要紧的是先拖住阮明达慢点让他上楼。程万里道："岳父大人先看看我这房子的周围环境吧，我已让卫兵上楼去告诉妈子了，让瑞云她们先准备一下，免得梦梅又睡了。"

程万里陪明达观看房子的前后庭院，边走程万里边编出话来："我给瑞云叫了个妈子，专抱女儿和照管瑞云房中的事。上个月晋喜病了，咳嗽个不停，我打发她回家了。"明达驻足道："她生什么病了，请郎中给她看过了吗？"程万里道："看过了，吃了好几帖药，还是咳嗽着，我怕梦梅也被她染上，便打发她回家去多住几天，待好结实了再回来。前几天她娘让人带口信来，说她咳嗽全好了，这几天就要回来。我说让她在家再住几天，反正瑞云也不缺人使唤。"

何妈告诉瑞云："刚才卫兵上楼来，说太太你的父亲来了，说老太爷对我们这房子感兴趣，现在正由厅长陪着在前后庭院看看，厅长让我们有个准备，别让小小姐睡着了。"瑞云觉得奇怪，她爹怎么不写封信来就突然来福州呢？

何妈抱着梦梅，和瑞云一起在二楼的客厅里等着阮明达。过了好一会儿，明达和程万里一前一后上楼来了。

瑞云见到她爹，深深一拜道："爹来福州，怎么不先写个信来，好让女儿叫人去接！"明达上前拉着瑞云的手，仔细打量着她："你瘦多了，是养孩子辛苦了吧？"瑞云苦笑着点了点头。何妈向明达请了安，把梦梅抱到他跟前，笑道："老太爷瞧瞧你的外孙女儿，多可爱，多漂亮，你看她像不像太太？"明达笑道："太像了，简直就是小时候的瑞云！"明达接过梦梅亲了亲，然后把她还给何妈抱着。

程万里请阮明达坐下。

好几个月没上楼，今天上楼来，程万里见玻璃柜中的花瓶换成了白瓷观音像，玻璃柜前还摆放了香炉，心想瑞云什么时候信起佛来了？

瑞云亲自给她爹泡了茶。"女儿不孝，来了这里，就没一次回家去拜见父母，倒是爹常来看我，为我操心。"瑞云说着，眼圈红了。明达道："上次我来这里是前年八月吧，至现在一年多了，你们小两口又忙，先不说万里没给我写一个字来，就连瑞云你也懒惰，很少有信来，即便来信，也总只有那寥寥几个字，爹岂能放心？"瑞云道："也没什么要紧的事，天天都是这么过着，所以也就没给爹多写信了。"明达叹道："可怜天下父母心！今后你要多给爹娘写信来，免得我们挂念。"瑞云心中的痛苦，无法向她爹倾诉，她只能点点头道："女儿会听爹的教诲的。"

明达见程万里坐在他旁边陪着而不说话，便道："女婿你陪了我好多时间了，你若有事要办，只管自己办去，不必再陪着我了。"程万里笑道："岳父来女婿家，女婿就是再忙也得抽些时间陪陪，何况这几天休息，我又不忙，爹你别见外，你们父女俩也有好一些时间没见面了，你们只管聊。"瑞云心里冷笑道："好个伪君子，太会演戏了！"

程万里在旁坐着，瑞云只能向她父亲问问娘家的一些无关紧要的事。瑞云道："姊娘和两个弟弟都好吗？"明达道："都好，只是去年春天先是你大弟出麻疹，后来你二弟也被染上了，你姊娘又是担心又是忙，总算都挺过来了，现在大家都平安。"瑞云道："真是难为姊娘了，平安是福，平安就好。"歇了会儿，瑞云问："大舅父在宁德好吗？"明达道："还好，他回丰城过年去了，过几天也就回来了。只是他家境有点困难，老房子卖了，是文嘉牵累了他。"

大舅父在替文嘉还债，这一点瑞云是知道的，但她不知道罗家的老房子被卖掉了。瑞云忘不了那老房子留给她的记忆：忠厚能干的大舅父，慈祥随和的大舅母，对她母亲尽心尽力的二舅父，贤惠的大表嫂，痴情的文炳，忠厚的文鼎，懂事的茂生，聪明的玉如，顽皮的霖生，还有那前后院落中的花草树木，屋檐下的金鱼和鲤鱼。"老房子卖了，那大舅母和表嫂他们住哪？"瑞云吃惊地问。"典了你明荣伯父家那个大院子的半幢房住了，"明达道，"你大舅父说大院子热闹，他放心些。""哥哥常来信吗？他们一家都好吧！"瑞云又问。明达道："你哥哥常有信来，他们都好，忠儿读书很用功，新年读三年级了，吉儿也要上学了。你哥没给你写信来？"瑞云笑道："是我懒惰，哥给我写来了信，可我没给他写回信，所以他也就不再给我写信了。"明达道："这就是你的不是了，明天你就给你哥写封信，给他们贺个年，也可表示你的歉意。"瑞云道："好的，明天我就给他们写。"

"明天就给哥写信？写些什么呢？能告诉他我在这儿的情况，写我心中的痛苦吗？"瑞云心里想，"谁也不能消除我的痛苦，一切痛苦都得我自己去忍受，这就是我的命。"

卫兵上楼来对程万里道："厅长，晚饭准备好了，摆在哪儿呢？"程万里道："就摆在这里，你把这桌子再擦一下，叫黄嫂把菜端到这儿来，菜一定要热。"

程万里紧挨着阮明达坐着，殷勤地频频劝酒，时时不忘为阮明达的碗中添菜，但他和瑞云始终不说话。明达开始不在意，后来觉察了点，便试着让程万里给瑞云斟酒。程万里道："斟酒没关系，只是她不会喝酒，可惜了这好酒。"说着，他已给瑞云斟好了酒。瑞云不搭腔，却对她爹道："爹你不胜酒力，还是少喝点酒，多吃点菜吧。"说着，瑞云给她爹捞了只刚端上来的鸽蛋。

晚宴过后，卫兵按程万里的吩咐，带阮明达在二楼的客房中漱洗，卫兵道："厅长说，老太爷辛苦了一天，漱洗完了就休息吧，明天厅长要陪老太爷去游览我们福州，明天你会辛苦的，早点睡吧。"

程万里跟在瑞云的后头进卧房，这在瑞云意料之中。梦梅早就睡了，何妈见程万里进房，便退了出去。程万里先是坐在椅子上抽烟，后见瑞云进内室洗漱去了，便站起身来在房中踱步。站在桌旁，他看见了桌上一本发黄的书，他把书拿了起来，看过书名，翻了几下，他知道这是佛经。"她真的信佛了？"程万里想道，放下了经书。

瑞云洗漱完毕，管自睡觉去了。

程万里又在原来的椅子上坐下来，抽完了那支烟，又点了一支烟抽着。程万里在想着明天该怎样敷衍阮明达。"明天带他去游福州的名胜古迹，这些老古董就喜欢这些地方。"程万里想好了，站起身漱洗去了，洗漱完毕，他钻进了瑞云的被窝。

瑞云一夜没睡好，程万里的行为让她不齿，她看不起这个无耻的男人。她想不到她的爹会突然来看她，如果她的爹先写个信来，她会想办法阻止他来的。瑞云不知道她的爹为何不问晋喜的情况，难道他把晋喜忘了？不可能的！晋喜是她爹送给她的陪嫁丫鬟，他怎能忘掉？若爹向她问起晋喜来，她会说晋喜嫁人了，她爹一定会追问晋喜嫁给谁了，那她就让爹去问程万里，看程万里能怎么回答！想到这里，瑞云突然明白了，一定是程万里早拿鬼话把晋喜的事搪塞过去了，"他老是陪在爹身旁，他是防我把事情告诉给爹，这个无赖有什么坏事想不出来的！"瑞云为自己悲哀，她的不幸连自己的爹都不能告诉。"告诉他有什么用？除非我带着梦梅永远离开这里，再也不回来了。"瑞云想着，默默地流着眼泪，但她不敢发出声来。泪水打湿了枕头，她假装为女儿扯被子，顺手拿过放在女儿旁边的手绢，偷偷地擦着眼泪。她不能让程万里觉察到她在哭，她抱紧了女儿，慢慢地睡着了。

第二天，程万里起得很早，他下楼先到晋喜的卧房，交代了晋喜一番话，然后交代了卫兵一些事，他让卫兵去告诉黄嫂这一天的安排，叫黄嫂准备怎样的早餐和晚餐。一切交代好了，程万里在院子里练起了他自己引以为豪的几套拳术。

明达早就醒了，他听见"笃笃"下楼皮鞋的声音，知女婿已起床，过了一会，他也起床下楼了。程万里见明达下楼来，便停止练拳，笑道："爹也这么早就起来了，怎么不多躺会儿，今天我陪爹出去逛逛，只怕会有点累。"明达笑道："我是早就醒了，怕打扰你小两口，不敢出房来。你只管自己练拳吧，我自个儿在这院子里走走，不打扰你了。"程万里道："也好，我先把这几路拳练完，再陪爹去吃早饭。"说着，程万里转身又练起拳来。

程万里练完了拳，陪着明达到后面厨房吃早餐。见瑞云尚未下楼来，便让何妈上楼去请。过了会儿，何妈来回话："太太正在漱洗，小小姐还未睡醒，太太说老太爷先用早餐，不要理会她了。"

　　吃过早饭，程万里陪阮明达在一楼客厅坐着休息，卫兵雇了一辆英国人开的小汽车，三人上了汽车，游览福州去了。

　　刚才何妈上楼，瑞云正从内室洗漱好出来，见瑞云一双眼睛肿得很大，何妈知瑞云昨夜哭得厉害，便自己编了一番话来回程万里。何妈不放心瑞云，这会儿她见程万里带阮明达外出了，她马上又上楼来了。这时，梦梅已醒，瑞云正在为女儿换尿布，何妈接过梦梅道："太太你歇着，我来干。"

　　一夜没睡好，瑞云疲倦得很，头重得厉害。何妈给梦梅穿好衣服，让瑞云抱着，梦梅抬头朝瑞云看了老半天，然后伸手摸她的脸，嘴里咿咿呀呀地叫个不停。何妈整理着床铺，见枕头湿得厉害，便从衣柜里拿了一个干的出来。何妈道："太太何必与厅长斗气，急坏了自己的身体不值得。"瑞云道："他不值得我与他斗气，只是我自己心里难受，偷偷流了许多泪。你看他那副骗人的嘴脸，把我爹蒙在鼓里，你看我爹一句也没问起晋喜，你说他骗人的本事有多大？"何妈道："昨晚我和黄嫂都在猜，厅长对老太爷究竟讲了关于晋喜的什么话，使得老太爷在你面前一句也不提她。怎么厅长就不怕太太你提起晋喜呢？"瑞云道："他知道我不会这样做。他昨天先陪我爹在楼下转，是想了一套鬼话骗过了我爹，你说他刁钻不刁钻！"

　　何妈并不知道程万里的全部底细，她劝瑞云道："男人当了大官，讨个姨娘是常有的事，太太你就别急了。你们别扭了好几个月了，既然厅长自己先进你的房，就当他是来向你道歉的，你就原谅他吧。"瑞云明白，何妈不知道程万里的底细，她不会理解她的痛苦。瑞云叹了口气道："不知道我和他前世结了什么怨，今世我要嫁给他受气，也不知道这个气要受到什么时候了结。"瑞云说着，又流泪了。何妈知道这个时候她越劝说瑞云，瑞云只会越伤心，便转身道："我下楼去给你做点吃的，你别再想那些烦心的事了，饭总是要吃的，馄饨怎么样？你看小小姐肚子都饿了，她也要吃了。"

　　厨房里，何妈告诉黄嫂瑞云昨晚哭得厉害的事，黄嫂比何妈更了解瑞云心中的痛苦，但她不能告诉何妈。做好了馄饨，黄嫂本想与何妈一起给瑞云送上楼来，后来一想，她见到瑞云劝说起来又要惹瑞云伤心，便不上楼了。

　　下午，阮明达和程万里回来了，明达第一次坐汽车，他觉得有些头晕，再加上游览了福州这么多的地方，也是件吃力的事，毕竟他有些岁数了，因此他觉得累。程万里知道阮明达疲倦了，他扶着明达慢慢上楼来，送明达进客房，让卫兵服侍他上床休息。程万里自己也有点累，进瑞云的卧房休息去了。

经过几个小时的休息，瑞云的眼睛已不再红肿，她的情绪已调整过来，她正在念佛经，本来这经是上午念的，今天乱套了，只得下午念。

程万里进房来即躺到床上睡觉去了，瑞云没抬头，只念自己的经。

到了吃晚饭的时候，卫兵叫醒了程万里，又去明达的房中服侍他下床。

晚餐摆上来了，程万里和昨天一样坐在阮明达的下首陪着。瑞云坐在她爹旁，无话找话问道："爹现在还累着吗？"明达笑道："不累了，爹的身子骨还硬朗，只是坐那汽车不习惯。"程万里笑道："多坐几回也就习惯了，过些时间我这警察厅里也会有汽车了，爹下次来，早些时间写信来，女婿当派司机开汽车去接你。"明达笑着点了点头道："好，好！"

程万里给阮明达斟了酒，靠近明达道："爹明天一定要回宁德吗？多住一天就不行？"明达道："见你们一家都好，我就放心了。宁德那边还有很多事等着我，我得回去了。"程万里给自己斟了酒，举杯道："爹明天一定要回家，那女婿现在就给爹敬杯酒，祝爹一路平安，还请爹带去女婿给婶娘的问候和新年祝贺。"程万里抬头慢慢地喝完杯中的酒，他放下酒杯，突然朝瑞云道："你也敬爹一杯吧。"说着，他伸手取过摆在瑞云面前的酒杯，给瑞云倒了半杯酒道："你不会喝酒，就少喝点。"瑞云料不到程万里会有如此一招，迟疑了片刻，瑞云站起身，端起酒壶，给她爹斟了半杯酒，又给自己的酒杯添满了酒。瑞云举起酒杯，敬她爹道："这一杯酒是你的女儿和你的外孙女合敬你的，祝爹回家一路顺风。女儿不孝，没能去宁德拜年，爹到家时，请替我向婶娘和弟弟们问好，瑞云携梦梅在这里给爹和婶娘拜年了。"瑞云说着，推开椅子，五体投地，向她爹拜了三拜。瑞云跪在地上，回头去看梦梅，何妈把梦梅抱给瑞云，瑞云抱梦梅跪地，教她也向阮明达拜了三下。

瑞云站起身来去喝那杯酒，明达知瑞云不会喝酒，阻止道"你不会喝酒，就免了吧。"瑞云笑着轻轻推开她爹的手道："爹放心，如今的瑞云不是当初的瑞云了，女儿现在会喝酒了。"瑞云壮着胆子喝完了那杯酒，给她爹夹了些喜欢吃的菜。没多久，瑞云的脸开始发烫，渐渐地她的脸涨得通红，头晕得不行，瑞云知道那杯酒的酒力发了，但她尽力撑着，她让何妈给她泡了杯浓茶，她慢慢地喝着茶来解酒。

饭后，程万里和阮明达说着话，程万里说的全是些应酬的话，其中很多是谎话，瑞云感到厌恶。现在瑞云的头不那么晕了，脸也不那么红了，但她感到乏力，于是她向她爹告辞回房休息去了。瑞云知道程万里今晚仍会到她房中来睡，于是她不漱洗，也不脱外衣，胡乱把被子一掀，就上床睡了——她想让她的酒气和她邋遢的样子使程万里难堪。昨天夜里没睡好觉，本就疲倦，刚才又喝了酒，瑞云疲惫不堪，她一躺下床就睡着了。

程万里漱洗完毕，掀起瑞云盖着的被子，一股难闻的酒气朝他袭来，瑞云已呼呼大睡，外衣还穿着。程万里放下被子，倒退了几步，他不知道这是瑞云对他的报复。"醉成这样，还充好汉。"程万里讥笑道，"你斗不过我的，你只能乖乖地听我的话！"程万里虽然这样想着，但他今晚只得在瑞云呼呼发出的难闻的酒气中睡，这一夜轮到程万里睡不好觉了。

（五）

过了元宵，孩子们又上学了，大杂院里的孩子读书的不多，女孩只有玉如一人上学，男孩也就只有茂生、霖生、章家的秉仁和杜家小霖生一岁的阿良四人上学读书。小鱼贩蔡家的二小子前几年也读书，去年高中毕业了，经人介绍，去萧山当了文书。

一天下午，福弟的爹回家早，在路上见到霖生背着书包在一家雕花板的店门口站着看那师傅雕花板，轿夫上前拍了拍霖生的肩膀道："你怎么还不上学？"霖生回头见是福弟的爹，转身便跑了。轿夫回到家，见淑媛在院子里收拾晒干的衣服，便把刚才在路上见到霖生的事告诉了她，淑媛道："他准是又逃学了，你是在哪家雕花板店见到他的？"轿夫道："在新街。"淑媛道："我去找他。"淑媛心想这会儿霖生可能已去学堂了，先去学堂看个究竟再说。霖生在学堂里是出了名的不爱读书的孩子之一，淑媛来他学堂也不止这一次了，她认得霖生的班级，认得霖生的座位。淑媛来到霖生的班级，站在窗口往里一望，见教室里正在上课，但霖生的座位空着。淑媛不知霖生在何处，只得先去新街找那雕花板的店，见霖生竟又站在那店门口看师傅雕花板。淑媛悄悄走到霖生身后，抬手揪住霖生的后衣领往回拉，霖生回头一看，见是淑媛，便求饶道："娘，你饶了我吧，我这就上学去。"淑媛生气道："人家都快放学了，你还上学！"

淑媛把霖生拽回家，关了大院子的大门，见地上正好放着一条竹棒，便拿过来朝霖生的腿上打去，霖生痛哭大叫。"上两次你逃学，我都没打你，跟你好好说了两次，你却越发散漫起来，整个下午不去上学。今天不打你，不知你今后会散漫到何等程度！"淑媛气得满脸通红，眼泪盈眶。

大院子里的人们听见小孩哭喊，纷纷从家里跑了出来，福弟的爹最早从房里冲出来，夺了淑媛手中的竹棒道："你打他，这便成了我的罪过了。"说着，他拉哭着的霖生进他家去了。

女人们从未见淑媛生气过，今日见她气成这个样子，都来劝慰。秉仁的娘搬了张凳子，劝淑媛坐了，道："哪个男孩不淘气？你看我家的秉仁，比霖生淘气百倍，一个星期里他能有几天在学堂里待着？两天打鱼三天晒网。我若是会生气，天天有气好生。我劝你一句，霖生的娘，别为孩子的事气坏了自己的身子，孩子有孩子他们自己的命，好歹不由我们定，我们为孩子的事气坏自己的身子，不合算。"

福弟的爹从房里走出来，笑道："都是我多嘴，是我把霖生逃学的事告诉给婶子，害得婶子动气。"杨氏道："这猴儿该打，不教训教训他，他便自以为是，将来不成器，苦的是他自己。"

福弟的娘一手抱着去年下半年出生、还没几个月大的小女儿，一手牵着霖生的手出来了，哄霖生道："这回我们救你，下回你再这样，我们就不救了。去向你娘道个不是，说以后再不逃学了。"霖生怕淑媛还要打他，只是往福弟母亲的身后躲，不敢见淑媛。杨氏道："你娘不打你了，快来向你娘说声你的不是，别让你娘再生气。"杨氏说着，上前把霖生拉到淑媛跟前，霖生低着头道："娘，你别生气，我下次再不逃学了。"说着，他哭了。

杨氏把霖生带回房，要霖生把逃学的事说给她听。杨氏问霖生现在他的腿还疼不疼，霖生摇摇头道："不疼了。"杨氏脱了霖生的裤子，见他腿上虽有几道红杠子，但不碍事。杨氏道："还好，天还冷着，穿的衣服多，要不，有你痛的。"末了，杨氏道："不能让你娘再伤心了，你真该好好读书了，像你哥和姐一样，让你娘开心，她太苦了。"霖生擦着眼泪，点了头。

第十一章　志鹏让妻；瑞云离异

（一）

志鹏的妻子来找淑媛，问前几日送去的十字花布的工钱来了没有，方家女人问这，淑媛便知道她家是没钱用了。淑媛从衣袋掏出所有的几个铜板对她道："这些你先拿去用了吧。"女人接了铜板，说了声"谢谢"走了。几天后工钱来了，女人要把钱还给淑媛，淑媛道："你先用着吧。"于是女人红着眼圈，说了"谢谢"，拿着那点钱走了。

志鹏和他的妻子在煎熬中过日子。

去年秋天从那三亩地里得到的三四百斤田租谷子和今春的百来斤麦子，勉强吃到四月便没有了，志鹏没有收入，他的妻子虽然加入了大院子女人们的做工行列，但她的手工不大娴熟，所得的报酬很有限。最让志鹏揪心的是每月要付高利贷的息，卖掉小儿子得到的二十块银圆便成了付这利息的财源。家中差不多揭不开锅了，志鹏的昔日朋友，都已离他远去，只剩下一个特别真心的，见他如此潦倒贫困，有时会来接济他一点。

"怎么办？怎么办？"志鹏的脑子昏昏沉沉，耳边整日响着这句话。

志鹏提了只空酒瓶，走出大院子的门，从口袋的角落里找到了几个铜钱，上街打了酒，向他唯一可去的朋友家走去。他的朋友找了些下酒的菜，陪他一起喝酒。两人几乎都不说话，只是默默地喝着酒。朋友对志鹏的情况一清二楚，但他也想不出办法去解决志鹏的问题。

志鹏从朋友家出来，红着脸，头昏脑涨，酒气未消。他不愿意走大街，便拐进了一条小巷，走在这条小巷里，他突然觉得这路特别熟悉。这时他的对面来了一个人，志鹏觉得此人很面熟，便朝他笑了笑。那人看着他，也对他笑了笑，从他身边走过。正是这么彼此一笑，便生出下面的事来。

志鹏遇到的这个人，就是去年年底帮他卖了他小儿子的那个人牙子，人牙子见方家男人狼狈不堪的样子，便知他家的状况比去年更糟。这时，人牙子想起了志鹏的女人，那天他曾看过那女人几眼，女人白白净净的，清秀的脸上满是泪水。"那女人生得还不错，又年轻，会生养。"人牙子想道，"不知这没本事的男人肯不肯把他的妻子让给别人。"

原来，几个星期前有人来找人牙子，说是要替他家主人物色一位会生养的年轻漂亮女人，那人是从宁海来的，说是已经找了好几个地方都没有合适的女人，人牙子对那人说，一时还没有这样的女人。今天人牙子见到志鹏，便想起了这件事。"看他这种样子，一定是家里穷得不行。"人牙子想，"找人打听打听看。"

丰城地方小，没几天人牙子就找到了志鹏的唯一朋友，费了一番心计，他打听得方家的困境，人牙子便把宁海人的意愿说了出来。人牙子走后，志鹏的朋友反反复复想了很久，终于决定把这个消息透露给志鹏。"或许这是个办法，你自己再仔细想想看，生活还得继续过下去，不是你一个人，而是你们两个人。"朋友道。

朋友给他指的这条出路，是一个不是办法的办法，志鹏考虑了好几天不敢决定，如果那样，他觉得太对不起他的妻子。

志鹏的妻子在丰城没有娘家的亲人，也不知她娘家的亲人今在何方。他的妻子是十一岁时到他家里来的，她不是丰城人，她是河南人。那年黄河发大水，淹了几万人，她娘和她的一个妹妹也在其中，她爹带着她和她的两个弟弟逃出来了。大水淹没了田地，她的家乡成了汪洋大海，乡亲们无家可归，便结伴南下讨饭去。路上，她的小弟又病又饿，离他们而去了。姑娘和她的爹及大弟到达丰城，讨饭来到方家。那时方家有十几亩田产，老娘的丈夫已去世，一个寡妇带着一男一女，日子过得虽不艰难，但也不富裕。老娘见这姑娘生得漂亮，一双大眼睛水灵灵的，便收留她当了童养媳。姑娘十八岁时和志鹏成了亲，那年志鹏刚从高中毕业。

　　志鹏高中毕业后当起了教书先生，在城北小学教高小。若不是他太贪心，志鹏现在还会在城北高小教书，他一家的生活会过得平平稳稳，但现在一切都变了。

　　志鹏教书的第三年，一日他遇见了小学读书时的一位同学，他好久没见那位同学了，同学很客气，请志鹏去饭店吃了顿饭，两人边喝酒边聊天。原来，那同学小学毕业后就跟着他的叔叔在外跑码头，后来他们在广州做起了黄金生意，赚了大笔钱，这次他回来，是为他父亲办六十大寿。同学问起志鹏的情况，得知志鹏在小学教书，薪金微薄，那同学见志鹏饶有兴趣地向他打听做黄金生意的事，便对他道："近来黄金价格一直上涨，若肯投资，会有钱可赚。你若有兴趣，不妨做些小量投资，能赚点钱也好。"

　　回至家中，志鹏便向他娘说投资黄金生意的事，他娘道："你又没钱，对我说这事干什么。"志鹏道："我若自己有钱，也不对你说这事了，我是想让娘你替我想个办法，给我筹些钱做这生意，赚了钱，与你对分。"他娘道："我有什么闲钱？除了你爹留下的十几亩田和我娘家陪嫁的五亩地，我还有什么？"志鹏道："这我知道，我跟你商量，就是想要你卖几亩田给我做个本钱。"他娘听他说要卖地，立即涨红了脸道："亏你想得出这个坏主意来，咱们全家吃的用的全靠这些田，没了这几亩地，你们吃什么，用什么？"志鹏道："你这老脑筋，总是转不过弯来，前番我让你帮个忙，做木材生意，你不肯，若是你肯帮忙，现在可能我已发财了，你看我那姓柴的朋友不就发了吗？"他娘道："你那姓柴的朋友发了，但那姓牛的朋友，也是做木材生意的，不是蚀了吗？"志鹏道："你怎么尽往坏的想，若你这样，只是守着这几亩田，越守越穷。我那小学同学说，最近黄金价格一直上涨，若肯投资，定会赚钱。这次你若不帮我，我就不认你这个老娘了。"他娘没法，她去找女婿商量，让她女婿去问问金店的老板，是否最近黄金的价格一直在上升。得了那老板的确实消息，志鹏的娘便同意儿子做黄金的生意，卖了三亩地让他做本钱，这一回志鹏真的赚了钱来。

　　志鹏赚了钱，给了他娘一半的利钱，给自己的妻子买了一只金戒指和一对金耳环，全家皆大欢喜。志鹏便跟他娘商量做进一步投资，他娘这一回很爽快，马上同意再卖七亩地做本钱。这一回他们又赚了钱，他娘的脸上又添了欢喜，志鹏给妻子添了只金手镯。

但事情不会总是随人的愿，生意不会总能赚钱，本钱丰厚的人蚀了几次没关系，但像志鹏这样的人是不能蚀的。志鹏的黄金梦在他第三次的投资中彻底破灭。这第三次，志鹏不仅把自己和他娘的所有的本钱和前两次所赚的钱都投了进去，还向他的朋友借了利息不薄的钱，但这回黄金跌价了。志鹏起先不愿把跌价的黄金出手，他想等段时间，等黄金的价格稍微回升一点再出手，但他没等到这个机会，朋友们都向他要钱，志鹏只得先出手了部分黄金。但剩下的黄金一再跌价，没有回升的迹象，志鹏和他娘都慌了，只得把黄金全部卖了，亏了不少钱。而那时，田地的价格偏偏涨了，他们手中的钱已买不回那十亩田了。

志鹏心中懊恼，他想着有什么办法翻身，至少赚回原来的十亩田。他的一个朋友道："有什么办法？除非你去赌，或许你能翻身。"就这一句话，志鹏真的铤而走险，去赌了好几回，也曾有几回赢的，但大多数都是输的。志鹏把家中的现钱赌光了，把给妻子买的金首饰赌光了，欠了大笔债，债主知道他娘还有几亩田地，便气势汹汹地讨上门来，他娘没法，只得又卖了几亩田，把他爹留下的田地全卖光了，把住着的三间平房也卖了，还了债，租了这阮家大院的三间后厢房。

志鹏还不死心，又去赌了一回，这一回他把剩下的仅有的几块银圆输光了，他不相信自己的运气就这么坏，便向赌场老板借钱继续赌下去，共借了三十块银圆，都输了，输了个精光。向赌场老板借的是高利的钱，每月得付利息，他不敢把这事告诉给他娘，他知道，就是告诉她了，她也不会帮他什么忙了。

志鹏拿了自己薪金的一半去还高利贷的息，他的娘向他要钱，他便向他的同事借钱给他娘，这样，志鹏寅时吃了卯时粮，有时拿不出钱来给他娘，便撒谎说是请朋友吃饭用了。有一次他真的没钱还息，见他的一个女学生手上戴着只金戒，便想法拿了去，当了那戒指还息，他是想过两天拿了薪金再赎回戒指还那女生，哪知道那女学生的母亲第二天就来找他要戒指，他拿不出来，女学生的娘便闹到校长那儿去，说他是骗子，骗走了她女儿的金戒指。志鹏当了他妻子和自己的一些较好的衣服赎回那戒指，从此他声名狼藉，校长不再聘他了。

志鹏无钱还息，便偷他娘的田租谷子，卖了还息。终于有一天，他娘发现她的谷子好多没了，她以为是邻居哪一家偷了她的谷子，她把这事告诉了志鹏，志鹏只得把事说明白了，他娘气得直发抖。

志鹏别无他法，正如他的朋友所说，日子还得过下去，不只是他一个人，而是他们两个人，他只得接受这个残酷的办法——卖掉他的妻子。他知道，他的妻子虽然不愿意，但她会同意的，因为呆在这里，他们两个人都会饿死。当志鹏把这个出路告诉给妻子时，女人没有反对，只是流着眼泪。宁海那边的男人是做南北货生意的，据说生意做得很大，四十多岁，家中已有两个老婆，但都没生养，因此他想讨个能生养孩子的女人。朋友向人牙子传去了志鹏同意的话，没几天此事就办妥了，宁海那边给了志鹏足够的钱，志鹏还清了高利贷的钱。女人清理了房中的所有，为自己整理好了行李，也为志鹏打理好了行装。

那天晚上志鹏的女人来找淑媛，要把前几次借的钱还给她。女人哭着把这事告诉了淑媛，淑媛听了先是吃惊，然后想想方家能解决困境的办法也只能是这样了。淑媛让女人把那钱留着，女人不肯收回去，说宁海那边已给了她足够的钱。淑媛道："你把这钱留给志鹏吧，或许他会用得着的。做了一场的邻居，没帮过你们什么忙，想到这，我心里也不好受。"女人犹豫着收起了钱，从口袋里拿出一把钥匙，擦着眼泪对淑媛道："还有一件事我要麻烦你，阮家房东那边我没去道别，房租是已付过的，明天请你为我去向他说一声，把这钥匙还给他，谢谢你了。"

第二天凌晨，当大院子里的人们还在酣睡的时候，志鹏和女人离开了阮家大院。

志鹏得到允许，跟随着宁海那边来接的人，把女人送到宁海男人的家，然后他悄悄地走了，他带着剩余的钱，离开了宁海，继续南行。

上午淑媛去了明荣家，把方家的事都告诉了他。明荣觉得很意外，平时他对大院子里各家的事不很过问。"方家是前年下半年搬进来的，每个月都会按时来交房租，这个月的房租交得迟了点，但我想不到他会是这个情况，以后住我房子的人我得注意些了。"明荣道。

　　明荣来后院西轩检查房子，大家才知道方志鹏一家走了的事，大家问明荣他们究竟去哪儿了，明荣不愿说这事，便说他也不知道。于是大家猜测了开来，有的说可能是方志鹏干了什么见不得人的事，比如偷了谁家的东西，便搬走了；也有人猜对了，说方志鹏把老婆卖了，他自己远走他乡了。但为什么他要把老婆卖了，他妻子怎么会也不反抗、不声张？大院子里的人怎么也猜不到高利贷的头上来。

　　淑媛在卧房里没有出来，到了中午煮饭的时候，她在厨房做饭，福弟的娘来了，淑媛告诉了她昨天晚上方家女人来她家向她告别的事，于是大杂院里的人都明白了方家的情况。

（二）

　　自从阮明达来福州探望过瑞云回家去了之后，程万里有时也来瑞云的房中过夜，看起来夫妻俩已和好，何妈和黄嫂特别高兴。

　　瑞云天天早起念经，礼拜观音，有时她和黄嫂一起去"双溪庵"，找那尼师给她说经。应瑞云的请求，尼师给了瑞云两本经书，《阿弥陀经》和《无量寿经》。

　　文英来信说，江定浩近期要到福州办事，她要跟着他一起来福州看望瑞云一家。定浩夫妇选在星期天来看瑞云，为的是不打扰程万里的正常办公。程万里知道，今天瑞云娘家来的客人虽然年轻，但比阮明达更重要，他得好好奉陪，不能马虎从事。

　　黄包车拉着文英和定浩，在瑞云家院子的大门口停了下来，门卫开了大门，卫兵上来迎接。文英挽着定浩的手臂走进院子来，车夫提着皮箱，跟在后面。文英的长发剪掉了，烫了短发，今天她穿着玫瑰色丝绒旗袍，配着白金项链，右手袖口雪白的手腕上戴着翠绿色的玉镯，左手无名指上戴的是钻石金戒。卫兵引他们到一楼大厅坐下，给他们泡了茶，然后上楼去请程万里。文英悄悄问定浩："这洋房与咱们家的洋房比起来，怎么样？"江定浩道："可匹敌，你说呢？"文英笑着点点头。

　　程万里身着长衫，大步走进客厅，他见瑞云不在，朗朗笑道："瑞云到哪里去了？贵客都到了，也不出来迎接，失礼，失礼！"定浩和文英知道，眼前这位声音洪亮，带有几分威严和英俊，显得有点发福的男人就是瑞云的丈夫了。

大家彼此问了好，程万里热情地问："妹妹、妹夫旅途辛苦了，海轮很难坐吧？"定浩笑道："还好，文英一路上只吐了三四次，只是轮船驶得太慢，坐了两天多。"程万里笑道："将来铁路修到这里，你们坐火车来就方便了。"

程万里把眼光停在文英的脸上，正如瑞云以前告诉过他的，瑞云的这位表妹确实生得不俗，比起彼时的瑞云，她更加漂亮。

这时瑞云急急走了进来，文英站起身，快步上前抱住瑞云，快乐地叫道："我来了，你怎么不在门口接我！"瑞云笑道："你说今天上午来，我一大早就等在客厅了，偏是刚才想起一件事来，到后面去交代了黄嫂一下，你们就来了。"瑞云朝江定浩笑了笑道："妹夫不怪我吧？"定浩笑道："文英在你面前撒娇，你别理她。"瑞云哈哈笑了。文英问道："我的外甥女呢，怎么不抱过来让我见见？"瑞云道："睡着了，小孩子哪能说得清楚，要睡就睡，我跟何妈说过了，孩子醒来，她就会抱过来的。"

瑞云拉着文英的手，左看右看道："好时髦！长胖了。"江定浩笑道："这都是我的功劳。"文英笑道："劳驾你别让我再吃鱼胶了，要不，连这件两尺两寸腰围的旗袍都要搁置衣柜当展览品了。"大家都笑了。文英瞧着瑞云道："你瘦了好多，养孩子就这么辛苦吗？还留着这发型，太古板了，剪掉它，换个发型，烫发吧，看上去会精神点，你以前那时髦的样子哪儿去了？"瑞云叹了口气，苦笑道："别说我了，说别的吧。你有没有常回宁波？小舅和舅妈及弟妹们都好吗？"文英正要回答，何妈抱着梦梅进来了。

文英抱过梦梅，看了又看，乐道："小毛头真可爱，太像表姐你了，让我亲亲！"文英在梦梅的左颊上亲了亲道："这一下是我的。"说着，又在梦梅的右颊上亲了亲道："这一下是替三哥亲的，三哥没忘记他去年说的话，给外甥女买了两听金鸡牌饼干。"文英说着，用手指了指放在一旁的皮箱。定浩打开皮箱，文英将梦梅让瑞云抱了，把皮箱里头的两听饼干先拿出来放在桌上，然后捧了一只白绒布做的卷毛小羊羔出来，塞到梦梅的怀里道："还有这个，也是表舅给的。"瑞云道："表弟还记得这个？回去替我谢谢他吧。"瑞云本想问"他好吗？"但她停住了。

文英把其他礼物一一拿了出来，都摆在桌子上，礼物大多是给梦梅的，文英把那套她自己亲手织的金黄色的毛线衣放在梦梅的身上摆了摆，乐道："大小正合适！"

文英突然想起了晋喜，问道："小姑娘晋喜呢，她怎么不出来见我？"程万里怕瑞云开口道出真相，便先开口道："她回家了。""她还回来吗？"文英问。瑞云道："她嫁人了。"文英诧异道："她这么小就嫁人了？"瑞云道："她不但嫁人，还快要当娘了。"文英还要问，瑞云道："不要再问晋喜的事了，我也不大清楚，待以后有她的确实消息了，我再告诉你吧。"

程万里为定浩夫妇准备了丰盛的午宴，说是为他们首次来福州洗尘，请他们以后常来福州聚聚。"妹妹和妹夫在这里多住几天，到我们福州各个风景点走走，虽然福州不如上海繁荣，却也有自己的独特之处，福州的风光独具一格。"程万里道，"客房我给你们准备好了，饭后你们就可上楼休息去。"江定浩笑道："谢谢姐夫了，我这次来闽，事务繁多，主要是应厦门、泉州、莆田三地客商的要求，来给他们做些技术指导，顺便也为公司谈点生意，先是在厦门待了两天，后又辗转泉州、莆田等地，与闽南几家大推销商见了面，总算不负公司的委托，现在事务都办好了。我们离家已一个多星期，家里父母必定挂念得紧，再说这几天文英跟着我东奔西走，她已累得不行。我已买好船票，明天上午就离开这儿回沪去，今晚也不打扰你们了，我们已订好了旅馆。"程万里听了，如释重担，但他口头上还是那么甜："妹妹和妹夫怎么就不给个面子，这么匆忙就离开福州，像是我们款待不周似的。"定浩道："姐夫说这话就生分了，文英跟着我来福建只是为了要会会你们，现在大家都见到了，文英的心愿已实现，我很高兴。姐夫这般好客，我和文英真不知该怎么谢才好，这个情只能等表姐和姐夫来我们家玩的时候还了。"

饭后，文英要上楼休息，问定浩上不上楼去，定浩道："我要和姐夫聊聊，你先上去吧。"

瑞云带文英去休息，问文英什么时候会当母亲，文英红着眼眶将她去年五月里小产的事告诉了瑞云，瑞云道："怎么这样不小心！"文英道："那天下午我提了一壶水去阳台浇花，在阳台滴了些水，脚踩在水上滑倒了，当时也不觉得怎么样，晚上却小产了。"瑞云安慰道："女人就这么回事，好好调养调养，今年就会有孩子了。"文英道："定浩和婆婆也都这么安慰我：'又不是不会生孩子，到时候就会有的。'但我总觉得歉意。"瑞云笑道："只怕那时生了一大堆，让你忙都忙不过来。"文英笑道："我不要一大堆，两三个就够了，只有一个孩子是太少的，太孤单了，江家只有定浩一个，连我也感到孤单。"

文英见瑞云不问文炳的消息，觉得奇怪，便道："表姐你怎么不问三哥的消息？"瑞云微笑道："你没给我提他的事儿，我就知道他一切都好。如今我已变得很自私，想到的只有自己的女儿了。你和他常见面吗？"文英笑道："真是没见过像你这样的人，只养了一个孩子，就把自己弄得这么惨，又瘦又没精神，心中只有女儿，连我和三哥都给忘了，怪不得连信都不给我写。"瑞云笑道："你是越发拿我的不是来了，你想想看，你给我写过几封信。"文英道："我上次连着给你写了两封信，都不见你回信，所以也就懒得再给你写信了。"瑞云笑道："我认错了，是我的不对，向你们道歉。回去替我向文炳问声好，祝他生意兴隆。"文英把文炳的近况告诉给瑞云，瑞云道："愿他财运亨通。"

两人说了会儿话，瑞云让文英好好休息，她自己也回房休息去了。

江定浩和程万里在楼下客厅闲聊。程万里告诉定浩，他小时喜武胜于学文，十五岁时跟他母亲娘家一位在湖北任管带的亲戚习武，跟着那亲戚走南闯北。辛亥革命时，那位亲戚在新军革命党人之列，武昌起义后，当上了江西督军麾下的一位师长，程万里亦跟随那位师长亲戚到湘。他跟着那亲戚认识了各地的许多军政界要员，在外闯荡了十来年，直到他父亲去世的时候他才回家，此后他便没有再离开福建。

程万里津津乐道自己的经历，时时开怀大笑，得意之情溢于言表。江定浩静静地听着，不时地点头微笑。"原来他是军人出身，有军阀作背景，怪不得他年龄不大却当上了大官。"定浩想道。

程万里说完自己的经历，笑道："妹夫和妹妹这回来福建，对我们福建首府的特色却是一点也不了解，这怎能说得过去？等会儿妹妹睡醒，我叫英国司机开车来，我们在福州城内兜兜风，让你们稍微认识一下闽侯，怎么样？"江定浩见程万里如此热情，便答应了。

英国司机开着小汽车来了，程万里让文英和定浩先上车，然后扶着瑞云的手上了车。瑞云本不想去，但为了陪文英，也只得去了。

坐小汽车兜风回来，程万里在福州有名的菜馆"醉仙楼"招待定浩夫妇吃闽菜，饭后，司机送定浩和文英至旅馆，瑞云和文英彼此道别时，两人都落了泪。

瑞云走后，文英对定浩道："我有些感觉，瑞云在这里过得不快乐，你说呢？"定浩道："不会吧，难道中午你们在楼上休息时，她对你说了什么？"文英道："她倒没说什么，这只是我的感觉罢了。她以前是个很时髦很开朗很大方的人，我们从小相知，是无话不说的。如今我们两年多没见面了，今天我特地从上海跑来看她，她应该有很多话要跟我说的，可她单问别人的事，她自己具体的事一句也不提，我问她在这里是否一切都好，她朝我笑了笑说很好，然后又问我别的事了。我总觉得她笑得很勉强，你看她又瘦又没精神，总不该是她在这里发生了什么不愉快的事吧。"定浩道："你别多心，你们好久没见面了，她自然有很多事要问你的。别胡思乱想，带孩子是辛苦的事，所以她瘦了，或许她丈夫公务繁忙，对她疏忽了点也是有的，不过我看她丈夫今天对她很细心的样子，你没看见他上下车都扶着瑞云的手？"文英道："但愿如此吧。今天你跟她丈夫聊了些什么呢？"定浩便把程万里的经历向文英说了一番，文英道："这些军阀就是靠不住，但愿他不是那种人。"

（三）

程万里的脑子里留着文英和江定浩。"郎才女貌，用这四字来评价这对夫妇决不会言过其实。瑞云的这个表妹真美，美得让人心动。"程万里想着文英，便想起那两听金鸡牌饼干和那只卷毛小羊羔，"瑞云的那位表弟为什么对梦梅念念不忘呢？这两听饼干他是带给梦梅的，梦梅属羊，他便给她送了只羊羔，是他让文英替他亲梦梅的吗？"程万里想起文英亲梦梅时所说的话，心里更加烦恼了起来。

四月，晋喜生产了，生了个男孩。下午自晋喜出现生产的迹象开始，瑞云一直陪在晋喜的身边，女人等着女人生产，瑞云十分揪心。到了亥时，晋喜顺利生下了男婴，母子平安，瑞云松了口气，她觉得很累，吩咐了月妈子一番话后，才上楼休息去。

程万里在大厅中等着，当瑞云出来告诉他这个消息时，他心花怒放，立即进去看望儿子。他小心翼翼地抱起儿子亲了亲，心里想道："我终于有自己的儿子了！宁德的侄儿虽然是他的亲儿子，但那毕竟只是他的私生子，带不上人前来，而且那是他和他的嫂子生的，名义上只能算是他哥的儿子，如今晋喜给他生了男孩，虽说是庶出，但总是他自己的儿子了。"程万里这样想着，又亲了亲男婴，然后把他轻轻地放回晋喜的身旁。晋喜微笑着，程万里俯身亲了亲晋喜，笑道："好好休息吧，养好我的儿子！"

儿子满月了，程万里为他摆了满月酒，请了军政界的朋友，热闹了一番。瑞云看在眼里，伤在心里，她为女儿悲哀。

男孩娇气，满月不久便生起病来，身体发热，请了中医，吃了十几天药才见好，但过了没几天，却又生起病来，烧发得更厉害，两个鼻翼急促地扇动着，啼哭不止。程万里请了好几个中医来看病，中医们都说这是胎内带来的热毒，一时难以清理，需耐心用药。程万里听了，发起火来，对卫兵道："笨蛋，都是些没本事的庸医，让他们快走，你赶快去洋人的医院，给我请个洋人医生来。"

西医来了，看过小孩的面部，量了体温，拿听诊器听了男孩的胸部，再问了些情况，然后对程万里道："小孩患的是肺炎，不算重，但须马上打针。"果然西医厉害，一针打下去，晚上病情便有好转，打了几天针后病就痊愈了。

这一回程万里吓得不轻，听了一些人的说法，他便让他的亲信下属找人替男婴算命。算命先生看了男婴的生辰八字，琢磨了一番道："我算得这孩子生在富贵之家，日后也是个富贵之人，天资聪明，事业发达，若经商，必生意兴隆，若从政，必官运亨通，寿享耄耋，子孙满堂。只是这男孩七岁之内会有些麻烦，令爹娘惊吓不少。"亲信下属道："先生说得极对，但有什么办法能破除孩子的麻烦，让爹娘少惊吓吗？"算命先生又将男孩的生辰八字仔细看了一番，翻开他那本发黄了的历书，口中念念有词道："孩子属鸡，鸡与兔相冲，四月七日亥时生，四月七日是虎日，虎日冲猴，亥与巳相冲。这孩子与属兔属猴的人、生辰巳时的人相冲，尽量避开这三种人为好。"那亲信下属还算聪明，当下就问算命先生："属兔属猴的和生辰巳时的人多着，怎能躲避得尽？"算命的道："只要避开家中的这几种人就行，七岁之后就没事了。"算命先生懂阴阳青乌之术，续道："又四月七日喜神西北，恶神东南，福州地处东南，若是白天，阳光明亮，恶神蛰伏，自不嚣张，到了夜里，恶神蠢动，这孩子亥时生，怕是出生时遇上恶神了。"算命先生一边说着，一边从桌下掏出三张黄纸，在其中的两张纸上添写了几个字，又开了桌子的抽屉，拿出一只银手镯道："这只手镯戴在孩子的左手，天天戴着。将这张黄纸贴在孩子所住房子的出入门上。今天晚上将这两张黄纸烧在大院的东南角。一切大吉！"

程万里得了这算命先生的话，一切按算命先生的话做了，他把家中每个人的属相和生辰都细细思量了一番，发现梦梅正是巳时生。"是了，晋喜说瑞云带着梦梅来看过小男孩，怪不得这孩子生病。"程万里把算命先生的话告诉给晋喜和她房中的妈子，嘱咐她们当心别让梦梅见小男孩。

晋喜和她房中的妈子记住了程万里的话，为了不找麻烦，他们天天只待在房里头，足不出户，连门窗都不开。瑞云不知底细，有时带梦梅下楼玩，本想去看看晋喜和男婴，但见晋喜房中的窗都闭着，门上还贴了门符，便不去打扰。

七月，一场台风过后，天气异常闷热，晋喜和妈子待在房里，窗户紧闭，闷热得如置蒸笼之中，孩子热得大哭，妈子和晋喜轮流着给孩子摇扇子，但又不敢用力。两人实在热得不行，晋喜开了南窗，见院子里无人，便拉了张椅子，背着窗子，坐在窗边奶孩子。

这时，何妈正带着梦梅在楼下后院取凉，梦梅已会自己走路，但走的不很稳，她玩腻了后院，便往前院走去。何妈跟在梦梅后头，转过东边的角墙，看见西边晋喜房中的南窗开着。自从那天晋喜生孩子的时候她来帮忙，见过刚生下来的孩子，至现在三个多月了，何妈一直没再见到这孩子，她想看看这孩子长得怎么样了。何妈抱起梦梅，往晋喜的窗子走去，大声说道："姨太太奶孩子啊？"晋喜听得何妈的声音，大吃一惊，不知所措，抱着孩子，站起来转身想关窗子，看看何妈快到窗下，便想往里间躲去，但又觉得这样做太对不起人家，便拉自己衣服的胸襟盖了孩子的脸，硬着头皮去面对何妈。孩子闷热得哭了起来，何妈抱着梦梅站在窗下笑道："姨太太养孩子真细心，孩子是太热，闷得慌呢。"晋喜连声道是，可就是不把衣襟掀掉，何妈见晋喜这样，说了声"不打扰你了"，便转身走了。

晋喜见何妈和梦梅走了，掀开衣襟，见孩子满头大汗，便拿扇子大扇了几下。孩子不哭了，晋喜用手按着自己的胸口道："吓死我了，吓死我了！"

这天夜里孩子又发起烧来，程万里连夜让卫兵去请来那西洋医生，医生说是感冒了，程万里问是否需要打针，医生说不必，只需吃点药就会好。程万里想起那年梦梅夏天生病的事，大概也就是这种病，吃了半个来月的药才好，想到这，程万里又担忧起来，后来得知今天何妈抱梦梅来要见男孩的事，便对晋喜和妈子大发脾气："你们为什么不按我吩咐的去做？算命先生的话岂能不听？这不是应验了吗！"

还算好，小男孩吃了西医的药，第二天烧便退了。

（四）

"这个梦梅简直是我的死对头，为什么不早也不迟，偏在晋喜开了窗的时候出现？害得我们惊吓不少。"程万里越想越气，"她见到我就缩头，对我一点也不亲热，我看见她我心里也是不舒服，她哪里像是我的女儿？可别把别人的女儿当自己的女儿养了！"

程万里决定向瑞云摊牌，谈梦梅的事。

"小男孩很娇气，常生病，满月后请了好几次医生了，中医对他没办法，只好请西医。"程万里道，"几天前我让人给孩子算过命，说是家中属兔的属猴的和出生时辰为巳时的人与这男孩相冲，让这男孩尽量免见这几种人。我想，家中没有属兔属猴的人，唯有梦梅的生辰是巳时。"

"怪不得晋喜的房门上贴了门符，原来是冲梦梅来的。"瑞云很惊讶，也很愤怒，"他要对付梦梅了，我该怎么办？"瑞云强压住心中的怒火，她知道与程万里这个狡猾的恶人斗，时间还长着，她必须冷静，这是她上次迅速揭开程万里面纱留给她的教训。瑞云平静地道："算命人的话岂能当真？我爹常说，算命人的话、阴阳家的话是最听不得的。"程万里见瑞云搬出她爹作挡箭牌，便道："你爹不信算命，但我信，我这个家是我说了算，你和晋喜都得听我的。"瑞云道："那你想怎么样？"程万里道："我已想了好几天，前几天我都让晋喜和妈子关了门窗在里面待着，可大前天天气实在太热，晋喜开了南窗透风，那时何妈和梦梅正在楼下院子里玩，何妈便抱着梦梅来，要见小男孩，那天夜里男孩就又发起烧来，只得连夜去请西医来，吃了西药，烧才退。我想，让晋喜她们关起门窗待在房里，这不是办法，因此我想让你带着梦梅回宁德家中去住些时间。"瑞云问："住多久？"程万里道："那算命先生说七岁之后男孩就没事了。"瑞云道："那我们要在宁德呆七年了，是吗？"程万里不语。瑞云道："我不去！"程万里道："你不去不要紧，让梦梅去，我妈会带好她的。"瑞云生气了，言语也生硬起来："我不去，梦梅也不去，我会陪着梦梅呆在楼上不下楼的，你放心，我瑞云说得到也就做得到！"程万里道："那好，就这么办！"说着，他起身下楼了。

瑞云急步回到房中，把坐在地上玩着的梦梅紧紧地抱在怀中，痛哭了起来，吓得梦梅也大哭起来。何妈忙问何事，瑞云哭道："我知道他迟早会把怨气发到梦梅身上，果然今天他找了个借口要撵她走，虎毒尚不食子，世上哪有这样狠心的父亲！"瑞云呜咽着说完了这些话，只是一个劲地哭。何妈见状，便知道刚才程万里上楼来一定是对瑞云说了什么对梦梅狠心的话，何妈道："太太，你别只管哭，看你把小小姐吓成这样，你得说说是怎么回事，好让我们想办法。"

瑞云把刚才程万里的话说给何妈听了，何妈惊道："厅长怎么会这样？都是我的错，要不是我想见见小少爷，厅长也不至于会做出这样的决定，我去求厅长收回他的话吧。"瑞云拉住何妈道："没用的，他要做的事，什么人也拦他不住，他做的坏事只有我了解，你是不明白的。"何妈道："厅长这么做对小小姐太不公平了，无论怎么说，小小姐也是他的骨肉，同样的骨肉，分什么彼此。"瑞云泣道："他若把梦梅当他的骨肉，他会这么做吗？是我前番说了实话，戳了他的痛处，他要报复我，连累了梦梅。"何妈很想知道瑞云说的是什么实话，是什么痛处，但她不敢问，她知道下人是不该问这种事的。

从此，何妈和瑞云都不带梦梅下楼玩，梦梅只待在楼上。瑞云和何妈动尽了脑筋，想尽了办法，弄了许多新花样陪梦梅玩，帮她取乐，但待在楼上取乐的办法总是有限的，且玩得不尽兴。梦梅想要下楼，任凭她怎么哭着，瑞云和何妈终不会带她下楼去，而瑞云总会痛心地流泪，梦梅不知道这是为什么，后来她也不要求下楼了，习惯地待在楼上玩，似乎把下楼的事给忘了。

梦梅会跑，会跳了，她高兴的时候，会在房间里跌跌撞撞地打圈子跑，有时会跑出房门，到客厅去跑，跟何妈和瑞云捉迷藏。一天，梦梅跑出房门，先在客厅打了个圈子，这时何妈正在西边的客房里擦桌椅，梦梅便跑进西房玩。瑞云跟在梦梅的身后，见她进西房玩，瑞云交代了何妈几句话，便回房念经去了。平时这西房的门是关着的，今天开着，梦梅很高兴，便在西房里蹦蹦跳跳起来。这西房的楼下正是晋喜的卧房，这天是休息日，程万里正在房里，听到楼上的跑跳声，便气呼呼地冲上楼来。梦梅见程万里一脸怒气，赶紧躲在何妈的怀里。程万里站在门口冲着何妈大声吼道："她在这里发疯，你也不阻止，小少爷吓着了，拿你们是问！"何妈低头向程万里赔不是道："都是我的不是，厅长的教训我记住了，以后我不会让小小姐在这里蹦跳了。"程万里的怒气尚未消，斥道："不是不能在这里蹦跳，而是不能在楼上蹦跳，跑也不行！"说完，他怒气冲冲地下楼去了。

瑞云在房里听见程万里的吼声，走出房来，见程万里已下楼。何妈抱着梦梅走出西房，梦梅伏在何妈的肩上，听见瑞云问话的声音，她转过身，大声哭了起来，瑞云抱过梦梅，心疼地哄着她。何妈把刚才发生的事告诉给瑞云，瑞云道："怕是今后我们连这楼上也不能待了。"

梦梅懂事了许多，能说点不连贯的话了，瑞云告诉她别乱跑，别乱跳，她能听懂了，也能做到了。梦梅沉默了许多，常让瑞云或何妈抱着站在窗边往外看，看着阳光照耀着的大院子，草木葱茏，看着蔚蓝色的天空，白云朵朵。当鸟儿从空中飞过的时候，她会盯着看，然后把头伸出窗外，直至看不到鸟儿为止。

一天，瑞云抱着梦梅站在窗口望着天空，一群大雁排着"一"字在天空飞着，向南飞去，雁队时而换成"人"字，时而又换回"一"字。梦梅高兴得拍起手来，张嘴呼唤道："鸟——回——来！"大雁飞走了，梦梅惆怅地转过脸，将小脸贴在瑞云的脸上，望着天空，喃喃地断断续续道："鸟——会飞——，真好！"

瑞云落下了眼泪。"她是笼中鸟，待在笼中会死去的。"瑞云想道，"我不能让她就这样一直待在笼中，我得设法让她飞出去，我要带她离开这儿！"

（五）

九月，省长下闽南各地视察，点名警察厅和财政厅两厅长相陪。瑞云趁着程万里不在家的几天，借口带梦梅去寺庙拜佛，瞒过门卫，带着梦梅和何妈回到了宁德父亲的家中。此时，阮明达才知瑞云的一切不幸。

"原以为给你找到了如意的夫君，哪知道竟是个没心肝的狼！这都是爹的错。"明达痛心道。"这哪能怪爹？都是我的命不好！"瑞云哭道。明达道："前年我去你那儿，你给我讲程万里眠花宿柳的事，我虽然吃惊，但还不在意，以为这只是青年官员逢场作戏的事。今年我去看你，我看程万里对我仍然那样热情周到，你也没说什么，我就放心了，哪里知道他竟是这样的败坏无耻。"瑞云道："若是我不回娘家来，你们是永远不知道他的劣迹的，他在你们面前装得那么好，你们会想到他是这样的坏人吗？"谭氏道："这姓程的真不是人，单凭他在家和他嫂子私通这一事就该千刀万剐了。"

明达明白，瑞云这一离开福州，就是彻底离开程万里了，倘若程万里要起赖来，说是瑞云趁他不在闽侯跟人私奔了，那样反要被他诬赖。

瑞云道："我想好了，我要向他提出离婚。再说，我的许多东西还在福州，我要拿回我的嫁妆。"明达道："离婚得请律师帮忙，宁德没有好律师，若在福州请，恐怕那些律师会惧程万里的威势，不会帮我们忙的。"瑞云道："那我去上海，请文英的丈夫给我请个好律师吧。"明达道："我跟你大舅父商量商量，听听他的说法，在宁德我们也没有别的亲人好商量，只有他了。"

听了明达的话，元龙大吃一惊道："瑞云想离婚，这事不会容易，请律师是一回事，法院中审决的人又是另一回事了，上海的律师对福州的法

190

院不熟悉，这事不好办成。"明达道："我也这么想，但只是没有其他的好办法。"元龙沉思道："我去杭州找杨堃问问，看他在福州有否和什么重要的人物交往，如果没有，听听他的想法也好，你说怎么样？"明达道："这很好，若他在福州有重要的熟人更好，若无熟人，办这事，他总比我们内行，听听他的意思，总有好处，只是这要辛苦大哥你跑一趟了。"

次日，元龙即动身去杭州。

杨堃听完元龙的话，奇道："程万里？他是阮明达的女婿？这小军阀怎么这么胡闹！"元龙道："你跟他熟悉？"杨堃笑道："有过一次交往。"

去年浙闽两省的省长在闽议事，杨堃陪同省长前往福州，福建省长把福建的警察厅厅长程万里介绍给杨堃认识。程万里得知杨堃是光绪年间的进士，翰林院出身，知他知识渊博，阅历丰富，便不敢怠慢，开口必称杨堃为"前辈"，殷勤款待，极尽地主之谊，给杨堃留下很深的印象。杨堃见程万里年纪轻轻的，却当上了闽省警察厅厅长，向人一打听，知他是军人出身。"如今的军阀和其徒子徒孙都是政府的官员。"杨堃道。

听了杨堃的话，元龙喜道："看来瑞云的事解决有望了。"杨堃道："话虽这么说，但怎么解决，还得想个好办法。"沉思了片刻，杨堃道："对付这个小军阀，得用攻心术，你说他现在最怕的是什么？他最怕他周围政界中的人了解他的所有劣迹。倘若他得知我是瑞云的亲戚，便知我了解他的一切恶行，我出面调停他们俩的事，他便没胆量放肆了。我今立即给他写封信，看他见了我这封信后有何动静，我们再作行动。"杨堃当即修书一封，给元龙看过，又修改了几个字，将信装入信封封了，让秘书立即把信发出去。

程万里陪同省长视察回来已是瑞云离开福州两天以后的事，任凭程万里怎样大发雷霆，都无济于事了，瑞云走了，她带走了一切她房中可以带走的她自己的东西，连同那尊白瓷观音。雷霆大发之后，程万里慢慢地冷静了下来。"她不会再回来了，"程万里想道，"她会向我提出离婚的，要离婚？没那么容易！"程万里庆幸阮明达的官职比他小，"她斗不过我，我会搞臭她，让她见不得人。"程万里等着瑞云对他的离婚起诉。

五天后，秘书给程万里送来了杨堃寄来的信，程万里见信是从浙江警察厅寄来的，觉得奇怪。打开信，他先看信的落款，原来这信是浙江警察厅厅长杨堃寄来的。"杨堃为什么给我写信来？"程万里急急从信的开头看：

万里小弟

去岁在闽与弟一别，至今未通消息。前日我二姐夫为其外甥女瑞云之事来杭，嘱我为伊请律师，我始知与弟有姻亲之缘。

我之二姐夫乃瑞云之大舅父，我杨家与瑞云阮家是世交，我与瑞云之父是金石之交，瑞云呼我为叔。

今日修书与弟，为解瑞云与弟不和之事也。虽云清官难断家务事，然汝俩既不和，又无和好之可能，不若彼此早日解脱，各自清心过时日岂不更好？彼时，任凭弟娶三妻四妾，谁与干涉？弟岂不更称心？

我今有意为汝俩做和事佬，大事化小，简便了断汝俩之麻烦事。我当说服瑞云不起诉，汝俩立一契约，解除婚姻关系。汝俩之女梦梅归瑞云抚养，瑞云搬回属己之物。如此解决，省却了弟许多用脑之事，既不惊动闽侯法院，亦不惊动弟家上下。弟安，我等亦安矣。

弟仕途宽广，前程无量，岂可与女流之辈争高下？简便了断之法唯有如是，别无他法，弟意下如何？候复！

杨堃手书
民国十年九月二十六日

杨堃的来信，犹如一盆冰水从头顶浇来，程万里心里阵阵发寒。"杨堃竟是瑞云的亲戚！怎么以前她从不提起？"程万里闭起眼睛，懊恼地想道，"不管这些了，麻烦的是杨堃已经知道我的所有底细，他若是把我的这些底细都告诉给我的上司和同僚，尤其是把我哥在世生病时我和嫂子偷情生有一子的事宣扬出去，我就完了。"

程万里心里发慌，"我只能接受杨堃的意见了。"他慢慢提起笔来，给杨堃复了信。

杨堃收到程万里的回信，知一切如他所想，程万里接受杨堃的意见，愿意与瑞云立约，解除婚姻，并让瑞云搬回她自己的东西。

待瑞云办好了一切事，杨堃又给程万里写了封信，他是不想与程万里结怨。信中杨堃称程万里有大丈夫之气，心胸宽大，日后必定扶摇直上，鹏程万里。最后，杨堃在信中道："此事已了，从今以后，兄依然如是兄，弟依然如是弟，你我仍为兄弟，无有嫌隙。杭城十月，杲日丽天，西湖山水，处处入画，弟若有闲，来此一游。兄当迎弟于大门之外，叙情于酒楼之中，心中烦恼，烟消云散。来日方长，望弟珍重！"

瑞云摆脱了程万里，暂时住在她父亲的府中，明达觉得亏欠瑞云，对瑞云母女照顾有加，梦梅仍由何妈带着，她很快熟悉了新环境，和两个比她大不了多少的小舅舅玩得很好，两个小舅舅都很喜欢梦梅，梦梅重新快乐了起来。

瑞云每日早起，对着白瓷观音虔诚礼拜，然后念经。对于今后，瑞云在福州作逃离之时就有所打算。有了这次婚姻的经历，瑞云不想再嫁人，"一个清清白白的年轻女子，初婚尚且如此，何况是拖着个孩子再醮的女人。"再者，知县的女儿，曾经的警察厅厅长正夫人的身份不容她多考虑再嫁之事。但她知道她不能老死在父亲的家中，梦梅也不能待在福建，这是她心灵受伤的地方。"我得把她带出去，带到快乐的地方。"瑞云想道，"把梦梅送给文英和江定浩，求他们收梦梅为女儿，他们会答应的，然后我出家当尼姑去。"

瑞云打定了主意。把自己的决定告诉了父亲。明达坚决不同意瑞云的决定。"是我害了你一辈子，"明达流泪道，"你不想再嫁人我不勉强，我会养你后半辈子，不让别人欺负你，我会把梦梅体体面面地嫁出去。你放心，在我走之前我会再留一笔钱给你的。"

"这些都不要紧，"瑞云平静地道，"梦梅不能呆在福建，否则她懂事后会伤心的，为了梦梅的将来，我必须这么做。我想文英和定浩会收留梦梅的，我深信定浩的为人。梦梅还小，她很快会把我忘掉的，只有定浩和文英做梦梅的父母，我才放心。至于我，出家是最好的办法，爹不要用世俗的眼光看尼姑，以为尼姑是很可怜的人。出身名门的尼姑大有人在，宋初节度使陈洪进有女为尼，建千佛庵。宋朝福建还出了几位有名的比丘尼，她们大都出身高贵，如丞相苏颂的孙女妙总，尚书黄裳之女妙道，还有游察院的侄女觉庵。"

听了瑞云这番话，明达明白，瑞云早已在考虑她自己的日后之事，现在她已决定了。瑞云自己决定了的事，阮明达改变不了，他只得同意瑞云的决定。

夜里瑞云流着泪给文英写了沉沉的一封信，写完信，已是下半夜丑时，她想把信封了，但又想起了一件事，便又提起笔来，添了如下几字：

又及

切不要将我之事告诉文炳表弟，否则，他若生事，会令我更麻烦。待我出家后再告之与他，姐拜托你了。

（六）

文英和定浩都想不到程万里会坏到这种地步，读完瑞云的信文英哭了。

"想不到这几年瑞云活得这样苦，"文英道，"婚姻简直是赌博，全凭自己的命运，表姐和三哥都输了，表姐输得更惨。"定浩道："你说得对，婚姻是赌博，瑞云赌输了，所以她不再赌了。"文英道："幸好大妈家有个当警察厅长的弟弟，否则瑞云的苦难不知什么时候才有尽头。你说瑞云若是不出家，就没有别的好办法安排她的后半辈子吗？"定浩道："这件事肯定瑞云比我们想得多，我想也是没有更好的办法了。她若不再嫁，一个人带着梦梅，很辛苦不说，将来梦梅出嫁了，她更加孤单。"文英道："三哥若是知道瑞云的事，他会找程万里算账的。"定浩道："所以瑞云让你先不告诉文炳，瑞云是理智的。"文英道："表姐让我们收养梦梅，我是毫不推脱的，你也不会，但不知娘和爹会怎么想？"定浩想了想道："我把瑞云的这封信拿给娘看过，娘心慈，看了会动情的。"

定浩的母亲看着瑞云的来信，她感到震惊，她边看信边骂起程万里来："没心肝的畜生！""这种猪狗不如的事怎能干得出来！""真要千刀万剐了他才是！""真是苦了瑞云了。""连小毛头也遭罪！"

定浩的母亲看着信骂了会儿程万里，抬头望着定浩道："你不是说瑞云的丈夫很好吗？"定浩道："瑞云说程万里很会做戏，她一点也没说错，连我也被程万里的假君子风度骗了。文英的头脑倒比我清醒，她那时就看出了点事，说瑞云的心里藏着什么没说，我还说她多心。娘，你先把信看完，瑞云还有事求我们呢。"

定浩的母亲低头继续看瑞云的信，瑞云在信中道："想我瑞云，虽不是侯门千金，金枝玉叶，却也是知县之女，父母溺爱，视如珍宝，自知尊重，不行低贱。不想竟遭如此蹂躏，如同残花败柳，蒲草芦苇。我只能感叹人生无常，自认命薄。遭此大劫，姐不复留恋这烦喧的世间，我愿过清静的日子，远离尘嚣，青灯古佛将是我余生的伴侣，落霞西处是我最终皈依的地方。我已说服我爹，他最终同意我之抉择。我今放不下的唯有梦梅，我必须先安顿好她，梦梅无辜，却因我遭受如此大难，我心何忍！她已遭亲爹遗弃，我须让她有一个温暖的家。思来想去，唯有把梦梅托付于妹，姐才放心。妹之一家，笃信基督，皆善良之人，定会体恤梦梅和我的苦难，收留梦梅，让她平安长大。如是一愿，姐在此拜谢妹妹全家了！"

定浩的母亲读到此处，情之所动，也伤起心来，她拿出怀中的手帕，擦着眼睛道："我脑子里的瑞云，美丽大方且庄重，想不到她竟是命薄。平常之人也有恻隐之心，何况我们基督教徒。你给瑞云回信，说我们全家都喜欢梦梅，欢迎她的到来，我们会把她当亲人看的，疼爱她，用心抚养她，给她快乐，让她读书。"歇了会儿她又补充道："这件事就这么定了，你爹那里我会对他说的，他是老好人，你是知道的，他会同意的。"

瑞云接到了文英和定浩的回信，心中万分感激，泪水泉涌而出，"我知道定浩一家都是好人，梦梅有救了。"瑞云想道。

瑞云马上着手打点行李，阮明达请元龙陪瑞云送梦梅去上海。何妈愿意跟梦梅去江家，照顾梦梅，瑞云更加放心了。

几天后，元龙、瑞云等四人到达了江家。

梦梅很讨江家的喜欢，没几天就和江家人混熟了，瑞云便要离开上海回宁德去。文英心里明白，瑞云这一走，可能就是永别，她这样想着，悲伤得流泪。瑞云知道文英是为她流泪，她对文英道："人生在世，究竟有离别的时候，只是迟早罢了，妹妹不必悲伤。你我若有缘，以后还能见面的。"文英道："虽说如此，我心里总是难受。你放心回去吧，待梦梅叫我们爹娘时，我再写信给你。"

瑞云回到宁德不久，便在莲花庵剃度出家，取法名为静慧。

两个月后，明达收到文英给瑞云的信，他让佣人将信送给瑞云。"梦梅喊我们爹娘了，她还会喊爷爷和奶奶，她会讲很多话了，梦梅很聪明，我们教她说上海话，她很快便就学会。"文英高兴地在信中写道，"公公和婆婆很疼她，小毛头便跟他们撒娇，她撒娇时，总爱拿小脸贴他们的脸。梦梅很能跑，跑遍了客厅，又往院子里跑，何妈追在她后面，她便跑得更快。"

瑞云终于放心了，梦梅已忘记了过去，她把江家当成自己的家，开始新的生活了。

"告诉你一件事，说来也奇怪，梦梅一来，我就怀上孩子了。"文英写道，"大家都说这是梦梅给我们带来的福运。谢谢你，瑞云！谢谢你给我们送来梦梅，她是天使，给我们带来快乐。"

第十二章　文炳回丰城离婚；霖生做风筝放飞

（一）

　　霖生不逃学了，但他仍好动，国文先生教他们读《幼学故事琼林冲的《天文》，先生把内容解释了一番，让学生跟着他读了几遍，便叫学生们坐着背。霖生哪能坐得住，他早就读厌烦了，哪有心思背诵。他见他前排的同学书中夹着几张人物小像，便偷偷地要了来看。原来，小像中的人物是《三国演义》中的刘备、诸葛亮、关云长、张飞和赵云。霖生不敢再多看几眼，他怕先生见了会把小画片撕掉，还会遭先生的竹板打。霖生熬到课后，问明了那同学是何处买的这种小像，放了学，他便直奔那间店去，挑了《西游记》中的几张人物小像，唐僧、孙悟空、猪八戒和沙和尚，花了平时省下的一个铜钱买下了。

　　晚上，茂生在楼上用功。茂生独自住在楼上，为的是清静，好多学点东西。他把书房设在最东边那带有东窗的房间，在那里，有他的爹给他留下的许多书籍。比起数理，茂生更喜欢国文和历史，一有空，他就坐在书房里，不是练字，就是看书。他的好友曙秋和子西也常来和他一起看书、下棋或讨论问题。

　　玉如仍然陪着杨氏住，空闲时除了帮做家务和做小工赚钱外，她很喜欢看小说。今晚，玉如在杨氏房中看陈端生写的弹词《再生缘》。

　　杨氏坐在淑媛房中，婆媳俩商量了一会儿家事后，她便回房睡了。杨氏老了，已过花甲之年，她喜欢早睡。

　　淑媛在灯下纳鞋底，霖生拿出白天买的那几张小像，向淑媛要了一张绣花时描图用的半透明的纸，他把纸按在小像上描着画，冰如站在他旁边看着。淑媛见霖生那副专心描图的样子，笑道："你平时读书若也有这样子的精神就好了，怎么叫你读书，你不是坐不住就是打呵欠呢？"霖生嘻嘻笑道："读那些书没意思，什么'混沌初开，乾坤始奠。气之轻清上浮者为天，气之重浊下凝者为地。'先生摇着头唱着念，读得津津有味，可我觉得一点意思也没有。画这画多有意思啊，娘你看，我这几张图描得多好，简直一模一样——哈，你看我画得多好！"冰如在一旁拍手道："二哥，你画得真好，这张猪八戒给了我吧！"淑媛拿过霖生所描的画，看了道："描得还好，但你这是描，而不是画，若能画得这样好，才算好。"霖生道："我这才开始呢，以后我会自己画的。"

玉如从隔壁房里走过来道："你们只管自己说话，没听见福弟家的小妹哭个不停吗？"淑媛听了听道："真的，这孩子准又是肚子饿了，咱们家那只木桶里还有米粉，咱们给她送点去。"淑媛从厨房里拿了只大碗，装了一碗米粉，开了房门，玉如端着油灯，两人把米粉送到了对门麻家。

福弟的娘正为小女孩不够奶吃哭个不停而没个法儿，见淑媛母女俩送米粉来，她笑着拍着女孩的小肩道："你的救星又来了。"原来，几天前的一个晚上，小女孩也是这样啼哭不已，淑媛给她送过一些米粉。

这年的冬天很冷，早就下雪了。这日一大早秉仁的娘就来请淑媛去看看她家的小女儿，她家的小女儿昨天夜里发烧了，今天早上昏昏沉沉的，不想吃饭。淑媛出身乡下，田里山间处处都有草药，乡下人生病，自己采些草药，煎水喝了，往往病就好了。秉仁的娘知道淑媛懂这一套，平日她常采摘草药，洗净晒干，以备有用，故来找她。

女孩闭着眼，缩在单薄的被窝里，淑媛摸了摸她的额头，很是烫手。秉仁的娘道："昨天晚上她躺下睡觉时还好好的，后半夜就发起烧来了。"淑媛道："孩子是受冻了，这么冷的天，只盖这么薄的被，小孩子怎能受得住？"秉仁的娘道："这棉薄，但这被单挺厚，双线织的，还是她爹做新人时，家中为他置办的呢，是我婆婆亲手纺的线。"淑媛道："无论怎么说，这棉是太薄了。"秉仁的母亲道："过几天她爹就放寒假了，她爹回来时会把被子带回来的。"淑媛道："我家还有一床棉被放着没用，反正我们一时也用不着，我拿来给你们先用了吧。"

不一会，淑媛送了条半新不旧的棉被来，给女孩盖了道："只是没有被单，就这样将就着用吧。"秉仁的娘道了谢。淑媛道："我家里有干的桑叶、大青叶、鸭跖草和蒲公英，等我吃了饭，出去再摘些枇杷叶来，等会儿凑齐了，我再送来，你留心照看孩子吧。"

吃过早饭，淑媛找了些桑叶、大青叶、鸭跖草和蒲公英，再去东邻讨了几张枇杷树上的枇杷叶，又挖了几根盆子里她自己种的大葱，一齐给秉仁的娘送了过去。

（二）

元龙回来，带来瑞云的消息，令罗家人十分震惊。听完元龙的叙说，杨氏落泪道："瑞云怎么这样命苦！可怜她早就没了娘，她爹要找什么当官的乘龙女婿，迟迟不给她定婚姻。我以为瑞云的丈夫很好，原来她爹看花了眼，给她找了这么个畜生，害了她一辈子。这样说来，她还不如嫁给文炳，文炳对瑞云真心，他哪一点不好？相貌好，又能干，只是没有当官。比她家穷，两个孩子从小相知，瑞云心里也是喜欢文炳的，只是口里不说罢了。原以为只苦了一个文炳，哪里知道瑞云更苦！文炳要是知道瑞云的事，不知他会生出什么事来呢。"元龙道："正因为这样，我们才不敢把瑞云的事告诉文炳，我在上海呆了这许多天，也没去见他。"杨氏道："人的命真是说不准，你看瑞云和文英两个，若在前几年，谁不说瑞云命好，文英命薄。你看现在，正好相反，不知文英哪里来的福气，嫁得这样好，家境好不说，丈夫好，公婆又好，瑞云的女儿还得投靠她。"

"这就叫无常。"元龙感叹道，"咱们家的事不也是这样？十年前，谁会料到咱们家现在会是这个样子。我想问你，我们向媳妇娘家借的那些钱还得怎么样了？"杨氏道："还剩两百来块钱没还，本可以多还一点的，但今年用钱的事多。四月为袁伯的事用了十块银圆，这事五月给你写信时已告诉过你的。七月你东门滕家三姨生病，他那游手好闲的儿子说是来借钱，实是来要钱，前后共给了二十来块。"元龙问："三姨生病了？"杨氏道："她十月已走了，都是被她那个不争气的儿子害的。上半年他开了个赌庄。三姨曾来过咱们家，说那赌庄如何赚钱。当时我们就说这事干不得，三姨听了心中不爽，好一阵子没来咱家了。后来我听人说，那赌庄亏了，亏得一塌糊涂，血本都亏光了，三姨也就病倒了。"元龙听了，又是一阵叹息。杨氏讲完了三姨的事，回头续道："除了袁伯和三姨这两宗较大的开销外，还有九月我三妹夫六十生日，上个月六妹的女儿出嫁。"元龙道："该用的钱还得用，家中的费用也不要太省，我这回带来的钱可以还清媳妇娘家的债务了。"杨氏道："这样就只剩下我娘家的那笔钱了，过两年可以还清了，只是辛苦你了。"说着，杨氏又抹眼泪。元龙道："走一步看一步吧，现在还说不准的。"杨氏道："过了明年一年，茂生高中就毕业了，让他找个事做，也可减轻你挑的重担。"元龙道："这事由茂生自己决定吧，他若要继续读书，我们切不可阻拦，多读点书会更好。"

年初一，上午元龙去给长辈拜年，带了茂生去，淑媛带玉如和霖生去了明荣家拜年。下午，文鼎来，元龙问："你爹他们都好吗？"文鼎道："上午我给爹和婶娘拜过年了，他们都好，爹说后天进城来看你和大妈。"

文鼎已于去年八月结婚，小夫妻俩住在北门，离元龙的丝线店不远。小儿子结婚后不久，仲麟便娶了那财主家的寡妇女儿，搬到乡下去了。

文鼎去后，明荣来了，元龙给他讲了瑞云的事，明荣吃惊不小："想不到短短三年，瑞云的婚姻竟是这样的结局，以为她嫁得很好，原来是嫁了个草根军阀，怪不得会这样。苦了瑞云了，说到底，都是明达害了他女儿，宁波有多少好男儿放着不嫁，偏要把她嫁到福建去。"明荣不断摇头叹息。

翌日，元龙带茂生及霖生到罗家祠堂去拜谒祖宗。茂生跪在文嘉的灵位前，心里默默说道："爹，又是新的一年，茂生和霖生向你拜年来了。茂生我今年十七岁，过了今年这一年，儿子高中就毕业了，高中毕业后，儿子想不读书了。爷爷太辛苦，一个人挑着全家的担子，儿子想为爷爷分担责任，明年儿子去找个事做，赚点钱，帮家里早点还清债务，让爷爷早点回家和我们团聚。爹，你一定要保佑咱们全家平安，保佑儿子的愿望实现。"茂生说完心里的话，又向文嘉的灵位拜了三拜，然后起身。

年底明达接到上司的手谕，将他调任霞浦知县，过了年他要到霞浦上任。明达不放心瑞云，这里是程万里的老家，他在这里当知县瑞云倒没关系，他调走了，怕瑞云一个人在这里吃亏。瑞云道："我本来就想离开宁德，这是个是非之地，爹调出宁德最好了。出家人四海为家，你先去霞浦，我问问我师父，看她在霞浦有否熟悉的师父，帮我找个庙，我也到霞浦去。若没有，我再去别的地方云游。爹不必为我担忧，经了这许多事，我什么都不愁了。"

明达调任霞浦，元龙也要跟着去，过了初四，元龙就又离家了，他得早点到达宁德，帮明达把他全家搬到霞浦去。

（三）

文炳回丰城来了，这次他是因姚大姑娘告他婚姻一事的状而来丰城应诉的。

文炳自从结识梅老板和梅二姨太后，他的事业很顺利，梅老板看中文炳的能干和诚实，让文炳管理他的绸缎庄。

在此期间，文炳曾认识了一位漂亮的姑娘，她是绸缎庄里一个伙计的亲戚，当那姑娘的父亲得知文炳在老家丰城的婚姻时，便不准他的女儿和文炳来往，后来那姑娘也嫁人了。

那件事后，文炳曾写信给他爹，他要和姚大姑娘离婚，让他爹跟姚家说去。仲麟也曾让人约了姚大姑娘的父亲来谈，但姚家坚决不同意。为此，文炳请教了律师，律师说他可以向丰城法院做起诉离婚，但那是件麻烦的事，最简便的方法是与女方谈妥条件，私下解决。但姚大姑娘不肯离，文炳一时没法，至今还拖着这婚姻。如今，姚大姑娘倒是先把他告到衙门去了，文炳与姚大姑娘离婚有望了。

文炳三年多没回丰城了，在这三年多的时间里，他经历了很多痛苦的事：文嘉的离世，罗家的衰落，元龙的无奈，而最让他痛心的是瑞云婚姻的不幸。

文炳在瑞云出家三个多月后才得知此消息，那天，定浩让文炳晚上来他家附近的新新酒店，说那天是他生日，请文炳来喝杯酒。文炳准时来了，见在座的只有定浩和文英夫妇两人，且包厢里全无过生日的气氛，文炳心中诧异，但脸上还是笑着道："倒是我来早了，大家还都没到呢。"

定浩单刀直入道："你先坐下吧，我们今天请的就你一个人，今天也不是我的生日，我们有话告诉你——瑞云出家了。"文炳惊道："你开什么玩笑，瑞云好好的，为什么要出家！"文英从手提包里拿出瑞云那封沉沉的信道："三哥，你先把这封信看完，你就明白了。"

文炳快速地翻着信纸，他的手不住地颤抖，他一口气把信看完，疯了似的大声痛哭道："你们为什么不早告诉我？这么晚了才告诉我，叫我怎么办！"

定浩抚摸着文炳的肩膀道："文炳，你要冷静，你不是看到瑞云在信后特意再加上的那几句话吗？我们不早告诉你，这是瑞云的意思，她是怕你知道了她的情况，你会不冷静。"文英道："她知道你若不冷静，你会做出傻事来给她添麻烦的。瑞云是个理智的人，她决定的事是不会改变的。"文炳哭道："难道这就是命运吗？我俩从小相知，我这样爱着她，我知道她心里也是爱着我的，为什么我们两人就不能厮守在一起，各自要与别人结婚，遭受这么多的苦难呢？"哭着哭着，文炳蓦地站起身道："我要去找瑞云，我要娶她，我要抬花轿去接她，这是我对她说过的话，我要兑现我的诺言。"说着，他大步朝门口走去。

定浩从后死死抱住文炳，文英急忙关了包厢的门，将身子靠紧了门道："你到哪里去找她？连她爹都不知道她现在究竟在什么地方。姑父调霞浦去了，瑞云没有去，她说出家之人四海为家，不知她云游何方去了，你到哪里去找她？"文炳坚定地道："我去福建慢慢地找，总能找到她的。"文英道："就算你能找到她，她能跟你回来吗？看来你还没真正了解她，瑞云是不会再回红尘来了。"定浩道："文英说得对，瑞云是不会再回红尘来了。瑞云把梦梅托付给了我们，梦梅已喊我俩爹娘了，她已成了我们江家的孩子，瑞云放心走她自己选择的路了。"文英道："三哥，你不要去打扰瑞云，让她过她自己静心的日子吧，这是表姐的愿望，是她让我告诉你的。"

文炳刚才是糊涂了，一点也没有想到瑞云的女儿，现在听定浩说到梦梅，他才想起她来，文炳抹着眼泪对文英道："你和瑞云从小就黏在一起，她把女儿托付给你，她是最放心的。是我没用，我没能兑现我的话，梦梅只能跟你们了。"文英道："我和定浩商量好了，你做梦梅的干爹。"文炳叹了口气道："就这样办吧。"过了几天，定浩和文英又在"新新酒店"订了包厢，订了一桌酒，让梦梅拜文炳为干爹，文炳给梦梅一枚玉麒麟挂件作见面礼。文炳见梦梅与小时候的瑞云极像，不禁又勾起了他对少年时代的回忆。

丰城已经没有文炳的家，文鼎把他哥接去他家住了，文炳住在弟弟的家中与姚大姑娘打婚姻的官司，是最妥当的了，因为文鼎已正式改行当律师的助手了。

当初，文鼎在一钱庄当学徒，三年师成后，永兴钱庄聘了他。前年永兴钱庄的隔壁新开了一家律师事务所，主人是一位从山东烟台返乡的老律师，姓孔。孔律师家有老母，无人照顾，他年过半百，妻子也是丰城人，夫妻两人便有叶落归根之意。孔律师的子女都已成人，在烟台有着各自的事业和家庭，于是他和妻子返乡陪老母来了。

孔律师少小离乡，丰城的人不大认识他，如今他在丰城开了律师事务所，新来乍到，无人问津，闲得无聊时，他便来隔壁永兴钱庄坐坐，因此认识了文鼎。文鼎闲时，也常去孔律师处与他交谈，得知孔律师是正式科班出身，经验丰富。钱庄里有时会有与借钱的人发生纠纷，文鼎来请教孔律师，孔律师便告诉他一些关于诉讼的知识，于是文鼎对律师的事务发生了兴趣。孔律师见文鼎对律师的事务感兴趣，便让他看一些有关法律的书籍，渐渐地文鼎懂得了如何写诉状及诉讼的程序。经孔律师指点，文鼎学着为永兴钱庄写了几次诉状，孔律师对文鼎写的诉状颇满意。

文鼎正式当上孔律师的助手是去年十月以后的事。

以前丰城没有正式的律师，人们要告状，就找那些代笔写诉状的文人来写诉状，慢慢地丰城有了土律师。如今丰城来了科班出身的孔律师，欲打官司的人都喜欢找他帮忙。去年十月，孔律师的母亲病了，他得抽空陪在老母的床旁，他忙不过来，便请文鼎帮忙写诉状。事后一日，孔律师对文鼎道："我看你的诉状写得很好，于理于事写得很有条理，符合法律逻辑，不知你是否愿意改行当我的助手，跟我学当律师？"文鼎笑道："我是极愿意的，只是我才读过几年私塾，才疏学浅，不知能胜任否？"孔律师道："你虽只读过几年的私塾，但你的文笔还好，你若学当律师，比别人更胜一筹，因为你还懂财务，很多的官司与金钱有关。我看你老实敦厚，才向你谈及此事，作律师的，老实敦厚第一要紧，那些刁钻古怪的鬼精灵，是干不好律师这一行的。"文鼎大喜，当即向孔律师磕了三个头，拜孔律师为师，此后文鼎辞去永兴钱庄的事，正式做了孔律师的助手。

文鼎就他哥的事商量于孔律师，孔律师问："你哥是何时结的婚？"文鼎道："那年是十月下旬，再过几个月就五年了。"孔律师道："差不多五年了，女方一直不肯离婚，她是希望你哥回心转意，与你哥有团圆的一日。如今她突然状告你哥，原因可能有两种：一是女方不再对你哥抱有和好的幻想，或许她已找到新的郎君；二是女方不再容忍你哥的做法，她要与你哥对簿公堂，搞得你哥和你爹难受，在舆论上向你家施以压力，或许可达到与你哥和好的目的。"文鼎道："先生分析得极对，但我哥是不会与姚大姑娘和好的。"孔律师问："你哥已接到女方的诉状副本吗？"文鼎道："他昨天下午刚到，今早才去县衙，等会儿他回来，我就带他来见你。"

文炳从县衙回来，文鼎便带他来见孔律师，孔律师看过姚家的诉状副本道："这张诉状说是告你，实是告你爹，虽然诉状的落款署名是姚家大姑娘，但诉状的口气是她父亲的。看来是她的父亲要了结你们的婚姻了，目的主要是拿回你爹手中的她家陪嫁的田契，这样的意图表明姚大姑娘可能要另嫁了。"孔律师转身对文鼎道："你的看法如何？"文鼎道："我的看法与先生一样，姚家是要拿回他们陪嫁的田地，这样，事情就简单了，我爹会把那田地还给她家的。"孔律师道："问题不会是你所想的那么简单，她家还会要你们再给她一笔钱作为损失费的。"文炳道："她家只要开口，我会给她的，到底我已耽搁了她这么久的时间。"文鼎道："只怕爹不肯，她家和媒婆串通起来骗爹，爹已经很生气了，现在还要多给她家一笔钱，爹哪能同意？"孔律师道："若说耽搁了时间，这是双方的事，不只是文炳你耽搁了她的时间，其实她也耽搁了你的时间。问题不在这个事上，问题是她家在赖你家的钱，若这钱不给，你这离婚的事难以了结。为了尽早了结这事，这笔钱你们也只得出了，只是不知她家要多少钱。"文鼎道："要不，我们叫人去他家打听打听，看她家的意图如何。"孔律师道："这事交给我吧，我当你哥的辩护律师，我会找人去她家的，这件事你不必插手。"

仲麟从乡下赶来了，把当初姚家如何串通媒婆达成此婚姻的事，比文炳和文鼎更详细地又向孔律师讲了一遍。

孔律师介入了姚大姑娘和文炳的离婚案件中，女方没有请律师，是她的父亲做女方的全权代表。孔律师与姚大姑娘的父亲沟通离婚的条件，一切如孔律师所料，姚家要按婚约上所写的拿回他们所有的陪嫁物，此外，他们还要罗家一次性给他女儿五百银圆的损失费。仲麟道："姚家也太狠心了，这损失费是怎么算出来的？五百银圆买田地，也有十几亩了。"孔律师道："姚大姑娘的父亲是要你家每年给一百银圆赔偿损失。"文炳对他爹道："若要顶起真来，是她家骗了我们。但我们是拿花轿把他家女儿抬进门来的，他女儿若赖在咱们家永远不走，你有什么办法？现在他家先开口要把他的女儿抬回去，要我们给她一笔钱，你就把你老人家分给我的那十五亩田地给她了吧。"

原来，仲麟在郊外有五十来亩良田，前年他搬去乡下之前把这田地作了分析，两个儿子每人各十五亩，自己留了二十来亩，这事他已写信告诉过文炳，故文炳会有如此一说。

仲麟先是执意不同意，生气道："这些田地都是祖先辛辛苦苦勤俭攒起来的，我自己也守了一辈子，怎能把它送给外人？"文炳道："你已把这些田地分给我，是我无能，把它糟蹋了。你就这么想，祖先们要怪，都怪到我身上，和你没关系。"仲麟怎么也想不通，自己被姚家骗了，还要他赔钱。后经孔律师的分析和劝说，仲麟知道姚家打这官司是坐定赚钱的，不给她家钱，姚姑娘赖在罗家，他们得养她一辈子，也等于送她这十几亩地。最后，仲麟也只得同意了。

文炳的让步，使得很快达成离婚协议，除了那陪嫁的二十八亩地，姚家原也只想得到仲麟分给文炳的那十五亩良田，如今得到了，他们的一切要求便都得到了满足，姚家心满意足了。

文炳终于和姚大姑娘解除了关系，他感到一身轻松。回上海之前，文鼎陪文炳来阮家大院看望杨氏一家。杨氏见到文炳，又想起了瑞云，但她不敢提及瑞云，她知道文炳爱着瑞云，提及瑞云，文炳会伤心的。

（四）

天气渐渐暖起来了，霖生放学回家，见一空旷的地上有许多人在放风筝，他站着看了好久。放风筝的有大人，也有小孩，孩子占多数，一般是大人带着孩子放。霖生见一比他大不了多少的男孩独自跑着放风筝，便跟着这男孩跑，边跑边问他："你这风筝是买的吗？"这男孩道："是自己做的。"霖生问："是你自己做的？"男孩道："是的。"正说着，那风筝从空中掉了下来，男孩一边朝落在地上的风筝跑去，一边收了风筝的线，霖生也跟着跑了过去。霖生很佩服这男孩，虽然那风筝做得不大好看，只是一个长方形的框架，拖着两条纸贴的尾巴，但那风筝毕竟飞起来了。男孩拿起落在地上的风筝，又跑着去放飞，霖生又跟着这男孩跑。风筝又飞起来了，男孩停了脚，不时用手拉风筝的线，风筝停在空中。男孩大概是跑得累了，他让霖生帮着拿风筝线，对霖生道："你要放风筝吗？你放吧，拿住线，不要让风筝飞掉了，要时常拉几下线，不然它会掉下来的。"霖生接过男孩手中的线球，男孩教他把线放长。风筝放得很高，霖生高兴地跑着，不时地拉了拉风筝线，风筝在空中稳稳地飞着。男孩要回家了，拿回霖生手中的线，把风筝收了。霖生虽然舍不得那风筝，但那是别人的，他只得眼睁睁地看着那风筝让男孩带走。

霖生想自己拥有一只风筝，他想起新街有一间风筝店，便跑去看。店主在店门口做风筝，店中有多种样子的风筝出售，最简单的是刚才男孩那样的，也要好几个铜钱一只。霖生摸了摸口袋里的钱，只有几个铜钱了，正月里他得到的压岁钱，所剩不多了，他舍不得花掉剩下的那几个铜钱，他不能再向他娘和奶奶要钱了，霖生知道他家中也缺钱。这样想着，霖生便想自己动手做一只风筝，"那男孩说，他的风筝是他自己做的，他能自己做风筝，为什么我就不能呢？"

霖生站在店门口看店主做风筝，他一边看一边想，做风筝最要紧的是竹框架，其次是纸，还要有长线。这种长线家中是有的，做风筝的纸可向文具店买，做竹框架的竹丝呢，回家找找看。霖生想起了灶房里捆柴草的竹蔑，或许可以用它来做竹框架。店主见霖生站着看他做风筝，便对他笑了笑道："买只风筝吧。"霖生摇摇头道："我没钱。"

霖生回到家，先去放柴草的房中找捆绑柴草的竹蔑，他找了好几条，选了其中带有竹皮的两条，决定明天开始做风筝。第二天下午放了学，霖生赶紧回家，拿出竹蔑，用厨房里的菜刀小心翼翼地削竹蔑。淑媛见了道："小心你的手！今天玩什么新花样了，削这竹蔑做什么用？"霖生认真道："我想有只风筝，但没钱买，只好自己做了。"淑媛听霖生说要做风筝，便拿过霖生手中的菜刀，帮他劈开那竹蔑，又教他削成竹丝。淑媛道："风筝不是好做的，即便做好了，能不能飞起来又是另一回事。"霖生按淑媛教他的办法，终于削好了竹丝，切成几条，淑媛拿了些细麻线，帮霖生扎了只风筝的框架。霖生笑道："原来娘也会做风筝。"淑媛道："乡下人什么事不会做？我们小时候到哪里去买风筝？我们要放风筝，就得自己动手。你这个样子的风筝是最简单的，我们那时做的样子可多了，有鲤鱼形的，有蝴蝶形的，有鸟形的。"霖生道："娘你教我做只蝴蝶形的吧。"淑媛道："这只做好了，若能飞得起来，娘再教你做别种样子的风筝。"

过了两天霖生做好了这只风筝，淑媛告诉他，风筝一定要晾干才能结实，才可以放。霖生听他娘的话，把风筝挂在窗口，又晾了一天，下午放学后霖生约了福弟一起去放风筝。霖生让福弟看着绕在筷子上的线球，自己拿着风筝，将它举过头顶，带它快速奔跑，然后他放了风筝，但那风筝飞不起来。霖生又试着放飞了一次，这回稍好些，风筝飞起来了，但很快还是头朝下跌落下来。霖生想了想，知道是风筝头部太重了，他重新调整了系在风筝上的绳子的部位，又试着放飞了一次，这一次风筝飞起来了。霖生好激动，叫着，跳着，拿过福弟手中的麻线，用力拉了几下，那风筝又往上蹿了几尺，然后忽然头朝下快速掉了下来。霖生急忙跑了过去，拿起风筝，把绳子动了好几下，又放飞了一次，可风筝就是飞不起来。福弟走过来，动了风筝好几次，也是放飞不起来。

这时，旁边一个大男孩走了过来道："你这风筝头部太重，在尾部再贴上纸条，它就会飞起来的。"霖生道："到哪里去找纸条贴上去呢？"男孩往四周看了看，见到地上有几根稻草，便去拿了过来，把稻草搓成小绳条，系在风筝尾部，然后叫霖生去放飞。果然，风筝飞起来了，飞得很高，飞得很稳。

霖生试着把空中的风筝收回来，他把风筝往回拉，让福弟把麻线缠回筷子上，霖生收回了风筝，让福弟去放。霖生和福弟轮流着放了好一会风筝，见天不早了，空地上放风筝的人陆续回家去了，两个孩子才想起回家。

霖生提着风筝蹦蹦跳跳地回到家，冰如跑过去拿过风筝道："二哥，你下次放风筝，带我去放吧。"霖生道："你太小，怎能放风筝？"玉如走了过来问："风筝飞起来了吗？"霖生笑道："这还要问？娘教我做的风筝，当然能飞得起来。"杨氏笑道："这小子能记恩，嘴也甜，手又巧，将来会是个有用的人。"淑媛道："只是不肯用心读书，即便有用，也好不到哪里去。"霖生道："今年我读书用心多了，前几天月考，各门功课我都及格了，国文和算术还都考了'中'。"淑媛笑道："你别在你姐姐面前说这话，看她笑你呢。"玉如只是笑，不说话。

次日下午放学回家，霖生又往柴房里钻，找了几条合适的竹篾。霖生拿了菜刀，按上次他娘教他的办法把竹篾劈成竹丝，用心削成可做风筝框架的竹料。霖生央求他娘教他做蝴蝶形的风筝，冰如站在一旁观看，一边念个不休："二哥，你这只风筝做好了，一定要带我一起去放，我也要放风筝。"霖声不胜冰如的纠缠，只好道："好，好，我带你去。"

霖生带着冰如去放风筝，这一回福弟没和他同去，福弟不在家，他和他爹一起拔猪草去了。霖生试着把风筝调整了几次，他觉得风筝能飞起来。霖生让冰如拿着线球，告诉她，等一会他若把风筝放飞起来，她得赶快把线球上的线放出来。霖生知道冰如不会放线，他给她做了示范。

一切交代好了，霖生拿着风筝跑开，放了。风筝突然飞起来，冰如来不及把手中的麻线放出去，她慌了，跌倒在地，扔了手中的线球。线球在地上快速地滚着，风筝很快往上蹿去，冰如大哭起来。霖生赶快跑过去，拉住麻线。冰如见风筝没飞掉，不哭了，从地上爬起来，用手擦去眼泪，走到霖生身边。霖生道："你真没用，连这麻线都教不会拿，"冰如道："我小嘛，再说这是第一回。"霖生道："所以我叫你不要来，可你偏缠着定要来。"冰如不响了。

风筝像一只蝴蝶在空中稳稳地飞着，霖生很欣赏自己做的蝴蝶风筝。过了好一会，霖生把空中的风筝收了回来，过了会儿，他又把风筝放飞了。冰如一直跟在霖生的身边，一声不响。霖生道："我教你拿风筝线，你要仔细看，其实风筝线并不难拿，你不要慌，用些力气就拿得住。"霖生先帮冰如拿着麻线，然后慢慢地放手让冰如一个人拿着，冰如很高兴自己能拿住风筝线了。

霖生和冰如回到家，淑媛见冰如的衣服上都是泥粉，脸上、手上也都有泥，便问冰如道："你跌倒了？"霖生笑着告诉大家，做着冰如放风筝线时的狼狈样子，逗得大家都笑了。冰如道："你那时只顾自己跑，哪里知道我的样子？我是以前没放过风筝，风筝突然飞起来，我吓了一跳，才跌倒了的，线球也丢了，所以我哭了。后来你教我，我不是也拿得住风筝线了吗？下一回你带我去，我就会把这事干好了。"

（五）

淑媛家园子里的丝瓜已摘了好几次，南瓜已长到大盘子那么大，茄子长得很长，过两天就可以摘了，扁豆藤上开满了花，有几条藤上已长出一簇簇的小豆荚，苎麻长得又高又壮，到了该斫的时候了。苎麻一年斫两次，斫苎麻这事每次都是茂生干的，玉如则在一旁摘去苎麻的叶子，然后剥出茎皮。苎麻纤维就在这茎皮中，纤维可捻成细丝，细丝可织成布做夏天穿的衣服，细丝也可以搓成绳子，纳鞋底得用它。

茂生从井中打上水，倒在大木质水盆里，玉如把苎麻的茎皮浸在水中，待茎皮浸软了，再取苎麻纤维。要取苎麻的纤维，得用一种特殊的刀、一种特殊的手法刮去茎皮上的外皮，这个活并不是人人都能学会的，当然，淑媛是取苎麻纤维的好手。

天气转凉的时候，后院西轩那空着的房子有人搬进来了。这一家子共四人，两个大男人、一个女人和一个看上去十五六岁的男孩子。这一家子是从丰城西边的山区搬过来的，最早发现这一点的是霖生，那天正好是星期日，这一家子搬进来时，霖生和福弟便去观望。听这一家子说着话，霖生想起来了三公家的三婆，他还记得她那别扭的话音，与这刚搬进来的一家子说的话很像，霖生知道三婆是丰城西边的山里人，所以这一家子也就是那边人了。

霖生想的没错，这一家子正是丰城西边的山里人。女人四十来岁，她的丈夫叫阿会，他们给儿子起的是女孩子的名字，叫玉芳，玉芳在一家伞店学修伞和制伞，来丰城将近一年了。这家的另一个大男人叫阿才，看上去三十多岁，玉芳叫他"阿叔"。

这一家子的行李很简单，两副轻担子加上两个大包袱，便是他们的全部家当。开了门锁，推开房门，这一家子便开始打扫房子。女人从担子里拿出两只水桶，吩咐两个大男人去找水，男人们迟疑了一会，他们不知道那里有水可找，幸好霖生和福弟在旁观望，便带了他们去前院水井提水。两个大男人往井里一望便摇头，山里的水都在溪里，用手把水桶一歪就有了满满的一桶水，可这井里的水远远地在下面，这水怎么能打上来呢？两个大男人正在犯难，霖生已飞快跑回家拿了打水的小水桶来了。两个大男人笑了，阿才摸了摸霖生的头道："这小孩真机灵，谢谢你了。"

两个大男人打满了两桶水，阿才一人提了回去。这一家子有的是力气，四人齐力，过不了多久，两间睡房便打扫好了。男人们把厨房粗粗地打扫了一番后，从箩筐里拿出两只铁锅安放在炉灶上。阿会又去打了两桶水来，然后给小水桶打了满满一桶水，让霖生带路，把小水桶送还给淑嫒家。

见到淑嫒和杨氏，阿会呵呵笑道："谢谢你们了，你们家孩子真好，聪明机灵，心地又好，将来一定是个有大出息的好人。"淑嫒和杨氏听了都大笑起来，杨氏道："他别的都好，只是太贪玩，不好好念书。托你的口福呢，将来若有大出息，该先谢谢你。"

一天下午，淑嫒在她开辟的园子里忙碌。时过中秋，茄子枝上已结不出像样的茄子，需要拔掉，明年再种，番茄也如此。丝瓜还可以，虽然长得不如夏天好。南瓜的藤子有点干枯，结不出新瓜了，但老藤上还结着两只熟透发黄的南瓜和几只未熟透的青瓜及几只未长大的小瓜。淑嫒用菜刀割下熟透的南瓜，用剪刀剪下丝瓜，把它们都放在屋檐下的石阶上。

阿会打小工回来了，见淑嫒在拔茄子枝，便进来帮忙。阿会道："你这园子不错，给你省了不少买蔬菜的钱呢。你真有本事，能种出这样好的瓜果来，想不到你们城里人也能干我们乡下人的活。"淑嫒笑道："我见这院子大，空着可惜，便围了这小园子种些东西。俗话说'人面难求，土面好求'，这不，我只是费点力，便就有这么多的回报了。人只要勤劳就好，我见你一家子个个都勤劳，你家将来会发起来的。"阿会笑道："走出大山，能有饭吃，我就满足了，将来发起来的事我没想过。"

（六）

这个冬天，茂生从丰城中学毕业了，毕业前几天，就有在宁波办报馆的丰城人潘先生来请他去帮忙。潘先生是宁波《甬江时报》的主要股东，最近时报扩展版面，准备招收几位新青年做副刊的主笔。潘先生从丰城中学得知，茂生、曙秋和子西三位是毕业生中的佼佼者，文笔极好，便来邀请他们。茂生和子西原来都有中学毕业后即去找工作的打算，两人都答应了潘先生，过了年去宁波；曙秋家境好，他想去北平考大学，继续读书。

元龙从霞浦回家来了，杨氏问他霞浦的情况，元龙道："霞浦还可以，比宁德差不了多少，最可喜的是给我当手下的人个个都厚道，办事认真，不欺生，这都是明达这个头带得好的缘故。"杨氏道："今年明达又干了哪些好事？你说给我听听。"元龙道："明达一来霞浦，便给百姓减税，鼓励百姓开发农田和滩涂来增加收入，为方便百姓出行和物资流通，城乡之间又多造了几条路。"杨氏笑道："当官的都像明达这样就好了，可惜很多官都不像他。"杨氏问明达的家事，元龙道："明达一家都好，瑞云已离开宁德，她没有来霞浦，她是去福鼎了，但最近好几个月她没给她父亲写信，不知她现在的情况如何。"杨氏问瑞云女儿在上海的情况，元龙道："听明达说是很好，文英夫妇自不必说了，她的公婆也都很喜欢瑞云的女儿。说来也奇怪，文英嫁过去好几年了，一直没养孩子，瑞云的女儿一来，文英就有喜了，十月里生了个七斤重的男孩，她一家都说是瑞云的女儿给他们带来的福气。"杨氏奇道："瑞云的女儿真是个福星。"

杨氏告诉元龙过年后茂生要去宁波报馆做事，元龙道："茂生本来可以再多读些书，这孩子太懂事，他知道我辛苦，便早早出去赚钱，苦了这孩子了。再过两年我从福建回来，家中情况好转些，他若还有读书的念头，那时再出去读书也还不迟。"

年底玉如从高小毕业，丰城的女孩子高小毕业了一般也就不再读书了，她的同班女同学大都不再读书，但玉如还想继续读书。她班中的一个女同学要去杭州读简易师范学校，她的好友金来仪则想去宁波的医院读护士班。

但玉如离不开丰城，奶奶年纪大了，家中的事全由母亲一人担着，母亲会忙不过来的。

玉如想去考丰城中学，她把自己的想法告诉给茂生，茂生笑道："考上丰城中学你是没问题的，我去工作了，有了我做你的后盾，你只管去读书吧。"元龙、杨氏和淑媛得知玉如的想法，大家也都没反对，元龙道："玉如很聪明，若是个男孩，会有出息的。只是咱家这只'白茅笋'出在墙外了，换成霖生就好了。"

过了春节，茂生和子西去宁波《甬江时报》做副刊主笔了，有好友子西一起在宁波，淑媛和元龙夫妇都放心了许多。子西大茂生两岁，待人接物比较老成。没过几天茂生写了信来，说他在宁波一切都好，"我很喜欢报馆里的工作，坐在办公室里，能闻天下事，外出采集新闻，回来撰写文章，做些评论，这是最适合我工作的事了。子西和我在同一办公室，我们一起上班，一起回住处。我们的住处离报馆很近，房东很客气，三顿饭都由她为我们准备。潘先生对我们俩很照顾，报馆中的同事对我们都很好，他们的年龄比我和子西大得多，可以说都是我们的父辈了，我与子西常请教于他们……"

茂生在宁波那边很好，淑媛和杨氏便放心了。

玉如以第二名的成绩考上了丰城中学，中学里女生更少，她班上只有四个女同学。玉如除了上学，闲时仍帮母亲和奶奶做家务和做手工活赚钱。

第十三章　丁双珠拜认干爹，洪斗成强占民女

（一）

淑媛把水桶掉到井里去了，没有好的打捞工具，她没法把水桶捞上来。秉仁的娘告诉淑媛，小鱼贩家有铁钩，上次她家的水桶掉入井中，她就是用他家的铁钩把水桶钩上来的，于是淑媛便往后院蔡家借铁钩去。

蔡家的铁钩真管用，淑媛一下子就把她的水桶钩上来了。

淑媛把铁钩送还给蔡家出来，住在后院东楼的丁师爷一家四口正从外面回来，丁师爷一家是去年年底搬到这里来的。师爷是丰城人，五十多岁了，但他的妻子还很年轻，她很漂亮，穿戴很时髦，他们的两个女儿也都漂亮，大的九岁，叫大珠，小的七岁，叫小珠。见了淑媛，两个女孩儿便很有礼貌地问淑媛好。平时两姐妹下楼来，总找冰如玩，玉如见了便打趣道："大珠小珠落'冰盘'。"

大门口做糕饼的杜家女人给淑媛送来了一盘绿豆糕。杜家前妻留下一男一女，后妻生了男孩阿良之后，又连生了三女，家里忙，连十岁的大女儿都派上了用场，后妻生的大点的两个女儿能自己玩了，不需要别人照看，小女儿还只有几个月，常哭着，无人照管，有几次玉如见了，便来抱她。今天杜家女主人送来这盘绿豆糕，是来谢谢玉如帮她家忙的。淑媛收下绿豆糕，拿了几只鸡蛋放入盘中，让玉如把盘子送回杜家去。

玉如拿着霖生的成绩单念给杨氏和淑媛听："国文——可，算术——中，自然——中，地理——可，历史——劣，体操——良，手工——优。"杨氏道："好像这个学期的成绩好点了，有优和良了。"霖生道："奶奶，

你忘了，我的手工向来都是优的，哪里只有这学期才是优呢？体操本可以是优的，只是我纪律不大好，不太守规则，所以只有良。"杨氏笑道："奶奶老了，记忆也差了，奶奶是忘了，霖生的手艺第一等，哪能不会是优？"淑媛道："暑假里让你姐姐帮你补补历史，下学期开学补考时要把它考及格。"霖生道："知道了，我会考及格的。"

霖生虽然嘴里应着，但玩起来就把补考的事放到一边了，暑假还长着呢。

每天，霖生总会找些开心的事去消磨这漫长的暑假，今天他约了几个同学一起上南屏山捉飞虫，男孩们上南屏山捉飞虫，是因为那里飞虫的种类特别多。霖生和他的小伙伴们喜欢爬南屏山旧城墙上山：一是从这儿上山费时最短，二是男孩们觉得用这种办法上山特好玩。

站在城墙上，霖生对着城墙外侧右边一座依山而建的房子拉长了声音大声喊："春——桃——姐，春——桃——姐！"小伙伴们见霖生喊，大家也都附和着喊。靠山的窗口伸出一个年轻女人的头来，女人见了霖生快乐地叫道："霖生，你怎么来这儿了？是我娘要你给我传口信吗？"霖生大声道："不是，你娘没叫我传口信，是我们几个到这里捉飞虫玩。"那女人道："你们捉飞虫可要小心啊，不要爬到树上去，不要让飞虫咬了你们的手，当心草丛中会有蛇！"霖生道："我们不爬树，我们会当心的。"那女人又道："你们捉了些飞虫就早点回家，回去的时候也这样叫声我！"霖生道："记住了，我们去捉飞虫了，春桃姐！"

霖生叫"春桃姐"的女人是他院子里朱家老婆子的大孙女，是去年嫁到这里来的，朱家老婆子有两个孙女和两个双胞胎孙子。春桃嫁到城外，回娘家须得绕圈子走一大段路。一次，朱家有事要春桃回娘家来，朱家老婆子请秉仁帮忙去叫她。秉仁嫌绕圈子走路太麻烦，便爬上这城墙去叫，春桃听见了，很快就回娘家来了。此后，朱家若要秉仁传口信给春桃，秉仁便爬城墙去叫，上几回，他还带了霖生和福弟去，因此霖生和福弟早学会爬城墙了。

循着昆虫的鸣叫声，男孩们在草丛中捉到了几只黑褐色的金钟儿、淡黄色的金蛉子、灰黑色的金琵琶和绿色的纺织娘。见一矮树上爬着好几只金龟子，霖生犹豫了片刻，他答应春桃姐不爬树的，但金龟子很诱人，而且这树又不高，最后霖生还是和另一个男孩爬上树，逮了几只金龟子下来。树上知了的鸣叫声更诱人，但它们所在的位置太高，孩子们不敢上去。当彩蝶和蜻蜓停在花草丛中休息时，孩子们蹑手蹑脚地走过去，逮了好几只。翻开沙土，男孩们找到了斑蝥和蟋蟀。男孩们把这些昆虫放在带来的小竹笼里，或用细绳绑了，又走过城墙，在东山峦竹林里玩了会儿捉迷藏。

得下山了，霖生和他的小伙伴们走回城墙，对着春桃家的屋子大声喊了几声"春桃姐"，春桃从靠山的窗口探出头道："霖生，你们要回家了吗？不要再爬城墙了，走山路下山吧。回到家记住给我奶奶和我娘说我在这里很好。"霖生听了春桃的话，真的不爬城墙了，小伙伴们走山路下山。

（二）

霖生像是把补考的事忘了，秋季开学前的十来天，玉如见霖生还没有准备复习历史的意思，便催了他几次，霖生道："还早着呢，再过几天我就去准备，我说过补考要考个及格，到时候我会考及格给你们看的！"玉如笑道："你是说你自己聪明吗？我看你一点也不聪明，聪明的人会早为自己打算，早去准备，干什么事总是在前头准备，准备好了再去玩，哪有像你的？只管先玩个够。"霖生笑了笑，向玉如扮了个鬼脸，溜走了。

过了三四天，霖生对玉如道："姐姐，你把我的历史书给找出来，明天我开始复习了。"玉如找出霖生的历史书，翻开一看，从头至尾没有霖生写的一个字，全书还是崭新的，像是没动过一样。玉如想找霖生问个明白，但院子里哪有霖生的影子？冰如道："二哥和福弟哥去城外找猪草了，他们俩不让我跟去。"快到吃晚饭的时候霖生回来了，玉如问历史书的事，霖生道："怎么没动过？上课的时候我都是把书拿出来的，否则先生还不拿尺子打我？"玉如道："那怎么里头没有你写的一个字儿？难道先生都没有在黑板上给你们写些字，让你们抄去作笔记吗？"霖生摸摸头笑道："先生写了，只是我没抄。做什么笔记啊，脑子里能记住的都记住了，记不住的写在书上也没用，我又不去看它。"玉如道："你真是个笨蛋，笨透顶了，笔记不做，怎么好复习？"

215

　　玉如花了两天的时间帮霖生做出笔记来，然后教霖生把历史书读了一遍，按笔记上的内容记忆。开学的时候，霖生的历史补考果然及格了。

　　玉如从学校回来，腋下夹着用蓝色碎花布包着的课本，上中学的学生不再背书包了。秉仁的娘在屋檐下做金银纸，玉如停住脚，站在一旁看着她。秉仁的娘从锡箔卷筒中剪下一小块锡箔，对着小白纸用嘴一吹，那锡箔便紧紧地贴在小白纸的中心处，平平整整的，丝毫不起皱纹，一张"银纸"就做好了，若在"银纸"的锡箔上涂上些黄粉水，一张"银纸"便成了"金纸"。大院子里只有秉仁的娘能做这个活，玉如曾试着学了好几次，但学不会，她不是吹破了锡箔，便是起皱纹，白白浪费了锡箔，她很想再试，但她不敢。秉仁的娘抬头道："玉如，你再试试吧。"玉如摇摇头，笑着走开了。

　　丁师爷和他的几个朋友从前门进来，谈笑着向后院走去。秉仁的娘认得其中两位，是前街苏家的二爷苏养斋和北门珍宝坊的裱画商梁小寅。

　　丁师爷二十出头便离开丰城，在外闯荡了三十多年，他是个喜欢交友的人，自去年年底赋闲回乡来，便找上了青少年时的朋友数人，聚会谈笑，重游旧迹。几天前，他的一个安徽朋友托人给他送来了今年的祁门红茶，他便请了几位朋友来他家喝茶。

　　丁师爷和他的朋友上了楼，在东边开着窗户、临小巷的书房中坐下，他的妻子月玲用茶盘托了茶具进来，给每人斟了茶。丁师爷的这几个朋友，大多数来过他家好几次了，认得他的妻子，只有从北平回宁波来省亲的贾道新今日初来，见了丁师爷这年轻漂亮时髦的妻子，着实吃惊了一番，不免把眼光在她的身上多停留了半刻。

　　丁师爷道："大家喝惯了西湖的龙井茶，也喝过江西义宁的红茶、武宁的绿茶和福建的武夷山茶，今天你们来品尝祁门红茶，另有一番滋味，也不辜负我这朋友千里之外送茶来的一片心意了。"

　　丁师爷的朋友们细细地品尝起祁门红茶来，都道这茶确实不错，色香味俱佳，是上等的好茶。大家慢慢地喝着茶，一边谈论着国事，传递着新闻。一位道："南方陈炯明下野，孙中山返粤行使大元帅职权了，不知北方有何消息，道新兄从北平回来，定有北边的新闻。"贾道新道："黎元洪被迫离京，曹锟以重贿当选上了总统，浙江督办卢永祥率先不承认曹锟的总统地位，奉天的张作霖也是反曹锟的，广东的孙中山更不用说了，看来又要打大仗了。"苏养斋道："他们一开战，苦了我们平民，但愿这个仗不要在我们这儿打。"丁师爷道："真的要在这儿打仗，我们也没办法。别管打仗这事了，今天我们只管乐吧。"养斋道："师爷说的是，要说作乐，得请小寅为我们唱支曲了，他小旦唱得最好，只可惜今天少了冯锦清，没人为他操琴。"丁师爷道："没人配琴，不妨就清唱一曲吧。"大家都拍手称好。但没人配琴，小寅自知会唱得不好，他不敢清唱，便推辞道："我真的没有清唱的本事，这清唱就免了吧。要知今日大家有如此的雅兴，我便带了我那箫子来助兴。"丁师爷道："小寅兄会吹箫？我家中就有箫子，我去拿来，请兄为我们吹几曲添兴吧。"

丁师爷拿了箫来，小寅试吹了几下道："是支好箫。"说罢，便调气吹了好几支曲子。小寅吹罢，收了箫子递给丁师爷道："献丑了，师爷你也来一曲吧。"丁师爷笑道："我哪能吹箫？"大家道："你不会吹箫，家中藏着箫子作什么？"丁师爷道："这箫子是内子的，她会吹箫，她也曾教过我吹，只是我没学会。"

丁师爷的两个女儿听见箫声，跑了过来，站在门口看着她们的爹和朋友们作乐。贾道新见两位小姑娘如花似玉，十分可爱，便向身旁的苏养斋打听是谁家的姑娘。苏养斋道："是师爷的两位千金。"贾道新道："师爷真有福气，两个女儿如此可爱！"苏养斋打趣道："贾兄若羡慕，何不认了她们俩作干女儿？"在座的其余几个朋友听了也都在一旁助兴道："道新兄若认师爷的两位千金作干女儿，乃真是奇缘，将是千古美谈。"贾道新笑道："我就是想认，也得师爷点头才可，不然，师爷会说我夺他之爱了。"丁师爷笑道："道新兄肯认我家的两个小姑娘作干女儿，我们是高攀了，岂会有夺爱之想之理？"养斋笑道："今天恰是个好日子，道新兄现在就认了吧！"贾道新笑道："认干女儿岂能这样随便，我的礼物没带，怎好认她们？待我明日带了礼物，再来认吧。"大家取乐道："这无妨，今天先认了她们，过几天你再送礼物来也不迟。"

在大家的怂恿之下丁师爷让他的两个女儿拜了贾道新做干爹，过了两日，贾道新给师爷的两个女儿送来了礼物来，是两个玉如意挂件，两串玛瑙珠。

（三）

上个月杨氏去庙里烧香，庙里的老和尚对她说，年老了最好多念念佛。老和尚送杨氏一本《佛说阿弥陀经》，嘱咐她每天照本念一次，再用些工夫单念佛号"阿弥陀佛"。于是每天吃过早饭，杨氏便坐在房里静心念经书和念"阿弥陀佛"了。

这天吃过早饭，淑媛和大杂院里的女人们一起聚在秉仁家前，一边晒着太阳，一边绣十字花。

福弟的娘挨家挨户地取了两小桶泔水回来，对大家道："你们没听见后门外吵架的声音吗？那边洪斗成家吵翻了天，围了一院子的人看热闹呢。"女人们忙问是怎么回事，福弟的娘道："听他们说，洪斗成从山区带了个小女人回来，肚子里已有了洪斗成的孩子，洪斗成的婆娘不让那女人进门，和洪斗成吵了起来，他婆娘回娘家搬了救兵来，正在跟洪斗成闹呢。"

女人们听了，奔后门看热闹去了，只剩下淑媛和朱家老婆子。淑媛问福弟的娘："你看见那女人了吗？"福弟的娘道："没见着呢，洪斗成把那女人藏起来了。"朱老婆子道："洪斗成的婆娘貌美，不知这小女人和她有得拼否。"福弟的娘道："我在那里站了好些时间，就想见见那女人的模样，与洪斗成的婆娘比比，哪个更漂亮，但就是见不着。"

去看热闹的女人陆续回来了，木匠的妻子道："洪斗成老婆的娘家人刚才还是得理不让人的样子，听了洪斗成那老痞子的几句话竟成了缩头乌龟，闹了半天没个结果，倒抹了一鼻子的灰。"秉仁的娘道："你要他们有什么结果？事情明摆着的，洪斗成说的也是真话。"朱家老婆子的媳妇笑道："洪斗成真会说话，他那几句话让满院子的人都笑弯腰了。"朱家媳妇这么一提，看过热闹回来的女人都大笑了起来。福弟的娘问："洪斗成说什么了？"小鱼贩的女人笑道："洪斗成对他的丈人说：'不孝有三，无后为大，怪只怪你女儿肚子不争气，我娶了她十来年了，她连个屁也没放。'"女人们又个个大笑，笑够了，朱家老婆子道："洪斗成说的也有道理，不然他家要断子绝孙了。"

洪斗成的妻子和洪斗成大闹了一场，最后是洪斗成的妻子输了，那山区小女人带着肚子里的孩子进了洪家。洪斗成对他的妻子约法三章，让山区女人好好把孩子生下来。洪斗成的妻子只好忍气吞声，洪家小院子暂时安静了下来。洪斗成在家又待了几天，一边安抚了他的元配妻子，一边安抚山区女人，他为两个女人叫了个老妈子理家。一切安排好了，洪斗成又回到山区守职去了。

　　洪斗成的两个女人分住在院子的东西两个边间，河水不犯井水，各自过活。山区女人自感卑贱，足不出户，邻居们只想见见她的花容，解开"她与原配是否有得拼"的谜，但就是不能遂愿。洪妻原先有点招摇，穿戴鲜艳，腰里挂着条手帕，常站在巷弄口观看热闹，与邻居大声交谈，现在经此一闹，她自觉没趣，安分了许多，弄堂口不见了她的影子。

　　洪斗成是丰城警察局派往南片山区区公所的唯一的一名警察，今年三十五岁。山区警察，管的是那些淳朴的山民，平日里没太多的事情，十分清闲，闲来无事，他便游山玩水。一日，洪斗成和他的两个酒肉朋友去附近南岭瀑布游玩，回来将至山脚，沿着一小溪走，远远望去，见溪边有一女人在洗衣服，几个男人便打趣说，去看看山里的女人有多少容貌。三人将至洗衣的女子处，见那女子是个梳着长辫子的姑娘，姑娘听见有人路过但没抬头。见姑娘不抬头，洪斗成的一个朋友便捡了路边的一块小石头往姑娘近处的水中扔去，溅起的水花落到了姑娘的身上和脸上，她抬起头观望，只见三个大男人正朝着她大笑。姑娘吓得魂飞魄散，她想起身跑走，她的家就在不远处的竹林里，但三个男人已到达她身边，于是那姑娘只得低头胆战心惊地继续洗衣服，心里祈求着神明保佑。

　　姑娘这一抬头，让三个男人看清了她的脸，一张嫩嫩的圆脸，大大的眼睛，高高的鼻梁，樱桃小口。"是个美人胚，看来还只有十六七岁，让我大开眼界了，原来山里也有这样美丽的女人。"洪斗成的一个朋友道，"可惜住在这深山，没人赏识。"洪斗成的另一个朋友嬉皮笑脸道："要不是我家里有只母老虎，我就想法让她做我的如夫人。"

　　洪斗成一声不响，姑娘的年轻美貌让他心动，他走在两个朋友的后面，回过头去看姑娘，见那姑娘提着洗衣的篮子走进了溪边的竹林。

　　洪斗成回到区公所，心里老是想着那姑娘，过了几天，他便独自一人去南岭山脚寻找那姑娘。洪斗成走进竹林，竹林不大，但寻找了好一会也不见民房，只在竹林后面的山边找到一个道观，道观的门楣上写着"白云观"。"难道她住在这观中？住在观中的怎么会有一个姑娘？"洪斗成走出竹林，向附近的山民打听白云观，山民告诉他白云观是女观，里头住着一个老道姑和她的女儿。"她的女儿？那她也应该是个道姑了？但她怎么会是姑娘打扮？"洪斗成不敢多问，他怕引人怀疑，便回区公所了。

洪斗成的心里挂着那姑娘，过了几天他又去那竹林，这回他走进了白云观。

洪斗成穿着便服，如同普通的香客，老道姑见有香客来，便隔着窗叫她女儿的名字，让她取香烛给香客送来。不一会儿她的女儿出来了，正是洪斗成那天见到的在小溪旁洗衣的姑娘，白里透红的圆脸，显着青春的美，比起他家中婆娘当年的风姿，毫不逊色。洪斗成接过香烛，心中大喜，他盯着那姑娘看了好几眼。姑娘见香客盯住她看，心中一阵慌乱，转身走了。

洪斗成给老道姑送了香火钱，老道姑便请洪斗成进客堂喝茶。老道姑让她女儿送茶来，姑娘只好拿了茶壶去后面厨房烧开水，泡了盏茶，给香客送过来。姑娘走进客堂，见香客又是盯着她紧看，姑娘心中惊慌，放下茶盏，急忙转身走了。

洪斗成喝了一会儿茶，与老道姑应酬了几句话，起身瞧着前面的院子道："宝观真是不错，外有竹林，内有树木，环境清静，真是修炼的好地方，只是小了些。"老道姑道："我这道观原在后面那座山的山顶，山顶上常有白云，故名白云观。那观比这个大，只是年久失修，房屋快坍倒了，我们无钱修理，村人见状，便让我们搬到这儿来。这里原是个土地庙，所以小了点，后面的卧室和厨房都是前年我们搬下来后建的。先前道观里有三人，后来走了一人，道观虽小也够用场了。"洪斗成道："我正想呢，你这道观在山麓，又不在山顶，怎么叫白云观，原来是从山顶搬下来的。我这个人喜欢游山玩水，见有道观寺庙，总要进去拜一拜，前几年到这里来，也不曾见有你们这道观的，今天到这里一游，见这竹林青翠葱茏，便进来看看，才见到了你们这道观，故进来了。"老道姑道："贵客住这附近？我听你的口音，你不会是这附近的人。"洪斗成笑道："我是城里人，在你们这里区公所当差好几年了，许多人都认得我的，我姓洪。"老道姑听香客说他在区公所任职，便小心翼翼起来。

这回，洪斗成对白云观的情况有了基本的了解，他寻思着怎样去接近那姑娘。白云观他可以天天去，但要接近那姑娘可不是件容易的事，他两次盯着那姑娘看，姑娘都转身急急走掉，他怎得机会去接近她？

"她会有什么想法呢？她已发觉我注意她吗？"洪斗成想道，"不管那么多了，我只要这漂亮的姑娘做我的妾，为我生儿子。若是我有机会接近那姑娘，告诉她我的意思，她会同意嫁给我吗？她会嫌我年龄大吗？"洪斗成又想道："一个美丽的女人，干吗要守在山里？山里的女人嫁我洪斗成还是个福分呢。"

洪斗成想不出用什么办法去得到那姑娘，他想起了那天他那位酒肉朋友的话："要不是我家里有只母老虎，我就想法娶她做我的如夫人。"去问问他，看他有什么办法，洪斗成想。晚上，洪斗成打了壶酒，请那朋友来喝酒，把自己的心思告诉了他朋友，那酒肉朋友想不到他那天随便夸口的一句话，竟让洪斗成走火入魔。朋友道："那美人儿怎么会是道姑的女儿？既然是道姑的女儿，只怕将来也是做道姑的，这事难办。你先让人去跟老道姑说明意思，看她有什么话说。"于是洪斗成请他这位朋友去白云观为他说媒。朋友回来告诉洪斗成："老道姑说她的女儿已许了人家，过了今年就要出嫁了。"洪斗成一听有些紧张："那怎么办？"朋友见洪斗成着急的样子，便道："你真想娶那姑娘？"洪斗成道："是真想娶她，她嫁给我总比嫁给山里人好。"

洪斗成的朋友都是些偷鸡摸狗之辈，于是那朋友便给洪斗成想出坏主意来。那朋友道："你真要娶她，就只有一个办法了，我再去跟老道姑说说，让她退了原先的亲事，把她的女儿嫁给你。"洪斗成道："老道姑会同意吗？"他朋友道："碰碰运气吧，一般不会同意，这只不过是跟她打个照会，即是'先君子'了。"洪斗成问："她若不同意，怎么办呢？"朋友哈哈大笑起来："那就'后小人'呗，这还要我教吗？"洪斗成没笑，他道："我不想那么干，我只想能自己跟那姑娘说说我心里的话，让她同意嫁给我，跟我走。"朋友见洪斗成这么固执，便道："这是你的一厢情愿，有机会你就跟她说说吧，但这个可能性不会大。"

洪斗成的朋友又去了白云观，把意思说明白了，但老道姑不答应。后来洪斗成找当地的媒婆，让她们为他做这个媒，但媒婆们都给洪斗成回话来，说老道姑不答应。洪斗成也无有机会去接近那姑娘把自己的心里话告诉她，最后，洪斗成作了小人，翻过白云观后面靠山的围墙，进入那姑娘的睡房。

年快到了，洪斗成回到家，见家中平静，心中甚喜。他先至东边的原配房中，给她送去他的薪俸，又安抚了她几句。然后洪斗成进了西房，见山区女人的肚子又大了许多，洪斗成自是高兴。

（四）

曙秋来的时候玉如和她的娘正在院子里洗被单和衣服，曙秋向淑媛鞠了躬，问了好。玉如见了曙秋道："曙秋哥，怎么这么快你就回来了，寒假刚开始呢。"曙秋笑道："北平冷，寒假比这儿早开始。这一年来你都好吗，玉如？"玉如笑道："好，你也好吗，曙秋哥？"曙秋道："很好，刚去的时候常想家，现在不会了，没工夫想了。"玉如问："是学习很忙吗？"曙秋道："很忙，要学的东西太多了。"玉如道："曙秋哥，你以前常给我带书看的，这次你从北平来，有没有给我带书来呢？"曙秋拿出夹在腋下的用纸包着的书笑道："带了，你这么喜欢书，我怎么会忘了给你带？"曙秋把书递给玉如："这些都是北平的学生喜欢看的书，不知你喜欢不喜欢。"玉如笑道："你找的书，我都喜欢看的。"

曙秋仔细打量了玉如，对淑媛道："一年不见，玉如长高多了。"玉如在一旁笑道："吃了一年的饭不长高，岂不冤枉了那些饭菜吗？"淑媛笑道："过了年她要十五岁了，明年你来，她会长成大姑娘了。"

曙秋问："奶奶她老人家好吗？"淑媛道："好，她在房中念经呢。"曙秋又问："霖生呢？他还那么顽皮贪玩吗？他也长高多了吧。"淑媛道："人是长高了，只是还是老样子，在家里待不住，这会儿不知跑哪儿去了，最恼人的是还带冰如跟着他跑，冰如一个姑娘家，可她就喜欢跟着霖生在外头乱跑。"曙秋笑道："冰如还小，待在家里没人玩，霖生会玩，当然她喜欢跟着霖生了。"玉如道："今年霖生读书好了些，这个学期各门功课竟都考及格了。"曙秋道："其实霖生不笨，只是没把心思放在读书上，将来他喜欢读书了，自然会考出好成绩来的。"

见曙秋一直站着说话，淑媛道："进房坐吧。"曙秋道："不了，我是来问问茂生什么时候会回来？"淑媛道："他说要到除夕的前一天才能回来。"曙秋道："我走了，等茂生回来我再来看你们。"

玉如打开纸包，里面是三本书，《官场现形记》《六月霜》和《九命奇冤》。

今年元龙回家比往年早，杨氏心中挂记着瑞云，元龙道："瑞云游踪不定，她去年离开宁德后去了福鼎，今年又离开福鼎去厦门了，前番她来了信，说在厦门那边很好，想必她在厦门会待长一些时间了。"杨氏又问明达的情况，元龙道："瑞云的事给明达打击很大，他说自己对不起瑞云，更对不起瑞云死去的娘。平日里他除了在衙门办公事，其他与公事无关的应酬他一概拒绝，只是有时找我喝点酒，消消闷。他说等我明儿不再干这差事回乡了，他也便辞职，带谭氏和两个儿子们回宁波去，不做这官了。如今县官也真难当，那些军阀靠山吃山，靠水吃水，个个成了强盗，上门来讨钱，说是发军饷，其实是没几个钱发给那些为他们卖命的士兵，多数钱都落入头儿的腰包了，你若不给钱，他们就赖着不走，拿枪威胁你。八月里，周荫人的一支队伍路过霞浦，派了事务长找上衙门来，要三百银圆的军饷，明达答应迟了，便有五六个兵把枪架到衙门的门槛上。我赶紧替明达答应了，拿了三百银圆给他们，他们才走。"杨氏听了脸都吓白了："你赶紧离了那地方，明年别再去了。"元龙道："那些兵也只是摆个架势吓你罢了，他们要的是钱，只要你给他们钱，他们便不会对你怎么样。再在那里待一年我也就回来了，再熬一年吧。"

歇了会儿杨氏道："明天你去看看你娄家小姨吧。"元龙急问："小姨怎么啦？"杨氏道："小姨家出事了，她那在苏州做律师的大儿子为人辩护，辩护错了人，把坏人辩赢，好人判刑了，案都了了，对方告了起来，案又重审了，她儿子便吃罪，成了罪人了，上个月被判了刑，发配到苏北去，她家老二和老三去那儿探望过他，这几天刚回来。"元龙听了，一阵心痛道："她家老大五十多岁的人了，怎么受得住这样的打击？苏北那边又很苦，他怎么受得了，这回怕是会要了他的命了。"

次日元龙带了些钱去看了他的小姨，回来忧心忡忡地对杨氏道："这回她家老大出事，不但老大会丧命，连小姨也要丧命，小姨本来就体弱多病，现在她伤心成这个样子，还能活得久吗？"

除夕前一天茂生才回到家，他这一年来都没回来，人长胖了许多，淑媛和杨氏都很高兴，知道他在报馆一定顺心。听说曙秋已经回来，茂生放下行李便去找曙秋了。

正月初二，元龙去他姑母家拜了年，回来时走后门小弄回家，碰上了洪斗成正从家外出。元龙一家搬到阮家大院后，元龙只是在过年时回家，他对大院外的情况不大熟悉，虽然洪斗成就住在他家厨房的对面，两家厨房只隔着一条六七尺宽的小弄，窗对着窗。前几天他曾听杨氏说起洪斗成从山里带了个小女人回来的事，但元龙不认识洪斗成。

元龙不认识洪斗成，但洪斗成知道元龙，那年文嘉遇难的事在丰城几乎家喻户晓，洪斗成知道元龙家的事，知道元龙一家今就住在他家对面，他曾隔着窗见到过元龙，因此今日在小弄里碰上元龙，洪斗成便主动向元龙打招呼问好："罗老先生好，在下洪斗成，就住你家对门。"洪斗成向元龙拱手笑道。刚才元龙拐进小弄，见一中等身材、穿着长衫的男人从他家对门出来，元龙便知他是洪斗成。元龙笑着向洪斗成还礼："洪先生住我家对门，闻声而未见面，今日有缘相逢，便识彼此面目了。"洪斗成笑道："正是，正是，今日得识老先生，今后有事，就多了一个可商量的人了。老先生是从亲戚家拜年回来吗？我这也是要去亲戚家拜年。"元龙笑道："那不打搅你的正事了，回头再见吧。"洪斗成满脸堆笑道："那好，回头再见！"

元龙回至家中，向杨氏说起刚才在小弄碰到洪斗成的事，杨氏道："这种人就是这种德性，脸皮厚着呢。"

（五）

洪斗成从山区带回来的女人生了，生了个女孩。洪斗成蛮希望这个女人为他生个男孩，但希望归希望，女人还是生了个他不希望的女孩。但女孩总比没有孩子好，另外，这山区女人能生孩子，总有一天她会给他生个男孩的。洪斗成这样想着，心里便舒畅起来。洪斗成在家里多待了几天，看看山区女人恢复得很快，他便回他的区公所了。

洪斗成心里挂记着城里的两个女人，他怕元配夫人刁难如夫人，虽然他已雇了个老妈子打理家事，照顾如夫人，但他还是担心。他的元配颇有几分辣，他的丈人在丰城是个出名的霸道人物，他的元配继承了她父亲的性格，要不是她不会生育，她是决不会容忍丈夫带回这个山区女人的。

洪斗成荣升父亲，区公所里的朋友都要他请客，洪斗成笑道："待明年生了男孩我一定请客，这回就免了吧。"他的朋友哪能答应，那位给他出过大力的朋友哈哈大笑道："你这次请客还省得了吗？要不是我给你出那么多主意，你今天岂能当爹？"

洪斗成请他的朋友们喝足了酒，吃足了菜，大家快乐了一番。哪知道这却是乐极生悲，二月的一天，城里警察局来了信，要洪斗成带好行李立即回局去。

洪斗成回到警察局，才知大事不妙，是白云观的老道姑把他告到了警察局，说他设计拐走了她的女徒弟，玷污了清净的道家之地，现在她的道观里全没了香火。洪斗成站在警察局长的办公室里，局长拍着桌子骂道："你这个猪狗不如的畜生，你怎么能干出这种不知廉耻的事，你不仅玷污了那道观，更玷污了我们丰城警察局。本来你要吃罪的，案子若到了法院，判你几年徒刑是应该的事，幸好那老道姑把你告到警察局，我们截住了状子。看在你这几年来为警察局尽心尽力的份上，我们只开除你的职。"

洪斗成想不到老道姑会到城里告他，他给老道姑和那姑娘原来的未婚夫都付过钱，说好就此了结的。

局长递给洪斗成一张公笺，让洪斗成看过其中的字，要洪斗成在上面画押。洪斗成早已吓得满头大汗，哪里看得清公笺中的文字，他只隐隐约约地看到其中有"开除公职，永不复用"几个字。

洪斗成在公笺上画好了押，局长道："你回家去吧，今后好好做人。"

洪斗成被警察局开除回家，他的原配问明了原因，得知是山区女人事发的缘故，便要大闹起来。洪斗成沮丧地道："还闹什么？要不是你不会生育，我会讨她吗？"原配有这一致命的短处，只得忍了不闹。

元配道："你往时没少给那警察局长送礼，到了这要紧的时候他怎么就不帮忙呢？"洪斗成道："全靠往时给他送过礼，他把那状子截了，否则状子交到法院便更麻烦了。"原配道："说不定就是他搞的鬼，他先得知你的事，便叫那老道姑告你的状。"洪斗成道："我也这样想过，否则老道姑不会有这个胆子来告我，而且是告到警察局那里，还把她女儿说成是她的女弟子。这样一来，局长得的利益可大了，不但我送他的人情他全还给我了，我这个空缺他安排人顶了，他又有一大笔钱可得。"原配道："你什么人讨不得，偏讨了个已许了人的道姑女儿，这便有了把柄给他抓，要是讨了个平常人家的正经姑娘，就不会有这事了。"

原配越说越有气，嗓门也大了："准是这小妖精不正经，出来迷人，是你运气不好，撞见了她，被她迷倒了。"洪斗成道："你别这样大声好不好，她不是那种人，让她听见了，她会不好受的。"原配见洪斗成心疼山区女人，便醋性大发，大声嚷了起来："小妖精把你害成这个样子了，你还心疼她。我早就料到，咱们家里有了这个妖精，今后就会出事，妖精在咱们家一日，咱们家里就不太平一日，妖精天天在咱家，咱们家里便天天不得安宁。"

洪斗成自知理亏，不好怎么发作，只道："你说话轻声点好不好，你这样一嚷，我的事隔壁邻居们都知道了，你让我今后怎样出去见人。"原配嚷道："我也不管你今后怎么出去见人，先是我就出不得门去见人了，明日我就回娘家躲几天去，避避晦气。"

原配说要回娘家去，洪斗成也不阻拦。见洪斗成垂头丧气的样子，原配却也有点心软，她停止了嚷嚷，滴下泪珠道："今后咱们这个家怎样过下去呀？不说别的，家里这几口人，你没了事做，今后这一家子吃什么？"洪斗成心中乱得很，一时怎能想出办法来？次日，天还未大亮洪斗成的原配妻子便起床，提了昨夜收拾好的东西往娘家去了。

洪斗成一夜不曾合眼，他思量着，正如他的原配所说的，今后的日子怎么过？待原配出了门，洪斗成便起了床，开了橱子的门，他想拿点钱，他得先把老妈子打发走。这时他发现橱子里没多少钱了，原配带走了他们大部分的积蓄，也带走了她娘家陪嫁的一切值钱的首饰。

洪斗成拿了两个银圆和几个铜板，与老妈子结了账。

山区女人一声不响地坐在床上给孩子喂奶，她没有哭，只是看着自己的孩子吃奶，这令洪斗成十分吃惊。过了好些时候，洪斗成开口道："昨天你都听见了吧？"女人没开口。洪斗成道："你别怕，我会把一切处理好的，她回娘家了更好，我们倒清静些，今后我会想出办法来养你们的。只是你要辛苦些了，孩子得你自己带，一切事都得你自己做了。"女人仍然一声不响，她能说什么呢？

洪斗成让女人去厨房把昨天剩下的冷饭热一热，女人去了，把孩子放在床上。洪斗成坐在床边看着自己的女儿，他觉得这孩子很美。"她像她的娘。"洪斗成喃喃地道，他有点心酸。

小女孩又撒了一大泡尿。

床前已堆了几大包尿布，老妈子走了，山区女人只得自己提了装满尿布的篮子，到附近的小河洗去，先前老妈子曾带她去过河边，她认得去那小河的路。山区女人只管往前走着，不敢东张西望，她怕人家知道她就是洪斗成从山区带来的女人。

她来到河边，离她最近的水埠已有一个女人在洗衣服，还有一个女人在旁等着，她往稍远处的水埠望了望，那里也有女人在洗衣服。她提着篮子在河边走着，想寻找一个无人洗衣的水埠，她走了好些路，终于找到了一处。她快速地洗着尿布，天气很冷，冰冷的河水冻疼了她的手，她没有停下来呵手，她忍着疼继续快速地搓着尿布，她是怕又有人来洗衣服，她不愿有人看她。她洗好了尿布，提着篮子快步往家走，这时她才想到她的女儿，女儿会在床上哭着吗？她一定又尿尿了。

一个陌生的女人提着一篮子的尿布在街上低着头快步走着，附近的人们猜到了她就是洪斗成从山区带来的女人。人们很快聚在一起，一边探着头儿张望着这个女人，一边议论着："这个女人比那个婆娘更好看，洪斗成的眼光真准。""听说她是道观里的姑娘，洪斗成就不怕折寿？""他怕折寿就不娶这姑娘了，洪斗成这个色鬼要的是色。""洪斗成的那个泼辣女人会容得下这个小女人吗？"

山区女人见街上的人望着她议论，她把头低得更低，她的脚步更快了。女人终于到达了家门口这条小弄堂，她快速拐进弄堂，飞快地往家跑去，推开小院子的门，逃进了家，她听见女儿在房里哭，她赶紧进了房。洪斗成坐在床旁，见了女人道："她又尿尿了。"女人一声不响地抱过女儿，给她换了尿布，小女孩不哭了。女人轻轻地拍着女儿的身子，小女孩不久便入睡了。洪斗成道："还是你有办法，我拍了她半天，她就是哭个不停。"女人没有说话，拿了那一篮子的尿布去晾。女人晾好了尿布回到了房里，这时洪斗成才发现女人的脸色很苍白。"你累了吗？躺下休息一会吧。"洪斗成关心地道。女人摇了摇头，但她真的在床上躺了下来，脸朝里闭上了眼睛。洪斗成心里明白，面对这里的街坊邻里，山区女人一时是适应不过来的。"但时间会冲淡一切，我也是。"洪斗成想道。

洪斗成在家躲了四天，脚不出大门，他的山区女人每天起得很早，天才蒙蒙亮她就去河边洗尿布了。到了第四天，洪斗成只得试着出门，家中没有可下饭的菜，前几天都是用酱油拌的饭，今天酱油也没了，他只得自己出门去买点菜。"最要紧的是我要有个事做，否则怎么去养这四口子！但现在的我能找到什么事做呢？"洪斗成想道。

街上的人都已知道洪斗成的丑事，但他们对他还都客气，几天下来，洪斗成便大胆了许多，更加厚颜无耻了起来，与人开起了玩笑，像那丑事全无发生过。

洪斗成的原配在娘家住了好几天，但不见洪斗成来接她回去，她的爹娘道："你别急，再过几天他用完了钱，还怕他不来？"

又过了几天，洪斗成果真来了。洪斗成毕恭毕敬地向岳父、岳母和原配道自己的不是，请夫人和他一起回家。他低声下气地道："事到如今已无法挽回，今后的事都托付给夫人了，还请岳父大人替我想个办法，找点事做，才好维持这个家。"他的岳父大骂了他一顿，但也想不出什么办法帮洪斗成找到事做，最后他岳父道："你想再在丰城找个什么轻松的事做，是不可能的了，不若自己开个店养家吧。"洪斗成道："开店要有本钱，我没有多的积蓄，能开什么店？"岳父道："我替你想过了，开个卖酱油酒醋的小店，用不了多少本钱，只要你肯放下架子，辛勤打理，养个家还是可能的。"洪斗成没说话，其实他也想过开店的事，看来只有这一条谋生的路可走了，但一想到开个卖酱油酒醋的小店，面对着这么多的熟人，他觉得很丢人。

洪斗成道："谢谢岳父大人了，我想也只有开小店这件事可做了，我们回家再想想，商量好了再办。"

洪斗成带着原配回到家，山区女人躲进了西边的房间。洪斗成与原配商量开小店的事，商量的结果是按他岳父说的先开个卖酱油酒醋的小店，原配提议，店里兼卖香烟。第二天，洪斗成便上街去找店铺，找了几天都没成功，最后还是他的丈人替他在东门找了一间店房，把小店开了起来。洪斗成怎么也想不到有这一天，他会从一位趾高气扬的警察，一下子变成了需低声下气来讨他人喜欢的酱油店小商。站在柜台后，面对着酱油酒醋和香烟，洪斗成很感没趣。

小店开张的头两天，基本无人问津，洪斗成心里有点发慌，到了第三天，开始有人来买香烟了，接下去的几天里，生意出奇地好，洪斗成心里高兴："早知道开个卖酱油酒醋香烟的小店也有好些钱进，何必去当遭人谩骂的警察呢！"但接下去的日子里生意清淡了许多，"新建的茅厕三日旺"，洪斗成想。突然，他想到了，心里便明白了。"他娘的，原来他们是来看我的，他们会说'去看看那个被开除的警察吧，他在东门开着个卖酱油酒醋香烟的小店呢，他在山区奸污拐骗了个已许了人的道观里的姑娘'。"想到这里，洪斗成的额头渗出了冷汗。过了会儿，冷汗蒸发完了，洪斗成便现实了起来，："管他们娘的看什么！我洪斗成是人，有七窍六欲，和他们一样，有老婆孩子，要生活，要赚钱。"想到这里，洪斗成便无所顾忌，心情舒坦，神态自然了起来。

洪斗成去了店里，家里留下两个女人，山区女人怕碰上原配生出烦恼的事来，每天早早起床烧好粥、洗了尿布回来后就躲在房子里，直到听到原配进厨房吃完早餐走出厨房后，她才进厨房，胡乱吃了那剩在锅里的粥，洗完碗，刷好锅子，清理好厨房，然后回到房里照料女儿。中午，山区女人在灶下烧火，原配在灶前炒菜，两人谁也不说话。做好饭菜，原配提到洪斗成的店去，与洪斗成一起吃中饭，然后坐在柜台边或站在店门口观看街上来来往往的行人，看厌倦了她便回家睡午觉。

原配去店里的这段时间是山区女人最清心的时候，一天里只有这段时间她可以在家里随意走，她会抱着女儿在小院里散步，抬头望着天空，虽然这天空太小，但她已感到满足。

早、中两顿饭两个女人都不在一起吃，到了晚上洪斗成回来了，吃晚饭时两个女人才会坐在一张饭桌吃饭，但彼此不说话。晚饭也是山区女人烧火，原配嫌山区女人烧的菜不好吃，总是自己掌勺。原配会喝酒，晚餐时，她总要拿出酒，与洪斗成对饮，把桌上的菜吃个精光，才拍拍屁股，离开厨房，饭锅盘碗则由山区女人来收拾。

山区女人来到洪家三四个月了，但邻居们没几个见到过她，越没见到过她，大家越想见到她，听说她长得很美，她到底有多少美，没见过她的人总想亲眼见到。

一日，山区女人身体不大舒服，起床迟了，当她提着一篮尿布迈出家门的时候，太阳已挂在半空。她迈着快步走到河边，谢天谢地，一路上无人注意她，水埠也空着，无人在洗衣服。她正感到庆幸的时候，忽听见小河对面一个小孩叫道："快来看呀，洪斗成的新女人在这洗尿布呢！"山区女人吃惊地抬起头来，发现小河对面已站了好几个女人和小孩，望着她指指点点，她们忽而交头接耳，忽而开心地笑着。山区女人吓得一身冷汗，她草草洗完尿布便起身回家。

路边已站了好些人等着看她的美貌，她红着脸，硬着头皮快步往家走。阮家大杂院里的女人们听到消息，便站在后门等着她。山区女人低着头从她们身旁走过，后面传来了一个女人的声音："这朵野花真美！"

第十四章　玉如探望心秋

（一）

洪斗成的小女孩五个月大的时候病了。

中午，山区女人给女儿喂奶，发现小女孩不爱吃，女人没有把这当回事。"不想吃就不要吃呗。"她说着，把女儿放在床上，拍她睡了，自己便去厨房吃饭。她刚吃了几口饭，就听见女儿在房里哭了，她跑回房中，想拍拍女儿让她入睡，可小女孩就是哭着不睡，她抱起女儿，哄着拍着，小女孩终于睡着了。女人回到厨房想继续吃饭，谁知她的女儿又在房里哭了，她想不进房去。"先让她哭会儿，或许她见没人理，她就停了，否则这顿中饭就吃不成了。"可是小女孩就是哭个不停，女人没办法，只得进房去。小女孩大声地哭着，又排泄了半床的尿屎，臭气满屋。女人有点发火，提起手往小女孩的腿上拍了下去："你娘还没死呢，你哭什么！"小女孩哭得更厉害了。女人第二次抬起手，准备再打，突然，她发现小女孩的脸异样地红，她伸手往小女孩的额头一摸，她吓了一跳，小女孩的额头很烫。"她病了！"女人想，她抱起女儿，把她紧紧地贴在身边，拍着她，哄着她，小女孩睡着了。小女孩身体不舒服，睡不稳，睡不了多久又醒了，醒了就哭，女人不敢走开，中饭没吃成，一个下午她都呆在女儿身边。

原配回来了，小女孩正在哭，哭个不停。小女孩的哭声让原配烦心，她走到西边来，对山区女人喊道："你哄男人的本事这么大，怎么哄个孩子就没本事了，你打算就让她这么哭下去吗？"山区女人平静地道："她病了，身体发烧。"原配听说小女孩病了，便不再说什么，急急走开了。

小女孩哭了好久，哭得没力气，静下来了。

晚上，洪斗成回到家里，山区女人告诉他小女孩生病的事，洪斗成进房瞧了瞧道："吃过晚饭我就去叫医生。"

吃过晚饭，洪斗成要去叫医生，原配道："我小时候身体发烧，我娘就让我喝凉药，喝了凉药，把棉被往我身上一裹，我全身出了汗，病就好了，哪里有看什么医生？"洪斗成听原配这么一说，想起自己小时候身体发热的时候，他的娘也是这样对付他的病的。孩子身体发烧，准是热证，于是他便去附近的药店买了两帖炒栀子、玄参、连翘、赤药，再加上点桑叶和甘草配成的药，拿回家来让山区女人加水煎了一帖喂小女孩喝。小女孩身体发烧，口干得厉害，这药虽不好喝，却都喝了。暂时得清凉，小女孩安静了下来，睡着了。过了一个时辰，小女孩又哭了起来，洪斗成叫山区女人把那药加水再煎了一次让女孩喝。这回，小女孩不大爱喝，洪斗成帮着山区女人勉强把药汤给喂了。孩子还是哭，女人抱着她在房里绕来绕去地走，轻轻地拍着她，哄她入睡了。

洪斗成走出西房，想抽支烟，见原配在东房门口向他招手。洪斗成走进东房，原配凑近他的耳朵道："小心点，别挨女孩太近，哪知道她生的是什么病？"洪斗成道："放屁！小孩天天待在家里，会有什么要紧的病？准是夜里着凉了发的热，明天就会好的。"

洪斗成抽完了烟，与原配一起把当天店里的账算了，这时已是子时，他见西房没动静，便在东房睡了。洪斗成睡下不到一个时辰，忽听见西房女人的哭声，他连忙下了床，披了件外衣，摸黑往西房走去。

山区女人抱着小女孩在哭，见了洪斗成道："她死了！"洪斗成一惊，急忙上前去瞧，只见小女孩双目翻白，牙关紧闭，嘴唇发绀，口吐白沫。他知小女孩是昏厥了，他赶紧掐住小女孩的人中穴，对女人道："她是热厥了，你去把毛巾浸了冷水拿过来。"洪斗成把冷毛巾放在小女孩的额头，过了些时间小女孩醒过来了。洪斗成和山区女人都是一身汗，洪斗成道："得请个医生来看看她，现在大概是丑时，再熬一个时辰我就去请。"

小女孩气喘得厉害，洪斗成心里发慌："她能熬过一个时辰吗？"洪斗成坐在女儿的身边，紧紧握着她的一只小手，见小女孩的气喘稍稍平静了点，洪斗成放了点心。

过了一个时辰，洪斗成出门请医生去了。"你快点回来，我心里害怕。"他出门时山区女人道。"别怕，她现在好些了，我很快就回来的。"洪斗成道。过了半个小时，洪斗成带着医生回来了。老中医仔细看过小女孩的病，又向山区女人问了些情况，他一边开药一边道："她是肺里的热证，病起得很急，你们怎么不早请医生，耽误了医治的时间了。"老中医把药方又看过一遍，递给洪斗成："快跟我去把药抓齐，煎了让小孩喝，一刻也不能耽误了。"老中医带洪斗成敲开一家中药店的门，抓了药，对洪斗成道："小孩的脉快而弱，你得多加点心。"洪斗成谢过老中医，急步往家里赶。

见山区女人没什么异常，洪斗成暂时放了心，"孩子怎么样了？"洪斗成问。女人道："没怎么样，还是老样子。"小女孩在她母亲的怀里躺着，眼睛微闭，鼻翼急急地扇动着。洪斗成把药放在桌上，拿出一帖，女人伸手要拿，洪斗成拿手阻止了她道："我去煎，医生吩咐过我怎么个煎法。"

原配靠在东房的门上，一边吃着东西，一边瞧着西边的动静。

洪斗成亲自下厨房给小女孩煎药，原配起了醋心："他从来没有下厨给我烧过什么，我生病了也是自己煎的药，不见他有多少心疼我。不知这小鬼前世是他的什么人，他偏只心疼她。""对了，他是心疼这山区的女人，这个小妖精给他生了这小鬼，她还会给他生出更多的小鬼来的。有朝一日她会骑到我的头上来的，我怎么办？""老娘可不是好欺负的人，走着瞧吧！"元配把房门一关，坐在桌边生气。

小女孩喝过老中医开的药，一个上午还算太平。洪斗成被小女孩搞得疲惫不堪，但他不敢走开，午后，洪斗成给女儿又喂了一次药后，便歪在床边睡了。山区女人更加疲惫，自上一天中午开始她就一直累着，但她不敢睡，她怕自己睡着的时候女儿死去，她老是盯着小女孩看。

洪斗成醒了，见女人怀中的小女孩还安静，便往东房去了。原配正在生气，见了洪斗成道："店门关了一天了，明天你还准备关着吗？"洪斗成道："明天的事明天再说，孩子还病着呢。"原配道："孩子病了就得把店门关了吗？她若病上一年，你要关一年的店吗？"洪斗成道："你怎么这样无理？孩子这次是急病，医生说我们已耽误了她的医治时间，要我多加点心。若是昨天晚上你不说那话，我早去请医生了。"原配发火了："你是埋怨我吗？寿命长短是天定的，俗话说：未注生，先注死。你不去开店，我们连吃饭的钱都没了，哪还有钱给那小鬼治病？"

洪斗成听原配出言不吉利，心里一阵惊慌，转身又往西房走了。西房这边，安静了几个时辰的小女孩又气促了起来，洪斗成心里发慌。这夜，洪斗成呆在西房，与山区女人轮流着睡觉，轮流看着女儿。夜里小女孩时时气促，嘴唇和手指发紫，手足冰冷，洪斗成知道小女孩的病情更加糟糕了。

终于熬到了天亮，洪斗成又去请那老中医过来，老中医本欲不来，但洪斗成苦苦请求，他只得来了。老中医见小女孩这个样子，又摸了摸她的脉，他只是摇头，叹道："老夫实在无能，请你们另请高明吧。或许老天可怜这小女孩，你们碰上个好医生，她的病就好了。"说着，老中医收拾了药箱，也不要出诊费，就走了。

洪斗成知道小女孩的情况不妙，丰城有经验的老中医都不敢再用药，谁还能治得了她的病？洪斗成走出家门，去找了个三十来岁的年轻中医来。年轻的中医一瞧见小女孩，便打退堂鼓，他实话实说道："她这样的病症西医能治，西医用的药能快速见效，中医的药见效慢。用西医的话说，你的女儿得的是急性肺炎，丰城现时还没有西医，你得赶快把她送到宁波去，那里有西医。"

"赶快把她送到宁波去？"洪斗成思量着医生的话，"赶快送去谈何容易，去宁波的班轮今天都已经开走了，今天再没有去宁波的火轮了，若是雇只小船划到宁波，差不多是晚上了，孩子还能得救吗？去了宁波就能治好孩子的病吗？小女孩的病本来就重，她能经得起坐小船的颠簸吗？还有，家中的钱都是原配管着，而我现在又没赚多少钱，原配昨天就说过没有钱给孩子治病。"

想到这些，洪斗成下了决心："听天由命吧，若孩子在世上还有寿命的话，她会从病中闯过来的。"

小女孩没有从病中闯过，那天下午，她就断了气。

山区女人大哭起来，洪斗成也哭得伤心，元配暗地里高兴。

（二）

暑假里，玉如想去李庄看大表嫂心秋，玉如道："我长大了，我知道去李庄怎么走，不要娘你陪我去。我去看大表嫂，顺便把娘的那十五亩田租稻谷给带回来。"淑媛同意了。杨氏道："一个姑娘家，独自去乡下，我不放心。"淑媛道："让她去吧，呆在家里，有些事是学不会的。我十四岁的时候，也是夏天，大哥和二哥忙着田里的事，几个姐姐都出嫁了，我外婆病了，我娘离不开家，就让我独自去章庄看外婆。章庄离我李庄有三十多里的路，还不是单坐小船就能到的，章庄在南山的那一边，坐三十里路的小船到达南山脚，还得走七八里的山路。我独自去了，看望了外婆，第三天又独自回来。"杨氏道："可是这里去李庄是隔江过水的。"玉如道："隔江过水怕什么，这几天天气好，渡江是没事的。"淑媛道："我请福弟的爹陪玉如过暖江，看他什么时候有空再定吧。"

霖生知道了，也要跟玉如去李庄，淑媛道："你别去添麻烦，你就呆在家里，等你长大了，你也可独自去乡下。"

玉如清楚地记得第一次见到的大表嫂，一位略带悲哀、郁郁寡欢的秀气丽人，她希望玉如和淑媛常去看她，她们答应了，但她们都没能做到。玉如自八岁第一次去李庄，至今已整整七年，这期间她爹发生了这么不幸的事，她娘就没心思带她和霖生再去李庄玩，就连大舅父家的表姐出嫁，二表哥娶亲，二舅父家的表姐出嫁的时候，她们也都没去。玉如记得现在大舅父家里有两个前母所生的未出嫁的表姐妹，一个是十七岁，一个是十四岁，后母生的表妹有几个，玉如就不知道了，而二舅父家还待在家中的女孩只有一个，今年是十三岁。

玉如到李庄来，大舅父家的表姐在河边的水埠接她。

舅父家大门上的朱红油漆有些剥落了，大院子的地面上晒满了稻谷，老长工苏伯头上遮了条毛巾，顶着烈日在用耙子翻晒谷子。

表姐带着玉如从稻谷中留着让人走路的极狭窄的通道走过，大舅父家中堂里的稻谷堆得很高，谷堆上放了几条木板，爬过木板，可以到达后院。表姐没有带玉如爬木板，她带玉如顺着屋檐下的通道走向最北面的边间。

通道的两边叠着一箩箩待晒的稻谷，北边间是厨房，表姐带玉如从厨房进入她自己的睡房。

表姐开了睡房的后门，对着在后院里晒稻秆的后娘喊道："妈，城里表妹到了。"大舅母放下手中的一捆稻秆子，应声道："外甥女到了吗？我把这几捆稻秆晒完就过来，锅里的点心还没送出去，你先让你表妹吃碗点心。"

表姐没有应答，她关了后门转身对玉如道："你看看这个小气鬼，你一大早从城里来，中饭还没吃，她总要给你烧顿像样的中饭吧，亏她说得出来，叫你吃那要送去田里给长工们的点心。"玉如道："我肚子不饿，在船上已吃过一些饼子，不吃点心也行。"表姐道："你别客气，到了你娘的娘家，让你饿着肚子，这还说得过去？你坐着，我去给你烧吃的。"

表姐去厨房烧了碗面条，放上三个油煎荷包蛋端了过来。玉如笑道："你以为我饿得像个乞丐？你烧这么多面条，又煎这么多鸡蛋，是要让我吃一天吗？"表姐笑道："他们说城里的姑娘一顿只吃一个鸡蛋分量的饭，以前我不相信，今天我信了，怪不得城里的姑娘都苗条秀气。"玉如大笑了起来："这话你是从哪里听得的，我们城里人可没听说过这些话呢。"

大舅母晒完了稻秆进屋，见厨房桌子上摆着大半碗的面条，上面还有两个荷包蛋，心里想道："这小妮子总是和我过不去，她会做人情，让我这个后妈脸上无光。"

玉如见到大舅母，问了好，大舅母道："你娘好吗？她怎么不也过来玩呢？"玉如道："她很好，只是总忙着，脱不了身，她要我问你好呢。"大舅母道："谢谢你娘了。你坐着吧，我得去送点心了，顺便去北院看看你二舅母送点心回来了没有，她若回来了，我叫她过来陪你。"玉如道："让我过去见她吧。"表姐道："不用了，她那里和我们这里一样，满屋的稻谷和稻秆子，很难走进去，等太阳下山，院里的谷子收了你再去，再说，也不知道婶子她现在回来了没有。"玉如问："表妹也不在家？"表姐道："现在大忙季节，谁还有闲待在家里，能下地的都下地去了。我妹也下地了，我要不是要接你，我也下地帮忙去了。"

　　大舅母走了，二舅母迟迟没来。玉如道："我想先去看看大表嫂，她好吗？"表姐道："她还好，只是不肯出房门。"玉如道："我这就去看她，你陪我去吧。"

（三）

　　心秋的房门开着，她刚刚睡过午觉，现在坐在椅子上冥想。

　　玉如站在心秋的房门口笑着，表姐叫道："大嫂，你看谁来了？"心秋转过脸来，看着门口的两个姑娘，她把目光停在玉如的身上。玉如微笑道："大表嫂，我是玉如。"心秋道："是城里的玉如表妹吗？快进来吧！"大表嫂瘦了，玉如想道。

　　两个姑娘站在心秋的房中，心秋慢慢地站起身来，笑道："表妹长大了。"她用桌边的抹布擦了擦自己刚坐过的椅子，对玉如道："表妹坐这里。"她用手指了指桌边的几张凳子，对她家的姑娘道："你也坐吧。"说着，她自己已在一张凳子上坐下了。

　　陪伴心秋的老妈子从隔壁房里走了出来道："是城里的表小姐来了吗？我家小姐念着你呢。等着，我给你泡杯茶来。"

　　"大表嫂好！"玉如向心秋问好，心秋只是微笑。半晌她道："好，好，天天都好。"说过后，她又是微笑。玉如觉得心秋有些异常，她仔细看了心秋几眼，觉得心秋的眼神似乎有点迟钝。

　　心秋还是微笑着，对玉如道："表妹还在读书吗？"玉如点了点头道："还在读书。"心秋道："读书好！我这里有好多书，今晚表妹住在我这里，我们一起看书。"玉如答应了。心秋悄悄对玉如道："晚饭你和我一起吃，就在这里，不要到别的地方吃，他们那边不干净。"表姐听了大笑了起来道："大嫂就只看中玉如表妹，让我沾点玉如表妹的光，今晚也在你这里吃吧。"心秋只是微笑，不作回答。

　　老妈子端了茶来，听见了她们的话，对心秋道："上房奶奶们早已为表小姐准备了一大桌好吃的晚餐，她不会在我们这儿吃的。"心秋听了有点失望，过了片刻微笑道："也是的，晚饭不请你吃了，明天你在我这儿吃吧。"玉如答应了。

　　老妈子先给玉如递了茶，然后给表姐也递了茶来。表姐笑道："今天真是沾了玉如表妹的光了，往时来了，阿妈哪有给我端茶喝呢？"老妈子笑道："姑娘倒派起我的不是来了，你什么时候到我们这里来过？往后你天天来，我老婆子就天天给你端茶喝。"表姐笑了起来。

走出心秋住的后院，玉如道："大表嫂的神情有点不对劲，你看出来了没有？"表姐道："岂止不对劲，她是这儿有毛病。"表姐指了指脑袋道，"今天她好多了，她喜欢你，话都说得还对。"玉如道："我上次来，她好好的，她什么时候起的这个病？"表姐道："是去年早些时候，都是她的爹不好，把她弄成这个样子。"玉如道："我被你弄糊涂了，怎么她的爹会把她弄成这个样子呢？"表姐道："有些事我也不明白，只记得去年三月里有一天，她爹划了小船来我家，说是她娘病重，想女儿想得厉害，叫她回家去一趟。你知道吗？那几年我大嫂都不肯回家的。她娘病重，她只得带了老妈子坐了她爹的船跟她爹回家去。哪知到了家，她娘好好的，她娘说，好几年没有见到她了，很想看看她，所以只得说自己病了，否则哪能见到她？她本来很生气的，听她娘这么一说，也就不生气了。她说既然她娘已见到她了，她就马上可回婆家了。她娘抹着眼泪说：'你总是不肯回娘家，你这一回去，不知我何时再能见到你，你今天多花点时间陪陪娘吧，你家又不是很远，早点吃过晚饭，我让你爹叫顶轿子送你回家。'

"原来她爹是骗她回娘家的，她爹娘觉得她一个人在我家很孤单，想让她改嫁，但我大嫂不愿意。听说几年来她爹娘替她找了好几个人，她都一个个回绝了，她是决心在我家老死的。去年年初，有人向她爹说媒，说那男人实在好，错过这个机会便再也找不到这样好的男人了，说那男的也是个知书达理的人，还不到四十岁，家中有田上千亩。她爹娘心动了，便骗她回去嫁人。

"三月白天短，她在娘家吃过晚饭，太阳快落山了，她爹叫了两顶轿子，让她和老妈子坐了，把她抬去那男人的家，他爹也跟了轿子去。大嫂坐在轿子里并未知觉，既然是她爹送她回婆家，一路上她就没什么可担心的了。过了些时候，天就暗了，老妈子累了，闭上双眼睡着了。再过了些时，大嫂她觉得应该到家了，但那轿子还未落地，她掀开轿帘看看她们在何处，是不是快到家了，可外面黑洞洞的，看不清是何处，嫂子问了她爹，她爹说就要到了。

"过了会儿轿子真的落地了，大嫂便知实情了。听说她大哭大闹了起来，抱着轿子的一条木架子死也不出那顶轿子，几个有力气的女人硬是把她抱出了轿子，把她抱进了洞房，她便在洞房里疯了似的呼天抢地大哭大叫个不停，也不知哪里来的力气，把洞房里的东西都砸了，一夜哭到天亮，那男人只得用轿子把她送回她爹那里，她爹便把她送回我家来。老妈子随着她去来，服侍她睡下，她睡了一天一夜，醒来便疯了。"

玉如道："她爹真糊涂，好好的一个女儿，却逼她变疯了。"

吃过晚饭，二舅母来带玉如去北院她家中坐，玉如说起了下午去见心秋的事，玉如道："她爹怎么会这样糊涂，女儿不愿意做的事，他偏逼着她做，现在女儿被他逼疯了，他好受吗？这么大的事，事先她爹怎么就不跟大舅父商量一下呢？"二舅母道："其实，这事事先她爹是跟你大舅父说过的，若是你大舅父事先不知道她爹的安排，你大舅父会让她重新进家吗？"玉如问："大舅父既然事先知道她爹的安排，为什么不阻止？"二舅母挨近玉如道："你大舅父巴不得心秋改嫁，她改嫁了，原先已分给她那一房的家产就都可以收回来了。"玉如道："大舅父怎么这样坏，大表嫂这么苦了，他还害她！"二舅母道："还有呢，那天心秋的爹送她回来时，你大舅父听了他那后妻的话，开始硬是不让心秋进门，说她已在那男人家的洞房里过了夜，已不洁了。后来是你二舅父出来说话，你大舅父才让心秋重新进门。其实，心秋并没在那男人家过夜，那男的是知书达理的人，他见心秋大哭大叫，不愿改嫁，便让她的爹当场把轿子抬回去，这时已是下半夜了，心秋要她爹马上把她送回这里，她爹娘好说歹说，说等天一亮就送她回李庄，她哭到天明，她爹便送她回这儿来了。"玉如道："大舅父怎么能这样自私，现在大表嫂疯了，他总再没有别的坏主意了吧？"二舅母轻声道："有人说心秋不一定是真疯。"玉如道："他们是说她是装的？"二舅母点了点头道："她疯了，才不会有人叫她改嫁了。"玉如道："今天下午她对我说的话还都对的，不过我看她的神情怪怪的。你说得对，她可能是装的，但愿大表嫂没有真疯。"

（四）

心秋很高兴，玉如真的来她房中陪她过夜。"表妹你真好，"心秋笑道，"读书的人说话做事就不一样，你看我那个姑娘，一开口就让人生气。"玉如觉得大表嫂说话有点慢。

心秋的桌上摆满了书，玉如问："这些书大表嫂你都看吗？""都看的，只是没看完。"心秋道。

老妈子进门送来了茶点，对玉如道："我家小姐喜欢你，你就在这儿多住几天吧，陪陪我家小姐，她会开心起来的。"玉如道："好的，我会在这儿多住几天的。"

心秋只是微笑而不说话。老妈子在茶几上摆好茶点，对心秋道："大热天天气闷热得很，你受得了，表小姐可受不了，这些书你们明天慢慢看吧，我把茶几挪到院子里，你和表小姐坐在院子里说话，那里凉快些。听阿妈的话，好吗？"心秋想了想道："好吧，今天表妹在这里，我就听你的。"

玉如和老妈子把茶几抬到院子里，老妈子点好了蚊香道："你们有什么事就叫我，我就在房中。""你也坐在这里吧，坐在房里你也会太闷热的。"心秋道。老妈子听了，哭了起来："几年都没听你说这样贴心的话了，好，好，老婆子也坐在你们旁边，听你们说话。"

心秋望着明朗的夜空道："今天晚上真好，天上的星特别多。"玉如道："天上的星天天是这么多的，不特是今晚多，大表嫂你把自己关在房里，哪能见到天上的星呢？"老妈子道："表小姐说得极是，小姐你得走出房门，看看天，不只天上的星好看，地上的山，地上的水，也都好看的，明天早上你早点起床，和表小姐一起到门外去看山水，好吗？"心秋不作回话，沉默着，仍然看着天空，像是在寻找着什么。突然，她用手指着北面的天空对玉如道："表妹你看，那些星像个烟斗，共有七颗。"玉如朝着她指的方向道："那是北斗。""对了，是七星北斗。"心秋高兴了起来，饶有兴趣地说着。

玉如把身体转向南面，用手指着南面的天空道："大表嫂你看北斗的对面，有位老人跪着，在拜北斗呢。"心秋道："哪儿呢，我怎么就看不到？"玉如道："就在这里，你把身子转个方向，像我这样，脸朝着南面。"心秋按玉如说的做了。玉如接着道："你先看老人头上的帽子，是一顶前清的官员戴的帽子，顶上往后垂着条帽缨；往下看，是老人的脸，是个侧面的脸，看到了没有？"停了会，儿心秋道："看见了，我看见老人的脸和他戴的帽子了。"玉如道："老人的脸是朝着北斗的，是不是？你再往下看，是老人的前胸和后背，找到了没有？"心秋高兴地；道："找到了。"玉如道："大表嫂你再往下看，从老人的背部一直往下看，老人的一只小腿稍稍往上挑，后面有他的脚，因为他是跪着的。"心秋道："看见了，是有跪着的一条腿。"玉如又道："你现在来看老人的前胸，前面有他的胳膊，胳膊弯着，在拜北斗。"心秋道："看到了，有点像。"玉如笑道："你把这老人从头至脚重新看一下，看他像不像一个头戴红缨帽子的前清官员，他跪着，在拜北斗。"心秋仔细地看了一番，拍手道："像，真像。"玉如道："他是'南极老人'，这叫'南极老人拜北斗'。"

老妈子笑道："表小姐真会讲故事，你讲的'南极老人拜北斗'，我全记住了，以后老婆子可以出去卖了。"玉如笑道："我也是贩子，我家住的是个大杂院，到了夏天晚上，大家坐在一起乘凉，是一位邻居教我们看星星拼成的图的，'七星北斗''南极老人拜北斗'，还有'牛郎织女隔银河'，还有'梭子'，等等。"老妈子问："哪里有'梭子'？"心秋道："牛郎星和织女星你总知道吧？在织女不远的地方有四颗星，它们构成的图形像个织布的梭子，看到了没有？"老妈子喃喃道："在织女不远的地方，有四颗星，构成的图形像个织布的梭子，可老婆子我找不到。"心秋道："织女星在中间，银河在织女的这边，'梭子'是在织女的那边，离织女稍微有点远的地方。"

老妈子终于找到了"梭子"。玉如道："关于'梭子'，是有个故事的，大表嫂知道否？"心秋道："我知道，是王母娘娘发怒了，把织女的梭子一扔，就扔到那边去了，小时候我爹给我讲过这故事。"

老妈子道："我也有个星星拼成的图，你们看，那里有一只'金鸡'。"老妈子正要往下说，心秋突然站了起来道："不看了，我想睡了。"她说着，拿了扇子，就想独自一人进房去。老妈道："你等等，我先去把灯点起来。"

老妈子知道心秋的脾气，自去年三月那件事之后，她更是小心翼翼地服侍心秋，她同情心秋，因此，凡事她总是顺着她。老妈子点亮了房间的灯，回头领了心秋进卧房。玉如把茶几和几张椅子搬进房，见老妈子正在服侍心秋睡下。玉如不明白心秋为什么突然不高兴起来，她只想问问老妈子，但不便问，只得作罢。

（五）

次日玉如醒来，见心秋还在睡，玉如不敢吵醒心秋，只好静静地躺着，玉如知道心秋昨晚睡得不大安稳。

心秋醒了，见玉如已醒，心秋道："表妹早醒了？昨天夜里我睡得不好，打扰你了吧？"玉如道："没呢，我很会睡，一觉醒来便是天亮，昨夜刚躺下来时，觉得你在翻来覆去地睡不着，后来我睡着了，就不知道了。"玉如见心秋的神态还好，便放心了。

二舅父家的表妹来叫玉如去吃早饭，玉如道："阿妈已为我们熬了粥，早饭我不去你们那边吃了，你们只管自己吃了吧。"心秋道："中午和晚上也都在我这里吃，她今天都不上你们那边吃了。"表妹笑道："表姐成了香饽子了，今天表姐是轮到在我家吃饭的，我若请不来表姐上我家吃饭，我娘会说我不会说话的。好大嫂，你就把这香饽子分一点给我吧。"心秋笑了起来道："表妹真的成了香饽子了。"玉如道："我明天上你家吧，表嫂盛情，今天我就在表嫂这里吃。"

早饭后玉如一本一本地翻着心秋桌上的书籍：《论语》《孟子》《史记》《左传》《诗经》《国语》《古文观止》《唐宋诗醇》《宋六十家词》《千字文》《古今列女传》。"全是些古书。"玉如心里想。

"表妹喜欢这些书吗？"心秋问。玉如道："喜欢的。"心秋问："你读过这些书吗？"玉如道："只读过一点点，你读过很多吧？"心秋摇了摇头道："读过一些，不算很多。"玉如问："你那时在什么地方读书呢？那时还没有学堂吧。"心秋道："那时有什么学堂？我是陪我哥读的书，我哥比我大两岁，那时我家为他请了一位饱学先生，他教我哥先读《三字经》《百家姓》《弟子规》《千字文》《孝经》《千家诗》，然后读《论语》《孟子》《大学》《中庸》，再后来读《诗经》、《左传》、《尚书》。我是跟着他识了些字，读了点古文的。"玉如笑道："你读的古文比我在学堂读的多得多了，我只读过《百家姓》、《三字经》、《弟子规》，《千字文》，而《千家诗》只选了几十首读，《论语》、《孟子》、《左传》都只选了几篇来学。"心秋问道："你们在学堂学些什么呢？"玉如道："我们在学堂里不只是学国文，还学很多别的东西，做别的事。除了国文，小学里我们还学算术、自然、地理、历史、学唱歌、学女红，体操课是练身体强壮的。到了中学，算术变成了数学，课程也更多了。"

学堂里有这么多的东西要学，心秋十分好奇。心秋道："城里人真有福气，女孩也和男孩一样上学堂读书，学的东西又这么多，眼界自然大了。我说乡下人鼠目寸光，学的东西太少，他们就是不信，说我是在灭自己乡下人的威风。"玉如道："城里人大都也不读书，家里穷，读不起书，稍微大了些，便要干活赚钱去。女孩子更不用说读书了，我住的院子里，住了十户人家，男孩子倒有几个读书的，女孩就我一人在读书，若不是我爹的意思，我奶奶是不让我进学堂的。"心秋叹息道："生在此时，不去读书，真是可惜了。"玉如觉得很奇怪，心秋说起读书，便有很多话，全不像一个脑子有毛病的人。玉如想去问问老妈子，心秋的脑子是否真的有问题。

吃过中饭，心秋午睡了，玉如便去找老妈子问心秋的事。老妈子道："我也搞不清，她有时明白，有时糊涂。"玉如道："你说得对，像昨天晚上，起先她还是很高兴的样子，到了后来，不知为什么她又不高兴了，立马要去睡觉。"老妈道："这事我想过了，昨天晚上是她无意中说到她爹，她便想起她爹来，她是恨她爹的，是她爹把她送到李家来的，去年又是她爹骗她回家，把她送给那男人。想起这事，无论谁也不会高兴，更何况是她，她把贞节一事看得比什么都重，你不见她天天捧着那本《列女传》吗？"玉如道："是了，你这一说，我便明白了，阿妈真是体贴她的人。"老妈子道："她是个可怜的人，命不好，我不体贴她，还有谁会体贴她？她爹娘虽然也是想她好，可偏是害了她。有时我想，若我老婆子不在人世了，她怎么办？"对于这个问题，玉如也想不出办法来，她只能道："阿妈你良心这么好，你一定会长命百岁，陪她到老的。"老妈子笑了。

玉如没有午睡的习惯，她坐在桌旁，随便拿了几本书来翻翻。心秋睡了半个时辰，醒来见玉如在翻书，她知道玉如喜欢书，便带玉如去北边的书房，开了书柜，让玉如看她的藏书。心秋道："我这书柜中还有不少书，表妹要看什么，你自己挑去吧。"

玉如仔细看书名，知道这书柜中都是些小说。玉如问："大表嫂也喜欢看小说？"心秋道："桌上的那些书看累了，我也看这些小说，调个味儿。"玉如道："这些书你是从哪里弄来的？里面好多书我没看过呢，有的连书名还没听说过。"心秋道："这些书大都是你大表哥留下的，少数几本是我带过来的。"玉如道："我班中的女同学喜欢看小说，但先生说，我们该看正史，别看这些野史杜撰的故事。"心秋道："这些书并不都是杜撰的，有些其实就是史书，它记载的事比史书更详尽，更好看。"心秋抽出《东周列国志》问玉如道："表妹看过这本书吗？"玉如道："还没有。"心秋道："这本书其实就是史书，里面记了好多东周时期各国发生的事，内容很详细，我特喜欢它。表妹想看书，先看这本吧。"

见玉如手里还拿着《左传》，心秋道："这是你大表哥读过的书，上面有他写的字。"玉如翻开《左传》，书中几乎每页都写有字，字体很小，很秀气，仔细看过其中几页上的内容，玉如知是些读书笔记。玉如道："大表哥的字写得真好，他的笔记做得也好，他读书一定很好吧？"心秋笑了，她苍白的脸上现出了红晕，有了光彩。心秋道："他是才子，琴棋书画样样都通。"心秋回卧房开了床边柜子的门，拿出一只略长的布袋来，她打开袋子，从中拿出一只胡琴。"这是你大表哥拉过的琴子，他的琴拉得很好。"心秋道。"她常给你拉琴吗？"玉如问。"只拉过一次，后来他再也拉不动了。"心秋脸上的红晕没了，光彩消失了。她沉默了，在桌旁坐了下来，玉如的问话让心秋想起了过去。

心秋看着地板，发了一阵子呆，然后抬起头来对玉如道："你没见过你的大表哥吧？他长得很清秀，很有风度，是个美男子。可惜他的命很短，短得令人心疼。"玉如问："你进这门之前就认识他吗？""不认识，但我见到过他。"心秋慢慢地道，"我十四岁的时候爹娘把我许给了他，你舅父李家在这儿方圆几十里是出了名的，用我爹娘的话说，这李家既富有又知书达理。那时你大表哥十三岁，我们彼此不认识，只听我爹说，他见过那孩子，长得很斯文，相貌很好，我听了，自然很高兴。那时他家中为他请了私塾先生教他学文，他十七岁时跟了一位有名的老中医学医，就在那一年的三月，我见到了他，他那时已长得很高，很有风度，只是瘦了点。那时我哥娶我嫂子，按我们乡里的习俗，他这位未来的女婿也在所请的客人之列，他来我家了，所以我见到了他。"

说完了这些话，心秋又低下了头看地板，她又沉默了。

见心秋这个样子，玉如很难过，她不知道她能干些什么来安慰心秋，帮助心秋从心灵的痛苦中走出来。

（六）

晚饭后二舅母来了。"租种你娘那十五亩地的佃户今晚会来谈田租的事，你二舅父要你过去听听。"二舅母向玉如传来了二舅父的话，"你今晚得住在我那边，明天一早与你舅父一起去收田租谷子。"

玉如辞别了心秋，跟二舅母去北院。

佃户来了，与二舅父谈田租的事，玉如听不懂田里的事，坐在旁边等着他们谈妥。佃户走了，二舅父道："明天一早我与你一起去他家把谷子称来，回来还要再晒一下，用风车再扇过。你在这里多住几天，过了这几天大忙时间，我派个长工送你回家。"玉如向二舅父道了谢。

二舅父问玉如："你这两天住在心秋那里，你看她怎样？"玉如道："还算好，昨天我刚见到她时，觉得她神情怪怪的，后来倒不怎么样，今天还好。"二舅母道："这样说起来，以前她那样子可能真的是装的了。"玉如便把昨晚的事说了，并把老妈子的话也说给了舅父和舅母听。二舅父道："不管她以前的样子是不是装的，现在她平安就好。"玉如道："她心里苦得很，偏又把自己闷在家里，没有人与她说话，没有人开导她。"二舅母道："她脾气与众不同，换成别人，早嫁人了，她却一直守着这空房子。"二舅父道："人各有志，心秋不是俗人，自然与那些俗人的想法不同，她能守得住寂寞，连她自己的父母都不了解她，你们怎能理解她？"

翌日早晨，玉如跟着二舅父去收来了田租谷子，那谷子还没干透，二舅父让苏伯把谷子再晒一晒。上午的太阳还是好好的，但到了下午，便起了云，开始还是白云，后来来了乌云，乌云一会儿散开了，又见到了太阳，但后来起了风，乌云越来越密，太阳全没了。玉如帮苏伯把谷子收了，苏伯抓了几粒谷子放在嘴里咬了咬，说那谷子仍没干透，还得让太阳再晒一天才能进谷仓贮存。玉如问："你看明天会有太阳吗？"苏伯道："说不准，满天跑着乌云，不刮台风就好。"

玉如在二舅父家吃了晚饭，便要去后院陪心秋过夜，二舅父道："明天若晴，你早点过来帮苏伯把你们这几箩谷子再晒一晒，过两天我让苏伯送你回家。"二舅母道："云钦，你怎么这么不会说话，玉如在这里还只住了两天呢，你就早早打发她回家？"二舅父笑道："不是我早早打发她回家，她奶奶和她娘在家挂念着她。"二舅母道："玉如你别听你二舅乱说，你好久没来李庄了，这次来了，你得多住十天半个月的，等忙过这阵子，让你表妹带你去我娘家陈庄玩上几天。我娘家四叔公才真是个大财主呢，他家有个大花园，好玩得很，你去瞧瞧，比比看，你们城里那些财主家的花园好，还是我四叔公家的花园好。"玉如笑道："我只想明天就回家呢，娘先别说，我奶奶一定念我念得厉害了，我离家已三天了，我还不回去，她会睡不着觉的。苏伯说了，再晒一天的太阳，这谷子就好进谷仓贮藏了。明天若晴，后天我就可回家。这次我来，主要是看大表嫂的，现在看到了，也就了却我的心愿了。她的情况不大好，后院太冷清，表姐妹们若能陪她住，她会好起来的。"二舅母道："你这几个表姐妹，哪个肯去陪她？自打你大表嫂去年三月那件事后，她们连后院都不敢去，还肯去陪她？"玉如道："怪不得老妈子说表姐没去看大表嫂，原来如此。其实大表嫂的情况并不是表姐妹们想象的那么糟，这几天我试过了，我们多去陪她说说话，开导开导她，她会好起来的。"

次日玉如醒来，见窗外太阳已照到前院房子的屋顶，玉如悄悄起了床，不想还是吵醒了心秋。心秋道："你在我这里吃了早饭再过去吧。"玉如道："不了，二舅母嘱咐过，要我去她那边吃早饭。你再躺会儿，我先走了。"

这一天太阳晒下来，谷子干透了。

玉如要回家了，心秋心里难过。晚上，玉如带了二舅父家的表妹一起来看心秋。心秋对玉如道："表妹什么时候能再来看我？"玉如道："我会来的，大表嫂你要自己保重，不要把自己关在房里，要常到外面走走，如果你愿意到城里去玩，叫人捎个信来，我来接你去我家。"

心秋听到"接你去我家"这句话，顿时傻了脑，以为又是谁想骗她出这李家的门。她一个劲地摇着头道："我不去你家，我不去，你别来接我。"玉如见心秋突然犯起傻来，心中发慌，不知如何是好。老妈子明白心秋所想，抓住心秋的手哄道："不去，不去，不去城里表妹家，别的地方都不去，只待在这里，这里多好，又干净又清静，还有我老妈子陪着。"

玉如毕竟只是个十五岁的女孩子，她应付不了心秋这突如其来的犯傻，幸好有老妈子在旁，但她还是心慌，她想逃走，但又觉得不妥。二舅父家的表妹好久不敢来看心秋，这次一来，心秋偏又犯傻，吓得她丢下玉如逃走了。

慢慢地，心秋明白了过来，眼前站着的是玉如，是她最喜欢的城里来的表妹。玉如道："对不起，大表嫂，我的话让你受惊了。"心秋点了点头，然后又摇了摇头。老妈子知道，心秋这个样子让玉如害怕，今晚玉如是不敢再在心秋房里过夜了，便道："表小姐你明天回家要早起，你先去前院早些睡吧。明天我们若能早起，就过去送你；若不能早起，就不过去了。"

次日上午，玉如正在二舅父家吃早饭，老妈子陪着心秋来了，心秋把《封神榜》一书送给了玉如，心秋道："这本书表妹还没看完，你带回去慢慢看吧。"玉如想不到心秋会起得这么早，并且已恢复了常态，还来与她送别。玉如鼻子一酸，差点流下眼泪来。

玉如回到家，把心秋的事讲了一番，淑媛惊道："这不是害惨了心秋吗？她日子原本就不好过，她又是个不愿再嫁的人，这样一来，怎能不把她逼疯？"杨氏道："你家大舅父做事就没有二舅父周到，虽然这件事是因大表嫂的父亲而起，但大舅父也有私心。"淑媛道："他岂只是有私心，他这是狠心，心秋在他家这么久，他哪能不知心秋的心思？只为了这百来亩田，竟把一个好好的媳妇逼疯。"杨氏道："这些田迟早是大舅父的，他何必如此性急。"淑媛叹道："心秋已经很苦了，他还给她雪上加层霜，这叫心秋往后的日子怎么过？"

（七）

朱家老婆子来找霖生，要霖生给她家的大姑娘送个口信，说家中有事，让大姑娘回娘家一趟。霖生想叫福弟同去，爬南门的城墙给春桃送口信，但福弟不在家，霖生便独自去了。春桃给霖生带回她的话，说今天她没空，明天她一定回娘家来。

朱家住在前院的二楼，与霖生家的二楼同一张楼梯。霖生上了二楼，见朱家老婆子正在前边走廊里忙着，霖生喊："阿婆，春桃姐说她今天没空，明天她一定来。"老婆子抬头道："谢谢你了，霖生，你这么快就回来了，一定是爬城墙了吧？我不叫你去送这个口信呢，我家里又没有人能去的，叫你去送口信，你总是爬城墙，让我老婆子担心。"霖生道："没事的，那城墙结实着呢，我和我的同学常去爬那城墙，我会留心的。"

朱老婆子家门前的走廊里摆着一只晒黄豆酱的缸，老婆子手里拿着根竹条，在拌缸中的豆酱，旁边的凳子上摆放着一些茄子蒂和西瓜皮，老婆子拌了一会豆酱，把凳子上的茄子蒂和西瓜皮往里一放，又搅拌了起来。霖生觉得奇怪，便问："阿婆，茄子蒂和西瓜皮也能晒豆酱？"老婆子笑道："茄子蒂和西瓜皮哪能晒出豆酱来？我是用豆酱来腌西瓜皮和茄子蒂的。"霖生问："腌好了什么用呢？"老婆子笑道："下饭用呗。"霖生奇道："这也能下饭？"老婆子道："什么不能下饭？山里人拿溪里的小石子蘸油盐，吮着都能下饭呢。"霖生又问："什么是油盐啊？"老婆子道："在锅里放少许一点油，把油烧得冒烟，拿把盐往里头一放，再放上点葱，香喷喷的油盐就做好了。"霖生还想问什么，只见朱家老婆子两个双胞胎小孙子从房里跑出来，各自抱住他的一只手臂，嘻嘻笑道："霖生哥，给我们做个小泥人玩吧！"霖生笑道："好吧，明天我去城外田里挖些好的泥来，就给你们做。"双胞胎中的哥哥道："你不会骗我们吧，干么要等明天呢，你今天给我们做不行吗？"霖生道："现在太阳晒得太厉害，明天上午早些时候会凉快些。放心，我既然答应了你们，明天我一定会给你们做的。"

次日，霖生去城外田里找了些好的泥来，放在他专做泥人的罐子里，蹲在屋檐下，专心做他的小泥人。淑媛见了道："你怎么就不怕这烈日的毒呢，到城外去挖泥，你就不怕晒出病来？"霖生咧嘴笑道："是双胞胎兄弟俩要我给他们做泥人玩呢。"淑媛道："你总找借口，不好好读书，只干这些无聊的事，我怕你将来找不到好的工作，一辈子干辛苦活，有你苦的。"这些话，霖生听得多了，在学堂里先生这么说，回到家里，娘和奶奶，现在甚至玉如也都这么说，霖生听厌了。他觉得奇怪，读不读书是他自己的事，将来干事辛苦不辛苦也是他自己的事，这用得着他们大家来操心吗？

"将来我要干我自己喜欢的事，"霖生想"我不干爷爷丝线店中的这种事，这种事没意思。我也不干哥哥那种报馆中的事，我不喜欢写文章。那我将来干什么事呢？"霖生又想："我要干自由自在的事，可以东走西走的，不能天天待在一处，天天待在一处干事，没意思。"但霖生想不出来，那会是什么事。

霖生一口气做了五只泥人的坯，先放在太阳底下晒了些时间，然后放在阴处晾着。第二天，霖生又把泥人放在太阳下晒了些时间，然后又把泥人晾在阴处。第三天，霖生捏了捏泥人，见泥人的表面干了，霖生拿出他的刀片，仔细整理出五个泥人不同样子的脸，他自己觉得满意了，便把泥人又摆到太阳底下晒。

泥人做成了，霖生拿了他的画笔来，给每个泥人的脸上画了不同的色彩，不同的脸谱。"关云长和张飞的脸都是红色的，但胡须是不同的：关老爷的胡须很长，人称'美髯公'，胡须要另做，要做得好看；张飞是虎须，胡子要画得短而硬的样子。书中说刘备和诸葛亮都是'面如冠玉，'应是十分明净的白里透点红的脸，红的嘴唇；刘备耳朵特长，两耳垂肩，后来做了蜀汉的皇帝，要戴皇帝的帽子；诸葛亮是军师，戴纶巾，执羽扇。赵云年最小，浓眉大眼，威风凛凛，脸是圆形的，也应是白里透点红的脸。"霖生这样想着，就这样给他的五个泥人画了脸。

霖生拉开淑媛的抽屉，找出了各色各样的碎布，拿剪刀剪成小片片，用糨糊把小片片粘在泥人的身体上，泥人穿上衣服，更加好看好玩了。霖生十分得意地看着自己做好的五个泥人，然后拿了关云长和张飞两只泥人，给双胞胎兄弟俩送了过去。

第十五章　小女人投河自尽；丁师爷贫病交加

（一）

洪斗成常去西房过夜，令原配十分生气。洪斗成被革职回家，丢了饭碗，只得开个酱油酒醋小店养家，所得之利菲薄，还要原配天天为他送午饭，元配把这些全怪在山区女人的身上。"小妖精倒好，待在家里不愁吃不愁穿，天天闲着无事，养得白白胖胖的。"原配气得咬牙切齿。白天，洪斗成不在家，原配常无事寻事地骂山区女人，意在找山区女人吵架，山区女人自知不是原配的对手，总是忍气吞声，干完分派给她的活，便关了房门，躲在房里，少与原配相见。

这天烧中饭的时候，按平日的惯例，山区女人在灶下烧火，原配在灶前炒菜。前几天刮了台风，放柴草的那间房顶上的瓦被狂风掀破了几片，柴草很有点湿，灶膛里常闷火，柴草只是冒烟，弄得满厨房是烟，呛得原配和山区女人直咳嗽。原配一边咳着，一边骂道："你是死人吗？连个柴都烧不好！"山区女人不敢回嘴，一边咳着，一边拿鼓风竹筒用嘴吹着柴火。

山区女人用力不停地咳着吹柴火，吹得累了，便停了下来歇会儿。这时火又闷了，柴草又是冒烟，原配火了，跑下灶来夺了鼓风竹筒，朝山区女人的头上打去，山区女人的头上马上起了个大包，痛得她大哭大叫了起来。

淑媛家的厨房就在洪斗成家厨房的对面，窗对着窗。平时淑媛和杨氏常听见洪斗成的婆娘骂山区女人，但从没听见山区女人的回应声，今天对面传来女人的大哭大叫声，杨氏惊道："洪家要打死人了！"淑媛急忙走出后门，站到对面厨房的窗前，对着洪斗成的婆娘道："婶子，你消消气吧，别打痛了自己的手。"原配见是淑媛站在窗前说话，便扔了鼓风竹筒，回到灶前继续炒菜，嘴里仍然骂骂咧咧。

这顿中饭在原配的不断谩骂和山区女人的不停咳嗽中煮成了。煮好了中饭，元配拿盘碗去装饭菜，山区女人立刻躲进了西房，原配盛好了饭菜，出门送饭去了。

又是一天的中午。元配去送饭了，山区女人开了房门去厨房吃饭，锅中只留下一些粘在锅底的饭，山区女人在锅里放了些水，重新烧了一下。待她烧好了这点饭，她却找不到半点可下饭的菜，下饭的菜全被原配带走了，她只得开了放红糖的罐子，拿了些红糖下饭。饭还未吃完，山区女人觉得头晕、想吐，她放下饭碗进房去，她想躺会儿再出来把饭吃完。可是不行，她的头越来越晕，她不敢动弹，她知道她这时若动弹，她就会呕吐，她闭上眼睛想养会儿神，但她睡着了。

原配提着篮子回来了，她进了厨房，见桌上摆着饭碗和筷子，饭碗中还留着点剩饭。她走到中堂来，见西边的房门开着，山区女人在睡觉。原配夫人的火冒上了头顶，她往西房冲了过去，大声喊道："你越来越有样子了，吃饱了饭，连饭碗也不收拾了！养只狗还会守房子，养了你有何用？白天睡大觉养精神，夜里做妖精迷男人，除了这，你还会干什么？贱货！"山区女人被骂醒了，她见原配站在她的房门口，叉着手在骂她。她怕元配冲进房来，她急忙起身下床，来不及穿鞋就冲向房门，关了房门，上了闩，又回到了床上。山区女人下床冲向房门时，站在房门口谩骂的原配想错了，以为这女人这回要出来与她厮打，原配连忙转身去拿放在角落的一条大木棍，待她拿了木棍来，山区女人已关了房门。原配拿大木棍捶打着西房的门来出气，嘴里不停地骂着："你这个不得好死的小妖精，害得我家这样不得安宁，我与你没完没了，让你也不得安宁。"原配骂了好些时间，山区女人躲在房里用双手塞住耳朵不去听她的话。到了该做晚饭的时候，山区女人开了卧室的后门欲去厨房烧火，原配听见了西间的动静便大叫道："你还想吃晚饭？老娘这顿饭不做了，今晚大家都饿肚子，谁也别想吃晚饭！"

天快暗下来的时候洪斗成进后门回家来了，平时这个时候，他的两个妻子会在准备晚饭，但这天，厨房里冷清清的，不见她们两人的影子。洪斗成揭开锅子，锅子冷冰冰空荡荡的，他回过头来，见桌上放着只饭碗，里头有点剩饭，饭碗上放着一双筷子。洪斗成觉得奇怪，他走出了厨房。整座房子静悄悄的，洪斗成紧张了起来，是不是家中遭劫了？他快步走进中堂，见东西两边的房门都闭着。

听见洪斗成回来的脚步声，原配猛地打开房门，大喊大叫了起来："了不得了，这贱货要爬到我们头上撒尿了。中午吃剩了饭，饭碗也不收拾，到现在她还懒在床上，不出来烧火，是要老娘烧饭给她吃吗？"洪斗成听了，便去推西房的门，见西房的门上了闩，洪斗成火了，重重地拍起门来。山区女人的心"咚咚"地跳了起来，她赶紧开了门。洪斗成正在气头上，他抬起手，朝山区女人的脸上重重地扇了过去，吼道："大白天上什么闩？还不快去厨房烧火，老子肚子饿得咕咕叫了。"

山区女人被洪斗成的巴掌打蒙了，她急忙走出房门，去厨房烧火。原配的心里好爽，洪斗成这一巴掌为原配助了气，"看这小妖精还敢不敢再去迷这色鬼，"原配暗暗喜道，"老娘不是吃素的人，贱货你是斗不过我的。"

山区女人在灶下烧火，心里想着下午发生的事。"一切都是她歪曲捏造而成的，我若不说说清楚，洪老鬼还以为这一切都是真的。"想到这里，灶下的山区女人壮着胆子，对着灶前的原配夫人嚷道："你说晚上这顿饭不做了，怎么现在又出来做了？"原配想不到山区女人会这么大胆地与她说话，山区女人来到她家，这还是第一次。原配气势汹汹地道："我什么时候说不做晚饭了？你懒在床上不出来烧火，我怎么做晚饭？"山区女人这下并不让步："你怎么这般会说谎话！"原配涨红了脸高声道："谁说谎话了？你自己说谎话，还赖在别人头上。"洪斗成听见了两位女人吵架的声音，跑了过来瞪着眼喊道："你两人吵什么？怪不得今天店里没生意，都是你们两人吵来的晦气。谁再吵，老子就不客气了。"

两个女人都不响了。

山区女人心里难受，做完晚饭一声不响回房了，灯也不点，关了通往厨房的后门，独自坐在黑暗中生气，想着想着，她流下了眼泪。往时，大家吃完晚饭，厨房里的一切都是山区女人整理的，今晚她既然没吃晚饭，整理厨房的事她便不管了。这时，她浑身无力，又感到想吐，于是她躺在了床上。

这顿饭没有山区女人在旁，原配吃得特别有味，她夹了块猪肉放在洪斗成的饭碗里，轻声道："她中饭吃得太多，晚饭吃不进去了。"见洪斗成不响，原配又道："下午我从店里回来，见饭桌上摆着饭碗，碗里还留着剩饭。我见她房门开着，躺在床上休息，便说了她几句，哪知她跑下床来瞪着眼睛和我顶嘴，说她自己年轻美貌，得你老头子宠爱，说我吃醋了，她骂我黄脸婆不知自己丑陋，还和她争老公。我想我还未到黄脸婆的时候，我在她这样的年龄，也不比她丑，在丰城也算得上是个美人，怎么就不得老公的宠爱呢？后来她还说了些更难听的话，是说你的坏话，于是我和她吵了起来，她见我真的生气了，便关了房门，上了闩，睡觉去了。"

对于原配的这套话，洪斗成并不相信，洪斗成知道山区女人胆小自卑，是不会说这样的话的。洪斗成道："你别在我的面前编说她的坏话，她胆子小，不会那么干的。"原配道："你总是护着她，不相信我的话，你这样护着她，总有一天她会爬到咱们头上作威作福的。"洪斗成道："这不会，你放心。"原配道："你是放心，但我不放心。"洪斗成道："你是在吃醋，我知道你的心，你的心里放不下另一个女人。你若是能生育，我就不娶她了，一个屋里住着两个不和的女人，你说我有多累！"

半晌，原配道："那小死鬼去了都四个月了，还不见她肚里有什么动静，哪知她今后还会不会生！"洪斗成啐道："呸！呸！你这不是咒我吗？你别太狠心，我家就我一根独苗，你想要我断子绝孙吗？"洪斗成说着，想起身往西房走，原配拦住他道："你这个人真是没用，刚才给了她一巴掌，现在又去讨她的好了，也不想想她会把你看成什么人？"洪斗成道："我哪是去讨她的好？我去看她，不是因为她不吃晚饭，怕她肚子饿。"原配道："那你去看她干什么？让她饿一顿。你不去理她，她才怕你，你今后说话也得力了，你若去理她，叫她吃饭，她正巴不得呢，你今后还会有威风吗？"洪斗成见原配啰唆，便不去西房了。

山区女人饿着肚子在黑暗中悲伤。

洪斗成没有到她的房里来，透过门缝进来的油灯光从厨房移至东房去了，她听见原配和洪斗成说话的声音，然后是东房关门上闩的声音。"洪老鬼今夜不来了！"她松了口气，给两扇门都上了闩。她知道，今夜原配会编出关于她的更多的坏话说给洪斗成听。"今后的日子怎么过？"想到这，山区女人又暗暗地哭了，"我的命怎么会这么苦！"

（二）

山区女人的命很苦，在茫茫的人海中，她不知道谁是她的亲爹娘，或许他们早已死去。她只记得自己一直住在白云观，她是在白云观中长大的。在道观中她有两个娘，收养她的娘已去世，现在道观中的老道姑是娘的亲妹妹，以前她叫她姨妈，现在她喊她为娘。"我的娘亲一定长得很美，"小时候每当有人夸她长得美的时候，她就会这样想，"但她为什么不要我呢？"那时候的小姑娘百思不得其解。正因为这样，除了白云观中的老道姑外，山区女人便没有任何亲戚。

山区女人从小住在深山，生活过得很平静，道观中只有三个女人，老道姑和她的姐姐教给她的都是《太上感应篇》中的事理，来道观中烧香的大多是女人，她们都相信"善有善报，恶有恶报"的善恶感应。天天面对着蓝天和青山，山区女人的心也如蓝天和青山一样纯净。老道姑按她姐姐的意思，并不收她为徒弟，而是给她找了个人家，若是没有洪斗成闯入白云观，今年她会出嫁了。可是那天夜里，洪斗成翻过后墙潜入她的卧房，她的生活从此变了样。

白云观本是个清静之地，历代道姑洁身自爱，静心修行，深受当地百姓的赞敬。现在由于她，白云观的名声一落千丈，从几天前原配骂她的话里她得知，现在白云观已没有了香客。"是我玷污了白云观的名声，没有了香客，娘的日子怎样过？"山区女人的心阵阵作痛。"这个魔鬼洪斗成，总有一天他会得到报应的，他会下地狱，被千刀万剐的。"山区女人想道。

住在丰城的日子并不好过，丰城里的人都知道洪斗成和她的事，她一出门，总会有大人小孩探头探脑、指指点点。而最难对付的是家中的原配，每天总会有事生出来让她难受，"她那张嘴迟早会把我吃掉的"，山区女人想。

山区女人想到这些，不觉打了一个寒战，于是她翻了一个身，这时，她又感到想吐。这一回，她真的吐了起来，但只吐了几口水出来。从上午吃了早饭到现在，她没再吃进多少东西，肚子空空的，她吐不出什么东西来。"今天怎么了，老是要吐？"山区女人想道。

突然她明白了什么，便哭了起来，她不敢哭出声来，她用双手紧紧地蒙住嘴哭着。她知道，洪斗成看中她，不仅仅是因为她年轻美貌，更要紧的是她能生育。"给我多生几个男孩"这是洪斗成对她的要求，她是洪斗成生男孩的工具。

山区女人的脑子里全是她那死去的五个月大的女儿，"她为什么要到这个世上走一遭呢？这五个月里她只在这间房里闷着，她没有一点快乐过。""我为什么一定要给洪老鬼生孩子呢？而且要给他生出男孩来。倘若这次生的又是个女孩，他们会对这女孩好吗？倘若洪老鬼命中无儿子，我生的都是女孩，这些女孩的命和我的命便更惨了。"

想到这里，山区女人的心里一片空虚，"娘，你为什么要生下我，又把我一个人孤零零地留在这个世上受苦！"山区女人的泪水犹如开了闸门的流水，直泻在床单上。

丰城又传出洪斗成家的新闻，洪斗成新娶的山区女人死了。女人是死在河里的，水埠的石阶上还放着她未洗完的衣服，她是自杀、遭他害，还是她洗衣服的时候不小心掉进河里去的，当时的情景谁也不知道。

街坊邻里都为山区女人惋惜："如此年轻美貌的女人，在山区待得好好的，来了他洪斗成家不到一年就死了，谁会想得到？洪斗成真是作孽哦！"阮家大杂院里的人们深为山区女人痛惜，大家一致认为女人是自杀的。福弟的娘道："洪斗成的婆娘对她很凶，我去她家取泔水时，常听见那婆娘对她大喊大叫，什么难听的话在那婆娘的嘴里都能说得出来，可这山区女人却是都能忍得下，哑巴似的，一句回话都没有。你们能说她心里就不难受？她是难受，憋在心里头，自尽了事。"秉仁的娘道："刚才我上街去，大街上的人都在议论洪斗成家的事，知情的人说，山区女人的身世十分可怜，她的亲爹娘早就死了，是道观中的道姑收养了她，她在道观中长大，并已许了人家。洪斗成把她糟蹋了她才来洪家，她心里本来就恨洪斗成，如今她的女儿死了，洪斗成的婆娘又是这么个凶狠的女人，她哪能想得开？想不开，她便去自尽了。"淑媛道："洪斗成既然把她弄到手，就应该爱惜她，洪斗成若能爱惜她，就是他的婆娘再蛮横，也不至于山区女人会走自尽这条路。"玉芳的娘从山区女人出事的水埠回来，她告诉大院子里的人们："有人说那女人的肚子里还怀有孩子，若是真的，洪斗成和他婆娘的罪孽更大了。"

"可怜一朵美丽的山花，就这样过早地凋谢了！"丁师爷感叹道。

山区女人死了，洪斗成的名声更加狼藉，他开在东门的酱醋酒烟小店几乎没有了生意，他只得停止营业，关了那小店。他的婆娘还在埋怨那死去的山区女人，说这一切都是那狐狸精害的，要是天下没有那个小妖精，洪斗成便没有被警察局开除的事，若是洪斗成没被警察局开除，这一年来的倒霉事也就无有发生。洪斗成不愿听他婆娘的废话，他埋怨的事却件件都是事实，他埋怨他婆娘不会生育，他埋怨她婆娘对山区女人苛刻，因此两人常有争吵。但争吵归争吵，今后生活的大事还是要统一的。两人商量来商量去，就是商量不出个办法来。他的岳父见女儿和女婿的生计无法着落，便给了他一个铤而走险的建议："开个赌庄碰碰运气，只要警察不来抓赌，或许能赚钱。"

洪斗成在自己的家里开起了赌庄，几个月后他改开了烟馆，烟馆的利更多，警察局中有洪斗成的熟人，他拿钱打了通关，警察不来管他。丰城那些有闲的财主和纨绔子弟，常光顾他的烟馆，有的甚至抬了装着满箱宝贝的箱笼来他家，躺在他家抽鸦片，也打牌，肚子饿了便在他家里吃饭。

（三）

杨氏的四妹和妹夫做六十大寿，杨家的姐妹们便有了聚在一起的机会，她们谈自己的家事，也谈丰城的新鲜事。

杨氏的姐妹中，六妹最爱管闲事，她问杨氏："玉如还在上学吗？"杨氏道："还在上学，读中学二年级了。"六妹道："玉如十五岁了吧，我记得她比我家月娥大两岁，月娥早不读书了，玉如还在读书！"杨氏道："再读一年，明年年底她初中就毕业了，初中毕业了她也就不再读书了。"六妹道："还读一年？明年她十六岁，过了明年年底她不就十七岁了吗？十七岁的大姑娘可以出嫁了。玉如的婚还未定吧？有媒人给她说媒来吗？"杨氏道："媒人是常有来的，玉如还在读书，她不会愿意的，她娘便也不提了。"六妹道："都大姑娘了，还读什么书？中学堂里男学生女学生都坐在一起，成什么体统？再说，中学里的那些先生全都是男的，前几天我去三姐家，从她家楼上望下去就是中学的操场，十来个女学生正在上体操课，一个男先生穿着短裤和背心，露身露体的，站在那些女学生面前，教她们做体操。中学里的女学生都是大姑娘了，这样没礼体的事你说吓人不吓人。"杨氏道："怎么三妹从不向我说起这事！"六妹道："三姐不爱管闲事，不像我，看到什么不顺眼的事总要说上几句。你不信就问三姐去，她坐在那边，我去把她叫过来，中学里还有些新闻，让她说给你听吧。"

六妹把三姐叫了过来，要三姐说说中学里的新闻。三姐道："六妹真是爱管闲事，那天若不是你来我家，看见中学里的女学生上体操课的情景感到吃惊，我也不会把中学堂里的那些事告诉你了，那些事你听过了也就算了，怎么还要向外传呢？"六妹道："我没向别的人传这新闻，二姐又不是外人，既然我已多嘴，你就把那新闻说给二姐听吧。"三姐道："我也是听别人说的，说是有人写了首打油诗，贴在中学的墙上。诗是这么写的：'呑西癞蛤蟆，看见素贞貌，夜夜单相思，想吃天鹅肉。'说的是一个男先生看中了叫素贞的女学生，天天想她，想把她弄到手。打油诗一贴出来，轰动了全学堂，那个女学生就不敢上学，后来有些女孩子的爹娘知道了这事，便也不让他们的女儿去上学了。"

杨氏吃惊道："真有这事？"三姐道："真有此事。"杨氏听得心惊肉跳。回到家，杨氏忙把听到的中学里的事说给淑媛听，淑媛听了也吃惊："原以为现在的朝代不同了，女孩子也该读些书，哪里知道中学里会是这般乌烟瘴气。等会儿玉如回来我就跟她说，让她也停学不要再读书了。"杨氏道："我看也是不要再读书了，已读了八年书，读得够多了。"

玉如从学堂回来了，杨氏先拿女学生上体操课的事问玉如，玉如道："上体操课是为了锻炼身体，体操课上先生的穿着也是按规定的，这不是什么没礼体的事。六婆怎么这么爱管闲事，乱想乱说！"淑媛道："也不只是六婆乱想乱说，你中学里'呑西癞蛤蟆'的打油诗是怎么回事？"玉如道："这事你们怎么也知道？那歪诗里说的男先生相思女学生的事是没有的，男先生是女学生的表叔，论辈分就不会有这事。因为他们是亲戚，那男先生和那女学生说话的样子便很随便，对她也比较照顾，爱管闲事的人就生出事来了。"杨氏道："你怎么知道得这般清楚？"玉如道："叫素贞的女学生就在我班里，男先生就在我班教历史和地理，我怎么不会知道？男先生是岙西人，恰姓赖，那缺德的人便想出'癞蛤蟆想吃天鹅肉'的歪诗来了。"杨氏道："女学生现在不读书了，那男先生呢？还在你们班里教书吗？"玉如道："素贞是个爱读书的人，她哥哥在上海大学里教书，她便转去上海读书了。男先生今年刚从日本留学归来，听说我们校长是费了九牛五虎之力才聘得他来我们学堂教书的，校长岂能让他随便走掉？"杨氏问："人家贴他打油诗了，男先生不觉得难为情？"玉如笑道："又不是男先生的错，他为什么难为情？告诉你们吧，他连生气都没有，足见他一个在外国读过书的人的绅士风度。倒是校长，他生气得很，把那歪诗撕了下来，说一定要找到写歪诗的人。"淑媛道："你把这些事说得轻轻松松的，女孩子在外头被人家造了这种谣言，总是件不好的事，那姑娘不是转地方读书了吗？听说你们学堂里还有好些女学生也都停学不读书了，是不是？"

　　淑媛说到这里，玉如便明白了杨氏和淑媛的意思，她娘和她奶奶是要让她也停学。玉如想，反正再读一年书，她初级中学毕业也不会再读书了，多一年少一年读书都无所谓，既然她娘和奶奶叫她停学，她就停了吧，再说奶奶岁数大了，家里也需要她玉如帮着干活。

　　玉如道："是有几个女学生停了学，但不多，全学堂也只有四五个。娘的意思是让我也停学，是吧？你说停就停了吧，反正我最多也只能再读一年书了。"淑媛笑道："你倒聪明，听出娘的意思了。"玉如道："过几天就停了吧，今年最后一个季度的学费就要交了。"淑媛道："这么急干什么？今年读完再停吧，都读了快八年的书了，还在这两个月上急吗？一年的事总该有头有尾才好。"玉如道："还说我急呢，刚才看你急得那个样子，我若没有自知之明，行吗？"淑媛道："确实不行，这事你得听奶奶和娘的意思。好了，不多说了，这事就这么定了。"

（四）

丁师爷一家回到丰城已两年了，两年来，师爷没有收入，全家的生活靠的是祖上留下的二十来亩田产和他以前的积蓄。师爷虽然没有收入，但在大院子里人们的眼中，他家的生活过得比谁家都好。丁师爷悠闲自在，带着他的朋友在大院子里出出入入，他年轻的妻子讲究打扮，按她自己的话说，不施胭脂花粉，不烫头发，不穿高跟鞋，她是出不了门的，他们的两个花似的女儿打扮得天使似的，十分可爱。

有言道，"坐吃山空"，丁师爷是个"今日有酒今日醉"的人，加上他的妻子又大手大脚惯了，在入不敷出的经济状况下，丁师爷家渐渐走向败落，二十来亩的田租哪够他一家的开销？他只得动用他以前的积蓄以补家用。

灾难总是在人们不愿意接受和不知觉中悄悄降临，这年的冬天，丁师爷生起了奇怪的病来。那天中午他吃了些生蚝，下午便呕吐，腹痛，拉起肚子来，拉了两次，晚饭他便不敢吃了。原以为不吃晚饭就不拉肚子了，但到了夜里，肚子却拉得更厉害。

天未亮，他的妻子月玲便来拍轿夫家的门，让轿夫帮忙，为她请个医生来，给她丈夫开些药。医生来了，观问了丁师爷的病情，他让月玲赶快给师爷多喂些水，医生道，再不喝水，就会小腿抽筋，人虚脱了。医生切了师爷的脉道："是生蚝把你的肚子吃不好了，以后切不要吃生的东西。"月玲对师爷道："听见了吧，你总是喜欢吃生食，我叫你别吃生蚝，你不听，现在医生说了，你总该听了吧。"

医生开了药方，对月玲道："先吃三帖，如还不见好，再加两帖。"月玲拿了药方，蹬着高跟皮鞋抓药去。月玲抓了药来，放在砂锅里煎好，端给师爷喝了。丁师爷吃了三帖药后，肚子轻松了许多，不腹泻了。月玲怕他的病好得不扎实，又去买了两帖药来，师爷吃了五天的药，病好了。

过了几天，师爷的一个朋友生日，大家聚在一起小酌，桌上的一盘醉生蟹，最受大家青睐，师爷嘴馋，吃了一点，回家又拉起肚子来。月玲拿了那张旧药方，去买了三帖药，师爷吃了药，肚疼有所好转，但还是腹泻，月玲又去抓了两帖药来，师爷吃了，病情仍然没多好转。月玲埋怨道："医生对你说过，叫你别吃生的食物，你不听，又要受苦，又要花钱。"

月玲又去请那医生来看师爷的病，医生对旧药方做了些修改，师爷连吃了五帖药，但效果不大。丁师爷折腾了十多天，瘦了许多，小鱼贩建议他去请孙世鲁的儿子孙大猷来看病。师爷吃了孙大猷开的药，腹泻是止住了，但肚子总觉得不舒服。没过几天，凭空的，他又拉起了肚子，虽然肚子不是很痛，但腹泻了几天，人比之前更瘦了。接下去的日子里，师爷的病时好时坏，他便在腹泻和吃药中过日子，人也在一次一次的腹泻中瘦下去。月玲找遍了丰城的医生，但没有谁能彻底看好师爷的病。

钱用了不少，但师爷的病就是不见痊愈，到了年底，积蓄已用了好多，师爷开始为钱的事担忧。这天早饭师爷吃了点稀粥，不到半个时辰又拉起肚子来，月玲拿了孙大猷开的旧药方欲去买药，师爷拦住月玲道："不吃药了，吃了也没用，白花费了钱，省点钱吧，过年要钱用。"月玲道："人比钱要紧，你不要拦我，我自有主意。"

（五）

这年年底，元龙结束了福建六年的生活回来了，还清了一切债务，一家人团聚在一堂，这个年元龙家过得特别舒心。

霖生小学毕业了，这几天在准备考初中，玉如在帮助他复习功课。玉如明年不再读书了，元龙觉得这样也好，女孩子终究是别人家的人，对罗家起不了多大的作用，而且，他回来了，丝线店又要自己打理了，需要家中帮忙的事也多了起来，这些事以前是杨氏和淑媛料理的，现在杨氏老了，家中需要另有一人帮淑媛干这些事，玉如停了学，正好帮上这个忙。

次日，元龙去了丝线店，与德彪谈收回丝线店的事。元龙见店里打丝线的三个老师傅都还在，便知丝线店被德彪料理得还好，三个老技工见元龙到来，知元龙要回店，大家都很高兴。过了一日，德彪来元龙家，谈妥了店里的事务。过了春节，元龙收回丝线店后，北门的店和以前一样，仍由德彪料理。

初中升学考试结束了，淑媛问霖生考得怎么样，霖生很有信心地道："觉得还好，我会考上中学的。"

茂生照例是在除夕的前一天回到家，爷爷不再去福建了，家中的生活又将回到以前的平稳状态，作为长孙的他又有了自己喜欢的职业，茂生感到很充实。

丰城中学初中招生的榜文贴出来了，玉如陪霖生一起去看榜文，不等玉如看完，霖生就发现自己在三个"备取"之列。原来，玉如是从"正取"的后几行开始，一个一个的名字往下看，而霖生是从最后一行的名字开始看，榜文上的名字是以考试得分的高低来排列的，霖生知道自己的书读得不好，若能考上，他的名字也只能在最后。

"还好，在备取之列，"玉如道，"还有考上的机会。"茂生分析了情况道："会考得上的，他是备取的第一名。"霖生来不及听玉如和茂生的话，他早已跑去外头找同学玩了。

曙秋来看茂生，得知玉如停学的事，他连声叫可惜。曙秋给玉如带来一套绣像《石头记》和一本《语丝》周刊。见到玉如，曙秋道："玉如，你不该停学，你该再去读书的。"玉如勉强笑道："家中这一大堆事，爷爷的丝线店又接回来了，个个都去读书了，谁来干这些家事？奶奶年纪大了，我娘一个人忙不过来，我不帮着娘干，谁能帮呢？"曙秋道："你聪明，多读些书，将来和男的一样出去干事，也能为家赚钱呀！现在时代不同了，女孩子不一定都待在家里干活的，很多女孩子出来求学谋事了，你为什么还要选择待在家里呢？"玉如摇着头无奈地道："难道我不想多读些书？难道我喜欢待在家里干家务活？我是没办法，我不能这么自私，只管自己去读书，放着家里的活让爷爷、奶奶和娘他们去干。再说，冰如已到上学的年龄，她也该去学堂读书了。"

听了玉如的话，曙秋也感无奈，茂生对曙秋悄悄道："你别再说了，玉如心里正难受呢！"曙秋笑着辞别了玉如，与茂生一起去子西家了。

真如茂生所测，霖生被丰成中学录取了，全家人都为他庆幸，霖生笑道："我说过会考上中学的，我没说大话吧！"

丁师爷的病还是这样，好了几天又是见坏，他干脆不看医生了，腹泻的时候，随便拿了张药方去抓些药来，一时吃好了，也只是白白花费了钱，过几天肚子又见坏。鱼贩的妻子告诉月玲，元龙的弟弟仲麟医术不错，只是他住在乡下，过了年，正月里他来看元龙的时候请他看看师爷的病，说不定用准了药，师爷的病也就好了。

到了正月初二，仲麟来了，元龙带他去看师爷的病，师爷瘦得可怜，让元龙吓了一跳。仲麟仔细看过师爷的病，拿师爷以前的药方看了，思量着怎样用药。仲麟知道师爷的病啰唆，他开好药方道："先吃三帖试试看吧，三天后我再过来，看情况再另用药。"三天后仲麟又来看师爷，问他的情况，师爷说感觉好些了，肚子轻松了些，没腹泻了。仲麟诊过师爷的脉，思量了许久，开下了药方，仲麟见师爷虚弱不堪，又思量了一番，决定用点补药试试看，于是他又提笔加了一钱人参。师爷吃了仲麟的药，止住了下利，胃口也开了些，仲麟又过来看了他一次，修改了药方，过了一个来月，师爷的病渐渐好转，人也胖了点。

大家都以为他的病会就此好转，不想过了三个月，丁师爷的病又复发，呕吐、腹痛，又腹泻了。师爷不让月玲再去请医生，他道："看来我这个病是好不了了，我的寿命就只有这么多，你别再去请医生，医生救不了我的命，白白糟蹋了钱可惜。"月玲不听师爷的话，她又来和元龙商量，元龙让人又去请仲麟。

仲麟先来孙大猷的家，请他一起去给师爷看病。孙大猷道："丁师爷的病有点怪，这几个月来丰城的中医他都请遍了，下利用的总只是这些药，怎么就是吃不好他的病呢？我真不敢再去看他的病了。"仲麟道："他就住在我大哥家的那个院子里，我不去不行，因此我请你与我同行，一起商量用药会放心些。"孙大猷道："我对他的病心中没数，你这样说了，我只得跟你再去一趟。"仲麟与孙大猷先商量了个方案，然后起身同去看师爷的病。

月玲给师爷端了药来，师爷生起气来不肯喝药，他喘着气道："我叫你别再去请医生，白白糟蹋了钱，这回倒好，叫了两个医生来，要糟蹋多少钱！家中的钱都已被我糟蹋光了，今后吃饭的钱都没着落，你还请什么医生？我对你说过，我就只有这么多的寿命！"说完这些话，师爷的气喘个不停。两个女儿见师爷这个样子，被吓得哭了，月玲把女儿带出门外，嘱咐大珠带小珠下楼找冰如玩去。

月玲转身走回房来，她抱住师爷哭道："品雄，你别这样，我不能让你死去，你救了我的命，我也要救你的命！"

听了月玲的话，师爷渐渐平静了下来，他不再固执，月玲喂着他，慢慢地师爷把药喝了。

悠悠斯情，终生不忘；执子之手，与子偕老！

品雄三十九岁的时候认识了十八岁的月玲，月玲是个烟花女子，是苏州"杏花院"的姑娘，那时品雄在苏州衙门当师爷。月玲聪明美丽，能弹琴，擅吹箫。那时的品雄是个放荡不羁的人物，只因仕途不顺，三十九岁尚未正式娶妻。品雄见到月玲，便被她的美貌吸引，他爱上了月玲，但爱月玲的人不只是品雄一人，苏州有很多的好色之徒。月玲最后会嫁给品雄，只是因为品雄对她爱得真切。

品雄认识月玲没几个月，月玲生起了一场大病，那时月玲入行尚浅，无多少积蓄，治病得用钱，月玲很快陷入了困境，围在她身边的好色之徒都走了，只剩下品雄一人。月玲孤身一人躺在"杏花院"一间空着的佣人住房，无人来看她，大家怕她生的是花柳病。但品雄不怕，他陪在月玲的身边，为她到处请医生，掏腰包为她治病，用自己积蓄为月玲赎身。

月玲病好后嫁给了品雄，品雄带她离开苏州，她跟着品雄颠沛流离，后来品雄在安徽祁门当了师爷，他们便在祁门定居了下来，从此，无人知道月玲是青楼出身。月玲感激品雄的救命再造之恩，她对品雄体贴入微，老夫少妻的生活过得十分恩爱。

月玲对师爷如此深情，令师爷十分感动，师爷喝过药道："谢谢你，月玲，为了你和我们的女儿，我是要活下去的。"师爷从枕边席下掏出钥匙，对月玲道："你扶我去书房，把我收藏的那几张画拿出来，把它们卖了换些钱吧。"月玲道："日子还得过，只有这个办法了。"月玲扶师爷去开了书房的门，打开书橱，把收藏的那些画都拿了出来。

丁师爷喜欢书画，他在外闯荡的几十年里，收藏了些书画，但因平时手头的钱不多，他收藏的书画不是很值钱，其中只有一张刘墉的水墨芦花真迹值钱，其余的卖价都不会高。月玲知道，刘墉的水墨芦花真迹是师爷的至爱，她把这张画拿了起来，用布包好，放回书橱。

　　师爷望着这些书画叹道："我带回这些书画，原先是想待两个女儿出嫁时作嫁妆陪嫁的，不想被我糟蹋了。"月玲道："留得青山在，不怕没柴烧。你别想得那么远，现在最要紧的事是治好你的病，别的你都不要想。"师爷道："我的病还能好吗？都医了半年了，还是这个光景。"月玲道："我不许你再说这样的话，你的病会好的，你要有信心。"

　　师爷取出其中一张画，交给月玲道："你去北门珍宝坊找开裱画店的梁小寅，问问看，这画值多少钱，他是这方面的行家，也有卖书画的门路。"月玲道："这个人可靠吗？我愁被他骗了。"师爷道："我这几个朋友中，小寅算是最老实的，你若怕被他骗了，就找罗家大哥帮忙吧，他人品好，见识广，又肯帮别人的忙，他的一间丝线店就开在北门，他一定认识小寅的。"月玲道："罗家一家人品都好，有罗家大哥帮忙我就放心。"

　　小寅的裱画店就在元龙北门丝线店不远处，元龙和小寅早就认识。元龙带了月玲来找小寅，小寅觉得奇怪："你两个认识？"元龙呵呵笑道："我们两家住在同一个院子里，怎么不认识？她想找你商量件事。"元龙靠近小寅低声道："丁师爷有张画要卖掉，他要我把画带给你看，我说这样的事还是他自己家里的人来最好，他说他的老婆不识你的店，所以我把他的老婆带到你店来了。你先看看画吧，看它值多少钱。我想师爷不是日子过不下去也不会把这画卖掉，你是他的朋友，你帮他找个人出个好价钱吧。"

　　月玲打开画，是仿唐寅的一幅仕女画，落款是"吴县陈春六如居士"。小寅笑道："作画的人也算是花了一番心机，画得很精致，画技也很好，画得很像，乍一看，又有这'六如居士'的题名，以为是唐伯虎的画了。若真是唐寅的画，那就价值连城了。这种仿名人的画，也是有人买的，不过价值不高，我看也就十几块银圆。"元龙道："你多出几块钱试试，最好多卖几块钱，师爷急着用钱治病。"小寅道："这我知道。"月玲道："这画就托你卖了，我知道你会为我家师爷卖个好价钱的，谢谢你了。"

　　小寅真的很尽力，几天后，师爷的这张仕女画就脱手了，小寅为他卖了个好价钱，十八块银圆，这银圆救了师爷家的急，月玲用它给师爷买了药和家中其他生活必需品。

丁师爷的腹泻还是时好时坏，两个月过去了，师爷卖画得来的钱差不多用光了，月玲又拿了一张与上次类似的画交梁小寅卖了。师爷又是病又是发愁："这样下去怎是个办法？"月玲求佛求神，又到处打听，寻医求药，师爷吃了许多单方草药，但病情仍不见好转。

这一日，阿会家来了位亲戚，挑了担草药来卖，此人七十多岁，鹤发童颜，满面红光，他就是阿会称之的"阿明舅公"。阿明舅公懂医药，在阿会的老家山区行医，有点名气。月玲请阿明舅公看师爷的病，师爷吃了他的草药，病情便有好转，腹泻少了轻了，半个月后，师爷腹泻止住了，胃口增加了。此后，师爷的身体渐渐得以恢复，慢慢地人也胖了起来，几个月后，师爷终于恢复了健康。

丁师爷的这次怪病持续了八九个月，花光了他的积蓄，卖光了师爷以前买给月玲的首饰，还卖了他收藏的两张画，要不是月玲的执着，师爷哪会有恢复健康的可能？

（六）

洪斗成红光满面，穿了一身红墨色香云纱的衣裳，穿着席草做的拖鞋，摇着芭蕉扇，从阮家大杂院的后门走进来。穿过中堂，他走下台阶，停在淑嫒的园子旁。他把芭蕉扇往左腋下一塞，跨进了园子，他弯下身来，右手拨开几棵乱草，拔起几株车前草，抖了抖泥，用左手拿了。洪斗成走出园子，沿着园子的边缘走了几步，见到指甲花，摘了几朵，放入衣袋，右手拉出左腋下的芭蕉扇，遮挡头顶上的太阳，往大门口走去。

福弟正从大门外进来，见到洪斗成，嘻嘻笑道："斗成叔，你这是去宁波婶家吧？宁波婶正在家里等着你，刚才我从她家门口过，看见她正在家里梳妆打扮呢。"洪斗成笑道："你这猴儿饶舌多嘴，看我打你。"洪斗成正要拿芭蕉扇往福弟的头上打下去，福弟已从洪斗成的腋下溜走了。

宁波婶的家就在大院子的前门附近，洪斗成若不从大院子中过，他去宁波婶家得绕圈子走一大段弯路，所以他总是走大院子这路径。大院子里的人都知道，洪斗成从大院子过，必是去宁波婶家。

宁波婶不到三十岁，生得白白净净，是个寡妇，她死去的丈夫原是丰城监狱的狱卒，去年酒后突然身亡。她丈夫是外省人，她是宁波人，附近的人不知道她姓啥叫啥，大家只叫她"宁波婶"。丈夫给宁波婶留下的只有这间一开门就见路的矮房和一女一男两个孩子，一个寡妇带着两个小孩子，又无其他亲人在旁，生活过得很艰难。

一天，宁波婶拖着两个孩子上街买菜，她买好了菜，回家的路上有人叫卖麦芽糖，她的两个孩子都嚷着要吃麦芽糖，宁波婶便伸手抓了两把，称好斤两要付钱的时候，她发现口袋里的只有一个铜钱了，她放下麦芽糖，说钱不够，不买了。她的女儿不响了，但她的儿子只有三岁，不懂事，蹲在地上赖着不走，一定要他娘给买麦芽糖。宁波婶正没法儿，洪斗成刚好从旁经过，他也是买了菜要回家。洪斗成见小男孩可爱，便拿了几个铜钱给那卖麦芽糖的，为宁波婶的小儿子买下那些糖，洪斗成道："做娘的怎么这般小气，几个铜钱都舍不得花，孩子哭成这个样子了，他的爹看见会心疼的。"宁波婶的眼圈一红，差点流下泪来。她红起了脸对洪斗成道："我家就住在附近，你在这里等着，我去给你拿钱来。"洪斗成阻止道："我也住在这儿附近，都是邻居，一点小钱，别说什么还不还的，就算是我买糖送你家小男孩的吧。"

虽然洪斗成这么说，但宁波婶还是把这钱放在心上，每天上午买完菜，她总是在弄堂口站一会，希望碰上为她儿子花钱买糖的男人，把这钱还了。这一天洪斗成真的被她等到了，当然，洪斗成坚决不拿回那钱，他见宁波婶站在阮家大杂院弄堂口，便道："原来你住在这弄堂，那我们真的是邻居了，我就住在这大院子的后门对面，穿过这院子就是我的家了。带我看看，你家住哪儿？"宁波婶带洪斗成到她家门口，洪斗成便跨进门来。房子很小，分成前后两间，前面作厨房，后面作睡房。洪斗成见宁波婶家里十分简陋，便知她家穷，洪斗成问："你家夫君作什么事呢？"洪斗成这一问，宁波婶忍不住悲伤，流下了眼泪。洪斗成得知宁波婶的状况，又见宁波婶生得白白净净，相貌动人，心里便对宁波婶打起了坏主意。宁波婶家的生活正在困境中，洪斗成时来送钱，为她排忧解难。

洪斗成推开宁波婶家半掩的门，走了进去，回头把门关了。宁波婶在前面灶房里洗菜，两个孩子都出外去玩了，只有宁波婶一人在家。洪斗成把车前草放在饭桌上："把这煎了水给孩子们喝吧，清凉解毒，大热天最有用了。"洪斗成从口袋里拿出凤仙花道："给女孩染指甲吧。"洪斗成从另一只衣袋里拿出几个银圆，放到宁波婶的手里，宁波婶拿了钱进后房放入了箱子。洪斗成跟入后房，看着宁波婶的肚子道："还看不出肚子有什么变化，快四个月了吧？"宁波婶显得有点忧虑："再过一个月就能看出来了，那时我出不了门了，谁给我们买菜呢？"洪斗成道："到时候再说吧，实在没办法，就我自己来送菜。"宁波婶问："你那个婆娘知道我们的事了吗？我怕她会来我家闹。"洪斗成道："她还不知道这事，再过几天我会把我们的事告诉她的。她不会来捣乱的，她不会生育，她只得忍了，去年那个女人的事出得那么大，她岂没教训？"

第十六章　元龙救弃儿办育婴堂；阿会助月玲送夫就医

（一）

一天上午，元龙在店里忙着，忽见街上多人奔走，像是发生了什么事。元龙正忙着做生意，他让店中的技工师傅出去打听消息，技工回来说，西边不远处一条小弄尽头有一个弃婴，是女的，没有人要她，看来过不了多久那女婴就会死去。元龙听了，心中吃惊，结了账打发顾客走后，他便出店门奔伙计说的地方看那婴儿去。婴儿的周边围了三四个人，元龙上前一看，见女婴被一破烂的棉胎裹着，脸已冻得发紫。旁边一个中年妇女告诉元龙，女婴一大早就躺在这儿了，幸好前面有户人家的媳妇有奶水，刚给她喂了几口。元龙抱起婴儿，让中年妇女带他去那户有奶水的人家，问她家能否带养这女婴，那媳妇说她自己的孩子还小，她没有足够奶水养两个孩子。

元龙让中年妇女找了个给人介绍奶妈的中人来，把自己的意思说给中人听，元龙给了他钱，中人抱着女婴走了。

"这样的婴儿不会是最后一个，得有个地方有人去养他们。"元龙这样想着便想在丰城办一个育婴堂。他在霞浦曾帮阮明达开办孤老堂，办育婴堂与办孤老堂的性质差不多，元龙知道怎样去办。

元龙找杨堃的亲家公叶乡绅商量，他希望叶乡绅能帮助他，叶乡绅是丰城的头面人物，家中有钱，也乐于做善事。果然如元龙所愿，他向叶乡绅一谈此事，叶乡绅一拍即合："丰城需要有个育婴堂，这个善事我支持，你先把想法说来听听。"元龙笑道："亲家公真是个善人，你知道干这事先得有大笔钱，钱的问题解决了，其他都是小事了。我们去找志同道合的人，多找些人来做这善事，大家多凑些钱，育婴堂才能办得长。这几年我都在福建，家乡的情况也生疏了，亲家公你是丰城有名望的人，这事得赖你的大力了。"叶乡绅笑道："明日我先去找几个人谈谈，看他们有什么说法，我再来回你的信。"在接下来的几天里元龙又找了好几个人谈此事，明荣当即就说愿意参加办育婴堂，过了几天德彪来表示支持，还有好几个元龙的朋友和熟人也表示支持。

十几天后叶乡绅来找元龙："我与几个朋友谈过这事，他们也都说这事该做，大家都愿意出钱。"元龙笑道："既然钱有着落，其他的事就好办了，看来丰城乐做善事的人是有的。你说这育婴堂办在何处好？我想与我们的族长商量，将罗家祠堂的房子隔点出来办育婴堂。"叶乡绅道："育婴堂的地点也已有着落，不必办在你们罗家祠堂，苏养斋家那三间老房是空着的，前几天我和他谈这事，他很支持，他愿把他那老房给献出来。"元龙喜道："养斋真是好人，三间房子足够办一个育婴堂了。这样说来，钱和房子都有着落了，明天我们就找政府商量，尽早把育婴堂办起来，了却大家的心愿。"

叶乡绅和元龙去政府有关部门谈办育婴堂的事，资金和地点都已着落，政府便乐意点了头。

元龙店里忙着，只能抽点时间出来帮忙，叶乡绅是个闲人，有他和几个像他一样有闲的人管理着育婴堂的事，丰城的育婴堂办起来了。

（二）

这天元龙早上起来，感到胸闷乏力，杨氏劝他在家休息，别去店里辛苦。元龙道："前几年在福建那么辛苦，都没事儿的，今年回家了，身体偏娇气起来。"杨氏道："这还不都是你前几年辛苦所积的吗？你已是六十几的人了，店里的事别管得太多，等会儿叫玉如去店里说一声，有这几个老伙计在店里，你放心在家呆一天。"元龙听从杨氏的劝告，不去店了。

元龙胸闷乏力，淑媛知他是劳累所致，她去药店买了支人参，熬了参汤让元龙喝。元龙没有午睡的习惯，中饭后，杨氏极力劝说元龙午睡了半个多时辰。次日，元龙感觉如常，便又去丝线店了。

过了几天，一天夜里，元龙突感强烈的胸闷，惊醒起坐，气喘得厉害，杨氏吓得一身冷汗。她叫醒睡在隔壁房中的淑媛，淑媛过来一看，只见元龙大声"呵，呵"地喘着大气，淑媛吓得脸色发白，要去厨房为他熬人参。元龙边喘着大气，边向淑媛摇手，他用手指了指自己，又指了指床沿，杨氏和淑媛知道元龙的意思，帮他慢慢地移坐到床沿，把他的脚放下地。婆媳俩扶着元龙，杨氏要给元龙揉胸口，元龙摇了摇手，示意让他自己喘气。

玉如睡在杨氏卧房的后面，她的小床与杨氏的大木床只有一木板之隔，她被前面房中的动静惊醒，急忙过来了。这时元龙的气喘已平静了许多，淑媛让玉如替换她扶着元龙，自己去厨房炖人参汤。

元龙气喘平息，喝了淑媛端来的参汤，把脚移到被窝里又坐了好一会儿，才又躺下床去。折腾了这许多工夫，元龙累了，躺下床不久便也入睡了。第二天醒来，元龙觉得无多大碍，喝了点参汤，在家休息了一天，就想去店里看看。杨氏和淑媛不让他去，他只得在家里又休息了一天。

文鼎得知元龙生病的事，去乡下叫了他爹来，仲麟看过元龙的病，知元龙是心脏有毛病，他给元龙开了药方道："哥，你要多休息，不要太劳累，你这一家子靠着你周旋，往后的日子长着，你得保重，不要太操心丝线店中的事，那些事叫德彪办去吧，过几年霖生长大了，让霖生接你的班。"元龙叹息道："我何尝不想少操心？只是有些事不是按我们所想而来的。早些年我曾想等茂生长大了让他来接丝线店的事，现在我和你嫂子又在想等霖生长大了让他来接我的班。但这事哪能说得准？我看霖生也不是肯干这种事的人，他十四岁了，还是贪玩，学堂里放假时我让他看店，他站不了一刻就溜之大吉，他跟他娘说，他不喜欢干我这件事。我看祖宗留下的这间丝线店将来是无人接手了。"仲麟道："霖生说的是孩子话，他对读书无多大兴趣，我看他也走不出丰城，他长大了会明白过来的。"

杨氏在一旁插嘴问："文炳有信来吗？他在那边怎么样？"仲麟道："大概还好吧，他给我写信，总只是寥寥几句话，报个平安罢了。三个月前他给我写来一封信，说他自己很忙，到底忙些什么，他也没多说，他说他一家子都好，男孩长大了许多，会走路了，长得很可爱，像他媳妇。"元龙道："他在那边一家都好，我们就放心了，信里的字多不多，倒无所谓。"仲麟道："我也这样想，做父母的，心里总是挂着孩子，一个孩子牵着父母的一条肠，父母肚子里的肠差不多给他们牵断了，他们哪里知道？"

杨氏道："文鼎要再娶个亲了，你这当爹的该为他找个合适的人来才是。"仲麟道："不是我不替他找，是文鼎他不愿意找，曾有好几个人来说媒，他不愿意，我就没办法了。"元龙道："他的那个女人去了都一年多了，又没个孩子留下，再找个续弦是应该的。"仲麟道："他的岳父也这么说，但他说要等满了三年再找别的女人，他对先前那个感情很深，他一时忘不了她。"杨氏道："文鼎老实忠厚，脾气好，对女人又这么专一，真是难得。"仲麟摇着头叹道："有时我就想，世上的事怎么就这样颠三倒四呢，文炳不喜欢那姑娘，两人偏要缠那么长的时间，文鼎喜欢那姑娘，那姑娘偏早早离他而去，两人不能长厮守。"元龙道："逝者长已矣，我们多劝劝文鼎，劝他早点再立个家，家中没个女人，这哪像个家？"

仲麟道："不说他了，我问你，明达那边有什么消息吗？他也老了，到底回不回宁波来？"元龙道："好久没接明达来信了，正月里他那次来信说明年他一定要告老退任，他说谭氏已同意回宁波定居。"仲麟道："明达这个人对妻子总是这么迁就，他的根在宁波，终须回宁波来，怎么还须得谭氏同意？"元龙道："男人主外，女人主内，只要夫妻同心，对妻子迁就一点也有好处。"仲霖道："明达若回宁波，不知瑞云会不会来。"元龙道："我看瑞云是不愿回宁波来的，这里也是她的伤心地。"

（三）

这年年底，罗家给茂生订了婚，是仓后街童家的闺女。童家的女儿在丰城中学读过书，茂生在中学读书时成绩出众，童家女孩认得他。童家女孩比玉如高一个年级，中学里女学生又少，玉如与她在中学读书时就熟识。丰城里的人大都了解罗家的情况，罗家也知童家是个规矩的人家，因此媒人一来说这媒，双方就都有结亲的意思了。今年上半年童家提出定亲的事，元龙就想把这门亲事定了，但茂生不愿早定亲事，他说子西比他大尚未定亲，他若早定亲，人家会拿他取笑的。如今子西已定了亲，茂生也同意定亲了。

曙秋给茂生寄信来，说他今年不回家了，他和几个同学想利用寒假的时间到乡下去调查，回来好写毕业论文。曙秋读的是社会哲学，他们的论文题目是"中国农村社会现状调查"，他们得去农村了解情况。曙秋没有忘记玉如，他给玉如寄来了一卷《新青年》、一卷《小说月报》和林琴南译的《茶花女》。

丁师爷又病了，这次他不是拉肚子，而是肩关节和胳膊痛，他的手臂不能上举和后伸，开始他都忍着，后来觉得痛得不行，他便去孙大猷那里开药吃。孙大猷说师爷这病是血脉不通畅所致，给他开了些通经活血的药。师爷吃了十几天的药，没见好，反而觉得病情更加严重起来，连拿筷子吃饭都觉困难，他只得又去找孙大猷。孙大猷道："你太性急，你这种病是慢性的，急不来。"孙大猷看过师爷的舌苔，又诊了他的脉，给他重新开了药方。

又过了十几天，师爷的肩和胳膊还是那个样子，月玲道："上次你的肚子最后还是草药给治好的，你去找草药店问问看，有没有什么草药能治你的肩骨和胳膊疼。"师爷道："那是阿会的那位亲戚有本事，换成别的草药先生，不一定也有这种本事。"月玲道："我去问问阿会的妻子，看他那位亲戚最近会不会来。"月玲去问了阿会的妻子，阿会的妻子说她也说不准。

师爷忍着疼，又换了几位中医吃了好些药，但都无效果。他接受了月玲的意见，去草药店找草药郎中看他的病，郎中给了他几种鲜草药，有煎水喝的，也有敷的。师爷按郎中告诉他的，把药分成三天使用，每天一份，用水洗过，拿那叫"火头筋"的草药加水煎了喝，其他的草药是外用的，要捣碎，先用其汁擦患处，然后把草药敷在患处，用布包扎好。

师爷用完了三天的药，又去那草药店里买了三天的草药来。第四天用药的时候，丁师爷发现他那肩头的患处皮肤有些发红。到了第五天，他觉得患处的皮肤不但更红而且发烫，他不敢用药，他去问那草药郎中，郎中道："这是好兆，你这病处是经血不通，我给你的草药都是开通你的经络血脉的，现在病处发红发烫，说明经血开始通了，再用几天我的药，你这病就会好了。"丁师爷听了那郎中的话，回来又把第五次草药用了。那天晚上到了下半夜，师爷被肩头的疼痛痛醒了，开始他还不想唤醒月铃，后来他实在觉得不行，不但肩头的疼一阵紧接一阵，他的全身都发烫，他只得唤醒月玲。月玲起来点了灯，察看师爷的病处，只见他肩头和手臂红肿得厉害，肩关节处的皮肤已有脓肿，手臂不能动弹了。月玲用手去摸师爷的身体和脸，他的皮肤很烫，师爷在发烧。过了个把时辰，师爷出了身汗，过后便感到很冷，月玲拿更多的棉被给他盖上，师爷还是冷得发抖。

熬到第一声鸡叫，天还未亮，月玲即出门去请了孙大猷来。孙大猷一看师爷的病情便道："你赶快收拾好东西，立刻把他送到宁波去找洋人医院看他的病，越快越好，恐怕要动刀子，丰城没有人能治得了这样的病。"

月玲听得发慌，流着泪来找淑媛和元龙商量，元龙知师爷的病情紧急，叫月玲收拾好衣服，带上钱去赶上午的第二趟火轮送师爷去宁波就医。元龙道："到了这个时候，你可不能发慌，最要紧的事是带够衣服和带足钱，别的事你都不用想，你的两个女儿先放在我家。"淑媛道："你放心去宁波，医好师爷的病要紧，你的两个孩子我们会照顾好的，她们喜欢冰如，冰如也喜欢她们。你先去收拾行李，我去叫福弟的爹和阿会来帮你送师爷去码头。"月玲谢了元龙和淑媛，上楼收拾行李去了。

阿会得知丁师爷要去宁波治病，对淑媛道："送师爷去码头，这事容易，我一个人背师爷去就得了，不必再叫上福弟的爹。只是师爷到了宁波，他媳妇一个人，人生地不熟的，找个医院给师爷治病，倒是件难的事。就让我送他们去宁波，安顿好师爷我再回来。"淑媛道："若是这样那就更好了。"

月玲把她的两个女儿领到淑媛家，又说了几句感谢的话，她拿出两个银圆，要交给淑媛作孩子的伙食费，淑媛阻止道："这钱你先带去宁波用，女孩儿吃不了多少东西。"元龙道："医院里开销大，多带点钱总好些，到了宁波，有什么困难的事，你去找茂生，他在一家咱们丰城人开的叫《甬江时报》的报馆里做事。都是同一个院子里住着的人，大家帮忙是应该的。"

月玲收拾好师爷和她自己的衣服，拿出家中所有的钱，数一数，总共还有二十几个银圆。月玲正不知到了宁波码头该怎么办，得知阿会帮她送师爷去宁波，月玲感动得又流眼泪。阿会上楼背了师爷下来，月玲提着包袱，三人出门去赶开往宁波的火轮。

上了船，阿会便在轮船上打听起宁波的医院来，船上的乘客中有几个知道宁波医院情况的，都说数宁波北门德国人开的那家医院最好，阿会又去问了火轮上的司机和卖船票打杂的工人，两人也都说是德国人开的医院好，于是阿会和月玲决定送师爷去北门德国人的医院。在船上，师爷又是发热又是发冷的，月玲吓得哭了，幸好有阿会在旁，帮月玲壮胆。火轮到了宁波码头，阿会背着师爷上了岸，问明了路，听说路有点远，三人叫了两辆黄包车，直奔北门德国人开的医院而去。

给丁师爷看病的德国医生能讲生硬的宁波话，医生耐心听了月玲的叙述，仔细看过师爷的病，诊定师爷是细菌感染得了败血病，医生解释说："是草药中有细菌，你们用草药擦患处时，擦破了皮肤，草药中的细菌进入擦破了的皮肤，再进入血液，他就得了这个病。他肩头处这个脓肿中有很多脓，要动手术，把里面的脓排出来。"

第二天下午阿会回来了，大杂院里的几个女人围上来打听丁师爷的情况。淑媛问："师爷的这个病一定得动手术吗？"阿会道："一定得动，医生说师爷到得还算早，做了手术，把脓排干净了再用些药估计他就会好的。医生今天上午给他做手术，现在师爷一定是动好手术了。"

女人们都称赞说阿会好，对人这样真心，帮人这样诚意，真是极难得。阿会的妻子笑着道："人活在世上，谁会一世顺风无事的呢，像我家，若没有阿才帮大忙，这个院子里就没有我们这一家子了。"阿会笑道："没有阿才的相助，我阿会就不在这个世上了。"大家诧异道："阿才不是你们的亲兄弟？"阿会夫妇大笑了起来："阿才虽不是我们的亲兄弟，可他比我们的亲兄弟还亲，他是我们全家的大恩人呢！"

于是阿会给大院子里的人讲起了阿才和他们之间的故事。"这事得从六年前说起，那时阿才二十七岁。"阿会道。

（四）

六年前的一个上午，阿才在大山里砍柴，中午的时候他挑了重重的一担柴回家。大山里山连着山，他行至一山沟，听见乱草丛中有人呻吟，阿才放下担子，循着呻吟声走去，他找到了一个满身是血的男人。那男人脑子尚清醒，他告诉阿才，他在山中采草药，不慎跌下山沟，在这里他已躺了好久，他的一只腿和一只手跌断了，他无法起来。阿才设法扶那男人起来，把他背在自己的背上。这么一大动，那男人痛得大叫，阿才道："你忍着点，别吓着了我，我是要把你背回家的！"翻过一座山，阿才终于把那满身是血的男人送回了家。

满身是血的男人就是阿会，阿会的家里有老婆和一个儿子，儿子玉芳十一岁，一家三人住在山沟的三间破房子里。阿会的老婆被阿会这个样子吓坏了，大哭了起来。阿才道："你别哭，先帮我把你男人放到床上去。"阿会的老婆听了才明白过来，哭着去整理好床铺，帮阿才把丈夫放到床上。阿会呻吟着，脸色异样苍白。阿才对还在哭着的女人道："你快去找个接骨的人来，把他断了的手脚接好。"女人一时想不出去哪儿找接骨的人，阿会呻吟道："你去前山找阿明舅公，他会帮你找的。"阿才道："还是我去吧，我走得快，你家阿明舅公住在前山什么地方？"女人道："前山山脚有家草药店，阿明舅公就在店里。沿着前面这条山路，翻过山顶下山，见到有人居住的地方，你问问那里的人，他们都认识阿明舅公，会告诉你的。"

阿才走了，过了一个多时辰，他带了接骨的人来，他帮接骨师傅按住阿会，接好了骨，敷上药包扎好已是下午了。

第二天上午，阿才上山去阿会跌落的地方，准备把昨天砍来的那担柴挑回家。他挑起柴，想起了跌断手脚、满身是血、脸色苍白、痛苦呻吟的阿会。"那人怎么样了？我去看看他。"阿才挑着柴，来看阿会。

阿会的妻子不在家，一大早她就去屋后的山地里干活了，只有儿子玉芳在家陪着他爹。阿会看上去稍好些，脸色不那么苍白了，见阿才来看他，阿会感动得流泪。阿才道："你别哭，哭了对接好的骨头不利，你要好好养伤，骨头才会好得快。"阿会道："谢谢你了，没有你救我，今天就没有我阿会躺在这儿了。"阿才道："这有什么好谢的，换成你，你也会这样做的。也是我们有缘吧，我碰到了你，让我多了一个朋友。"阿会问阿才家住何处，家里有些什么人，阿才道："我住东吞底，我的爹娘早没了，两个姐姐早都出嫁，嫁到比东吞底更远的山里，家里只有我一个人。"阿会问："还没娶亲？"阿才道："我这么穷，住的是一间茅草房，除了茅草房，我什么也没有，谁愿意嫁我？"

阿会的妻子回来了，带来了一小捆柴草。阿才起身对阿会道："我走了，过几天再来看你。"阿才去挑他那担柴草，看见了旁边的小捆柴草。

"他家没柴烧了，我把我这担柴草留下来给他们吧。"阿才解下柴草，拿起自己的扁担和绳子走了。

过了三天，阿才又来看阿会。阿会的妻子又不在家，她又去山地里干活了，这些活本应是阿会干的，现在只得由他女人来干。阿会说自己好些了，昨天接骨师傅又来看过他，那师傅说，像他这样跌断了手脚移筋动骨的，要恢复到能干活，至少也得半年。阿才劝他别急，说这事急不来，好好养息是正事。阿才见阿会心里似乎有话但没说出来，便问："你有什么事要我做吗？"阿会迟疑道："有件事我想和你商量，我在屋后有十来亩山地，种了番薯、水稻和竹子，眼下番薯就要挖了，接下去，秋稻也熟了，要收谷子了，再接下去要种菜，种麦子，种蚕豆，还要挖冬笋。我现在这个样子，躺在床上还要别人伺候，这些事，娘儿们哪能干得了？儿子又小，还不会干活。我想请你帮忙，你能答应我吗？"阿才笑道："我当是什么我干不了的事，这些事我最会干了，我家里没地，平时我都是给人做帮工的，替别人做和帮你做还不一样？你要我什么时候来，我就什么时候来。"阿会道："你真好，只是有件事，不知你同意不同意？东岙底离我这里太远，你得住在我家，你看怎么样？"阿才爽快地答应了。

阿才回家卷了棉被和衣服，用稻草搓的绳子缚了茅屋木门上的铁环，离开东岙底，来阿会家帮忙。有阿才在地里干活，阿会的妻子便可留在家中干家务事，她让儿子跟着阿才下地，十一岁的玉芳开始学干农活了。

山里能种水稻的山田不多，大部分山地种的是番薯，阿才帮阿会的妻子把收来的一部分番薯贮藏在山洞里，把大部分的番薯用刨子刨成丝，晒干储存，这些番薯干是阿会家一年的主要口粮。秋收结束，冬种便开始了，阿才掘好山园的地，种了些麦子和油菜，又种了多种蔬菜。他们把挖来的冬笋切了片，晒成笋干。干完了这些活，阿才上山给阿会家砍了许多柴草。

山里人收拾好了山地里的所得，城里做山货生意的商人便来了，阿会的妻子拿了些笋干、番薯干和鸡蛋卖了，得了几个银圆和铜板。过了几天，城里的猪贩子来了，阿会的妻子把猪卖了，又攒了几个银圆。城里的货郎也来了，阿会的妻子又拿了几枚鸡蛋，和货郎换了些做鞋子的鞋面布料和针线。阿会的妻子手巧，她用她自己做的土布给阿才和玉芳缝了新衣裳，做了青布鞋，干完这些，年也快到了。

阿才要回家过年，说过了年，等春耕的时候他再来帮阿会家干地里的活。阿会道："你帮了我这么多忙，你若不嫌我家穷，这个年你就在我家过吧。我家虽然穷，这三间破房子比起你家那茅草房总好些。"阿会的妻子道："阿才兄弟，你就留在我们这儿过年吧，我家三个人，比你一个人在家过年总热闹些。"玉芳也拉着阿才的手不让他回家。阿会一家三人真心希望阿才留下来，盛情难却，阿才决定留在阿会家过年。

正月里，山地里无多农活，玉芳和阿才坐在屋前晒太阳，阿才便给玉芳讲故事。阿才家中没田地，他长年替人帮工，见闻广，他有许多故事，玉芳很喜欢听。

阿会的腿慢慢好起来了，他试着下床，用阿才为他做的拐杖练习走路。

到了三月，地里的活又忙了起来，麦子要割，蚕豆要摘，油菜籽要收，这个时候，需要有太阳，但是那年惊蛰过后就一直没多少太阳。到了三月，更是天天下雨，一连下了半个多月还是不见停，雨下得大家揪心，阿会家收来的麦子、油菜籽和蚕豆只能放在屋子里晾着。

这几天，雨下得更勤，屋前小溪中的水涨高了许多，要是再下雨，山沟里的房子要进水了。这天夜里，雨下得很大，早上醒来，阿才走出房子，见溪中的水已漫进山沟最低处的房子，那户人家正在把屋里的东西往高处的邻居家里搬。吃过早饭不久，雨下得更大，夹杂着泥沙和岩石的山水倾泻而来。"要发山洪了，大家快逃！"有人惊叫。山沟里的人们赶快收拾了能带走的东西，冒着大雨向高处相对安全的地方转移。

阿会的房子在山沟较高处，阿才叫阿会的妻子拿几只布袋装了麦子，他自己去牛棚牵出牛来，把装好的麦子和家中的几袋番薯干放在牛背上让牛驮着。阿会出来了，他的腿还没好结实，在家里慢慢地走还可以，走这大雨滂沱的山路是没办法的。阿才道："我背你走。"阿会有点迟疑，阿才道："来不及了，咱们得赶快走！"阿才叫玉芳牵着牛走在前头，让阿会的妻子走在牛的旁边，照看牛背上的东西，以防它们掉下来，他自己背着阿会，走在最后。

山沟里的人们扶老携幼走在山坡上，向高处走去。大雨如注，人们向下面的山沟望去，水已漫过好多屋顶，大家庆幸山沟里的人都逃出来了。逃出山沟的人们虽然都头戴斗笠，身穿蓑衣，但全身仍浸在雨水之中，大风吹来，冷得直打哆嗦。山腰住着几户人家，大家都往他们家里挤。

大雨下到半夜停了，次日上午天上的乌云渐渐散去，太阳从云缝里射出了光芒，下了一个多月的雨终于停了。下午，山沟里的人们回来了，从泥迹处可知洪水已退了许多，但山沟仍旧汪洋一片，房子全在水中，地里的庄稼大多没了。山沟里的人们在庆幸大家都能活下来之后个个都哭了起来，今后日子怎么过啊？

洪水退了之后，大家开始清理自己的家。阿会家的房子被洪水冲坍了，整座房子塌倒在地上，阿才带着玉芳和玉芳的娘把尚可重新使用的瓦、岩石和木料整理了出来，阿会的腿还没力气，只能坐在一旁出主意。整理好了瓦、岩石和木料，三人发现麦子和油菜籽全没了，只剩下一些压在碎瓦片、岩石和木柱下的蚕豆荚，牛棚坍了，圈在牛棚里的两头猪和十几只鸡鸭都死了。屋子后面的山地里，种在低处的农作物大多已被洪水冲走，种在高处的虽然没被洪水冲掉，但都被雨水打得倒在地里。阿才和玉芳在满是淤泥和碎石的山地里仔细寻找麦子和蔬菜，但所得无多。

阿才本想在帮阿会家收了麦子、油菜籽，种上水稻和番薯后离开阿会的家回家去，他想，到了那个时候阿会已完全可以下地干活了。但现在发了山洪，阿会的家里、山地里一片狼藉，阿会的腿还不能下地，阿才只得继续留在阿会家。

阿才帮阿会家搭建了临时住房，阿会留在茅屋养息、练脚力、做饭菜，阿才则带着阿会的妻子和玉芳在山地里干活。大家辛苦了一个多月，阿会的山田里又种上了水稻、番薯和各种各样的蔬菜瓜果。

阿会的腿好了，阿才要回家，阿会拉住阿才的手道："你帮我干了七八个月的活，在我家最艰难的时候你留在我家帮我们，你不只救了我的命，你是救了我全家人的命，你是我们全家的恩人。现在我的腿好了，我更不会让你回家了。留在我家吧，阿才兄弟，你留在我家，我们才有报答你的机会，你走了，我们怎么报答？"阿才笑道："我不要你们的报答，原本我就不是为了你们的报答来你们家的，我想是我们有这么一段缘吧，所以我会来你们家。这七八个月里我在你们家过得很快活，我该谢谢你们的。阿会哥的腿已好结实，能下地干活，我可以放心回家了。"玉芳紧紧拉住阿才的另一只手不放，玉芳道："阿叔，你刚开始教我干农活呢，你不喜欢我？"阿会的妻子道："阿才，你不留在我家，一个人回东呑底去，姐不放心，阿姐是不会让你走的。"

听了阿会一家三人的话，阿才很感动，他终于答应留下来，不回东呑底了。

那天晚上，阿会的妻子拿出家中最好的东西，烧了一桌菜，四人围坐在一起，以水代酒，阿会、阿会的妻子和玉芳一齐向阿才祝贺，欢迎阿才留在他们家。从此，这四个人有了特殊的称呼：阿会和阿会的妻子叫阿才"兄弟"，阿才叫阿会"阿哥"，阿会的妻子让阿才叫她"阿姐"，玉芳叫阿才"阿叔"。

山沟里的人们有几家投奔亲友去了，搬走了几户人家，他们留下的山地让留在山沟里的几家分种了。洪水造成泥土和肥料的流失，山地更加贫瘠，虽然那年阿会家多种了几亩山地，但夏粮的收成还是比前几年少了好多，到了九月，阿会家只得去前山阿明舅公家借粮。

又到了秋收冬种的时候，秋稻的收成向来不多，山民们主要靠的是番薯的收成，但山地的贫瘠，加上肥料的不足，今年的番薯和秋稻一样，收成减少了许多。忙过秋收冬种，阿会和阿才趁闲抓紧时间去打柴，他们打了很多柴草，晒成干柴草储存起来，等着城里专做柴草生意的商人来收购，他们又为自己家用准备了足够的柴草。趁这冬闲，阿会教阿才认识草药，他们一起进山采来草药，晒干送到阿明舅公的草药店，抵还了部分借粮钱。

这一年阿会一家四人拼命干活，为了能给地里多施一点肥料，他们自己省吃俭用，多养了几头猪，阿会的妻子更忙了，她得去山里找更多的猪草。玉芳已学会地里的一些最基本的农活，干农活凭的是力气，玉芳还小，没大力气，只能干少用力气的活。

这一年阿会家地里的庄稼长得比上一年好，多收了两三斗油菜籽、四五斗蚕豆、几担麦子和谷子，番薯也多挖了几筐。

八月，阿明舅公到阿会住的山沟里收购草药，见了山沟里的情形，阿明舅公道："你们住在这穷山沟，过惯了穷日子，你们穷也罢了，让你们的子孙后代再这样世世代代穷下去，真叫人害怕。"阿会道："我也知道，在山里呆下去总是穷，但离开这大山，我们又能到哪儿去呢？"阿明舅公道："我看你家玉芳这孩子还聪明，下次我进城，给他找个地方学手艺，让他先走出大山，你们看怎么样？"阿会道："这当然好，只是我怕玉芳太小，他才十三岁，不知人家肯不肯收他。"阿明舅公道："我去问问看，再作商量吧。"

过了两个月，阿明舅公在丰城给玉芳找了个学手艺的地方，玉芳走出大山，在城里的一家伞店当了学徒。

（五）

原来阿才和阿会一家之间竟有这么一个不寻常的故事！

杨氏赞叹道："阿才真是了不起，阿才好，你们一家也都好，好人会有好报的。"福弟的娘也赞叹道："你家面条店的生意做得这么顺利，就是你们心肠好的缘故，好人就是有好报。"阿会一家搬来丰城两年多了，经过两年多的打拼，他家有了较大的起色，玉芳已三年师成，现在是他师傅店里的一把好手了。阿会和阿才开了间面条店，买了台二手的面条机做面条，两个人都诚实讲信用，又肯帮助别人，他们的面条店生意很不错。

小鱼贩的妻子道："听你们说来，阿才的年龄不小了，他的婚姻有定着了吗？"阿会的妻子道："有了。"淑媛道："真的有了吗？若是还没有，我们大家都为他出点力吧。"秉仁的娘道："正是呢，这样好的人，哪里能找得到！"阿会的妻子笑道："真的有了，就是我们面条店对面那家钉店的亲戚，今年二十一了，还未定婚姻，钉店的主人说阿才好，几个月前来说媒，如今这媒已说成功了，再过两个月阿才就娶亲了。"

大家听了，都为阿才高兴，

丁师爷已做了手术，他那患处排出来的脓血装了半手术盆，护士把它端过来给月玲看，月玲吓得直打哆嗦，那德国医生安慰月玲说，师爷已没事了。后来听那医生说，若是师爷迟一天被送到，不知会是个怎么样的结果，月玲很感激阿会，帮人能这样帮到底。

有月玲和医院里医生护士的精心照顾，师爷的身体渐渐好了起来。

月玲带来的钱差不多用完，但师爷的刀口尚未完全愈合，月玲想起元龙的话，便去《甬江时报》报馆找茂生借了些钱。过了几天，看师爷的刀口已愈合，气色也好起来了，身边的钱又快用完，月玲问医生她丈夫可否出院了，医生道最好再住几天，于是他们又在医院住了两天。两天后师爷坚决要出院，月玲办了手续，夫妻两人返回丰城了。

家中无钱用，师爷让月玲又卖了一张收藏的画。师爷前后两次生病，用了很多钱，使这个本来就显现败落迹象的家庭大伤元气，月玲不得不为今后的生计发愁。月玲知道，师爷收藏的画里，那张值钱的刘墉水墨芦花真迹是决不能卖的，剩下的那几张可卖的画，值不了多少钱，救不了他们一家多少时间。"家中这个样子，日子怎么过得下去？得想办法去赚点钱来，品雄是没办法赚钱的了，我得去赚。"月玲想道，"我能弹琵琶，会吹箫，可是在丰城干这种事太显眼，而且丰城也没有干这种事的场所。"月玲想起了宁波，她在宁波曾见到这种场所，那几天晚上她为师爷去买夜宵，路过几家酒楼，听里面传出笙歌琵琶之声。"把家搬到宁波去，我可以去酒楼弹琵琶吹箫赚钱。"月玲瞅了个适当的机会和师爷谈了这事，但师爷说什么也不同意，师爷道："都是我无用，是我拖累你了，干这种事让人看得太轻贱，你把这个念头打消了吧，我们再想别的办法。"可是能有什么别的办法呢？

师爷的伤口虽然愈合，但他的手臂还是疼着，胳膊仍然无法上举后伸，师爷无奈，只能忍着，不再多说。一个多月，师爷都不提生计之事，月玲深知师爷的难处—解决家计困难，只有她的这个办法了，但师爷怎能忍心让她去干这种轻贱的事呢？

日子一天一天过去，家中的钱一天一天减少，月玲又跟师爷谈了这事，月玲道："你别为我想得太多，我本来就是个低贱的人，若不是你看得起我，带我走出那低贱的地方，在那火坑中我早已粉身碎骨了。我月玲是知恩图报的人，我得为咱们的家做点事，我可以出去赚钱养家。"月玲的话让师爷感动，现在也只有月玲还有点能力去赚钱，为生活所迫，师爷只得同意了月玲所说的办法。一个月后，师爷一家从大杂院搬出，搬到宁波去了。

过几天阿才要娶亲了。

　　阿会夫妇心里最牵挂的事就是阿才的婚事，如今阿才要成亲了，阿会夫妇喜得天天咧着嘴笑。阿会家的住房小，阿才提出在别处租个地方作新房，但阿会坚持要把阿才的洞房先置办在他家中，阿会道："兄弟结婚，图个喜事快乐，先在家里成亲，七日洞房无大小，过了闹七，再搬去外头居住，我便称心了。"

　　这几天，大院子里的邻居们都来帮忙张罗阿才的喜事，元龙让店中的技工师傅用红丝线做了个大同心结送给阿才，众人把它挂在婚床上额的正中。

　　到了阿才娶亲那天，阿会在后院天井里摆下了几张桌子，让前来贺喜看热闹的人坐下来吃汤圆，孩子们抢着玉芳撒过来的喜糖和花生，院子里很热闹。

　　过了"闹七"，阿会和他的妻子及玉芳送阿才夫妻俩去他们的新家。阿才成家了，阿会夫妇终于放心了。

第十七章　陶同声指点霖生；贾道新救助师爷

（一）

在丰城，三月清明后即开始了梅雨的天气，特别是五月，空气潮湿得厉害，家中的一切东西都受潮，有的还发霉。到了六月，出了梅天，太阳出来了，空气才慢慢干燥起来。

六月初六是个大晴天，按丰城的习惯，这一天大杂院里的人们要把家中的棉被衣服等东西都搬出来放在太阳底下晒。玉如家除了晒棉被晒衣服外，还晒书。大院子里只有玉如一家晒书，玉如家中有很多书，是从元龙的爷爷那一代开始，一代一代地积累流传下来的，现在又添了茂生和玉如读过的一些书，都放在楼上最东边的那间书房的几个橱子里。

玉如让霖生帮她把书从楼上搬到前院的天井里，放在她早已准备好的架在凳子上的那些门板上。玉如摆好棉被、衣服和书，拿了张椅子，放在卧房前廊通风处，坐在椅子上看起了野史小说。

这时，从大院子的后面走进来一位穿灰色纺绸长衫、戴着眼镜，五十来岁的先生，他从玉如身边走过，走下台阶，准备穿过院子出前门抄近路去前街。他见大院子里摆着许多书，便停下脚来，弯下身去看了一会儿。玉如从未见过这位先生，先生抬头见玉如坐在廊里，手里拿着一本书在看他，便对玉如笑道："你不认识我吧，我就住在你们这院子的后门附近，我姓陶。十几年没回家来，邻居们都不认识了，这阮家大院也变了，以前这大院里只住着阮姓一家人，如今听说是住了十户人家，你家搬来这里多久了？"玉如见他对这阮家大院这么熟悉，便知他就住在近处，玉如道：

"我家住在这里也有五六年了，可我真的不认识先生。"陶先生笑道："这一见面，我们不就认识了吗？我在南京教书。"说完这话，他指着书问玉如道："这些书都是你家的吗？能不能让我翻一翻？"玉如道："可以的，先生你只管翻吧。"

陶先生弯下腰一本一本地翻着书，看过书名，捡了两本对玉如道："我能不能借这两本带回家去看看？我给你写张借条，交给你家长辈—我不会骗你的，我就住在你家后门的附近。"玉如道："好的，你拿去看吧，先生不必写什么借条，我带你去向我娘说一声就可以了。"陶先生笑道："你肯借给我书就很好了，这借条是一定要写的，你还在学校读书吧，借你的纸笔用一下，好吗？"见陶先生说得这样诚恳，玉如便进房去拿了纸笔墨砚出来，放在房前石阶上，玉如磨好墨，陶先生问过玉如的姓名，卷起衣袖，提笔写了借条，交给玉如，借条上的字是用楷书体写的，落款处是"陶同声"三字。

陶先生拿了那选好的两本书，又往摊着晒的书中捡了六七本对玉如笑道："两天后我还会再来向你家借书看的，这几本你给我留着好吗？我在家还有半个月的丁忧假期。"玉如笑道："好的，我给你留着，先生要书看，只管来，我若不在家，你可以向我娘要，我会给我娘说好的。"陶先生道："那么你就带我去见见你娘吧，我也得谢谢她。"玉如带陶先生去见淑媛，向她说了陶先生借书的事，陶先生谢过淑媛，拿着书走了。

后门附近谁家姓陶，淑媛一时想不起来，杨氏也不知道，淑媛去问福弟的娘，她道："后门弄堂口向右过去半条街，那边那户卖柴的人家姓陶，上个月他家老娘死了，家里念了三天经。"淑媛道："是了，就是他家了，他对玉如也是说他的长辈没了请假来家的，我怎么就想不起来。"福弟的娘问是怎么回事，淑媛把上午陶先生借书的事向她说了，淑媛道："他说自己姓陶，住在后门近处，在南京教书。我一时想不起陶家来，他家有一个在南京教书的儿子，这一点我不知道。"福弟的娘道："他家有一个在南京教书的儿子？这我也不知道，我只知道他家一家都卖柴，以前是他家老头子卖柴，现在是他儿子在卖柴。"

晚上元龙回家，杨氏说起卖柴的陶家儿子陶同声来借书的事，元龙道："听人说过陶家有个儿子在外地什么大学里教书，他家穷，家中只供他读过几年私塾，他全是靠他自己学成学问的，四书五经读得烂熟，后来他到外地去闯荡了几年，现在竟是大学里的教书先生了。"杨氏奇道："一个卖柴人家的儿子，没请先生教他，竟能自己学成学问，还被大学请去当先生，这人真是了不得！"元龙道："人只要有志气，什么事都能干成。原来他叫陶同声，在南京做事，这些我以前都不知道，曾听说他视书如命，今天听你们这一说，我算是领略了。"

第三天陶先生带着写好的借条来玉如家，还了他先前借的两本书，又向玉如借了两本。

（二）

暑假里霖生用泥又捏了好多东西，他捏了《水浒传》中的林冲、李逵、鲁智深和武松的毛坯，捏了《三国演义》中的吕布和貂蝉的毛坯，又捏了三只马和一只虎的毛坯。今天他要把这些七成干的毛坯用他自制的小刀做出他心中的形象来。

霖生坐在前院中堂的矮凳上聚精会神地削着泥坯，小桌上摆放着几把小刀具，他的周围站着几个孩子和女人，最靠近他站着的是朱家的双胞胎兄弟，糕饼店杜家的阿良也站在霖生的旁边，麻家的两个小姑娘站在小桌子的另一边观看，院中的几个女人也时不时过来看一会。霖生见有这么多人围着他看，便越发认真地做着他的泥作品。

陶先生又向玉如还书和借书来了，见中堂里围了一圈孩子，陶先生便上前来看。霖生手中拿着只弯形刀刃的小刀，动作娴熟地凿着泥人，桌上摆着三只已削出不同形儿的小泥马和一个小泥人。陶先生好奇地观看了一阵子，问霖生："小兄弟，你这三只是什么马呢？"霖生抬头见是一位陌生的戴着眼镜的先生在观看他，向他问话，霖生心中有些得意，他向眼镜先生介绍道："这是刘备骑的'的卢马'、这是关云长骑的'赤兔马'，这是唐僧骑的'白龙马'。"陶先生又问："你手里做的泥人像是个女的，她是谁呢？"霖生道："是貂蝉，桌上那个是吕布。"陶先生笑问："那几个毛坯你要做成谁呢？"霖生道："是林冲、李逵、鲁智深和武松。"陶先生笑道："看来你对《三国演义》、《水浒传》和《西游记》颇有研究。"霖生受眼镜先生这么一称赞，心里暖洋洋的，便低头更加认真地雕琢手中的泥人。

陶先生仔细观察霖生，见他和玉如有几分像，便问霖生道："你的手真巧，你是罗家的孩子吧？"霖生抬头惊道："你怎么知道我姓罗？"陶先生笑道："我认识你姐姐罗玉如，前几天我向她借了几本书看，今天我是向他还书来的，我不但认识你姐姐，还认识你娘。你姐姐在家吗？"

霖生好生奇怪地看着陶先生，霖生贪玩，常在外头跑，向来不关心家中的事，他不知道眼前的这位眼镜先生说的话是不是真的。冰如或许会知道，但现在冰如又不在他旁边，冰如上学后，就不跟着他玩了。陶先生见霖生不答话，知他是在怀疑他的话。就在这时，淑媛出来了。见了淑媛，陶先生笑道："你儿子的手真巧，脑子又灵光，将来必定是个有用的人才。"淑媛道："我正为他发愁，不知道将来他干什么才有得饭吃，先生你倒夸他。"霖生见他娘和这眼镜先生确实熟悉，先生又这样夸他，便腼腆得满脸通红，低头一声不吭，只管做自己的泥人。

陶先生把书还给淑媛问："你女儿不在家？"淑媛道："她不在家，你要的那些书我给你拿去。"等淑媛去拿了书来，陶先生从怀里拿出他的借条道："这三本书我都借了，过几天我再来。"

陶先生似乎对霖生的泥作品感兴趣，他又去霖生那里看了看，问淑媛道："你这孩子几岁？"淑媛道："十四岁了，还是一味地贪玩，我们拿他没办法。"陶先生道："你别这么说，这孩子真的不错，我看他做这些东西都是动过脑的，不是随便做做而已。他看过《三国演义》、《水浒传》和《西游记》，他是据书中所说做出这些东西来的。"淑媛道："他手巧，做什么就像什么，他喜欢画画，喜欢做风筝，他特别喜欢捏泥，八九岁就开始玩这东西了，他做的泥东西装了好几个箱子，宝贝似的，常拿出来看看玩玩。但做这些东西有什么用呢？他若是能把做这些东西的脑筋分一半在他的读书上，他的书就读得很好了，我们也就不用为他的将来发愁了。"陶先生问："他现在读几年级了？"淑媛道："读初中二年，明年年底要初中毕业了。"陶先生沉思了片刻道：

"你们舍得让他去外地读书吗，比如说上海？你这孩子挺喜欢泥塑，让他去上海美术专科学校学雕塑艺术，将来他会成才的。"

　　"什么是雕塑艺术？"淑媛好奇地问。陶先生笑道："那是一种很高雅的艺术，我跟你一时也不能说得清，我给你写几个字，你女儿会看明白的。过几天我还会来还书的，你们若是还不明白，那时我再给你们说说。"

　　霖生手里做着泥人，耳朵却在留心听着陶先生和他娘说话。陶先生走后，霖生立即从他娘的手里拿去陶先生写的纸，只见纸上写着：上海美术专科学校，学雕塑艺术。

　　霖生看得不大明白，这时玉如回来了。淑媛拿陶先生写的字给玉如看，把陶先生的话说给玉如听，玉如道："我懂陶先生的意思了，他是说霖生喜欢做泥的玩意儿，有做泥玩意的才能，做泥玩意是属于雕塑艺术，雕塑艺术是一种很高雅的艺术。他是要我们把霖生送到上海，去上海美术专科学校这个学堂学雕塑艺术。"

　　霖生听得醉了。"原来这泥东西是雕塑艺术，上海还有学做这种东西的学堂，真是不可思议。陶先生说那是一种高雅的艺术，我得去那学堂里学习，那才是我喜欢学的东西。"霖生向他娘说出了他的心里话。

　　淑媛把白天陶先生说的话告诉了元龙，元龙道："陶先生见识广，他说的一定有道理，明天我找他去再详细问问，果真如他所说，霖生将来的事也有定着了。"

　　次日元龙去见陶先生，回来对大家道："我问明白了，这雕塑艺术很高贵，在外国很流行，今后在我们中国也会盛行起来的。霖生喜欢捏泥，让他去那学堂学学看，陶先生说霖生会有前途的。我今晚就给文炳写信，让他去那学堂看看，得他回信后，我们再做决定。"当晚元龙给文炳写了信，几天后文炳回信来，说那学堂很好，说他已问明，像霖生这样的情况可以先读预科，一般读两年后就可转读专科，专科读三年，那时若还有深造的愿望，可去国外留学，文炳说若能那样，必成大器了。那学堂九月中旬招生，霖生若要去那学堂读书，九月上旬他就得去上海了。

　　元龙把这个情况写信告诉了茂生，茂生回了信来说，让霖生去上海美专学雕塑艺术是霖生的最好选择，全家都要支持他。茂生的回信让元龙下决心来，虽然学费和开销昂贵，家中也不富有，元龙还是决定让霖生去上海美专读书。

　　九月初，茂生向报馆请了几天假，送霖生去上海。经过面试，霖生进入了美专预科班。

（三）

宁波婶和洪斗成生的女孩十个月大了，女孩很像宁波婶，生得很可爱。洪斗成想把女孩领回家去给他的婆娘养，但他婆娘不愿意，洪斗成没法，只得作罢。

宁波婶靠着洪斗成给的钱来养一家四口，她知道洪斗成给她钱，是要她为他生个男孩。"今后的日子怎么过？"自从得知女孩无法被洪家接受的事实后，宁波婶一直在考虑着这个问题。"我不能再这样过下去，再过几年我就老了，趁着我还不算老，还能生孩子的时候，我要重新找个男人，正式把自己嫁出去，像我这样的女人只能这么办。"宁波婶想道，"我得回到宁波去，那里有我老家的人，他们总会给我帮点忙的。"宁波婶打定好主意，把自己的决定告诉了她娘家的人。不久，她娘家的哥嫂给她找了个男人。

宁波婶在回宁波之前，把小女孩送给了乡下一户没生养孩子的人家，既然洪斗成不能把小女孩领回家去抚养，宁波婶也只能这么办了。

"朱家一定有事。"玉如对她娘道。刚才玉如上楼去打扫房间，见西边朱家开着门的边间里坐着站着好几个女人，七嘴八舌地说着话，玉如听不清她们在说什么。

淑媛在裁衣服，十一月了，她开始为家人准备过新年的衣服。淑媛边裁着衣料边不以为然地道："朱家会有什么事？两代清清白白的寡妇，老老实实的，能有什么事？"玉如道："真的，朱家真的是有事，不然怎么会有那么多的女人在她家吵吵闹闹？"

下午，福弟的娘来告诉淑媛："朱家荷花出丑事了，她的未婚夫要和她解除婚约。"淑媛道："怪不得玉如说她家准是出事了，我还以为玉如是多猜了。"荷花是朱老婆子的小孙女。淑媛把玉如上午看到的事告诉了福弟的娘，福弟的娘道："这事我知道，是给荷花说媒的那个媒婆上午来调解这件事，荷花未婚夫家里来了很多女人，她们要拿回当初所给的所有聘礼，还要朱家拿出一笔赔偿金。朱家这么一个省俭的人家，你说她们肯给那男家赔偿金吗？"

淑媛问："荷花到底出了什么事？她未婚夫非与她解除婚约不可吗？"福弟的娘道："荷花与一个三十七八岁的大男人相好，被她未婚夫家知道了，她未婚夫家要和她解约。"淑媛道："那男孩咱们都是见到过的，斯斯文文的，一表人才，真是可惜。"福弟的娘道："哪个男人要绿帽子戴？荷花是被鬼迷了心窍，放着这样一个好的男孩不要，偏要和大男人鬼混，那大男人年纪这么大，真可当她的爹了。"淑媛道："荷花怎么会和一个大男人好上呢？她奶奶和她娘两代都是清清白白的寡妇，本本分分的，她怎么就学不会？"福弟的娘道："朱老婆子和她媳妇是贞洁，但她们只能保得自己，却保不了她们的后代。朱家老婆子太贪心，她家里有二三十亩田地，却舍不得吃，舍不得穿，看上去就像个穷人家，老婆子让荷花学织洋袜子，是想让荷花给她赚几个钱来。你想想，织洋袜是女孩子干的事吗？一个未出阁的女孩子端着洋袜机走东家串西家的，为的只是钱，怎不会给坏男人骗了去？"

说到这里，福弟的娘向淑媛靠近了几步，凑近淑媛的耳朵道："我家老头子早几个月就发现荷花不规矩了，但我们对谁都不敢说。六月里的一个晚上，我家老头子从外面回家，路过陈宅巷，你知道那条巷是很长很冷清的，我家老头子走着走着，见前面有两个人抱在一起，走近一看，见那女的竟是荷花，老头子便赶紧低头走了。从那以后我就知道荷花迟早会出事，但想不到只这几个月她未婚夫家就知道了。"淑媛问："那男的是谁？"福弟的娘道："老头子没看清，他不敢多看。"

荷花被她娘用木棍打了一顿，关进了房里，她娘把房门锁了，几天不给她饭吃。朱老婆子气得病倒在床，荷花的娘叫了大女儿春桃和她的女婿来商量对策。

过了一日，媒婆只身来朱家调解婚约的事。朱家同意解除婚约、退还先前的聘礼，但不同意给赔偿金。媒婆把那未婚夫家的话传给了朱家，说他家一定要这赔偿金，若朱家不给赔偿金，他们就把朱家告到法院去。朱家老婆子在隔壁房中听到这话，气得从床上爬下来，跌跌撞撞地走过来站在房门口，大声道："让他们告吧，要钱，没有！要命，我老婆子有一条！"老婆子这么一说，吓得媒婆不敢再作声，媒婆走了。

春桃的丈夫私下对春桃道："你家不给他们家一些赔偿，他们家是不会罢休的，到底是他家没有错，他家陪荷花倒了霉，你家不给他家一点赔偿，他家怎么下得了台？再说，你奶奶真的舍了她老命，也不值得，没有人会同情她。"春桃点点头道："我也这么想，只是奶奶不会把这钱拿出来的，娘也没办法。我想把我的那一点积蓄拿出来作赔偿，你说怎样？"春桃的丈夫道："也只能这么办了，但这事只能暗地里做，不能让奶奶知道。"春桃和她娘背着朱老婆子给了荷花的未婚夫家赔偿金，两家解除了婚约。

春桃的娘开了门锁，春桃把粥端了进来放在桌子上。

荷花蓬头散发的靠墙坐着，把头埋在放在膝盖上的手臂中。春桃推了推荷花，荷花倒在了地上，迷茫的双眼半开半闭地对着天花板，脸色黄蜡蜡的，没有生气，本来就有点突的颧骨显得更加突出。春桃吓了一跳："她死了吗？"春桃摸了摸荷花的脸，她的脸还是暖的，"她还活着！"春桃忙托起荷花的头，让她靠在自己的手臂上。这几天春桃一直恨着荷花，进门之前她还是恨着，而现在她一点也不恨了，看着孱弱的荷花，春桃生起了怜悯之情，她轻声叫道："荷花，你饿了，喝点粥吧！"

荷花摇摇头，泪水顺着她的脸，慢慢地流了下来，滴落在春桃的手臂上，荷花哭了。春桃用手去擦荷花的眼泪，扶荷花坐在椅子上，用汤匙喂荷花吃了几口粥。

大院子里的人都知道了荷花的事，那大男人是谁？荷花的丑事是怎样被她未婚家发现的？这些事大院子里的人也都渐渐清楚了。俗话说"捉贼捉赃，捉奸捉双"，荷花的未婚夫家没捉住荷花和那大男人的奸情，朱家会同意解约吗？

后来大院子里的人又从外头得到消息，朱家让人去找那大男人，希望那大男人把荷花领去当妾，那大男人不肯，说荷花还有另外一个男人相好，说荷花和男人相好只是为了钱。

朱家老婆子气得一病不起，大院子里的人想去看她，但怕她难受，便都没去，只有淑媛，她家的楼上和朱家相通，平时就和朱家接近，她去看望了朱老婆子。

淑媛坐在朱老婆子的床边，握着老婆子干瘦的手道："阿婆，你要好起来，你家需要你。"朱老婆子摇了摇头道："我眼一闭，心就不烦了，现在我眼还开着，心里还烦着。我和媳妇两代寡妇，守着贞洁，清清白白的，对得起朱家，现在名声全被这个倒霉货败坏了，叫我到九泉之下怎么向朱家祖宗交代？"老婆子哭了。

淑媛劝道："各人有各人的命，我们能保得自己干净就好了，别的人我们怎能保得了？儿孙自有儿孙的祸福，是祸是福，他们自己铸成。这个院子里的人，人人都佩服你和春桃她娘的忠贞，人人都称赞你们俩勤劳省俭，大家都想来看你，只是怕你说起话来伤心，大家都盼着你好起来呢。"老婆子道："谢谢你来看我，也谢谢院子里他们大家了，你们都是好人，有你们这几句称赞的好话，我死去也安心了。"

一个星期后朱老婆子走了。

倒了这场霉，荷花只能待在家里不出门，她娘让人为她另找婆家，奈何丰城里的人都知道荷花的丑事，不愿娶她。春桃婆家的一位亲戚给荷花找了个山区的男人，年底荷花嫁出去了。

（四）

春暖花开的时候，阿会一家搬到宁波去了。玉芳已长大成人，他在宁波找了间小店铺，自己开起了修理雨伞的小店。

秉仁高小毕业后没考上中学，他爹娘送他去镶牙店学镶牙。他是个懒散惯了的人，以前上学读书的时候，上课常迟到，无论先生怎样罚他，他就是不能改，现在他去师傅那里学手艺，早上仍然不能早起，师傅骂了他几回，见他不改便打他，不到三个月，他逃回家来了。秉仁在家游荡了几个月，他娘为他找了家钟表店，送他去学修钟表，过不了几个月，他又逃回家来了，他哭着告诉他娘，说他师傅把他当佣人使，劈柴、打水、买米、打酱油、抱小孩，甚至洗衣服。他娘没法，吩咐他待在家里帮她一起干活，但秉仁哪能在家待得住，他常溜出家门去外面闲逛。去年正月他娘请丁师爷出力，让梁小寅收了秉仁为徒弟，现在他在梁小寅店里学裱画已一年多了。

丁师爷搬出大院子一年了，后院二楼东边的房子还一直空着，几个星期前明荣让人来打扫那房子，几天后，三位衣着时新的女子，蹬着高跟鞋，提着皮箱住进来了。女子很年轻，一位烫着长发，一位盘着发髻，一位剪着短发。三位女子都很有才艺，每个人都会弹唱，烫长发的女子善弹琵琶，盘发髻的女子善弹古筝，剪短发的女子善弹月琴。这些女子是歌女，人们称她们为歌伎，她们来自常州。她们来了，给后楼带来了丝竹声、歌声和笑声。后院热闹了起来，有更多的男女出入了，来的女子是这三位歌女的同伴，都年轻、时髦且漂亮，来的男人都是来寻欢作乐的，有闲且有钱。歌女是东门曹家的大公子请来的，曹家大公子在宁波茶馆里听过这些女子唱曲，觉得很新鲜，便邀她们来丰城唱。女子共七人，由一个男领班带着，她们会唱常州小曲，还会唱苏州评弹。这些女子在丰城的书场和茶馆中弹唱，也去绅士和财主家唱堂会，闲时，女子们便带着乐器，聚在阮家大院这后楼作乐。

女子所住的东楼，前窗和前廊正对着元龙家二楼的后窗，休息日后楼有女子弹唱的时候，冰如便站在自家二楼的后窗观望。

歌女的到来让大院子里的人们想起了丁师爷一家，师爷一家在宁波好吗？

秉仁的娘向秉仁的师傅梁小寅打听丁师爷一家的消息，但梁小寅说他也不知师爷现在的状况，自从师爷去了宁波，他们再也没联系了。

元龙店里闲时，常有人来他店串门闲聊，他们都是店附近的邻居或元龙和他店里技工师傅的熟人。一日，元龙的一位熟人来闲聊，谈及了丁师爷一家在宁波的事。那人道："丁品雄在你那院子里住过吧，就是那位丁师爷。"元龙听那人说丁师爷的事，便仔细听了下去。元龙道："正是，他搬出我这院子一年了，大家都惦记着他，我们院子里的人正想听听他的消息，师爷的身体好吗？"

那人道："几天前我的一个亲戚去宁波，听贾道新的一个朋友说起咱们丰城丁师爷家的事，真令人嘘唏叹息、称奇不已。"元龙忙问："什么事？丁师爷怎么了？"那人道："你别急，让我慢慢说给你听，贾道新这个人你认识吗？"元龙摇头道："不认识。"那人道："我知道你不认识他，我也不认识他。这贾道新是宁波人，一直在北边做事，几年前回宁波探亲，他的朋友带他来丰城玩，到过住在你们院子里的丁师爷的家，认识了丁师爷，他见师爷的两个女儿可爱，便认了她们俩做干女儿。

"上个月贾道新从北边回宁波来，他的一个朋友带他去一个大茶馆喝茶，那茶馆除了供人喝茶，还供人抽水烟。那日他去那茶馆，他那朋友道：
'这几天茶馆里刚来了两个十分美貌的雏妓替客人打水烟，我们也来抽管
水烟，看看这两个雏妓，如何？'贾道新道可以。两位雏妓来到贾道新面前，
贾道新觉得她们十分面熟，但一时却想不起来她们是谁，毕竟他有三四年
没见到那两个姑娘了。孩子记性好，还认得贾道新，见了贾道新，两个姑
娘叫了声'干爹'便哭了。贾道新大吃一惊，那两个雏妓竟是丁师爷的两
个女儿！贾道新急忙把两个干女儿拉到一旁问道：'你俩怎么会在这里？
你们爹娘呢？'师爷的大女儿哭着道：'这几年我爹常生病，去年爹又肩
头痛，在这里医院动了刀才保住了命，家中的钱被我爹花光了。我家搬到
这里已一年，靠娘去酒店弹琵琶和吹箫赚钱来过日子。这个月我娘也病了，
我们姐妹俩只得出来卖香烟赚点钱，前几天我们来这茶馆卖烟，老板娘让
我们给客人打水烟。'贾道新道：'你们在这里打水烟，你们的爹娘知道
吗？'师爷的大女儿道：'他们只知我们在外卖香烟，并不知道我们在这
里打水烟赚钱。'

　　"贾道新让师爷的两个女儿带他去见她们的爹娘，贾道新一进门，简
直认不得师爷了，师爷瘦骨嶙峋，伛偻着身子坐在椅子上看书。他的妻子
散乱着头发，在淘米准备做午饭，见有人来，他那妻子忙躲到后面房里去
了。丁师爷想不到贾道新会来宁波他家，房中又暗，师爷一时看不出贾道
新来。贾道新握住师爷的手道：'我是道新，你这两个女儿的干爹。'听
贾道新这么一说，丁师爷记起来了，师爷道：'惭愧，惭愧，我竟一时认
不出你来了，你怎么会和我家的两个孩子在一起？'贾道新瞒去了茶馆一
事道：'我想抽烟，正好碰到她姐妹俩在旁卖烟，就这样她们把我带到这
儿来了。'师爷叹了口气道：'都是我无用，又病了好几次，害她们跟着
我受苦。'贾道新道：'别说了，我都知道了，要紧的是今后怎么办。'
师爷惭愧道：'我若能想出办法来，也不至于让两个女儿和她们的娘这样
抛头露面去赚钱了。'贾道新给师爷留了几个银圆道：'先把这几个银圆
用了吧，我回家去想想办法，过几天我再来。'

　　"这贾道新真是个侠义之人，过了几天他真的来了，他对师爷夫妇道：
'我这样想，不知你们愿意不愿意。干脆你家的小女儿给我做女儿了吧，
我把她带到北平去，我家中只有儿子，没有女儿，我和我的妻子都想有个

293

女儿，我们会对她好的，比起她在你们这儿，她在我们家中会更好些，这样对你们来说也减轻了些负担。另外，师爷你得出去做点事，不能光待在家中坐吃山空。我一位朋友家中缺一个管账的管家，你去正合适。这两件事若办成了，你家的难事也就解决了，你们意下如何？'

"这样的好事丁师爷和他的妻子怎么会不同意？当即他们就同意了，现在丁师爷的小女儿已被贾道新带去北平了，丁师爷也已去做管家了。你说这丁品雄家的事是否令人叹息，令人称奇？"

元龙点着头道："你不说这事，我真的不知道丁师爷一家为什么要搬到宁波去，这样说起来，丁师爷是穷得没办法才搬到宁波去，是靠他妻子去酒店弹琵琶和吹箫赚钱来维持一家生活的，看来他的妻子是个不寻常的女人。"元龙的这位熟人道："我也这么想，丁师爷的妻子原先总是歌舞场或风月场里的一类人物。"元龙道："丁师爷这个人蛮好的，他有钱的时候也豪爽，喜交朋友，若不，他也不会遇上贾道新了，若他遇不上贾道新，此番他落难，也就一时走不出困境了。这个贾道新着实侠义，丁师爷算是遇上贵人了。"

元龙回到家，把那熟人说的关于丁师爷一家的事说给杨氏和淑媛听，淑媛道："看他妻子的打扮，我就知道她不是一般的人，她虽不懂得省俭持家，但是个规规矩矩的女人，师爷这几场大病，全靠她照顾得周到，没有她，也就没有今日的师爷了。"杨氏道："我看师爷的女人对师爷十分尽心，老夫少妻，蛮恩爱的，别管她是什么场里出身的人，女人能做到像她这样，也就是好的了。"

（五）

一天夜里元龙的病又犯了，这一次他气喘得更厉害，淑媛忙去给元龙煎了仲麟给他备着的药，元龙喝了药，又气喘了好一会儿，总算慢慢平静了下来，大家重新睡了一个时辰，天就大亮了。

次日起来，元龙觉得脚重重的，一看，发觉脚有些水肿。杨氏道："你总是累了，昨夜你没睡多少觉，今天你就躺着多休息会儿，想睡就睡，别再想着店里的事了。"元龙重新躺下床去，端午节前他忙了十几天，昨夜又折腾了大半夜，他确实感到累。玉如给元龙端来了洗脸水和漱口水，她想扶爷爷起床，元龙道："不用了，我自己会。"元龙漱洗完毕，玉如把脸盆端了回去。不一会，玉如端了早餐进来：一碗粥和一个咸鸭蛋。玉如给元龙剥着咸蛋的外壳道："爷爷你放心在家休息，店里若有什么事，让我去吧。"元龙道："一时也说不准店里有什么要紧的事，有事再说吧。"

元龙坐在窗下桌旁沉思，杨氏进来了，她知道元龙的心里所想，便道："前几天你太忙了，这几天闲些，你在家多养几天，便会好起来的。"元龙道："我们都老了，我的身体这一年来大不如以前，但这店还得开下去，否则这个家怎么支撑得下去？光霖生读书这一笔钱就不少，明年茂生二十三岁了，要把童家姑娘接过门来了，这也要一大笔钱。这些钱不靠这两间店哪里来？让这店开下去得有人去管，茂生和霖生都不可能管这店了，你说怎么办？"杨氏道："这些我岂不知道？但你的身体要紧，我看还是让德彪多操心些，西门这间店也由他管了吧。"元龙叹息道："我还不想用这办法，过几天再看吧。玉如若是个男孩，这件事就好办了，说真的，她比茂生和霖生都强。"杨氏道："玉如若是个男孩，还能老待在家里？还不是和茂生和霖生一样，跑外边的世界去？"元龙笑道："这也是的，时代不同了，现在的孩子不会再像我们年轻时那样安分，只守着祖庭。"杨氏道："只有文鼎本分，还待在丰城，但若让他管丝线店的事，他也不愿意。"元龙道："他当律师，现在在丰城也有点名气了，他哪肯做丝线店的这种小生意？"

淑媛让人带信又叫了仲麟来，除了上次开的那几种药外，仲麟给元龙加了利尿药，并嘱咐元龙要少吃盐，仲麟又道："哥，你把店里的事放了吧，保命要紧，你的全家需要你。"元龙道："我知道，我会把店里的事慢慢放下的。"

（六）

阮家大院后门弄堂的尽头有一座朝西的院子，院子的大门是朝北开的，与洪斗成家朝西开的大门相邻，这院子在阮家前院的东墙外，带有五间房子，站在淑媛家楼上书房前面的走廊里，可见到这院子正中西墙下种着的那棵高丈余的玉兰树，每年秋天，树上结许多玉兰，香气四溢，直扑阮家前院。这院子里面住着一户姓赵的人家，秋霞是他家的长女。

秋霞今年二十七岁，嫁与西门的高家，育有一子，今年已六岁，四年前，秋霞的丈夫因病离世。秋霞的公公早已亡故，现在她丈夫家中有她丈夫的后娘和两个同父异母的弟弟。一个年轻的寡妇带着一个两岁的孩子，本来就有诸多的不便，而这异母婆婆又是个不好相处的女人，于是秋霞的爹娘叫她搬来娘家居住。

秋霞不大出她家院子的门，她认识玉如是在三年前正月里的一天，那天霖生在楼上走廊里玩爷爷给他带来的皮球，不小心他把皮球掉到秋霞家的院子里，玉如带霖生去她家取球，于是秋霞认识了玉如。此后，秋霞若碰见玉如，两人彼此会打个招呼，问声好。有时玉如在书房前的走廊里看书，秋霞若在院子里抬头见了，两人会说上几句话。每年秋霞家里的玉兰树开花的时候，秋霞总会摘些玉兰给玉如送来。

秋霞虽然搬来她娘家居住，每年清明她都回公婆家一次，她要带着她的儿子去祭奠她的公婆和她的丈夫。她的公婆家原有两座房子，一座是五间平房，是带有一个院子的老房子，另一座是建在旁边的三间两层的楼房，带有一个小院子。她公公在世的时候，把带有小院子的三间楼房分给秋霞的丈夫。这几年秋霞都住在娘家，她把夫家这小院子里每个房间的门和小院子的大门都用锁锁了。今年三月她带着儿子回到夫家的时候，发现她小院子里的所有门锁都被撬开，她家的房子被她丈夫的两个同父异母的弟弟占了。

秋霞找律师帮她打官司，找到了文鼎的律师事务所。孔律师的老母已仙逝，他的儿子和女儿要他回山东，去年他和他的妻子去了，他把律师事务所交给了文鼎。

文鼎听秋霞叙述了事情的经过，问秋霞道："当初你公公把房子分给你丈夫的时候，有没给他立过文书？"秋霞道："立过分书。"文鼎道："有分书，这事就好办了，你把分书拿来我看看，看那分书上是怎么写的。"秋霞把带来的分书拿给文鼎看过，文鼎道："分书上写得明明白白，这三间楼房是分给你丈夫的。这几天我就给你写个状子，你把它递到法院去。你放心，这房子很快就会回到你的手里。"

可事情没有文鼎想象得那么简单。秋霞把状子递到了法院，过了十几天，法院来了传票。那天秋霞到了法院不久，她丈夫的两个弟弟也就到了，秋霞拿出她公公立的房屋分析书，法官当众读了，对她丈夫的两个弟弟道："分书上写得明明白白，这三间楼房是分给她丈夫的，现在她丈夫没了，这房子就是归她和她的儿子所有。"秋霞丈夫的两个弟弟道："法官大人且慢，我们这里也有分书，但里面写的可不一样，请法官大人给我们一个公道。"

法官接过兄弟俩的分书，看了一会儿，当众宣读了道："奇怪，你们都有你们父亲写给的分书，但对房子的分法却不一样。这两张分书中有一张肯定是假的。"

秋霞慌了，她想不到她丈夫的两个弟弟会有这样恶毒的一招，她跪到法官前哭道："民女这张是真的，他们那张是假的，请法官大人明鉴。"兄弟俩道："我们这张才是真的，她那张是假的。"法官将惊堂木一拍道："你们吵什么？到时候待我调查清楚了，看谁作假，罚款还要打三十大板！"

作为秋霞聘请的律师，文鼎去法院查阅案卷，见到了两份房屋的分书。两份分书内容大不相同，在秋霞的分书中，她的公公把三间楼房分给了大儿子，即秋霞的丈夫，把那五间老房分给他后妻和后妻生的两个儿子。但在那兄弟俩的分书中，他们的父亲是把五间老房的一半分给大儿子，把老房的另一半和三间楼房分给后妻和后妻生的两个儿子。

怎么会这样！文鼎仔细观察了两张分书的字体笔迹。分书是请人代写的，落款处写有代笔人的姓名，同一个人的笔迹，一样姓名的代笔人，一样的立书时间。显然，两张分书中有一张是假的，但哪张是假的呢？

文鼎去找代笔人，发现代笔人已于两年前去世。

文鼎不能肯定，他不敢肯定秋霞那张分书一定是真的，"这个世界上的人，什么坏事干不出来！"

文鼎想去找秋霞的邻居了解秋霞和她娘家的情况，比如他们的家境和他们的为人。根据秋霞所提供的住址，文鼎估计她家就在大伯元龙家的附近，但令文鼎想不到的是，秋霞的娘家与元龙家只有一墙之隔。文鼎向淑媛和杨氏打听了秋霞和她娘家的情况。秋霞的父亲是个文人，但读书不成，靠着祖上留下的田地过日子，家中虽不算富裕，但生活上过得还宽余，一家人本本分分的，秋霞还有个弟弟，在上海读书。

了解到了秋霞家的一些情况之后，文鼎又去了西门，向秋霞夫家的邻居了解她夫家高家的情况。高家的上辈是靠贩卖木炭起家的，到了她公公，便转做了买卖山货的生意，她公公懂得生意经，家中比前发达了，便送秋霞的丈夫去读书。邻居们说，秋霞的公公和秋霞的丈夫都老实，但后娘生性强悍，是个不愿吃亏的人。高家老头去世后，秋霞的丈夫是个读书人，不愿也不会做生意，后娘的两个儿子都小，家中的山货行便由后娘打理。

根据这些情况，文鼎初步判断秋霞出示的分书会是真的。

文鼎又去了法院，把他了解的情况与法官交流。法官和文鼎用放大镜看两张分书的纸张，发现两张分书用的虽都是宣纸，但色质不甚相同。于是法院叫了几位老文具商来察看，大家的结论相同，秋霞手中的分书用的是八九年前丰城文具店出售的宣纸，近四五年丰城已无这种宣纸出售；后娘两个儿子出示的分书，所用的宣纸最近三四年才开始在丰城使用，现在丰城仍有文具商在出售。

案情已明了，法院作了判决，秋霞拿回了她公公分给她丈夫的那三间楼房的小院子，秋霞带着她的儿子搬回了自己的小院子，为了增加安全感，也为了增添热闹，秋霞养了只狗，她给她的狗起了个名字，叫"伴伴"。

秋霞感激文鼎的诚实热心，办事一丝不苟。"若是找了别的律师，我这官司不知会是什么样的结果。"秋霞想。

秋霞的官司了结了，但秋霞的身影还留在文鼎的脑海里。"她这样柔弱，怎么不受人欺负？"文鼎想道，"我应该去看看她，看她还有什么要我帮忙的。"文鼎想到这里，便站起身来要出门。但又一个念头让文鼎坐回了原处，"我凭什么身份可以去看她，我不是她的亲戚，我去看她，人家会怎么想？"

文鼎想起了自己死去的妻子。先妻去世快三年了，是葡萄胎留下的恶果要了她的命。他的妻子是个开朗温柔的女人，他们俩爱得很深，但她过早地走了。妻子去世后，有很多人给他说媒，都被他拒绝了，他要为他的妻子守住三年的诺言。如今，三年快到了，柔弱的秋霞闯进了他的心扉。

第十八章　文鼎和秋霞

（一）

育婴堂办了一年多了，已接收了十来个婴儿，不足一岁的都养在外头奶妈家，几个大的则在育婴堂中由一个专职妈子带养。叶乡绅和苏养斋等人轮流着照管育婴堂，不时有人来做善事，给育婴堂送钱、送米和其他日用品，育婴堂办得很顺利。元龙店里虽然忙着，一个星期里也总会抽空来一两次，昨天元龙和叶乡绅一起去看过所有的婴儿—育婴堂里养着的和养在奶妈家的，见个个婴儿的情况都好。

元龙自五月病发后，在家休息了一段时间，店中的事暂由一个技工代理，遇有不能决定的事，这技工便来告诉元龙，由元龙定夺。为了方便技工，元龙让玉如每天去一趟丝线店，看有什么需要他决定的事。过了一个月，元龙觉得身体还可以，便又亲自去丝线店打理了。

九月元龙的病又犯了，胸闷乏力，脚气加重，不仅脚背和小腿水肿，大腿也肿了，仲麟给他换了些药吃。前几天他一直半卧在床上，这几天他觉得身体有所好转，便下床来走走。

这天早上他睡醒后坐在床上休息，杨氏下床了，问元龙早餐想吃什么，元龙道："给我熬些火腿粥吧。"杨氏穿好衣服，走过大木床的一侧，伸手开了房门，正要跨出门，忽听得元龙喉咙里发出"咕咕"的响声。杨氏边往回走，边问道："元龙，你怎么了？"元龙没有回答。杨氏走回床边，只见元龙皱着眉头，眼睛半闭，吃力地用左手指了指胸口，杨氏赶忙上去抱住元龙。元龙挺了挺身体，然后垂下手，闭上了眼睛，垂下了头，皱着的眉头慢慢松展开了，他喉头的"咕咕"声也没有了。杨氏惊叫了起来："元龙！元龙！"

淑媛和玉如都在厨房，听见杨氏惊叫，急忙赶了过来，玉如先跑进房。杨氏此刻还抱着元龙在揉他的胸口，见了玉如，杨氏大喊道："快去拿开水来。"淑媛刚要进门，听见杨氏这话，急忙回厨房去把已烧好放在锅里暖着的药端了过来。但元龙已断了气，沉重的身体往后倒了下去，杨氏支撑不住元龙的身体，只好放了手。淑媛端了药来，见状慌了神，她把药喂进元龙的嘴里，药从嘴角流了出来，淑媛重新喂了几次，但一点也喂不进去。

杨氏扑在元龙的身上大哭了起来。

跪在床前给元龙喂药的淑媛见杨氏扑在元龙的身上大哭，便彻底明白了这是怎么回事，这时她只觉得天地都旋转了起来，眼前一黑，她手中的碗"啪"的一声掉在地上，身体往地上栽了下去。

玉如大哭着喊道："爷爷，你睁开眼睛，看看我们啊！"

冰如赤脚从隔壁房中跑了过来，见状哭着一边喊爷爷，一边喊娘。

大院子里的女人赶过来了。福弟的娘扶起淑媛，淑媛的额头正好砸在破碗片上，冒着血，木匠的妻子跑去厨房，从灶台上灶神前的香炉中抓了些香灰，女人们给淑媛包扎了额头的伤口。

淑媛醒过来了，她觉得头疼欲裂。

扑在元龙身上大哭的杨氏已被女人们拉开坐在椅子上，玉如和冰如跪在床边大哭。没有了元龙，罗家的天塌了。

淑媛伏在床边痛哭道："爹，你走了，叫我怎么办？"

秉仁的娘在旁劝道："茂生的娘，听我说句话，你这个家，现在只靠你了，你得硬朗起来，你不能再哭，先办理你爹的后事要紧。"

淑媛抬起头，泪如泉涌，望着僵直躺着的元龙。"是的，这个家只能靠我支撑了，我得站起来。"淑媛抹着眼泪，站起身来。

明荣得知元龙逝世，大惊失色，夫妻俩和立夫夫妇连忙从隔壁过来了。

听得元龙的噩耗，叶乡绅等几个创办育婴堂的人都惊呆了，大家陆续赶到阮家大院，大叹可惜，都说像元龙这样好的人再无处可寻了。

大院子里的人们都来帮助罗家操办元龙的后事，秋霞的娘也来了。

茂生和霖生还未到家，仲麟老了行动不灵敏，文鼎成了罗家唯一可跑腿的人。白天文鼎得去联系操办外头的事，晚上他得与淑媛、玉如一起在灵堂守灵。德彪让儿子增旺向公司请了假，把店中的事暂时交给增旺来料理，自己来罗家帮忙，与文鼎分担了跑腿的事。

茂生和叔鹤第二天赶来了，胜恺第三天到，霖生和文炳第四日也赶回了丰城。

元龙的灵柩在家中停了七天，每天有人来拜祭吊唁。

出殡那天，大院子站满了来送他的人，秋霞也来了。出殡的队伍站了长长一列，从小东门阮家大院出发，进南门，先经过元龙倡议创办起来的育婴堂，叶乡绅等人早已等在那里，三个大响炮和一长串小鞭炮接送元龙的灵柩，鞭炮放完，出殡队伍便往北门行进。到达元龙的北门丝线店，出殡队伍又停了下来，德彪的儿子增旺也放了三个大响炮和一长串小鞭炮接送，然后队伍拐出北门走在丰城的市中大街上，朝西门大街走去。到达元龙的西门店，队伍第三次停了下来，店中的技工把准备好的大响炮和小鞭炮都放了，出殡的队伍又继续走了。

元龙为罗家操心忙碌了一辈子，化尽了心血，如今他再也没力气了，他永远地睡着了，睡在他父母的脚下，陪伴着罗家的祖先。

（二）

办好了元龙的丧事，大家都累了，其中最累的是淑媛。元龙走了，今后这个家怎么支撑下去？杨氏过度悲哀，几天来一直躺在床上不能起床，淑媛只能与仲麟和叔鹤商量。

仲麟道："若要让这两间丝线店开下去，茂生和霖生两兄弟中得有一个回家来才行。"叔鹤道："茂生在报馆干了好几年了，干得好好的，报馆的主笔不是人人可当的，大家都羡慕不来呢，你还叫他回来？"淑媛道："小叔说得对，茂生是回不来的，但霖生能回得来吗？霖生不喜欢干丝线店里的事，他喜欢他现在学的东西，他在那边读书还好，明年就进大学了，他说他要继续学下去，学个名堂出来。"仲麟道："两个孩子都不回来，丝线店怎么办？丝线店若不开了，霖生读书的钱你们有吗？"淑媛道："茂生说，他已经读不成大学了，无论如何也得让霖生读个大学出来，他说霖生读书的钱由他去想办法。"仲麟道："茂生明年也得娶亲了吧，他哪里还有钱供霖生去读书？"淑媛道："我也这样对茂生说，但茂生说他宁愿迟几年娶亲，也要先让霖生读完大学。"仲麟道："茂生媳妇那边能等吗？那姑娘今年几岁？"淑媛道："她比茂生小三岁，今年十九。"仲麟道："霖生明年读大学，大学起码要读三年，那就是说，茂生要在四年后才能娶亲，那姑娘要二十三岁了。"叔鹤道："姑娘二十三岁不算大，只要那姑娘愿意等，也无妨。"仲麟道："只要丝线店还能开得下去，一切事情都好办，霖生读书的钱也不用茂生太操心，那样茂生也可早些娶亲了。"淑媛道："丝线店是一定得开下去的，否则家中的其他开支也无处着落。"仲麟道："在家的就只有玉如能干点事了，可惜是个女孩。"叔鹤道："时代不同了，现在女孩也可出来干事的。"仲麟道："丰城还无女孩站店堂的先例，女孩太出头露面，总觉得不妥。"淑媛道："不站店堂也可以，前段时间爹还病着的时候，他让一个技工代为管理店中的事，让玉如每天到店里去一次，遇有技工不能决断的事，由玉如传来让他去解决。"仲麟道："这样倒可以，技工决定不了的事，让玉如去传来家中，你们一起商量后再决断。"叔鹤道："这个办法可以试试看，真的不行，就都让德彪接管了吧。"淑媛道："先试试再说吧。"

玉如每天去店里一次，了解店里的收支情况，把技工难以决断的事带回家中与淑媛和杨氏商量，每个星期她都把店里的开支结个账，遇有不懂的事便向德彪请教。玉如到底是读过八年书的人，又聪明，不久她便对丝线店运作的事有所了解，西门的丝线店让她打理得井井有条，几个月下来，玉如似乎能驾驭丝线店了。

玉如的聪明能干，德彪看在眼里，想在心里。德彪的儿子增旺初中毕业后考取了宁波商业学校，他商校毕业后在宁波人开的宁波至丰城的客运公司当会计，他比玉如大三岁。德彪想玉如做她的儿媳，便让媒人来罗家向杨氏和淑媛提亲。

玉如十八岁了，这几年常有人来提亲，只是还没有合适的人家，杨氏和淑媛觉得有几家还可以，但玉如不同意。这次媒人来提亲的是德彪家，杨氏道："想不到德彪把主意打到玉如身上了，德彪真有眼光。论门户，咱们家与他家原是不相配的，但德彪他一家子倒都是诚实的人。"淑媛道："德彪若不让人来提亲，我真的不会想到他家，他这么一提，我倒觉得这门亲有点合适。门户不相称是其次的事，德彪的儿子长相蛮好，且也是个文雅的人，我们对他家知根知底的，他们家只有这么一个儿子，玉如若嫁给他家，我便放心。"杨氏道："不知玉如愿意不愿意，玉如不愿意，我们怎么想都没用。"淑媛道："玉如的年龄不小了，该把亲事给定了，玉如若嫁给他家，咱们丝线店的事也就不用发愁了。"杨氏道："这倒是真的，我们问问玉如，看她怎么说。"

玉如听说德彪家让人来提亲，笑了起来道："表叔眼光真准，他是看上咱们家这两间丝线店了吧。"杨氏道："别乱说，你不愿嫁给他家就算了，可别把他往坏里想。"玉如笑道："我倒没把他往坏里想，我是说他想得好，想对了时候，他现在让人来提亲，与咱们家结亲，不正是咱们家现在所需要的吗？"淑媛笑道："你聪明，我们未说，你就猜到这个份上了，你倒是说说真话，你愿意不愿意？"玉如笑道："他家的儿子倒还不错，会办事，你们说他家可以就可以吧。"

杨氏和淑媛都想不到玉如这般爽快，会立即答应德彪家的亲事。"玉如总是为家中着想，"淑媛对杨氏道，"这孩子很懂事。"

年底，玉如与增旺订了婚，德彪给罗家送来了丰盛的订婚礼物。

阮明达退任，带着谭氏和两个儿子回到了宁波。明达临行时，瑞云来送行，明达希望瑞云能跟他一起回宁波，明达道："你一个人在福建，我岂能放心？"瑞云道："万物皆空，心无挂碍，无有恐怖。爹只管放心回宁波，若得机缘成熟，我也会去宁波的。"

明达回到宁波，得知元龙已谢世，痛心不已。明达感叹世事无常，为元龙悲伤："元龙辛苦一辈子，他只为别人活着，二十才出头就'长兄当父'了，妻子不会生育他也不娶妾，领了个弟弟的孩子当儿子，偏这儿子又是个讨债鬼，自己走了还不算，还要留下一大笔债要他还。他在福建这六年，那么辛苦也不见得他生什么病，千辛万苦把这债还清，回家不到三年，谁会想到他就会没了，真是命运捉弄人！"

（三）

秋霞来为元龙送行的时候，看见文鼎穿着白布孝服，扶棺而行，一打听，得知文鼎是元龙的亲侄子。"他瘦多了，他一定是为他伯父的事伤心奔波而消瘦的，我得去看看他，他为我打赢这难打的官司，我还没有去谢过他呢。"

秋霞不是忘恩负义之人，自从文鼎为她奔走打赢了官司，她心里一直在感激他，她早想亲自去向文鼎表示感谢，但她又觉得不妥："打赢了官司去找他道谢，别人还以为我是事先向他许过诺言，如今给他送钱呢。再说，一个年轻的寡妇去找一个年轻的男人，别人会怎么看呢？他的妻子若不理解，说不定还会生出事来。"秋霞是个胆小怕事的女人，几个月来，她不敢去找文鼎道谢。今天她见到了文鼎，见文鼎这么消瘦，秋霞便决定去见他，向他表示安慰，向他道声谢。

秋霞带着儿子去文鼎的律师事务所。

见到秋霞，文鼎有点吃惊："难道她家里又发生什么不能自己解决的事了吗？"文鼎站起身，指了指旁边的椅子，微笑道："你坐吧！"秋霞坐了，文鼎从桌上装着糖果的盒子里拿了几颗糖递给秋霞的儿子，孩子望着糖果没接，把身体靠在他母亲的怀里。秋霞笑着，对她的儿子道："叔叔给你的，接了吧。"孩子从文鼎的手里接了糖道："谢谢叔叔！"文鼎笑了，对秋霞道："你的儿子真乖，他上学堂了吧？"秋霞道："今年春季刚开始上学。"文鼎想问秋霞，她有什么事来找他，但见秋霞淡定的样子，他便不问了。

秋霞微笑着问文鼎："你喜欢吃糖果？"文鼎点了点头道："我不会抽烟，想着案件时，就吃几颗糖。"秋霞道："律师不抽烟，我看就只有你了。今天我是带我儿子来一起谢谢你的，真不好意思，我们来得这么晚。"秋霞这么说着，她的儿子便合起他的两只小手向文鼎鞠了个躬道："谢谢罗律师。"

文鼎大笑了起来，对秋霞道："你真有本事，把儿子教得这样听话。"秋霞道："你帮了我们这么大的忙，说声谢谢是应该的，只是谢得太迟。"文鼎道："律师主持公道，帮百姓打赢正当的官司，这是律师的本分，应该干的，为何一定要谢呢？"秋霞道："像你这样正直的律师，是不多见的，能遇上你为我们打官司，是我们的福分。"文鼎笑道："你别再把这事放在心上，你这场官司，让我认识了你，今后我们就是熟人了，你别这么客气，太客气，便显得生分了。"

秋霞笑道："听你这话，我说话也就随便了。罗律师，你比前瘦了，你得多注意你自己的身体。"文鼎道："前些时间我有点忙，我大伯去世了，他家里需要我帮点忙。"秋霞道："我知道，那天我看见你了，你穿着白布孝服。"文鼎感到惊异，他问道："那天你也来了？"秋霞微笑道："我住在西门，西门的人哪个不认识丝线店的罗老先生？大家都知道罗老先生是好人。再说我娘家就在你大伯家隔壁。"文鼎道："我知道，你娘家和我大伯家只有一墙之隔。"秋霞惊问："你怎么知道的？"文鼎道："你们打官司，我得了解你们双方家里的情况，根据你们自己所提供的地点，我就知道了你们所住的位置。"

秋霞辞别文鼎要走了，文鼎送秋霞母子俩至门外。文鼎迟疑了片刻，终于把心中想说的话说了出来："你一个人带着孩子不容易，今后遇有什么事你一个人干不了的，就来告诉我，让我去帮你忙吧。"秋霞被文鼎的话所感动，她感激地望着文鼎道："谢谢你，谢谢你的这句话，我有难事，会来找你的。"

文鼎没想到秋霞会来看他，这次秋霞来，让文鼎对秋霞有了更进一步的认识："她是个知理的女人，懂得感恩，关心他人。一个寡妇，独自带着一个孩子，今后她的路肯定是难走的，她那强悍的后母婆婆和那两个后母生的叔子，会就此罢休，不找她的麻烦吗？"文鼎担心地想。

（四）

一个月后的一天，文鼎来西门调查案子，路过秋霞的家，敲响了秋霞家紧闭的大门。

秋霞的儿子开了门，一只大狗扑了出来，对着文鼎"汪汪"直叫。秋霞的儿子道："伴伴，你别叫，他是咱家的恩人罗律师。"狗不叫了。秋霞从房里出来，见是文鼎，她很惊讶。

"今天到你这儿附近来办点事，顺便来看看你们，"文鼎牵着秋霞儿子的小手，笑道，"这一个多月来你们都好吗？"文鼎来看她，秋霞有点不知所措，她的脸微微发红。秋霞微笑道："还好，你进屋坐吧。"

文鼎没有立即进屋，他打量着秋霞家的院子。院子整理得清清爽爽的，正面的三间楼房还有点新，屋檐下的石阶前摆放着两盆兰花、一盆海棠和一盆杜鹃，还有一只空着的花盆，近西墙处有一口水井，井上盖着木板。

秋霞的儿子领文鼎走进中堂，秋霞让文鼎坐了，自己便进后面厨房去给文鼎烧茶。

文鼎见桌上放着小学生启蒙读的《三字经》，他知道秋霞的儿子刚才在读书。文鼎拿起书，笑问站在桌子旁秋霞的儿子道："你觉得读书有意思吗？"男孩点了点头，文鼎道："你学这《三字经》，我来考考你，看你记得多少。我诵前句，你诵后句，好吗？"男孩笑道："好的，你只管考。"文鼎道："我先说了。子不学，非所宜？幼不学，老何为。"孩子接道："玉不琢，不成器。人不学，不知义。"文鼎道："我周公，作《周礼》。著六官，存治体。"孩子接道："大小戴，注《礼记》。述圣言，礼乐备。"文鼎道："犬守夜，鸡司晨，苟不学，曷为人？"男孩续道："蚕吐丝，蜂酿蜜。人不学，不如物。"

秋霞烹好茶，将茶端进中堂，见文鼎与她的儿子在对诵《三字经》的句子。秋霞不想打扰他们两人的兴趣，她轻轻地把茶放在文鼎坐椅旁的茶几上，退到一旁观看。

文鼎端起秋霞送来的茶，喝了一口对秋霞道："这孩子不错，把《三字经》背得烂熟了，他读书这么认真，将来会成器的。"秋霞道："你别夸他，他只是有点小聪明，还懒惰得很呢，刚才是我催他背书，有两处他背错了，还是我给他纠正的。"男孩笑道："娘老是以为我没把书里的东西记好，总是要我多读几次，再背几遍，其实我早已记在心里了，有时背错了一两个字，总是有的。"文鼎抚摸着小男孩的头道："可怜慈母心，等你长大了，你就会明白的。"

文鼎从自家花盆中挖了一棵结着红色花蕾的月季花，他用纸包了根部，拿到秋霞的家中，种在她院子里的那只空花盆里。文鼎道："这是月季，四季都开花，不像那海棠和杜鹃，一年只开一次花。这月季开的花是多瓣的，开时很热闹，有了这月季，你这院子里月月都有花了。"

秋霞拿来水壶，从井里打了水，文鼎洗了手，拿水壶给花木浇了花。文鼎看着兰花问："这兰花长得真茂盛，它们一年开几次花？"秋霞道："不一定，有时一年仅开一次，有时一年开两次，今年已开了三次，上个月花还开着，可有时一年开不出一枝花来，我想这和天气有关吧。"文鼎点头道："是的，和天气有关，花木和人一样，有灵性，对天气的感觉特灵敏。"

快过年的时候，文鼎又来看秋霞，他给秋霞送来了一盆水仙，给秋霞的儿子带了一盒饼干和一盒糖果。

秋霞在打扫房子，她的儿子已放寒假，在院子里滚着铁环玩。大狗躺在屋前石阶上晒太阳，见有人进院子，站了起来，见是文鼎，"汪，汪"叫了几声，便不叫了。秋霞的儿子向文鼎叫了声"罗叔叔"，放下他玩着的铁环，朝文鼎跑了过来，他牵住文鼎的衣襟，朝房里走去，一边喊："娘，罗叔叔来了！"

秋霞从房里走出来，把文鼎手里的水仙花接了过去道："屋里乱糟糟、脏兮兮的，我只好给你拿张凳子，让你坐在院子里晒太阳了。"文鼎道："你这样忙，我哪能坐得住？有什么事我可帮你干的吗？"秋霞道："家中这些擦擦洗洗的活，都是女人干的，男人哪里会干？"文鼎道："我给你打两桶水吧。"

文鼎提了两桶水来，放在屋檐下，对秋霞道："不打扰你了，过了年我再来看你们。"秋霞站在中堂门口，望着走下台阶，走出院子的文鼎，沉思了片刻。

正月初七下午，文鼎来秋霞家，给秋霞的儿子带来了一本字帖和一个大皮球。男孩高兴地接过文鼎给的礼物，说了声"谢谢叔叔"。秋霞给文鼎泡了茶来，拿盘子盛了几样果子款待文鼎，又给文鼎烧了碗红枣莲子汤作点心。

大狗从院子里走了过来，站在文鼎的身边，望着文鼎，摇着尾巴，秋霞道："它认得你了。"文鼎笑着点了点头。

秋霞的儿子翻看着文鼎带给他的字帖，文鼎问他："这些字你都认得吗？"男孩道："有几个还不认得。"文鼎问："先生教你们练字了没有？"

秋霞道："只是描红，还未开始按字帖练字。"男孩道："先生说今年要开始按字帖练字了。"秋霞道："那你拿你的笔墨来，让叔叔先教你练几个字。"文鼎道："别急，开了学先生会教的，这几天还放着假，让他多玩上几天，开了学，又有他忙的了。"

<h2 style="text-align:center">（五）</h2>

文鼎回到家中，家中冷清清的，对影两人。他在椅子上坐下，想起了初一那天去岳父家拜年岳母对他所说的话。"是的，我该重新成个家了。"想到这里，秋霞又出现在文鼎的脑海里。

"我该怎样对她说呢？"文鼎想道，"从我第一次去她家到现在已有两个多月，我去过她家四次了，她会有什么感觉？她明白我的意思了吗？""傻瓜！她怎么懂得我的意思？我不说，她怎么猜得准我心中的所想！只怕她现在还不知道我是孑身一人，还以为我对她有什么坏主意呢。我得对她说说我心中的话。"文鼎这样决定了，便拿起笔来给秋霞写了信。

元宵节这天，文鼎从街上买了宫灯，送到秋霞家，挂在中堂正中。男孩嚷着要出去观灯，秋霞不允许，文鼎道："让我带他去吧。"秋霞答应了。

文鼎带男孩上街，逛了所有有灯展出的地方，去了东门的灯市、南门的灯会，中午在新街的汤圆店里吃了汤圆。男孩还要玩，文鼎道："再不回家，你娘会担心了。我也累了，你还不累？"文鼎这么一说，男孩也真的觉得累了，于是两人便回家来。回到家，男孩直喊累，上床便睡了。

文鼎从怀里拿出信，望着秋霞，他有点腼腆，对秋霞道："我要说的话都写在这里头了，你慢慢看吧，我走了。"

秋霞展开文鼎的信，看了下去：

秋霞

　　你打官司，让我认识了你，或因你我人生有相似之处，初次
见到你，我便有前生与你就已相识之感。先妻离我而去已三年有余，
至今我仍孤身一人，只因我曾向她许下为她守住三年孤独的诺言。

　　你比我幸运，膝下有一龙儿相陪；但你比我孱弱，只因你是

女人。

　　你若愿意，我们三人组织一个新家庭，我将倾我之力当好丈夫，当好爹。

文鼎书

　　秋霞感到意外。原来他也是只失去伴侣的孤雁，怪不得他总是郁郁寡欢，秋霞想道。文鼎的信戳动了秋霞死如缟灰的心，她伏在桌上哭了。她的丈夫死去已五年多，为了守住丈夫留下的这份家业—这个院子和十几亩田地，为了儿子，秋霞不想再嫁人。

　　"他是看我可怜，同情我才做的决定。"秋霞心里想，"他这样一个已有几分名望的好律师，相貌长得又好，还愁讨不上一个未婚年轻的女子？""这个人真是难得，他对他先妻的三年之约，足见他是个真正的正人君子，嫁给他的人是有福气的，可是我……"秋霞抬起头，叹了口气。

　　文鼎把信交给秋霞，心中感到轻松了许多，他不在意秋霞如何作答，他只要秋霞明白他与她交往的目的，以免秋霞以为他是个乘人之危的伪君子。

　　一个星期之后文鼎来见秋霞，望着秋霞的脸，文鼎道："你瘦了，一定是我那封信让你难堪吧。"秋霞含着泪道："我知道你是来讨我的回音的，我还不想嫁人。你是好人，会有许多未婚女子等着嫁给你的。"文鼎道："你还不想嫁人没关系，我等着你。"秋霞着急道："你别等我，你早把家重新建了吧，我还有个孩子，你只一个人，太孤单了。"秋霞流下了眼泪。文鼎道："以后再说吧，姻缘命中注定，还不知道我今后的另一半会在哪里。我走了，我们以后还做朋友，我时常会来看你们的—孩子喜欢我，我不来了，他会感到奇怪的。"

（六）

　　一天，茂生接到玉如的来信，里面有她写的一篇稿子，她是向报馆投稿的。玉如在信中道：

　　吾兄台鉴

　　　日前妹去店办事，见店后街邻家婆媳吵架，吵至甚处，婆媳

309

上演全武行，引得路人围观。妹叹为奇事，撰稿一篇以实记之，并发妹之感慨。

兄教妹多观察世事，作些记录，撰文投稿。如是一文，不知可用否？望兄为妹雅正。寿陵失步，贻笑大方也。顺颂

文祺！

妹　玉如谨启

茂生看过玉如的稿子，把稿子递给旁桌的同事，笑道："这是我妹妹写来的稿子，你看可用否？"那同事看了玉如的稿子，拍手叫道："你妹妹竟有如此好的文笔，连我都自叹不如了。佩服，佩服，真乃才女也！此文不用，还有什么文章可用？"同室办公的几位青年听那同事这么一叫，都围了过来，看了玉如的稿子，大家都叫好。子西道："茂生这妹妹极聪明，读过八年的书，平时又特别喜欢看书，说她是才女，名副其实。"茂生笑道："我这妹妹若是个男的，说句实在的话，她比我强。"

听了茂生的话，一位同事便对他开起了玩笑："茂生兄，你把你如此好的妹妹说媒与我了吧，在下当送丰盛的聘礼去定亲。"茂生笑道："你何不早说？现在太晚了，我妹妹去年年底已订婚了。"子西道："玉如已订婚？你妹夫是谁？"茂生道："是我表伯的儿子，这里商校毕业后，现在宁波人开的'甬丰客运公司'当会计。"一同事便开起了子西的玩笑："子西兄你太笨，怎么不早向茂生兄家提亲，白将肥水流给别人家了。"子西笑道："他妹妹比我小得多，在我眼里，她永远是个小妹妹，所以我就没想到这层意思了。"

子西朝茂生道："不知我是否错觉，曙秋似乎对玉如有点意思。"茂生道："近几年曙秋跑我家比你来得勤，他常给玉如送书来，玉如喜欢看小说，是玉如先向他借书的。玉如小，自然没有那个意思，曙秋也没说，我就不知他的意思如何了。"子西道："曙秋这两年都没回来过年，他好像很忙。"茂生道："前年他没回家过年，但还记住给玉如寄书刊来，可去年他没回来，也没给玉如寄书。咱们去年五月接他信后，他就没给咱们再写信来过，也不知他现在怎么样了。"子西道："他上次写给我的信中也没提及他在干什么，时局这么动荡，他又是学社会哲学的，对政治感兴

趣，我怕他卷入政治旋涡中去。"茂生道："人各有志，如我，只有小志，在报馆里写写文章，就觉得挺有意思。曙秋是有大志的人，他得去外面的世界闯。"

曙秋终于有了来信，信来自遥远的西欧法国里昂。曙秋在信里说，他是今年二月来到法国的，在里昂他一切都好，那里有许多中国学子，他在里昂中法合办的中法大学攻读社会学硕士学位。去年他没有回丰城来。是因为他一面在等待中法大学的入学通知书，一面在着力补习法语。在信中，他要茂生替他向玉如问好，说他很歉意，去年年底没给玉如寄书去。

茂生说对了，曙秋的志向很大，他要到外面去闯世界。

霖生在上海美专预科班读书很用功，他的中英算等各门功课都有了快速的进步，除了课堂上他极其用心外，课外的时间他也极其珍惜。两年里他除了爷爷去世回了一趟丰城外，其余的时间他基本都待在学堂，假节日里他很少外出游玩，文炳和文英的家里他也没去过几次，两年来他读了很多书，作了很多画。在班里他的年龄最小，但他是班里几个最用功的学生之一，他的美术在班里也在前几名。霖生知道，他能来上海读书是极不容易的，爷爷去世后，家中的生活很拮据，因此，他加倍努力，十月里，他以良好成绩进入了大专班。

（七）

上个月茂生似乎得了感冒，身体不舒服，感到乏力，还咳嗽，食欲也减退了，开始他不把这当回事，也没去看病吃药，过了几个星期，情况不但没好转，反而加重，他开始消瘦，夜间盗汗，咳嗽的程度加剧。茂生去看医生，开始他看的是中医，吃过中药，他的病情有些好转，夜里盗汗少了，咳嗽也减轻了些。

又过了几个星期，茂生的咳嗽却加剧了起来，有一天，他竟咳出许多血来。这时茂生慌了，他细想这段时间他自己的身体情况，他觉得可能是得了肺病，他的报馆里已有一个同事得了这种病，回家养病去了。茂生把自己的所想告诉了子西，子西道："你别慌，去找个有经验的西医看看，看他怎么说。"

西医听茂生陈述了病情，给茂生检查了身体，确定茂生是得了肺病。

于是茂生辞了职，回到丰城家中养病。

这简直是晴天霹雳！淑媛心里发慌，她知道肺病的厉害，当初她大侄儿得的就是这种病。玉如道："娘，你别慌，你慌也没用，现在时代不同了，宁波已有了西医，西医治病的方法与中医不同，药也不一样。我们大家都乐观些，让哥生起信心来治病。"

茂生让玉如把楼上书房中的书橱移出去，他要住在楼上最东边的房间，那里阳光充足，空气流通。淑媛和玉如把茂生的书桌摆放在东窗下，把茂生的床安在东窗的对面，现在是冬天，有太阳的时候，太阳可直接照在他床上。

淑媛不让玉如和冰如上楼，她怕她们被传染，淑媛知道肺病很会传染，因此，照顾茂生的事，每天送饭、送水、送药，淑媛一个人包了。

茂生的肺病在发展，虽然吃了西医开的治肺病的西药，还吃了中医开的养身体的补药，但他还是吐血，他感到无力，他想看书，但力不从心，只得常躺在床上。

杨氏天天求佛护佑，宁愿减少自己的寿命，让孙子身体健康，增长寿命。

淑媛在煎熬中度日，茂生若再有个三长两短，她这个家怎么支撑下去？淑媛暗暗流泪。

德彪来看茂生，给茂生送了些药来，还有一盒燕窝。德彪上楼看了茂生，下楼后对杨氏和淑媛道："人家说冲喜会有用，原本茂生今年就打算娶媳妇过门来的，你们把他这娶亲的事年底办了吧，或许他这病就会好了。"杨氏道："民间是有这个说法，只要那媳妇家愿意，试试也是可以的。"淑媛不响，她侄儿和心秋的事已让她心疼，有这前车之鉴，淑媛还敢走这老路吗？

德彪去了后，杨氏又提起德彪的建议，淑媛掉下泪道："这要看茂生的命了，他若有能娶媳妇的命，他的病自然会好的，他若没有这个命，就是媳妇愿意来冲喜，也是没用的，反而害了那姑娘。我看还是等茂生身体好了再娶媳妇吧。"淑媛说得这样明白，杨氏就不响了。

童家姑娘得知茂生患病的消息，要来看望他，茂生不让她来，姑娘只得作罢。

第十九章　霖生里昂学艺；茂生丰城办报

（一）

茂生书桌的右角摆了许多传统的药书，他时常翻看这些书，试图找些能医治肺病的药出来。茂生得病将近一年了，初得病时，他陷入了恐惧的深渊，他知道大舅父家的大表兄是得肺病死的，他感到绝望。恐惧之余，他想到了他的家人，他是长子，为了家人，他不能死去，他一定要活着！一年来，除了吃药，茂生不停地考虑治病方式。他想，首先，卧室内空气里的肺病菌含量应该是越低越好，为此，他让他娘在他楼上的三个房间中都安了床，他轮流着使用住房，他让不使用的房间门窗都开着，前后对流，他希望把带有病菌的空气赶走，保持睡房里的空气相对干净新鲜，他觉得房间里的好空气对肺病患者关系重大。其次，茂生想，他得设法增强自己的体质，他不能老躺在床上，他得起来散散步，起先他只能在楼上自己的房间里走走，后来他能下楼来院子里散步了。最近，他试着走出了院子的大门。

外面的空气很新鲜，外面的世界让茂生有久别重逢的感觉，他的眼睛湿润了："外面的世界真美，我要重新回到这个世界上来！"

散步累了，茂生回到书房。书桌的左边叠着她未婚妻给他写来的信，每个星期，玉如总会给他带来一封童家姑娘的信，姑娘有说不完的话要说给茂生听，有许多甜蜜的话，还有许多有趣的故事。

有仲麟的精心医治，淑媛的悉心照顾，更重要的是茂生自己不失信心，乐观向上的态度下，一年后他的肺病有了好转，他已不再咯血。

昨天，茂生又接到了童家姑娘的信，信中童家姑娘说要来看他，这次，茂生同意了。

玉如陪着童家姑娘上楼来。茂生站在走廊的最东边，他书房的门口，童家姑娘和玉如坐在稍远处的走廊栏杆边。茂生有点激动，他很感激他的未婚妻一年来对他的鼓励，她的信增加了他治好病的信心，茂生的脸有点发热，他笑着，一时不知该说什么。童家姑娘有些腼腆，她的脸红了起来，她还没有直接与茂生说过话。童家姑娘见茂生还是在他上高中的时候，那时他稍胖，没现在这么高。眼前的茂生高高的，很瘦，瘦得让姑娘心疼，但玉如说他现在比前已经胖些了。

初听见茂生得肺病的消息，童家姑娘吓得胆战心惊，流了不少眼泪，人们都说肺病很难治好，姑娘见过很多患肺病的人最后都是痛苦死亡。"茂生若是也这样，我怎么办？"姑娘想道，"他不能死，我要对他说，为了我们大家，他要生起信心来把病治好。"于是她给茂生写了许多信。

茂生微笑着："谢谢你给我写了这许多信，又来看我。"姑娘道："早想来看你，但你不同意，我只能给你写信来。"茂生道："你的那些故事真好听，你一定看过很多书吧？""是的。"姑娘道。

为了给茂生写信，为了给茂生讲故事，童家姑娘找了好多书来看，除了中国的，还有外国的。茂生没有给姑娘写回信，他怕的是，如果他给她写回信，他的病菌也会随之带去。姑娘知道这一点，她给茂生写信，从不希望他给她回信，她只希望她的信对茂生有所鼓励，增强他治疗疾病的信心，茂生早日恢复健康是她唯一的希望。

"有你的这些信，有你这么多好听的故事，有你的鼓励，我会好起来的。"茂生笑道，他本还想说"有你这么多甜蜜的话"，但茂生没说出来，他知道这几个字他只能对着姑娘私下说，现在有玉如在场，他若说出来，姑娘会难为情的。

姑娘知道茂生的身体还弱，她不想让茂生久站，陪着她说话是要耗元气的，她该走了。姑娘道："我该走了，我坐着，你站着，我不吃力，你吃力。我下次再来，你不反对吧？"茂生笑道："不反对，你要来，就叫玉如陪你来吧，谢谢你！"

茂生的病情渐渐好转，到了十一月，他出外散步已不感觉吃力了，人也渐渐胖了起来，淑媛和杨氏开始放宽点心了。

德彪家已选好吉日，给罗家送了礼来，年底要娶玉如。

玉如去宁波为自己办些嫁妆，胜恺的妻子素月道："宁波的东西总不如上海的好，你还是写信去上海，让你三叔替你办去。"于是玉如写信给文炳。

文炳按玉如的要求给她买好东西，尽管他很忙，他还是与霖生一起亲自把东西送到丰城来。

（二）

秋霞站在文鼎律师事务所门口的时候，文鼎正忙着与几个客人谈话、做记录。文鼎朝秋霞点了点头，让秋霞先坐下。三天前文鼎刚去过秋霞的家，为什么秋霞今天早晨又来找他？见秋霞神色慌张，文鼎知道秋霞一定遇到什么麻烦事了。文鼎匆匆结束了谈话，送走了客人。

秋霞告诉文鼎："我的儿子病了，孩子昨天身体就不舒服，学堂也没去，那时我还不知道事情的严重。昨天夜里孩子发起烧来，今天早上他说喉咙痛，又说头痛，早饭也不要吃了，只说想吐。我让他张口看一下喉咙，这时我才吓了一跳，他的喉咙满是白点。"秋霞说着哽咽了起来。文鼎听了道："你别慌，我马上给你去叫医生，你先回家去照看孩子吧。"文鼎拿了那块"有事外出"的牌子，挂在门外，关了事务所的门，上了锁，赶往医生的家。

文鼎叫了医生来，医生看过孩子的病道："孩子得白喉了，这是急病，耽误不得，立刻送宁波找西医去医吧，多给他喝些白开水，口腔要保持清洁干净。"

文鼎帮秋霞整理好东西，赶下午的火轮，与秋霞一起把她的儿子送去宁波洋人的医院。

总算赶送及时，男孩得救了，几天后病情便有了好转，过了半个月，秋霞带着她的儿子，和文鼎一起返回丰城。

秋霞含着眼泪道："谢谢你，罗律师！"文鼎笑着道："你得有个男人和你一起照看你这个家。"秋霞点了点头。

孩子很喜欢文鼎，天天念着文鼎。文鼎的忠厚，让秋霞终于答应嫁给他了。四月里，文鼎娶了秋霞，大家都替文鼎和秋霞高兴，罗家一家，秋

315

霞的娘家，文鼎前妻一家，还有文鼎的朋友，都来向文鼎和秋霞祝贺。

夏天，茂生的肺病终于痊愈，人养得胖胖的，他想学太极拳，德彪给他找了个拳师，茂生隔天去拳师家学打太极拳，两个月下来，茂生掌握了八十四路太极拳的打法。

茂生想出去找工作，淑媛和杨氏都不同意，淑媛道："家中又不是非得你马上去赚钱不可，前两年的艰难都过来了，还差这一时，再养一段时间吧，只要身体好，有什么钱赚不回来的呢。"

（三）

阮明达回宁波快三年了，三年来，他教两个儿子和几个孙子课外读书练字，与家人一起谈笑，享受天伦之乐，又与朋友一起游山玩水，赋诗填词，饮酒作对，日子过得很自在。

明达一向身体很好，但不知怎的，今年开春以来身体突然觉得不适，咳嗽、胸疼、食欲减退，看医吃药不见好，近几个月来情况更糟，只觉得虚弱无力，声音嘶哑了。明达平时也看点医书，他知自己的病蹊跷，便思念起瑞云来。人到了这个时候，会审视自己的一生，明达觉得自己这一生做得最错的事是瑞云的婚事，他最对不起的是瑞云，"如今我快要去见她的亲娘了，见到她娘，我该怎样向她交代！"明达心中难受。

瑞云得知她父亲病重不测，从福建赶了过来。素月让李嫂收拾打扫了瑞云以前的住房，希望瑞云住在家中，但瑞云在"香光寺"挂了单。僧尼云游四海，寄住在寺庙，称为挂单，瑞云不在她原先的家中住，而是"挂单"于庵堂，是因为她住惯了寺庙。

瑞云见父亲骨瘦如柴，有气无力，舌苔发黑，她知道他已病入膏肓。在瑞云看来，世间无不是苦，"不生不灭"，有生就有灭，人在世，离不开生老病死。悲痛之余，瑞云只能择机对她父亲说些佛法。瑞云要她爹不要想别的，叫他一心念"阿弥陀佛"。阮明达口里念着阿弥陀佛，心里还挂念着一个人，那就是梦梅，他想见见她。

文英接到父亲的来信，信中说阮明达病重，他想见梦梅。

文英对定浩道："我去看望姑父，这是理所当然说得通的事，但梦梅不知她自己的真实身份，让她也去见姑父，对梦梅来说会说不过去，我该怎样对她说呢？"定浩道："你就说你宁波的姑父病重，你得去看他，顺便带她去宁波看你母亲，你娘从不来上海，你说带她去见姥姥，她会高兴的。到了宁波，你去见姑父，也带她去，她自然不会有什么疑问了。只是瑞云也在那边，不知她会来见梦梅否，切不可让梦梅发现她自己的身世，她还小，你得见机行事。"

文英带着梦梅来见阮明达。自从梦梅去了上海，明达再也没见到过她，如今梦梅十二岁，长成半个大姑娘了。梦梅极像瑞云，很漂亮，这让明达想到了小时候的瑞云，他不禁流下泪来。梦梅不知道明达为什么见到她会这么激动，这么盯着她看，她不知道明达为什么哭，他骨瘦如柴，本已有点吓人，他这样盯着她看，这样哭着，还哆哆嗦嗦地伸出手要拉她的手，这使得梦梅感到害怕，于是梦梅直往文英的身边靠。胜恺见了，俯下身来在他父亲的耳边说了几句话，明达点了点头，轻轻地叹了口气。胜恺转身对文英道："你带梦梅去花园看看吧，那边的桂花正开，满园子的清香。"

文英带梦梅来看花园，正如胜恺说的，园子里都是桂花的清香，这花园还如以前那么美，这是她童年常来寻找乐趣的地方，那时，她与瑞云常在竹林和假山后捉迷藏，在花丛间逮蝴蝶，在小溪里戏水，在赏月亭中读书。文英听胜恺说瑞云已来了，但她还没见到她，瑞云会来见梦梅吗？这花园是她初次见到定浩的地方，花园里每个地方都留着她和定浩的美好回忆，从那以后，她和瑞云就都步入了人生第一大事婚姻的大门，她和定浩的婚姻很美满，但瑞云的婚姻却很悲惨。想到这里，文英不禁看了看身旁的梦梅。

梦梅慢慢地走着观赏花园："这花园真好，真美，和我梦见的那个花园一样。""你梦中见到过这花园了？"文英问。梦梅笑道："差不多就是这个花园，里头还有几个孩子。""有孩子？有几个？男孩还是女孩？"文英问。"男孩女孩都有吧，记不清有几个了。"梦梅道。"他们在干什么呢？"文英又问。梦梅道："有的在赏花，有的在抓蝴蝶，有的在捉迷藏，有的在爬树。""孩子心中的花园都是这样。"文英想道。

"娘，姑公家里怎么没孩子？"梦梅问。"有的，都上学去了。"文英道。"有女孩吗？"梦梅问。文英道："没有。""都是男孩没意思，有个女孩才好。像咱家，如果没有我，就都是男孩了，那多不好玩！"梦梅双手摇着文英的手臂，撒娇道。文英笑道："所以上帝给我送了你这个天使来，有男孩，又有女孩，江家祖宗积有阴德哪！"

梦梅靠着文英的肩膀问："姑公为什么老盯着我看，他为什么见了我还流泪，还想抓我的手呢？"

对于梦梅的这个问题，文英已做了准备，刚才阮明达的那个表现让梦梅害怕，文英知道梦梅会问她这个问题的。文英道："姑公家都是男孩，见了女孩，他喜欢，所以他会这样，他遗憾他家没女孩。"

梦梅问："姑公家就没一个女孩吗？连姑公他自己也没有一个女儿？"文英道："以前有的，后来没了。""去世了吗？女孩子怎么就这么难养！"梦梅遗憾地道。文英迟疑了片刻道："是走丢了。"梦梅惊讶地问："走丢了？他们没去找她？""找过，可是没找到。"文英伤感地道。"没找到？真可惜！娘你认识她吗？她现在会有几岁呢？"梦梅还是一个劲地问。"娘认识她的，她比娘大两岁，小时候我们俩常在这花园玩。"文英的声音有点颤抖。"你们常在一起玩？她是几岁走丢的？"梦梅惋惜地问。文英道："十来岁吧。"梦梅叹息道："怪不得姑公见到我老盯着我看，还流泪呢，他一定是看见我想起他那丢失的女儿了，姑公真可怜！"

瑞云这几天原本都陪在他父亲的身边，陪他一起念佛，今天文英要带梦梅来看阮明达，瑞云就不来了，梦梅与她极像，她怕梦梅会看出什么来，那不是要麻烦大家吗？她让胜恺带信，约文英次日来阮府相见。

文英来了，十来年没见到文英，瑞云见文英发福了，尽显富家妇女的样子。

见到瑞云，文英哭了，她想抱住瑞云痛哭一场，但瑞云向她摆了摆手，平静地笑道："妹妹忘了，我是静慧师父，修行人心如止水。"

文英知瑞云静心修炼已得几分，便止住眼泪道："九年多没见表姐的片语只言，你一向都好吗？"瑞云仍然微笑着："都好。"文英道："想不到姑父这次一病就会病成这个样子，医生怎么说？"瑞云道："医生说不出他生什么病，二舅父也来看过他几次，爹吃了那些药后声音仍然嘶哑，胸也仍然疼，仍然咯血。他病成这个样子，舅父叫我们多留点神。"文英道："但愿姑父病体能好转，他今年几岁？"瑞云道："六十七，他一生在外奔波，辛苦了一辈子。"文英道："你是有法力的，你求求佛菩萨，保佑姑父康复，长命百岁。"瑞云道："佛菩萨慈悲，对于世人的请求总是有求必应，但世人能否接收到佛菩萨所给的，却是因人而异，人的寿命，因素复杂。'万法因缘生'，善行是万福之源，若说出家人有法力，这法力也是修善断恶的结果罢了，我只能尽力而为。"

文英只是叹息，沉默了几分钟，文英问瑞云："这九年你是怎么过的？"瑞云道："我的生活很简单，天天这样，静着心念经念佛，看经书，几年来我拜访了许多大德，听他们讲经说法，近几年我都在太姥山思维修行。"文英道："你这次打算见梦梅吗？"瑞云道："我考虑过这件事，我想现在见她还不是时候，她还小，她不理解，会接受不了的。梦梅有你这样一位好妈妈照管，我没有什么可挂牵的。"想了会儿瑞云道："不然你把她带到花园赏月亭玩，让我站在假山看她一眼吧。"

第二天，文英带梦梅来赏月亭，瑞云站在假山的岩石后看到了梦梅。瑞云送梦梅到文英家时，梦梅刚满两周岁，如今她长成半个大姑娘了，一脸的幸福，活泼天真。

"大悲观世音菩萨，愿世上的女孩们远离烦恼！"望着梦梅，瑞云在心里默默祝愿。

文英带梦梅来看过明达三次，第三次，梦梅是来向明达告别的，她请了一个星期的假，她得回上海上学去。这一回梦梅见到明达再也不害怕了，她主动伸出她的手让明达无力地牵着。

梦梅走后，瑞云天天陪在她父亲身边，有时同他一起念佛，有时给他讲经说法。半个月后阮明达走了，他走得很平静。

明达病重其间，文鼎、立夫和茂生去宁波看望了他两次，明达的灵柩回到丰城的时候，三人去东门码头跪地接灵，一起把明达送上山。

办完父亲的丧事，瑞云即回太姥山去了。

（四）

茂生恢复了健康。这个令人生畏的病魔曾夺走许多人的生命，却败落在意志顽强的茂生脚下，茂生从它的身上跨过去，走得更矫健了。

茂生开始在丰城找工作，找了几个星期后，他对丰城的就业情况了解得更深透了。丰城的文人大多走出了丰城，在外地谋生，丰城的人很保守，很少有人办实业，在丰城很难找到工作，有些人是一辈子没工作，只是靠着祖上留下的家产过日子。若能在政府部门任个职便很不错了，但城里已不缺人员，除此之外就是当教书匠，丰城只有一所中学，班级又少，不缺中学教员，小学有六所，校长们年年都在物色有才能的教员。

有人推荐茂生去东区区公所当文书，淑媛不让他去，说乡下太肮脏，他的身体刚恢复，她不放心。城北小学的校长通过教茂生高中国文的先生来找茂生，希望茂生去他的学校任几节六年级的国文课，盛情难却，于是茂生当了城北小学的教员。

茂生想去日本留学，但他不敢开口对淑媛和杨氏讲，现实不允许他这样做，他是家中的长子，爷爷和爹都已去世，这两年来他又生病，弟弟在上海读美专，每年消费已不少，这个家不能老是让他的娘一个人撑着，他得负起当长子的责任来。再说，他的年龄已不小，他二十五岁，今年一定要娶童家姑娘了，童家姑娘的年龄也已不小，今年二十二岁，他没理由再不结婚。想到这些，茂生把去日本读书的念头打消了。年底，茂生与他心仪的童家姑娘结了婚。

次年六月，霖生从上海美专毕业。毕业前几个月，霖生写信来家，说他的导师建议他去法国继续深造，学习西洋雕塑艺术，霖生说他想去法国留学，多学点东西，回来发扬光大中国悠久的雕塑艺术，这是他的梦想。

茂生着力支持霖生去留学："霖生喜欢雕塑，去法国留学是最理想的，那里有许多中国留学生，学成归来后他的情况就大不一样了。前几年我也有去外国留学的想法，但我的命没有霖生好，我是不可能去国外多读些书了，我们一定得让霖生去外国多学些东西来。我们家若能走出一个艺术人才来，也是为罗家祖宗添光彩了。"杨氏道："这事好是好，只是太用钱。"淑媛道："既然霖生有意进取，生活再苦些，我也要让他的愿望实现。只是他一个人去外国，我不放心。"茂生道："若是去法国，他就去里昂吧，曙秋在那边好几年了，曙秋会照应他的，你们不用发愁。"

"霖生如今一心长进，这是我以前料想不到的，多亏了那个陶先生，不然，说不定他就是秉仁这个懒散的样子，只会贪玩，一事也学不成。"想起霖生小时候淘气的样子，淑媛笑道。杨氏道："秉仁这没脑的人，怎能与咱家霖生比，霖生小时候虽然也贪玩，可他有头脑，你看他那时做的东西和画的画，件件都有模样。"茂生笑道："霖生不是懒散，他是干他喜欢的事。娘说对了，若没有陶先生指点，霖生是走不成现在这个样子的，所以说好马也得有识得它的伯乐。"

淑媛卖了几亩田，给霖生整理了行装去法国留学，有曙秋在那边接应，大家就都放心了。曙秋在法国已三年多，去年年底他已获中法大学社会学硕士学位，今年开始他攻读博士，他说如果顺利的话，明年年底就可以拿到博士学位了。

（五）

这年七月，丰城的人们个个恐慌，许多人呕吐腹泻不止，继而极度口渴、声嘶，人无力，很快消瘦下来，几天来死神已夺走好几条人的生命。丰城人心惶惶，人们不敢多外出，街上的闲人少了许多。

起先，大家不知道这是为什么，有人传说是恶人在水井和河里投了毒。政府召集了城里的名医来问询，名医们说这是霍乱病，传染性极强，是通过病人吐的泻的肮脏物中的病菌传播的，人们把病人吐的泻的肮脏物往阴沟和河里倒，又在河里洗病人的衣服，所以河水最肮脏，不能喝。还有苍蝇，越是肮脏的地方它越是停着吃食，就把这些肮脏的病菌带到人们吃的东西中来了，没病的人吃了这东西也就得病了，所以东西一定要烧熟吃，不能生吃，并且不能吃苍蝇叮过的东西。

丰城人呕吐腹泻倒地的谜解了，不是有人投毒，而是霍乱病在丰城流行！人们开始注意使用干净的饮用水和食用干净食物，于是流行病稍微得到了一些控制。

每年八月初二，杨氏娘家的姐妹和弟媳都会聚在一起小宴。去年杨氏七十岁，姐妹们都聚在罗家，今年，六妹夫妇六十岁，大家便决定在六妹家聚宴。

杨氏本不愿去，虽然已出三伏，丰城流行的霍乱病已平静了许多。"这样的乱世年头还是不要聚宴好。"杨氏对她的六妹道，但其他的姐妹都坚持说天渐渐转凉了，霍乱平静下去了，聚一次餐不会有什么问题的，于是杨氏也只好去了。那天午宴后，姐妹们又打了会儿麻将，直到太阳偏西才散了回家。

回到家，杨氏便开始腹泻、呕吐，到了下半夜，杨氏腹泻呕吐的次数多了起来。淑媛慌了，天还没亮，茂生便去请了孙大猷来。孙大猷问了情况，得知杨氏先一天几个姐妹聚过宴，便断定她是得了霍乱。孙大猷开了药方感叹道："这样的年头还聚什么宴？不是自找麻烦吗！"

孙大猷的药没有止住杨氏的吐泻，文鼎去叫了他爹来，仲麟给杨氏加了重药，并适时给杨氏喂水。杨氏的腹泻和呕吐得了点控制。或许是杨氏的霍乱病不是很严重，过了几天，她从鬼门关闯过来了。病愈后杨氏才得知她的五妹已走了。

杨氏毕竟已年过古稀，这次大病后她的身体状况大不如以前，天气转凉后又受了凉，身体发烧了好几天，痊愈后咳嗽不止，气管患上了毛病，身体更是虚弱了，天天躺在床上，不能下地。

一天午后，杨氏午寐中，忽见元龙笑眯眯地走进房来站在她床前，杨氏忙起身拉着他的手道："这几年你都去哪儿了？也不回来看我，让我好想念！"杨氏感到委屈。元龙笑道："我这不是回来了吗？"杨氏道："你这次回来，我不会让你再走了。"元龙道："这里不好，我那里才好呢，我这次回来就是要带你跟我一起走的，文嘉也在那边。"杨氏喜道："文嘉也在那边，我很久没见他了，这样真好，等我换件衣服我就跟你一起走。"杨氏转身去开了衣柜，拿了件蓝布衣服换了，回过头来却不见了元龙，于是杨氏便大喊了起来："元龙！元龙！你在哪儿？你怎么不等我呀！"

淑媛听见杨氏喊元龙，急忙跑到杨氏房中，见杨氏已坐了起来要下床，但她太虚弱，一时下不了地，只能靠在床的屏风上。淑媛赶忙上去扶着她的身体道："娘刚才梦见什么了？"杨氏笑道："你爹来接我了，这不是梦，是真的！"

接下来的几天里，杨氏便不大吃饭，时而昏沉，时而清醒，淑媛一直陪伴在她身边，喂汤擦身，到了第十天，杨氏突然清醒了许多，对淑媛说她的肚子饿了，要吃点东西，淑媛赶紧给她暖了碗粥来，杨氏都吃了，笑道：“吃了这粥，我就有力气走路了。”淑媛问她要不要再吃点，杨氏摇了摇头说不吃了。

那天下午杨氏真的走了，她永远闭上了眼睛。

（六）

茂生听人说宁波的《甬江时报》停刊了。时报办得好好的，为什么要停刊？子西未回丰城来，或许这只是个谣言吧，茂生心想。

几天过后子西卷铺盖回家来了。“我早就说《甬江时报》办得太张扬了，版面扩展了一倍，还增加了页数，报馆中的人员增加了一半，市民虽然喜欢时报内容的增加，但毕竟价钱贵了，订报的人少了许多。报馆的资金周转不过来，人员又这么多，工资发不出来，只好停刊，报馆倒闭了。”子西叹息道。

茂生对《甬江时报》很有感情，他去《甬江时报》时，正是时报刚开始发展的时候，茂生很喜欢时报的副刊工作，副刊办得有声有色，很受宁波市民喜爱。时报发展得很顺利，茂生辞职回家养病，潘先生惋惜不已。

“你今后有什么打算？”茂生问子西。“暂时没什么打算。”子西道，“当小学教员有意思吗？”茂生道：“还可以，一个星期只有十二节课，比较有闲，在家里有时间看点自己喜欢的书。与孩子们相处觉得自己更年轻了，他们好像很佩服我，大概是因为我在报馆里呆过。”“看你的身体很好，你还在跟那位拳师学什么拳吗？”子西问。茂生道：“没学了，不过太极拳是天天仍在练。”

几个星期后，子西来找茂生：“咱们在丰城办份报纸，你看怎么样？”茂生笑道：“我看你是离不开报纸了，回来才几天，就又想着报纸的事了。”子西苦笑：“你说我在丰城能有什么事可干？最多只能像你一样坐杏坛。”茂生道：“我原来有去东洋留学的打算，但从现在我家的情况看来，这是不可能的事了。只是在丰城也确实没有什么好的事业可干，你说办报纸，这事我也喜欢，而且这几年丰城也有了印刷厂，只是办报纸这事第一得有大笔钱作底，你我能有这么多的钱吗？二来不知报纸在丰城会有销路否，搞不好连本钱都会白搭进去。"子西道："这些我都知道，你杨家二舅公的亲家叶乡绅和东门曹家的二公子愿为我们出大头的钱，办报的资金不成问题。前些日子我碰见几位熟人，他们都说丰城其实很需要有自己的一种报纸，没有报纸，生活太枯燥了，有了份报纸，至少地方上的事会得到交流。"

茂生笑道："原来你一切都有些头绪了，主编是你，你想让我做你的副手。"子西道："不是让你做我的副手，首先是你和我也都得拿些钱出来，咱们都是股东，在创建一个丰城的报馆；其次我要全面负责这个报馆的事，叶乡绅和曹家二公子不懂办报的事，这事要我来干；最后，主编得由你来做，你不能推辞。"茂生道："你是一副胸有成竹的样子，让我做这主编，不是把我推到风口浪尖吗？若办砸了，人家总会说主编没水平。"子西笑道："你在《甬江时报》那几年做副刊《生活》的主笔，就不怕人家说你没水平？怎么现在为自己丰城的人办份小报，倒先怕起来了？谁不知道你是当年丰城中学的高才生，有多年做主笔的经验？一切有我顶着，你只管放心做你的主编。"

茂生笑道："这样说来我只能接受做这个光杆主编了，你给这报纸起什么名字了？"子西道："名字由你来定吧，总之是'日报''时报''晨报'之类的名字吧。"茂生道："这报纸是天天出的，就叫《丰城日报》吧。"子西道："很好，大后天是十六，我们就在大后天开始办公，报馆先设在我家的轩房。我已约好叶乡绅和曹家二公子，大后天上午八时咱们在我家碰头开个会商量有关的事情，这几天你先考虑一下创刊号的内容和版面设计吧，大后天得拿出你的方案来，拜托你了，我的主编。"

茂生笑道："接令了，馆长先生。"子西道："这个馆长我可不敢当，由叶乡绅来当吧，他在丰城有些威望，再说他也有后台，碰上麻烦事有人帮忙解决，办报纸是要政府同意的，有叶乡绅去谈，政府会批准得快。"茂生道："这倒是真的，办报纸需要后台，让他来当馆长最合适了。曹家二公子能干什么呢？账本能归他管吗？"子西道："他这样的人是管不了账的，他熟人多，又喜欢东拉西扯说大话，先让他试试做销售的事，账本还是先由我来管，你说怎么样？"

茂生道："现在就先这样安排吧，只是这么短的时间要我拿出方案来很难呐，别忘了我是还要去给学生上课的。"子西道："你的方案，还得在大后天交出来，定好了的日子不要再改吧，我知道你思维敏捷，辛苦点，到时候你能拿出来的。你不能身兼这两个职业，你得一心办报纸，你把小学教员的职辞掉吧。"

茂生道："你以为那小学教员的事是很容易辞掉的吗？现在还是十月，要等两个月放寒假的时候我才能提出辞职。"子西道："这怎么行？这日报天天离不开你这个写稿的人，我得找个人来接替你去上课。"茂生本来就不大愿意当小学教员，但那时一时找不到合适的工作，他只好先将就着，现在子西邀他一起办报纸，他喜欢，所以一口答应辞去城北小学教师的职。

茂生把子西邀他一起办《丰城日报》的事跟淑媛说了一番，淑媛道："办报纸这事我不懂，只要你喜欢，你就去办吧。我知道你不喜欢当小学教员，叫你待在小学，你会闷着。只是不知道办这报纸需要多少资金？"茂生道："不用很多的钱，一百银圆就够了，我和子西只需出小钱，大头的钱都由叶乡绅和曹家二公子出了。"

到了十六日那天，《丰城日报》的四个创办人聚在子西家开了第一次碰头会，明确了分工，子西把这会议的经过做了详细的记录。茂生把自己设想的创刊号内容和版面设计向大家做了介绍，征求了大家的意见做了些修改。子西道："我们创办《丰城日报》，旨在给丰城的百姓带来一些外边的消息，并报道本埠的新闻，同时挖掘本县历史上的人物和故事，扬善治恶，也算是对提升丰城百姓的道德素质作点贡献吧。我已联系好宁波的几家报馆，他们会及时给我们提供外边的消息的。散会后大家得各司其职，马上行动起来，茂生的创刊宣言今天能不能写好？"茂生道："能写好，明天上午我会拿到这里来的。有一点我应向大家提出，要报道本地新闻，本来是需记者去采访撰写的，但现在人手不足，一切都要我这个光杆主编去干，我请大家帮忙及时向我提供本地新闻，让我去采访撰写，拜托大家，谢谢大家了。"

子西找了人来接替了茂生的课。十一月，《丰城日报）创刊号在丰城发行，轰动了整个丰城，从此，丰城有了自己的报纸。

（七）

　　家中接二连三要大笔的钱用，让淑媛为筹钱费尽了心思，为茂生办报刚筹好一百银圆，接下来又要为霖生筹明年的学费和生活费了。茂生的报纸刚刚开办，也不知日后会办得好不好。霖生要钱用，茂生要钱用，今后的钱是少不得的，可家中如今只有这么些田租的谷子和这两间靠女婿家打理的丝线店的利润，这怎么够用？淑媛心里盘算着怎样节省开支：如今家中住的只有四个人，大杂院里的这房子太浪费了，把它退掉，典一个小房子，可以省出一些钱来。但这省下的钱是很有限的，只够霖生一年的费用，再靠卖田来给霖生筹费用不是办法，只有家中增加收入才能解决问题。

　　淑媛思来想去，丝线店的利润是不能再多一些了，要想从田产里多得些收入，只有自己亲自去经营田地。"城外那三十来亩田有点分散，我一个人经营不了，再说到那里也没个地方住。我到李庄去住，那里我熟悉，有两位哥哥在那里，生活是方便的，在那里我还可以养猪、养羊、养鸡鸭。"淑媛为自己的大胆想法感到惊讶，但是，如果不用这个办法，还有别的办法吗？

　　淑媛想不出其他的办法。"如果爹在，一切他都会有办法的。"淑媛想起了她的公公，眼泪夺眶而出，"他五十七岁的年龄还能离家去福建打拼，为了罗家，他宁愿自己受苦。现在是轮到我了，为了罗家，我得学他的样子。"

　　这个办法淑媛考虑了良久，一天晚上，她把自己的所想先告诉了冰如。冰如吃惊道："真的就没有别的办法了吗？"淑媛道："娘是想不出别的办法了，你能想出什么好的办法来吗？"

　　冰如十四岁，在读初中二年级，她被家中这突如其来的困难吓蒙了。想了好久，冰如道："娘若去李庄住，我也跟娘一起去。"淑媛道："你先不去，你大嫂有身孕了，明年七月生孩子，你在家里陪着她吧。过了年我就去李庄，把一切该准备的事情都做好，春耕的事才能有着落。"冰如道："我还是过了年就和娘一起去李庄吧，大嫂生孩子还早着，种地的事我一点也不懂，跟着娘从头就开始学，才能学得会。大嫂生孩子的时候娘是一定要在她身边的，到时候娘你回城，我一个人待在李庄也是不怕的。姐姐十五岁的时候一个人能去李庄收租，明年我也十五了，我没比她胆子小。"冰如说得有道理，淑媛道："这是可以的，只是苦了你，先是你的书就不能再读了。"

淑媛把家中的情况和自己的决定告诉给玉如。"只有这样，茂生和霖生的事才都能解决，这事就这么定了。"淑媛对玉如道。

玉如正在给她八个月大的儿子喂奶，听了淑媛的话大感惊异道："娘你怎么不跟我们商量一下就这么草率决定了呢？冰如她愿意去李庄吗？茂生会同意吗？霖生知道了他还能心安吗？他会打道回来的，这不又浪费了家里的钱吗？"淑媛道："玉如，娘是想定了才对你讲的，冰如愿意跟我去李庄，她是自己愿意去，而不是同意去，你知道，她的生性有些像男孩。茂生那边我还没对他说，我想他会同意的，至于霖生，我们大家都不说他怎么会知道？"玉如道："冰如今年十四了，你们这去李庄，不是一年两年的事，我看至少也得三四年，那时候冰如已是十七八岁的大姑娘了，她的婚姻你考虑过吗？"淑媛道："这一点我会把握住的，她现在还小，再过三四年定亲事不会迟。再说，婚姻这事天生注定，说不定她的婚姻就在乡下，嫁在城里不一定就是好，嫁到乡下也不一定就不好。"玉如道："这倒也是，只是你们住到李庄去，生活总会苦些，另外，我只有冰如这么一个姐妹，我希望她的婚姻也在这城里，将来彼此也好有个照应。"淑媛点头道："当然我希望她还是嫁到城里，这样咱们大家都方便些。"

淑媛把自己的想法告诉了茂生，茂生坚决不同意："这里的房子太浪费，换一个小点的房子我同意，可我不同意你和冰如住到李庄去，赚钱养家是男人的事，说什么也轮不到娘去自食其力的。"

淑媛把家中的经济情况向茂生摊了牌："你知道，家中的收入是两项：一项是田产，一项是丝线店。城外爷爷留下的田地如今只剩下三十来亩了，加上李庄的十五亩地，一年的田租谷子换作银圆只有两百多，丝线店的收入一年是一百。霖生现在每年的费用是一大笔钱，大概需两百银圆，咱们家中的费用每年尽量节省也需一百多，人情和临时想不到的开支还没算进去就要三百多的开销了，收入不够开销。这几年家中接连出事，积蓄不多，你说怎么办？"茂生听淑媛这么把账一摊，才知道他家今后一段时间内的经济情况会是怎样的艰难。几十年来娘为这个家付出的不只是金钱，更多的是心血，而今后她付出的还要更多。茂生感到心痛。

茂生道："都是我没用，不但赚不了钱来家用，还花了家中的大笔钱，娘四十好几了，还要你为我们去乡下受苦，这怎么讲得过去！"淑媛道："住在乡下，不见得一定是受苦，乡下有乡下的乐趣，自食其力便是最大的乐趣。娘在家未出嫁时，当看到自己亲手种的东西结了果，亲手纺的棉花做成了布，做成了衣服，我便感到很高兴。"茂生道："现在我知道了冰如为什么会自愿跟你去李庄住。你是为了我们这个罗家，为了家中的我们，为了我和霖生的将来，冰如是在学你的样子。娘，我和霖生也会学你的样子的，我们永远感激你。"淑媛道："这事霖生那里你切不可告诉他，等他从法国回来时他自己会知道，不然他在那边读书会不安心的。"茂生道："这我知道，我不会告诉他。玉如她知道你的决定吗？她会不同意的。"淑媛道："我已告诉她了，就只有这个办法，她也只好同意了。"

第二十章　淑媛携冰如李庄务农

（一）

淑媛的二哥云钦接到茂生写来的信，得知淑媛家中的情况以及淑媛的决定，云钦叹道："她嫁得不好，是我害了她。原以为嫁到城里去是好事，罗家也不错，文嘉人又好，哪知道文嘉会出这样的事，让三妹早早守寡。三妹为文嘉担了多少心，受了多少怕，到头来还要为他还那么多的债，留下这么多的孩子让她操心！"云钦的妻子吟平道："她做这样决定，实在也是无奈。"云钦道："三妹志向大，她宁愿自己苦着，也要成全她两个儿子的愿望，她是个了不起的女人，我佩服她了。"

淑媛退掉了明荣家大杂院的房子，给茂生小两口典了一座媳妇娘家近处的小院落。过了元宵，云钦和他的侄儿来接淑媛和冰如去李庄。

淑媛一家在阮家大院住了整整十二年，如今要从大杂院中搬出，大家都依依不舍地来送行。大杂院给这里的人们带来过许多温暖，住在大杂院中的人们虽然都不富有，有几家甚至还穷着，但大家彼此理解，相处甚好，淑媛对大杂院十分留恋。

云钦想把淑媛安排在他自己家的前院中住，这里比安钦那边清静，云钦的大儿子娶了与李庄毗邻的清平县城里的姑娘，在清平县城里开了间中药堂，媳妇也跟去清平县城住了，云钦的两个女儿都已出嫁，现在前院只有他们夫妇和两个十几岁的儿子居住。淑媛不同意云钦的安排，她道："我这次来李庄，不是来做客，而是来生活，爹娘留下的山边那三间旧房空着，就让我娘儿俩住了吧。"云钦道："那三间旧房如今又破损了许多，哪能住人？再说你若住在那边，我怎能放心？你若不肯与我们一起在前院住，就住后轩吧，你娘儿俩自个儿过活，清静些。"

淑媛和冰如在云钦大院子的后轩住了下来，这后轩是在第三进院子里，南北两边各有两间房，以前这些轩房是女人们纺纱织布的机房。院子有后门，开了这后大门，便是大片田地，一直伸展到后山脚下，淑媛的十几亩陪嫁田就在这里。

老妈告诉心秋，城里的三姑妈带小女儿冰如到李庄来了，这次她们要在李庄住下，要住好几年。

"三姑妈？"心秋想了好久，慢慢地道，"城里的？还有玉如表妹？到李庄来了？""是三姑妈和冰如表妹，不是玉如表妹。"老妈道。"怎么还跑出个冰如表妹来，我不认识她，我只认识三姑妈和玉如表妹。"心秋道。"玉如表妹嫁人了，已当娘了。"老妈道。心秋笑道："女孩子嫁人了就当娘了，咱家的大姑娘、二姑娘、三姑娘还有二叔家的大姑娘和二姑娘，嫁人了也都当娘了。"说完这句话，心秋便不说话，低下头，脸色黯然了下来。老妈心疼，转过身去抹眼泪。

"大家都去见三姑妈了，你不想去看她？"老妈问心秋。心秋道："大家都去看她了？那我们也去吧。"

心秋见到淑媛，叫了声"三姑妈"。十几年没见心秋，淑媛见心秋的耳鬓已有了一些白发，她老了许多，眼神很有点迟钝。

淑媛牵过心秋的手，让她坐在自己的身旁，微笑道："我未去看你，你倒先来看我了。"心秋只是笑，一言不发。冰如向心秋问好，心秋问老妈："她就是你说的冰如表妹吗？"老妈笑着点了点头。心秋望着冰如笑道："你和玉如不大像，你是像三姑妈的。"大家都笑了起来。

淑媛对心秋道："我就住在这里不走了，你高兴吗？"心秋笑着，慢慢地道："高兴，那我天天来陪三姑妈说话。"老妈道："三姑妈忙着呢，她哪有空天天陪你说话？"淑媛笑道："姑妈不会天天忙着的，你想和姑妈说话，你就来吧。"

正月的李庄天气很冷，地里见不到多少人，大多的地空着，只有少许一些地种了麦子、油菜、蚕豆、莴苣、芥菜和花菜，天气太冷，种不好东西。有太阳的时候，人们挤在太阳晒得到的墙边晒太阳，没太阳的时候，人们就坐在自家的被窝里暖着。

离春耕还早，淑媛想在她陪嫁的地里种些菠菜和芹菜，要在农村生活，菜是一定要种的。冰如跟着她的娘在地里干了一天的活，上午跟在帮她们挖地的长工身后捡稻秆茬子，下午她二舅来了，和她娘一起播菠菜和芹菜种子，冰如也学着。小时候冰如喜欢跟着霖生到田里跑，捉飞虫，有时还捉青蛙，那时她绝不会感到累，因为那时她是在玩，不费力气。可是今天，冰如觉得很累，因为她在干活，她得费力气把这块地里的菜种子播下，用茂生的话来说，她得自食其力。

次日，冰如不想起床，她的腰和腿疼得厉害，翻个身子都似乎不可能。淑媛也疼着，但她忍着，她是母亲，她的家靠她来支撑。

（二）

淑媛带冰如去牛棚看牛。"舅父给茂生的那头牛几年前已老死，现在只剩下给霖生的那头牛了，再过一个多月，春耕的时候牛就派上用场了。"淑媛道。

"大哥和二哥都有牛，我和姐姐的牛呢？"冰如问。"你和姐姐没有牛，你们是羊，男孩给牛，女孩给羊。"淑媛道。"那我和姐姐的羊呢？"冰如问。"羊派不上用场，养大早就卖给宰羊的人了。姐姐有羊，你小的时候没来过舅父家，所以你没羊。"冰如笑道："原来乡下还有这么些规则，早知道来舅父家会给羊，我就早来要了。"

牛棚里养着五六头牛，每个栏圈里关着两头，其中一个栏圈中关着一头母牛和一头牛崽。牛崽站在栏边，冰如伸手想摸它，牛崽赶紧跑走，跑到母牛身边，母牛便低下头来，用舌头舔着牛崽的头。"这就是舐犊之情。"冰如想。

"这牛崽三四个月大。"淑媛道。"还只三四个月大？"冰如觉得奇怪，"它只有三四个月大，怎么就会跑呢？"淑媛笑道："你不知道，牛一生下来就会跑的。"冰如奇道："牛一生下来就会跑？这真是奇怪了！"淑媛道："这里边有个故事，我讲给你听，是我小时候听老人们说的。他们说，牛不肯出生到这个世界上来，阎王爷便骗它，说这个世界很好，你到这个世界去，脚下的地都是你的，任凭你跑。牛很高兴，便跑到这个世界上来了。所以牛一生下来就会跑，可它哪里知道，等着它的是一生的劳累！"

淑媛带冰如走到一个栏圈前，一头黄牛正在嚼着干稻草。淑媛道："这就是舅父给霖生的牛，十五六岁了，现在还好，再过几年怕也不能耕地了。""牛只吃干稻草吗？干稻草也能吃？"冰如问。淑媛道："最好是吃青草，冬天没青草，只好吃干稻草了。开了春，山上有青草了，我们就把牛牵到山上去吃草，这就是放牛，那时候牛长膘了，吃得壮壮的，接下去它就要化苦力耕地了。""娘你没放过牛吧，我在书里看到的都是男童牧牛的。"冰如道。淑媛笑道："怎么没放过牛？娘未出阁时常放牛的，家里田多，养的牛也多，牧童不够，女孩子就得顶着用，特别是农忙季节，人手不够，大姑娘也得去放牛。"

淑媛和冰如来看心秋的时候，心秋午觉睡醒刚起来，她正坐在桌旁剔指甲。不知什么时候开始，午觉后剔指甲成了心秋的习惯，她这样剔指甲，一剔便是半个时辰。开始的时候，老妈不注意，后来老妈发现心秋每天午觉后剔指甲，并且剔指甲的时间过长，老妈子怕她脑子出大问题，便对她道"小姐干些别的事吧，看你桌上的书，都上灰尘了，不看就把它们放回书橱里去吧。"心秋慢慢地道："这些书我现在不看，以后还是要看的，让它们放着，上灰尘就让它们上吧。"心秋还是剔她的指甲。老妈子又想了个法子道："你看窗边那盆茶花，好些叶子黄了，你桌上有剪刀，你把黄叶子剪一剪吧。"心秋不响，还是一心一意地剔她的指甲。

淑媛和冰如来的正是时候，老妈子很高兴，对心秋叫："小姐，三姑妈和冰如表小姐来了。"

淑媛走进心秋的房来，问："媳妇这会儿在干什么呢？"心秋笑道："没什么事好干，随便剔剔指甲。"冰如觉得心秋笑得有点古怪，她朝心秋的手望去，心秋的手很瘦，手指很细，指甲有点长。淑媛道："冰如要看书，我带她来向你借书看，媳妇若有空，给她选几本吧。"老妈子道："她闲着呢，让她带表小姐挑去。"

心秋差不多一年不看书了，她曾经很爱看书，那时她把书看作是她唯一的朋友。

"表妹要看书？"心秋的眼光落在冰如的脸上，心中似乎唤起了知音，无神的眼睛中有了点光芒。她抬身拿起桌边的抹布，向堆放在桌子上的书掸去，对冰如道："表妹要书看，可以随便拿的，除了这桌上的，那边书橱里还有许多。"

桌子上的都是四书五经之类的书籍，冰如不喜欢这些书，她问心秋有没故事书，心秋便带冰如去北边的书房找书，留下淑媛和老妈子在这里闲聊。

淑媛道："这几年家中接二连三地有事，我也就顾不上娘家的事了。"老妈子对淑媛家的事有所知晓，便道："人活在世上都是这样，有哪一家会随人所想，一辈子不出不顺心的事呢？像你大哥家，我家姑娘的事就够他烦心了。"淑媛道："这不怪你家姑娘，她够苦的了，当初她若不进这儿门里来，她哪会这样苦？"老妈子道"三姑妈真是个明白人，那时你家大哥救子心切，来我家说要迎姑娘去冲喜，也是我家姑娘生就这个命，我家老爷答应了，姑娘偏偏也答应了。后来的事你也是知道的，我家姑娘不愿再嫁，她便成了现在这个样子。"淑媛叹息道："我大哥太糊涂，儿子到了那个时候怎么还好娶亲？白白断送了媳妇一生。"老妈子道："所以我说这是她的命，她那时也是糊涂，竟也答应。"淑媛道："现在说这些都没用了，愿她今后的日子能过得开心些。这几年她都没回娘家吗？她娘家有人来看她吗？"老妈道："她哪里还肯回娘家？她爹娘去世的时候，娘家人来叫她回去，她也没去，她是怕又被骗去嫁人。现在她娘家只有她哥一家人了，她哥偶尔来看她，她也是极冷淡的样子。"

淑媛用手指了指自己的脑袋问老妈："听那边大家说，媳妇的这个越来越不好，我真为她担心。"老妈子叹了口气道："我们为她担心也没用，这一年来她连书都不愿看了，闲着的时候她就剔指甲。现在只有一件事她还愿意干着，就是给每位姑娘做出嫁的绣品。现在她已开始给她十四岁的姑娘美玉绣帐额了，你看那绣花架上的东西，就是她要绣给她那姑娘的。"

冰如拿着三四本书从书房出来，见淑媛和老妈子在看绣花架上的东西，冰如也凑过去看了一会儿，淑媛夸奖了一番心秋的手艺，对冰如道："空闲时你就跟你大表嫂学学手艺吧，她这绣花的功夫谁也比她不上！"

（三）

淑媛开始了农家的生活，她买了两只小猪来养，她对冰如道："要种田，猪是一定要养的，否则田里的肥料不够用。"

天气渐渐暖了起来，淑媛和两位哥哥商量，她想买几只羊来养，安钦道："我们家里养羊，都是由孩子们去放牧的，你家里谁去放？养羊的事你就不要再费心思了。"淑媛道："我既然到李庄来，就不怕辛苦了，再说有冰如在一起，几只羊还是能养好的。"云钦对他哥道："三妹到李庄来，是做了吃苦准备的，你别拦她，过几天南村集市，我们去替她牵几只羊来。"

后山上的草转青的时候，淑媛养了三只小山羊，每天，冰如跟着她的表兄弟们把小羊牵到后山去吃草，几天后，冰如渐渐摸准了小羊的脾气，她会独自牧羊了。

淑媛学她嫂子的样子，在母鸡孵小鸡的春天里，养起了十几只小鸡鸭。

三月，田野显得生机勃勃，李庄的人们忙碌了起来，黄牛的脖子上套上了牛轭，被赶下田去犁地，冬天没种上农作物的田地先开始翻耕了。云钦给淑媛叫了两个短工，霖生的那头黄牛派上了用场。

冰如跟着安钦后妻生的大女儿美玉学干农家活，美玉比冰如小一岁，她教冰如认识猪草，教冰如放牛和放羊。今天美玉带了竹篓来，教冰如跟着牛和铁犁，在翻开的泥土里捡泥鳅。黄牛拉着铁犁耕了一个上午的地，冰如跟着捡了半竹篓的泥鳅。下午，美玉和冰如牵了各自家中的牛，一起到后山放牧，牛需要休息，不然它干不了这繁重的农活。

江南三月，春雨绵绵，李庄的人们戴着斗笠，穿着蓑衣，鞭打吆喝着黄牛耕地，翻耕整理了一块块水田。黄牛卖力干完犁地的重活后开始了休息，牧童们把它们牵到后山山坡上吃青草。冰如除了牧牛，还牧羊，牛和羊都不好放牧，她的表弟妹们帮她把牛和小羊牵到山上，她把小羊拴在树干上，让小羊在树附近吃草，过一段时间再换一棵树来拴，她只能这样牧羊，因为她得牵着牛，让牛在山上吃草。

淑媛很忙，里里外外都得她去打理，她计划着每天要干的事情，到了三月底，她的十几亩地里都插好了秧苗，她才稍微放下心来。

雨水和阳光都充足，早稻生长得很好，杂草也长得很茂盛，特别是稗草，长得比稻子还高，稻田要进行第一次耘田了。淑媛雇了两位短工来耘田，耘了田后又施肥，一连忙了十几天。过了二十多天，田里的杂草又长了出来，稻田进行了又一次的耘田和施肥。

自从春耕开始，李庄的人就一刻也没闲过，到了五月端午节前后，稻子开始抽穗开花，大家便盼望着晴热的天气，"五月不热，稻谷不结"，五月里若不晴热，稻子便灌不好浆，结成的稻谷就多枇子，不饱满。这时，稻田中的农活暂时闲了下来，人们便整理了屋边的空地，种上丝瓜、南瓜、冬瓜、茄子，扁豆、番茄等，夏天的蔬菜特别丰富。

这个上半年，天气特别好，到了六月中旬，便开镰了。笑容挂在李庄人的脸上，"今年早稻的收成一定好！"人们一见面总是笑着说这句话。

茂生媳妇的预产期在下个月中旬，淑媛得回城去了。六月下旬，当第一批收晒的稻谷可以收藏的时候，淑媛带着谷子和几只自养的鸡鸭回到了城里家中。夏收夏种是一年中最忙的季节，也是最重要最关键的季节，淑媛把田地里的一切事都交代给云钦去安排打理，这实属无奈，她只能这么办。

到了七月中旬，淑媛家十几亩田的稻谷都已收晒完毕，云钦叫人来翻耕水田种秋稻，这时霖生的黄牛又派上了用场。

（四）

淑媛回城去时，叫冰如到心秋的房中睡，但冰如说美玉会来陪她睡的，说自己和美玉都胆子大，两人睡在后轩是不怕的。但毕竟两个女孩子都只有十四五岁，在后轩睡了一夜便觉冷清，第二天转到心秋的房中睡去了。

两位姑娘来她的房中睡，心秋很高兴。她家的几个嫁出去的姑娘未出阁时，都来心秋的房中陪她生活过，先是她自家的大姑娘，然后是二叔家的大姑娘，接下去依次是她自家的二姑娘、三姑娘和二叔家的二姑娘，前年二叔家的二姑娘出嫁后，这两年就没有姑娘来陪她了。今天两位姑娘来她屋里睡，特别是来了位城里读过书的姑娘，心秋特别高兴，话也说得很有条理。

"三姑妈回城里去了吗？你嫂子下个月要生孩子了？家里添丁，真是喜事！"心秋对冰如笑道。"你们两个小姑娘昨天就该睡到我这里来的，那后轩冷清，你们胆子真大。"心秋微笑着，"干了一天的活，你们一定累了，早点睡吧，明天你们还要早起呢。"于是心秋转身对老妈道："阿妈，你给两位姑娘的房里点上蚊香吧，姑娘要睡了。"

一天晚上，冰如和美玉陪着心秋说话，心秋神秘兮兮地告诉两位姑娘："这几天我常梦见他来，昨天又梦见他了。"冰如不知道心秋说的"他"是谁，美玉听了皮肤起了鸡皮疙瘩，双手交叉抱在胸前道："你别说了，我害怕！"心秋笑道："他不会害我们的，他是来看我，你们别害怕。"

美玉喊了老妈子来坐在一起，心秋不再说话，呆呆地坐了一阵子便去睡觉。

回到睡房中，冰如问美玉，心秋说的"他"是谁，美玉道："你别问了，明天我告诉你。"美玉心有余悸，睡觉的时候和冰如挨得很紧，天气又热，搞得两个人都没睡好觉。

第二天冰如又问美玉这件事，美玉道："她是说我那死去的大哥来看她。"冰如道："我听娘说大表哥死去好久了，到现在她还想着他，当初他们的感情一定是很深的了。"美玉道："我也不知道，那时离我出世还早着呢。听说她过门来不久我大哥就走了，他们相处并不久，怎么会有这么深的感情，我娘说是她自己死心眼罢了。"

以后的几天里心秋不大说话，像是沉思在什么之中，有时还会傻笑。又过了几天，心秋清醒了许多，对美玉和冰如显得很热情。

一天早上，心秋早早起床，和老妈子一起烧早饭，说是两位姑娘从未在她家吃过饭，今给两个姑娘烧饭，等会儿要陪姑娘们吃早饭。老妈子觉得奇怪，但看心秋说话的样子还正常，便不多心了。冰如和美玉起了床，漱洗过后心秋邀她们吃早餐，桌上已摆好三碗粥和四碟菜，一碟油炸的花生米，一碟盐腌的豆腐，一碟酱瓜和一碟小鱼干，三双筷子整整齐齐地摆在碗旁。冰如和美玉不好意思推辞，便坐下来和心秋一起吃早餐。今天心秋的食欲很好，很快就吃完了一碗粥，她又去盛了一碗来吃。冰如和美玉都是要去干活的，两人也都盛了第二碗粥来吃。这时冰如发现心秋有些异常，心秋已吃完了第二碗粥，她从那摆在她前面放有小鱼干的碟子里一条一条的夹了小鱼干来，整整齐齐的叠放在自己的空碗里，叠得半寸来高，然后夹起这半寸来高的小鱼干往嘴里塞去，慢慢地嚼着，吞了下去。冰如看得心惊，但她不敢叫出声来，她怕自己一叫，心秋的喉咙会鲠住小鱼的骨头。"她今天怎么了？是不是她的病发了？"冰如心里想。

心秋的病真的又发了，而且发得很厉害。她本来很少到前院来的，那天上午她突然来前院了，说她那夫婿回来了，现在她房里坐着，叫大家去看他。男人们都下地去了，前院只有安钦的后妻和她十一岁的小女儿在家，安钦的后妻听得毛发耸然，带着女儿逃走了。

心秋笑盈盈地穿过圆洞门来北院云钦的家，云钦家里只有一个老婆子在厨房洗菜准备中饭，心秋把心中的消息告诉了她。这老婆子胆大，倒不怕，她知道心秋的病发了。这时，照顾心秋的老妈来了，老妈说刚才她从厨房出来，见心秋不在房中，便到处找她。云钦家的老婆子悄悄地把刚才心秋的情形告诉了老妈，老妈叹了口气，带心秋回她自己的房去。接下来的几天里，心秋日夜不睡，说自己睡了，她的夫婿便会走掉。

心秋的病搅得大家害怕不安，几个老长工说心秋是让不干净的东西缠上身了，得请个道士来降妖捉魔。安钦与云钦商量这事，云钦本来不相信鬼神之类的说法，但他无别的办法来治心秋的病，便也同意用这个办法试试看。

道士择好了适当的日子来降妖。

（五）

道士来降妖的日子其实很不适当，那天正在刮台风，雨下得特大。

上午，道士带着降妖捉魔用的神器道具，顶着狂风，踩着积水过来了。安钦早在心秋后院的中堂摆下一张擦洗干净的长桌，用作道士施法用的神案。道士把贴着黑白阴阳图的红布铺在长桌上，摆好神器，穿上作法用的道袍，点起香烛，口中念念有词，开始作法。因为是驱魔降妖，院子里的人害怕妖魔，大多关了门坐在房中，不敢过来看道士作法，只有几个胆子大的长工，不怕妖魔，来这后院了。道士作了半个时辰的法，最后拿了张画着神符的小黄纸，又念念有词了一番，然后把黄纸烧在心秋常用的碗里，用他带来的"神水"把碗中的纸灰调和了一番，让老妈拿给心秋喝。心秋几天不睡，本已昏昏沉沉，今天道士来作法，整个后院烟雾腾腾，心秋便更加迷迷糊糊起来，老妈让她喝水，她便喝了，她终于支撑不住，睡着了。

下午，河水涨得很快，离河岸只有一尺多了，云钦和安钦商量："暴雨若还是下个不停，河水漫过河岸，大家便要上后山躲去，咱们先得有个准备。"安钦道："那心秋怎么办？若带上她一起去后山祠堂，村里的人会不同意的。"云钦道："先把心秋送出去，反正那庵堂也在后山。"

安钦冒着大雨蹚着水到心秋的后院来告诉老妈他们的决定，老妈道："我家姑娘命苦，偏是今天发大水，不走又不好，也只能这么办了。"

老妈拼命摇醒心秋，睡了几个时辰，心秋的情绪有点好转。老妈尽量向她解释，说发大水了，大家都得上后山躲避，等会儿二叔来接她们。心秋信任云钦的为人，在李家这十几年，唯有云钦能为她排忧解难，前几年发大水，也都是云钦来接她上后山躲避的，于是心秋点了点头。

大雨还是不停地下，河水漫过了河岸，漫进了院子。云钦和两个侄儿头戴斗笠，身着蓑衣，肩上扛着跳板，蹚着积水来接心秋，"咱们从后门出去，我已让人把小船停在后门。"云钦道。云钦开了后门，后门外的稻田已成汪洋大海，直通山脚，小船进不了后院，只能停在后门外。心秋和老妈站在屋檐下的石阶上，石阶和小船之间还有一段距离，跳板不够长，侄儿拿了两张长凳放在院子中，用两块跳板把石阶和小船连接起来，临时搭了一条通道，好让心秋和老妈过这积水的后院，坐到小船上去。

心秋踏上跳板，摇摇晃晃地走了几步停住了脚，跳板在颤动，心秋不敢再走。站在旁边为她打着伞的小叔子伸出手来，想帮心秋走过跳板，心秋把手缩了，微笑着摇了摇头。小叔子知道，心秋不愿让别的男人牵她的手。心秋试着又走了一步，但不行，她摇了摇头，低下身来，用双手按住跳板，把一只脚慢慢放下，踏在水下的地上，然后是另一只脚。心秋扶着跳板，蹚水过了积水的后院。

待心秋和老妈都上了小船，云钦把小船划向后山。

（六）

七月底，童家姑娘生了个女孩，母女平安，罗、童两家皆大欢喜，孩子满月，摆了满月酒。

淑媛回到了李庄，这时已是九月中旬，正是秋稻第二次耘田施肥的时候。经过夏种时的台风大水，李庄的秋稻长得不够好，望着矮小的稻子淑媛想，秋稻的收成会打折扣了。

心秋被送去尼姑庵已两个月，云钦曾去看过她一次，他去的时候，冰如也要去，因此美玉也去了。心秋的病没有好转，反而更严重了。老妈说，开始来庵那几天里她只是睡觉，后来便是一连几天不睡，口中念念有词，说些人家听不懂的话，但还算好，她不会乱跑，一直待在房中。心秋又瘦了许多，云钦、冰如和美玉去见她时，她比较清醒，对着他们笑，还能叫出冰如和美玉的名字来。

听冰如讲述这几个月来心秋的事，淑媛很是担忧，回到李庄第二天，她就和吟平一起去看望心秋。

心秋目光无神地坐在床沿，黄蜡蜡的脸上颧骨显得异常突出，见到淑媛和吟平，心秋也不打招呼，只是呆呆地望着她们。淑媛把从城里带来的礼物放到她的手里道："媳妇吃点茯苓糕吧，这是我从城里带来的。"心秋没有说话，只是摇了摇头。淑媛和吟平又问了心秋一些话，心秋都不答应。老妈对心秋道："最疼你的三姑妈问你话呢，你怎么不回答？"心秋两眼直勾勾地看着淑媛，叹了口气，还是不说话。淑媛要走了，对心秋道："三姑妈要走了，过几天再来看你，媳妇你要好好养身体！"心秋的嘴角露了点笑容，点了点头。回家的路上，淑媛忧愁地对吟平道"这样下去，只怕等不到半年，心秋就会出大事了。"

心秋在庵堂住了三个多月，她等不到半年后回夫家就离世了。这个还只有三十八岁颇有文才的女人，带着她一生对她早已死去的丈夫的忠贞，带着她一生的孤独，默默地走了。

绣花架上还留着心秋绣了一半的要绣给她姑娘美玉作陪嫁的帐额。

十月下旬，李庄开始收割稻子，秋稻的收成不大好，这在淑媛的意料之中，她的十五亩良田，只收了两千多斤谷子。"老天爷对我们已是很关照了，早稻收成这么好，还要期望晚稻也有同样的好收成，我们岂不是太贪心了吗？"淑媛笑着对冰如道。收好了秋稻，冬种便开始了，淑媛在地里种了好几种农作物，种油菜，主要是为了得些油菜籽榨一年家用的菜油，种蚕豆呢，不单是要蚕豆荚，主要是为了明年春天地里多些肥料来种早稻。

从前年开始，安钦的后妻犯上了心头痛的毛病，看医吃药不见好。今年秋收过后，她的心痛病发得更厉害，安钦给她请了清平县城里的中医来看病，中医说她是胃里的毛病。吃了中医开的药，她的疼痛减轻不了多少，有人说鸦片烟能治心痛病，安钦给她买了点试试。女人吸了鸦片烟，心痛减轻了些，但过了几天，她的心痛病又发作。安钦又给她买了些鸦片来，吸了鸦片，女人的心痛便减轻，于是，女人视它为神药，心痛发作时，便吸鸦片。云钦知道了，劝安钦别给她吸鸦片，但安钦说没办法，医生治不好她的病，他总不能看着她的妻子心痛受苦。

安钦的后妻对鸦片上了瘾，从此她吸起了大烟。

（七）

过了年，李庄请冰如教村塾，云钦道："李庄好几年请不到先生来教村塾，原先从陈庄请的那个老先生年纪大了，不愿意来，这几年只好让读过几年书的西村阿满裁缝师傅兼着教孩子们认些字。去年年底裁缝来找我，说他今年不来村塾了，让我找别人顶他去。那时我还以为他只是随便说说，今年开春他还会再来的，哪知道前天我去他家叫他，他说真的不教了，我跟他说了许多好话，但他就是不肯再教。他这一走，村里的那十来个孩子咋办？于是大家让我来请外甥女去教。我知道冰如胜那裁缝好几倍，大家不说，我也不推荐，如今大家都说了，我便来请，外甥女切莫推辞。"淑媛道："只怕冰如学识浅，不会教书。"云钦道："村塾里读的是最浅的蒙书，冰如读了八年书了，她怎么不会教？"淑媛又道："她年纪太轻，那些男孩会捣蛋的。"云钦道："你别愁，冰如胆子大，那几只牛羊她都会给驯得服服帖帖的，几个男孩她会管得住的。"冰如没想到李庄会让她去教村塾，城里的男孩都是由男先生教的，她一个女孩子要面对十来个农村里的野男孩，不知她能不能应付得了。但冰如想试试看，她笑道："教男孩和牧牛羊不一样，但我想试一下，不行的话，我便退下来，让二舅另请高人来教。"

　　李庄的村塾办在后山山腰的李家祠堂，去年在山上放牛羊时，美玉带冰如去过那个村塾。祠堂里十来个男孩围着两张八仙桌在读书，两张桌子之间坐着个男的裁缝师傅在缝衣服，不时会有男孩来向裁缝师傅问字。美玉说，李庄的村塾请不到先生，裁缝师傅曾读过书，便兼任这村塾的先生了。冰如觉得好奇，便想看看那裁缝师傅是如何给学生上课的，但等了许久，只有男孩来问字，不见那裁缝给学生上课。冰如问美玉："他们读什么书呢？"美玉道："不知道，你进去看看吧。"冰如问："可以进去吗？"美玉道："可以的，你只管进去。"于是冰如让美玉替她牵着牛，自己进去看男孩们读什么书了。冰如发现两张桌子的男孩读着两种不同的书，一张桌子的孩子读的是《三字经》，另一张桌子的孩子读的是《百家姓》。这时，正好有一个男孩拿他的《三字经》向裁缝兼先生问字，裁缝抬头望了一眼书上那男孩问的字，低头又缝他的衣服道："这字读作'读'，与'读书'的'读'是一样的音。"那男孩便捧着书，一边回他自己的书桌，一边大声念道："'读'燕山，有义方。教五子……"冰如知道裁缝读错了字。

　　冰如开始在李庄教起了村塾。前几天冰如一直在琢磨怎样去教那两种不同程度的学生，今天第一次课顺顺利利地教下来了，冰如觉得挺满意，两张桌子学生的学习时间安排得很合理，学生没有闲着，他们想捣蛋也没时间。

　　冰如回丰城家中拿来了她自己读初等小学时的书，根据李庄的实际情况，在村塾里开了国文、算术、图画和唱歌课，改变了村塾只教国文的单调风格，学生感觉新奇，不再乏味，个个都积极参与，没有了捣蛋的学生。过了几天冰如又教男孩们做体操、跑步、做游戏。李庄的村塾办得很热闹，男孩们很喜欢冰如当他们的先生。

　　安钦的后妻对鸦片上了瘾，她的卧室变成了抽烟室，她常躺在床上腾云驾雾。她的心痛病似乎有所减轻，她不再抚着心头呻吟，安钦也就不反对她抽大烟了。

　　云钦对安钦说过多次，都没用，安钦没有制止他的后妻抽大烟的意思，她还是抽着大烟，抽鸦片很费钱，安钦已为她卖了几亩地。

一天，安钦七岁的小儿子病了，淑媛去看他。孩子在发烧，她的嫂子半身歪在床上陪着她的儿子。嫂子刚抽过鸦片，房里乌烟瘴气，令淑媛恶心，她想去开窗，但孩子在发烧，淑媛只得作罢。嫂子起身坐在床沿，淑媛低头去看孩子，孩子的面颊绯红，淑媛把手放在小孩子的额头，感觉很烫。小孩子发烧难受，哭了起来，淑媛去厨房拿来浸过冷水的毛巾，放在孩子的额头。淑媛问："给他喝过什么药了吗？"嫂子道："昨天下午就开始喝药了，你大哥说孩子是受凉了。"淑媛道："最好去乡里请个医生来看看，他的额头很烫。"嫂子道："安钦中午会回家的，让他下午去叫吧。"

孩子咳嗽了起来，又哭了。嫂子抚摸着她儿子的肩膀，嘴里叫着"心肝肉儿宝贝"，哄她儿子别哭。淑媛道："嫂子，你还是少叫他'心肝肉儿宝贝'，多给他留几亩田地吧！房里这般乌烟瘴气，孩子怎么受得了？"嫂子不响，她听不进淑媛的话。

卧房里满是鸦片烟的气味，安钦和他的小儿子闻着这异常的气味，便也出现了中毒的样子，涕泪哈欠不断，身体乏力，昏昏欲睡。安钦的后妻让丈夫吸了几口大烟，从此安钦也染上了烟瘾。云钦劝说安钦夫妻俩别害了他们的小儿子，这回还算好，安钦听从云钦的劝告，让孩子搬出他们的卧室，把他交给家中的女佣照看了。

安钦五十多岁，老了，他抽上大烟后，再也没有精力去管田里的事了。

第二十一章　大结局

（一）

又是新一年的春节，与去年一样，淑媛和冰如去城里和茂生一家团聚过年。茂生的女儿十七个月大，会走路了。《丰城日报》经过两年多的风风雨雨，终于赢得了好口碑，在丰城立了足。

过了元宵，淑媛和冰如母女俩又要回李庄去，后天村塾要开学，冰如得回去做准备了。

这天上午，淑媛要去云钦家帮忙，吟平娘家的亲戚要来她家做客，中午云钦家要摆酒招待客人，吟平夫妇俩忙不过来，早一天就约好淑媛，来帮忙打理这天中午的酒宴。

吟平的娘家在离李庄二十几里的陈庄，是个大族，族中的近亲就有一百多，族人崇尚读书，在几个出外闯荡的族人带引下，近几年来陈庄的读书风气更盛，族中出现了好几个大学生，四叔公家的家驹更是出色，去年他从唐山工程学院毕业，刚考取了美国加利福尼亚州立大学，成了陈庄第一个出国留学的青年，过一个月他就要动身去美国，攻读三年的硕士学位，有可能的话，他还想再攻读博士学位。家驹二十二岁，未定婚姻，他家里的人希望在他出国之前，为他定下亲事。家驹的择偶条件很传统，他希望他的另一半是个读过书的贤惠女子，要稍微漂亮一点，最好是城里姑娘。吟平正月初二去娘家拜年，得知此事，便有心将冰如说给家驹。家驹是吟平的侄辈，吟平把冰如的情况向家驹和他的家人一讲，大家都觉得冰如听起来很合适，要吟平先让他们见见冰如，于是就有了这次吟平请她娘家人来做客的事。

吟平把这事告诉云钦，云钦道："你先不要把这事告诉淑媛，更不能告诉冰如，让他们见过面再说。"吟平笑道："你以为我是很笨的人吗？这事怎么做，我心里有数，你放心好了。"

陈家安排了家驹的母亲和吟平的亲侄女、吟平的一个堂妹和一个堂侄女陪家驹来李庄。吟平的这个堂妹跟着她的丈夫在香港定居，她的丈夫在香港经商，去年年底回家来探亲，过几天就要回香港去。她的堂侄女也是四叔公家的，是家驹的堂妹，她要随夫远离家乡，陪她丈夫去英国读书。吟平说，她宴请娘家的这几位，是因她们要远离家乡去他乡，所以请她们来聚一聚。吟平邀冰如作陪，她家的姑娘都已出嫁，吟平对淑媛说席间由冰如相陪是最合适的。

淑媛知道，陈家是大户人家，吟平的四叔公家更是大财主，淑媛要冰如好好打扮一下。可冰如却自行自素，"舅妈娘家的人来舅妈家玩，为什么我要好好地打扮？"冰如很自信，"我是城里人，好歹也读过八年书，哪里就比陈家的女儿差？"她梳了梳她的刘海头发，穿上她自己最喜欢的天蓝色格子花斜纹布旗袍，白色纱袜和黑色布鞋，不施胭粉，一身女学生的打扮，来陪吟平家的客人。冰如十七岁，已长成亭亭玉立的大姑娘，高高的个子，是遗传的她父亲，她的相貌像她娘，圆圆胖胖的脸，白里透红。

冰如把上课的时间做了调动，上午早半个小时上课，下午迟一个小时上课，中午她有足够的时间来陪舅妈家的客人吃饭。

冰如笑盈盈地走进门时，吟平娘家的人齐溜溜地把目光向她投去，吟平把冰如介绍给大家后，把娘家的客人向冰如一一做了介绍，冰如早做了与客人们见面的准备，她笑着向大家一一鞠躬致礼问好，然后大家就入席了。席间，冰如没多说话，只是陪着舅父招待客人，吟平和淑媛没有入席，她们忙着烧菜和上菜。

"这几个人还可以。舅妈的堂嫂有点贵妇人的样子，人也谦和；她的堂妹看来没读过多少书，但有钱，人还可以，不大张扬；舅妈的侄女和那位堂侄女是读过书的，样子说话都斯文，人也漂亮；那个堂侄儿自然是有才的，看上去还老实顺眼。"席间，冰如在心里对舅母家的客人一一做了评价。

中餐结束后，冰如跟着舅父陪了一会客人，舅妈的堂嫂和堂妹找话跟冰如说了些时间，然后冰如告别大家上课去了。冰如给吟平娘家的客人留下了好印象，大家对她的评价是：生得福相，大方，有内涵，气质好。家驹很喜欢冰如，再加上吟平对冰如家庭的介绍，于是陈家决定请吟平做冰人。

吟平把陈家的意思说给淑媛，淑媛道："你娘家的情况我是知道的，今儿又见到了你娘家的人，这男孩很好，他的娘也好，这些我都满意。只是男孩在外国，太远，不知冰如喜欢不喜欢，我先问问她。"

冰如把她对吟平娘家几个人的评价一一说了出来，并说她不嫌远："霖生不是也到外国读书吗？娘那时怎么就不嫌他走得太远？"淑媛笑道："这样说来，你舅妈的这个媒是做对了。"

几天过后，冰如和家驹订了婚。冰如绣了只荷包，里面放着自己的照片，送给未婚夫，家驹把冰如送的荷包佩戴在内衣的胸口。二月底，家驹离别了家人，赴美国留学去了。

三月下旬，冰如接到家驹到达学校的第一封来信，冰如急急打开信封，默默念着信，她的脸上露出了甜蜜的笑容。家驹在信中写道：

亲爱的冰如

我在遥远的大洋彼岸加利福尼亚州立大学学生宿舍给你写这第一封信的时候，我想我的未婚妻正在为学生忙着下午的功课一丰城的时间比加里弗尼亚的时间要早十六个小时，现在我这里是夜里十一点，我刚给父母亲大人写完报平安的信。

我是今天中午抵达学校的，现已办妥一切手续，这里的学生宿舍还好，其他详情待我了解后再告诉你。

冰如，你曾问我美国有多远，现在我可以告诉你比较准确的数据了，这次我从宁波出发到加利福尼亚，一路上走了二十三天，其中在上海和香港各停留了一天。在这二十三天漫长的旅途中，每天我都会掏出你绣给我的荷包，对着照片中你美丽无邪的笑脸，我的思绪飞向你的身边。

冰如，见到你的那一刻，我就觉得你会是我终生的伴侣，我想，你也会是这样的感觉，否则你怎么会这么爽快就答应嫁给我这么一个浪迹天涯的游子？"有缘千里来相会"，有情人才能成眷属，我将珍惜这天定的良缘。

海轮在浩瀚的太平洋上航行了十六天，太平洋很美，天气晴朗的清晨，甲板上站满了游客，任凭刺骨的寒风吹打着脸庞，大家凝视着东方。当血红的太阳在海面喷薄而出的时候，轮船上顿时充满了人们的欢呼声，欢呼声在空中回荡，静谧的海洋便多了几分生气。太阳升起的地方正是我们的目的地所在，太阳带给我们欢乐，带给我们希望，它给我们指明了方向，我们离目的地越来越近了。

为了追逐心中的梦想，十八岁我就离别家人去他乡求学，今天我走得更远，在大洋彼岸的异国，我将度过求学路上最重要的几年时光。

在家人对我的思念中，如今我多了一位亲人的挂念，冰如，你放心，我会好好照顾我自己的。

岳母处不再另书，请代为致意问好。专此即颂

安祺！

你的家驹　民国二十三年三月十六日

（二）

安钦和他后妻的烟瘾越来越大，大家都希望他们戒烟，但他们陷入烟魔已不能自拔。他的家产早已做过分配，留给自己夫妇俩和后妻所生的两个儿子的田他已卖了十几亩，照这样下去，总有一天他的田产会被他夫妇俩糟蹋光。淑媛和云钦一再劝他们戒烟，但安钦夫妇不听劝告，淑媛心里着急，但也没有办法。

安钦前妻生的两个儿子都早已成家，孩子都已一大堆，看到爹和后娘这样糟蹋家财，开始也去劝说，安钦听得不耐烦，强词夺理道："我卖我的地，跟你们有关系吗？你们的田地我都已分给你们不少了，难道你们还想我再多积些田地分些给你们不成？"安钦既然这样说了，从那以后他的这两个儿子就再也不去劝他们的爹了，"他们这是要去死，我们没办法！"两个儿子生气道。

淑媛对云钦夫妇道："大哥是命中注定要糟蹋家财了，我只希望他能有觉醒的时候，田卖光了，他怎么生活？"吟平道："这后来的女人是他家的克星，自进入他家的门，他家就没几天安宁过，这要命的大烟又是这女人开始抽的，安钦是前世欠了她许多债，她要把债讨完才会罢休呢。"

云钦只是摇头叹息，安钦这样固执，大家能怎么办？

一九三六年冬，霖生在里昂大学获得博士学位，他的毕业雕塑作品《母亲》大获好评。

雕塑《母亲》是霖生献给他母亲淑媛的：蓝天白云之下是一片金黄色的结了硕果的稻田，一位中年妇女站在稻田后头的山坡上，山坡长满了青草，中年妇女的身旁是一头大黄牛，她手里牵着牛绳，她的周围是几只山羊，大黄牛和山羊在吃着山坡上的青草，中年妇女半侧身微笑着凝望她前面的稻田，她显得有点羸弱，古铜色的圆脸上布着许多细细的皱纹。

霖生在他作品说明栏中写道：

献给我最亲爱的平凡而伟大的母亲

您纤细的肩膀是我们全家的屋脊，

您羸弱的身躯是我们全家的靠山，

您的笑容陪伴我走向成熟，

激励我奔向成功！

啊，母亲！是您宽阔的胸怀、无私的奉献和

潜移默化的教育，成就了您儿子的梦想。

在理想的田野里，我将以您为榜样，

努力耕耘，结出丰硕的成果！

去年，当霖生得知他母亲带冰如住在李庄的情况时，霖生感动得流泪，他决定以他母亲务农的真情实事为题材，构思他的毕业雕塑作品。今年春天，他的作品《母亲》在校园中展出，在全校引起了轰动，当大家得知他的作品是以他母亲的真实情况为题材时，都对他的《母亲》肃然起敬。

霖生带着他的华人女友回国，把他的雕塑《母亲》献给了淑媛。

霖生学成归来，淑媛最艰难的时光过去了，她和冰如回到了丰城。

霖生接受了他的母校上海美专的聘请，在丰城办了婚礼后他即赴沪任教去。霖生要带淑媛同去上海居住，霖生道："娘为我操心劳累了半辈子，今天儿子有出息了，娘下半辈子就由儿子我负责了，我和你媳妇会好好照顾你的。"淑媛道："你有出息，做娘的就心满意足了，你看咱家中还有这么一大堆事要娘一起商量着办，娘一下子离不开丰城，你们的孝心娘领了，去上海的事以后再说吧。"

冬天过后，春天来了。桃花又开的时候，淑媛来看望阮家和大杂院中她多年的邻居。

见到淑媛，明荣一家特别高兴，明荣还健在，他七十六岁了，他的妻子已去世，他的大儿子立夫一家仍陪在他的身边。得知霖生已回国、淑媛已搬回丰城，明荣道："每次我们说起你，大家都称赞你的为人和远见，只是太辛苦了你。"淑媛笑道："多谢你们夸奖了，其实我一个妇道人家，也不懂什么远见，只是一个家总得有条主心骨，有个人撑着，倘若爹健在，就不用我操心了。现在总算一切艰难的日子都熬过去了，孩子们都成了家，茂生和霖生有了他们自己喜欢的事业，我也就安心了。"

立夫的妻子拉着淑媛的手看个不停，笑道："你老了，黑了，但胖了，五年不见你，念你念得紧哪。"淑媛笑道："孩子们长大了，咱们都老了，五年我没亲自来看你们，觉得很对不起你们的。"明荣道："每年茂生都会来看我们几次，有时他还带来你在李庄种的东西，这不就是表示你来看我们了吗？你回城了，今后我们又常可见面了。"

淑媛站在大院子前院的天井里观望，大院子没多大变化，东边她开辟的那个小园子也还在。

秉仁的娘又在忙碌，在房中窗下剪红纸花，桌子上摆了一大堆已剪好的纸花，是供人家办喜事用的，她的两个女儿都已出嫁，家中只有她一个人在家，开始她并没去注意院子里站着的人，后来她注意到了，那好像是淑媛，于是她走出门来。

"秉仁的娘，你好啊！"淑媛高兴地叫道。"果真是你，茂生的娘！"秉仁的娘笑着。"福弟家还住在这里吗？"淑媛拉着秉仁娘的手问。"还在这住着，他娘还在养猪，吃过中饭她又出去收泔水了。"秉仁的娘一边说着，一边拉着淑媛的手进房。望着淑媛，秉仁的娘道："五年了，你也老了些，你搬回城来了吗？"淑媛道："岂只老了一点，你看我这边，头发白了许多。霖生回国了，我也搬回城了。""霖生真有出息，他回丰城来了吗？"秉仁的娘问。淑媛把家中的情况向秉仁的娘简单说了一下，然后问："你家秉仁娶媳妇了吗？他和霖生小时候做朋友，这次霖生回家，向我问起秉仁，我一点也说不上来。"秉仁的娘叹了口气道："他还是老样子，懒散惯了，不成器，原先给他定下的那个姑娘没过门来就生病走了，现在他还没有重新定亲。"淑媛问轿夫家的事，秉仁的娘道："他家永福还好，听说那戏班子常在杭州和上海演戏。家福就不行，没有手艺，还是那样，靠卖力气赚点钱，前年他娘给他领了个童养媳来，后来他娘嫌那女孩子懒惰，打发她走了，现在家福还没有成亲。福弟学做鞋，这你知道的，近几年在南区乡下做鞋，娶了那边的姑娘，搬去那儿住了。"淑媛又问其他各家的事，秉仁的娘道："这个大院子里的人，除了我家和麻家，其他各家都是进进出出的。后面的鱼贩蔡家，托他儿子光宗的福，前年夫妻俩搬去儿子府上住了。去年木匠缪家也搬走了，现在水龙胡同住着。做糕饼的杜家说是住在东门，前妻生的大儿子已成家，小儿子阿良在上海一家钢铁工厂做工。"

秉仁的娘继续道："后门外的洪斗成你总还记得吧？他去年中风了，躺在床上起不来了，吃拉都在床上，也算是他罪有应得吧。人活在世上，总要积些阴德才是，像他那样，尽干坏事，怎么会有好报？"淑媛道："正是这个道理，做人穷点倒没关系，只是不能损人利己，缺德的事是万万干不得的。"

淑媛和秉仁的娘聊着，等着福弟的娘回来，大杂院中的老邻居只剩下这两家，淑媛得等福弟的娘回来，见上面，聊几句，心里才放得下。

福弟的娘回来了，见到淑媛，哈哈笑了，她对着淑媛左看右看，说淑媛和她一样都老了。她从水井打了水，把手洗了，拉淑媛进她家坐，问了淑媛一大堆话，又告诉了淑媛一大堆事，这些事大多是刚才秉仁的娘已讲给淑媛听过的，但淑媛还是耐心地听着。

（三）

家驹在加利福尼亚大学攻读土木工程学硕士，三年后，他获得了硕士学位，在导师的推荐下，他顺利考取了母校该学科的博士生。根据他家人原先的愿望，现在也是他自己的愿望，他回家来与冰如结婚，然后带冰如去美国陪读。

四月，家驹迎娶了冰如。

三年来，家驹对冰如的思念，尽在他写给冰如的那许多信中，冰如把这些信视如宝贝，一封封地常常拿出来读。如今她把它们都带来了，小两口一起读着这些信，重温昔日的思念之情。

在陈庄，家驹属陈四房，他的曾祖父不是那种死守祖业的人，他有天生的经济头脑，靠经商发了家，成了远近有名的大财主。从他爷爷那一代人开始，陈四房便个个读书，设蒙馆，请教习，不管男的女的，至少受过启蒙教育。现在陈四房有百多人，教习不但教孩子们读书，还教孩子们琴棋书画及武术，因此陈四房的青年男女中，不乏善琴、善棋、善书、善画和善武术者。

到了陈家和罗家"会亲"这一日，文鼎、茂生和玉如夫妇四人来陈庄。陈庄虽然也在暖江的北岸，但比起李庄来陈庄离丰城近些。陈四房在陈庄大河的西边，一人多高的青砖墙内有五座房子，每座都是带有轩房的七间房，五座房子围着中央的花园而建，一条小溪围绕在花园的周围，溪上架有三条小桥，花园的正中是个三间小楼房，掩映在绿树翠竹之中，蒙馆就设在这里。

午宴后，家驹的父亲带家驹和冰如陪儿媳娘家的亲人看陈四房的布局，然后游花园，这也是冰如第一次来游夫家的花园。

家驹的祖父兄弟共五人，他的曾祖父便建了五座房子，布成梅花状。陈家的花园很大，乡下有的是地。花园周围的小溪中种了荷花，荷叶已随花梗长出水面，但花梗还不甚长，荷花尚未抽出。过了小桥，是一长溜的葡萄架，架上的葡萄藤已长出一簇簇圆锥形的淡绿色花穗。走出葡萄架，前面是草坪，草坪的周围有树木，家驹的爹介绍说那是桂花树。草坪中放有石几，石几四周有圆形石凳。两个十几岁的男孩在下棋，见有人来，男孩抬起头，跟家驹的爹和家驹打了招呼，对着冰如和几个陌生人笑了笑，又低头下他们的棋了。绕过草坪，不远处的紫藤架下坐着几位姑娘，有的在拉胡琴，有的在吹箫笛，有的在弹琵琶，见到家驹一帮人，姑娘们咪咪地笑着站起来和他们打招呼，其中一位姑娘对着家驹和冰如笑道："七哥，什么时候带新娘子来和我们这些妹妹聚聚，不要光陪着嫂子，也让我们听听美国的风俗人情，说不定什么时候我们也去美国读书呢。"家驹笑道：
"好啊，等忙过这阵子，我和你嫂子一定上你家聚去，到时候你得负责把
每个妹妹都召集起来，一个也不能落下。还有呢，就是要给我们准备好吃
的东西，一定要本乡本土的。"姑娘们都拍手称好道："就这么说定了，
七哥你可不能赖啊。"

别过紫藤架下的姑娘，大家向假山走去，这假山上种了许多山茶，满
山开着紫红色的花。登上假山，站在山顶，就更能领会陈四房的梅花状布
局了。玉如和冰如一样，在舅舅家曾听二舅母说起过她娘家四叔公家的花
园，现在身在此境中，才觉此花园不同凡响。山脚下的溪边有人在钓鱼取
乐，"是五叔在钓鱼，"家驹道："五叔钓鱼的地方是整座花园最幽静之
处，那时我在家，也喜欢在这里钓鱼，但更多的时候是坐在那边水榭里读
书。"家驹指着离五叔钓鱼地方不远的水榭道。

大家从另一山路下山，那边小亭旁的林中有几个小孩在追逐嬉戏。下
了山，家驹的爹带大家去溪边的水榭坐了会儿，然后领大家去盆景园看盆
景，看了盆景，大家又去了位于花园中心的蒙馆。今天正逢蒙馆的假日，
先生回家了，蒙馆的大门锁着，大家只能透过窗玻璃往里头瞧。最后，家
驹的爹带大家穿过桃林，从西边的小桥出花园。

"冰如算是嫁对了，"回家的路上玉如道，"只是她嫁得太远。"
她的丈夫增旺道："家驹拿了博士学位回国来，像霖生一样，若在上海
工作，离家也就不远了。"茂生道："我看家驹不一定会回国来，他学
的是土木工程，现在国内的时局这么乱，日本人何等猖狂，眼看要发生
大战了，哪里还有高楼大厦让他去设计建造？我想他最好还是留在美国
发展。"文鼎道："茂生分析得对，对日全面抗战是迟早的事。家驹这
次去美国，拿了博士学位后还是先留在美国好，等国内时局转好了再回
来也不迟。"玉如道："当初娘说带冰如去李庄住，我还怕她耽误了冰
如的婚姻，哪知道冰如的婚姻竟因李庄而起。我本希望冰如嫁在丰城，
咱们姐妹走动也热闹些，如今是不可能了。"茂生笑道："婚姻的事真
是奇妙，谁会想到冰如竟会随她丈夫走得这么远，现在我也相信'三生
石上定姻缘'这回事了。"

（四）

一九三七年卢沟桥事变后日军加紧进犯上海，上海多处被炸，日军侵犯虹桥机场，挑起了上海战事，八月十三日，上海守军奋起抗战，坚持了近三个月，十一月八日退出上海，上海失陷。

文英一家住在上海旧城，离定浩工作所在地南市不远，她的公公年过花甲，已从交通银行退休，她的婆婆也已过花甲之年，两位老人身体都好，这就是文英和定浩的福气了。文英和定浩生有三个儿子，加上梦梅，他们共有四个孩子，一家八口，生活本来过得安安稳稳和和美美的，如今来了日本人，东亚第一繁盛商埠也在战火之中，哪里还有安稳和美的生活？

"这几天我一直在想，我们还是送梦梅和宗甄去美国读书为好，与日本人的仗不知要打到什么时候才能结束。"定浩对文英道。宗甄是定浩和文英的长子，在读高中三年级。梦梅今年二十岁，在上大学，她已有了男朋友，是她的同校同学，比她高两年，过几个月就要大学毕业，他决定去美国继续读书，因此梦梅也有去美国读书的打算。

文英道："不是我不想让他们去美国，我是不想他们这么早就离开父母。"定浩道："我也不想他们这么早就离开父母生活，可现在的形势不得不让我做这样的决定。前几天传来消息，日本人在南京杀了无数人，日本人心狠，不知上海的形势会如何发展。我决心让孩子们去美国读书，那边有姑母一家人，还有爹的朋友和他早年的老同学，他们都会帮忙照应孩子们的，而且那边华侨也很多。"

听了定浩这番话，江家最后决定让梦梅和宗甄与梦梅的男友一起去美国。四月，他们办好了手续，再过一个多月就要离家了。

文英道："梦梅这一走，见到瑞云的机会更少了，若今后她在美国发展，那她和她亲娘见面的机会就微乎其微，以前她小，我们不敢告诉她真相，现在她长大了，是不是在她出国之前，让她知道她自己的身世，去见见她的亲娘？否则，瑞云不知会有什么想法。梦梅这孩子心慈，这一点我带她去见她外公的时候我就看出来了，我们若不告诉她真实的身份，我觉得对不起瑞云，也对不起梦梅。"定浩道："梦梅长大了，是该让她知道自己的身世了，今天晚上我们就给她好好谈谈。"

晚上，文英告诉了梦梅她的身世，梦梅感到震惊，她要去找生母。

文英和定浩决定带梦梅和她的男友一起去福建找瑞云，文英把这事告诉了文炳。文炳心里一直挂着瑞云，如今文英对他说这事，触及了他心灵的痛处，文炳想，若不是他的无能，瑞云的今天不会是这个样子。自那次在宁波与瑞云一别，这二十年来文炳就再没有见到她，他知道瑞云不想见他，但他却很想见到瑞云。

瑞云还在太姥山吗？文英道："瑞云来宁波已是八年前的事了，她回太姥山后曾给我来过两封信，她说姑父归西，她对父母的牵挂全了了，她说她感谢定浩一家，把梦梅教养得这么令人满意，今后她可彻底放下心来修行了。此后我又给她写过两次信，瑞云都没回信来，我想瑞云是真的放下心来潜心修行了，于是我就不去打扰她，没再给她写信。"过了半晌文炳道："出家人行踪不定，不知瑞云现在还在不在太姥山，你先写信去问问胜恺。定浩没有那么多的空闲时间，你呢又不胜奔波，不如让我一个人带梦梅和她的男友去找瑞云吧，时间对我来说是无所谓的，反正布厂和店里都有人替我管着。福建的路我熟悉，那年我和胜恺表哥送瑞云去过宁德，再说我是惯跑码头的，不怕颠簸，寻访这事比你们有经验。"文炳说的是事实，而且，文英知道，瑞云一直在文炳的心里挂着，他是想借此机会去见她，于是文英同意了。

过了几天，胜恺回信来说他也是好几年没接瑞云的信了，不知她目前在不在太姥山，那年她来宁波，回去后给他来过一封信，信中她曾说想下山去外边走走，后来她就没信来，也不知她有没有去别处了。得了胜恺的回信，文炳只能决定先去太姥山看看了。文炳打听得去太姥山最方便的路是两条：一条是坐汽船从上海至福州，然后坐商船至三都澳，去霞浦，再去太姥山；另一条是坐汽船至温州，从温州坐商船至三都澳，去霞浦，再进太姥山。

大家觉得走温州这条路去太姥山近一点，于是，文炳带着文英给瑞云的信，带梦梅和她的男友坐上了开往温州的汽船。汽船在海上驶了两天，到了温州，三人在客栈过了一夜，第二天一大早坐商船去三都澳，到达三都澳的时候已近傍晚，次日至霞浦过了夜，第三天去太姥山，从上海出来到达太姥山山脚已是第五天的下午了。文炳打听得瑞云驻锡的"宝华寺"所在处，决定次日一早进山。

自从在上海码头坐上汽船，文炳和梦梅各自在心里默默祈祷，求神明保佑他们顺利找到瑞云，现在他们已站在"宝华寺"的山门前，文炳和梦梅都无比激动。三人跨进山门，恭恭敬敬地跪在弥勒佛前拜三拜，说了心中的愿望，起身拜了四大金刚，然后进大雄宝殿，拈香拜佛，又一番虔诚地向佛菩萨诉说心中的愿望。

这时，从大殿的西边禅房走出一位年轻的尼姑，向文炳他们合掌道："阿弥陀佛。"文炳彬彬有礼地问女尼："请问师父，静慧师父在这里吗？"女尼听不懂来人说的话，抬头朝梦梅看了好几眼，便回禅房拿了纸笔墨砚出来。文炳在纸上写下几个字："找静慧师父，我们从上海来，是她的故人。"这女尼粗粗识得几个字，知来客是找静慧师父的，便在纸上空白处写了几个字，女尼把纸差不多递到文炳的手里时，又把手收了回去，在纸上又添了几个字，然后重新递给文炳。文炳三人凑在一起看女尼写的字，字写得扭扭歪歪的，但能看得清，纸上写道："静慧师父去福安报恩寺了你们在那里能见到她"。

文炳三人谢过女尼下山，路上梦梅道："我不明白刚才那女师父为什么写好第一句话，还要把纸收回去添上第二句话，其实她的第一句话就够明白了。"她的男友道："她是怕我们不相信她，添上这句话，她是让我们有信心去福安找，说在那里一定能找到你娘的。现在我们就放心去福安找吧。"文炳笑着夸奖道："你真聪明，有你这样聪明的人在梦梅的身边，你们去美国，我们就放心了。"

福安在太姥山的西边方向，去福安一百七八十里路，其间要翻过一座大山。两天后，三人到达福安，找到了报恩寺，寺里的女尼说，她们的静慧师父去后山草堂了，今天不知什么时候会回来，她们让文炳三人到客堂等候。文炳三人急着要见到瑞云，于是问明了草堂的方向，三人往草堂找瑞云去了。

当文炳三人走在去草堂的石路上时，瑞云正抄黄泥近路回报恩寺。瑞云回到报恩寺，她的徒弟告诉她："刚才有三个人来找你，说是你的故人，从上海来的，我告诉他们你去草堂了，不知什么时候会回来，他们便去后山找你了。"

瑞云诧异道："我的故人？从上海来的？你给我讲得明白点，他们是男是女？大概几岁？怎么个样子？"女徒弟道："是两男一女，我也说不准他们大概几岁，那男的一个四十来岁，一个会是二十多岁，那女的大概十八九岁吧。那两个男人我说不出什么样子来，那姑娘的样子我是说得出来的，她跟师父你很像。"

瑞云一听，便明白了，是梦梅找她来了！梦梅来了，说明她已知道她自己的身世，文英为什么要告诉她这事呢？那两个男人会是谁？四十来岁的男人不是定浩就是文炳了，那二十几岁的男人会是谁呢？是文英和定浩的长子吗？应该不是，那男孩比梦梅小好几岁的。瑞云这样想着，便又问徒弟："那四十来岁的男人个子高吗？"她的徒弟道："高，是个高个子，看起来像个商人。"

"是文炳和梦梅找我来了，他们为什么要来找我呢？见到他们我该怎么说？"瑞云思忖着如何接待文炳他们。

瑞云在大雄宝殿等着。

文炳三人来了，进了大雄宝殿，见燃香炉近处的蒲团上背对着正门端坐着个师父，敲着木鱼念经，文炳只能见到她的后背。报恩寺的大雄宝殿供的是慈航菩萨，文炳三人在正门附近的蒲团上跪下，礼拜了菩萨。坐在燃香炉近处蒲团上的师父还在敲着木鱼念经，大殿里一片静寂，只有木鱼的声音。文炳三人在蒲团上静静地跪着，心里各自念着自己的心愿。木鱼声突然停了下来，坐在蒲团上的师父一动不动地用闽语道："施主有何愿求，可对着菩萨诉说。"文炳三人听不懂闽语，在寺庙他们不敢乱说话，因此谁也不作声。蒲团上的师父听没人作应，便用宁波话重复了她刚才的话。文炳知道，她就是瑞云，但他不敢造次。

终于找到瑞云了，文炳激动得流泪，他靠近梦梅轻声道："她就是你的生母！"

梦梅颤抖着声音道："菩萨！我是来找我生母的，请求师父为我指明方向！"蒲团上的师父道："你是上海人，你的生母应在上海，施主为何来此寻找？"

梦梅想不到会在这个场合找到她的生母，她一时想不出话来把事情说明白。文炳忍不住脱口叫道："瑞云！你叫我们好难找啊！你别为难孩子了！"

坐在蒲团上的瑞云没动，过了会儿念道："瑞气消大地，云霞落西空；本来是幻物，世间何得留？"念完话，瑞云下了蒲团，转过身来双手合十，瞅了三人一眼，淡定地道："阿弥陀佛！我是静慧师父，请施主们随我到客堂坐吧。"

梦梅的男友惊讶地发现梦梅与她的生母竟是如此相像。

瑞云带文炳三人进客堂，她的徒弟把茶端了进来。"大家喝茶吧，这是太姥山的茶，你们远道而来，会口渴的。"瑞云平静地微笑，自己先端起茶盏，喝了一口。

文炳三人真的渴了，很快就都喝完了茶盏中的茶，瑞云给三人添了茶。瑞云还是微笑着，她一声不吭，静静地望着紧挨着梦梅而坐的小伙子。瑞云知道，他是梦梅的男友，小伙子斯斯文文的，看得出他受过良好的教育。

梦梅曾准备了许多话要对生母说，但面对着如此冷静的瑞云，她却说不出话来。梦梅不知道，为什么她的生母能如此冷静。

文炳看着剃光了头、一身袈裟的瑞云，他想哭出声来，他与瑞云本是极好的一对，而现在却是"孔雀东南飞"。

文炳打破寂静，对瑞云道："你不认你女儿了吗？"

瑞云看着梦梅，冷静地道："孩子，你已有爱着你的爹娘的百般呵护，这就够了，我很放心，让我认不认你又有什么关系呢？你的生母对不起你，她保护不了你，让你小时候受了不少委屈，受了不少苦，以后你就叫我姨妈吧。"

梦梅跪在瑞云的膝边，哭道："娘，让我叫你一声娘吧，我听你的，以后我就叫你姨妈。"梦梅伏在瑞云的膝上痛哭。

文炳把文英的信交给瑞云，瑞云慢慢看过信，知道了文炳三人来找她的原因。瑞云从橱里拿出三件吉祥物，放在梦梅和她男友的手中道："佛门清净，没有世人要的大富大贵的东西，这三件小吉祥物，沐浴着佛光，带着姨妈的心愿，你们带在身边吧。佛光普照，不管你们在什么地方，有什么不同的信仰，佛菩萨的慈悲如一。姨妈有几句话要你们记住，世事难酬，但人活在这世上，只要干好两件事，便会有舒坦的人生，福报万千了。一是谋生要正当，二是做事要多为别人着想，切不要以自我为中心，要知世上万物，平等如一。大凡世人，只知攫取，不知舍出，一切恶果便从中而生。世人若换个方式生活，人人能舍，便会人人有所得了，世间便太平美好，这世界便是极乐净土了。如此一别，切记！切记！"

说罢，瑞云便起身，三人明白，瑞云要送客作别了。

文炳知道，他和瑞云今日一别，再无有见面的一日，这次见到瑞云，他还没有向她表达二十年来积在他心中的对她的思念和歉意。文炳正在遗憾之时，忽见客堂正中摆着一尊白瓷观音，文炳急忙走过去跪在白瓷观音前虔诚作礼道："但求大士瓶中露，三生石上定姻缘！"

瑞云接口念道："三生本无石，安得定姻缘？"

梦梅和她的男友听不懂文炳和瑞云对话的内涵。"他俩之间究竟发生过什么事？既然他们俩的对话是公开的，他们俩的关系一定是坦然清白的。"梦梅和她的男友各自在心中想道。

瑞云把文炳三人送出山门，挥手致别，梦梅流着眼泪，一步一回头，文炳和梦梅的男友也是三步两回头地向瑞云挥手致别，直至看不见瑞云为止。

路上，两个年轻人向文炳提了心中的问题，文炳叹息道："这事说起来话很长，回到上海的时候你们去问你们的爹娘，要我现在讲这事，恐怕我会伤心得要你们抬着我回去了。现在我要跟你们说句话，年轻人，你们一定要珍惜你们的初恋。"

（六）

梦梅回到上海，她把去福建找到生母瑞云的情况详细讲给了家里人。

梦梅和她的男友要文英给他们讲讲瑞云和文炳的故事，文英一听大吃一惊道："你们真是胡思乱想，他们之间会有什么故事？"梦梅道："娘，干爹要我请你给我们讲讲他和姨妈之间的故事，你就别推辞了。"梦梅把文炳和瑞云作别时的情景和对白，以及文炳在路上对他们俩说的话都告诉了文英，此时文英不好再推辞，她把文炳和瑞云的故事讲给了梦梅和她的男友。末了，文英从衣柜的抽屉里拿出瑞云写给她、要把梦梅托付给江家的信，这封信文英保留了十七年，她和定浩保留着这封信，是准备在适当的时候让梦梅看的，现在该让梦梅见这封信了。

　　听了文英讲的故事，又见到瑞云的亲笔信，梦梅痛哭了起来，她小时候受的苦她一点也不记得了，如今从她亲娘的亲笔信里她更加了解她们母女俩当时的痛苦处境，她亲娘在这封信最后写的"又及"，让梦梅和她的男友深深体会到了她的亲娘和干爹之间纯真的爱，年轻人感动不已。梦梅流着泪道："想不到姨妈和干爹之间会有这么一个凄美的爱情故事，谁听了都会感动的。"她的男友道，"干爹是真心爱姨妈的，他对姨妈的这种爱才叫作始终不渝，我若会写书，我一定把他们之间的这个故事写出来。人的初恋是最纯洁、最美丽的。"

　　五月，梦梅和她的男友及宗甄离别家人，踏上了异国求学之路。从此，中国和美国之间多了一份江家的挂牵思念。

　　抗战全面展开，南京政府迁都重庆，陪都一时成了抗战的中心。霖生的几个同学、同事和朋友去重庆工作了，他们写信来告诉霖生，重庆很需要霖生这样的人，他们希望霖生也能去那边。霖生和他的妻子商量，也决定去重庆，他们的女儿一岁多，他们俩想把孩子送去苏州，让外公和外婆带养。霖生的妻子是家中的长女，她的弟妹们都大了，家中还没有第三代的孩子，外公和外婆很喜欢他们的外孙女。

　　霖生写信把这事禀告淑媛，他征求淑媛的意见，淑媛让茂生给他写了回信，说他俩若去重庆，把孩子交给外公外婆带养是很合适的，娘同意。于是霖生和他的妻子把女儿送去苏州，夫妻俩整理了行装，辗转去了重庆。

　　霖生到达重庆后给丰城家中时有信来，他说他们在那边很好，在那边大家都忙着抗日救亡的事，民众情绪高涨，抗战是一定会胜利的。今天茂生又收到了霖生的信，信中霖生说，他在八路军重庆办事处碰到了曙秋，曙秋说他来这里半年了，他要霖生替他向茂生和玉如问好。